»Den Feind in seinem Schützengraben überraschen, sich auf ihn stürzen, das Entsetzen des Mannes auskosten, der nicht an den Teufel glaubt und ihn dennoch plötzlich auf seine Schultern fallen sieht.«

Rede von Brana, 15. August 1936

Prolog

»Hahnrei!«

Da stand er, auf dem mit Kreidestaub bedeckten Podest, und seine Arme hingen herab, als wären die Schultern in dem blauen Kittel plötzlich geschmolzen. Er war bleich geworden, so bleich, dass die Gesichtszüge wie ausgelöscht wirkten. Sein Blick verriet eine gewisse Panik, vermutlich sogar Angst. Er hatte den Angriff nicht kommen sehen. Die Wunde schien tief zu sein. Die meisten in der Klasse glaubten einen Moment lang, dass er sie nicht überleben würde. Es herrschte auf einmal Totenstille. Und das war so ungewöhnlich, dass sie umso bedrückender war. Doch der Lehrer fing sich. Sein Gesicht wurde zur gewohnten unbewegten Maske, sein Blick wieder fest, die Schultern richteten sich auf, und die Arme hingen nicht mehr schlaff herunter. Wie all die anderen Male, wie all die Jahre hindurch würde er so tun, als sei nichts geschehen. Das dachten alle. Und sie irrten sich.

Seine Augenfarbe kippte ins Orange, sein Mund verzerrte sich, seine Hände schlossen sich zu Fäusten. Mit einer Geschwindigkeit, die keiner ihm zugetraut hätte, sprang er von dem Podest. Er stürzte sich auf den Schüler, der den tödlichen Pfeil abgeschossen hatte. Packte ihn am Kragen und hob ihn von seinem Stuhl.

»Was haben Sie gesagt? Was haben Sie gesagt?«

Seine Stimme hatte sich verändert. Sie klang tief, bedrohlich, böse. An dem Tag glaubten die Schüler tatsächlich, der Lehrer werde Martial de la Boissière schlagen oder erwürgen. Martial hatte ebenfalls Angst. Doch er meinte im Blick dessen, der ihn gepackt hielt, einen flüchtigen Blitz zu erkennen, den Blitz der Einsicht, die sich wieder einstellte. Daher rührte er sich nicht, ein regloser Hampelmann in den ausgestreckten Armen des Lehrers. Er lächelte sogar, um die Beleidigung noch zu verstärken. Der Lehrer ließ es dabei bewenden. Da er sich der Lächerlichkeit der Situation bewusst wurde, ließ er seinen Schüler los und wandte den Kopf zur Klasse. Die Verblüffung wich der Belustigung. Und die Belustigung verwandelte sich in Spott. Und sie wiederholten das gemeine Wort, das Martial dem Geschichtslehrer ins Gesicht geschleudert hatte, im Chor.

Drei Wochen waren seit dem ersten Schultag des Jahres 1909 vergangen. Soweit die Schüler sich erinnern konnten, war dies das einzige Mal, dass man den Lehrer Purseau die Beherrschung verlieren sah. Es dauerte nur eine Minute oder zwei, bis er wieder zur Besinnung kam und auf sein Podest zurückkehrte, um mit dem Unterricht zu beginnen.

Er hieß Charles Purseau. Ein Name, der für mehrere Generationen von Schülern, die zwischen 1886 und 1913 das nationale Lycée in Toulouse besuchten, schicksalhaft war. Geschichtslehrer, wie gesagt, Zweiter bei der Staatsprüfung für Gymnasiallehrer 1882. Ein brillanter Student, dem eine große Zukunft an der Universität offenstand; er galt als asketisch, ganz und gar seiner Leidenschaft für die alten Kulturen hingegeben, ein Einzelgänger, der inmitten seiner Bücher in die letzten Winkel der Bildung vordrang. Man sah in ihm eine künftige Koryphäe der Wissenschaft, lud ihn zu allen Tagungen ein, zitierte ihn in allen Fachpublikationen. Doch er enttäuschte.

1886 trat Charles Purseau seine Stelle am Lycée in Toulouse an, und er verließ es erst, als er aufgrund seiner angegriffenen Gesundheit in den vorgezogenen Ruhestand ging. An die Universität kehrte er nie zurück, obwohl diese mehrfach die Arme nach ihm ausstreckte. Seinem Freund Maurice Aguessac, der einen Lehrstuhl an der Sorbonne innehatte und ihn hartnäckig immer wieder bat, zu ihm zu kommen, antwortete er, der wahre Unterricht müsse an der Quelle stattfinden, dort, wo der Geist noch nicht geformt sei. »*Was für eine schöne Aufgabe, dazu beizutragen, und sei es auch nur zu einem geringen Teil, diese entstehenden Leben zu entwickeln; zu versuchen, ihren Geist zu erziehen, Architekt und Maurer in einem zu sein! Was finge ich mit ganz und gar gefügigen Studenten an, kleinen Soldaten einer sterilen Armee, einer Sekte, deren Meister ich wäre? Dort ist nicht mein Platz, lieber Freund. Ich habe meine schönsten Jahre in Blindheit verschwendet. Jetzt möchte ich klar sehen. Ich sehne mich nach nichts anderem als danach, der Hüter dieser kleinen Flamme zu sein, die das Wissen ist.*« Doch leider! Es blieb nicht verborgen, dass an dem Namen Charles Purseau zwar niemand an seinem Lycée vorbeikam, dass dies aber nicht seinem Wissen oder seinen pädagogischen Fähigkeiten geschuldet war. Sein Unterricht war gewiss lehrreich, intellektuell sehr ambitioniert, aber trocken und zugleich überfrachtet. Wie ein riesiger, zu dichter Wald, der die Unvorsichtigen, die sich hineinwagen, in die Irre führt und erstickt. Charles Purseau unterrichtete im luftleeren Raum. Selbst die ernsthaftesten und klügsten seiner Schüler verloren rasch den Mut, überfordert vom elitären Anspruch ihres Lehrers und den in der jeweiligen Originalsprache zitierten Quellen, von den griechischen Denkern bis hin zu Jean-Jacques Rousseau, von den römischen Juristen bis hin zu Descartes. Niemand hörte mehr zu. Und da der Mann über die jungen Knaben, die ihm anvertraut waren, so gut wie keine Autorität hatte, endeten die Geschichtsstunden im allgemeinen Tohuwabohu. Man schwätzte, man spielte, man machte alle möglichen anderen Dinge … Und der Lehrer Purseau tat, als bemerke er nichts. Er setzte seinen Unterricht fort: unermüdlich auf seinem Podest hin und her gehend, mit eintöniger Stimme, die Hände auf dem Rücken gefaltet, den Blick starr auf seine Schuhspitzen gerichtet.

Er hatte schnell seinen Ruf weg. Selbst die Jüngsten kannten ihn. Und wenn am ersten Schultag die Namen der Lehrer genannt wurden, war in allen Reihen, die im Ehrenhof Aufstellung genommen hatten, ein Kichern zu vernehmen, sobald der seine ertönte. Die Leitung des Lycées bekam sehr rasch Wind von der Situation. Knapp zwei Jahre nach Purseaus Berufung schickte der damalige Direktor einen Brief an die Schulbehörde. Weitere folgten in den Jahren darauf, und alle blieben unbeantwortet. Charles Purseau hatte das Glück, dass einige seiner früheren Kommilitonen einflussreiche Persönlichkeiten geworden waren. Man erzählte sich sogar, André Claverie, der 1902 Direktor der École Normale in Toulouse geworden war, sei einer seiner treuesten Beschützer.

Seine ganze Laufbahn als Lehrer hindurch litt Charles Purseau unter dem Radau, dem Spott und den Beleidigungen seiner Schüler. Er beklagte sich niemals über die Hölle, die er täglich erlebte. Abgesehen von dem Zwischenfall zu Beginn des Schuljahrs 1909 sah man ihn nie reagieren, wütend werden oder zusammenbrechen. All das schien an ihm abzuprallen. Wie die Kritik seiner Kollegen, wie die Verwarnungen durch die Schulleitung. Das war nicht einmal mehr Feigheit, das war Gleichgültigkeit.

Im Lauf der Zeit hatte sich unter den Schülern ein Ritual eingebürgert, das von Jahrgang zu Jahrgang weitergegeben wurde. Sobald er das Klassenzimmer betrat, gehorchte man der Schulordnung und erhob sich. Aber diese Respektsbezeugung wurde von allgemeinem Gemurmel begleitet, einer Woge von dreißig leisen Stimmen, die zu einer verschmolzen in einer Verballhornung seines Namens: »*Puceau! Puceau! Puceau!*«, männliche Jungfrau. Das wenig anziehende Äußere des Lehrers, die Langeweile, die er auslöste, sobald er den Mund aufmachte, sein strenges Auftreten, das einer anderen Zeit angehörte, seine abgewetzte Kleidung eines alten Junggesellen… all das verlockte dazu, auf diese Weise mit seinem Nachnamen zu spielen, und verlieh dieser leichten Veränderung Sinn. Und das war umso amüsanter. Er sagte nichts. Ohne erkennbare Gefühlsregung schrieb er den Titel der Stunde an die Tafel. Allenfalls war zu erkennen, dass er die Zähne zusammenbiss, so fest, dass sie beinahe zerbrachen.

Wie hielt er unter diesen Umständen durch? Sein Freund Aguessac meinte, nachdem er sich lange Zeit Sorgen um den einst engen Freund gemacht hatte, die Erklärung gefunden zu haben. Charles Purseau hatte ganz einfach mehrere Leben. Und diese Leben hatten ihn von seinem Weg abgebracht und stützten ihn in seinem Alltag. Seine Tätigkeit als Lehrer war nur ein Teil davon, sicher nicht der geringste, aber der dunkelste. Der Rest war nichts als Licht für ihn. Und dieses Licht hielt ihn aufrecht, zu jeder Zeit, wie der helle Punkt, den man undeutlich sieht, wenn man einen Tunnel durchquert. Das Lycée, die Schüler, sie waren der Tunnel.

Das erste der anderen Leben war Charles Purseau gleichsam zugefallen. Es waren die Pyrenäen. Er verliebte sich auf Anhieb unsterblich in sie. Sooft er konnte, kehrte er dorthin zurück, nahm sich ein Zimmer in einer Familienpension im Tal oder biwakierte, wenn die Jahreszeit es zuließ, hoch oben. Stundenlang wanderte er allein, stieg forschen Schritts die steilen Hänge hinauf und genoss die Einsamkeit und die Belohnung für die Mühe, wenn er einen Aussichtspunkt erreichte, von dem aus er schwindelerregend weite Landschaften überblicken konnte; wenn er zu einem kleinen See kam, dessen Wasser noch gefroren war, zu einem Schafstall aus Trockenstein oder einer Talmulde, über welche die Wasser aus den Tiefen hereinbrachen, die noch geschwollen waren vom jüngst gefallenen Schnee. Er blieb stehen, schaute, beobachtete. Er holte sein Heft hervor und zeichnete oder schrieb frei von allen Zwängen. Das waren keine wissenschaftlichen Notizen mehr, sondern Gedanken, Empfindungen, kleine Geschichten. Er ließ seinen Gedanken freien Lauf, ohne jede Einschränkung, einschließlich jener, dass sie womöglich gelesen wurden, denn er verbrannte seine Hefte stets, sobald die letzte Seite vollgeschrieben war. Dort oben wurde er leicht, aß zum Mittag eine schöne Scheibe Schinken mit dicker Schwarte, einen Schafskäse, Dinge, die er vor dem Aufstieg gekauft hatte. Er fühlte sich wohl dort, klein angesichts der gewaltigen Natur, doch ganz und gar sicher, dass er einen Weg, einen Platz, eine Rolle für sich fand. Das war vollkommen anders als das, was er in Delphi oder Syrakus empfunden hatte; dort war er vom Gewicht der Vergangenheit erdrückt worden, er war dorthin gekommen, wie man in eine Religion eintritt: ergeben und mit gesenktem Kopf. In seinen geliebten Pyrenäen ging er aufrecht, den Blick auf den Horizont gerichtet.

Für das zweite seiner Leben wurde er den Bergen, die er bei klarem Wetter von den Fenstern seiner Wohnung im Viertel Saint-Cyprien aus sehen konnte, ein klein wenig untreu. Auch das fiel ihm im zu Ende gehenden Jahrhundert zu. Sie hieß Marie. Sie war zweiundzwanzig. Sie war ebenso schön, wie Charles hässlich, ebenso fröhlich, wie er düster, und ebenso herzlich, wie er krankhaft schüchtern war. Man erfuhr weder, wie sie einander kennengelernt hatten, noch wie die junge Frau sich in ihn hatte verlieben können, war er doch in allem ihr Gegenteil und hatte ihr fast zwanzig Jahre voraus. Doch sie liebten einander aufrichtig und heirateten in den ersten Tagen des Frühjahrs 1900. Es war eine bescheidene Hochzeit im kleinsten Kreis; Charles war allein auf der Welt, und die Familie von Marie verurteilte die Verbindung. Aber es war ein schöner Tag. Die wenigen anwesenden Freunde, vor allem die des Ehemanns, freuten sich über einen solchen Bund, doch insgeheim dachten sie wie jene, die nicht gekommen waren; man fand, dass die beiden nicht zusammenpassten, hinter vorgehaltener Hand prophezeite man der jungen Frau Unglück und Freudlosigkeit an der Seite eines so nüchternen und mittellosen Ehemanns. Auch hier irrte man sich.

Sie waren glücklich. Alle beide. Zwei Jahre später wurde eine kleine Tochter geboren, Camille, die ihrer Mutter zur großen Freude von Charles wie aus dem Gesicht geschnitten war. Vielleicht waren diese Stunden die glücklichsten in seinem Leben, die seltenen Augenblicke, die dem Leben seinen eigentlichen Sinn geben. Doch leider schlug das Schicksal erbarmungslos zu. In dem Winter, der auf die Geburt ihrer Tochter folgte, bekam Marie eine Lungenentzündung. Auch wenn sie sie dank ärztlicher Hilfe überstand, lag doch seitdem ein Schatten über ihrem so harmonischen Leben. Die Sonne verbarg sich hinter Wolken. Marie starb im Januar 1906. Sie ließ Charles mit dem einzigen Grund zurück, der ihn noch am Leben erhielt, der kleinen Camille. Nicht einmal die Berge vermochten ihn zu trösten.

Martial de la Boissière war im Oktober 1907 auf das nationale Lycée in Toulouse gekommen. Er war dreizehn und stammte aus der Gegend von Bordeaux. Man wusste von ihm, dass sein Vater seit Langem tot war, dass seine Mutter sich wieder verheiratet hatte, mit einem reichen Winzer, und dass er bei den beiden nicht mehr wirklich seinen Platz hatte. Von verschiedenen Schulen verwiesen aus Gründen, die den meisten unbekannt blieben, war er ins Internat nach Toulouse geschickt worden, weit weg, und er verließ es nicht einmal in den Weihnachtsferien. Martial erwies sich in der Tat als ziemlich undiszipliniert. Er wurde rasch zum Star bei seinen Kameraden, denn er verstand es wie kein anderer, auf Kosten eines Lehrers oder einer Aufsichtsperson allgemeine Heiterkeit auszulösen, wusste sich zu verteidigen, auch gegen die Großen, und faszinierte seine Zuhörerschaft mit schaurigen Geschichten, die er zu erfinden verstand und die, sobald das Licht gelöscht war, alle in Angst und Schrecken versetzten. Doch Martial erwies sich auch als glänzender Schüler, von logischem und gebildetem Verstand, lebhaft wie ein Blitz und immer begierig, Neues zu lernen. Mehrere seiner Lehrer waren des Lobes voll, und der Surveillant général fasste sogar Zuneigung zu ihm, trotz der gemeinen Streiche, zu denen er fähig war, ob nun im Internat oder wenn alle an der frischen Luft waren, auf dem Gelände des ehemaligen Bauernhofs Bellevue.

Als am ersten Schultag des Jahres 1909 bekannt wurde, dass Martial den alten »Puceau« in Geschichte bekommen würde, freute man sich schon im Voraus auf die zu erwartende unausgeglichene Konfrontation. Anfangs verhielt sich Martial wie alle in der Klasse, machte Radau, verbrachte die Unterrichtsstunden mit anderen Dingen als Geschichte und behandelte seinen Lehrer mit ebenso viel Verachtung wie die anderen, nicht mehr und nicht weniger. Und dann kam dieser Donnerstag im November, ein grauer, feuchter und kalter Tag. Martial hatte die Erlaubnis erhalten, das Internat für ein paar Stunden zu verlassen, und er hatte die Zeit genutzt, um das großzügige Taschengeld, das man ihm aus Bordeaux schickte, in der Buchhandlung an der Place du Capitole auszugeben. Auf dem Rückweg hatte er sich Zeit gelassen, sich eine Tüte geröstete Maroni geleistet und war durch die belebten Gassen geschlendert. Und da war er seinem Geschichtslehrer begegnet. Dieser war eingemummelt in einen abgetragenen Mantel und einen dicken, bis weit übers Kinn gewickelten Wollschal, und sein Hut war tief in die Stirn gezogen. Martial hatte ihn von Weitem erkannt. Er hätte wetten können, dass der Mann bleich geworden war, als er ihn auf dem Bürgersteig gegenüber bemerkte. Jedenfalls hatte er schnell den Blick abgewandt. Was Martial verblüffte, hatte nichts mit dieser Haltung zu tun, in der die Demütigung des Lehrers zum Ausdruck kam. Nein, es war das blonde kleine Mädchen, das seine behandschuhte Hand hielt und brav neben ihm hertrippelte. Ein wunderschönes Mädchen mit funkelnden Augen, dessen Kleidung blitzsauber und perfekt abgestimmt war. Ein kleines Mädchen, das ihm, als es ihn ansah, ein bezauberndes Lächeln schenkte, bevor es sich wieder umdrehte und sich, mit seinem Begleiter Schritt haltend, entfernte. Am selben Abend ließ Martial ein paar Scheine springen, um vom Hausmeister des Lycées die Information zu erhalten, die er selbst aus dem Anblick nicht abzuleiten wagte: Charles Purseau hatte tatsächlich eine kleine Tochter, die er allein großzog.

Am nächsten Morgen begann die Geschichtsstunde mit der gewohnten Litanei: »Puceau! Puceau! Puceau!« Niemand bemerkte, dass Martial nichts sagte. Er starrte den Lehrer, der sich bereit machte, an und versuchte, ein Zucken, eine Verkrampfung, irgendetwas zu bemerken, das beginnende Empörung, so etwas wie Wut oder Weigerung ausgedrückt hätte. Er sah nichts. Wie ertrug der Mann all diese Dinge, ohne mit der Wimper zu zucken? Wie konnte man so feige und unterwürfig sein? Diese Fragen quälten Martial seit ein paar Wochen allabendlich, wenn er in seinem zu schmalen Bett lag. Jetzt ahnte er eine Antwort: War der Lehrer Purseau nicht eigentlich stärker als alle, indem er beispielsweise die Macht hatte, dieses gemeine Gerücht über seine nicht vorhandene Sexualität auszuräumen, sie aber nicht benutzte? Ohne zu wissen warum, fühlte Martial sich durch diese Haltung beleidigt. Er hatte das Verlangen, den Mann zu verletzen, ihn so weit zu bringen, dass er all das, was er verbarg, zeigte. Und während der übliche Refrain beim ersten Quietschen der Kreide auf der Tafel verstummte, setzte er noch eins drauf und schrie mit Stentorstimme: »Gros puceau!«

Der Lärm, der wie gewohnt eingesetzt hatte, erstarb augenblicklich. Die anderen Schüler waren begeistert über die Provokation, schon lange hatten sie darauf gewartet, dass de la Boissière die Feindseligkeiten endlich eröffnete. Der Lehrer war zusammengezuckt. Er unterbrach seine Überschrift mitten in dem Wort »*Verfassung*« und drehte sich um. Er wusste, wer gesprochen hatte. Er starrte Martial an, und in diesem Blick lag der ganze Hass der Welt. Schon hoffte man, dass er endlich explodieren würde. Stattdessen wandte er sich mit einer gefährlich ruhigen Stimme an den jungen Mann.

»Monsieur de la Boissière, sollte es mit den Talenten, die man Ihnen nachsagt, doch nicht so weit her sein? Dabei gelten

Sie als aufgeweckter als der Durchschnitt. Sie sind mir gestern mit meiner Tochter begegnet. Sollten Sie ein paar zusätzliche Erklärungen hinsichtlich der Fortpflanzung der Säugetiere benötigen? Muss man Sie daran erinnern, dass Jungfräulichkeit und Vaterschaft nicht zusammenpassen? Sie und Ihre Kameraden, die immerhin so eifrig die Unterprima besuchen, sollten das besser begreifen als jeder andere.«

Allgemeines Gemurmel erhob sich in der Klasse, eine Mischung aus Empörung und Überraschung. Aber da man nicht wusste, was man antworten sollte, überließ man die Sache Martial, gegen den sich der Angriff ja in erster Linie richtete. Dieser spürte verdutzt, dass er das Gesicht verlor. Der Lehrer warf ihm einen letzten finsteren Blick zu, ein befriedigtes Lächeln huschte über seine Lippen, dann drehte er sich wieder zu seiner Tafel um. Und da wusste Martial, was er entgegnen musste, mit lauter Stimme, bevor der Lärm wieder einsetzte: »Hahnrei!«

Was folgte, war das einzige Mal, dass Charles Purseau zeigte, womit man bei ihm zu rechnen hatte und dass auch er die Beherrschung verlieren konnte. Nachdem er Martial losgelassen hatte und wieder auf sein Podest gestiegen war, hörte er leises Gemurmel und dann die Woge: »*Hahnrei! Hahnrei! Hahnrei!*« Die Geschichte machte natürlich die Runde im Lycée, und sobald er eine Klasse betrat, mischten sich die »*Hahnrei!*« unter die »*Puceau!*«.

Der Streit war damit allerdings nicht beendet. Kurz vor Weihnachten gab es eine neuerliche Konfrontation zwischen Charles und Martial. Dieser glänzte in der Kunst des Schachspiels, so sehr, dass er innerhalb der hohen Mauern des Lycées zu einer Legende geworden war. Selbst seinen Algebraprofessor hatte er vernichtend geschlagen. Es war daher Mode geworden, den Champion herauszufordern, um ihn von seinem Sockel zu stoßen. Martial wusste das, und da es nicht infrage kam, dass er verlor, trainierte er. Die Geschichtsstunden eigneten sich vorzüglich dafür. Am fraglichen Tag hatte Martial sein Schachbrett auf sein Pult gestellt, ohne sich um das, was um ihn her vorging, zu kümmern. Doch Charles Purseau interessierte sich für die Sache. Er vergaß seine Gewohnheiten, stieg von seinem Podest und näherte sich.

»Was machen Sie da, de la Boissière?«

»Das sehen Sie doch, Monsieur, ich spiele Schach.«

»Und Sie spielen in meinem Unterricht Schach?«

»Ganz recht, Monsieur. Ich hätte Sie ja gern eingeladen, sich uns anzuschließen, aber mir scheint, Sie sind anderweitig beschäftigt.«

Die anderen kicherten. Diesmal machte Charles keinen Rückzieher.

»Ich hatte seit vielen Jahren keine Gelegenheit zu spielen und fürchte, meine Fähigkeiten sind ein wenig eingerostet. Für ein Wunderkind wie Sie könnte ich nur ein miserabler Gegner sein.«

»Ich kann Ihnen ein paar Züge Vorsprung geben, wenn Ihnen das recht ist«, sagte Martial, halb amüsiert, halb irritiert.

»Das wäre nicht hilfreich, Monsieur de la Boissière. Wie Sie wissen, kann mein Unterricht nicht lange warten. Ich gewähre Ihnen dennoch ein paar Minuten, wenn Sie versprechen, die Sache nicht in die Länge zu ziehen.«

»Wie Sie wollen, Monsieur. Ich fürchte in der Tat, dass es schnell vorbei sein wird.«

»Das ist eine schöne Selbstsicherheit. Manch einer könnte sie für Anmaßung halten.«

»Sehen Sie darin nichts anderes als Hellsicht, Monsieur. Aber wenn ich Ihnen damit einen Gefallen tun kann, ziehe ich gern eine eventuelle Niederlage in Betracht. Also, wenn Sie mich schlagen, verpflichte ich mich, aufmerksamer und bis zum Ende des Schuljahrs der vorbildlichste Ihrer Schüler zu sein.«

Charles Purseau antwortete nicht und zeigte keinerlei Regung. Er lehnte den Stuhl, den man ihm hinschob, ab und bestand darauf auszulosen, wer die weißen Figuren bekam.

Acht Züge. Alle zählten sie. Anschließend machte es die Runde im ganzen Lycée, das Echo hallte noch Wochen später wider. In acht Zügen vernichtete der Lehrer Purseau Martial de la Boissière, der lange Minuten wie versteinert dasaß. Danach kehrte der Mann an seine Tafel zurück und hielt eine Stunde über die Thesaurierung des Mittelalters, der niemand folgte.

Wenn Martial sich auch gedemütigt fühlte, so hatte er doch nicht allzu sehr unter der Haltung seiner Kameraden zu leiden, denn Traditionen sind zäh und Missgeschicke streifen sie nur flüchtig; seine Leistung ließ den Geschichtslehrer in der Achtung seiner Schüler nicht steigen. Nur Martial schien ihn nun mit anderen Augen zu sehen. Er hielt sein Versprechen und wurde ein vorbildlicher Schüler in Geschichte, selbst wenn er von dem, was im Unterricht gesagt wurde, nichts verstand. Er hätte erneut Groll gegen Charles hegen können, doch dem war nicht so. Fortan empfand er nur noch Bewunderung für ihn. Und das hatte nichts mit dem Schachspiel zu tun, auch wenn Martial, in seinem Stolz verletzt, augenblicklich damit aufhörte. Der Mann erschien ihm in jeder Hinsicht stark. Es verlangte Mut, die täglichen Niederlagen hinzunehmen und am nächsten Tag wiederzukommen. Und es verlangte eine gewaltige moralische Stärke, sich zu weigern, die Macht, die man in Händen hielt, zu gebrauchen; plötzlich schien der Mann ihm imstande, wen auch immer auf jedem Gebiet zu überragen. Charles Purseau war ein Geheimnis, das

Martial keine Ruhe ließ. Er versuchte, sich diesem Mann zu nähern, prallte aber an einer vollkommenen Gleichgültigkeit ab. Abends hielt er sich in der Nähe des großen Tores auf, und wenn sein Lehrer herauskam und dicht an ihm vorbeiging, ohne ihn sehen zu wollen, hoffte er auf wenigstens ein Zeichen, eine Geste, eine ausgestreckte Hand. Irgendetwas zog Martial an; er hätte es nicht zu benennen vermocht, doch er wusste, dass er, wenn es ihm gelänge, Zugang dazu zu finden, auf einen Schatz stoßen würde.

Schließlich kam ihm der Zufall zu Hilfe. In den Weihnachtsferien war er wie immer der einzige Interne, der im Lycée blieb. Seine Tage bestanden aus Lesen und einsamen Spaziergängen in den verlassenen Gängen und Höfen. Von Zeit zu Zeit wurde er mit kleinen Besorgungen betraut. An dem Tag sollte er für die Frau des Hausmeisters, die auf Glatteis ausgerutscht war und sich am rechten Oberschenkel verletzt hatte, Medikamente holen. Es war der Silvestertag, daher musste er über den Pont Saint-Pierre gehen, um eine offene Apotheke zu finden. Und vor dieser Apotheke begegnete er Purseau. Er kam herein, als Martial, der bereits bedient worden war, ging. Martial hielt ihm höflich die Tür auf und grüßte ihn herzlich – zumindest hoffte er, dass es herzlich sei. Der Lehrer antwortete nicht, ja würdigte ihn keines Blickes. Martial gab nicht auf. Er blieb in der schneidenden Kälte auf dem Bürgersteig stehen und wartete. Als Charles herauskam, folgte er ihm entschlossenen Schrittes und wäre beinahe selbst auf dem spiegelglatten Pflaster ausgerutscht.

»Monsieur Purseau!« (Verdammt! Beinahe hätte er »Puceau« gesagt!) »Herr Lehrer!«

Der andere verlangsamte seinen Schritt nicht, man hätte sogar schwören können, dass er ihn vielmehr beschleunigte.

Martial holte ihn dennoch ein und pflanzte sich kühn vor ihm auf.

»Monsieur Purseau, ich bin's, de la Boissière!«

»Ja, ich weiß sehr wohl, wer Sie sind! Allerdings bin ich überrascht, dass Sie mich bei meinem Namen nennen, ich dachte nicht, dass Sie ihn kennen, denn gewöhnlich benutzen Sie einen anderen.«

»Ich hatte keine Gelegenheit, mich zu entschuldigen, Monsieur.«

»Sie hatten die Gelegenheit, Sie haben sich nur nicht herabgelassen, es zu tun. Aber was wollen Sie eigentlich? Seit einiger Zeit begegne ich Ihnen ständig, und das stört mich, damit Sie es wissen! Und jetzt verfolgen Sie mich auch noch auf der Straße?«

»Ich dachte, Sie hätten bemerkt, dass ich meine Einstellung geändert habe.«

»Das habe ich in der Tat bemerkt, aber es ist mir egal. Und Ihre ungeschickten Entschuldigungen interessieren mich nicht. Ich weiß nicht, ob Sie wissen, wer Abraham Lincoln war, aber Sie täten gut daran, über folgenden Satz von ihm nachzudenken: *Es ist besser zu schweigen und für einen Dummkopf gehalten zu werden, als zu reden und keinen Zweifel daran zu lassen.*«

Martial senkte verlegen den Blick. Der Graben schien doch zu tief zu sein, die Schranken zwischen ihnen beiden zu hoch. Er konnte nicht verhindern, dass ihm große Tränen über die von der Kälte geröteten Wangen liefen. Es war idiotisch, doch er fühlte sich so allein, und es hatten sich so viele Tränen angesammelt während dieser Feiertage, die er fern von zu Hause verbrachte, wenn man überhaupt noch sagen konnte, dass er ein Zuhause hatte.

»Versuchen Sie nicht, mich zu rühren«, knurrte Charles.

Martial unterdrückte die Tränen, so gut er konnte.

»Würden Sie mich jetzt vorbeilassen? Ich kann mich nicht noch mehr verspäten.«

»Geht es um Ihre Tochter? Ist sie krank?«

Ein oder zwei Sekunden lang glaubte Martial, der Mann werde ihm an die Kehle springen. Etwas zuckte in seinem Blick, eine Art Blitz, wie man ihn wohl in den Augen eines Raubtiers erkennt, bevor es angreift. Er beeilte sich, die Situation zu entschärfen.

»Ich habe die Medikamente in Ihrer Tüte gesehen. Mittel gegen Erkältung... Und da Sie sich guter Gesundheit zu erfreuen scheinen... Sie tragen Lederstiefel, wie normalerweise die Anhänger des Bergwanderns sie besitzen. Die Stiefel verhindern, dass man auf den glatten Bürgersteigen ausrutscht, so wie ich. Und da es nicht üblich ist, sie in der Stadt zu tragen, glaube ich, dass Sie sie angezogen haben, um den Weg zwischen Ihrer Wohnung und der Apotheke möglichst schnell zurücklegen zu können. Ich weiß, dass Sie Witwer sind und dass Ihre Tochter gewiss allein zu Hause ist und vermutlich im Bett liegt.«

Der Lehrer hatte sich beruhigt. Seine Neugier schien geweckt.

»Und was noch, junger Mann?«

»Sie achten kaum auf Ihre Kleidung, aber Ihr Schnurrbart ist immer bemerkenswert gut geschnitten, Sie sind stets frisch rasiert, und Ihre Fingernägel sind gepflegt. Sie lassen sich nicht in dem Maße gehen, wie man glauben könnte. Sie rauchen nicht, Sie tragen kein religiöses Zeichen, Sie drücken häufig den Ringfinger Ihrer linken Hand, an dem Sie vermutlich Ihren Ehering trugen, bevor Sie Ihre Frau verloren haben. Die Verachtung, die Ihnen am Lycée entgegenschlägt, scheint Ihnen gleichgültig zu sein, aber wenn Sie im Unterricht sind, ist Ihr Rücken gebeugter und Ihr Gang schwerer. Heute wirken Sie zehn Jahre jünger. Ich glaube, Sie könnten ein ausgezeichneter Lehrer sein, der beste vermutlich, wenn Sie bereit wären, den Blick ein wenig zu senken, um die Augen derer zu sehen, denen es nicht gelingt, sich zu Ihrer Höhe aufzuschwingen. Und als ich Sie mit Ihrer Tochter sah, schienen Sie mir der wunderbarste Vater zu sein; sie wirkte so anmutig und fröhlich, dass sie es nur von Ihnen haben kann.«

Martial weinte nicht mehr. Dennoch hielt er den Blick gesenkt. Allerdings hörte er die Stimme des Lehrers, die sich erneut verändert hatte. Er hätte es nicht beschworen, doch sie klang ein wenig bewegt.

»Sollten Sie eine Art Spion sein, de la Boissière? Oder halten Sie sich für einen Feld-Wald-und-Wiesen-Detektiv?«

»Ich kann gut beobachten. Man beobachtet viel, wenn man allein ist, das macht das Leben lebendiger.«

»Dann ist es also eine Art Deformation? Ich sage es Ihnen noch einmal, ich habe es eilig, und Sie halten mich auf. Ich werde Ihnen jedoch die Gelegenheit geben, mich zu überzeugen. Kommen Sie morgen zum Mittagessen zu mir. Das erste Mittagessen des Jahres. Punkt zwölf. Seien Sie pünktlich oder kommen Sie nicht. Da Sie ja so schlau sind, wird es Ihnen nicht schwerfallen, meine Adresse herauszufinden und sich aus dem Lycée zu stehlen.«

Damit ließ er Martial stehen und ging ein paar Schritte. Doch sehr bald schon drehte er sich noch einmal um.

»Sollte sich herausstellen, dass das alles eine Inszenierung war zu dem Zweck, mich ein weiteres Mal lächerlich zu machen, seien Sie gewarnt, mein lieber Junge; dann werde ich Sie fertigmachen, und diesmal endgültig!«

Das sagte er mit einem Anflug von Wut, mit dem gleichen Blick eines verletzten Raubtiers wie kurz zuvor.

»Und erwähnen Sie nicht noch einmal meine Frau. Nie mehr!«

Martial blickte seinem Lehrer nach, der sich kerzengerade und mit langen Schritten entfernte. Er begriff nicht, warum der Mann nicht imstande war, seinen Schülern gegenüber eine gewisse Autorität zu zeigen, da er ihn doch hier auf dem Bürgersteig beinahe erschreckt hatte. Und er war froh, dass er es aufrichtig gemeint hatte, dass er nicht im Geringsten daran gedacht hatte, ihm einen Streich zu spielen.

Martial fand die Adresse der kleinen Familie Purseau heraus. Am nächsten Tag besuchte er sie in ihrer hellen und gemütlichen Wohnung. Von nun an räumte Charles ihm einen kleinen Platz in seinem Leben ein. Martial entdeckte einen klugen und auf alles neugierigen Mann, einen aufmerksamen und liebenden Vater, eine vielschichtige Persönlichkeit, kurz, einen großen Mann. In ihren Gesprächen, aus denen nur zwei Themen verbannt waren, Charles' Frau und seine Arbeit im Lycée, konnte er an seinem Wissen teilhaben. An manchen Sonntagen im Frühling durfte er ihn sogar in die Pyrenäen begleiten und verliebte sich ebenfalls in das Gebirge. Es machte ihm Freude, in den Fußstapfen seines Mentors zu gehen, sich zu spüren, wie er in dessen gewaltigem Schatten die Stufen hinaufstieg. Und trotzdem war er froh, ihn nicht mehr im Unterricht zu haben.

Für Camille wurde er rasch zu einer Art liebevollem großem Bruder. Gleich beim ersten Besuch, als sie noch krank war, die Nase rot von der Erkältung, die Augen ein wenig fiebrig, hatte sie ihn zu ihrem Gefährten erkoren. Sie war ein fröhliches Mädchen und in allem, was sie unternahm, von entwaffnender Aufrichtigkeit. Als er am Neujahrstag 1910 bei ihnen auftauchte, war sie nicht viel älter als sieben, und als sie mit ihm auf dem Bahnsteig weinte, weil er die Stadt verließ, um sein Studium woanders fortzusetzen, war sie knapp zehn. Ein Jahr später verließ sie ihrerseits Toulouse, um ihrem Vater nach Bagnères-de-Luchon zu folgen, einem Ort zu Füßen seines geliebten Gebirges, denn er war aus gesundheitlichen Gründen von seiner Arbeit befreit.

Obwohl man ihn in den Ruhestand versetzt hatte, eine Entscheidung, die von der neuen Leitung des Lycées in Toulouse begrüßt worden war, hörte Charles in seinem neuen Leben nicht auf zu unterrichten. Während des Kriegs vertrat er monatelang die Lehrer, die in der Gemeindeschule fehlten. Er war ein heiß geliebter Grundschullehrer, und dies waren die schönsten Jahre seiner Laufbahn als Pädagoge. Und auch Camille ließ sich von dem Virus anstecken; sehr zum Missfallen ihres Vaters wählte sie den Lehrerberuf.

Als Martial wusste, dass er an die Front gehen würde, richtete er es ein, sie zu besuchen, wie er es immer tat, wenn sich die Gelegenheit bot. Der Krieg machte ihm Angst, er hatte eine böse Vorahnung. In diesem Augenblick wollte er nur Charles und Camille sehen, niemand anderen. Charles begnügte sich mit ein paar tröstenden Worten und rang sich, zum ersten und einzigen Mal, widerwillig zu einer fast väterlichen Geste durch: Als Charles in den Waggon stieg, legte er ihm die Hand auf die Schulter. Camille dagegen vermisste ihn sehr. Sie schrieb ihm häufig und spielte weiterhin das Spiel, das sie so liebte: dass sie seine zukünftige Frau sei. Als Martial schwer verletzt wurde, auf wunderbare Weise jedoch mit dem Leben davonkam, gelang es ihm, seine Genesungszeit im Grand Hôtel des Bains in Luchon zu verbringen, und sie besuchte ihn jeden Tag, morgens und abends. Den Krankenschwestern, die ihr

Fragen stellten, sagte sie, sie besuche ihren »Geliebten«. Niemand traute sich zu lächeln oder sich lustig zu machen, so aufrichtig wirkte sie.

Mit fünfzehn schrieb sie sich an der École Normale des Institutrices de Toulouse ein und schickte ihm weiterhin Briefe, die allesamt wahre Wunderwerke des Trostes und der Hoffnung waren. »*Komm unversehrt zurück*«, schrieb sie, »*das Leben erwartet uns.*« Als er sie wiedersah, bei seiner Rückkehr aus Serbien im Sommer 1919, war sie siebzehn. Charles spürte, wie seine Gesundheit ihn zusehends im Stich ließ, selbst die Wanderungen im Gebirge fielen ihm jetzt schwer. Martial besuchte ihn für ein paar Tage. Er konnte es noch immer nicht fassen, dass er dem allgemeinen Gemetzel entkommen war, und schien von Grund auf verändert. Als Camille davon erfuhr, sprang sie in den Abendzug und kam zu ihnen. Er wartete auf dem fast leeren Bahnsteig. Sie war von atemberaubender Schönheit. Er brachte es nicht fertig, ihr zu gestehen, dass er nur dank ihrer – nur für sie – durchgehalten hatte. Dass das Versprechen, das sie gegeben hatte, für ihn kein Spiel mehr war. Als er sie so schön, so fröhlich vor sich stehen sah, sie in den Armen hielt und nur noch ihr Parfum roch, fiel es ihm schwer, sie nicht mit Küssen zu bedecken. Er fühlte sich so lebendig! Er verstand, was sie mit den Worten »*das Leben erwartet uns*« hatte sagen wollen, er verstand es jetzt besser.

1920 kehrte Camille, ihr Zeugnis in der Tasche, als Referendarin nach Bagnères-de-Luchon zurück. Die Beziehungen ihres Vaters, dieselben, die sämtliche Direktoren, die das Lycée in Toulouse zu seiner Zeit geleitet hatten, zur Weißglut gebracht hatten, machten es möglich, dass sie wieder an seiner Seite sein konnte, denn er wurde immer schwächer. Kurz nach der

»Affäre Duhamel«, die Martial seinen ersten Ruhm als Ermittler einbrachte, insbesondere durch zahlreiche Artikel, die in den darauffolgenden Monaten erschienen und ihm das Gefühl vermittelten, auf dem richtigen Weg zu sein, begab er sich ein letztes Mal nach Luchon, fest entschlossen, Camille seine Liebe zu erklären und seinen ehemaligen Lehrer um ihre Hand zu bitten.

Charles hatte die Gefühle, die Martial bedrängten, vermutlich längst erraten. Er verhielt sich kühl und gestand, dass er es nicht sehr schätze, wie er durch diese Art Club, wo man den Amateurdetektiv spiele und ansonsten nichts tue, ins Gerede komme. Er schimpfte über seine schwankende Gesundheit, klagte, dass sie ihm den Weg in das geliebte Gebirge, dessen Abhänge sich bis in seinen Garten erstrecken, verwehre. Er vermied es, mit ihm über Camille zu sprechen. Das hätte Martial stutzig machen müssen.

Dass Camille, die immer schöner wurde, ihre Fröhlichkeit verlor, hätte das zweite Alarmsignal sein müssen. Sie wies ihn zurück. Sanft. Ihre Wege hätten sich getrennt, das Leben erwarte nicht mehr sie beide gemeinsam. Sie liebe einen anderen. Er werde immer ihr Freund bleiben, die andere Hälfte ihrer Familie, ein Teil von ihr. Mehr könne sie ihm nicht anbieten.

Er erinnerte sich nicht, jemals einen solchen Schmerz empfunden zu haben. Er glaubte, niemals darüber hinwegkommen zu können.

Sie blieben in Kontakt, aus der Ferne, brieflich. Camille hatte eine erste feste Stelle in einem weit entfernten Dorf an der Grenze der Départements Tarn und Aveyron bekommen. Charles hatte sie begleitet, doch war er leider dazu verurteilt, den Kampf, den er seit einigen Jahren führte, zu verlieren. Die

Briefe wurden seltener. Martial versuchte, sie zu vergessen, doch die Wunde brach nur allzu leicht wieder auf. Wie an diesem Tag, dem 1. Oktober 1923, als er folgendes Telegramm erhielt: »*Papa heute Morgen gestorben. Komm. Komm schnell. Camille.*«

Die Vernunft hätte es ihm verbieten sollen. Die große Entfernung hätte als Entschuldigung ausgereicht, sein Arzt hatte ihm von langen Reisen abgeraten, da sie seine Rückenverletzung wieder akut werden lassen konnten. Er wusste, dass ein Wiedersehen ihm das Herz brechen, ihn erneut in die Abgründe würde stürzen lassen, aus denen er sich mühsam hochgerappelt hatte. Doch die Vernunft war machtlos. »*Komm. Komm schnell.*« Sein Herz spielte verrückt, und ihm stand nicht der Sinn danach, um Charles zu trauern.

Am Mittwoch, dem 3. Oktober, hatte er am Steuer seines funkelnagelneuen Hispano-Suiza Brassac erreicht. La Vitarelle-du-Théron, das Dorf, in dem Camille seit einem Jahr lebte, war nur noch gut zehn Kilometer entfernt. Nachdem er mit seinem knatternden Auto einiges Aufsehen erregt hatte, nahm er in dem Gasthof am Ufer des Agoût, in der Nähe der großen steinernen Brücke, ein Zimmer. Die Beerdigung war für den nächsten Morgen vorgesehen. Martial kannte Camille gut genug, um zu wissen, dass dieser Abend ihr gehörte, ihr allein an der Seite ihres geliebten Vaters. Ein letztes Mal. Er fragte sich ohnehin, ob er den Mut aufbringen würde, die letzten Kilometer, die ihn noch von ihr trennten, zurückzulegen. Die Nacht, die er in dieser unbekannten Gegend verbrachte, umgeben von waldbedeckten Bergen, bot ihm eine letzte Chance umzukehren. Er bekam kein Auge zu.

Charles Purseau. Ein nahezu unvergesslicher Name für zahlreiche Schüler des Lycée national in Toulouse, doch viele von ihnen waren tot, hinweggerafft von diesem Krieg, von dem es hieß, er sei der letzte. Der Name eines mittelmäßigen Lehrers, eine Schande für das »Große Haus«; der Name eines Mannes, der nicht viele Freunde hatte und für die meisten derer, die ihm einmal begegnet waren, ein Geheimnis blieb; eines Mannes mit vielen Möglichkeiten und voller Kraft, der den ersten Tag des neuen Schuljahrs gewählt hatte, um aus dem Leben zu scheiden.

* * *

Donnerstag, den 4. Oktober 1923

Der bescheidene Trauerzug ließ sich Zeit, um durch das Dorf in Richtung Kirche zu ziehen. Camille ging allein an der Spitze der kleinen Prozession, die dem langsamen Schritt der Pferde folgte. Hier war ihr Vater gestorben, in diesem Dorf, das ihm fremd geblieben war. In dem Jahr, das er hier verbracht hatte, waren seine einzigen Gefährten, abgesehen von seiner Tochter und ihrem Verlobten, seine Bücher und Camilles Unterrichtsstunden gewesen, die er von seinem Zimmer aus hatte hören können.

Ihm war genügend Zeit geblieben, den Tod kommen zu sehen. Er hatte die letzte Ölung haben wollen und sich ein ordentliches Begräbnis gewünscht. Nicht dass er sehr religiös gewesen wäre, aber er fand, dass Traditionen ihr Gutes hatten, dass sie wie Übergangspunkte waren, die ein Leben markierten.

Er hatte in der Kirche geheiratet, Camille war getauft worden, und Marie hatte ein christliches Begräbnis bekommen. Der Friedhof von La Vitarelle war ganz nach seinem Geschmack. Man hatte einen schönen Blick auf die Schluchten. Warum hätte er nach Toulouse oder Luchon gehen sollen? Was er für seine letzte Reise brauchte, hatte er im Kopf. Der Ort spielte keine Rolle. Und man durfte ihn nicht mit dem Blödsinn nerven, dass es sich gehöre, Trauer zu tragen. Schwarz stand seiner Tochter nicht.

Camille hatte allerdings nicht gehorcht. Sie trug ihr einziges schwarzes Kleid. Ihre Stellung im Dorf, die Schwierigkeiten, die sie hatte, akzeptiert zu werden, zwangen sie, genau zu überlegen, was sie tat. Daher ging Édouard nicht neben ihr, ihre Verlobung war nicht offiziell. Der einzige Regelverstoß, den sie sich gestattet hatte, war, dass sie auf den Hut verzichtete. Sie ging barhäuptig, und eine Locke wand sich hartnäckig aus dem Knoten und fiel ihr in die Stirn.

Martial war nicht gekommen. Sie wusste nicht einmal, ob das Telegramm ihn erreicht hatte, denn es war ohne Antwort geblieben. Er fehlte ihr. Seit zwei Jahren fehlte er ihr. Und erst recht in den vergangenen Tagen. Dabei hatte sich Édouard ganz wunderbar verhalten, war für sie da und zugleich diskret gewesen, wie ein Fels in der Brandung und doch im Hintergrund. Aber Martial war die Verbindung zur Vergangenheit, die sich gerade aus dem Staub machte, gezogen von zwei alten Pferden, auf einem Karren, der mit einem alles andere als neuen schwarzen Samt ausgekleidet war. Und er war nicht an seinem Platz. Er war es nicht mehr, seit sie ihn abgewiesen, seit sie ihm zu verstehen gegeben hatte, dass sie einander um ein paar Jahre verpasst hatten.

Die Kirche stand an der Stirnseite eines von Platanen gesäumten Platzes, direkt am Rand einer Felswand, die zum Fluss hin abfiel. Die Totenglocke schlug düster. Ein paar Leute, die nicht zur Einsargung in die Schule gekommen waren, warteten auf dem Vorplatz. Auf einer Seite parkte ein staubbedeckter roter Wagen. Die Kinder, die ihn umdrängten, verstummten, als die Prozession an ihnen vorbeizog. Dann sah Camille ihn. Er stand etwas abseits, die Beine an das Geländer gedrückt, das den Friedhof säumte. Er war blass. Er starrte auf den Sarg, der langsam auf ihn zukam. Sie spürte, wie eine Art Lampenfieber ihr die Brust zusammenpresste. Sie wich seinem Blick aus. Sie ging an ihm vorbei. Erst dann blieb sie stehen und wartete, dass der Sarg abgeladen wurde. Sie spürte, dass sein Blick sich in ihren Nacken bohrte. Daraufhin streckte sie, ohne sich umzudrehen, die Hand nach hinten aus. Ein paar Sekunden vergingen, langsam, und alles um sie her schien sich zu verschleiern, selbst die Geräusche, die sie nicht mehr hörte. Und sie spürte, wie seine dicke Hand in die ihre glitt. Und sie drückte sie fest, während ihr alle Tränen ihres Körpers zugleich in die Augen zu schießen schienen. Seine sah sie nicht.

Martial war zurückhaltender als in ihrer Erinnerung, weniger selbstsicher. Sie sagte ihm, wie sehr es ihr Herz erwärme, dass er gekommen sei. Und sie stellte ihm Édouard vor. Sie hatte ihm so viel von ihrem Freund erzählt, dass sie das Gleichgewicht wiederherstellen wollte. Édouard war mit vierzehn in die Handelsmarine eingetreten, die einzige Möglichkeit für ihn, dem Waisenhaus in La Rochelle zu entkommen. Über seine Herkunft wusste er nur, dass man ihm den Vornamen des Jungen gegeben hatte, der ihn als Baby unter den Arkaden gefunden hatte, im Juli 1892, dem Monat, in dem Frankreich den Vertrag mit Zar Alexander unterzeichnet hatte, und dass man ihm als Nachnamen den des russischen Kaisers verpasst hatte. Ein Schiffbruch in der Passage der Lakkadiven hätte ihn fast das Leben gekostet, und nach diesem Vorkommnis hatte er sich geschworen, nie mehr einen Fuß auf ein Schiff zu setzen. Den Krieg hatte er zu Fuß absolviert, im Schlamm. 1917 war er schwer verletzt worden, und man hatte ihn nach Luchon geschickt, wo er sich an den hauchdünnen Faden klammern sollte, der ihn noch mit dem Leben verband. Dort hatte er Charles und dann Camille kennengelernt.

Heute war Édouard Fellhändler. Die Industrie des Entwollens der Felle war im Aufschwung begriffen. Seine Erfahrungen auf hoher See und seine Kontakte hatten ihm geholfen, sich zu profilieren. Er arbeitete zunehmend mit Argentiniern zusammen, die ihm den Großteil des Rohmaterials lieferten. Argentinien! Dort lag die Zukunft. Ein weites Land, ein leeres Land, ein Land im Aufbau. Er hatte diesen Plan bereits vor der Mobilmachung im Kopf gehabt. Der Zufall hatte ihn wieder darauf gebracht. Sie würden nach Argentinien gehen, vermutlich im nächsten Sommer. Alles war vorbereitet, sie konnten dort ein neues Leben beginnen, ein angenehmes Leben, fern von dem Kummer und den Schatten, die vor einiger Zeit über sie hereingebrochen waren.

Martial hörte aufmerksam zu und sagte wenig, doch seine Anwesenheit tat ihr wahnsinnig gut. Und das sagte sie ihm, als er ankündigte, dass er gleich wieder weg müsse. Sie glaubte die Lügen, die er ihr über seine Verpflichtungen und die lange Fahrt auftischte, keinen Augenblick, traute sich aber nicht, darauf zu bestehen, dass er blieb.

Stattdessen begleitete sie ihn zu seinem Wagen, der jetzt vor der Mädchenschule parkte. Sie hatte sich bei ihm eingehakt. Sie spürte, dass die Wunde noch nicht verheilt war.

»Es tut mir leid«, sagte sie sanft und lehnte den Kopf an seine Schulter. »Das tut mir alles so leid.«

»Ich hatte nie die Gelegenheit, dir Glück zu wünschen. Dein Verlobter scheint ein guter Mensch zu sein. Er muss deinem Vater gefallen haben.«

»Papa hätte nicht gewollt, dass ich dich heirate. Er sagte, du hättest etwas an dir, das Frauen zum Weinen bringt.«

»Und das hast du geglaubt?«

»Nein! Aber er hatte kein anderes Argument, um mir dich auszureden … Du bist alles, was mir bleibt, Martial. Bitte, wende dich nicht auch von mir ab. Versprich mir, dass wir uns wiedersehen.«

Martial zwang sich zu lächeln und versprach es.

Daraufhin zog Camille einen mit Wachs versiegelten Umschlag aus der Tasche.

»Das ist von Papa. Er hat dir vor seinem Ende einen Brief geschrieben. Und obwohl ich darauf brenne zu erfahren, was drinsteht, wirst du bemerken, dass ich ihn nicht geöffnet habe.«

Martial nahm den Umschlag und vertiefte sich für einen Augenblick in die schöne Schrift seines ehemaligen Lehrers.

»Nun, du wirst mir gestatten, dass ich ihn später lese. Was drinsteht, erzähle ich dir, wenn wir uns wiedersehen.«

»Bald?«

»Sehr bald.«

Zu der Stunde, da die Leute ihr Abendessen zubereiteten, tönte der Hispano-Motor durch das ganze Dorf und lockte die Neugierigen auf die Schwelle ihrer Häuser. Martial scherte sich nicht darum, dass die Nacht hereinbrach. Er wollte so schnell wie möglich weg. Sein Herz war erneut gebrochen. Er wusste nicht, ob er je die Kraft haben würde, sie wiederzusehen. Die Reste eines schönen Sommers drohten sich im abendlichen Regen aufzulösen. In der Ferne grollte bereits das Gewitter über der Montagne Noire.

* * *

Martial,
ich werde bald sterben. Ich, der ich so gern die reine Gebirgsluft geatmet habe, werde erstickt gehen, verraten von meiner Lunge: Das Schicksal ist ein Spaßvogel! Ich habe keine Angst vor dem Tod. Ich sage das nicht aus Selbstgefälligkeit, sondern weil es stimmt. Dagegen habe ich Angst um meine kleine Camille. Ich weiß, dass Du sie liebst und sie Dich ebenfalls, wenn auch nicht so, wie Du es Dir wünschst.

Unsere Wege haben uns in letzter Zeit voneinander entfernt, aber jetzt haben sie uns wieder zusammengeführt. Ich habe Deine Erfolge aufmerksam verfolgt. Inzwischen glaube ich nicht mehr, dass Dein berühmter Zirkel ein Haufen Jungs ist, die ihr Leben träumen, anstatt es zu leben. Ich habe mich geirrt. Du kannst stolz auf Dich sein.

Du hast einmal erklärt, Du könntest ein vorbildlicher Schüler werden. Nun, heute sage ich Dir, Du warst ein guter Schüler, der beste, den ich jemals hatte. Daher bitte ich Dich heute um einen letzten Gefallen: Beschütze Camille. Sei ihre Kraft, wenn es ihr an eigener fehlt. Sei ihre Vernunft, wenn sie sich von ihrem Wesen, das Du so gut kennst, hinreißen lässt. Sei das Echo ihres Lachens an Tagen der Freude. Sei die Hände, in denen sie ihr Gesicht begräbt an Tagen des Kummers. Sei Du und ich zugleich. Ich habe solche Angst um sie …

Urteile nicht zu streng über Édouard. Das Leben hat ihm nichts geschenkt, und er verdient es, dafür entschädigt zu werden. Er ist ein guter Junge, und ich wünsche mir, dass Du das siehst. Auch er kann ein guter Schüler werden, wenn er einen guten Lehrer hat.

Bevor ich gehe, muss ich Dir noch etwas gestehen. Bis jetzt habe ich mich nicht getraut, da siehst Du, wie feige ich bin, nicht nur in einem Klassenzimmer. Wir haben nie mehr miteinander Schach gespielt. Hätten wir es getan, hättest Du gemerkt, dass ich gar nicht Schach spielen konnte! Es ist vielmehr so, dass ich in meiner Studienzeit in Ägypten einen jungen Engländer kennengelernt habe, der ein wahres Schachgenie war. Im Sommer 1909 habe ich ihm geschrieben. Er hat mir brieflich zwei todsichere Eröffnungen beigebracht, eine mit den Weißen und eine mit den Schwarzen. Ich habe sie auswendig gelernt, denn ich wusste, dass ich mich auf diesem Gebiet würde revanchieren müssen. Ich bin nicht sehr stolz auf mich, ich bin ziemlich nachtragend. Aber das hat mir immerhin erlaubt, Dich kennenzulernen …

Das wär's, mein Junge. Ich danke Dir, dass Du mich ein Stück des Weges begleitet hast. Ich weiß, dass ich mich auf Dich verlassen kann.

Also leb wohl

Charles Purseau

1

Der Tod von Louis Bascoul löste die ganze Geschichte aus.

Louis Bascoul war ein alter Bauernknecht, der seit Menschengedenken in einem winzigen, halb verfallenen Haus lebte, dem einzigen Besitz, den seine Eltern ihm hinterlassen hatten. Doch das hinderte ihn keineswegs daran, sich möglichst wenig darum zu kümmern. Überaus verdient genoss er in La Vitarelle-du-Théron den Ruf, ein Faulpelz zu sein. Und wenn er mit fast sechzig noch immer auf dem Hof der Gresses arbeitete, dann einzig und allein deswegen, weil die alte Gresse, obwohl gebrechlich, immer noch die Zügel des Betriebs in der Hand hielt. Denn er hatte eifrig ihr Bett besucht, schon bevor sie Witwe geworden war, und dafür wurde er jetzt in gewisser Weise belohnt.

Die wenigen Sous, die er so verdiente, wurden allabendlich in einer der beiden Kneipen des Dorfs versoffen, häufig mit schlechtem Wein. Doch obwohl er Gewohnheitstrinker war, vertrug er den Alkohol immer schlechter und achtete immer weniger auf die Qualität dessen, was ihm eingeschenkt wurde. Er hatte immer schneller einen in der Krone und ging, nachdem man ihn nach draußen befördert hatte, torkelnd nach Hause, schurrte mit den Holzschuhen über den Boden und schleppte sein ausgemergeltes Gerippe zu seinem dreckigen

Bett, wenn er nicht schon vorher in einem Graben zusammenbrach. Seine Räusche hatten für die Gemeinde nichts Peinliches. Sie waren still und düster, unauffällig. Sie waren wie er.

Und dann, Anfang Dezember 1923, verschwand er.

Am Samstagabend hatte er das »Café du Progrès« betrunken wie immer verlassen. Seit dem Spätnachmittag hatte sich eisiger Nebel auf das Dorf gesenkt. Man konnte keine zwanzig Meter weit sehen. Bascouls alte Bruchbude gehörte zu den Häusern, die auf dem Weg zur alten Mühle den Weiler Les Buissonniers bildeten. Er kam nie dort an.

Am nächsten Morgen kreuzte fuchsteufelswild Michel Gresse auf, der älteste Sohn des Hofs. Er öffnete die Tür mit einem heftigen Fußtritt – beinahe hätte er Kleinholz aus ihr gemacht –, fand in dem völlig verdreckten und übelriechenden Raum aber nur ein leeres Bett vor. Anschließend machte er die Runde durchs Dorf, um sich nach seinem Knecht zu erkundigen. Mit den beiden Kneipen fing er an. Niemand war imstande, ihm zu sagen, wo Bascoul abgeblieben war. Solange der Sohn der Gresses in der Nähe war, traute sich niemand, über die Situation zu lachen. Alle wussten, wohin seine Wutausbrüche führen konnten, wenn man sie auf diese Weise schürte. Doch kaum hatte er den Rücken gewandt, gab es kein Halten mehr. Man zweifelte nicht daran, dass Bascoul irgendwo seinen Rausch ausschlief, zu gut versteckt, um gefunden zu werden. Nur dass er bei Einbruch der Nacht noch immer nicht aufgetaucht war. Der Nebel war hartnäckig, die Kälte heimtückisch. Sie drang feucht unter die Kleidung. Also hörten die Leute auf zu lachen und begannen, sich Sorgen zu machen.

Montagmorgen wurden Nachforschungen angestellt, ohne Ergebnis. Am Ende musste man sich dazu durchringen, die

Gendarmerie in Brassac zu informieren, die eher gleichgültig zu dem Schluss kam, dass der alte Mann sich tatsächlich in Luft aufgelöst hatte. Die Gendarmen äußerten die Hypothese, er habe, seines elenden Lebens überdrüssig, vielleicht das Dorf verlassen, doch sie kannten Louis Bascoul nicht, sonst hätten sie so etwas nicht behauptet; es gab keine größere Memme als ihn, er hätte nie den Mut aufgebracht, sich einfach so ins Unbekannte zu stürzen. Im Dorf machte man sich keine Illusionen mehr; es hieß, er sei irgendwo gestorben, weil er zu viel getrunken hatte, weil er zu schmutzig war, weil er ein zu großer Lügner war, weil er zu schlecht ernährt war – oder aus Dummheit. Aber nicht diese Annahme bekümmerte die Dorfbewohner, sondern eher die Tatsache, dass man die Leiche nicht finden würde. Louis Bascoul mochte sein, was er war, aber er verdiente doch ein Begräbnis, das eines guten Christen würdig war.

Die Suche nach dem Leichnam des Bauernknechts wurde daher zur Hauptbeschäftigung. Für die jungen Burschen der Gegend geriet sie so sehr zur Herausforderung, dass sie am Donnerstag zahlreich in die Umgebung ausschwärmten und Wälder und Schluchten sorgfältig durchkämmten. Zwei von ihnen verstießen sogar gegen die Verbote und beschlossen, beim Pas-du-Diable zu suchen. Und dort fanden sie ihn.

Man sah die beiden Burschen angerannt kommen, zitternd wie Espenlaub und bleich, als seien sie dem Tod persönlich begegnet. Die Leute im Dorf schlugen Alarm und stiegen, begleitet von Doktor Delcros, hinauf zu dem Ort, den die beiden angegeben hatten.

Der Pas-du-Diable war ein Unfall der Natur mitten im Gemeindewald, ein steiler Hang, der am Rand einer vom noch jungen Fluss gegrabenen Schlucht erstarb. Dieser Hang bestand aus Dutzenden großer, ungewöhnlich geformter Granitfelsen. Und zwischen den Felsen gab es mehr oder weniger tiefe natürliche Brunnen. Es war ein steiniges, zerklüftetes Gebiet. Ein Ort, der von jeher gefürchtet war. Zunächst weil es gefährlich war, sich dorthin zu wagen. Vor allem aber, weil es hieß, die Gegend sei von bösen Geistern heimgesucht. Man erzählte, dort hätten die Hexen dieser Berge ihre Sabbate abgehalten. Man erzählte, der Wind lasse, wenn er dort wehe, menschliche Klagen aus den Kratern aufsteigen. Man wusste, dass der Nebel sich dort immer zuerst bildete und zuletzt verschwand. Es hieß, im Nebel seien Gestalten zu erkennen, die aus den Löchern kämen und zwischen den Bäumen umherirrten. Es sei der Ort der verlorenen Seelen, der bösen Verstorbenen. Dort ging man nicht hin. Nicht einmal, um zu jagen, zu angeln oder Steinpilze zu suchen. Übrigens verirrte sich auch das Wild nicht dorthin. Die einzigen Tiere, die je dort gesichtet wurden, waren Schlangen. Jeder mied diesen Ort, so weit es nur ging.

Und doch war Louis Bascoul hier gestorben. Sie fanden ihn in der Schlucht, unmittelbar am Ufer des Flusses. Diejenigen, die dort hinaufstiegen, würden den schmerzlichen Ausdruck, in dem sein Gesicht erstarrt war, nicht vergessen. Doktor Delcros weigerte sich, den Leichnam vor der Ankunft der Gendarmen zu bewegen. Erst dann begann er seine Untersuchung.

Es stellte sich heraus, dass der alte Mann seit mehreren Tagen tot war, vermutlich war er bereits am Montagmorgen, als man begonnen hatte, nach ihm zu suchen, tot gewesen. Das Felsenbein war gebrochen, und das hatte wahrscheinlich zum Tod geführt. Abgesehen von den Prellungen, die der Leichnam aufwies, verweilte der Arzt länger bei den Knöcheln, die beide gebrochen waren. Es sah aus, als wären sie mit Gewalt nach außen gebogen worden, bis der Knochen gebrochen war und die Haut durchbohrt hatte. Außerdem stellte er fest, dass sämtliche Finger der linken Hand oberhalb des zweiten Fingerglieds zerquetscht waren, und zwar so sehr, dass man bei der Berührung nur noch eine Art Brei spürte.

Der Arzt übergab seinen Bericht, und die Gendarmerie stellte zwei Hypothesen auf, die den Tod erklären sollten. Die erste besagte, Louis Bascoul habe sich auf dem Nachhauseweg im Nebel verirrt. Er habe sich schließlich am Pas-du-Diable wiedergefunden und sei in die Klamm gestürzt, wobei er sich an den hervorspringenden Felsen den Schädelbruch zugezogen habe. Die zweite Hypothese war, dass er unter der Wirkung des Alkohols beschlossen habe, seinem Leben ein Ende zu setzen. Er sei in tiefer Verzweiflung im Wald umhergeirrt und habe sich schließlich umgebracht, indem er sich ins Leere gestützt habe. Was könne für einen Selbstmord besser geeignet sein als dieser verfluchte Ort?

Doktor Delcros äußerte Zweifel an beiden Hypothesen, wenn auch zunächst nur privat, dem Polizeihauptmeister gegenüber. Er konnte sich die gebrochenen Knöchel ebenso wenig erklären wie die zerquetschten Finger und behauptete, diese Verletzungen könnten nicht von einem einfachen Sturz verursacht worden sein, und sei er auch noch so heftig gewesen. Man bat daher einen Arzt des Krankenhauses in Castres um seine Meinung. Dieser erklärte einzig und allein auf der Grundlage einer aufmerksamen Lektüre des Gendarmerieberichts, diese Verletzungen ließen sich durchaus durch den Sturz erklären, allerdings müssten, wie er einräume, eine Reihe von Umständen zusammenkommen.

So wurde die Akte geschlossen. Um niemanden zu kränken, entschied man sich für die Unfallhypothese, und Louis Bascoul bekam ein anständiges Begräbnis auf dem kleinen

Friedhof des Dorfes. Doch Doktor Delcros hatte in seiner Wut mit seinen Zweifeln nicht hinter dem Berg gehalten. Sie verbreiteten sich im Dorf, wo sowieso viele nicht an die Schlussfolgerungen glaubten, die aus der Untersuchung gezogen worden waren.

Sie gruben die alten Geschichten über den Pas-du-Diable wieder aus. Bascouls Gesichtsausdruck hatte nicht zu einem raschen Tod gepasst. Er hatte von einem langsamen Tod gezeugt, einem barbarischen Tod, einem schlimmen Tod. Deswegen durfte man die dunklen Mächte bei Nebel nicht herausfordern. Denn das war das Schicksal, das diejenigen, die sich dorthin wagten, erwartete.

Es gab im Dorf Leute, die mit dem Aberglauben nichts anfangen konnten. Sie vermuteten eine unangenehme Begegnung, ein wildes Tier oder eher noch eine Gruppe von Herumtreibern. Zwei Winter zuvor hatten welche in den Wäldern von Murat ihr Lager aufgeschlagen, Zigeuner, die auf mehreren Bauernhöfen gestohlen und sich mit denen, die ihr behelfsmäßiges Lager entdeckten, geprügelt hatten. Ohne dass sich das bis nach Brassac herumsprach, wurden im Wald, wo die Kälte immer schneidender wurde, zwei, drei Treibjagden organisiert, die bis zum Pas-du-Diable gingen. Doch man fand keine Spur eines lebenden Wesens.

Und da die Nächte immer länger und vor allem immer dunkler wurden, verzichteten die Leute im Dorf schließlich darauf, eine andere Erklärung zu finden. Man kam überein, zu schweigen und sich hinter der offiziellen Version zu verschanzen, was im Grunde allen sehr gelegen kam. Sie ließen sich das Drama eine Lehre sein, was die schädlichen Folgen des Alkohols und auch die Gefahren des Pas-du-Diable betraf. Dann bemühten sie sich zu vergessen.

Camille allerdings hatte keineswegs die Absicht, das alles so einfach zu vergessen. Sie glaubte nicht an die Geschichten von Herumtreibern und wilden Tieren, die sich in den Wäldern versteckten, und auch nicht an die von bösen Geistern, die Gefangene der Felsen oder der Abgründe waren. Sie hatte von den Zweifeln des Arztes bezüglich der beiden Hypothesen der Gendarmerie gehört. Und sie war zu der Überzeugung gelangt, dass Louis Bascoul ermordet worden war.

Warum Louis Bascoul töten? Diese Frage war wie eine Klippe, an der ihre Theorie zerschellte. Der alte Mann hatte nichts besessen. Abgesehen von seiner Vorliebe für Alkohol und die Röcke seiner Herrin hatte es in seinem kleinen erloschenen Leben nichts Tadelnswertes gegeben. Er hatte das Dorf nie verlassen. Er hatte sein ganzes Leben hier verbracht, vor den Augen aller. Vielleicht hatte er etwas Kompromittierendes entdeckt? Vielleicht war er das Opfer einer Tracht Prügel geworden, die ein schlimmes Ende genommen hatte? Camille ging jeder Spur nach, aber sie führten alle in eine Sackgasse. Und letzten Endes gab es nie ein Motiv. Sie besprach die Ergebnisse oder vielmehr die nicht vorhandenen Ergebnisse ihrer Nachforschungen mit den wenigen nahestehenden Personen, die ihr geblieben waren, doch zu ihrem großen Ärger wurden diese nicht müde, ihr unter die Nase zu reiben, dass ihre Geschichten sämtlich nicht schlüssig seien. Da war natürlich Édouard. Er schaffte es, regelmäßig zu kommen, zwei oder drei Tage am Stück, in der Regel ab Freitag, mit dem Bus, der von Mazamet aus über Brassac hier herauffuhr. Die Schicklichkeit verlangte, dass sie nicht unter demselben Dach lebten, daher wohnte er in der alten Mühle, die Antoine Guiraud ihm für ein Butterbrot und ein paar Wartungsarbeiten während Camilles Unterrichtsstunden vermietete.

Antoine Guiraud war der zweite bevorzugte Gesprächspartner der jungen Frau. Besitzer des Sägewerks und ehemaliger Bürgermeister, war er der geachtetste, aber auch der gefürchtetste Mann in La Vitarelle. Er hatte sich jahrelang um dieses Dorf gekümmert. Die Eröffnung der Molkerei war ihm zu verdanken. Der Kauf des Busses, der das Dorf mit Brassac und dem Bahnhof dort verband, war ihm zu verdanken. Alles, was sich im Laufe der letzten dreißig Jahre zum Guten verändert hatte, trug seinen Stempel. Er hatte auch dafür gekämpft, dass eine Schule für Mädchen eröffnet wurde. Seine Beharrlichkeit hatte sich letztlich ausgezahlt, und Camille war die erste Lehrerin auf dieser Stelle. Obwohl er bei ihrer Ankunft nicht mehr Bürgermeister gewesen war, hatte er sofort Sympathie für sie empfunden und sich zu ihrem Beschützer gemacht. Denn er kannte die Vorbehalte im Dorf gegenüber denen, die von anderswo kamen, nur zu gut.

Er wusste, dass seine häufigen Besuche bei der jungen Frau bösen Gerüchten Nahrung gegeben hatten, aber er kümmerte sich nicht darum. Die Gerüchte waren stets an ihm abgeprallt. Früher, weil er wie ein Fels in der Brandung gewesen war und nichts ihn hatte erschüttern können; jetzt, weil er bereits ein gebrochener Mann war und nicht noch mehr gebrochen werden konnte. Er begnügte sich damit, in seinem Leben umherzuirren wie auf den Wegen, auf denen er immer am späten Nachmittag herumwanderte mit keinem anderen Ziel als dem, allein zu sein und seinen Kummer ein wenig auszulüften. Es war ihm gelungen, über den Tod seiner Frau lange vor dem Krieg hinwegzukommen. Doch dann hatte der Krieg ihm den jüngeren seiner beiden Söhne genommen, seinen größten Stolz auf Erden, und den älteren für immer verwandelt zurückgegeben, den Geist in kleine Stücke zerrissen. Seitdem lebte er im Dunkeln. Von Zeit zu

Zeit gelang es ihm, einen Lichtstrahl zu entdecken. Camille war einer, und auch sie empfand große Zuneigung zu dem alten Mann und unterhielt sich gern mit ihm, wenn er auf dem Rückweg von seinen täglichen Spaziergängen bei der Schule haltmachte. Seit dem Tod ihres Vaters war das für sie noch wichtiger geworden.

Antoine Guiraud durfte sich also die verschiedenen Argumente anhören, die sie fand, um ihre Theorie über den Tod von Louis Bascoul zu stützen. Dabei schien sie jede Woche neue zu finden. Und ihre Schlussfolgerung blieb immer dieselbe: Ein oder mehrere Mörder waren im Begriff, der Justiz durch die Lappen zu gehen. Der ehemalige Bürgermeister konnte nicht zugeben, dass so etwas in seinem Dorf möglich war, und widersprach energisch. Vor allem aber fürchtete er, dass die von der jungen Lehrerin geäußerten Ideen sich verbreiten und ihr schaden könnten.

Ihm war nicht entgangen, dass Camille ausspioniert, kritisiert und von manchen sogar abgelehnt wurde. Es gab die guten Gemeindemitglieder, die sich um den Pfarrer scharten und ihre Lebensweise kritisierten: Nicht nur trauerte sie nicht mehr um ihren Vater, sondern sie bekannte sich auch offen zu ihrem Verhältnis mit dem Verlobten, der häufig ins Dorf kam und nicht sehr diskret war, wenn er spätabends die Mühle verließ und zu ihr ging, wo sie ihn in ihr Bett ließ. Andere verstanden nicht, warum man nicht das alte System beibehalten hatte, mit einem einzigen Lehrer und seiner Frau oder Schwester, die sich um die Mädchen kümmerte. In ihren Augen bedeutete diese Neuerung nur sinnlose Ausgaben, während das Geld an anderer Stelle fehlte. Zahlreiche Frauen misstrauten Camille wegen ihrer Jugend und Schönheit, weil die Männer sie gern anschauten, wenn sie vorbeiging, und weil sie zum Gegenstand schlüpfriger Scherze an den Tresen der

Cafés geworden war. Und zu allem Überfluss kam sie auch noch aus der Stadt, einer fernen Stadt zudem. Sie kam aus diesem Anderswo, das vom Leben in den Bergen keinen Begriff hatte. Dem Anderswo, das das Dorf allmählich fraß, indem es ihm Tag für Tag seine jüngsten und kräftigsten Einwohner nahm. Diesem Anderswo, das jene, die es nicht zum Träumen brachte, zu verabscheuen gelernt hatten.

Etwas anderes als Misstrauen, ja im schlimmsten Fall Verachtung konnte Camille nicht erhoffen. Dabei war an ihrer Arbeit nichts auszusetzen, und ihre Schülerinnen liebten sie. Doch selbst auf diesem Gebiet schenkte man ihr nichts. Der Lehrer der Jungenschule, Étienne Germain, ließ keine Gelegenheit aus, sie vor allen zu erniedrigen. Seine Stellung machte ihn zum Direktor der Gemeindeschule, und er legte seit jeher Wert darauf, dass die junge Frau nicht vergaß, wer ihr Vorgesetzter war. Und dass sie ebenso wenig vergaß, wer vor ihrer Ankunft die Mädchen unterrichtet hatte, nämlich seine Schwester, mit der er zusammenlebte. Anfangs hatte er Camille deswegen bestrafen wollen. Dann jedoch hatte er begonnen, seiner charmanten Kollegin den Hof zu machen. Nach dem Tod ihres Vaters sogar recht nachdrücklich. Irgendwann hatte sie seine Avancen auf nicht sehr diplomatische Weise zurückgewiesen, was er ihr übel genommen hatte. Seitdem hörte er nicht auf, ihr das Leben schwer zu machen. Es hieß sogar, er habe einen Brief an die Schulaufsichtsbehörde geschrieben, damit seine Kollegin bestraft würde.

Das alles sprach nicht gerade zu ihren Gunsten. Wenn jetzt auch noch bekannt wurde, dass sie argwöhnte, unter den Einwohnern der Gemeinde sei ein Mörder, konnte die Situation ausweglos werden. Gewiss, Antoine Guiraud wusste, dass Camille Vorbereitungen traf, in andere Gefilde zu ziehen. Er wusste, dass sie ihren Posten Ende Juli verlassen würde.

Doch die Mädchenschule musste geöffnet bleiben. Schon der geringste Vorwand würde dem Départementrat genügen, um sie zu schließen, und der gegenwärtige Gemeinderat würde es geschehen lassen. Als er noch im Amt gewesen war, hatte er am großen Platz ein neues Rathaus bauen lassen. Es handelte sich um ein nüchternes, solides Gebäude, und er sah in ihm ein Denkmal, errichtet zu Ehren dieser Republik, deren glühender Anhänger er war. Die beiden Seitenflügel des Gebäudes waren in den ursprünglichen Plänen für die beiden Schulen bestimmt gewesen, doch nur die Jungenschule war eingezogen. In dem anderen Flügel hatten sie aus Spargründen das Postamt eingerichtet. Die Entscheidung war nach seinem Ausscheiden aus dem Amt getroffen worden, drei Jahre nach seiner Wiederwahl 1919. Die Mädchen gingen unverändert in die windgepeitschte alte Schule oberhalb des Dorfes. Die Botschaft war klar: Das Ganze wurde als provisorisch betrachtet; es war verrückt gewesen, zwei Schulen an einem solchen Ort haben zu wollen. So war also alles vorbereitet, um sein letztes Werk zu zerstören. Er wollte nicht, dass Camille, die diesen Posten freiwillig angetreten und damit all jene zum Schweigen gebracht hatte, die dachten, keine junge Frau würde je hierherkommen wollen, gegen ihren Willen an dieser vorprogrammierten Zerstörung mitwirkte.

Daher rügte er sie immer wieder. Ohne Bosheit, gewiss, aber mit Nachdruck.

Und dann tauchte an diesem Donnerstagmorgen im März Marthe Cousinié in seinem Büro über dem Sägewerk auf. Marthe wohnte auf dem Bauernhof neben der Schule. Sie putzte dort und kümmerte sich zur Mittagszeit um die Schülerinnen. Sie war Camille eine große Hilfe gewesen, als es mit ihrem Vater zu Ende gegangen war. An diesem Morgen hatte sie, außer Atem, weil sie gerannt war, Mühe ihre Worte zu finden. Schließlich brachte sie heraus, sie habe Camille in ihrem Schlafzimmer auf dem Boden gefunden, sichtlich verängstigt und unter Schock. Sie habe sie ins Bett gelegt und vergebens versucht, ihr Tee einzuflößen, aber jetzt wisse sie nicht mehr weiter. Antoine Guiraud zog seinen teuren Wintermantel an, griff sich Hut und Stock und begab sich, mit einem Schritt, den er sich flotter gewünscht hätte, zur Mädchenschule. Marthe war ihm weit voraus.

Camille hatte sich, obwohl er nicht unerwartet gekommen war, nicht wirklich vom Tod ihres Vaters erholt. Und dann war da die Einsamkeit in dieser alten, abseits gelegenen Schule, einem eiskalten und grauen Gebäude. Sie hatte sich in die Arbeit gestürzt, um ihre Niedergeschlagenheit in Schach zu halten, doch die hörte nicht auf, sie zu bedrängen. Mehr als einmal hatte sie daran gedacht, alles hinzuschmeißen, zu Édouard ins Tal zu gehen und sich von ihm in weniger unwirtliche Gegenden mitnehmen zu lassen, Gegenden ohne Trauer und Erinnerungen. Sie mochte dieses Dorf nicht. Die Nächte waren am schlimmsten. Jedes nächtliche Geräusch wurde für sie in ihrer Überempfindlichkeit sofort zur Bedrohung. Wenn die wurmstichige Treppe knackte, stellte sie sich vor, dass jemand zu ihrem Schlafzimmer heraufkam. Wenn der Autan die Fensterläden erzittern ließ oder heftig durch die Falltür des Speichers blies, schreckte sie so sehr zusammen, dass sie den Tränen nahe war. Angst erzeugt Angst. Je mehr Zeit verging, desto zerhackter und quälender waren ihre Nächte. Sie spürte, wie ihre Kräfte sie nach und nach verließen. Sie habe das Gefühl, sich noch mehr zu verlieren, hatte sie Marthe gestanden, die nicht gewusst hatte, wie sie das deuten sollte. Ihr Leben war schon zu lange in Dunkelheit getaucht. Sie konnte nicht mehr. Bis zu dieser Nacht, der einen Nacht zu viel.

Sie war durch einen neuen Albtraum aus ihrem leichten Schlaf gerissen worden. Diesmal war der Knecht des Bauernhofs von den Toten zurückgekehrt, das Gesicht in verwesenden Fetzen, die Gelenke der Arme mehrfach gebrochen. Er wollte in die Schule eindringen und schlug den Kopf gegen die Tür unten, wobei er sie mit blutigen Spuren besudelte. Sie war aus dem Schlaf aufgeschreckt, schweißgebadet trotz der Kälte. Rasch hatte sie die Nachttischlampe angemacht. Der schöne Schweizer Wecker ihres Vaters stand auf kurz nach eins. Ihr Herz raste, sie spitzte die Ohren. Die Glut im Ofen war im Begriff, knisternd zu erlöschen. Ansonsten nichts als Stille. Draußen war die Nacht unter den immer noch sehr niedrigen Temperaturen erstarrt. Zunächst hatte sie im Bett sitzend versucht, sich zu beruhigen, dann war sie aufgestanden. Seit sie allein war, hatte sie ein Ritual für den Augenblick nach einem Albtraum; wenn sie es nicht vollzog, konnte sie nicht mehr einschlafen. Sie stand also auf und ging in den Raum neben dem Schlafzimmer, den sie den kleinen Salon nannte. Die Fensterläden dort ließ sie stets offen, da die beiden Fenster zu der unverbauten Gegend vor der Schule hinausgingen. Auf diese Weise konnte sie die Nacht mit dem Blick durchdringen und sich vergewissern, dass alles in Ordnung war, worauf sie ins Bett zurückkehrte, mit eiskalten Füßen, aber innerlich beruhigt. In dieser Nacht war der Mond fast voll, es war hell, für den frühen Morgen kündigte sich erneut Raureif an. Es war keine Menschenseele zu sehen. Das eiserne Tor war fest verschlossen. Bei vollkommener Windstille warteten die Bäume reglos darauf, dass der Frost ihre nackten Äste mit eisigem Griff umklammerte. Der Mondschein spielte mit ihnen und zeichnete gequälte Silhouetten, klapprige und wunderliche Gerippe. Gerade als sie wieder ins Bett gehen wollte, erregte ein andersartiger Schatten ihre Aufmerksamkeit, ein Schatten, der nicht an seinem Platz war, ein Schatten, der sich soeben bewegt hatte. Da, am Rande des Weges, an der Hecke, stand jemand oder etwas. Es hatte sich etwas bewegt, sie hätte es schwören können. Sie hatte das Gefühl, dass ihr die Luft abgeschnürt wurde, während sie forschend in die Nacht starrte. Das, was da draußen war, musste sie gesehen haben hinter den Fensterscheiben im ersten Stock, im Licht, das aus dem Schlafzimmer auf den Treppenabsatz hinter ihr fiel. Sie wich zurück. Die Angst war da, heftig, und sie zermalmte sie innerlich. Schließlich fand sie die Kraft, in ihr Schlafzimmer zurückzukehren, riss, als einzigen Schutz, eine Decke von ihrem Bett und setzte sich darunter auf das Parkett zwischen der Wand und dem großen Schrank. Die ganze Nacht hatte sie so dagesessen, die Eingeweide in Aufruhr, mit hämmerndem Herzschlag, überzeugt, dass sie jeden Augenblick hören würde, wie die Eingangstür aufgebrochen wurde oder jemand die Treppe heraufkam.

War da wirklich jemand vor der Schule gewesen in dieser eiskalten Nacht, oder hatte ihre Einbildungskraft ihr einen Streich gespielt? Sie vermochte es nicht zu sagen. Sie fragte sich sogar, ob sie diesen Augenblick wirklich erlebt hatte.

Nachdem er der jungen Frau, deren Stimme vor Müdigkeit heiser war und deren Augen vom Weinen gerötet waren, zugehört hatte, zeigte Antoine Guiraud sich sehr beunruhigt. Erst nachdem er lange Minuten mit ihr verhandelt hatte, verzichtete er darauf, den Doktor kommen zu lassen.

»Sie müssen aufhören, sich mit all diesen Geschichten zu quälen. Das kommt davon, wenn man so stur ist.«

»Es stört Sie also nicht, dass vor Ihrer aller Nase ein Mord begangen werden konnte…«

»Es hat keinen Mord gegeben, verdammt noch mal! Es ist lediglich ein armer Teufel gestorben, weil er sich an einen Ort begeben hat, den man besser meidet. Sie kennen den Pas-du-Diable, er trägt seinen Namen zu Recht. Das war nicht der erste Unfall, der sich dort ereignet hat, glauben Sie mir. Mitten in der Nacht und noch dazu bei Nebel dorthin zu gehen ist mehr als leichtsinnig.«

»Aber es gibt da Dinge, die nicht zusammenpassen.«

»Ich weiß, das haben Sie mir oft genug erzählt. Und ich sage Ihnen noch einmal, dass Sie auf dem Holzweg sind. Ich sage Ihnen, wann gemordet worden ist: mehr als vier Jahre lang, in den Schützengräben des Nordens. Dort hat es Tausende von Morden gegeben. Und die meisten Schuldigen laufen immer noch frei herum!«

Er setzte seinen Hut auf und griff energisch nach seinem Stock.

»Sie müssen wieder zu Kräften kommen, meine liebe Camille. Das haben Sie mir versprochen, und ich werde mich persönlich davon überzeugen, dass es geschieht. Und wenn Sie nicht Wort halten, kommt heute Abend Doktor Delcros vorbei.«

Nachdem er sich verabschiedet hatte, begleitete Marthe ihn nach draußen.

»Diese junge Frau kann nicht allein hierbleiben, Herr Bürgermeister. Das hält sie nicht mehr lange durch.«

»Ich weiß, Marthe, ich weiß. Diese Gegend scheint alle, die ihr helfen wollen, noch zu atmen, zurückzuweisen. Ich fürchte, dass ich da nicht viel tun kann. Bitte geben Sie gut auf sie acht. Und noch eine letzte Sache: Hören Sie endlich alle auf, mich ›Herr Bürgermeister‹ zu nennen!«

2

Wie geplant kam Édouard am nächsten Tag aus dem Tal herauf. Obwohl sie noch geschwächt war, hatte Camille darauf bestanden, ihren Unterricht zu halten, und so hatte er sich direkt zur alten Mühle begeben. Dort suchte Antoine Guiraud ihn am Nachmittag auf. Auch wenn er den Vorfall vom Vortag nicht erwähnte, war es ihm doch wichtig, mit Édouard über Camilles Situation und die Sorgen, die er sich deswegen machte, zu sprechen.

Man musste schon blind sein, um die körperlichen Veränderungen der jungen Frau nicht zu bemerken; sie wurde von Tag zu Tag blasser, Erschöpfung und Sorge waren in ihren eingefallenen Gesichtszügen deutlich zu erkennen. Selbst ihr Blick trübte sich, und ihre Augen hatten das typische Funkeln verloren. Édouard stimmte Guiraud zu. So wie er auch hinsichtlich der Ursache des Ungemachs mit ihm übereinstimmte – was diese ganze Geschichte um den Tod des Knechts betraf. Immer wieder hatte er versucht, sie zur Vernunft zu bringen, aber es hatte alles nichts genutzt. Sie war besessen von diesem Drama.

Die beiden Männer beschlossen, energisch zu handeln, um dem ein Ende zu bereiten. Und noch am selben Abend saßen sie Camille in ihrer Küche gegenüber und beharrten darauf, nicht zu weichen, solange sie nicht eine der Lösungen, die sie ihr vorschlugen, akzeptiert hätte.

Zunächst hatte Antoine Guiraud sich dafür ausgesprochen, das, was ihm noch an Einfluss geblieben war, zu nutzen, um den Gemeinderat zu überzeugen, dass eine Frau angestellt werden sollte, die unter der Woche in der Schule wohnte. Camille protestierte aufs Heftigste gegen diese Idee, deren Umsetzung sie nicht nur ihrer Unabhängigkeit berauben würde, sondern auch ihrer Privatsphäre.

Daraufhin überwand Édouard seine übliche Zurückhaltung und schlug seinerseits vor, dass seine Verlobte Urlaub nehmen und das Dorf für einige Zeit verlassen solle.

»Das kommt nicht infrage!«, erwiderte sie aufgebracht. »Ich werde das Schuljahr auf meinem Posten beenden, wie ich es zugesagt habe!«

»Du hast schwere Zeiten erlebt. Wie lange, glaubst du, hältst du in diesem Zustand noch durch?«

»Ihr Verlobter hat recht, Mademoiselle. Wenn Sie richtig krank werden, können Sie ohnehin nicht arbeiten. Wenn Sie sich weiterhin all diese Dinge einbilden, wird es nur noch schlimmer. Und das dauert nicht mehr lange, glauben Sie mir. Hätten wir Sie doch nur unten einquartiert …«

»Wo ich den ganzen Tag Étienne Germain ertragen müsste, nein danke! Da sterbe ich lieber hier vor Angst!«

Die beiden Männer wechselten einen kurzen Blick, bevor sie ihren letzten Trumpf ausspielten.

»Dann komme ich eben zu dir«, sagte Édouard. »Ich ziehe in dieses Dorf und bleibe bis zu unserer Abreise hier. Die Geschäfte sind gut gelaufen, wir haben genug auf der Seite für die Reise und um uns in Argentinien niederzulassen. Ich kündige und bleibe bei dir. Monsieur Guiraud ist bereit, mir weiterhin die Mühle zu vermieten, also wäre ich nicht weit weg. Falls nötig, komme ich auch hierher. Und alle, die daran Anstoß nehmen, sollen sich zum Teufel scheren!«

»Diese Lösung scheint mir durchaus sinnvoll«, pflichtete ihm der ehemalige Bürgermeister bei. »Auch wenn sie nicht ideal ist, wie ich zugeben muss.«

Camille versuchte zu protestieren, doch ihr Widerspruch fiel eher schwach aus. Daher war die Sache schnell abgemacht. Édouard brauchte nur ein paar Tage, um seine Angelegenheiten zu regeln, und dann würde er nach La Vitarelle ziehen.

»Danke, dass Sie sich solche Sorgen um mich machen, aber glauben Sie nicht, dass das, was Sie für mich tun, mich daran hindern wird, mich weiterhin mit dem Tod von Louis Bascoul zu beschäftigen.«

»Sie werden doch nicht wieder damit anfangen!«

Antoine Guiraud hatte einen donnernden Ton angeschlagen, der Camille nicht sonderlich beeindruckte.

»Sie versuchen, meine Ängste zu besänftigen, ich sage Ihnen die Lösung. Wenn es uns gelingt, herauszufinden, was genau am Pas-du-Diable geschehen ist, werden, das garantiere ich Ihnen, meine Nächte ruhiger sein! Ebenso wie die Nächte für alle in diesem Dorf.«

»Sie wollen also die Gendarmerie dazu bringen, nur aufgrund Ihrer Albträume die Ermittlungen wieder aufzunehmen?«

»Wer redet von der Gendarmerie?«

Camille reagierte mit Schweigen auf den verblüfften Blick des alten Mannes.

»Kennen Sie die Affäre Duhamel, Monsieur Guiraud?«, fragte sie schließlich. »Das ist eine faszinierende Geschichte, über die in den Zeitungen viel geschrieben wurde.«

»Ich fürchte, diese Geschichte ist nicht bis zu uns gedrungen, denn ich habe keine Ahnung, worum es geht.«

»Edmond Duhamel war ein geachteter Bankier in Rouen. Ein trotz seines Vermögens diskreter Mann, dem nicht das geringste Laster nachgesagt wurde, außer dass er eifrig die Kirche seiner Gemeinde besuchte, stets in Begleitung seiner Frau, die noch frommer war als er. Leider konnten ihrer beider Gebete nicht verhindern, dass ihr einziger Sohn im Krieg getötet wurde.«

Antoine Guirauds Blick verdüsterte sich, und er spannte die Kiefer an, um zu verbergen, dass sein Kinn bebte. Camille sprach nicht weiter, doch er bedeutete ihr fortzufahren.

»Seine Frau war am Boden zerstört, und er selbst vermochte nur Frieden zu finden, indem er immer mehr arbeitete. Aus Liebe, aber auch, weil er am Schluss doch daran glaubte, begleitete er seine Frau zu spiritistischen Sitzungen. Dabei lernten sie ein besonders begabtes Medium kennen, das ihnen mehrere Male erlaubte, mit ihrem Jungen in Kontakt zu treten. Sie fanden darin eine Art Trost und wandten sich von ihrer Kirche und dem Pfarrer ab. Gegen Bezahlung veranstalteten sie regelmäßig Privatsitzungen bei sich zu Hause. Zwei- oder dreimal pro Woche kamen der Spiritist und sein Assistent in ihr schönes leeres Haus und holten für ein paar Minuten, die den beiden unentbehrlich wurden, den geliebten Sohn aus der Welt der Toten zurück. Das ging so bis zum Winter 1921. Bis Edmond Duhamel ein wenig Klarsicht zurückerlangte. Genug zumindest, um die verschiedenen Fälle von Betrug mitzubekommen, die da und dort angeprangert wurden. Er verfolgte die Sitzungen von da an aufmerksamer und erkannte schließlich, dass seine Frau und er seit Monaten hinters Licht geführt wurden. Das Medium hatte gar keine besondere Begabung. Vielmehr beherrschten sein Komplize und er die Kunst der Zauberei und der Bauchrednerei. Der Bankier beschloss sofort, keine weiteren Sitzungen abzuhalten. Seine Frau musste er vor vollendete Tatsachen stellen, denn sie wollte von seinen Argumenten nichts hören. Er konnte keine Beweise präsentieren, die ausgereicht hätten, dass die Polizei sich ernsthaft mit der Angelegenheit beschäftigte, aber er gab nicht auf. Er wollte, dass diese beiden Hochstapler so streng wie möglich bestraft würden. Zunächst konnte er nichts weiter tun, als sie mit Drohungen zu erschrecken. Und so kam er, noch in jenem Winter, eines Abends nach der Arbeit nach Hause und teilte seiner Frau mit, er müsse nach dem Essen noch einmal weg, um eine Angelegenheit von höchster Wichtigkeit zu regeln. Später erfuhr man, dass er sich mit den beiden Männern in einem gut besuchten Café der Stadt verabredet hatte, um einen Teil des Geldes von ihnen zurückzufordern. Edmond Duhamel war ein Mann, der großen Wert darauf legte, die Form zu wahren. Was auch immer der Grund war, er ging nie aus dem Haus, ohne sich entsprechend zurechtgemacht zu haben. Vor dem Essen ließ er sich einen Krug mit heißem Wasser nach oben bringen, um sich anständig zu rasieren. Dann aß er mit seiner Frau zu Abend, die kein einziges Wort von sich gab, so wütend war sie auf ihn. Anschließend ging er erneut hinauf in sein Zimmer, um sich umzuziehen. Um zwanzig Uhr dreißig kam er wieder herunter. Er zog seinen Mantel an, setzte den Filzhut auf und begnügte sich damit, seiner Frau, die mit ihrem Tee im Wohnzimmer saß, zu sagen, er werde bald zurück sein. Seine Frau antwortete nicht, sondern starrte nur in die Flammen im Kamin. Das Dienstmädchen sah, wie ihr Herr das Haus verließ. Durch das Küchenfenster beobachtete sie, wie er das Gittertor öffnete, in den Wagen stieg und zu seinen Geschäften fuhr. Zwei Stunden später kam Edmond Duhamel zurück. Er parkte seinen Wagen, schloss das Gittertor, hängte seinen Mantel an den Kleiderhaken im Eingang und legte den Hut auf das Ablagebrett. Dann nahm er den Kräutertee, den das Mädchen ihm auf dem Herd warm gestellt hatte, mit hinauf in sein Zimmer. Unterwegs klopfte er bei seiner

Frau an. Er wusste, dass sie, obwohl das Licht gelöscht war, nicht schlief. Ungeachtet der Tatsache, dass sie ihm nicht antwortete, öffnete er die Tür einen Spaltbreit und machte einen Schritt ins Zimmer hinein. Er wolle ihr nur sagen, erklärte er, dass alles gut sei, dass die Angelegenheit ziemlich gut gelaufen sei. Dann wünschte er ihr eine gute Nacht und schloss die Tür wieder. In Wirklichkeit war das Treffen ein Schlag ins Wasser gewesen. Er hatte die ganze Zeit gewartet, ohne dass jemand kam, und der Wirt des Cafés erklärte, als er von der Polizei befragt wurde, der Mann habe eine große Ungeduld an den Tag gelegt und sei schließlich äußerst verärgert gegangen. Am nächsten Morgen fand das Mädchen, das sich Sorgen machte, weil ihr Herr nicht aufgestanden war, die Tür seines Zimmers von innen verschlossen. Weder auf ihre Rufe noch auf die von Madame Duhamel, die dazugekommen war, kam eine Antwort. Daraufhin wurde der Gärtner gerufen, der heraufkam und die Tür aufbrach. Edmond Duhamel lag tot in seinem Bett. Der Arzt, der die übliche Untersuchung vornahm, stellte fest, dass eine äußere Blutung den Tod verursacht hatte: Der arme Mann sei ausgeblutet. Am Halsansatz fand man zwei saubere Löcher in der Arterie. Dort war das Blut aus dem Körper geflossen. Als man dem Leichnam den Pyjama auszog, fand man zahlreiche Kratzspuren am Körper. Der Fall erschütterte alle, die damit befasst waren, denn abgesehen davon, dass das Schlafzimmer von innen abgeschlossen gewesen war, dass auch Fenster und Fensterläden geschlossen gewesen waren und man weder Einbruchsspuren gefunden hatte noch ein in einer Ecke verstecktes Tier, beunruhigte vor allem die Tatsache, dass man nicht die geringste Spur von Blut fand. Weder auf den Laken noch auf dem Pyjama und auch nicht auf dem Boden … Nirgends! Die Frau des Bankiers kam sehr schnell zu der Überzeugung, dass dieser unerklärliche Tod das Ergebnis eines Fluchs war, den ihr Mann auf sich gezogen hatte, indem er sich gegenüber denen, die ihnen monatelang so sehr geholfen hatten, undankbar zeigte. Sie nahm wieder Kontakt zu dem Spiritisten auf, der sich bereit erklärte, ihr zu Hilfe zu kommen und gegen ansehnliche regelmäßige Zahlungen seinen Schutz zu gewähren. Die Polizei tappte derweil völlig im Dunkeln.«

Camille machte eine Pause.

»Das alles ist gewiss faszinierend, meine junge Freundin, aber ich kann nicht erkennen, inwiefern das eine Lösung für das Problem sein sollte, das uns quält.«

Antoine Guiraud schaute, auf Unterstützung hoffend, zu Édouard, erkannte jedoch an dessen Haltung, dass dieser nicht nur die Geschichte dieses verfluchten Bankiers bereits kannte, sondern auch wusste, worauf seine Verlobte hinauswollte.

»Da die Ermittlungen ins Stocken geraten waren, beschloss man, sich an den Cercle Cardan zu wenden. Der Cercle ist eine Art Club, der zu Beginn des Jahrhunderts gegründet worden ist und sich darauf spezialisiert hat, erklärbar zu machen, was nicht erklärbar ist. Es sind Leute, die ermitteln, um all den Betrug, der mit sogenannten paranormalen Aktivitäten verbunden ist, ans Licht zu bringen. Der Krieg und das Leid, das er ausgelöst hat, haben die Mode der okkulten Wissenschaften, denen unter anderem lindernde oder beruhigende Fähigkeiten nachgesagt werden, wiederbelebt. Seit Jahren wurden immer mehr außergewöhnliche Geschichten bekannt, und die Aktivitäten des Cercle bekamen plötzlich, sagen wir, eine andere Bedeutung. In diesen Club wird man aufgrund seines Profils aufgenommen. Man findet unter den Mitgliedern renommierte Wissenschaftler, Gelehrte, Spezialisten auf dem Gebiet polizeilicher Ermittlungen, ja sogar Zauberer. Auf diese Weise konnten sie mehrere Fälle von Betrug aufklären, die sich dieser besonderen Glaubensüberzeugungen bedienten. Aber im Fall der Affäre Duhamel hatten sie es mit etwas zu tun, das über die Geschichte von einem Spukhaus oder Gegenstände, die durch reine Geisteskraft verschoben werden, hinausging: Es handelte sich um Mord. Der Cercle Cardan schickte daher denjenigen vor Ort, der als ihr begabtester Ermittler gilt. Er kam aus Rouen. Er las die Berichte der Polizei und des Arztes immer wieder. Er sah sich mit großer Aufmerksamkeit die Fotos an, die aufgenommen worden waren. Und dann ging er zu den Duhamels. Er stellte ein paar Fragen, aber vor allem schloss er sich stundenlang im Zimmer des Opfers ein. Insgesamt brauchte er keine drei Tage, um zu erklären, was geschehen war, und die Schuldigen verhaften zu lassen: das falsche Medium und seinen Komplizen, die schließlich alles zugaben. Dieser Ermittler ist von folgender Annahme ausgegangen: Wenn im Zimmer kein Blut gefunden worden war, musste es entweder daraus entfernt worden sein, oder Duhamel war irgendwo anders ausgeblutet. Die erste Theorie schien ihm plausibler, daher interessierte er sich für die Emailleschüssel, die im Bad des Toten stand: Sie blitzte sauber wie eine neue Münze, so als habe niemand sie angerührt, und das war das Problem. Man ging davon aus, dass Duhamel sich rasiert hatte, bevor er das Haus verließ. Selbst wenn er das schmutzige Wasser weggeschüttet hätte, wären Seifenreste und Haare in der Schüssel zurückgeblieben. Es sei denn, jemand hätte sich die Mühe gemacht, sie zu reinigen, was nicht zu den Gewohnheiten des Hausherrn gehört hatte. So begann der Ermittler, seine Version der Geschichte zu entwickeln. Wenn Duhamel in seinem Zimmer getötet worden war, dann musste sein Mörder gut versteckt dort auf ihn gewartet haben. Der Schrank bot durchaus eine Möglichkeit, sich für eine Weile zu verbergen.

Der oder die Täter überraschen den Bankier von hinten, halten ihn fest und lassen ihn so ausbluten, dass alles auf die Existenz eines aus dem Nirgendwo aufgetauchten Vampirs oder unheilvollen Geschöpfes hindeutet. Der Tod tritt rasch ein, und das Blut kann in ein oder zwei Behältern aufgefangen werden, die anschließend weggebracht werden. Später stellte sich heraus, dass es sich um zwei Eimer mit Deckel gehandelt hatte. Dann wird der Körper an mehreren Stellen zerkratzt, um den Eindruck eines Fluchs noch zu verstärken. Anschließend müssen die Wunden am Hals gereinigt und eventuell etwas auf den Boden getropftes Blut weggewischt werden. Was die Emailleschüssel und den Rest Wasser im Krug erklärt. Denn da die Schüssel vom Blut rot gefärbt war, musste sie ausgewischt werden, um wieder weiß zu sein. Der erste Fehler der Schuldigen. Als man das Parkett in dem Teil des Zimmers untersuchte, in dem sich das Bad befindet, fand man ein paar winzige Streifen im Wachs, so als sei an der Stelle besonders stark gerieben worden. Da die Fußböden immer samstags gewachst wurden, hätte es diesen Streifen nicht geben dürfen, ohne dass das Mädchen davon wusste. Der zweite Fehler war, dass sie dem Toten seinen Pyjama angezogen hatten; dieser war unversehrt, obwohl er unter den vermeintlichen Kratzangriffen hätte zerreißen müssen. Und es gab noch mehr, was die Aufmerksamkeit des Ermittlers erregte. Warum etwa hatte Edmond Duhamel sich die Mühe gemacht, mit seiner Frau zu sprechen, als er von dem geplatzten Treffen zurückkam? Warum hatte er seinen Tee nicht getrunken, war die Tasse doch noch voll vorgefunden worden? Und warum hatte er sich in seinem Zimmer eingeschlossen, was er sonst nie tat? Dieses Element machte seinen Tod noch geheimnisvoller. Auf die beiden anderen Fragen gab es nur eine Antwort: Nicht Duhamel war an jenem Abend nach Hause zurückgekehrt, und er war auch nicht zu dem Treffen gegangen. Der Angriff auf den Bankier hatte unmittelbar nach dem Abendessen stattgefunden, als er hinaufgegangen war, um sich umzuziehen. Ein solcher Angriff kann nicht lautlos erfolgen, doch die Geräusche können übertönt werden von dem, was in einem Haus vorgeht, das noch nicht schläft. Und wer hätte Verdacht schöpfen sollen, wenn der Betreffende zurückkehrt, als sei nichts geschehen? Es hatten sich also zwei Angreifer in seinem Zimmer versteckt. Einer von ihnen ist ganz einfach in seine Rolle geschlüpft und hat es sogar fertiggebracht, mehr oder weniger gut seine Stimme nachzuahmen. Das Mädchen an seinem Küchenfenster hat eine vertraute Gestalt gesehen, wenn auch nicht das Gesicht. Und die Frau des Bankiers hat in ihrem Zimmer eine vertraute Stimme gehört; sie hat nichts anderes wahrgenommen als den Schatten im Licht, das vom Treppenabsatz hereinfiel. Der Inhaber des Cafés, in dem das Treffen stattfinden sollte, hatte sich nicht die Zeit genommen, seinen ungeduldigen Gast zu beobachten. Letzten Endes hat er das falsche Medium als diesen Mann identifiziert. Ein weiterer Fehler der Mörder: Das Mädchen hatte die Gewohnheit, vor dem Schlafengehen die Öfen im Haus zu kontrollieren. Da ihr Herr nicht da war, hatte sie sich erlaubt hinaufzugehen, um in seinem Zimmer Kohle nachzulegen. Ihrer Aussage nach war es da kurz vor zehn gewesen. Zu dem Zeitpunkt war Duhamel bereits tot. Und da sie in seinem Zimmer nichts gesehen hatte, musste der Körper irgendwo versteckt gewesen sein. Unter dem Bett zum Beispiel … wo nach sorgfältigen Untersuchungen ein kleiner Blutfleck gefunden wurde, den zu entfernen die Mörder vergessen hatten. Jetzt musste noch erklärt werden, wie die Mörder das Haus hatten verlassen können, ohne gesehen und gehört zu werden. Sie waren mit den Örtlichkeiten vertraut. Sie hatten problemlos eindringen können. Wieder hinauszugelangen war ein Kinderspiel, vorausgesetzt, sie machten kein Geräusch. Der Mann, der die Tür des Zimmers von Madame Duhamel einen Spaltbreit geöffnet hatte, konnte auf diese Weise von seinem Komplizen ablenken, der mit den Eimern voller Blut immerhin eine Treppe hinuntergehen musste. Das Manöver hat wunderbar funktioniert. Anschließend musste er nur noch im Zimmer des Toten warten, bis alle in tiefem Schlaf lagen, und dann das Haus auf Zehenspitzen verlassen. Die Tat war vollbracht.«

»Aber Sie haben gesagt, dass die Zimmertür von innen verschlossen war.«

»In ihrem übertriebenen Bemühen, ihre Inszenierung glaubwürdig aussehen zu lassen, haben die Betrüger den Polizisten den endgültigen Beweis ihrer Schuld geliefert. Der Ermittler des Cercle Cardan hat herausgefunden, wie es dem falschen Medium gelungen war, den Schlüssel im Schloss zu drehen. Er musste nur in den Ring des Schlüssels einen langen Eisenstift klemmen, um dessen Ende er einen langen, kräftigen Bindfaden gebunden hatte. Diesen Bindfaden hat er beim Schließen der Tür unter dem Türblatt durchgeschoben. Wenn man an dem Faden zieht, überträgt sich die Kraft auf den Eisenstift, und dieser dreht den Schlüssel im Schloss. Danach kann durch neuerliches Ziehen am Bindfaden der Stift befreit und geborgen werden. Ein auf dem Boden ausgebreitetes Stück Stoff, in diesem Fall ein Taschentuch, dämpft das Geräusch des Herabfallens. Unten an der Zimmertür fand der Ermittler eine Abriebspur. Der Bindfaden hatte am Holz gerieben, und dabei waren mehrere Fasern hängen geblieben. Der Ermittler hat es den Polizisten demonstriert; ohne fürs Zaubern begabt zu sein, ist es ihm beim dritten Versuch gelungen, die Tür von außen zuzuschließen. So konnte der Tod von Edmond Duhamel aufgeklärt werden, und die beiden Mörder wurden verhaftet.«

»Von dieser Affäre habe ich nie gehört, da bin ich ganz sicher. Dabei lege ich größten Wert darauf, jeden Tag die Zeitung zu lesen.«

»Ich zeige Ihnen gern die Artikel, die Papa und ich aufbewahrt haben.«

»Ich glaube Ihnen, Mademoiselle, ich glaube Ihnen durchaus. Und ich fange an zu begreifen, worauf Sie hinauswollen.«

»Der Ermittler des Cercle Cardan, der sich in dieser Affäre ausgezeichnet hat, ist niemand anderer als Martial, mein Jugendfreund, den Sie sicher am Tag von Papas Beerdigung gesehen haben. Ich möchte ihm schreiben und ihn bitten, die Ermittlungen zu übernehmen.«

»Das ist genau das, was ich befürchtet habe: Sie wollen einen Privatdetektiv auf die Sache ansetzen.«

»Die Mitglieder des Cercle sind keine Profis. Sie tun das nicht für Geld. Es ist eine Art Sport für sie.«

»Ein komischer Sport!«

»Betrachten Sie ihn einfach als einen Freund, mit dem ich über diese Geschichte reden will, Monsieur Guiraud.«

»Aber dieser Freund wird herumschnüffeln und Aufmerksamkeit erregen. Irgendwann wird klar sein, warum er gekommen ist und wer dafür verantwortlich ist. Die Gendarmerie wird verärgert sein. Und wenn das Gerücht umgeht, dass sich unter uns ein Mörder versteckt, ist es vorbei mit diesem Dorf. Das ist sein absehbarer Tod.«

»Nicht die Gerüchte werden Ihr Dorf töten, sondern die fehlende Antwort. Ich spreche von ernsthaften Ermittlungen, durchgeführt von jemandem, der sich bewährt hat.«

»Und wenn Ihr Freund die Unfallthese bestätigt?«

»Wenn er zu diesem Schluss kommt, werde ich ihm glauben.«

Antoine Guiraud trat den Rückzug an.

»Ich kann Sie nicht daran hindern, einem Freund zu schreiben und ihm Ihre Sorgen mitzuteilen. Aber machen Sie ihm klar, dass es sich um eine persönliche Initiative handelt. Ich werde Sie in dieser Angelegenheit nicht decken.«

Bereits am Montagmorgen gab Édouard in Mazamet einen langen Brief von Camille an Martial auf. Drei Tage später zog er mit seinen wenigen Sachen in die Mühle. Am nächsten Tag schneite es wieder. Der Winter wollte kein Ende nehmen. Und Camille brannte vor Ungeduld. Tag für Tag lauerte sie auf den Briefträger.

Erst am darauffolgenden Dienstag brachte man ihr am frühen Vormittag ein Telegramm direkt ins Klassenzimmer: »*Treffe diesen Donnerstag mit dem 10-Uhr-Zug in Castres ein. Werde eine Möglichkeit finden, anschließend zu Dir zu kommen. Martial.*« Eigentlich hätte sie sich über diese so sehr erwartete Antwort freuen müssen. Aber es war nicht der richtige Zeitpunkt, um sich zu freuen, denn in der Nacht hatte ein weiteres Drama stattgefunden, ein weiterer Toter war gefunden worden. Der Milchmann hatte, als er seine Tour beendete, Michel Gresse aufgeschlitzt vor seinem Karren gefunden. Der Schnee hatte das Eintreffen der Gendarmen verzögert, doch es war kein Zweifel möglich: Diesmal handelte es sich weder um einen Unfall noch um Selbstmord.

»Ich nehme es Ihnen fast übel, dass Sie recht hatten«, sagte Antoine Guiraud seufzend, als sie ihn über die bevorstehende Ankunft von Martial informierte. »Verdammt! Jetzt ist alles aus! Zumindest hoffe ich, dass Ihr Freund wirklich so begabt ist, wie Sie angedeutet haben.«

Die Angst versteckte sich nicht mehr im Schatten wie sonst in diesem abgelegenen Dorf. Schweigen genügte nicht mehr, um sie zu ersticken. Sie war aus ihrem Versteck herausgetreten. Die Wut, die sich breitzumachen begann, war ihr ein wertvoller Verbündeter. Als sie durch den Schnee zur Schule zurückging, spürte Camille beide. Sie tat so, als sähe sie sie nicht.

3

Martial war vollkommen erledigt von Charles' Beerdigung zurückgekehrt. Durch die lange Autofahrt hatte sich seine Rückenverletzung wieder bemerkbar gemacht, wie sein Arzt es vorhergesagt hatte. Mehr als zwei Wochen lang musste er das Bett hüten, während draußen der Herbst von einem vorzeitigen Winter bedrängt wurde. Vor den Fenstern seines Schlafzimmers löste ein kalter und nebliger Tag den anderen ab. Alles erschien ihm grau, denn der am schwersten zu ertragende Schmerz war kein körperlicher, sondern ein seelischer.

Camille wiedersehen, erneut von den Gefühlen überwältigt werden, die er für sie hegte, und dann wieder in die Grausamkeit eines Lebens ohne sie eintauchen – sich davon zu erholen fiel ihm schwer. Dieser Winter erschien ihm wie eine einzige lange Nacht, in der er ohne Licht herumirrte. Zweimal lehnte er es ab, an neuen Ermittlungen des Cercle Cardan teilzunehmen. Um das Gut kümmerte er sich nur von ferne, in Gedanken stets woanders. Manchmal hatte er morgens beim Aufwachen das Gefühl, wieder ein wenig Energie, ein wenig Hoffnung zu haben. Eine Stunde später jedoch fühlte er sich erneut leer und elend. Der Tag zog vorüber, und wenn er am Abend zu Bett ging, hatte er das sichere Gefühl, ihn vergeudet zu haben. Dann wieder weckte die Verzweiflung ihn auf, während es noch dunkel war. An solchen Morgen musste er einen zusätzlichen Kampf führen, bis er die Kraft fand, aufzustehen und einen weiteren Tag als Gespenst zu leben.

Zwei Umstände retteten ihn letztlich. Der erste war ein Aufenthalt in den Alpen zu Beginn des neuen Jahres. Seine Liebe zum Gebirge hatte ihn nicht verlassen, und er dachte wieder an Charles, der ihm gestanden hatte, was für eine wohltuende Wirkung es zu einem bestimmten Zeitpunkt seines Lebens auf ihn gehabt habe. Er hatte von einem Dorf am Ende einer Straße gehört, in einem paradiesischen Winkel. Ein Hotel dort hatte ganzjährig geöffnet. Schon seit Längerem hatte er dort einige Zeit verbringen wollen. In diesem Januar 1924 zwang er sich, hinzufahren. Das Dorf war unter Unmengen von Schnee begraben. Er bekam ein hübsches, gemütliches Zimmer. Die Landschaft entsprach seinen Erwartungen, sie war atemberaubend. Er war viel draußen, machte sich mit Schneeschuhen vertraut, übte sich im Skilanglauf und spürte, wie das Leben zurückkehrte. Die schneidende Kälte, der tiefblaue Himmel, der Schnee überall, der extreme Winter, all das trug dazu bei, dass er wieder besser schlafen konnte. Als er zwei Wochen später nach Hause zurückkehrte, war er bereits wieder ein wenig zu Kräften gekommen.

Der zweite, was ihn wieder aufrichtete, war das, was er jeden Tag vor Augen hatte: das Gut Beaunac, sein Gut. Ein schönes Gutshaus am Ende einer langen Allee von jahrhundertealten Ulmen. Umgeben war es von sechzig hügeligen Hektar Land, im Süden gesäumt von dem Wald mit dem versteckten Bach, der zu einem kleinen Fluss anschwoll, bevor er das Anwesen verließ, im Norden offen bis zu den Toren des Dorfs. Das alles war der sichtbare Teil des Erbes seines Großvaters väterlicherseits, das ihm ein paar Monate nach Kriegsende zugefallen war. Der unsichtbare Teil war das, was für immer in sein Gedächtnis eingegraben war.

Die Erinnerung, die er an diesen Großvater bewahrte, war die an einen außergewöhnlichen Mann. In jungen Jahren hatte er das Weingut, das seine Familie in der Nähe von Cognac besaß, modernisiert. Anschließend hatte er ein für die damalige Zeit riesiges Vermögen angehäuft, von dem er wiederum das Gut Beaunac und seine drei Pachthöfe gekauft hatte. Es war sein Refugium gewesen, sein geheimes Paradies. Das Unglück hatte ihn getroffen, als Martial drei war, Schlag auf Schlag; im Abstand von wenigen Monaten hatte er seinen einzigen Sohn und seine Frau beerdigt. Er war stolz darauf, unter dem Schock nicht zerbrochen zu sein. Dafür musste er weiterhin vorwärtsgehen. Aber er änderte den Kurs. Er trennte sich von allem, was Teil seines früheren Lebens gewesen war, verkaufte sogar zu einem hohen Preis die Ländereien in der Gegend von Cognac. Nur Beaunac behielt er – wohin er sich zurückzog – und diesen Enkel, der sein einziger Blutsverwandter war.

Er galt als Griesgram, der mehr und mehr dem Wein zugetan, cholerisch und überempfindlich war und innerhalb einer Minute vom wütenden Blick zu aufrichtigen Tränen wechselte.

Martial verbrachte den Großteil seiner Sommerferien bei ihm. Als er klein war, machte der Großvater ihm mit seiner Schroffheit und Strenge Angst. Er kam nur ungern her, und wenn der Zug den Bahnhof von Limoges verließ und seine Mutter für lange Wochen mitnahm, an einen Ort weit weg von ihm, konnte er die Tränen kaum zurückhalten. Als er größer wurde, begriff er, wie sehr der alte Mann ihn liebte, und die Ferien in Beaunac wurden zu einem großen Fest. Und er begriff, dass seine Mutter sich mit oder ohne Zug von ihm entfernt hatte. An Beaunac knüpften sich die schönsten Erinnerungen seiner Kindheit. Er sah sich wieder Gründlinge im Fluss angeln, bevor er die Forelle sekkieren durfte, die königliche Beute. Nachts jagte man Flusskrebse im Laternenschein. Tagsüber lauschte man dem Leben der Natur. Der Wald wurde zu einem immer neuen Abenteuerspielplatz, das Gutshaus war eine geheime Höhle, in der er jedes Zimmer kannte. In den Stunden, die er mit diesem griesgrämigen Großvater verbrachte, lernte er tausend Dinge, die er nie vergaß. Am Ende der Ferien bekam der alte Mann regelmäßig auf dem Bahnhof, kurz vor Abfahrt des Zuges, einen fürchterlichen Wutausbruch, immer gegen Martial; der geringste Vorwand reichte, um ihn explodieren zu lassen. Das war nichts als Theaterdonner, der seine Rührung verbergen sollte und sicher auch die Tränen, die er weinte, wenn er nach Beaunac zurückkehrte – allein, ohne diesen Rest von Familie, der ihm geblieben war.

Der Großvater hatte mit dem Sterben gewartet, bis er, Martial, wohlbehalten aus dem Krieg heimkehrte. Zusätzlich zu dem Gut hatte er ihm eine hübsche Summe Geld vererbt, die gut angelegt war und ihm eine beachtliche Rente einbrachte. Anfangs hatte er daran gedacht, Beaunac, das er seit Jahren nicht gesehen hatte, zu verkaufen. Doch der Krieg hatte hartnäckigere Spuren hinterlassen, als er zunächst geglaubt hatte. Er war nicht mehr derselbe. Das Studium der Kriminologie nahm er nicht wieder auf, obwohl er es Doktor Reiss versprochen hatte, der in Lausanne lehrte und ihn, nachdem er ihn in Serbien unter seinem Befehl in Aktion erlebt hatte, unbedingt unter seinen Studenten sehen wollte. Eine brillante Karriere wäre möglich gewesen. Er hatte Talent, verfügte über eine scharfe Beobachtungsgabe, einen regen Geist, eine gewisse Unternehmungslust und eine breite Allgemeinbildung… Doch Martial verzichtete. Zu viel hatte er durchgemacht und gesehen; es hatte ihn aufgerieben. Er hatte nicht mehr die

Zeit weiterzustudieren, ohne zu wissen, wohin ihn das führen würde. Ihn verlangte nach Freiheit. Das Geld, das er geerbt hatte, erlaubte ihm, sie zu kaufen. Und von allen Orten, die er kannte, war, abgesehen von den Gipfeln der Alpen oder Pyrenäen, Beaunac der, an dem er sich am freiesten gefühlt hatte. Also kehrte er dorthin zurück und fand die gleichen Gerüche, die gleichen Empfindungen, die gleichen Fische in demselben Fluss wieder. Die Geräusche erinnerten ihn ebenfalls an früher, an die Zeiten vor dem Albtraum. Hier war er an seinem Platz. Daher verkaufte er das Gut nicht, sondern zog dorthin, brach aber die Verbindung zu Paris nicht ab und behielt seinen herausragenden Platz im Cercle Cardan, der jederzeit Schwung in sein Leben bringen konnte und ihn die Berufung, die zu begraben ihm schwerfiel, leben ließ.

Als er in jenem Winter aus den Alpen zurückkehrte, hatte er das Gefühl, all dies wiederzuentdecken. Es erfüllte ihn mit großer Freude, wieder zu Hause zu sein. Sein Leben hatte seinen Inhalt nicht verloren. Ihm war mit der Rückkehr aus dem Gemetzel eine zweite Geburt geschenkt worden. Er war es sich schuldig, jeden Tag dankbar zu sein. Nach wie vor war er der Gefangene seiner enttäuschten Liebe zu Camille, die Freiheit war nur eine Illusion, aber er fühlte sich imstande, damit zu leben, bis es ihm gelingen würde, seine Fesseln, wenn er sich ihrer schon nicht entledigen konnte, doch zu vergessen.

Da war Denise, die sich, immer ein Lied auf den Lippen, ums Kochen und um den Haushalt kümmerte; da war Lucien, ihr Mann, zugleich Wächter und Gärtner und der Schrecken sämtlicher Wilderer und Schlingel des Dorfs. Das Paar wohnte in dem Haus, das neben dem großen Eingangstor errichtet worden war. Weiter entfernt gab es die Pachtbauern; Martial hatte nur zwei bewirtschaftete Pachthöfe an den Rändern des

Guts behalten. Aber vor allem war da Raoul, sein rechter Arm, seine Stütze, sein Freund in dieser so düsteren Zeit.

Raouls Gesicht war 1915 durch einen Granatensplitter zerstört worden. Die langen Krankenhausmonate hatten nicht ausgereicht, ihm ein menschliches Gesicht zurückzugeben. Er hatte zwar seine Stelle auf einem Gestüt in der Normandie wieder übernommen, aber fern von den Blicken, die sich ohnehin von ihm abwandten. Dafür liebte er die Pferde jetzt noch mehr und kümmerte sich wie kein anderer um sie. Martial hatte ihn vor mehr als zwei Jahren bei den Pferderennen in Chantilly kennengelernt. Pariser Freunde hatten ihn dorthin gelockt, indem sie ihm einen unvergesslichen Nachmittag versprachen. Tatsächlich hatte er sich sehr gelangweilt. Er hatte sich ein wenig von der Menge entfernt und war außer sich gewesen, als er sah, wie ein Jockey mit der Reitgerte auf eine junge Stute einschlug, die für seinen Geschmack zu unruhig war. Die Gewalttätigkeit machte sich wahrhaftig überall breit. Etwas weiter entfernt hatte er in einer Ecke, in die sich niemand verirrte, Raoul bemerkt, der sich liebevoll um ein Pferd kümmerte, *Sir Percy*, der keine andere Aufgabe hatte, als die Anzahl der im sechsten Rennen laufenden Pferde vollzumachen und in der übrigen Zeit der Lieblingsgefährte des Spitzenpferdes seines Gestüts zu sein. Martial war zu ihm gegangen und hatte ein Gespräch begonnen mit diesem Mann, dessen Menschlichkeit und Sanftheit ebenso groß zu sein schienen, wie sein Gesicht abstoßend war. Raoul hatte sich beunruhigt gezeigt: *Sir Percy* hasste die Rennen, und er hasste die Reitpeitsche, hingegen liebte er es, in Freiheit über die Wiesen zu galoppieren. Ihn in einem Rennen laufen zu lassen war Leichtsinn, was sich im Übrigen eine Stunde später bestätigen sollte. Das Tier, das von Anfang an zum Äußersten getrieben wurde, hatte sich in der ersten Kurve einen Sehnenriss zugezogen. Martial hatte auf ihn gesetzt, eine kleine Summe, nichts Übertriebenes, einfach nur, weil das Tier ihn gerührt hatte. Sehr viel mehr hatte er ausgegeben, um es dem Besitzer, der seine Zustimmung gegeben hatte, es zu töten, abzukaufen. So war er mit einem lahmenden Pferd nach Beaunac zurückgekehrt – und mit Raoul, den er gleich noch eingestellt hatte.

Mittlerweile begann seine Pferdezucht sich zu entwickeln, Raoul kümmerte sich darum. *Sir Percy* konnte frei über die Wiesen galoppieren und diente Martial zum Ausreiten. Er lahmte nicht mehr.

Raoul war ein Fels in der Brandung, von unerschütterlicher Loyalität. Er hatte sich entschieden, auf dem alten Pachthof zu leben, der nach und nach in Stallungen umgewandelt wurde. Ins Gutshaus kam er nicht gern, er zog seine Einsamkeit inmitten der Pferde vor. Aber als Martial gezwungen war, das Bett zu hüten, kam er zweimal am Tag; später fand er die richtigen Worte, um ihn davon zu überzeugen, dass er eine Luftveränderung im Gebirge suchen sollte, und verbrachte mehrere Abende in seiner Gesellschaft, was ihn Überwindung kostete, um Martials Bekenntnisse anzuhören und etwas von der Last, die ihm auf dem Herzen lag, mitzutragen. Er tat das alles nicht, um eine Schuld zu begleichen. Vielmehr war da etwas, dem keiner der beiden einen Namen gab, das aber so etwas wie Freundschaft war.

Martial hatte sich also wieder erholt, als Camilles Brief eintraf. Das Datum sollte er nie vergessen: Freitag, der 14. März 1924. Seit Charles' Tod hatte sie ihm zweimal geschrieben. Ein erstes Mal im November, einen schönen Brief, in dem sie ihm dafür dankte, dass er zur Beerdigung gekommen war, einen Brief voller Trauer, aber auch voller Freundschaft. Er hatte sich damals hundeelend gefühlt und nicht geantwortet. Dann hatte sie ihm ihre Neujahrswünsche geschickt. Er hatte das Gleiche getan, distanziert, nicht sehr einfallsreich. Als er an diesem Freitag die Post durchsah, die Denise auf die Marmorplatte der Kommode im Eingang gelegt hatte, erkannte er Camilles schöne Schrift auf dem dicken Umschlag sofort. Er spürte, wie eine angenehme Wärme seinen Rücken hochstieg, der gleich darauf ein eisiger Schauer folgte, ein Alarmsignal: Alles, was Camille tat, um sich ihm in Erinnerung zu bringen, bedeutete Gefahr, die Gefahr, einen Rückfall zu erleiden, die Vernunft zu vergessen, das Licht zu ignorieren. Martial legte den Brief zurück zur restlichen Post und ging mittagessen. Anschließend überwachte er die Arbeiten in den Ställen, bevor er in der trockenen Kälte des zu Ende gehenden Winters einen Spaziergang zum Fluss machte.

Vor dem Abendessen setzte er sich an seinen Schreibtisch und sah die Post sorgfältig durch, legte Camilles Brief aber weiterhin beiseite. Erst als er es sich nach dem Essen am Kamin bequem machte, den exzellenten Cognac aus dem Weinkeller neben sich, rang er sich dazu durch, den Umschlag zu öffnen.

Sie bat ihn erneut zu kommen. Sie rief ihn zu Hilfe. Sie hatte Angst, ein Mann war gestorben, sie glaubte nicht an einen Unfall. Das war mehr als drei Monate her. Sie argwöhnte etwas Schlimmes, Krankhaftes, das Böse, das umging und bis unter ihre Fenster kam: diese Gestalt, die sie mitten in der Nacht wahrgenommen hatte. Édouard hatte seine Arbeit gekündigt, um in ihr Dorf zu ziehen. Aber das hatte sie nicht beruhigt. Aus ihren langen Zeilen sprach Bedrängnis. Er allein könne etwas tun, er allein könne sie trösten. Er allein …

Sie brauchte ihn. Etwas anderes sah er nicht. Der Tod dieses Bauernknechts, die schludrigen Ermittlungen der Gendarmerie waren ihm einerlei. Er erinnerte sich an ihre Worte:

»Komm unversehrt zurück, das Leben erwartet uns.« An diesem Abend, nur an diesem Abend, ließ er sich noch einmal gehen. Er glitt in dieses geträumte Leben, in dem sie auf ihn gewartet hatte, in dem sie an seiner Seite lebte, in dem sie in dem anderen Sessel saß. Er war glücklich.

Man sagt, ein Rückfall genüge, damit ein Süchtiger in seine alten Gewohnheiten zurückfällt. Trotz dieses Abends fiel Martial nicht in sie zurück. Im Gegenteil, am nächsten Morgen fühlte er sich voller Energie, als hätte der neuerliche Blick in die Abgründe ihn von seinem Schwindel geheilt. Dennoch nahm er sich die Zeit, eingehend über seine Entscheidung nachzudenken, denn er spürte, dass er schwankte.

Er traf die Entscheidung erst am Sonntagabend. Er war jetzt bereit, zu Camille zu fahren, sie wiederzusehen, er fühlte sich stark genug. Das war der letzte Schritt auf dem Weg, der ihm, wie er meinte, erlauben würde, sich von ihr zu befreien, bevor sie auf die andere Seite des Ozeans verschwand. Er gab sich zwei Tage, um seine Angelegenheiten zu regeln und die Reise vorzubereiten. Diesmal würde er den Zug nehmen, er hatte seine Lektion gelernt. Auch setzte er sich mit dem Sekretariat des Cercle in Verbindung, um die anderen zu informieren. Man gab ihm Carte blanche, wie üblich, und das Recht, die Beziehungen des Cercle zu nutzen, falls es sich als notwendig erweisen sollte. Man freute sich, ihn zurückzuhaben.

Sobald er die Abfahrts- und Ankunftszeiten wusste, schickte er Camille ein Telegramm. Anschließend übergab er Raoul die Schlüssel des Guts. Am Mittwoch fuhr Lucien ihn mit dem Hispano zum Bahnhof. Durch die Heckscheibe sah Martial, wie das Gutshaus hinter den Bäumen verschwand, und nachdem sie das Gittertor passiert hatten, verschwanden die Bäume. Er spürte einen Stich in der Brust. Eine Vorahnung, eine Unruhe, die Vorstellung, dass nichts mehr so sein würde wie vorher, wenn er zurückkam. Einen Schatten … Er drehte sich um und sagte während der ganzen Fahrt nicht ein einziges Wort.

4

Die Fahrt kam Martial endlos vor. Zunächst hatte er daran gedacht, abzukürzen und in Cahors nach Albi umzusteigen, doch man riet ihm, besser bis Toulouse und von dort nach Castres zu fahren. So verbrachte er die Nacht von Mittwoch auf Donnerstag in einem Hotel in Toulouse, wo er, hin- und hergerissen zwischen Aufgeregtheit und Furcht, stündlich auf die Uhr sah.

Am nächsten Morgen nahm er den ersten Zug nach Castres. Der Vormittag war grau und feucht, genau passend zum nach dem Kalender letzten Tag des Winters. Ohne sie wirklich zu sehen, betrachtete er die Landschaft, die vor den Scheiben seines Abteils vorbeizog, verloren in wirren Gedanken, von denen er schließlich Kopfschmerzen bekam. Nach und nach bildete sich eine Kugel in seinem Bauch, die Energie der letzten Tage schien ihn zu verlassen. Er hatte erneut dieses Gefühl, das ihm seit Jahren so vertraut war, das Gefühl, nicht wirklich an seinem Platz zu sein.

Mitten am Vormittag erreichte er den Gare du Midi. Er stieg aus und ging, den Mantelkragen hochgeschlagen, mit seinem großen Koffer und einer zusätzlichen Reisetasche den Bahnsteig entlang auf die Gebäude zu. Jetzt musste er nur noch eine Möglichkeit finden, vor Tagesende nach La Vitarelle zu kommen. Erst in diesem Augenblick bemerkte er Édouard, der ihm entgegenkam.

Camilles Verlobter erschien ihm kleiner, als er ihn in Erinnerung hatte, weniger jung auch. Etwas linkisch kam er auf ihn zu. Er war barhäuptig und verknautschte eine Umhängetasche aus nicht mehr ganz neuem Leinen in den Händen.

»Ihre Reise ist noch längst nicht beendet, und Camille dachte, ein wenig Gesellschaft würde die Zeit schneller vergehen lassen.«

Man hätte schwören können, dass es ihn Überwindung gekostet hatte herzukommen – oder Martial hatte schmutzige Hintergedanken.

»Sehr nett von Ihnen, aber das wäre doch nicht nötig gewesen.«

»Offen gesagt, Ihre Ankunft wird mit Ungeduld erwartet. Ich freue mich, den anderen ein paar Stunden voraus zu sein.«

»*Den* anderen? Camille hat nicht durchschimmern lassen, dass meine Ankunft solches Aufsehen erregen würde.«

»Die Dinge haben sich geändert, seit sie Ihnen geschrieben hat. Es hat einen zweiten Toten gegeben, am Dienstagmorgen. Und diesmal spricht die Gendarmerie tatsächlich von Mord.«

Im Grunde erinnerte Martial sich erst jetzt wirklich an den Grund seiner Reise. Er spürte dieses besondere Kribbeln im Nacken, diesen Adrenalinstoß, den er so gut kannte, und vergaß die Mattigkeit und Monotonie der Reise. Die Kopfschmerzen waren wie weggeblasen, ebenso die Kugel in seinem Bauch.

»Vielleicht haben wir die Zeit, uns irgendwo hinzusetzen, damit Sie mir in Ruhe alles erzählen?«, schlug er vor.

Sie hatten genügend Zeit. Der Petit Train fuhr erst um zwölf. Sie setzten sich an einen Tisch des Bahnhofsbuffets, und Martial bestellte zwei Kaffee.

Alles an Édouard erzählte von einem rauen und schwierigen früheren Leben. Er hatte zwei Narben im Gesicht, die erste auf der Stirn, verborgen unter braunen, sorgfältig nach vorn gekämmten Haaren, die zweite über der Oberlippe, spärlich verdeckt von einem zu dünnen Schnurrbart. Seine hellbraunen Augen wirkten zeitweise wässrig, wie erloschen, konnten aber ohne Vorwarnung in das Schwarz umkippen, das der Himmel annimmt, kurz bevor ein Gewitter losbricht. Er hatte breite Schultern, und man ahnte unter den Ärmeln seiner Wolljacke muskulöse Arme. Seine Hände, dick und kurz, waren ebenfalls an mehreren Stellen gezeichnet. Martial rief sich ins Gedächtnis, was Charles ihm in seinem letzten Brief geschrieben hatte: »*Das Leben hat ihm nichts geschenkt.*« Das sah man. Und es verstärkte die Aura des Geheimnisvollen, die ihn umgab. Denn trotz seiner Zurückhaltung und Wortkargheit strahlte er eine gewisse menschliche Wärme aus, die, das spürte man, von einer inneren Glut genährt wurde. Wenn er sprach, merkte man, wie er sich bemühte, die richtigen Worte, die richtige Ausdrucksweise zu finden – eindeutiges Zeichen einer erst spät erhaltenen Erziehung.

Als er da so vor ihm saß, begriff Martial, warum Camille sich in ihn verliebt hatte, warum sie ihn ihm vorzog. Édouard hatte ein Profil, während er sich selbst langweilig fand und flach.

»Michel Gresse. Das ist der Name des Mannes, der Dienstagmorgen gestorben ist«, hatte Édouard zu erzählen begonnen. »Der älteste Sohn der Familie Gresse, die den größten Bauernhof der Gemeinde besitzt. Er war Mitglied im Gemeinderat und hatte vermutlich gute Aussichten, nächstes Jahr zum Bürgermeister gewählt zu werden. Auf jeden Fall war er jemand, an dem man nicht vorbeikam, und der Schock im Dorf war groß. Der Milchmann hat ihn gefunden, als er gegen sechs seine Tour beendete. Er saß, ans Rad des Karrens gelehnt, im Schnee. Mit offenem Bauch. Die Gendarmen haben wegen des vielen Schnees auf den Straßen mehr als zwei Stunden gebraucht, um von Brassac heraufzukommen. Sie haben eine Ortsbesichtigung gemacht und den alten Arzt des Dorfs beauftragt, eine erste Untersuchung des Leichnams vorzunehmen. Im weiteren Verlauf des Tages haben sie schließlich die Kriminalpolizei von Toulouse zu Hilfe gerufen.«

»Hat die Kriminalpolizei den Fall bereits übernommen?«

»Zwei sehr liebenswürdige Burschen sind am Mittwoch mit dem Wagen gekommen. Sie haben zwei Zimmer im ›Café du Progrès‹ genommen. Als sie davon sprachen, den Sohn Gresse ins Krankenhaus von Castres bringen zu lassen, zu einer zweiten Autopsie, hat die Familie sich widersetzt. Also haben sie schließlich zugegeben, dass die Untersuchung, die Doktor Delcros durchgeführt hat, doch nicht so schlecht war.«

»Kennen Sie die Schlussfolgerungen?«

»Gestern Abend ist eine große Versammlung einberufen worden. Die Dorfbewohner sind derart aufgebracht, dass der Bürgermeister dachte, damit könnte er die Gemüter beruhigen. Alle sind überzeugt davon, dass nachlässig ermittelt oder nicht am richtigen Ort gesucht wird, zumal die Polizisten sich weigern, eine Verbindung zwischen dem Tod von Gresse und dem von Louis Bascoul herzustellen, der in ihren Augen ein Unfall war. Man erzählt uns, Michel Gresse habe einen Schlag auf den Kopf erhalten, der ihn für ein paar Augenblicke benommen gemacht habe. Anschließend seien ihm die Sehnen der Knöchel und der Arme durchtrennt worden, und dann erst sei sein Bauch aufgeschlitzt worden.«

»Gab es vor Ort Spuren?«

»Die Gendarmen haben nichts gefunden. Abgesehen von denen der drei Leute, die sich dem Leichnam vor dem Eintreffen der Polizei genähert hatten, gab es keine weiteren Fußabdrücke im Schnee. Der Mord hat auf einem Querfeldeinweg stattgefunden, der zur Passstraße führt. Es gab deutliche Spuren des Karrens und der Hufe des Pferdes vom Bauernhof aus, aber sonst nichts.«

»Und wie wurde das erklärt?«

»Am Ort des Mordes steht eine einzelne alte Eiche, die das Entfernen der Hecken überlebt hat. Die Polizisten denken, der Mörder habe sich auf dieser Eiche versteckt und sich fallen lassen, als das Opfer unten vorbeifuhr.«

»Und um welche Uhrzeit soll sich das abgespielt haben?«

»Der Sohn Gresse hat den Bauernhof gegen halb fünf verlassen. Er sollte Futter zum Schafstall am Pass bringen. Der Milchmann hat ihn kurz vor sechs gefunden. Normalerweise braucht man maximal fünfzehn Minuten, um die Strecke vom Bauernhof zu der alten Eiche mit einem beladenen Pferdewagen im Schritttempo zurückzulegen.«

»Wie haben die Polizisten das Fehlen von Fußabdrücken erklärt? Ich will gern glauben, dass der Mörder sich auf einem Baum versteckt hat, aber er muss ja den Ort verlassen haben, nachdem er seine Untat begangen hatte …«

»Da haben die Dinge sich zugespitzt. Denn sie haben den Milchmann verhaftet. Als ich heute Morgen den Zug genommen habe, saß er immer noch in der Zelle der Gendarmerie in Brassac.«

»Logisch. Warum haben die Dinge sich dadurch zugespitzt?«

»Die Zeiten der Milchsammeltour sind von allen Zeugen bestätigt worden. Um vier war er auf dem Hof der Gresses fertig und setzte seine Tour zu zwei Höfen beim Pass fort, die er gegen zwanzig vor sechs verlassen hat. Außerdem haben sie weder an seiner Kleidung noch an seinem Wagen Spuren gefunden. Dabei ist er, nachdem er den Leichnam entdeckt hatte, in aller Eile ins Dorf hinuntergerannt, um den Bürgermeister und den Doktor zu alarmieren …«

Martial machte dem Kellner ein Zeichen, und er brachte neuen Kaffee. Édouard suchte in seiner Tasche nach ein paar Münzen, doch Martial stoppte ihn und bestand darauf zu zahlen. Als sie wieder allein waren, nahm er das Gespräch wieder auf.

»Was denken die Dorfbewohner, wenn sie nicht glauben, dass es der Milchmann war?«

»Wissen Sie, Louis Bascoul, der alte Knecht, ist im Dezember gestorben. Er hat für die Gresses gearbeitet. Sie glauben alle, dass beide von derselben *Sache* getötet wurden.«

»Einer Sache?«

»Manche tendieren zu einem wilden Tier, einem Ungeheuer, das ihre Wälder unsicher macht, was erklären würde, warum der Leichnam von Michel Gresse zerfleischt war. Die Mehrheit spricht jedoch von einem Gespenst, was erklären würde, warum es an Fußabdrücken fehlt.«

»Das Gespenst von wem?«

»Das weiß ich nicht. Alle scheinen zu wissen, von wem die Rede ist, aber niemand spricht den Namen aus, schon gar nicht vor uns, die wir Fremde sind.«

»Camille scheint sich zu Recht zu beunruhigen.«

»Sie glaubt nicht an Gespenster. Aber sie ist überzeugt davon, dass ein Mörder sich in der Nähe des Dorfs herumtreibt. Und sie ist überzeugt davon, dass Sie herausfinden werden, wer er ist.«

Martial musste lächeln. Er sah die junge Frau vor sich, impulsiv und stets zuversichtlich.

»Der ehemalige Bürgermeister des Dorfs ist inzwischen ein Freund für sie«, fuhr Édouard fort, der sich jetzt wohler zu fühlen schien. »Sie hat ihm von Ihnen und Ihren Erfolgen erzählt. Er hat großen Einfluss auf das Dorfleben. Und gestern Abend auf der Versammlung hat er Ihre Ankunft angekündigt und behauptet, dass er Sie gebeten habe zu kommen. Das war die einzige Möglichkeit, zu verhindern, dass die ganze Sache in eine allgemeine Schlägerei ausartete und die Polizisten am Ende in den Fluss geworfen wurden.«

»Ich bin nicht sicher, ob ich den Erwartungen entspreche, und die Inspektoren waren bestimmt nicht begeistert.«

»Sie sind zu bescheiden. Camille hat mir die Artikel über das, was Sie mit Ihrem Club vollbracht haben, zu lesen gegeben.«

»Ich bin kein Berufsdetektiv. Die Profis sind bei der Polizei, und man muss sie ihre Arbeit machen lassen.«

Martials Miene hatte sich verdüstert, während er das sagte, etwas zu schroff vielleicht, denn er sah, dass Édouard verlegen war. Also versuchte er, es wiedergutzumachen, indem er sich bemühte zu lächeln.

»Camille würde Ihnen sagen, dass Bescheidenheit nicht immer meine Stärke gewesen ist. Ich war, wie soll ich sagen, ein arroganter und sehr von sich selbst überzeugter junger Mann … Aber die Dinge haben sich geändert, dieser junge Mann ist so etwas wie ein alter Bekannter, den man seit Langem aus den Augen verloren hat. Und ich bemühe mich, die Bilanz auszugleichen … Der Cercle Cardan ist den Profis nie ins Gehege gekommen. Wir schalten uns erst ein, wenn sie uns darum bitten oder wenn sie aufgegeben haben, wenn die Dinge unerklärbar bleiben. Was nicht normal ist, macht Angst. Unser Anliegen besteht lediglich darin, die Angst möglichst zu kurieren. Wir versuchen, Erklärungen zu finden. Wenn man etwas versteht, macht es einem keine Angst mehr.«

»So wie man einen Feind kennen muss, um ihn besser bekämpfen zu können.«

»Einer von Charles' Lieblingssätzen … Genau so ist es. All diese Geschichten von Hexerei und von Wiedergängern, die vielen Formen von Aberglauben verbergen im Grunde nur die Angst und Verzweiflung der Leute. Der Okkultismus ist in den letzten Jahren doch nur deshalb so in Mode gekommen, weil er denen Erleichterung verschafft, die einfach nicht über den Tod eines Sohns, eines Ehemanns oder eines Vaters hinwegkommen. Jedes Mal, wenn eine dieser Glaubensüberzeugungen entsteht, hat sie ihren Ursprung in der Schwäche derer, die daran glauben. Und das gilt auch für Ihre Geschichte von dem Gespenst, das den Bauern den Bauch aufschlitzt; sie erspart es einem, das Schlimmste zu glauben, zu glauben, dass schlicht und einfach ein Mensch das getan hat, nur ein Mensch, vielleicht sogar ein Nachbar.«

»Die *Affäre Duhamel* war aber trotzdem durchaus etwas anderes als eine einfache Jagd auf Betrüger.«

»Aber es war sehr viel Angst im Spiel. Diese arme Frau war davon überzeugt, dass sie von einem bösen Geist verfolgt wurde, und in der Stadt erzählte man sich, ihr Mann habe an satanischen Ritualen teilgenommen, und das habe ihn getötet. Wir haben den Tod dieses Bankiers für seine Angehörigen nicht erträglicher gemacht, wir haben ihn erklärbar gemacht. Die Dinge sind danach nicht mehr wie vorher. Plötzlich besteht die Chance, mit der Trauerarbeit zu beginnen. Es gab weder ein Gespenst noch einen bösen Geist. Und es hat sie nie gegeben.«

»Dabei gibt es sehr wohl merkwürdige Phänomene. Es wird dauernd von welchen erzählt. Ich war selbst Zeuge einer unglaublichen Szene, eines Aktes von Hexerei. Ich habe gesehen, wie ein Mann eine Meute von Jagdhunden gestoppt hat, indem er mit einem toten Zweig Zeichen auf den Boden malte.«

»Ich sage ja nicht, dass es für alles eine Erklärung gibt. Ich habe auch schon Dinge gesehen, die ich nicht erklären kann. Nicht immer hat der Cercle die Antwort gefunden. Aber in neun von zehn Fällen hat es sich um Betrug oder ein Zusammentreffen gewisser Umstände gehandelt.«

»Die Bewohner von La Vitarelle sind sehr abergläubisch. Sie glauben tatsächlich an diese Dinge.«

»Ich sage es noch einmal: Das erspart es ihnen, in Betracht ziehen zu müssen, dass einer von ihnen fähig sein könnte, solche Gräueltaten zu begehen. Im Krieg habe ich gesehen, wie brave Kerle, gute Ehemänner, gute Familienväter aus Hass auf den Feind zu wilden Tieren wurden. Geben Sie jemandem die Möglichkeit, die Grausamkeit zu entdecken, die in ihm steckt, und lassen Sie ihm freie Bahn, sie herauszubringen. Die Mischung ist schrecklich … Als ich in Serbien war, habe ich mich manches Mal gefragt: ›Wie kann man so etwas tun?‹ Da hätte ich zu gern selbst an Ausgeburten der Hölle oder einen bösen Fluch geglaubt. Aber es waren einfach Männer; Männer, die imstande waren, einem Neugeborenen die Hände abzuschneiden, zu mehr als dreißig ein dreizehnjähriges Mädchen zu vergewaltigen und es anschließend mit Bajonetten zu penetrieren, einen alten Bauern zu zerstückeln und seine Familie zu zwingen, seine Eingeweide zu essen … Es gab in jenen Tagen keine der Hölle entstiegenen Monster, und es waren auch keine Monster, die Edmond Duhamel das Blut ausgesaugt haben. Es waren immer Männer wie Sie und ich. Männer, die durch Groll und Angst so verblendet waren, dass sie ihrer Bestialität freien Lauf ließen und in diesen Augenblicken aufhörten, Menschen zu sein.«

Als er merkte, dass Édouard ihn beunruhigt ansah, verstummte Martial, lehnte sich zurück und blickte zu den Bahnsteigen hinüber.

»Ich führe meine Ermittlungen lieber hinter den Kulissen«, sagte er schließlich ruhiger. »Man sieht besser, wenn man nicht vom Licht geblendet wird. Die Polizisten haben Vorrang. Ich werde mich damit begnügen, dort zu suchen, wo sie nicht hingehen wollen.«

Kurz vor Mittag verließen sie den Bahnhof und begaben sich zum Petit Train, der abseits am Rande der Avenue wartete. Eine kleine Lokomotive zog einen Güterwagen und zwei Waggons, die um diese Tageszeit und in der Jahreszeit, in der die Thermalbäder von Lacaune geschlossen waren, fast leer waren. Sie setzten sich in den Wagen am Zugende, der hinten über eine Aussichtsplattform verfügte. Édouard holte ein großes Stück Brot und eine Packung Dauerwurst aus seiner Umhängetasche. Es folgten ein kleiner Hartkäse und eine mit leuchtendem Wein gefüllte Flasche. Martial musste lachen, ein beruhigtes Lachen, denn sein Magen begann, ein wenig zu knurren. Mit vollem Mund sah er zu, wie die Straße am Fenster des ruckelnden Waggons vorbeizog.

Bis Vabre suchte sich der Petit Train mühsam seinen Weg zwischen den steilen und steinigen Hängen des Sidobre. Tunnel und Viadukte folgten in immer wilderen und unwirtlicheren Landschaften in kurzen Abständen aufeinander. Nachdem er in Vabre gehalten hatte, zweigte der Zug nach Brassac ab, überquerte erneut den Viadukt, der über einen tiefen Fluss führte, und fuhr dann noch fast eine Stunde bergauf. Hier änderte sich die Landschaft. Der eben noch allgegenwärtige Granit verschwand zusehends, und Wald breitete sich aus, in der Hauptsache Tannen. Da und dort schimmerten in Schneisen noch hartnäckige Schneebretter, Zeugen eines eher harten Winters, der vermutlich sein letztes Wort noch nicht gesprochen hatte. Es gab nur noch vereinzelt Behausungen. Die Natur hatte eine dicke Mauer errichtet, die der lärmende Bummelzug durchbrach.

Er war 1905 in Betrieb genommen worden und fuhr seither nach Lacaune und weiter nach Murat. Dreimal am Tag diente er als Verbindung zum Leben unten, dem Leben der Stadt und der modernen Zeit.

»Das ist das Ende der Welt, nicht wahr?«, sagte Édouard mit einem Lächeln und setzte sich wieder, nachdem er auf der Plattform eine Zigarette geraucht hatte.

Martial fühlte sich durchaus wohl in seiner Haut. Er, ein Kind der Stadt, sehnte sich danach, sich von ihr zu entfernen. Ein, zwei Wochen in Paris oder London konnten ihn begeistern, aber länger hielt er es nicht aus. Sehr bald schon fehlten ihm dort Luft und Raum. Menschenmengen ertrug er nicht mehr. Deswegen waren ihm die Orte, wo Fuchs und Hase sich Gute Nacht sagen, nicht mehr zuwider, er fühlte sich wohl dort, wo die Straßen endeten. Denn jenseits hatten die Menschen und ihr Wahnsinn nichts mehr zu melden.

»Fehlen Ihnen die Reisen nicht?«, fragte er Édouard, frei assoziierend.

»Merkwürdigerweise nicht! Als Kind habe ich mich immer davongestohlen, zum Hafen. Ich träumte davon, abzuhauen, an Bord eines dieser Schiffe zu gehen. Sobald ich konnte, habe ich mich verpflichtet. Doch auf See wurde mir klar, dass das Meer nicht meine Berufung ist. Was mich anzog, war der Horizont, und der blieb, egal wo wir hinkamen, unerreichbar. Und dann kam der Schiffbruch … Ein echter Albtraum. Manche saßen in den Laderäumen in der Falle, andere ertranken aus Erschöpfung, der Sturm war überall, er schien überhaupt nie enden zu wollen … Nur acht von uns sind mit dem Leben davongekommen.«

Édouards Gesicht hatte sich verzerrt, sein Blick war düster und unstet. Er rang die Hände. Es kostete ihn sichtlich Mühe, das zu erzählen.

»Da im Wasser, als ich mich an mein Brett klammerte, habe ich mir geschworen, dass, sollte ich das heil überstehen, der Ozean nicht noch einmal die Gelegenheit erhalten sollte, mir gefährlich zu werden. Mit der Überfahrt nach Argentinien werde ich meinen Schwur zum ersten Mal brechen.«

»Wie ist es danach mit Ihnen weitergegangen?«

»Die Gesellschaft hat mich ins Büro gesteckt. Immerhin habe ich dort zwei, drei Dinge gelernt. Kurz vor Ausbruch des Kriegs bin ich diesem Kerl begegnet, der aus Le Havre kam und einen Haufen Pläne hatte. Er war der Erste, der mir von Argentinien erzählt hat, von diesem neuen Land, diesem herrlichen Stück Erde. Man müsse sich zusammentun, um dort etwas zu erreichen, meinte er. Aber er ist nicht aus den Schützengräben zurückgekommen.«

In einer engen Kurve wurde der Waggon unter schrillem Kreischen heftig durchgerüttelt. Édouard unterbrach seine Erzählung und fuhr sich mit der Hand über das frisch rasierte Kinn.

»Auch ich war tot, verstehen Sie. Nicht körperlich, obwohl nicht viel gefehlt hätte. Sondern innerlich. Nachdem sie mich zusammengeflickt hatten, bin ich nach Luchon geschickt worden. Meine Begegnung mit Charles hat mich gerettet. Er hat mich aufgeweckt. Er war ein außergewöhnlicher Mann! Ihm verdanke ich es, dass ich wieder an mich glauben, wieder ein Leben, eine Zukunft haben konnte. Er hat mich unterrichtet, damit ich mir einen besseren Posten suchen konnte. So bin ich zu der Arbeit als Fellhändler in der Weißgerberei Mazamet gekommen. Und ich konnte Kontakte nach Buenos Aires knüpfen, um meinen Plan wieder in Angriff zu nehmen.«

Was sein Leben wirklich verändert hatte, wofür er Charles am meisten zu Dank verpflichtet war, hatte er nicht erwähnt: seine Begegnung mit Camille. Dass er über dieses Ereignis einen Schleier warf, ließ für Martial nicht den Hauch eines Zweifels bestehen: Édouard wusste, was für Gefühle er für die junge Frau hegte.

»Ich habe letzte Woche gekündigt. Die Büroarbeit ist auch nicht wirklich etwas für mich, da habe ich dauernd das Gefühl zu ersticken. Dort unten ist alles noch zu tun. Alles aufzubauen. Man hat Luft zum Atmen.«

»Camille fühlt sich nun sicher weniger allein. Und Sie müssen nicht mehr ständig hin und her fahren …«

»Ich bedaure, dass ich die Entscheidung nicht schon früher getroffen habe. Die Möglichkeit hätte ich gehabt. Ich habe das, was sie sich nach dem Tod von Louis Bascoul eingebildet hat, nicht ernst genug genommen, sondern geglaubt, das sei lediglich ihre Art, nach Charles' Tod zu trauern. Jetzt, nach diesem zweiten Mord, wird mir klar, dass es unvorsichtig war, sie allein zu lassen, sodass sie ihre Nase in diese Geschichten stecken konnte. Wenn es wirklich einen Mörder gibt, wäre sie wie geschaffen als Ziel, denn sie will ihn ja überführen.«

»Sind Sie in dem kleinen Haus geblieben, das Sie gemietet hatten?«

»Es gelten immer noch diese verdammten Anstandsregeln. Leider ist die Mühle, die der ehemalige Bürgermeister mir vermietet, zu weit weg von der Schule. Ich bin nicht sicher, ob ich überhaupt nützlich sein kann.«

Er schien zu zögern und biss sich auf die Lippe. Dann entschloss er sich fortzufahren.

»Ich muss Ihnen etwas gestehen … Wie soll ich es sagen? Die Polizisten wollen wissen, wo die Bewohner des Dorfs in der Nacht, in der Michel Gresse getötet wurde, waren. Ich fürchte, ich kann nicht länger lügen, denn ich bin nicht sicher, ob ich diskret genug war …«

»Es kommt also vor, dass Sie von Camille nach Hause gehen, wenn die anständigen Bürger schlafen?«

»Ich habe einfach keine Ruhe, wenn ich weiß, dass sie allein ist, verstehen Sie?«

Martial verstand nur zu gut. Zu behaupten, dass er in diesem Augenblick nichts empfand, wäre falsch gewesen, aber er stellte überrascht fest, dass es ihm nur wenig ausmachte, dass es nicht einmal ein Schmerz war.

»Sagen Sie den Polizisten die Wahrheit und machen Sie sich nicht zu viele Gedanken über die Folgen. Diese Geschichte liefert den Leuten genug, womit sie sich beschäftigen können. Wenn sie wieder Zeit haben, sich darüber Gedanken zu machen, was schicklich ist und was nicht, sind Sie beide längst über alle Berge.«

Zu weit, dachte er. Und jetzt erwachte er wieder, der Schmerz, der sich immer dann tückisch zurückmeldete, wenn man es nicht mehr erwartete. Nach wie vor davon überzeugt, dass man in ihm lesen konnte wie in einem offenen Buch, versuchte er abzulenken.

»Und womit beschäftigen Sie sich tagsüber im Dorf?«

»Ich habe versprochen, ein paar Arbeiten in der ehemaligen Mühle zu erledigen, dafür ist die Miete ganz besonders niedrig. Außerdem gehe ich gern im Wald spazieren. Ich lese auch so viel wie möglich, um meinen Rückstand aufzuholen … Ich warte, bis Camille mit der Arbeit fertig ist. Manchmal langweile ich mich, aber das stört mich nicht wirklich. Im Grunde langweile ich mich ganz gern, das hilft mir, die Dinge ein wenig einzuordnen.«

»Ihre Kenntnisse der Gegend und ihrer Bewohner wären wertvoll für mich. Falls Sie mir assistieren wollen, versteht sich.«

»Das würde mich freuen, wirklich sehr freuen. Und ich fände es auch schön, wenn Sie einverstanden wären, bei mir zu wohnen. Es gibt ein weiteres Schlafzimmer, und Sie wären sehr viel freier, als wenn Sie im ›Café du Progrès‹ absteigen würden.«

»Ich nehme an und danke Ihnen.«

»Ich kann nicht versprechen, dass ich Ihnen eine große Hilfe sein werde, denn ich bin nicht wie Sie. Ich habe nicht Ihr Wissen.«

»Wenn Charles Sie eine Weile unter seinen Fittichen hatte, werden Sie mir eine große Hilfe sein, seien Sie unbesorgt.«

»Er war Lehrer am Lycée, nicht wahr? Das muss etwas ganz Besonderes gewesen sein …«

»In der Tat«, erwiderte Martial, ohne weiter darauf einzugehen.

»Er sagte, Sie seien ein glänzender Schüler gewesen. Warum haben Sie nicht weiterstudiert?«

»Ich bin zu Beginn des Kriegs verwundet worden. Eine Granate ist über der Schule explodiert, in der das Hauptquartier eingerichtet war. Alles ist in sich zusammengefallen wie ein Kartenhaus. Mehr als zwanzig Stunden lang war ich eingeklemmt, unter einem Balken, der mir im Übrigen das Leben gerettet hat. Ich war der einzige Überlebende, und ich habe es gemacht wie Sie nach Ihrem Schiffbruch: Ich habe mir geschworen, nicht dorthin zurückzukehren, jedenfalls nicht auf diese Weise. Und als ich wieder auf den Beinen war, hat man mir angeboten, zum Geheimdienst zu gehen. Die Chance habe ich mir nicht entgehen lassen. Und wie der Zufall wollte, hat es mich nach Serbien verschlagen, wo ich mit Doktor Reiss zusammengearbeitet habe. Das ist ein Schweizer Kriminologe, der eine Untersuchung der von der österreichisch-ungarischen Armee begangenen Gräueltaten begonnen hatte. Das

Ziel war, genügend Material zu sammeln, um Wasser auf die Mühlen derer zu gießen, die die Friedensverträge vorbereiteten. Was ich während dieser paar Monate gesehen und gehört habe, hat mich erschüttert. So viel Grausamkeit, solche Gewalt! Ich hatte angefangen, Kriminologie zu studieren, ich wollte das zu meinem Beruf machen. Aber nach dem, was mir dort begegnet ist, habe ich darauf verzichtet.«

»Wir haben alle unsere Dämonen, nicht wahr?«

»Manche Menschen sind weniger versehrt als andere.«

»Zu denen gehört Camille.«

»An sie dachte ich.«

Der Petit Train bremste quietschend. Es war vierzehn Uhr vorbei, als er vor dem winzigen Bahnhof von Brassac hielt. Mehrere Gespanne warteten neben dem bescheidenen Gebäude, während aus dem Güterwagen einige Pakete ausgeladen wurden. Ein paar Jungs lehnten an der Wand, offensichtlich auf der Lauer nach etwas, das ihren freien Nachmittag ausfüllen könnte. Édouard zog Martial aus dem kurzzeitigen Trubel zu einem kleinen dunklen Autobus, an dem vorn ein schwarzes Schild angebracht war. In dicken, weißen geraden Buchstaben war darauf zu lesen: »La Vitarelle-du-Théron«.

»Das ist die ›Postkutsche‹«, sagte Édouard. »Die letzte Etappe der Reise. Immer pünktlich, immer zuverlässig, abgestimmt auf den Zugfahrplan. Weit kann unser Fahrer nicht sein. Ich werde ihn suchen.«

Martial, in dem Bemühen, sich zurechtzufinden, stöberte in der Erinnerung an seinen ersten Aufenthalt in diesem Dorf. Schließlich erkannte er die steilen, von Tannen bedeckten Hänge im Nordosten. Hinter dieser Wand war das Ende der Welt. War Camille. War die letzte Station seiner Genesung.

5

Der Busfahrer hieß Jean Guillard. Er war ein kleiner, dürrer Mann, den man ohne Weiteres auf vierzig schätzen konnte und der mit seinem grau melierten, zerzausten Haar, seinen schlecht rasierten Wangen und seiner abgewetzten Kleidung ein wenig ungepflegt wirkte. Martial hatte ihn entschlossenen Schritts, wenn auch gebremst von einem starken Hinken, auf sich zukommen sehen, nachdem Édouard ihn nicht weit entfernt bei einem Schwätzchen gefunden hatte. Guillard hatte ihm kräftig die Hand geschüttelt und nicht mehr aufgehört, mit einem sehr ausgeprägten Akzent zu reden. Noch bevor die »Postkutsche« Brassac verlassen und den mühsamen Aufstieg begonnen hatte, wusste Martial, dass er sein Hinken nicht dem Krieg verdankte, an dem er nicht hatte teilnehmen können, sondern einem Unfall, den er als Jugendlicher auf dem Hof seines Vaters irgendwo in der Montagne Noire auf der anderen Seite des Tals erlitten hatte. Ein Strohballen hatte ihm die Hüfte zertrümmert, und man hatte sie nicht mehr richtig zusammenflicken können. Aufgrund seiner Behinderung war er nicht eingezogen worden, und obwohl er sich freiwillig gemeldet hatte, hatte man ihn nicht zum Kämpfen gewollt. Er war in einer der Fabriken für das Entwollen von Fellen eingestellt worden, die sich ein paar Jahre vor dem Krieg mühsam über Wasser hielten. Als der Krieg ausgebrochen war, hatte es an Fahrern gefehlt, und so hatte er ans Steuer der Wagen gedurft, die er vorher lediglich gewartet hatte. Aber nur für die Dauer des Krieges. Als die gesunden Männer zurückkehrten, auf beiden Beinen, wenn sie Glück gehabt hatten, war er wieder an seinen Platz in der Werkstatt geschickt worden. Das hatte ihm nicht gepasst. Als er erfahren hatte, dass das Sägewerk in La Vitarelle einen Fahrer suchte, hatte er sich beworben und war eingestellt worden. In der Folge hatte das Rathaus ihm auch die Zügel der »Postkutsche« anvertraut. Und das alles verdankte er Monsieur Guiraud, dem ehemaligen Bürgermeister. Ein Mordskerl in seinen Augen, fast ein Heiliger! Seine Augen wurden feucht, als er von ihm sprach. Er wischte sich sogar mit seiner Strickjacke, die ein Loch am Ärmel hatte, ein paar Tränen weg. Dann drehte er sich eine Zigarette, mit einer Hand, der linken, und steckte sie sich zwischen die vom Tabak gelben Zähne.

Im Bus herrschte ein ziemlicher Lärm, sie mussten laut reden, um die Motorengeräusche zu übertönen. Und so teilte Jean Guillard ihnen schreiend mit, dass der Milchmann am Vormittag endlich freigelassen worden sei, weil man ihm nichts habe nachweisen können. Die Polizisten aus Toulouse hatten mit Verhören begonnen, und es hieß, dass sie niemanden verschonten. Angeblich wollten sie Alibis vergleichen. Sie würden, erzählte Guillard, mit einer gewissen Feindseligkeit empfangen. Die ersten Zeugen, die sie hätten befragen wollen, hätten so getan, als sprächen sie nur Dialekt. Erst mit der Drohung, sie wegen Behinderung der Justiz zu belangen, hätten die Gendarmen verhindern können, dass ein Dolmetscher eingeschaltet werden musste.

»Die Leute von dort oben stehen in dem Ruf, störrisch zu sein wie Esel. Sie misstrauen allem und jedem. Mir beispielsweise, als ich Anfang 1922 dorthin kam. Und von Zeit zu Zeit lassen sie mich immer noch spüren, dass ich nicht zur Gemeinschaft gehöre. Sie können sich also vorstellen, was da los ist … Die Leute sind nicht bereit, sich sehr kooperativ zu zeigen.«

»Kannten Sie Michel Gresse gut?«, fragte Martial, den Lärm übertönend.

»Natürlich kannte ich ihn, wie alle! Man kam gar nicht an ihm vorbei, so eine große Klappe hatte er und so eine aufgeblasene Art, als stünde er über allen anderen! Stellen Sie sich vor, er wollte Bürgermeister werden! Bürgermeister, er! Dabei kann er Monsieur Guiraud nicht im Entferntesten das Wasser reichen. Sicher, seine Familie besitzt die Hälfte des Ackerlands im Dorf, und es heißt, sie sitzen auf einem großen Haufen Knete. Aber das hat doch nicht ausgereicht, um ihn zum Schutzpatron der Gemeinde zu machen. Er war ein Arbeitstier, da kann man sagen, was man will. Die ganzen Jahre hat er sich krummgelegt für den Bauernhof seiner Eltern. Aber die erste Geige spielen zu wollen, das ist doch etwas ganz anderes! Sie werden sehen, ich bin nicht der Einzige, der ihn nicht besonders mochte. Das Dorf ist sozusagen gespalten: Da gibt es die, die auf der Seite der Gresses stehen, und die, die gegen sie sind. Aber auch wenn man gegen die Familie ist – auf diese Weise zu enden, das hatte Michel nicht verdient. Stellen Sie sich vor, er wäre nicht sofort tot gewesen, sondern langsam und qualvoll gestorben! Ich war einer der Ersten, die Dienstagmorgen hinaufgestiegen sind. Er lag in seinem Blut und seinen Eingeweiden. Und das Gesicht! Ein grauenhafter Anblick, als hätte man ihm eine Maske des Schreckens und Leidens übergestülpt. Dabei war er hart im Nehmen und ein Widerling. Er war aufbrausend und konnte, ohne groß zu zögern, mit der Faust zuschlagen. Ich habe gehört, dass er einmal, als er jünger war, auf dem Ball in Brassac eine Schlägerei angezettelt hat und dass mehrere Gendarmen nötig waren, um ihn zu verhaften. Fast wäre er in den Knast gewandert. Angesichts all dessen, was über ihn erzählt wird, waren die Aussichten, dass er irgendwann ruhiger werden würde, gering.«

»Und was erzählt man so über ihn?«

»Oh, es sind eine Menge Dinge im Umlauf. Sie haben doch sicher so manches gehört, Monsieur Édouard?«

Édouard nickte, sagte aber kein Wort. Jean Guillard hätte es sich auch von niemandem nehmen lassen, selbst zu erzählen.

»Die Familie Gresse ist schon ein besonderer Fall. Die Mutter ist heute an den Rollstuhl gefesselt, aber als sie ihre Beine noch benutzen konnte, war sie häufig geneigt, sie breit zu machen, und nicht immer für ihren Mann. Und Michels Frau ist noch schlimmer. Jeder weiß, dass sie heiß ist und nicht wählerisch, wenn sich irgendwo eine Abkühlung bietet. Denn ihr Mann ist ein totaler Versager. Sie haben zwar eine gemeinsame Tochter, aber es heißt, er habe nichts da, wo es sein soll. Nichts in der Hose, nicht das kleinste bisschen. Angeblich von Geburt an, weswegen er auch nicht in der Armee war und bei Kriegsausbruch freigestellt worden ist.«

Der Bus ächzte, und der Motor pfiff aus dem letzten Loch, während sich die Straße, schmal und kurvig, immer höherschraubte. Sie war noch feucht vom letzten Schnee, der lange gebraucht hatte, um zu schmelzen. Der Wald, durch den sie fuhren, wurde immer dichter. Die riesigen Tannen bildeten einen dunklen Bogen über der Straße, auf die nur dort Licht fiel, wo sie den Laubbäumen mit ihren noch nackten Ästen ein wenig Platz ließen. Martial hatte Mühe, sich an seine erste Fahrt über diese Straße zu erinnern. So hatte er, als er damals selbst am Steuer saß, nicht bemerkt, wie gefährlich die scharfen Kurven waren und wie tief die Schlucht, an der es immer wieder entlangging. Hinter ihnen war die Sicht auf Brassac von Bäumen versperrt. Manche Hänge vor ihnen fielen so steil ab, dass fast nur Schrittgeschwindigkeit möglich war.

Dafür spürte er genau, dass sie sich dem Dorf näherten. Die Kugel in seinem Bauch machte sich wieder bemerkbar ... Er schalt sich dafür, dass er so war; trotz allem, was er erlebt hatte, trotz der vergangenen dreißig Jahre reagierte er immer noch wie ein kleiner Junge.

Währenddessen redete Jean Guillard unentwegt weiter. Die Erschütterungen ließen ihn auf seinem Sitz auf und ab hüpfen.

»Der arme Bascoul war ganz anders. Er war ein armer Teufel, ein richtiger Säufer. Alle haben sich über ihn lustig gemacht. Aber mir hat es leidgetan, als er in dieser Schlucht gefunden wurde.«

Erneut holte er seinen Tabaksbeutel heraus und drehte sich, mit derselben Geschicklichkeit wie zuvor, eine weitere Zigarette.

»Glauben Sie wirklich, dass er mit dem Leben abschließen wollte oder einem Unfall zum Opfer gefallen ist?«, fragte Martial, immer noch besorgt um seinen Magen, der verrücktspielte.

Jean Guillard schien zu zögern. Zum ersten Mal, seit sie losgefahren waren, schwieg er länger als zehn Sekunden. Er nahm einen tiefen Zug, bevor er schließlich antwortete: »Ich bin mir nicht mehr wirklich sicher. Anfangs konnte ich mir das nicht vorstellen. Wissen Sie, als man ihn gefunden hat, dachte ich, die Brüder Gresse hätten ihm das angetan ... Wenn der alte Bascoul zu viel trank, tat er das in der Regel schweigend und sackte dann in einer Ecke zusammen. Aber es kam auch vor, dass der Wein ihn gesprächig machte, vor allem, wenn er im ›Café du Progrès‹ war, denn im ›Café du Théron‹ ist man beim Bruder der alten Gresse, und dort flog er raus, sobald er anfing, seinem Herzen Luft zu machen. Kurz und gut, er erzählte gern, wie er dem alten Gresse jahrelang Hörner aufgesetzt hat, ohne dass der etwas gemerkt hätte. Und er erzählte, Yvonne, Michels Frau, hätte so sehr immer nur an das eine gedacht, dass sie es sogar mit dem Pfarrer trieb. Und er ritt auf der Tatsache herum, dass Michel, sein Chef, nicht wie ein Mann ausgestattet war. Und bei diesem Thema rastete Michel aus. Wer jemals in seiner Gegenwart darüber gesprochen hat, dürfte sich noch heute daran erinnern. Aber der alte Bascoul hat einfach nicht aufgehört. Und so dachte ich, Michel und sein Bruder hätten möglicherweise beschlossen, ihm eine Lektion zu erteilen. Dass es ein böses Ende genommen hätte und der Alte gestorben wäre. Und dass sie ihn daraufhin in die Schlucht geworfen hätten. Ich habe damals mit Monsieur Guiraud darüber gesprochen. Wissen Sie, zu der Zeit machte sich jeder seine eigenen Gedanken. Er meinte, das sei nicht möglich, es müsse zwangsläufig anders gewesen sein. Und jetzt, da Michel tot ist, tut es mir leid, dass ich das jemals gedacht habe.«

Martial hatte sich zu Édouard gebeugt, seine Stimme wurde von dem Lärm um sie her übertönt.

»Camille hat nach einem Motiv für den Mord an dem alten Mann gesucht. Und das wäre eins, das stichhaltig ist.«

»Die Brüder Gresse haben nichts damit zu tun. Das hat sie überprüft. Am Samstagabend waren die beiden immer bei dem Kartenspielturnier, das im Café ihres Onkels ausgetragen wurde, bis spät in die Nacht.«

Martial richtete sich wieder auf. Er spürte, wie Übelkeit in ihm hochstieg.

»Wenn man sieht, wie Michel getötet worden ist, sagt man sich, dass der Alte letztlich Glück im Unglück hatte«, sagte Guillard. »Irgendetwas treibt sich in der Gegend herum. Etwas, dem man besser nicht begegnet. Wissen Sie, dass es im

Schnee rund um den Leichnam von Michel keine Fußspuren gab?«

Kurz drehte er sich zu Martial um, der versuchte, eine bessere Position auf seinem Sitz zu finden.

»Monsieur Guiraud sagt, Sie seien ein Ass auf Ihrem Gebiet, Sie werden Licht in die Sache bringen, nicht wahr?«

Martial begnügte sich mit einem Nicken. Je näher die Ankunft rückte, desto elender fühlte er sich. In Camilles Nähe zu kommen, sich der Ursache seines Leids zu nähern, war eindeutig eine harte Prüfung.

Die nächste Kurve war enger als die anderen, und danach führte die Straße nicht mehr so steil nach oben. Der Wald schien sich zu lichten. Nach einer weiteren engen Linkskurve ließen sie die Bäume plötzlich hinter sich, und obwohl die Wolken tief hingen, hatte Martial das Gefühl, ins Licht zurückzukehren. Sie fuhren an einem schmiedeeisernen Kreuz vorbei, das am Straßenrand aus einem Sockel aus Trockensteinen ragte. In diesem Augenblick drückte Jean Guillard wie wild auf die Hupe, die einen heiseren Schrei ausstieß. Stolz drehte er sich um.

»Das ist das Signal. Das mache ich immer, um die Ankunft der ›Postkutsche‹ anzukündigen.«

Sie waren auf ein Plateau gekommen. Rechts der Straße erstreckten sich Grasflächen mit ein paar Schneeflecken da und dort. Steinmäuerchen grenzten sie ein. Links der Straße standen noch Bäume, aber in größeren Abständen und vor einem steilen Hang, der schließlich in eine Schlucht abfiel. Vor ihnen waren in einiger Entfernung die Dächer der ersten Häuser zu erkennen. Martial spürte, dass seine Schultern vom Gewicht der Aufregung niedergedrückt wurden, ein dumpfes Summen ertönte in seinem Schädel, und sein Mund war trocken.

»He, sagen Sie mal, Ihnen ist nicht zufällig übel?«, rief Guillard, der immer noch den Kopf nach hinten drehte und ganz vergaß, auf die Straße zu blicken. »Sie hätten was sagen sollen, wir hätten anhalten können. Sie sind bleich wie ein Leichentuch.«

»Wird es gehen, Martial?«, fragte Édouard besorgt und legte eine Hand auf seinen Unterarm.

»Monsieur Guillard hat recht, mir ist nur vom Fahren schlecht.«

Die Straße von Brassac durchschnitt das Dorf und führte weiter zum Col des Quatre Sources. Der untere Teil des Dorfes quetschte sich mit schmalen Häuschen, engen Gassen und kleinen überdachten Höfen an den Rand der Schlucht. Der Hauptplatz bildete eine Ausnahme. Er war mit jungen Platanen bepflanzt, und jeden Monat fand dort der Markt und einmal im Jahr der Jahrmarkt statt. Die kleine Kirche mit dem angrenzenden Friedhof kam auf diese Weise besser zur Geltung, während auf der gegenüberliegenden Seite des Platzes das neue Rathaus errichtet worden war. Dort hatte Martial am Tag von Charles' Beerdigung seinen Wagen geparkt. Der obere Teil des Dorfes breitete sich über eine größere Fläche aus. Die Häuser entlang der zwei oder drei breiteren Straßen standen auf größeren Grundstücken. Das Gefälle war dort an einigen Stellen unangenehm groß. Ganz oben lag Camilles Schule.

Mehrere kleine Weiler in der Umgebung waren noch bewohnt, ein paar versprengte Höfe kämpften unbeirrt ums Überleben. Ein Granitsteinbruch, der jahrelang nur mühsam über Wasser gehalten worden war, erlebte einen gewissen Aufschwung. Das Sägewerk von Monsieur Guiraud war die zweite Lunge der Gemeinde. Nachdem die Straße das Dorf verlassen hatte, stürzte sie in zwei, drei Kurven zu einer steinernen Brücke hinab, die unten in der Schlucht über den Fluss führte, und stieg auf der anderen Seite wieder hinauf. Auf dieser Seite des Plateaus befand sich der Großteil des Ackerlandes. Hier hatte sich der Hof der Gresses ausgebreitet und nach und nach die ehemaligen Nachbarn geschluckt, die wegen des Mangels an Arbeitskräften aufgegeben hatten. Ein paar Buchenwäldchen, Wäldchen aus noch jungen Eichen und immer wieder Tannen. Das Dorf schien vom Wald, der das Brachland verschlungen hatte, umschlossen. Es war so etwas wie ein Vorposten in Feindesland, das letzte Nest des Widerstands gegen die Landflucht.

Die »Postkutsche« hatte die Geschwindigkeit gedrosselt. Sie fuhr an einem neuen, ziemlich wuchtigen Gebäude vorbei, der Molkerei, wie ein Schild mit dicken Buchstaben anzeigte. Sie fuhren noch hundert Meter weiter, bevor sie nach links abbogen, um durch die breiteste Gasse den Platz zu erreichen.

»Wir sind da!«, rief Jean Guillard.

Er entsperrte die Tür, die sich ächzend öffnete, und trat zur Seite, um Martial aussteigen zu lassen.

Von Übelkeit gequält reckte dieser sein Gesicht der frischen Luft entgegen. Ohne auf die Neugierigen zu achten, die sich etwas weiter entfernt versammelt hatten, tat er mit schmerzendem Rücken ein paar Schritte. Édouard kam zu ihm.

»Es geht mir schon besser. Die Reise hat mich angestrengt, und zum Schluss noch die vielen Kurven … Geben Sie mir zwei Minuten, und ich bin wieder auf dem Damm.«

Er entfernte sich wiederum ein paar Schritte. Jean Guillard war auf seinen Bus gestiegen, um mehrere Pakete loszubinden. Édouard kletterte auf die Leiter, um ihm beim Abladen zu helfen. Allmählich wurde Martial sich der Aufmerksamkeit bewusst, die auf ihn gerichtet war: Leute, die auf einer

Bank saßen, andere vor dem Fenster eines Cafés, Jungs, die in der Mitte des Platzes in einer Gruppe zusammenstanden ... Er ging vorn um den Bus herum, um seinen angeschlagenen Zustand vor ihren Blicken zu verbergen. Nach und nach legte sich die Übelkeit.

Während er den Bus umrundete, sah er sie: Mit verschränkten Armen stand sie vor ihm, ein Bein leicht angewinkelt und auf der Zehenspitze zurückgesetzt. Ein paar Locken, die vielleicht etwas dunkler waren als in seiner Erinnerung, hatten sich auch diesmal rebellisch aus dem Haarknoten gelöst und fielen in ein blasseres, fast trauriges Gesicht, in dem das Marineblau ihrer Augen besonders hervorstach. Sie trug einen langen schwarzen Mantel, der ihr zu groß war, Charles' Mantel, in den sie sich eingemummelt hatte. Und sie lächelte ihm zu. Ein bezauberndes Lächeln. Er spürte die Leere unter seinen Füßen. Er spürte den Wind im Rücken.

»Du hattest mir versprochen, dass du wiederkommst. Damit hast du dir ganz schön Zeit gelassen!«

Ihr Lächeln wurde breiter, Tränen glänzten in ihren großen Augen. Und sie warf sich, auf alle Anstandsregeln pfeifend, in seine Arme.

»Danke, dass du gekommen bist«, flüsterte sie in seinem Nacken. »Ich bin so froh, dass du da bist!«

Er war berauscht von ihrem süßen Parfum, seine Nase versank in ihrem halb aufgelösten Haar. Der Bauchschmerz war verschwunden, doch er wusste, von dieser Krankheit würde er niemals genesen. Er wusste, dass es ihm unmöglich war, ohne sie zu leben.

6

Sobald der Bus entladen war, hatte Édouard beschlossen, sich zur Mühle zu begeben, um alles für seinen Gast vorzubereiten. Er hatte darauf bestanden, das Gepäck mitzunehmen, und Jean Guillard hatte ihm angeboten, ein Stück mitzufahren, bevor die »Postkutsche« geparkt wurde. Und so blieb Martial allein mit Camille zurück.

Es gibt Augenblicke im Leben, die unvergesslich bleiben. Die Jahre vergehen, aber nicht der Zauber, der mit der Zeit sogar noch größer zu werden scheint. Mit etwas Glück und ein wenig Klarsicht wird man gewahr, dass man einen solchen Augenblick erlebt, während man ihn erlebt. Genau diese Erfahrung machte Martial an jenem Spätnachmittag.

Sie hatten sich gemeinsam auf den Weg hinauf zur Schule gemacht. Camille hatte sich bei ihm eingehakt, den Körper an seinen geschmiegt, ihr Kopf lag fast in der Schultergrube. Sie schwieg. Und Martial hütete sich, dieses Schweigen zu durchbrechen, er genoss jede Sekunde, jedes Detail. Alles brannte sich in sein Gedächtnis ein. Der Tag, der sich unter reglosen Wolken allmählich dem Ende zuneigte; Hundegebell, nicht sehr weit entfernt; der metallische Klang eines Hammers; das Muhen einer Herde, das bis zum Rand des benachbarten Waldes erscholl; das leise Rauschen des Wassers, das in einer dünnen Rinne neben dem breiten Weg her floss, dem sie folgten, seit sie den Platz verlassen und die Straße überquert hatten; die Schornsteine, aus denen über den schrägen Dächern der Rauch emporstieg; das große Schaufenster des Lebensmittelgeschäfts, in dem ein riesiger Zuckerhut thronte; ein paar Gesprächsfetzen, die sie aufschnappten, als sie an den beschlagenen Fenstern des »Café du Progrès« vorbeigingen; der Gemüsegarten eines kleinen Bauernhauses; ein paar Hühner, die träge im Hof herumliefen; der Geruch feuchten Grases, in den sich der eines Holzfeuers mischte … Und, natürlich, Camille …

Je höher sie kamen, desto vereinzelter standen die Häuser, bis sie schließlich zu einer Abzweigung gelangten. Markiert wurde sie von einer kleinen steinernen Nische, in der eine Statue der Jungfrau stand; von der zierlichen Gestalt blätterte die Farbe ab, umrahmt wurde das Ganze von Stechpalmenzweigen. Sie mussten nach links abbiegen; von hier an säumten hohe, kahle Eichen den Weg, und die Steinmäuerchen wichen Hecken, die aufgrund des Winters etwas mickrig aussahen. Obwohl er erschöpft war von der langen Reise und trotz seines inneren Aufruhrs und der Blicke, die ihnen nach wie vor verstohlen folgten, war Martial glücklich.

Camille löste sich erst von ihm, als sie vor der Mädchenschule standen, einem hohen, wuchtigen Gebäude, dessen Mauern mit Schiefer verkleidet waren. Immer noch schweigend gingen sie durch das Eisentor. Dann kostete es Camille eine gewisse Kraftanstrengung, die schwere Haustür zu öffnen, die durch die Feuchtigkeit aufgequollen war und über die grauschwarzen Bodenplatten schleifte.

Das Erdgeschoss der Schule war durch die Diele und eine Treppe, deren abgenutzte Stufen in den ersten Stock führten, in zwei Bereiche unterteilt. Rechts befand sich der Klassenraum, der die ganze Breite des Gebäudes einnahm und nach vorn wie hinten Fenster mit weiß gestrichenen Holzrahmen hatte. Die Decke war hoch, sehr hoch. Der große Ofen hatte Mühe, für eine angenehme Wärme zu sorgen. Links kam man von der Diele in einen Raum, der ebenso lang, aber weniger breit war und ebenfalls an beiden Enden Fenster hatte, wodurch er schön hell war. Es handelte sich um eine Art Küche oder Esszimmer mit einem kleinen Alkoven im hinteren Teil, der ein direkt in den Stein eingelassenes Spülbecken verbarg. Ein breiter Kamin teilte die gegenüberliegende Wand in zwei Hälften. Zusammen mit dem Herd, der mit Holz angeheizt wurde, erfüllte er den Raum mit einer wohligen Wärme. Ein Geruch von Karamell und Kamille lag in der Luft. Camille drehte den Schalter, um etwas mehr Licht zu machen.

»Wir haben Strom, aber kein Wasser«, erklärte sie, ihr Schweigen beendend. »Zweimal am Tag, manchmal auch dreimal, müssen wir zum Brunnen gehen. Ich frage mich, ob es mir umgekehrt nicht lieber gewesen wäre. Es sind hier ziemlich früh schon Staudämme errichtet worden, daher hat das Dorf noch vor dem Tal Strom bekommen…«

Sie wirkte jetzt fast schüchtern und schien nicht so recht zu wissen, was sie sagen sollte. Fürs Erste nahm sie Martial den Mantel ab und hängte ihn neben ihren an einen Kleiderhaken in der Diele. Dann forderte sie ihn auf, sich an den Küchentisch zu setzen. Sie habe Wasser aufgesetzt, bevor sie ins Dorf hinuntergegangen sei. Ein Kaffee sei doch jetzt sicher willkommen.

Martial spürte sein Herz immer noch heftig schlagen. Er setzte sich nicht sofort, sondern machte ein paar Schritte in dem Raum, der trotz seiner hohen Wände und der dunklen Bodenplatten gemütlich wirkte. Er drang in die Privatsphäre der Frau ein, die er liebte, in ihr neues Leben. Bislang hatte er sie nur mit ihrem Vater gekannt. Es gab eine gewisse persönliche Note, ein paar Gegenstände, ein wenig Unordnung … Die bunten Schalen hinter der Glastür des Buffets erinnerten ihn an jene, die er in den Ferien bei seinem Großvater gesehen hatte. An dem Fenster, das nach vorn ging, hingen getrocknete Blumen. Ein Buch lag auf einer Ecke des Tisches, darin ein roter Wollfaden als Lesezeichen, und auf dem etwas schäbig gewordenen Umschlag stand *Les mémoires d'outre-tombe.* Über diesem Tisch hing ein Aquarell an der Wand, eine zerklüftete Küste, stürmisches Meer, ein Leuchtturm, drohendes Unwetter …

Camille hatte die Holzscheite im Kamin zusammengeschoben, sich vergewissert, dass das Feuer nach wie vor glomm, und goss jetzt das kochende Wasser in die Kaffeekanne.

»Im ersten Stock gibt es einen kleinen Salon, der wärmer ist, für den Winter. Ich habe ein Bad und zwei große Schlafzimmer.«

»Das klingt groß.«

»Das ist groß, sogar zu groß und wirklich nicht leicht zu heizen. Außerdem kriecht die Kälte mit diesen verflixten Steinplatten durch den Boden hoch. Man muss aufpassen, sonst holt man sich den Tod … Setz dich zu mir. Ich freue mich wirklich, dich zu sehen. Auch wenn die Umstände sind, wie sie sind.«

Martial setzte sich schließlich neben sie. Der Kaffeegeruch erschien ihm wie der siebte Himmel.

»Du siehst nicht sehr gut aus«, sagte sie, legte ihre schmale Hand auf seine und beugte sich vor, um seinen Blick einzufangen.

»Ich hatte diesen Winter ein paar gesundheitliche Probleme. Nichts Schlimmes …«

Diese weiße Hand auf seiner brachte ihn völlig durcheinander.

»Immer noch dein Rücken?«

»Der Rücken und eine schlimme Erschöpfungsdepression. Aber du scheinst mir auch nicht gerade in bester Verfassung zu sein.«

Sie richtete sich auf und zog die Hand zurück. Ihr angedeutetes Lächeln verschwand, und ihre Augen füllten sich mit Tränen.

»Es ist alles nicht so leicht seit einiger Zeit. Ich habe Mühe, wieder auf die Beine zu kommen.«

»Nach dem Tod deines Vaters?«

»Das allein ist es nicht. Es ist das Dorf, es nimmt mir den Atem … Ich weiß nicht, wie ich es dir erklären soll … Seit ich hierhergezogen bin, ist alles schiefgelaufen. Es fällt mir schwer, mich zu integrieren. Papas Tod war das Tüpfelchen auf dem i. Und jetzt sind diese beiden Morde geschehen. Ich habe ständig Angst. Ich friere die ganze Zeit. Wenn du wüsstest, wie sehr ich es bereue, hierhergekommen zu sein.«

»Bis zu eurer Abreise dauert es ja nicht mehr lange.«

»Selbst die erscheint mir unerreichbar. Es ist, als sei ich gefangen, als hätte ich mich damit abgefunden, in der Falle zu sitzen. Ich fühle, dass ich nicht mehr die Kraft habe, zu handeln, Pläne zu machen … Argentinien … Das ist so weit weg, und dort wird alles so schwierig sein. Ich fürchte, ich habe nicht mehr die Kraft für einen Neubeginn.«

»Du hast Édouard, der dir zur Seite stehen wird. Du kannst dich auf ihn verlassen.«

»Ich weiß. Aber meine Welt bricht nach und nach um mich herum zusammen. Ich fühle mich verloren. Édouard kann nichts dafür. Und ich habe so viele Leute enttäuscht, dass ich nun Angst habe, auch ihn zu enttäuschen.«

»Wie kannst du das sagen?«

»Es ist die Wahrheit! Ich habe Papa enttäuscht, das weiß ich. Er hatte sich für mich ein anderes Leben erträumt. Am Ende seines Lebens hat er mit ansehen müssen, wie ich in diesem gottverlassenen Kaff einen Beruf ausübe, den er mir hatte ausreden wollen, und alles, woran ich geglaubt habe, verleugne. Er ist gestorben mit dem Wissen, dass ich immer unglücklicher wurde … Und außerdem habe ich dich enttäuscht.«

Unaufhaltsam liefen Tränen über ihre Wangen. Ein Schatten lag in ihrem Blick und auf ihrem Gesicht. Sie war verzweifelt. Martial sah zu, wie sie zusammenbrach. Er wusste nicht, ob es sich um einen Hilferuf handelte. Sie zog ein kleines kariertes Taschentuch aus dem Ärmel und trocknete sich die Augen. Selbst diese Geste war erschütternd und bezaubernd zugleich.

»Das wird schon«, sagte er sanft, und diesmal legte er seine Hand auf die ihre. »Alles wird gut. Du bist stärker als all das.«

Sie versuchte zu lächeln. Er hätte sie gern in die Arme genommen, traute sich aber nicht.

»Also, was hat er dir geschrieben?«, fragte sie unvermittelt und unterdrückte einen Schluchzer.

Martial war überrascht.

»Papa. Du hast gesagt, dass du es mir erzählen wirst … Es sei denn, es ist ein Geheimnis zwischen euch.«

»Nein, es gibt kein Geheimnis. Er hat mich lediglich gebeten, auf dich aufzupassen.«

Der Schatten verblasste ein wenig.

»Siehst du, er hat sich Sorgen um mich gemacht … Und du, wer passt auf dich auf?«

Martial spürte, wie sich seine Kehle zuschnürte. Er wich geschickt aus.

»Dafür habe ich einen Koloss mit dem Vornamen Raoul. Eine richtige Glucke …«

»Ich dachte eher an eine Frau. Über diese Dinge hast du nie mit mir gesprochen.«

Es überraschte ihn, dass ihn das nicht verlegen machte. Die Worte kamen ihm mühelos über die Lippen, und danach war er erleichtert.

»Es konnte keine andere geben als dich, Camille. Es wird niemals eine andere geben können.«

Ihre Miene verdüsterte sich nicht wieder, aber es flossen noch immer Tränen. Sie nahm seine Hand und drückte sie fest.

»Ich hoffe, dass du mir eines Tages verzeihen kannst.«

»Ich habe dir nichts zu verzeihen. Ich schulde dir so viel. Du ahnst gar nicht, wie viel, einschließlich des Lebens. Selbst jetzt, in dieser Küche, schenkst du mir Licht. In meinen Augen bist du vollkommen. Es ist nicht deine Schuld!«

»Verzeih mir«, sagte sie trotzdem, heftig schluchzend diesmal. »Ich bitte dich um Verzeihung für alles …«

Sie brach im wahrsten Sinne des Wortes zusammen, ihr Kopf sank auf das Wachstuch, sie heulte wie ein Schlosshund. Martial wusste nicht recht, was er tun sollte. Er legte einfach nur seine Hand auf ihr Haar und schwieg. Sein Blick schweifte durch den Raum. Ein Hängeschrank für Vorräte, Porzellandosen auf dem Kamin aufgereiht, ein Haufen Holzscheite, Spitzengardinen an den Fenstern … Alles war an seinem Platz. Und während Camille zusammenbrach, fühlte er sich stärker, freier. Er hatte das Gefühl, dass auch er jetzt an seinem Platz war.

Sie verharrten eine Weile in dieser Stellung. Nur das Knistern des Feuers begleitete ihr Schweigen. Draußen breitete sich die Dunkelheit aus. Camille beruhigte sich, richtete sich jedoch nicht sofort auf, vielleicht verlegen, weil sie sich einen Augenblick hatte gehen lassen, vielleicht, weil sie erleichtert war. Martial hätte stundenlang so dasitzen können, auch die ganze Nacht, ohne die geringste Müdigkeit zu spüren. Aber es gab einen Faden, der sie zusammengeführt hatte, und den durfte er nicht verlieren.

»Wir werden über diese Morde sprechen müssen«, flüsterte er direkt über ihrem Ohr. »Du hast für eine solche Aufmerksamkeit gesorgt, dass ich gut daran tue, die Sache nicht in die Länge zu ziehen.«

Nun richtete Camille sich endlich auf. Sie sah abgespannt aus. Sie entschuldigte sich und ging in ihre Wohnung hinauf, um sich Wasser über das Gesicht laufen zu lassen. Er hörte sie, die Dielen knackten unter ihren leichten Schritten. Sie wirkte so klein in diesem so großen Haus ... Als sie wieder herunterkam, musste man schon ein guter Beobachter sein, um zu erkennen, dass sie geweint hatte. Sie setzte sich, atmete tief ein und brachte sogar ein Lächeln zustande.

»Ich höre dir zu«, sagte Martial.

Und sie erzählte ihm, was sie wusste.

Ihre Angaben, was den Mord an Louis Bascoul, die Persönlichkeit des Opfers und die Art seiner zahlreichen Verletzungen betraf, waren ungewöhnlich genau. Sie sparte nicht mit Details. Hinsichtlich des Todes von Michel Gresse fügte sie Édouards Bericht allerdings nichts Neues hinzu.

»Also, was denkst du?«, fragte sie, als sie geendet hatte, ungeduldig und mit heiserer Stimme.

»Ich würde gern die Orte sehen, an denen die Toten gefunden wurden.«

»Édouard kann dich begleiten, er kennt die Gegend inzwischen ganz gut. Ich kann bis Sonntag nicht hier weg.«

»Ich muss auch mit den Leuten reden, die die Leichen gefunden haben.«

»Monsieur Guiraud kann dir ein paar Türen öffnen, er hat es mir versprochen. Ich glaube, wir sind Freunde geworden, und ihm als ehemaligem Bürgermeister verweigern die Leute kaum etwas.«

»Laut Jean Guillard ist er auch ein Heiliger.«

»Wir sind heute Abend bei ihm zum Essen eingeladen, da kannst du dir deine eigene Meinung bilden.«

»Vorrang hat, die Kriminalpolizei und die Gendarmerie arbeiten zu lassen, bist du dir dessen bewusst? Das Ziel ist, dass diese Morde so schnell wie möglich geklärt werden, egal von wem.«

»Sicher triffst du sie bald, die beiden Inspektoren, die aus Toulouse gekommen sind und innerhalb von zwei Tagen so viele Fehler und Ungeschicklichkeiten begangen haben, dass ich mich frage, ob sie nicht ihren Beruf verfehlt haben. Aber ganz ehrlich, was sind deine ersten Eindrücke?«

»Eindrücke? Ich glaube, für den Moment schwirren mir nur Fragen durch den Kopf. Die erste ist die, die du dir bereits gestellt hast: Warum sind diese beiden Männer getötet worden? Und gibt es eine Verbindung zwischen ihnen?«

»Die gibt es. Weißt du, wie viele Morde es in La Vitarelle in mehr als einem Jahrhundert gegeben hat? Keinen einzigen. Und jetzt gibt es zwei im Abstand von drei Monaten, zwei Menschen, die zusammengearbeitet haben, die seit Jahren miteinander verkehrt und fast unter demselben Dach gelebt haben …«

»Also müssen wir die Verbindung finden, dieses berühmte ›Warum?‹ beantworten. Auch die Vorgehensweise ist ungewöhnlich. Wer es auch war, er hat sich nicht damit begnügt, sie zu töten, sondern sich regelrecht in sie verbissen, sie leiden lassen.«

Camilles Miene verdüsterte sich erneut, und sie wandte für ein paar Sekunden den Blick ab, um diesen Schatten, den immer gleichen, zu verbergen. Sie wirkte erneut verängstigt, bestand aber darauf, dass Martial fortfuhr.

»Wenn stimmt, was ihr, Édouard und du, mir über die Verletzungen von Michel Gresse gesagt habt, sehe ich nur einen Grund, ihm die Sehnen zu durchtrennen: Er sollte bewegungsunfähig gemacht werden. Und warum sollte man ihn bewegungsunfähig machen wollen, wo es doch so einfach wäre, ihm einfach nur den Rest zu geben? Sie wollen, dass er langsam stirbt, dass er seinen Tod erlebt. Im Fall des alten Knechts ist das nicht so einfach zu sagen. Ich hätte schon eine Idee, aber ich würde gern erst zwei, drei Dinge überprüfen, bevor ich mehr sage.«

»Da haben wir's! Es sind doch Geheimnisse im Spiel! Ich wusste es. Du wirst mich hoffentlich nicht ausschließen! Ich habe immerhin als Erste in diese Richtung gedacht! Es ist schon hart genug, weiter arbeiten zu müssen, während du dich ins Abenteuer stürzt …«

»Abenteuer? Übertreib nicht! Aber keine Angst, du wirst als Erste über meine Entdeckungen informiert, wenn es denn welche gibt.«

»In welche Richtung wirst du denn nach dem ›Warum‹ suchen?«

»Es gibt gar nicht so wahnsinnig viele Richtungen, in die man ermitteln kann. Wenn man den Krieg und die Staatsaffären mal beiseitelässt, bleiben nicht so viele Gründe, die einen dazu treiben, zum Mörder zu werden. Man tötet blind vor Wut, spontan, ohne nachzudenken: Der zweite Mord scheint mir auf einem sorgfältig ausgearbeiteten Plan zu beruhen, diese Fährte würde ich also ausschließen. – Man tötet aus Eifersucht oder Begehrlichkeit, um zu bekommen, was einem verweigert wird:

Konnte man Michel Gresse oder Louis Bascoul beneiden? Was haben sie besessen, das Begehrlichkeit hätte wecken können? Die Antwort fällt je nach Opfer verschieden aus, und da ergibt sich keine Verbindung. – Man tötet, um sich jemanden vom Hals zu schaffen, einen Zeugen, einen Stein im Schuh, den man entfernen will, um in Ruhe gehen zu können: Könnten diese beiden Männer jemanden gestört haben? Haben sie über Informationen verfügt, die ihrem Mörder hätten schaden können? – Und schließlich tötet man aus Hass, um zu bestrafen oder sich zu rächen: Mir fällt auf, dass, wenn diese beiden Morde von derselben Person oder denselben Personen begangen worden sind, nichts dem Zufall überlassen worden ist und die Spuren erfolgreich verwischt worden sind. Derjenige wusste, dass Michel Gresse nachts um diese Zeit diesen Weg nehmen würde. Er wusste, wann man über Louis Bascoul herfallen konnte.«

»Viele Leute im Dorf kannten die Gewohnheiten der beiden. Du wirst es selbst bemerken: Es gibt hier wenig Raum für Unvorhergesehenes.«

»Aber hier spreche ich von einem sehr ausgereiften Plan, sehr durchdacht und von langer Hand vorbereitet. Denk an die Fußabdrücke im Schnee beispielsweise oder vielmehr die auffällige Abwesenheit von Spuren. Dabei gab es ja durchaus Spuren: die des Milchmanns, der sich genähert hat, bevor er Alarm schlug.«

»Er heißt Serge Cals. Ich glaube nicht, dass er einer Fliege etwas zuleide tun könnte.«

»Vorsicht mit solchen Einschätzungen. Aber schließen wir Monsieur Cals, der ein Alibi hat, aus. Warum, wenn nicht Zauberei im Spiel ist, gibt es keine anderen Spuren?«

»Komm schon, spann mich nicht so auf die Folter!«

»Der Karren! Hätte der Mörder sich von Anfang an auf dem Karren versteckt, hätte Michel Gresse ihn unwissentlich an den Ort seiner Ermordung geführt; dann hätte er gar nicht auf einen schneebedeckten Baum klettern müssen. Es könnte sogar sein, dass er sich danach an derselben Stelle versteckt hat …«

»Ich muss sagen, du beeindruckst mich«, sagte Camille, die nicht mehr schluchzte, sondern mit verschränkten Armen dasaß und ihn aus weit aufgerissenen Augen ansah.

»Das sind nur ein paar Hypothesen. Man kann sich natürlich auch vorstellen, dass das, was diese beiden Männer getötet hat, nicht menschlich ist.«

»Bitte du nicht auch noch!«

»Wenn die Bewohner dieses Dorfs an solche Dinge glauben, wäre es sehr ungeschickt, sie nicht in Betracht zu ziehen. Zunächst einmal wäre das eine Art von Verachtung, und solche Glaubensüberzeugungen verbergen häufig Hinweise, die sehr viel handfester sind, als es im ersten Moment scheint. Wovon wurde denn gesprochen? Von einem geheimnisvollen wilden Tier, einer Bande blutrünstiger Herumtreiber? Wovon noch?«

»Einem Gespenst.«

»Dem Gespenst von wem? Man muss den Leuten zuhören können. Wenn sie spüren, dass ihr am gleichen Strang zieht, werden sie gesprächiger, und die vergessenen Details tauchen wieder auf.«

Darüber schien Camille nachzudenken.

»Ich muss dir eine Frage stellen«, fuhr Martial fort. »Fühlst du dich wirklich bedroht?«

»Alle Dorfbewohner fühlen sich jetzt bedroht. Ich glaube nicht, dass ich in größerer Gefahr bin als irgendein anderer.«

»Aber diese Gestalt unter deinen Fenstern?«

»Ich bin nicht mal sicher, ob da wirklich etwas war. Vielleicht habe mir das nur eingebildet.«

»Und doch hat es dich nicht sonderlich überrascht, dass dich jemand in der Nacht beobachtet hat. Ein bisschen scheinst du mit so etwas gerechnet zu haben. Nicht wahr?«

Camille zögerte. Es herrschte kurzes Schweigen.

»Vielleicht dachte ich, dass ich dadurch, dass ich die Geschichte von der Ermordung des alten Bascoul immer wieder aufgerührt habe, jemanden gestört habe …«

»Hat die Gestalt dich an jemanden erinnert?«

»Nein. Für mich war es ein Mann. Aber um das mit Sicherheit zu behaupten, habe ich nicht genug gesehen. Es war so kalt in der Nacht. Wie hätte jemand so still und starr da stehen sollen? Auf was hätte er warten sollen? Darauf, dass ich mitten in der Nacht aufwache? Vermutlich war das alles nur Einbildung.«

»Aber es stellt sich trotzdem noch eine Frage, die dein Misstrauen gerechtfertigt erscheinen lässt.«

»Welche?«

»Ist es vorbei? Louis Bascoul, Michel Gresse … Ist die Liste geschlossen, oder muss man sich auf weitere Morde gefasst machen?«

7

»Sie denken doch nicht wirklich, was Sie da sagen! Verdammt! Weitere Morde …«

Antoine Guiraud konnte einfach nicht anders, als laut zu protestieren.

»Das war lediglich eine Frage, Monsieur Guiraud«, gab Martial zurück.

Sie saßen im Esszimmer um einen großen rechteckigen Tisch, an dessen Stirnseite ihr Gastgeber thronte. Er hatte seinen Sonntagsanzug angelegt, doch man spürte, dass er sich in dieser Kleidung nicht wohlfühlte. Unaufhörlich zog er an der Krawatte, die ihn regelrecht zu ersticken schien.

Es war nicht zu verkennen, dass Antoine Guiraud ein einfacher, bäuerlicher Mann war, der sein Vermögen vielleicht mit seinem Geschäft gemacht, deswegen aber nie seine Herkunft verleugnet hatte. Sein Haus war groß, majestätisch erhob es sich auf dem Hügel, der das Sägewerk überragte, doch es prahlte nicht mit irgendwelchem Luxus. Die Einrichtung war schlicht: rustikale, schwere Möbel, ein paar billige Bilder und Gegenstände, die alle ihren Nutzwert hatten. Wenn für dieses Abendessen das Silberbesteck, das Kristall und das Limoges-Porzellan herausgeholt worden waren, dann nicht, um zu protzen, sondern um zu zeigen, welche Bedeutung der Hausherr der Ankunft von Martial beimaß.

Für diesen war, seit er Camille getroffen hatte, die Zeit allzu schnell vergangen. Édouard war kurz vor halb sieben gekommen. Martial hatte gerade noch Zeit gehabt hinaufzugehen, um sich im Badezimmer frisch zu machen. Er hatte nicht an Kleidung zum Wechseln gedacht – die befand sich jetzt in der ehemaligen Mühle. Daher musste er den Abend in seiner Reisekleidung verbringen und fühlte sich innerlich ebenso zerknittert wie äußerlich.

Zu dritt waren sie zu Fuß losgegangen, Édouard vorneweg, die Petroleumlaterne in der Hand. Sie waren wieder hinuntergestiegen ins Dorf, das wie ausgestorben schien. Selbst das »Café du Progrès« wirkte leer hinter seinen stets beschlagenen Scheiben. Kein Geräusch drang aus den Häusern. Das Bild, das Martial in den Sinn kam, war das eines verletzten Tieres, das sich in seine Höhle verkrochen hatte und versuchte, möglichst leise zu atmen und nicht zu jammern, weil es fürchtete, die Aufmerksamkeit seiner Verfolger auf sich zu ziehen.

Es war kälter geworden. Die Nacht war dunkel, mond- und sternenlos. Ihre Schritte hatten auf der nassen Fahrbahn widergehallt. Sie hatten das Dorf hinter sich gelassen und waren zu der steinernen Brücke in der Schlucht hinabgestiegen. Unmittelbar vor dieser Brücke hatte Antoine Guiraud sein Sägewerk errichtet, am Ufer des Flusses. Sein Haus hatte er auf dem gegenüberliegenden Ufer gebaut, dort, wo der Boden wieder zum Plateau anstieg. Er hatte sie unter dem erleuchteten Portal erwartet und Martial mit einem kräftigen Händedruck und einem offenen Blick empfangen, in dem allerdings auch eine leichte Besorgnis zu erkennen war. Er rollte die »r«, die reihenweise durch seine Sätze purzelten. Er hatte breite, knotige Hände und einen dicken grauen Schnurrbart. Man spürte, dass er einen wachen Geist hatte, aber auch, dass sein Körper mit jeder Pore Traurigkeit verströmte. Insgesamt hatte er etwas von einer Eiche, die jeden Tag kämpft, um in dem heftigen Wind, der ihr keine Atempause lässt, nicht umzustürzen. Auf dem runden Tischchen in der Diele standen Fotos von seiner Frau und seinem jüngeren Sohn Charles, als sollten sie jedem, der dieses zu große und zu leere Haus betrat, die Abwesenheit der beiden in Erinnerung rufen.

Ihm war ein zweiter Sohn geblieben, Lucien, der unter den vernichtenden Blicken seines Vaters mit einer guten halben Stunde Verspätung zu ihnen stieß. Lucien, der mit dem Vater im Sägewerk arbeitete, das er einmal übernehmen sollte, weil kein anderer da war. Dabei wussten alle, dass er im Gegensatz zu seinem jüngeren Bruder nicht das geringste Interesse an diesem Beruf hatte. Lucien galt als Parasit, als Taugenichts. Lucien war lebend aus dem Krieg zurückgekommen, wenn auch verändert, geschwächt, psychisch krank. Er war der einzige Mensch, der dem Vater auf Erden geblieben war, der einzige Blutsverwandte, den er trotz allem zu lieben versuchte.

Antoine Guiraud gefiel Martial sehr. Während er am Vormittag verstanden hatte, warum Camille sich in Édouard verliebt hatte, verstand er jetzt, warum sie sich in schwierigen Augenblicken an diesen Mann hielt. Er hätte an ihrer Stelle das Gleiche getan.

Zu Beginn ihrer Unterhaltung war viel vom Dorf die Rede. Diesem heute verratenen, trauernden, von Angst und Unverständnis niedergedrückten Dorf. Diesem Dorf, seinem Dorf, für das er sich als Bürgermeister krummgelegt hatte und das jetzt unaufhaltsam seinem Untergang entgegentrieb. Wobei der bereits vor etwa einem Vierteljahrhundert begonnen hatte. Die jungen Männer waren nach ihrem Militärdienst nicht mehr zurückgekommen, da sie die Gewohnheiten der Stadt aus allzu großer Nähe schätzen gelernt hatten und sich ein Leben auf diesem unwirtlichen Plateau nicht mehr vorstellen konnten. Sie hatten die Belegschaften der Spinnereien in Castres verstärkt oder die der Fabriken, in denen die Felle entwollt wurden, in Mazamet, wo nach Akkord bezahlt und jede Mühe entlohnt wurde, wo das moderne Leben mit seinem Geruch von Freiheit jeden Tag ein wenig mehr eindrang. Manche hatten sich zunächst glücklich geschätzt, nur noch einen Sohn auf dem Hof zu haben, was es ihnen ersparte, die bereits verkleinerten Betriebe teilen zu müssen. Als jedoch die Ältesten ebenfalls weggingen, als die Parzellen und Gebäude der Verwahrlosung und wucherndem Gestrüpp anheimfielen, machten sie sich ernsthaft Sorgen. Auch von den jungen Frauen blieben immer weniger. Sie heirateten woandershin, wodurch die Zahl der Junggesellen im Dorf zunahm, und auch diese zögerten nicht lange und gingen fort, weil sie hofften, dann nicht allein zu bleiben. La Vitarelle-du-Théron hatte seine Bewohner nach und nach verloren. Auf den leeren Parzellen waren Bäume gepflanzt worden, die Häuser hatte man verwittern und einstürzen lassen. Die während des Kriegs gezahlten Entschädigungen und Renten hatten den Bauern dicke Bankkonten beschert. Manche hatten Grundbesitz gekauft und große Pläne geschmiedet, doch ohne Arbeitskräfte war es unvernünftig weiterzudenken. Die neuen Maschinen hatten sie abgelehnt. In der ganzen Gemeinde gab es nur einen Bindemäher, den der Gresses. Sie verliehen ihn an diejenigen, die bezahlen konnten, und zwar nach einem für das Jahr festgelegten Zeitplan. Die meiste Zeit wurde also weiter auf die herkömmliche Art gearbeitet. Die Arbeit war hart, das Land hier war launisch, schwer zu bändigen, häufig steinig. Die Menschen führten ein kärgliches Leben. Die Einweihung des Bahnhofs des Petit Train in Brassac und die Anbindung durch die »Postkutsche« hatten für etwas frischen Wind gesorgt. Dann war die Molkerei gegründet worden, die den Viehzüchtern zusätzliche Einnahmen beschert hatte. Das Sägewerk hatte zwanzig Arbeitsplätze geschaffen. Der Granitsteinbruch hatte nach dem Krieg einen Aufschwung erlebt. Aber es war nicht gelungen, die Landflucht aufzuhalten. 1914 hatte man im Dorf siebenhundert Einwohner gezählt, 1882 waren es noch tausendzweihundert gewesen. Und der Krieg hatte ein Übriges getan, indem er unter den Söhnen von La Vitarelle erhebliche Opfer gefordert hatte; in das Kriegerdenkmal, das man vor drei Jahren auf dem Platz aus dem hiesigen Granit errichtet hatte, waren dreißig Namen gemeißelt.

Und dann waren sie natürlich auf die Morde zu sprechen gekommen. Zuerst ein wenig vage, solange Lucien dabei war. Denn dieser machte keinen sehr vertrauenerweckenden Eindruck auf Martial.

Lucien war dreiunddreißig, wirkte aber zehn Jahre älter. Er hatte während des ganzen Essens kein Wort gesagt und krumm auf seinem Stuhl gesessen, mit hängenden Schultern, als würde sein Kopf eine Tonne wiegen. Er war in seiner fleckigen und abgewetzten Arbeitskleidung erschienen. In dem schwarzen Bart, der einen Teil seines Gesichts bedeckte, hingen verschiedene Reste: Hobelspäne, Tabakfäden, Suppenrückstände. An seinem rechten Ärmelaufschlag klebte eingetrockneter Rotz. Die meiste Zeit saß er mit leerem Blick da, und ein ständiges Zucken, das vage einem Lächeln ähnelte, verzerrte seinen Mund. Dabei waren seine Gesichtszüge hart. Als sein Blick wieder lebendig wurde, war darin nichts als brennende Qual und Verbitterung zu erkennen. Seine Hände waren unaufhörlich in Bewegung. Er presste sie gegeneinander und zerquetschte sämtliche Fingerglieder in diesem Schraubstock. Und wenn er das nicht tat, nagte er an seinen Fingernägeln, die schwarz waren vor Dreck, und spuckte die Schnipsel auf den Boden.

Martial war nicht so ganz klar, ob Lucien der Unterhaltung folgte. Er machte eher den Eindruck, als sei er zufällig hierhergeraten und warte nur auf das väterliche Signal, um aufzustehen. Was ihn aber viel mehr störte, war die Art und Weise, wie der junge Mann plötzlich Camille von der Seite anstarrte. Es dauerte nur ein paar flüchtige Augenblicke, doch Martial hatte es sehr wohl bemerkt, und es war ihm eiskalt den Rücken hinuntergelaufen. In seinen Augen mischten sich in diesem Blick viele Dinge: Verlangen, Eifersucht, Wut und sogar Angst. Es war schwer zu sagen, was davon die Oberhand gewann.

Als die Haushälterin den Kaffee servierte, bat Lucien um die Erlaubnis zu gehen. Sein Vater antwortete ihm mit einer einfachen Kopfbewegung. Daraufhin erhob er sich ohne ein »Guten Abend«. Ein paar Sekunden später hörte man die Eingangstür zuschlagen.

»Sie müssen meinem Sohn verzeihen«, sagte Antoine Guiraud, der bemerkt hatte, wie Martial Lucien angesehen hatte. »Der Krieg hat ihn mir so zurückgegeben. Ich behaupte nicht, dass er vorher der beste Mensch gewesen wäre, aber er war nicht schlimmer als andere auch. Die Ärzte sprechen von einem Trauma, irgendetwas, das in seinem Kopf kaputtgegangen ist. Aber ich sollte mich nicht beklagen, immerhin habe ich ihn zurückbekommen.«

Der alte Mann war plötzlich grau im Gesicht. Die Traurigkeit trat offen zutage.

»Mein jüngerer Sohn ist getötet worden. Er wäre dieses Jahr dreißig... Und es wird nicht besser mit der Zeit, ich weine jeden Tag, jede Stunde. Seine Abwesenheit ist unerträglich. Und ich kann Lucien einfach nicht die Aufmerksamkeit entgegenbringen, die notwendig wäre. Ich glaube sogar, dass ich ihm diese Aufmerksamkeit seit seiner Geburt nicht geschenkt habe. Meine Frau wusste, wie sie mit ihm umzugehen hatte … Ihr Tod hat ihn zweifach zur Waise gemacht. Ich habe ihn ins Sägewerk mitgenommen, aber es gelingt mir einfach nicht zu spüren, dass er mein Sohn ist. Einen Teil der Nächte verbringt er draußen, im Café oder Gott weiß wo. Er schläft so gut wie nie – oder wenn er betrunken genug ist, um zusammenzubrechen … Ich stelle mir lieber nicht vor, was aus ihm wird, wenn ich mal nicht mehr da bin. Nicht dass ich großen Einfluss auf ihn hätte, aber ab und zu bringe ich ihn dazu, auf mich zu hören.«

Schweigen senkte sich auf die Reste eines zu reichlichen Essens. Dann kamen sie ohne Übergang auf die Morde zu sprechen, und Martial wiederholte, was er bereits Camille gesagt hatte. Da brüllte Antoine Guiraud los.

»Mademoiselle Purseau vertraut Ihnen, das genügt mir als Garantie. Ich habe es auf meine Kappe genommen, Sie zu Hilfe zu rufen. Aber ich habe nicht damit gerechnet, dass Sie uns verkünden, das Unheil sei noch nicht vorbei!«

»Bevor ich mehr sagen kann, muss ich mich erst einmal mit den Orten vertraut machen, an denen sich die Dramen zugetragen haben. Édouard hat sich bereit erklärt, mir als Führer zu dienen und mir für die Dauer meiner Ermittlungen zu assistieren. Ich muss auch mit denen reden, die die Leichen gefunden haben, und sicherlich auch mit der Familie Gresse.«

»Doktor Delcros wird hocherfreut sein, mit Ihnen zu sprechen. Ich werde mein Möglichstes tun, damit auch die anderen Sie freundlich empfangen, aber auf die Gresses habe ich keinen großen Einfluss. Wir haben nie einen guten Draht zueinander gehabt. Am Samstagvormittag wird Michel beerdigt, die Polizei hat zugestimmt, dass der Leichnam der Familie übergeben wird. Es scheint mir wünschenswert, dass Sie sich bis dahin von ihnen fernhalten.«

»Ich will den Polizisten auf gar keinen Fall Konkurrenz machen. Wir werden ihnen die gesammelten Informationen zukommen lassen, sofern sie es wünschen.«

»Ich bin nicht sicher, ob die Polizisten über Ihr Eintreffen sehr erfreut sind. Sie sind in der Defensive, halb aggressiv. Sie haben das Gefühl, sich auf feindlichem Territorium zu bewegen. Die Leute hier haben Probleme mit jedem, der anders ist, der nicht von hier ist. Sosehr ich auch dagegen ankämpfe, es hilft alles nichts. Sie werden nur mit der Polizei sprechen, wenn es sich nicht umgehen lässt. Sie werden sich den Leuten gegenüber geschickt verhalten müssen … Erschrecken Sie sie nicht! Wenn Sie ans Schlimmste denken, wenn Sie glauben, dass der Mord an Michel Gresse nicht der letzte war, behalten Sie es für sich.«

»Ich bin es mir schuldig, das Schlimmste in Betracht zu ziehen, Monsieur Guiraud. Ich wollte Sie nicht beunruhigen. Aber man muss davon ausgehen, dass wir auch gegen die Zeit kämpfen.«

»Ich kenne alle in der Gemeinde. Ich kenne sie alle. So sehr ich mich auch bemühe, ich sehe keinen Mörder unter ihnen. Ich sehe niemanden, der fähig wäre zu tun, was dem Sohn Gresse angetan worden ist.«

»Das Böse ist leichter zu erkennen, wenn es sich nicht verstecken muss. Während des Kriegs hatte ich den Auftrag, in Serbien zu ermitteln. Wir stießen auf Zeugenaussagen, die eine kleine Einheit der österreichisch-ungarischen Armee beschuldigten, eine Einheit von Freischärlern, die überall, wo sie hinkamen, Angst und Schrecken verbreiteten. Ich war dermaßen erschüttert von dem, was ich hörte, dass ich mir in den Kopf gesetzt hatte, diesen Soldaten das Handwerk zu legen, insbesondere ihrem Anführer, der sich Dobelic nennen ließ, Danko Dobelic. Ich bin fest davon überzeugt, dass dieser Mann der schlimmste, der teuflischste, der niederträchtigste Mensch ist, den man sich vorstellen kann. In meinen Augen ist er das personifizierte Böse. Ich kenne sein Gesicht nicht, ich hatte nur ein unscharfes Foto von ihm. Er bleibt für mich eine schwarze Gestalt. Aber sobald man mir von Gräueltaten erzählt, verfolgt er mich wieder. Mir fällt es genauso schwer, mir vorzustellen, dass ganz normale Menschen zum Mörder werden können. Aber auch Dobelic war vor dem Krieg ein einfacher kroatischer Bauer, ein ganz gewöhnlicher Mensch. Irgendetwas ist in ihm erwacht. Etwas, das wir vielleicht alle in uns haben …«

»Und haben Sie diesen Mann gefasst?«

»Nein. Er ist mir zweimal entwischt. Das erste Mal in Wien, kurz nach dem Waffenstillstand. Ich habe seine Spur in den Trümmern des Reichs verloren. Das zweite Mal in der Schweiz. Ich dachte, ich hätte ihn in der Falle, in einem Bergdorf. Ich hatte ein paar Soldaten bei mir. Aber als wir die einzige befahrbare Straße unter unsere Kontrolle gebracht hatten und in den Gasthof kamen, hatte er sich in Luft aufgelöst. Danach wurde ich nach Frankreich zurückgerufen. Ich glaube, der Cercle Cardan ist auch deswegen gegründet worden: um diese Niederlage wettzumachen.«

»Du bist zu streng zu dir«, protestierte Camille. »Dieser Krieg hat seinen Anteil an Kriminellen gehabt, du kannst sie nicht alle verfolgen!«

»Als wir diese Zeugenaussagen in Serbien aufgenommen haben, stieß ich auf eine Familie, die durch das, was Dobelic und seine Männer der Tochter angetan hatten, vollkommen zerstört war. Ich habe versprochen, ihn zu verhaften, alles zu tun, damit er bestraft wird, aber ich habe mein Versprechen nicht gehalten. Und willst du das Schlimmste wissen? In diesem Gasthof in der Schweiz hatte er einen Brief zurückgelassen. Einen Brief, der an mich adressiert war, mit meinem Namen und Vornamen, als wüsste er alles von mir. In ein paar auf Französisch geschriebenen Zeilen erklärte er, ich solle darauf verzichten, ihn zu verfolgen, ich sei ihm nicht gewachsen, er werde sich niemals fangen lassen, und schon gar nicht von mir. Er hatte auch ein Foto beigelegt, ein Bild von einem jungen Mädchen, ebenjenem Mädchen, das der Grund für mein Versprechen gewesen war … Für ihn war das ein Spiel!«

»Du hast mir nie von all dem erzählt.«

»Ich habe mit deinem Vater darüber gesprochen. Wegen dieses Albtraums habe ich auf meine Karriere verzichtet. Offensichtlich bin ich nicht stark genug, um Niederlagen zu ertragen.«

»Wie beim Schach«, sagte Camille mit einem leichten, komplizenhaften Lächeln.

»Was hat das Schach damit zu tun?«, fragte Antoine Guiraud.

»Martial war, wie es scheint, ein glänzender Schachspieler. Er hat nur einmal verloren, aber danach hat er aufgehört zu spielen.«

»Was Camille vergessen hat zu sagen, ist, dass derjenige, der mich geschlagen hat, kein anderer war als ihr Vater … Als ich ihm von Serbien und meinem Verzicht erzählt habe, hat er mir die gleiche Standpauke gehalten. Sie sehen, sie hat Früchte getragen. Das Schachspielen habe ich tatsächlich aufgegeben, aber das Böse verfolge ich weiterhin.«

»Glauben Sie, dass es in diesem Dorf jemanden gibt, der genauso krank ist wie Ihr Dobelic?«

»Dobelic hat aus purem Vergnügen getötet, er war ein Perverser. Zwischen Ihren beiden Toten liegen drei Monate. Drei Monate! Der oder die Täter beweisen Geduld oder gehen sogar methodisch vor. Und es gibt einen Grund. Vielleicht ist das Böse deswegen besser versteckt und wird von demjenigen, der davon erfüllt ist, unter Kontrolle gehalten.«

»Verdammt noch mal! Sie lassen mir das Blut in den Adern gefrieren. Finden Sie den, der das getan hat, mein Freund. Finden Sie ihn schnell!«

Sie verließen Antoine Guiraud gegen elf. Als Erstes begleiteten sie Camille nach Hause. Martial begann die Müdigkeit zu spüren. Die Kälte kroch unter seine Kleidung, er hörte nicht auf zu zittern. Camille wünschte ihm eine gute Nacht, indem sie ihm einen Kuss auf die kratzige Wange gab. Dann ließ er sie mit Édouard allein und wartete abseits am Wegesrand. Über das Mäuerchen hinweg erkannte er die Fenster des ersten Stocks. Die Fensterläden des kleinen Salons waren nicht geschlossen. Undeutlich nahm er das Licht im Erdgeschoss wahr, das sich einen Weg über die Treppe nach oben bahnte, wo es gegen die Dunkelheit des Raums ankämpfte. Er musste sich an genau dem Ort befinden, an dem Camille die Gestalt bemerkt hatte. Unwillkürlich zitterte er noch mehr, als er dieser das Aussehen von Danko Dobelic verpasste.

Er hörte die Haustür in den Angeln quietschen. Dann das Geräusch des Schlüssels, der zweimal im Schloss herumgedreht wurde. Gleich darauf kam Édouard auf ihn zu, eine Laterne in der Hand.

»Ich versichere Ihnen, ich komme allein zurecht. Sie können die Nacht hier verbringen.«

»Sie sind mein Gast, Martial. Und auch wenn ich keine großartige Erziehung genossen habe, lasse ich meine Gäste nicht einfach so allein. Sie hat die Tür verschlossen, ich habe alle Räume überprüft ... Sie ist nicht in Gefahr. Und außerdem beruhigt es sie, dass Sie da sind. Mich beruhigt es auch. Auf jeden Fall müssen wir in Zukunft diskreter sein. Angeblich hat der Schulrat einen Bericht erhalten, und es braucht wohl nicht mehr viel, dass er Strafmaßnahmen gegen Camille einleitet.«

Sie gingen erneut in das schlafende Dorf hinunter und bogen nach rechts ab, bevor sie das »Café du Progrès« erreichten; es war ein Erdweg, eine Abkürzung zur Mühle. Sie durchquerten den Weiler Les Buissonniers, und Édouard zeigte Martial das Haus von Louis Bascoul, eine baufällige, windschiefe Ruine im Lichthof der Laterne. Als sie weitergingen, sahen die Bäume, die den Weg säumten, aus wie bedrohliche Vogelscheuchen, ihre nackten Äste wie gekrümmte Finger, die sich jeden Augenblick über ihnen schließen würden. Sie brauchten insgesamt eine Viertelstunde für den Weg, bevor sie schließlich ins Warme kamen.

Die ehemalige Wassermühle war von Antoine Guiraud gekauft worden, ebenso wie andere verlassene Gebäude, in denen er die Arbeiter unterbrachte, die von außerhalb kamen. Der bewohnbare Teil der Mühle bestand aus einem schönen Raum, der zugleich von einem großen Kamin und einem Herd geheizt wurde. Er herrschte eine angenehme Wärme, als Martial durchgefroren und erschöpft eintrat. Édouard zündete zwei Petroleumlampen an und reichte eine seinem Gast. Dann nahm er ein sauberes Küchentuch aus der Schublade der Anrichte und wickelte einen Ziegelstein, der auf dem gusseisernen Ofen warm gehalten worden war, darin ein. Da er sah, dass Martial sich vor Müdigkeit nicht auf den Beinen halten konnte, forderte er ihn auf, ihm die kleine, wurmstichige Treppe hinauf zu folgen, die zu zwei Schlafzimmern hinaufführte. Martial war das linke zugedacht. Sein Koffer und seine Tasche waren auf dem Boden abgestellt. In einer Ecke stand eine Kommode mit vier Schubladen, auf deren Marmorplatte ein Krug und eine Emailleschüssel warteten. Direkt darüber hing ein fleckiger Spiegel an der Wand. In der anderen Ecke stand ein großes Holzbett mit einer dicken Daunendecke.

»Der Krug ist für Ihre Toilette gefüllt. Hinter dem Bett finden Sie einen Nachttopf. Der Ziegel ist dafür gedacht, die Laken zu erwärmen. Es ist schwierig, die Wärme von unten in die Schlafzimmer zu bringen. Die Stromleitungen sind nicht bis hierher gelegt worden, wir leben noch wie früher, aber das Bett ist gut, und wir haben unsere Ruhe, ganz ohne Nachbarn. Wenn Sie irgendetwas brauchen, zögern Sie nicht, mich darum zu bitten. Ansonsten fühlen Sie sich wie zu Hause. Also, ich wünsche Ihnen eine gute Nacht.«

Martial dankte Édouard für die Zuvorkommenheit.

Bevor Édouard das Zimmer verließ, sagte er noch: »Entschuldigen Sie, dass ich noch mal darauf zurückkomme, aber wissen Sie, dass Camille nicht weiß, dass ihr Vater gemogelt hat, als er Sie im Schach geschlagen hat?«

»Hat er Ihnen das erzählt?«

»Ja, er hat mit mir darüber gesprochen. Einige Zeit vor seinem Tod. Er war nicht sehr stolz auf sich.«

»Dann ist es gut, dass sie es auch weiterhin nicht weiß. Diese Niederlage hat mein Leben von Grund auf verändert, aber zum Guten.«

»Dann war es ja nicht wirklich eine Niederlage.«

»Und es war nicht wirklich Mogelei …«

Édouard schloss die Tür hinter sich, und Martial hörte ihn die knarrenden Stufen hinuntergehen. Er packte rasch seine Sachen aus und räumte sie, so gut er konnte, in die Schubladen. Dann zog er den Pyjama an und schlüpfte unter die rauen Laken. Der heiße Ziegelstein hatte das Bett bereits ein wenig erwärmt, doch Martial nahm ihn heraus und stellte ihn auf den Boden. Er überließ es lieber seinem Körper, sich einen behaglichen Platz unter den Decken zu schaffen. Während er immer schläfriger wurde, dachte er an Camille. Unbewusst umarmte er die Leere und fühlte sie, als er einschlief, fast an seinem Körper. Die Leere war nicht mehr so leer.

8

Martial erwachte friedlich am nächsten Morgen. Er hatte ruhig und ungestört geschlafen und brauchte ein, zwei Sekunden, um sich zu erinnern, wo er war. Sein Zimmer war in weißes, frühmorgendliches Licht getaucht, doch seine Uhr, die auf dem Nachttisch lag, zeigte bereits acht Uhr an. Er fühlte sich beschwingt, wie neu. So sprang er aus dem Bett in die Kälte. Durch das kleine Fenster sah er, dass es draußen noch grau war, aber es war ein helles Grau mit hohen Wolken und windstill. Er rasierte und wusch sich, und dann zog er sich an, wärmere Kleidung, die besser geeignet war als die vom Vortag.

Unten, wo beide Feuer brannten, war es immer noch behaglich warm. Auf dem langen rechteckigen Tisch fand er eine Nachricht von Édouard, der mitteilte, dass er ins Dorf gegangen sei; auf dem Herd stehe heißer Kaffee, der Vorratsschrank sei gefüllt, er brauche sich nur zu bedienen. Martial frühstückte allein und räumte schnell auf, bevor er losging, um sich die Gegend anzuschauen.

Die Mühle stand am Wegesrand, an einem Hang, der sanft zum Fluss hin abfiel. In einem der Nebengebäude befand sich noch der Mechanismus, mit dem in gar nicht so ferner Vergangenheit das Korn gemahlen worden war. Stellenweise bröckelten die Steinmauern, angegriffen von der Feuchtigkeit und vom Zahn der Zeit. Dort machte Édouard sich in seiner freien

Zeit nützlich, wie ein paar in einer Ecke abgelegte Werkzeuge bezeugten. Es gab sogar einen ehemaligen Stall, dessen Dach noch heil war, dessen Holzwände jedoch verrotteten.

Es war milder als am Tag zuvor. Von den jüngsten Schneefällen war nicht mehr viel übrig außer einem matschigen Boden. Die Geräusche des dörflichen Lebens, die von ferne herüberzuklingen schienen, wurden übertönt vom Vogelgesang und vom Murmeln des Wasserlaufs, der anschwellend an einem schmalen Pfad entlangfloss. Alles war so lebendig und hell an diesem Morgen, so ganz anders, als er das Dorf bei seiner Ankunft wahrgenommen hatte: düster und eine eisige schwarze Feuchtigkeit ausschwitzend.

Édouard kam bald zurück, ein dickes Brot von fünf Kilo unter dem Arm. Er war vor dem Unterricht in der Schule gewesen, Camille ging es gut. Anschließend hatte er in der Bäckerei ein paar Neuigkeiten aufgeschnappt. Manche erklärten sich bereit, eine weitere Treibjagd zu veranstalten, um »die Sache«, die Michel Gresse getötet hatte, aufzuspüren. Den beiden Polizisten, die sich damit begnügten, alle zu befragen, und nicht wirklich dort suchten, wo gesucht werden musste, traute keiner. Die Atmosphäre war angespannt. Die Männer hatten das Gewehr griffbereit, und die Hunde schliefen draußen, um Alarm schlagen zu können. Die Leute hatten Angst.

In der Ferne schlug die Kirchenglocke neun. Es wurde Zeit, aktiv zu werden. So brachen sie also auf, um den Spuren von Louis Bascoul zu folgen.

Antoine Guiraud hatte gesagt, er könne ihnen ein Gespann zur Verfügung stellen, sein altes Kabriolett und sein treues Pferd. Doch die Wege, die sie an diesem Morgen nehmen mussten, eigneten sich kaum für irgendeine Art von Gefährt, außerdem wollte Martial sich über die Entfernungen und die

Zeiten, die man brauchte, um sie zu überwinden, klar werden. Man ging hier zu Fuß. Es gab natürlich auch ein paar Fahrräder, doch die hügelige Landschaft lud nicht gerade zum Fahren ein. Sie machten es also wie alle.

Sie gingen ins Dorf, fast bis zum »Café du Progrès«. Martial wollte die Strecke, die der Knecht gewöhnlich zurückgelegt hatte, nachgehen, den Weg, den er an dem Samstagabend, an dem er verschwand, hätte nehmen müssen. Daher kehrten sie um und gingen sozusagen in seinen Fußstapfen. Nach acht Minuten erreichten sie, die Uhr in der Hand, den Weiler Les Buissonniers. Bascouls Hütte drückte sich an den Erdwall. Fünf weitere Häuser, besser in Schuss und kaum größer, bildeten den Weiler. Sie befanden sich am Waldrand. Unmittelbar vor der Häusergruppe führte ein steiniger Weg rechter Hand nach oben. Dort war der alte Mann nach Aussage der Gendarmen entlanggegangen. Sie folgten dem Weg, der an dem Wald zu ihrer Linken entlangführte. Damit bewegten sie sich auf der Grenze zwischen zwei Welten. Rechts erstreckte sich eine weitläufige, grasbewachsene Fläche voller Vertiefungen und Erhebungen, und am Ende war die felsige Steilwand zu erkennen, in die sich der Granitsteinbruch fraß; von unten drang sogar das Geräusch der Spitzhacken und Hämmer herauf. Und als sie über einen kleinen Bach sprangen, der zum Fluss hinuntereilte, betraten sie endgültig die andere Welt, die des Waldes, der sich auf den einstmals bewirtschafteten Böden ausbreitete. Eine ganze Weile gingen sie zwischen den dicht stehenden Buchen und Fichten aufwärts. Von Zeit zu Zeit boten frisch geschlagene Schneisen einen Fluchtweg nach der einen oder anderen Seite. Mehrere Ster Holz warteten inmitten von anarchisch nachgewachsenem Gesträuch darauf, fortgeschafft zu werden.

Endlich stießen sie oben wieder auf den Fluss, der hier schmaler und wilder war als auf Höhe der Mühle. Eine alte

Holzbrücke überquerte ihn. Am anderen Ufer teilte sich der Weg. Links führte er, am Fluss entlang, wieder abwärts; rechts stieg er weiter steil an bis zum Col des Quatre Sources und traf auf Höhe des Weilers am Pass auf die große Straße. Abgesehen von dieser Brücke war weit und breit kein menschlicher Eingriff in die Natur mehr zu sehen. Es war ungefähr zwanzig Minuten her, dass sie die letzten Häuser hinter sich gelassen hatten.

»Der Eingang zum Pas-du-Diable befindet sich hier«, erklärte Édouard. »Direkt vor der Brücke.«

Er deutete auf einen kleinen Pfad, der sich zwischen Steinen rechts vom Weg dahinschlängelte und steil anstieg.

»Wenn man unbedingt behaupten will, dass Louis Bascoul sich wegen des Weins und des Nebels verlaufen hat, dann muss man zugeben, dass er keine halben Sachen gemacht hat«, sagte Martial.

Édouard ging auf der Felstreppe voraus. Als sie das obere Ende des Hangs erreichten, fanden sie die Landschaft schlagartig verändert. Gewiss, der Wald war noch da, doch die Bäume waren verstreuter, weniger geometrisch gepflanzt. Man hätte es für ein Stück natürlichen Waldes halten können, urwüchsig, hauptsächlich Laubmischwald, wie er zu Anbeginn der Welt gewesen war. Doch inmitten der Bäume befand sich eine wahre Kaskade aus Felsen, die vom Kamm bis an den Rand einer Schlucht hinabstürzte und an ihrer höchsten Stelle mehr als fünfzehn Meter hoch war. Grauweiße massive, gewaltige Felsen, die aus einem von Moos und welken Blättern bedeckten Boden aufragten und ebenso groteske Formen bildeten wie die großen weißen Sommerwolken.

»Das ist der Pas-du-Diable. So nennen die Leute im Dorf diesen Ort. Dort unten ist die Leiche des Knechts gefunden worden.«

Édouard deutete auf den Boden der Schlucht und den Wasserlauf, der sich zwischen den Felsen dahinschlängelte. Diese Schlucht hatte extrem steile Wände; ein paar rachitische Sträucher hielten sich mit Mühe zwischen den Granitblöcken, die ebenfalls jeden Augenblick in die Tiefe zu stürzen schienen, so weit ragten sie in die Leere.

»Ich würde gern hinuntersteigen«, sagte Martial, nachdem er den Ort ein paar Minuten lang betrachtet hatte.

Der Abstieg war tatsächlich kein Spaziergang; immer wieder rutschten sie mehr oder weniger kontrolliert aus und wurden in letzter Sekunde von Ästen gerettet, die Abstürze verhinderten. Schließlich erreichten sie, die Hosenbeine unten voller Schlamm, den Fluss. Édouard zeigte ihm die Stelle, wo der Leichnam gelegen hatte. Die matschige Erde spritzte unter ihren Schritten. Martial ging in die Hocke. Das Drama hatte keinerlei Spuren hinterlassen, überall nur monatealtes Laub und ein paar Flecken bräunlichen Mooses. Édouard stand ein paar Schritte entfernt unschlüssig da. Er wusste nicht so recht, was er tun sollte, und drehte sich in fast religiösem Schweigen eine Zigarette.

»Dieser Ort ist wirklich eindrucksvoll«, sagte Martial schließlich und erhob sich. »Ich verstehe, dass er etwas Magisches oder Beunruhigendes hat.«

»Dabei haben Sie erst den Anfang gesehen. Das geht noch eine ganze Weile so, und etwas weiter entfernt gibt es in den Boden gegrabene Höhlen und überall Löcher zwischen den Felsen. Es kommt nur selten jemand hierher. Die Leute erzählen sich so viele Dinge über diesen Ort … Manche behaupten, sie hätten Fußabdrücke riesiger Tiere gesehen. Andere sagen, es seien Leute in den Abgrund geworfen worden und die würden von bösen Geistern verfolgt. Hexen kämen hierher, um mit dem Teufel zu reden. Jeder hat seine eigene Geschichte …

Damit lassen sich die Kinder fernhalten, denn das Gelände ist tatsächlich voller tödlicher Fallen. Aber viele glauben auch ernsthaft an diese Dinge.«

Martial blickte hinauf zu dem Rand, an dem sie kurz zuvor noch gestanden hatten.

»Dieser Mann hat nicht bis hier heruntersteigen können«, behauptete er. »Dafür hätte er sich wie ein Aal zwischen den Felsen und Sträuchern hindurchschlängeln müssen. Hätte er sich von dem Felsvorsprung dort oben hinuntergestürzt, hätte sein Fall hier beendet sein können. Er ist nicht zwischen die Felsen geraten, sondern daran abgeprallt. Haben die Gendarmen die Steine nach Blutspuren untersucht?«

»Ja. Es gab getrocknetes Blut und Haare auf der Kante des Blocks ungefähr in der Mitte des Abhangs. Denken Sie an Selbstmord?«

»Sollte er auf diese Weise Selbstmord begangen haben, hätte sein Entschluss zu sterben ungewöhnlich fest gewesen sein müssen, denn für diesen Sprung hätte er richtig Anlauf nehmen müssen. Und damit wären die anderen Verletzungen nicht erklärt.«

»Die nach außen gebrochenen Knöchel?«

»Offen gesagt interessieren mich mehr die zerquetschten Finger. Dieser Mann ist weder durch einen Unfall gestorben, noch weil er sein Leben nicht mehr ertrug. Auch ich bin der Meinung, dass er getötet und von dort oben in diese Schlucht geworfen worden ist. Sie sagen, er sei Samstagabend verschwunden und der Arzt habe den Zeitpunkt seines Todes auf Montagmorgen geschätzt. Was ist in dieser ganzen Zeit geschehen? Gehen wir mal davon aus, dass er sich auf dem Rückweg vom Café nicht verirrt hat, sondern aus freien Stücken oder gezwungenermaßen jemandem hierher gefolgt ist. Hier ist man vor indiskreten Augen und Ohren geschützt. Aber wenn der Mörder den alten Mann töten will, warum wartet er so lange?«

»Vermutlich hatte er nicht die Absicht, ihn zu töten. Jean Guillard hat vielleicht recht, wenn er von einer Bestrafung spricht, die ein böses Ende genommen hat.«

»Vielleicht. Ihn hierherzubringen heißt von dem Geheimnis profitieren, das diesen Ort umgibt. Aber es garantiert einem auch die nötige Ruhe. Die Finger dieses armen Mannes sind einer nach dem andern zerquetscht worden. Bevor er getötet wurde, hat man ihn irgendwo gefangen gehalten, an einem Ort, wo seine Schmerzensschreie nicht gehört werden konnten. Die Knöchel sind ihm vielleicht sogar gebrochen worden, um ihn an der Flucht zu hindern, was bedeuten würde, dass der Mörder nicht die ganze Zeit bei ihm bleiben konnte, weil seine Abwesenheit bemerkt worden wäre. Und das wiederum bedeutet, dass er aus dem Dorf stammt. Vielleicht haben, wie Sie sagen, die Dinge letztlich ein böses Ende genommen, vielleicht sollte er aber auch gar nicht mit dem Leben davonkommen. Und als das traurige Werk verrichtet war, hat man Louis Bascoul zu diesem Felsen geschleppt und in die Tiefe geworfen. Ich glaube sogar, dass er zu diesem Zeitpunkt bereits tot war. War er stämmig, schwer zu tragen?«

»Ich glaube nicht. Er war ein kleiner, dürrer Mann, eher kränklich.«

»Es brauchte aber trotzdem jemand Kräftigen. Allerdings hätte selbst jemand Kräftiges ihn nicht auf dem Rücken bis hierher tragen können. Wenn er seinem Angreifer nicht aus freien Stücken gefolgt ist, muss er getragen worden sein. Der Weg, den wir genommen haben, ist alles andere als eben. Es ist sehr wahrscheinlich, dass derjenige oder diejenigen, die über ihn hergefallen sind, kein Gespann benutzt haben, denn das wäre nicht unauffällig genug gewesen. Ich glaube daher, dass Louis Bascoul aus freien Stücken hier heraufgekommen ist. Möglicherweise ist er jemandem gefolgt, den er kannte oder der es geschafft hat, ihn trotz seines Rausches zu überreden, im Nebel mit zum Pas-du-Diable zu kommen, also genau das zu tun, was man nie tun sollte.«

»Entschuldigen Sie, aber ich verstehe nicht, warum jemand ihm all das angetan haben sollte, es sei denn, es handelt sich um jemanden, der geistesgestört ist, also ganz das Gegenteil dessen, was Sie gestern Abend gesagt haben.«

»Ich glaube, der arme Teufel ist gefoltert worden. Das ist es, was sich in dieser ganzen Zeit abgespielt hat. Man hat ihn gefoltert. Sei es, um ihn zu bestrafen, sei es, um ihn zum Reden zu bringen. Und danach hat man ihm den Rest gegeben. Es muss nicht weit von hier einen Unterschlupf geben, einen Ort, an dem das passiert ist.«

»In der unmittelbaren Umgebung kenne ich keinen Unterschlupf. Der Weiler am Pass, wo zwei kleine Bauernhäuser noch bewohnt sind, ist immerhin eine gute halbe Stunde Fußweg entfernt. Wenn man auf dem Hang auf der anderen Seite der Brücke zum Dorf hinuntergeht, kommt man an den Feldern der Métairie Neuve vorbei, des Bauernhofs von Joseph Cassagne, aber auch dafür braucht man zwanzig Minuten. Bleibt nur die Möglichkeit, dass irgendwo im Wald eine alte Holzfällerhütte steht, aber in der Nähe kenne ich keine.«

»Wir müssen wieder hinaufsteigen«, sagte Martial. »Dort oben hat sich das alles abgespielt.«

Mit großen Schritten stürmte er den Hang hinauf. Als Halt benutzte er die Felsen. Mit einer Gelenkigkeit, die Édouard überraschte, gelangte er innerhalb weniger Minuten nach oben.

Dort wollte er die Umgebung durchkämmen. Sie durchstreiften das Gelände in Halbkreisen, deren Mittelpunkt der über die Schlucht hinausragende Felsvorsprung war, Édouard nach rechts, Martial nach links, doch sie fanden nichts als den Haufen Felsen und die ersten, wenig tiefen Brunnen bergwärts. Angesichts der fortgeschrittenen Zeit und da sie noch viel zu erledigen hatten, beschloss Martial, fürs Erste aufzuhören. Er hatte sich vorgenommen wiederzukommen. So verließen sie also den Pas-du-Diable, überquerten die Holzbrücke und stiegen wieder hinunter ins Dorf. Es war kurz vor Mittag.

»Es kann sein, dass ich auf dem Holzweg bin«, räumte Martial ein.

»Aber ich finde Ihre Schlussfolgerungen brillant! Das würde alles erklären. Camille sagt, Sie haben eine Begabung …«

»Ich denke, mit Begabung hat das nichts zu tun. Charles hatte eine Theorie zu meiner Beobachtungsgabe und meiner Fähigkeit, Schlussfolgerungen zu ziehen. Er sagte, am besten beobachte derjenige, der frei von Gefühlen sei. Gefühllos zu sein, meinte er, öffnet die Augen. Damals hat mich das verletzt. Wenn man in einer Geschichte interveniert, wie wir vom Cercle Cardan es tun, dann ist diese bereits ziemlich fortgeschritten mit all ihren Verzweigungen und Leidenschaften. Dann sind die Beteiligten da, mit ihren Ängsten und ihrem Unglück. Wir versuchen, für all das unempfänglich zu sein und zu handeln, nur an die Herausforderung zu denken und sie anzunehmen. Und so sehe ich in Louis Bascoul einen Mann, der auf grausame Weise gefoltert und anschließend kaltblütig hingerichtet und zurückgelassen worden ist. Ich empfinde keinerlei Trauer, vielleicht ein bisschen Mitleid, wenn überhaupt. Jedenfalls nichts, was mir die Augen verschließen oder meinen Blick woandershin lenken könnte. Das ist keine Begabung. Das ist Gefühllosigkeit.«

Er lächelte Édouard an. Sie gingen gerade an Joseph Cassagnes Anwesen entlang.

Dieser galt als Erzfeind der Gresses, jedenfalls als ihr erbittertster Konkurrent. Er dachte nicht daran, sich ihrer Macht zu beugen, und hatte ebenfalls neues Land gekauft, um seinen Betrieb zu erweitern. Joseph Cassagne war ein mürrischer, einsamer Mann. Während die Gresses im ganzen Dorf bekannt waren, verkroch er sich auf seinem Hof und vergrub sich in seine Arbeit. Als ihm ein Bedarf an zusätzlichen Arbeitskräften entstanden war, hatte er spanische Saisonarbeiter eingestellt, was nicht gern gesehen wurde. Manche verdächtigten ihn, etwas mit dem Mord an Michel zu tun zu haben. Jedenfalls hatte Édouard das gehört.

Sie aßen in der Mühle zu Mittag. Martial hatte sein Notizbuch hervorgeholt und ergänzte, was er bereits über den Fall notiert hatte. Jetzt konnte er sich vorstellen, wie Louis Bascoul das Café verließ, und meinte seinen torkelnden Schritt auf dem in Nebel getauchten Weg zu hören. Er sah die Gestalt vor sich, die aus dem Nebel auftauchte, um den alten Mann anzusprechen und zum Mitkommen zu bewegen.

»Jean Guillards Idee wäre schlüssig, wenn Michel Gresse nicht ebenfalls getötet worden wäre. Dass sie ihren Knecht bestrafen wollten, weil er so viel in der Gegend herumerzählte, reicht als Motiv aus, um ihm eine schlimme Viertelstunde zu bereiten, ja sogar ihn sich vom Hals zu schaffen. Aber ihn auf diese Weise zu foltern …«

»Was hat Sie darauf gebracht, dass er gefoltert worden ist?«

»Eine Assoziation … Zur Zeit der Hexenverfolgungen gab es, wenn diese armen Frauen der peinlichen Befragung unterzogen wurden, unter den Foltern, denen man sie aussetzte, die Praktik, das letzte Fingerglied mit einer Art Daumenschraube zu zerquetschen. Man zog sie jede Stunde ein bisschen fester an; der Schmerz war unerträglich. Im Zusammenhang mit dem Pas-du-Diable war von Hexen die Rede und bei Louis Bascoul von zerquetschten Fingern …«

»Wann ist Ihnen diese Idee gekommen?«

»Ich glaube, sie ist mir gekommen, als ich Camilles Brief noch einmal gelesen habe. Sie hatte darin viele Details ausgebreitet … Deswegen müssen wir den Ort finden, an dem dieser Mann gefoltert worden ist. Es muss dort Spuren geben, irgendwelche Hinweise. Jedenfalls etwas, das meine Hypothese stützt und, wenn ich recht habe, die Polizei dazu bringen wird, in dieser Richtung zu ermitteln. Gehen wir davon aus, dass Louis Bascoul zum Reden gebracht werden sollte. Er hat geredet, bevor er starb – jedenfalls scheint es nicht nötig gewesen zu sein, sich auch die anderen Finger vorzunehmen. Auf diese Weise wurde ihm abgepresst, was er wusste. Ein paar Wochen später wird Michel Gresse, sein Arbeitgeber, ermordet. Er wird nicht gefoltert, aber man lässt ihn eines langsamen Todes sterben. Warum? Damit er sein letztes Stündlein kommen sieht, unter Schmerzen, bewegungsunfähig gemacht, indem man seine Sehnen durchtrennt hat. Damit er die Angst spürt. Um ihn zu bestrafen. Stellen wir uns vor, dass das, was Bascoul gesagt hat, Michel Gresse in den Augen des Mörders kompromittiert hat … Dass dieser sich für irgendetwas rächen will. Wie viele Namen mögen dem Knecht über die Lippen gekommen sein?«

Gleichsam erstarrt und mit halb offenem Mund hing Édouard an seinen Lippen.

»Donnerwetter! Das ist beeindruckend!«

»Für den Augenblick bleibt das unter uns. Das sind nur Vermutungen, möglicherweise etwas vorschnell. Wir werden nur mit Camille darüber sprechen, damit ich mein Versprechen halte. Aber das ist die Richtung, in der wir zunächst suchen werden: Wer könnte mit den Gresses ein Hühnchen zu rupfen haben?«

Sie beendeten ihr Mittagessen schweigend. Das gehörte zu den Gründen, aus denen sie sich letztlich gut verstanden: das stille Einvernehmen, nicht immer reden zu müssen und vom Schweigen des anderen nicht peinlich berührt zu sein.

Dann zogen sie wieder los, um sich den Ort anzusehen, an dem der zweite Leichnam entdeckt worden war. Dafür bogen sie, nachdem sie die Mühle verlassen hatten, nach links ab und gingen bis zur Passstraße. Sie kamen erneut an den Feldern der Métairie Neuve vorbei, deren Gebäude hinter einer wohlgeordneten Reihe von Eichen deutlich zu erkennen waren. Als sie die Straße erreicht hatten, gingen sie sie hundert Meter hinauf, bis sie zu einem Weg zu ihrer Linken kamen. Auf diesem Weg, dreißig Schritte von der Straße entfernt, hatte der Milchmann vor Tagesanbruch den Leichnam von Michel Gresse gefunden.

Am angegebenen Ort stand tatsächlich eine große, einsame Eiche. Ein alter, missgestalteter Baum, auf den bei Schnee zu klettern viel Geschicklichkeit erfordern musste. Kein anderer Baum fand sich am Rand der Straße oder des Weges. Man hatte von hier einen sehr weiten Blick. Der Milchmann hatte die Laterne, die am Karren des Opfers hing, sehen müssen, als er vom Pass herunterkam. Und der Mörder hätte jeden, der sich genähert hätte, schon von ferne bemerken müssen, es sei denn, es wäre jemand ohne Licht gekommen. Das war das Erste, was Martial feststellte.

»Wenn man auf diesem Weg weitergeht«, erklärte Édouard, »beschreibt man einen Bogen um die Ländereien der Gresses und gelangt auf der Höhe der Schlucht wieder zur Straße. Michel Gresse ist dreimal die Woche hier entlanggekommen, um zum Pass hinaufzusteigen. Sie haben dort oben noch eine Schäferei und eine schöne Schafherde. Deswegen haben die Gendarmen zunächst gedacht, der Mörder hätte dort gewartet.«

Das Gras zu beiden Seiten des Weges wurde durch den frisch gefallenen Schnee zu Boden gedrückt. Am Fuß des Baums hatte es eine bräunliche Färbung, die Farbe getrockneten Bluts.

»Serge Cals' Aussage war, wie es scheint, eindeutig: Zwischen der Straße und dem Karren des jungen Gresse war der Schnee vollkommen unberührt«, fuhr Édouard fort. »Doktor Delcros und der Bürgermeister sind anschließend als Erste gekommen; sie haben bestätigt, dass sie nur die Fußabdrücke des Milchmanns gesehen haben. Hinter dem Karren gab es, wie ich Ihnen gestern erzählt habe, nur die Spuren der Räder und der Pferdehufe. Niemand ist darauf gekommen, dass der Mörder im Viehfutter auf der Ladefläche des Karrens versteckt gewesen sein kann.«

»Was die Wahl des Ortes betrifft, stimme ich mit der Polizei überein: Er ist nicht zufällig ausgesucht worden. Ich glaube sogar, der Mörder hat beabsichtigt, dass der Milchmann auf dem Rückweg hinunter anhält. Wenn er nicht die ganze Zeit, die die Gendarmen brauchten, um den Tatort zu untersuchen und anschließend das Gespann freizugeben, im Stroh versteckt bleiben wollte, was sehr riskant gewesen wäre, brauchte er eine Möglichkeit, an einen sicheren Ort zurückzukehren, einen Ort, an dem er sich waschen und umziehen konnte. Das, was er Michel Gresse angetan hat, muss zwangsläufig Spuren hinterlassen haben. Deswegen war es für ihn unabdingbar, dass der Milchmann anhielt.«

»Wollen Sie sagen, er hat die Fußabdrücke des Milchmanns benutzt, um seine unsichtbar zu machen?«

»Das wäre eine Möglichkeit. Aber ich habe an etwas anderes gedacht. Er konnte den Tatort über das Feld daneben verlassen. Dazu brauchte er nur über die Böschung zu springen und auf der anderen Seite bis zur Straße zu gehen. Vielleicht hatte er sogar Zeit, seine Spuren notdürftig zu beseitigen, wie er es rund um den Leichnam getan haben muss. Hätte er sich, während der Milchmann sich dem Toten näherte, auf dem Wagen versteckt, wäre er ins Dorf gebracht worden, ohne zu riskieren, jemandem zu begegnen. Außerdem ist da noch etwas, woran ich nicht gedacht habe und was mich daran zweifeln lässt, dass er zurückgekommen ist, um sich im Stroh zu verstecken: Er musste sich an diesem Morgen zeigen, sich früh zeigen. Eine längere Abwesenheit hätte ihn verdächtig machen können. Genauso war es, als Louis Bascoul gefangen gehalten wurde. Wir müssen so schnell wie möglich mit dem Milchmann sprechen. Und mit dem Doktor, der als einer der Ersten hier war.«

Mit zwei großen Schritten setzte Martial über die Böschung, die den Weg säumte. Dahinter verliefen die gepflügten Furchen des Feldes parallel zur Straße. Die zahlreichen Steine, die die Pflugschar zum Vorschein gebracht hatte, waren am Ende der Reihen aufgestapelt worden. Wenn man sorgfältig darauf achtete, wo man die Füße hinsetzte, konnte man die Straße erreichen, ohne den Schnee oder, wie an diesem Tag, den Matsch berühren zu müssen. Martial machte diese Erfahrung. Er erreichte die Anhöhe am Rand der Fahrbahn, ohne seine Schuhe, die bereits vom Schlamm des Vormittags schmutzig waren, noch mehr beschmutzt zu haben. Hätte er die Straße überquert, hätte er sich hinter der gegenüberliegenden Hecke verstecken und auf den Wagen der Molkerei warten können. Doch obwohl er eine ganze Weile sorgfältig suchte, fand Martial keinerlei Hinweis, der seine These erhärtet hätte.

»Ich glaube nicht, dass es hier noch etwas gibt, das uns

weiterhelfen könnte«, sagte er. »Versuchen wir, unsere Zeugen noch vor heute Abend zu finden. Sie haben uns nützliche Dinge zu erzählen.«

Also verließen sie diesen verhängnisvollen Ort und beeilten sich, ins Dorf zurückzukommen. Sobald sie die Häusergruppen erreichten, spürte Martial die Blicke, die sich auf sie richteten. Dies war sein zweiter Kontakt mit der Bevölkerung, ein Kontakt aus der Ferne und voller Misstrauen. Seine bis zu den Knien verdreckte Kleidung hatte damit nichts zu tun.

Er hatte sich Hals über Kopf in die Ermittlungen gestürzt und spürte, dass sich vor ihm eine Fährte öffnete. Sie erschien ihm wie eine helle Allee mitten in der Nacht. Er wusste auch, dass das, was er am Ende möglicherweise fand, all die Menschen, die ihn von ihrer Türschwelle aus beobachteten, Abgründen entgegentreiben konnte. Abgründen, in die das Dorf unweigerlich stürzen würde.

9

Camille hatte Mühe gehabt, sich auf ihre Arbeit zu konzentrieren. Die Stunden waren ihr endlos vorgekommen, und sie war froh, dass die abendliche Hausaufgabenbetreuung abgekürzt worden war – auf Wunsch der Eltern, die nicht wollten, dass ihre Kinder so spät nach Hause kamen. Manche Schüler wohnten mehr als eine Stunde Fußmarsch von der Schule entfernt. Im tiefsten Winter, wenn es zu sehr schneite, schliefen diese Schüler häufig in der Schule, in dem großen Zimmer im ersten Stock. Doch die jetzigen Umstände ließen das nicht zu. Seit dem Tod von Louis Bascoul verkürzte man lieber die Unterrichtszeit, als Schüler von ihrem Zuhause fernzuhalten. Am Tag nach dem Tod von Michel Gresse waren Camille, der Bürgermeister und Étienne Germain, der das gleiche Problem mit den Jungen hatte, eilig zu einer Besprechung zusammengekommen; am Ende hatten sie beschlossen, die Schüler höchstens bis halb sechs in der Schule zu behalten und den Abendunterricht bis auf Weiteres zu streichen. Camille war nicht unglücklich darüber, auf diese Weise früher freizuhaben.

Sie hatte sich die Zeit genommen, sich ein herzhaftes Ragout zuzubereiten, das auf dem Feuer in der Küche vor sich hin köchelte. Einstweilen hatte sie noch ein paar Hefte zu korrigieren, doch ihre Gedanken waren woanders; sie konnte es nicht erwarten, Neues von Édouard und Martial zu erfahren.

Es war bereits Nacht, als die beiden kamen. Als sie das eiserne Gittertor kreischen hörte, wusste sie, dass sie es waren, und stand auf, um zur Haustür zu stürzen. Beider Wangen waren gerötet von dem Tag an der frischen Luft. Schuhe und Hosen trugen deutliche Spuren ihrer Nachforschungen. Es war ausgemacht worden, dass sie jeden Abend mit Camille essen würden, hier oder in der Mühle, und das verschaffte ihr genügend Zeit, um ihnen alles, was sie herausgefunden hatten, aus der Nase zu ziehen.

Martial begriff, dass er derjenige war, der erzählen musste, denn Édouard hüllte sich ein weiteres Mal in Schweigen und begnügte sich damit, seinen Bericht mit gelegentlichem Nicken zu begleiten. Er erzählte also chronologisch und begann mit dem Pas-du-Diable und dem Tod von Louis Bascoul. Dazu trug er seine Theorie vor und kam auf das zu sprechen, was in seinen Augen die beiden Morde miteinander verband. Camille war blass geworden, die Aufregung war Entsetzen gewichen. Sie erhoffte sich Hilfe von ihrem Verlobten und suchte blind nach seiner Hand auf dem Tisch. Inzwischen nahm sie den Geruch des Blutes wahr, die Schmutzigkeit des Todes. Die Wörter »Folter« und »Rache« ließen sie erstarren. Als Martial darüber sprach, wie der Mörder möglicherweise den Ort der Qualen von Michel Gresse verlassen hatte, als er von Methode sprach, von Geduld, davon, wie ein Raubtier sich seiner Beute gegenüber verhält, wurde sie ihrer Gefühle nicht mehr Herr und ließ den Tränen freien Lauf.

Martial war verunsichert durch die Reaktion seiner Freundin. Er hörte auf zu sprechen, und in der Küche, die erfüllt war vom Duft des Ragouts, herrschte fragendes Schweigen. Camille fasste sich wieder und entschuldigte sich. Ihr war mit einem Mal die ganze Gewalttätigkeit, die ganze Grauenhaftigkeit der Situation bewusst geworden, und sie war immer noch sehr dünnhäutig. Dennoch ermutigte sie Martial, fortzufahren und kein Detail auszulassen.

Also kam er auf die Zeugenaussagen zu sprechen, die sie am Nachmittag gesammelt hatten. Zunächst hatten sie bei Doktor Delcros haltgemacht. Seine Frau hatte sie empfangen, eine reizende Frau, ruhig und offensichtlich gebildet. Ihr Mann sei außer Haus, zu Krankenbesuchen unterwegs. Gewöhnlich komme er gegen fünf zurück. Und sie hatte versprochen, dass er ihnen alle Zeit, die nötig sei, widmen werde, umso mehr, als er in die Ordnungskräften wenig Vertrauen setze, seit ein Teil seines Berichts über den Tod von Louis Bascoul unter den Tisch gekehrt worden sei.

Die Zeit, bis sie mit dem Arzt sprechen konnten, nutzten sie, indem sie sich zur Molkerei am Eingang des Dorfes begaben. Dort trafen sie den Direktor Fernand Palousi an. Er war nach dem Krieg vom damaligen Gemeinderat eingestellt worden. Davor war er in dem Tal, aus dem er stammte, Buchhalter gewesen. Wie viele andere war er Antoine Guiraud treu ergeben und empfing sie mit größter Liebenswürdigkeit, um ihnen zu zeigen, dass er auf ihrer Seite sei. So bestand er darauf, ihnen »seinen Betrieb« zu zeigen, und sie erfuhren, dass sich die Produkte, die die Molkerei verließen, eines guten Rufs erfreuten, da sie selbst im »Hôtel du Grand Balcon« in Mazamet serviert wurden. Mit einem solchen Absatz hatten die Bauern des Plateaus nicht gerechnet, zumindest jene nicht, die durchgehalten hatten und über einen ausreichenden Viehbestand verfügten. Der Milchpreis war gestiegen, es wurden zwanzig Centimes für den Liter gezahlt, während der Preis für ein Kilo Butter ebenfalls explodiert war und fast fünf Francs erreicht hatte. Zwei weitere Stellen waren geschaffen worden.

Pascal Béziat war der Buttermacher, ein wortkarger Mann, der sich damit begnügte, den Besuchern die Hand zu schütteln, ohne sie eines Wortes oder Blickes zu würdigen. Er stamme aus dem Dorf, erklärte der Direktor, in seiner Familie sei man seit Generationen Köhler, aber er habe sich eine andere Perspektive gewünscht. Sein älterer Bruder sei in die Fußstapfen des Vaters getreten, während er sein Glück im Tal gesucht habe. Vor drei Jahren sei er zurückgekehrt – enttäuscht und ein wenig verbittert, was seine schlechte Laune erkläre. Der vorige Buttermacher sei von denen in Lacaune abgeworben worden, die besser bezahlten, und Béziat habe die freie Stelle genommen. Serge Cals sei der Milchmann. Er sei im selben Jahr gekommen wie Pascal Béziat, und genau wie dieser, weil die Molkerei in Lacune seinen Vorgänger abgeworben habe. Er sei im Augenblick nicht da, weil er nur bis zum frühen Nachmittag arbeite, aber sein Haus, eines der ersten des Dorfs, liege direkt an der Straße, sie könnten auf dem Rückweg dort haltmachen.

Fernand Palousi führte sie auch hinter das Hauptgebäude. Dort gab es eine Scheune mit einem kleinen Hof davor, wo dreißig Blechkanister trockneten. Zwei Pferde schauten sie an, als sie vorbeigingen, jedes in seiner Box. Sie waren abwechselnd bei der Milchsammelrunde im Einsatz. Der Direktor erklärte ihnen, dass der Milchmann die leeren Kanister im Laufe seiner täglichen Rundfahrt gegen die vollen austauschte. Dann kümmerte er sich um die Reinigung der leeren Kanister sowie um die Pferde. Sie hatten Gelegenheit, sich den Wagen anzuschauen, der in der Scheune stand, und zeigten sich, zur großen Freude des Direktors, interessiert an dem Gespann. Es handelte sich um einen Wagen mit vier eisenbeschlagenen Rädern; damit das Beladen und Abladen leichterfiel, war er ziemlich niedrig. Die lange Ladefläche war von Brettern aus

Tannenholz umschlossen, wodurch er gut dreißig Zentimeter höher wurde. Martial erkannte sehr rasch, dass die dreißig Kanister auf der Ladefläche keinen Platz ließen, an dem sich jemand hätte verstecken können. Die beiden Laternen, die vorn zu beiden Seiten der Bank hingen, spendeten sicherlich so viel Licht, dass es kaum möglich schien, nicht vom Kutscher gesehen zu werden. Dafür war unter der Ladefläche, zwischen den beiden Achsen, genügend Platz, und es boten sich zahlreiche Möglichkeiten, sich ohne allzu große Anstrengung festzuhalten. Mit einem kurzen Blick vergewisserte Martial sich, dass Édouard das auch sah, als sie beide neben dem Wagen hockten. Dann kroch er unter die Ladefläche, was Palousi ein wenig überraschte, sodass er aufhörte zu reden. Leider fand Martial keinerlei Spuren, die seine Idee hätten stützen können.

Nachdem sie die Molkerei gesehen hatten, überließen sie den Direktor seiner Selbstzufriedenheit und kehrten ins Dorf zurück, um mit Serge Cals zu reden. Martial traf auf einen einfachen Mann, der die vierzig wohl bereits überschritten hatte, mit klarem Blick und einem Gesicht, das zu normalen Zeiten sicher fröhlich war. Jetzt hatte er eher die graue Gesichtsfarbe eines Mannes, der nicht gut schlief und dem nicht mehr nach Lachen zumute war. Martial musste nicht lange in ihn dringen, damit er sich offenbarte. Der Aufenthalt in der Zelle der Gendarmerie in Brassac hatte ihn völlig durcheinandergebracht, und er kam nicht darüber hinweg, dass man ihn für einen Mörder gehalten hatte. Und für was für einen Mörder!

»Ich bin im Krieg gewesen, ich war sogar bei der Truppenverpflegung, ich habe genug Gräuel gesehen. Aber etwas so Grauenhaftes – nein, nie. Das Licht seiner Laterne und dann noch der Schnee: Das hat geblendet! Und diese Blutlache, die einem ins Auge sprang … Und seine Därme, die mit Blut vermischt aus dem Bauch quollen … Ich glaube, dieses Bild wird mich bis an mein Lebensende verfolgen. Und als die anderen angefangen haben zu denken, war plötzlich ich derjenige, der das getan hatte …«

Die Erschütterung ließ ihn heiser werden, doch er sammelte sich. Er machte den Eindruck eines durchschnittlichen und rechtschaffenen Mannes. Offenbar lebte er allein in diesem kleinen Haus, das einmal sauberer gewesen sein musste. In seinem früheren Leben war er in der Gegend von Vabre Ladenjunge gewesen. Dann war er nach Lacune gegangen und hatte als Tellerwäscher in verschiedenen Kurhotels gearbeitet, bevor er diese Stelle gefunden hatte. Jeden Morgen machte er seine Runde, immer in der gleichen Reihenfolge. Er begann um drei und war spätestens um halb sieben wieder in der Molkerei. Zu Beginn der Woche war er wegen des Schnees sogar früher losgefahren.

»Zu den Gresses komme ich immer gegen vier. Michel war jedes Mal da. Wenn er zum Pass hinaufmusste, machte er sich auf den Weg, wenn ich wieder weg war. Anschließend fahre ich zu Cassagne und hinauf zu den Höfen am Pass, den beiden letzten meiner Runde. Als ich am Dienstagmorgen wieder hinunterfuhr, habe ich auf dem Weg, der bei den Gresses vorbeiführt, den Laternenschein gesehen. Es war kurz vor sechs. Ich wusste, dass Michel an dem Tag zur Schäferei hinauffuhr, wie jeden Dienstag. Da begegne ich ihm öfter auf der Straße, aber diesmal habe ich mich gewundert, dass er so spät dran war. Zuerst dachte ich, er hätte ein Problem; dass vielleicht ein Rad im Schnee weggerutscht ist und er es nicht schafft, aus der Spurrille zu kommen. Ich habe gerufen, aber niemand hat geantwortet. Daraufhin bin ich von meinem Wagen gestiegen und nachschauen gegangen. Und da saß Michel, mit dem Rücken an ein Rad gelehnt. Es war überall Blut, und sein Gesicht war zu dieser grauenhaften Grimasse verzerrt, einer Grimasse wie aus einem Albtraum. Ich bin zu meinem Wagen gelaufen und so schnell wie möglich ins Dorf zurückgefahren. Als Erstes habe ich beim Doktor geklopft. Als er hörte, was passiert war, hat er mich gebeten, den Bürgermeister zu holen. Dann habe ich die beiden zu dem Weg hinaufgefahren. Ich konnte nicht bleiben, weil die Milch nicht wartet. Und am Mittwochnachmittag sind die Gendarmen gekommen und haben mich mitgenommen … Ich musste mich für die Runde am nächsten Morgen vertreten lassen. Das ist mir noch nie passiert!«

»Es wird erzählt, Sie hätten im frischen Schnee zwischen der Straße und dem Wagen von Michel Gresse keine Spuren oder Fußabdrücke gesehen. Sind Sie sicher?«

»Ich schwöre es bei meinem Leben. Der Schnee war sauber und unberührt. Als ich zu den Gresses kam, hatte es aufgehört zu schneien, aber während meiner Runde habe ich auf der Straße eine Spur hinterlassen, und der bin ich beim Hinunterfahren gefolgt. Da habe ich mich schon gewundert, dass die Spur von Michels Wagen nicht zu sehen war. Deswegen ist mir aufgefallen, dass niemand auf diesem Teil des Wegs durch den Schnee gegangen ist. Was die Umgebung von Michels Karren betrifft, kann ich Ihnen nichts sagen. Ich habe nur den Schlamm und das Blut gesehen. Doktor Delcros war aufmerksamer als ich, glaube ich. Er und der Bürgermeister haben den Ort bewacht, bis die Gendarmen gekommen sind. Sie haben bestätigt, dass es neben den Fußabdrücken des Bürgermeisters und des Doktors nur meine gab. Sie haben sogar meine Schuhe genommen, um sie zu vergleichen. Deswegen haben sie mich verhaftet. Deswegen und auch, weil ich so nah an Michel herangegangen bin. Einer der Inspektoren hat gesagt, es wäre keine normale Reaktion, dass jemand, der ein ruhiges Gewissen hat, zuerst prüft, ob das Opfer auch wirklich tot ist, ob es nicht vielleicht Hilfe braucht, anstatt die Beine in die Hand zu nehmen. Ich habe ihnen gesagt, dass er vollkommen tot gewirkt hat, dass ich nicht einmal auf die Idee gekommen bin, er könnte in diesem Zustand noch leben.«

Serge Cals kam immer wieder auf dasselbe Bild zurück, das Bild von dem Blut im Schnee und dem schmerzverzerrten Gesicht des Toten. Er wusste nicht, ob jemand sich für die Ladung auf dem Karren interessiert hatte, er hatte nur dieses Bild gesehen, nichts sonst.

»Das kann nur der Teufel gewesen sein«, sagte er schließlich leise, als hätte er seit Langem darauf gewartet, das loswerden zu können; erleichtert, als befreie er sich von einer Last. »Was ich da oben gesehen habe, kann nur das Werk des Teufels sein.«

Und sein müder Blick verlor sich im Leeren.

»Sie sind dann in aller Eile ins Dorf hinuntergefahren«, sagte Martial mit ruhiger Stimme, um etwas Gelassenheit in ihr Gespräch zu bringen. »Könnten Sie uns genau sagen, was Sie da gemacht haben?«

Serge Cals wirkte überrascht, vielleicht sogar beunruhigt. Diese Art von Frage verhieß nichts Gutes, wenn nicht gar, dass man ihn erneut verdächtigte. Er antwortete dennoch, um seine Ehrlichkeit zu beweisen.

»Ich habe vor der Werkstatt des Schreiners gehalten, gegenüber vom Haus des Doktors. Dann habe ich beim Doktor an die Tür geklopft. Ich glaube, ich habe sogar seinen Namen gerufen, damit er auch wirklich aufwacht. Ich weiß nicht, wie lange es gedauert hat, bis er die Fensterläden an seinem Schlafzimmer geöffnet hat, aber es kam mir ziemlich lang vor. Ich habe ihm gesagt, dass ich Michel Gresse mit aufgeschlitztem Bauch gefunden hätte und dass er mit mir kommen müsse. Daraufhin hat er mich gebeten, zum Bürgermeister zu laufen, in den Steinbruch, und ihm zu sagen, dass er auch mitkommen soll. Ich bin so schnell gerannt, wie ich konnte, aber in dem Schnee war das nicht einfach. Monsieur Maraval war bereits wach, bei ihm war Licht. Er hat seine Stiefel angezogen und sich eine Jacke gegriffen, und wir sind zum Doktor zurückgekehrt. Der hat schon auf uns gewartet, mit seiner Tasche in der Hand. Wir haben uns alle drei auf die Bank von meinem Wagen gesetzt, und ich habe sie hinaufgefahren.«

»Ihre Ankunft im Dorf dürfte nicht unbemerkt geblieben sein, bei Ihrer Geschwindigkeit, Ihrer Ladung, Ihren Rufen …«

»Als ich manövriert habe, um zu wenden und wieder loszufahren, waren eine Menge Leute auf der Straße, aber um die Wahrheit zu sagen, darum habe ich mich nicht gekümmert.«

Er musterte die beiden Männer, die vor ihm standen. Was er sah, ermutigte ihn fortzufahren.

»Ich hatte irgendwie das Gefühl, verfolgt zu werden, als wäre der Teufel hinter mir her. Das war auch der Grund, warum ich nicht zu nah an Michel herangegangen bin, ich hatte eine Heidenangst, er könnte noch da sein und sich auf mich stürzen; ich hatte das Gefühl, er ist mir auf den Fersen.«

Serge Cals fuhr sich mit der Hand über die Stirn und presste sie anschließend auf seinen Mund. In einem Punkt zumindest hatte er recht: Was er in dieser Nacht gesehen hatte, würde ihn noch lange verfolgen.

Anschließend beeilten Édouard und Martial sich, zu Doktor Delcros zurückzukehren. Sie mussten sich nicht zwischen die Patienten einreihen, denn Patienten waren an diesem Spätnachmittag keine da. Der Arzt, gerade erst von seiner Runde zurück, bei der er nur mit Angst und Panik konfrontiert gewesen war, erwartete sie in seiner Praxis.

Er war ein ziemlich großer Mann mit blauen schalkhaften Augen hinter seiner runden Brille und Haar von makellosem

Weiß und, obwohl er durchaus fortgeschrittenen Alters zu sein schien, kräftigem Wuchs. Er ließ sie vor seinem Schreibtisch Platz nehmen. Seine Stimme war ruhig, sein Ton warmherzig, beruhigend. Ein abgebrochener Zahn bohrte sich in seine Unterlippe und verlieh seinem Mund eine Asymmetrie, die an ein Lächeln erinnerte. Es war nur ein Hauch, denn weder in dem, was er sagte, noch in der ganzen Art, wie er sich gab, war ein Lächeln zu erkennen. Vermutlich lächelte Doktor Delcros bei der Ausübung seines Berufs schon lange nicht mehr.

»Ich habe über die Fußspuren im Schnee nachgedacht, noch bevor ich an den Ort kam«, sagte er. »Serge Cals war so schockiert, dass er die ganze Fahrt über immer wieder die gleichen Dinge wiederholte, nämlich, wie entsetzlich der Anblick gewesen sei, der sich ihm geboten habe, und dabei hat er, ganz im Gegensatz zu der Zurückhaltung, die ihn normalerweise auszeichnet, reichlich geflucht. Er hat uns am Straßenrand abgesetzt, und ich habe mich darangemacht, die Fußspuren zu überprüfen. Es gab nur seine von der Straße her, sonst keine, da bin ich sicher. Um den Leichnam herum war der Schnee dagegen verschwunden. Da war nur noch mit Blut vermischter Schlamm. Ich habe nicht einmal die Andeutung einer Fußspur gesehen. Und ich bekomme nicht aus dem Kopf, was Louis Bascoul angetan worden ist, verstehen Sie. Dass man meine Beobachtungen nicht ernst genommen hat. Daraufhin habe ich mir gesagt, dass ich noch präziser und sorgfältiger sein muss. Damit die Dinge, die ich zu sehen und zu beurteilen bekomme, unanfechtbar sind. Anschließend gingen wir zu dem Gespann, wobei wir einen Umweg über den Rand des Wegs machten. Michel Gresse war mausetot, der Arme. Zusammen mit dem Bürgermeister haben wir dann dafür gesorgt, dass niemand sich ihm nähert, bis gegen sechs die Gendarmen gekommen sind.«

»Haben Sie bei der Suche nach Spuren auch die Felder überprüft, die an dieser Stelle an den Weg grenzen?«

»Ja, auf beiden Seiten. Da war nichts als unberührter Schnee.«

»Erinnern Sie sich an den Augenblick, als der Karren weggebracht wurde?«

»Der Karren? Die Gendarmen haben nach Kampfspuren gesucht. Sie dachten, Michels Angreifer hätte sich vom Baum fallen lassen, als der Karren vorbeifuhr. Danach haben sie den Leichnam aufgehoben und hierhergebracht; was mit dem Karren passiert ist, weiß ich nicht. Ich nehme an, dass Pierre, der Bruder des Opfers, ihn zum Hof zurückgebracht hat.«

»Sie haben anschließend die Autopsie durchgeführt …«

»Die ersten Untersuchungen habe ich vor Ort gemacht, unter Aufsicht der Gendarmen. Dann haben sie mich gebeten, die Autopsie durchzuführen, hier, in dem Raum direkt neben diesem Sprechzimmer. Was ich Ihnen sagen kann, ist dies: Michel Gresse hat einen Schlag auf den Hinterkopf bekommen, einen heftigen Schlag, der seine Kopfhaut gespalten hat. Ihm sind sowohl beide Achillessehnen als auch die Sehnen in den Achselhöhlen durchtrennt worden, und zwar nachdem seine Kleider zerrissen waren. Es gab keine Fasern in den Schnittwunden. Die Schnitte waren alle tief und sauber, dafür muss ein sehr scharfes Instrument benutzt worden sein. Und am Ende hat man ihm den Bauch aufgeschlitzt, ihn von der Leiste bis zum Brustbein geöffnet. Aufgrund der Position, in der er gefunden wurde, denke ich, dass all das in dieser Reihenfolge und an diesem Ort erfolgt ist. Die Inspektoren aus Toulouse haben gestern Morgen einen Arzt des Krankenhauses in Castres heraufkommen lassen, und der hat das alles bestätigt. Der Körper war noch warm, als ich hinaufkam, und das Blut zeigte Spuren von Gerinnung. Daraus habe ich geschlossen, dass der

Tod etwa eine Stunde zuvor eingetreten war. Da Michel seinen Hof gegen halb fünf verlassen hatte, muss sich das Ganze in der darauffolgenden Stunde abgespielt haben. Serge Cals war zu der Zeit am Pass, die beiden Bauern des Weilers haben das bestätigt. Er hat nichts damit zu tun.«

»Ist der Tod sofort nach dem Aufschlitzen eingetreten?«

»Ich fürchte nicht. Was sich seinem Gesicht eingeprägt hatte, war ein schmerzhafter Tod, ein Tod voller Leiden.«

»Kannten Sie das Opfer gut?«

»Ich kenne alle hier. Eine gewisse Anzahl der Leute habe ich im Lauf der Jahre auf die Welt geholt, ich behandle sie, und irgendwann schließe ich ihnen sogar die Augen. Ich kannte Michel Gresse, wie ich den Lebensmittelhändler oder die Frau des Hufschmieds kenne. Sie sind Patienten.«

»Wie würden Sie ihn beschreiben?«

»Ich würde sagen, er war ziemlich kräftig, von guter Gesundheit, denn ich hatte schon seit geraumer Zeit nichts mit ihm zu tun. Ich würde sogar sagen, er war ziemlich stark, stark genug jedenfalls, um bei Zweikämpfen die Oberhand zu behalten. Er war ein Arbeitstier, einer, der hart gearbeitet und weder Zeit noch Mühe gescheut hat, um den Hof am Laufen zu halten. Aber er hatte auch seine schlechten Seiten. Er konnte sich wegen Kleinigkeiten aufregen und wurde oft gewalttätig. Und wenn er wütend war, kam man ihm besser nicht zu nahe. Er hatte kein einfaches Leben, verstehen Sie. Er stand vollkommen unter der Fuchtel seiner Mutter, und der älteste Sohn in der Familie Gresse zu sein ist kein Geschenk des Himmels, glauben Sie mir. Selbst seine Ehe war nicht glücklich, sie war von den Eltern arrangiert. Von seinen Eheproblemen werden Sie sicher hören ...«

»Und davon, dass er vom Militärdienst befreit war ...«

»Davon werden die Leute Ihnen auch erzählen. Militärärzte

haben ihn befreit, er hat alle Kontrolluntersuchungen über sich ergehen lassen. Sechsmal hat die Musterungskommission ihn vorgeladen, und jedes Mal haben sie ihn wieder nach Hause geschickt. Er war kein Drückeberger, sie wollten ihn nicht, das war alles. Ist das ein Verbrechen? Ich glaube nicht. Aber als er das Rathaus erobern wollte, nach dem Rücktritt von Monsieur Guiraud, wurde ihm das alles aufs Butterbrot geschmiert. Und er ist nicht gewählt worden, zumindest diesmal nicht. Wenn Sie mich fragen, was an den Gerüchten über seine Behinderung dran ist, antworte ich, dass ich an meine Schweigepflicht gebunden bin. Aber man befreit jemanden wie ihn mitten im Krieg nicht ohne triftigen Grund.«

»Wäre es unpassend, Sie zu fragen, was Sie von all dem halten?«

»Was ich davon halte? Das ist ein niederträchtiger, grausamer und erbarmungsloser Akt. Wie die Ermordung von Louis Bascoul, denn wir sprechen doch auch in diesem Fall von Mord, oder?«

Martial nickte.

»Die Leute hier in den Bergen tun, was sie können. Sie fürchten sich angesichts all dieser Grausamkeit, daher haben sie den alten Aberglauben wieder hervorgekramt. Es steht uns nicht zu, darüber zu urteilen, aber ich persönlich glaube weder an Gespenster noch an der Hölle entstiegene Bestien. Ich glaube, dass ein Mensch das getan hat. Dass ein Mensch Louis Bascoul verprügelt und in die Tiefe geworfen hat, damit sein Schädel an einem Felsen zerschellt wie eine Nussschale. Ich glaube, es ist ein Mensch, der Michel Gresse Arme und Beine zerschnitten hat, bevor er ihn langsam in seinen Gedärmen und Exkrementen hat sterben lassen. Aber diejenigen, die bereit sind, sich zusammenzurotten, um ein Tier zu jagen, liegen gar nicht so falsch: Der Mensch, der das getan hat, ist nichts als eine Bestie, ein Wesen ohne jedes Mitleid, ohne jede Menschlichkeit.«

Als er sich seines Ausbruchs bewusst wurde, richtete er sich im Sessel auf, zog ein großes weißes Taschentuch aus der Jackentasche, nahm die Brille ab und wischte sich übers Gesicht. Eine mechanische Geste, mit der er wohl seine Verlegenheit überspielen wollte.

»Haben Sie fest geschlafen, als Serge Cals gegen Ihre Tür getrommelt hat?«

»Der Wagen hat mich geweckt. Dann habe ich gehört, dass jemand an meine Tür klopfte und mich rief, aber ich war noch im Halbschlaf und habe nicht gleich reagiert.«

»Dieser Krach muss doch Aufsehen erregt haben.«

»Als ich aus dem Haus trat, kamen mehrere Leute aus ihren Häusern, um zu sehen, was los war. Aber das war nichts im Vergleich zu den Massen, die sich vor meinem Haus drängten, als Michels Leichnam hergebracht wurde ...«

Martial nickte, steckte das schwarze Heft in seine Brusttasche, stand auf und dankte Doktor Delcros dafür, dass er sich Zeit genommen hatte. Der Doktor stand ebenfalls auf, um sie hinauszubegleiten.

»Es heißt, Sie seien ein ganz ausgezeichneter Ermittler, cher Monsieur. Ich freue mich, dass Sie zu uns gekommen sind, denn diese Herren von der Polizei scheinen mir Stümper zu sein. Sie sind da, laufen geschäftig hin und her und zeigen sich. Und ebenso schnell, wie sie gekommen sind, werden sie wieder weg sein und uns allein lassen mit unseren Sorgen. Sie werden in ihre zivilisierte Welt zurückkehren, und der Fall wird für immer ad acta gelegt. Viele hier zählen auf Sie. Wenn ich Ihnen in irgendeiner Weise nützlich sein könnte, würde mich das sehr freuen.«

Sie hatten das Haus des Doktors verlassen, als die Nacht hereinbrach. Martial war auf die andere Seite des Wegs gegangen, um die Stelle ausfindig zu machen, an der Serge Cals am Dienstagmorgen seinen Wagen hatte stehen lassen. Die Werkstatt des Schreiners kehrte dem Weg den Rücken zu, ohne Öffnung. Das erste bewohnte Haus, von dem aus das Gespann gesehen werden konnte, befand sich zwanzig Meter weiter, direkt neben dem des Arztes.

»Wenn er sich beeilt hat, konnte er sein Versteck verlassen und sich ins Dorf schleichen, ohne gesehen zu werden«, hatte Martial gesagt und war einen Augenblick stehen geblieben. »Ihm standen drei Fluchtwege offen, und zusätzlich hatte er die Möglichkeit, quer über die Felder oder durch die Gemüsegärten zu laufen …«

Anschließend hatten sie den Weg gegenüber genommen, der in den oberen Teil des Dorfs führte.

»Ein wildes Tier?«, fragte Camille, die sich nicht ein Wort von Martials Bericht hatte entgehen lassen, erstaunt. »Du hast von Methode, von Plan, ja von Berechnung gesprochen. All diese Dinge passen nicht so recht zur Wildheit, das hast du mir gestern erklärt. Hast du das dem Doktor nicht gesagt?«

Als einzige Antwort rezitierte Martial: *»Das wildeste Tier kennt doch des Mitleids Regung …«*

»Ich kenne keins und bin daher kein Tier …«, fuhr Camille fort.

Martial hob den Kopf und endete mit einem angedeuteten Lächeln: *»O Wunder, wenn ein Teufel Wahrheit spricht!«*

»*Richard III.* Einer von Papas Lieblingstexten. Er hat verlangt, dass ich ihn auswendig lerne.«

»Ich habe ihn auf seine Empfehlung hin gelesen, aber gelernt habe ich ihn ganz allein, als ich in Serbien war … Und ich bleibe bei dem, was ich gesagt habe, es liegt Methode in der

Art, wie der Mörder vorgegangen ist. Er kannte Tagesablauf und Gewohnheiten von allen. Er hat es sogar fertiggebracht, den Schnee zu benutzen, auch wenn es ihm seine Aufgabe erschwert haben muss.«

»Glaubst du, er hat den Schnee nicht vorausgesehen?«

»Ich lebe auch auf dem Land und allmählich lerne ich, die Vorboten des Wetters zu erkennen, wie die Bauern. Hier ist es ähnlich und der Schnee hat sich vorausahnen lassen.«

»Vor allem, weil es schon am Nachmittag angefangen hat zu schneien. Ich habe sogar gezögert, die drei Kleinen, die aus dem Weiler Naves auf der anderen Seite des Kamms kommen, gehen zu lassen. Am Ende habe ich ihnen früher freigegeben, um sie nicht zum Schlafen dabehalten zu müssen.«

»Er hatte geplant, an dem Tag zuzuschlagen, mit oder ohne Schnee. Der hat ihn nicht davon abgehalten. Er überlegt schnell und genau und hat sich sogar den Luxus erlaubt, sich einen Spaß zu machen: mit den fehlenden Spuren. Ich lege meine Hand dafür ins Feuer, dass er am Rand des Feldes entlanggegangen ist, an den Steinen entlang ... Um die Straße zu überqueren, konnte er in die Spuren treten, die der Milchmann auf seinem ersten Weg hinterlassen hatte. Ich glaube, dass es ihm gelungen ist, sich vorher bei den Gresses zu verstecken und auf den Wagen des ältesten Sohns zu steigen. Er ist wendig und versteht es, sich unbemerkt fortzubewegen. Er kennt die Gegend genau. Die einzige Möglichkeit, ihn besser einzuschätzen, wäre, das Geheimnis zu lüften, das die beiden Mordopfer letztlich miteinander verbindet.«

»Wenn er Louis Bascoul mehrere Stunden foltern musste, um ihm dieses Geheimnis zu entreißen, wirst du es schwerlich lüften können, indem du höflich deine Fragen stellst.«

»Es sei denn, die Angst löst ihnen irgendwann die Zunge ... Dann wissen wir, wen wir suchen müssen.«

»Wie das?«, fragte Édouard überrascht.

»Wir suchen einen Mann, der stark genug ist, um Michel Gresse zu betäuben und den leblosen Körper von Louis Bascoul zu tragen. Jemanden, der die Gegend wie seine Westentasche kennt; jemanden, der geduldig ist und intelligent. Jemanden, der den Tod gewohnt ist, der sich vom Tod nicht beeindrucken lässt. Jemanden, der so hasserfüllt ist, dass er nicht zögert, seinen Opfern die schlimmsten Leiden zuzufügen. Wo konnte er mit Tod und Leid auf Du und Du stehen, wenn nicht im Krieg? Wo hat er gelernt, seinen Hass in tödliche Grausamkeit zu verwandeln, wenn nicht in den Schützengräben? Er ist wie Gloucester in *Richard III.*, er hat nicht das geringste Mitleid. Allerdings bleibt ein Zweifel bestehen: Hat er allein gehandelt? Der Einfachheit halber haben wir von ihm im Singular gesprochen, der Plural ist aber nicht auszuschließen.«

Er verstummte. Camille schien verwirrt, ja erschüttert. Sie war so weit weg von dieser Welt, von der Welt derer, die entdeckt hatten, was sich wirklich in ihren Eingeweiden verbarg. Der Welt nach dem Gemetzel. Diese Welt war verderbt, und man musste befürchten, dass die Dinge sich nicht einfach arrangierten – so weit fortgeschritten schien die Verderbnis.

10

Die folgende Nacht brachte Martial keine Erholung, ganz im Gegenteil. Lange fand er keinen Schlaf, und als es ihm endlich gelungen war einzuschlafen, suchte der alte Albtraum ihn heim. Wieder war er unter den Trümmern eingeklemmt. Konnte sich nicht bewegen. Konnte nicht einmal rufen, kein Laut kam aus seinem Mund. Er bekam keine Luft und sah sich schon langsam ersticken. In letzter Sekunde schreckte er aus dem Schlaf und brauchte eine Weile, bis er wieder normal atmen konnte. Die Decken waren zu schwer, sie erdrückten ihn schier. Er musste aus dem Bett steigen, ein paar Schritte tun, einen Augenblick warten, bis er sich beruhigt hatte, immer die Angst im Kopf, wenn er wieder einschliefe, könnte es von vorn beginnen. Es herrschte tiefe Nacht. In der kleinen Mühle war es ruhig. Édouard schlief im Zimmer nebenan. Sie hatten Camille kurz nach zweiundzwanzig Uhr verlassen. Die junge Frau war während des Abendessens schweigsam gewesen, irgendwie bedrückt. Sie hatten auf dem Rückweg darüber gesprochen, während von den Schluchten her große Nebelschwaden heraufzogen. Édouard hatte seine Verlobte sehr verängstigt gefunden, er wollte etwas mehr Zeit mit ihr verbringen, nach dem Unterricht am Samstag, und Martial währenddessen ein wenig allein lassen.

»Mit Camille Zeit verbringen«, das hörte sich so einfach an;

Édouard konnte das einfach so entscheiden, ganz plötzlich, ohne dass irgendetwas ihn daran hindern würde … Für Martial war das ein Luxus, von dem er nur träumen konnte. Die Erinnerung versetzte ihm Stiche, und zwar ziemlich schmerzhafte.

Der Samstag brach an, und es war, wie nicht anders erwartet, neblig. Eine kalte Feuchtigkeit hatte sich über das Plateau gelegt. Alles schien von einem feuchten Film überzogen, selbst die Mauern, und man konnte keine zwanzig Meter weit sehen. Kaum hatte er Édouards Schritte auf der Treppe gehört, war Martial aufgestanden. Gemeinsam waren sie zu der Quelle gegangen, die direkt neben dem ehemaligen Stall sprudelte, und hatten Wasser geholt. Dann hatten sie eine Kleinigkeit gegessen und dazu den ausgezeichneten Kaffee von Camilles Verlobtem getrunken. Gerade dämmerte der Tag herauf, als sie draußen Stimmen hörten und unmittelbar darauf kurze, heftige Schläge gegen die Tür.

Édouard öffnete. Die beiden Inspektoren der Kriminalpolizei stellten sich offiziell vor und erklärten ihr Anliegen: Sie wollten ihn zum Mord an Michel Gresse befragen, wie sie es mit allen Bewohnern des Dorfes taten. Édouard trat beiseite und ließ sie – die Hüte in der Hand, die Schnurrbärte perfekt geglättet, das Haar pomadeglänzend – herein.

Inspektor Cabanes war der Ältere, knapp fünfzig. Er schien die Ermittlungen zu leiten. Er war groß, eher untersetzt und sprach mit einem mehr als ausgeprägten südwestlichen Akzent. Doch seine Ausdrucksweise hatte nichts Herzliches, sie war knochentrocken. Bei dem Jüngeren, Inspektor Marsan, war alles spitz: Nase, Lippen, Kinn, der Blick seiner stahlblauen Augen, sein Akzent … Er wirkte, als nerve es ihn, da zu sein.

Édouard stellte Martial vor, der sich erhoben hatte.

»Ach, Sie sind das also!«, knurrte Inspektor Cabanes. »Unser Konkurrent, nicht wahr?«

Am Blick des Inspektors und seiner ganzen Art erkannte Martial, dass sie im Grunde seinetwegen gekommen waren. Die doch sehr frühe Befragung Édouards war nur ein Vorwand.

»Wenn Sie meinen Freund befragen wollen, lasse ich Sie vielleicht besser allein.«

»Ich sehe kein Problem darin, dass Sie bleiben. Es sei denn, natürlich, Ihr Freund hat etwas dagegen.«

Édouard hatte nichts dagegen. Er forderte die beiden auf, sich zu setzen, bot ihnen aber keinen Kaffee an.

»Es handelt sich um reine Routine, wie man so schön sagt«, begann Inspektor Cabanes. »Ich hoffe, Sie nehmen es uns nicht übel. Könnten Sie uns Ihre Personalien geben?«

»Ich heiße Édouard Alexandre. Geboren im Juli 1892 in La Rochelle.«

Inspektor Marsan begann wie wild in sein Heft zu schreiben und hob kein einziges Mal den Kopf. Sein Kollege beschränkte sich darauf, die Fragen zu stellen, wobei er, die Hände auf dem Tisch gefaltet, kerzengrade auf seiner Bank saß.

»Hätten Sie ein offizielles Papier, das diese Informationen bestätigt?«

»Ich habe mein Soldbuch.«

»Wenn es Ihnen nichts ausmacht …«

Édouard stand auf und ging in sein Zimmer hinauf. Die drei Männer, die unten blieben, wechselten nicht ein einziges Wort, bis er zurückkam und Inspektor Cabanes sein Soldbuch reichte. Dieser blätterte das Dokument rasch durch.

»Klasse 1912, natürlich. Nicht gerade das große Los! Ein paar Wochen vor der Entlassung, der allgemeinen Mobilmachung … Pech gehabt. Warum ist bei Ihrem Geburtsdatum der Tag nicht angegeben?«

»Weil er nicht bekannt ist. Ich bin ausgesetzt worden.«

»Oh, Sie sind ein Waisenkind! Und woher haben Sie Ihren Namen?«

»Von einem Zaren.«

»Wie bitte?«

»Er wurde zu Ehren des russischen Kaisers gewählt, der den Freundschaftsvertrag mit Frankreich unterzeichnet hat.«

»Hier steht, dass Sie 1917 im Kampf verwundet worden sind. Haben Sie Folgeschäden?«

»Ein paar Narben, die längste an der Hüfte. Wenn Regen kommt, spüre ich es zwei Tage vorher. Und ich brauche eine Spezialsohle für den rechten Fuß, der Längenunterschied zwischen meinen Beinen beträgt vier Zentimeter.«

»Was für einen Beruf hatten Sie, Monsieur Alexandre, bevor Sie arbeitslos wurden?«

»Ich war Fellhändler in Mazamet.«

»Und das sind Sie nicht mehr?«

»Nein. Ich habe letzte Woche gekündigt. Ich habe ein anderes Projekt in Planung.«

»Und wovon lebt man, wenn man ›ein anderes Projekt in Planung hat‹?«

»Wenn die Geschäfte gut gelaufen sind und man hart gearbeitet hat, lebt man von seinen Ersparnissen.«

Martial beobachtete sie in seiner Ecke. Der Ton und das Aussehen des Inspektors missfielen ihm, aber er mochte die Art, wie Édouard mit ihm umging, einfach und ohne zu zögern.

»Der Weg zwischen La Rochelle und La Vitarelle-du-Théron erscheint doch sehr lang«, fuhr Cabanes fort und gab Édouard das Soldbuch zurück. »Können Sie uns erklären, was Sie hierhergeführt hat?«

Es war offensichtlich, dass er die Antwort bereits kannte, dass er im Übrigen die meisten Antworten schon im Voraus kannte.

»Meine Verlobte arbeitet hier im Dorf.«

»Eine Verlobte! Meinen Glückwunsch! Wäre es möglich, ihren Namen zu erfahren?«

»Es handelt sich um Mademoiselle Purseau, sie ist Lehrerin.«

»Dann sind Sie also mit Ihren hart erarbeiteten Ersparnissen hierhergezogen, um bei ihr zu sein?«

»Ganz recht, Monsieur.«

»Aber wie es aussieht, wohnt Mademoiselle Purseau nicht unter diesem Dach.«

»Nein, wir leben nicht zusammen.«

»Ah, ich verstehe ... Die Anstandsregeln halten sich in solchen abgelegenen Orten hartnäckig. Haben Sie dieses Häuschen gekauft?«

»Nein, Antoine Guiraud hat es mir vermietet.«

»Der berühmte Antoine Guiraud! Der ist hier wirklich der große Manitu ... Seit wann leben Sie in diesem Dorf, cher Monsieur?«

»Letzte Woche bin ich endgültig hergezogen. Vorher war ich immer nur für ein paar Tage hier, so oft wie möglich.«

»Dann kennen Sie Michel Gresse vermutlich nicht sehr gut.«

»Ich bin ihm zwei- oder dreimal begegnet, aber ich habe nie mit ihm gesprochen.«

»Aber man hat Ihnen vielleicht von ihm erzählt?«

»Ja, mehrfach.«

»Positiv?«

»So kann man es, glaube ich, nicht sagen.«

»Das klingt jetzt vielleicht brutal, aber haben Sie etwas mit seinem Tod zu tun?«

»Natürlich nicht!«, erwiderte Édouard, ohne zu zögern.

»Dürfte man erfahren, wo Sie am Dienstag zwischen vier und sechs Uhr morgens waren?«

»Ich habe geschlafen.«

»In Ihrem Bett?«

Diesmal zögerte Édouard. Er drehte den Kopf zu Martial. Der schenkte ihm ein verhaltenes wohlwollendes Lächeln. Daraufhin wandte Édouard sich wieder Inspektor Cabanes zu.

»Nein, Monsieur, ich war nicht in meinem Bett.«

»Das müssen Sie mir erklären …«

»Ich habe die Nacht bei Mademoiselle Purseau verbracht.«

»Sie haben also gegen die Anstandsregeln verstoßen. Ich sage Ihnen was, das schockiert mich nicht im Geringsten. Wir sind unter Männern, wir verstehen uns … Aber warum leben Sie eigentlich nicht mit ihr zusammen? Die Leute hier mögen ja ungehobelt sein, aber sie werden Sie deswegen doch nicht gleich öffentlich hängen.«

»Meine Verlobte würde darunter leiden. Sie könnte Ärger mit ihren Vorgesetzten bekommen.«

»Warum heiraten Sie nicht? Und dann zum Teufel mit den Anstandsregeln …«

»Mademoiselle Purseau hat vor ein paar Monaten ihren Vater verloren. Deshalb haben wir unsere Projekte auf später verschoben.«

»Handelt es sich dabei vielleicht um das Projekt in Planung, von dem Sie vorhin sprachen?«

»Unter anderem, ja.«

»Sind Sie ein Frühaufsteher, Monsieur Alexandre?«

»Könnte man sagen, ja.«

»Dann ist es also nicht überraschend, dass Sie gesehen worden sind … Warten Sie …«

Er wandte sich an seinen Kollegen, der nach wie vor die Nase in seinem Heft hatte und, nachdem er darin geblättert hatte, mit eintöniger Stimme sagte: »Samstags und sonntags zwischen sechs und sieben Uhr morgens.«

»Und immer auf dem Weg zurück zu Ihrer Unterkunft ... Vielleicht wage ich mich etwas zu weit vor, aber kann man daraus nicht schließen, dass Sie ziemlich regelmäßig gegen die Anstandsregeln verstoßen?«

»Meine Verlobte ängstigt sich nachts allein in ihrer Schule«, erwiderte Édouard, der allmählich Anzeichen von Nervosität und Verärgerung erkennen ließ, genau das, was der Inspektor erreichen wollte. »Schön, ja, ich schlafe häufig bei ihr.«

»Wie in der Nacht von Montag auf Dienstag. Und man hat Sie am Dienstagmorgen gesehen ... Um wie viel Uhr, Inspektor?«

»Zehn vor sieben«, erwiderte Marsan, ohne den Blick zu heben.

»Können Sie das bestätigen, Monsieur Alexandre?«

»Um diese Zeit muss ich die Schule verlassen haben, in der Tat.«

»Sie sind nicht sehr diskret, wenn Sie mir die Bemerkung erlauben?«

»Wie bitte?«

»Für jemanden, der dieser jungen Dame Ärger ersparen will, sind Sie nicht gerade diskret. Ich frage mich, ob es in diesem Dorf jemanden gibt, der nicht weiß, wo Sie Ihre Nächte verbringen.«

Édouard begnügte sich mit einem Achselzucken; es war eine Geste der Ohnmacht.

»Wann genau haben Sie von Michel Gresses Tod gehört?«

»Es herrschte an dem Morgen eine gewisse Unruhe, anders als sonst, es waren mehr Leute auf der Straße. Ich bin hingegangen, um zu fragen, was los sei, und erfuhr, dass man Michel Gresse in seinem Blut gefunden habe.«

»Und haben Sie im Laufe des Vormittags den Schauplatz des Mordes aufgesucht?«

»Ja, ich bin tatsächlich hingegangen. Die Gendarmen waren bereits da. Es herrschte großes Gedränge. Ich bin nicht lange geblieben.«

»Die Neugier, nicht wahr? Wir sind alle gleich. Vielleicht haben Sie sich ja auch schwergetan, sich in einer Gegend wie dieser zu beschäftigen …«

»Ganz im Gegenteil, ich bin sogar ziemlich beschäftigt. Ich renoviere die Nebengebäude der Mühle. Außerdem gehe ich gern im Wald spazieren. Das Laufen ist mir von den Ärzten ausdrücklich empfohlen worden.«

»Sind Sie gut zu Fuß? Ich meine, laufen Sie in einem guten Tempo?«

»Ja, ich denke schon.«

»Wenn das so ist, können Sie mir sicher Auskunft geben. Was meinen Sie, wie lange braucht jemand, der gut zu Fuß ist, sagen wir, so flott und kräftig wie Sie, um die Strecke zwischen der Stelle, an der Michel Gresse getötet wurde, und dem Dorf zurückzulegen?«

»Das hängt davon ab, an welchen Ort im Dorf Sie denken.«

»Na ja, sagen wir, um Ihnen einen Orientierungspunkt zu geben: bis zur Mädchenschule.«

Martial wurde unruhig. Inspektor Cabanes warf ihm einen eisigen Blick zu, in dem ein Hauch Amüsiertheit zu erkennen war.

»Sagen wir, gut zwanzig Minuten, vielleicht fünfundzwanzig«, erwiderte Édouard unbeirrt.

»Gut zwanzig Minuten. Wir schätzen, dass der Tod von Michel Gresse in etwa um fünf eingetreten ist. Ich füge diese zwanzig Minuten hinzu, oder sagen wir dreißig, um großzügig zu sein ... Derjenige, der dieses schreckliche Verbrechen begangen hat, hätte bei der Mädchenschule sein können, bevor der Milchmann die Leiche fand.«

»Ist das eine Frage, Inspektor?«

»Nein, entschuldigen Sie. Ich habe laut gedacht. Ich sage nur, dass Sie Michel Gresse hätten töten und rechtzeitig zurück sein können, um sich um zehn vor sieben im Dorf blicken zu lassen. Vorausgesetzt natürlich, Sie wären auf dem Weg zurück zur Schule diskreter gewesen, als Sie es normalerweise sind.«

»Muss ich das so verstehen, dass Sie mich des Mordes beschuldigen?«

»Keineswegs, cher Monsieur. Aber andere haben es getan. Es sieht so aus, als hätten Sie in diesem Dorf nicht nur Freunde. Wir haben Leute getroffen, die Sie nicht besonders mögen und glauben, dass Sie, so, wie Sie leben, etwas zu verbergen haben. Was wollen Sie, Sie sind hier ein Fremder. Zudem ein Fremder, der die geltenden Regeln missachtet. Aber seien Sie unbesorgt. Es gibt Leute, die noch früher auf den Beinen sind, vor allem im Weiler ... verdammt, wie heißt der noch gleich?«

»Les Buissonniers«, erwiderte Marsan.

»Ja, im Weiler Les Buissonniers. Den man durchqueren muss, um ins Dorf zu gelangen. Niemand ist am Dienstagmorgen dort langgegangen, Sie so wenig wie irgendjemand sonst. Wir haben zwei Bewohner befragt, die sehr früh begonnen haben, Schnee zu räumen. Sie haben niemanden gesehen und bestätigen beide, dass es auf dem Weg keine Fußspuren gab. Auf der Straße zurückzukehren wäre noch auffälliger gewesen ... Wenn Sie diesen Mann getötet hätten, wären Sie hierhergekommen, zumindest um sich zu säubern und umzuziehen ... Gut, ich glaube, wir sind fertig mit Ihnen, Monsieur

Alexandre. Wir haben viel zu tun … Sie beabsichtigen nicht, in nächster Zeit das Dorf zu verlassen?«

»Nein. Ich bleibe bis zum Ende des Schuljahres hier.«

»Wäre es indiskret, Sie zu fragen, was Sie danach vorhaben?«

»Wir werden ins Ausland gehen, wo ich meine Arbeit wieder aufnehmen werde.«

»Das ist eine gute Idee. Ich meine, dieses Dorf zu verlassen … Für junge Leute wie Sie gibt es hier keine Zukunft. Die anderen werden niemals zulassen, dass Sie hier heimisch werden, machen Sie sich da keine Illusionen. Das ist eine geschlossene Welt, die jeden ablehnt …«

Er beendete den Satz nicht. Inspektor Marsan schloss sein Heft.

»Wir werden Monsieur de la Boissière, der zur Zeit der Tat nicht hier war, nicht befragen. Es sei denn, cher Monsieur, Sie haben uns etwas zu sagen.«

»Wären Sie bereit, mich anzuhören, Inspektor?«

»Monsieur Guiraud, der Herr des Dorfs, hat uns gesagt, dass er sich an Sie in Ihrer Eigenschaft als Detektiv gewandt hat. Mich persönlich stört das keineswegs. Was ich ihm aber übel nehme, ist, dass er unserer Kompetenz nicht wirklich traut.«

»Meine Anwesenheit soll Ihre Kompetenz nicht infrage stellen. Ich habe durchaus schon mit der Polizei zusammengearbeitet, nicht gegen sie. Außerdem sind Monsieur Alexandre und Mademoiselle Purseau Freunde. Sie leben in einem Dorf, das wegen zweier Morde in Trauer ist. Es versteht sich von selbst, dass ich für sie da bin, wenn sie sich um ihre Sicherheit sorgen.«

»Ihre Loyalität ist bewundernswert … Aber wenn Sie erlauben, ich sehe nur einen Mord.«

»Dann sind wir uns in diesem Punkt uneins. Ich für meinen

Teil denke, wie die meisten hier, dass Louis Bascoul ermordet worden ist.«

»Darf ich erfahren, was Sie zu dieser Behauptung veranlasst?«

»Der erste Bericht des Arztes. Und verschiedene Beobachtungen vor Ort.«

»Dieser Fall ist abgeschlossen, Monsieur de la Boissière. Abgeschlossen durch die Männer, die zum Zeitpunkt der Ereignisse vor Ort ermittelt haben. Und drei Monate später kommen Sie her und machen ihre Arbeit schlecht.«

»Ich stelle nicht ihre Arbeit infrage, sondern ihre Schlussfolgerungen.«

»Wir haben die Berichte ebenfalls gelesen. Ich habe darin nichts anderes gesehen als die Beschreibung eines Selbstmords. Und nichts, das einen Zusammenhang mit dem Tod von Michel Gresse nahelegen könnte. Aber ich gestehe Ihnen etwas. Ich habe mich über Sie informiert, ich habe gestern Morgen meinen Vorgesetzten angerufen, um mit ihm über Sie zu sprechen. Er hat mich kurz darauf zurückgerufen. Und wissen Sie, warum? Um mir zu sagen, ich soll Sie mit Samthandschuhen anfassen, mich Ihnen gegenüber vorsichtig verhalten. Anscheinend sind Sie Mitglied in einer Art Verein oder Club, dessen Namen ich vergessen habe.«

»Er heißt Cercle Cardan«, ergänzte Inspektor Marsan, die Hände in den Taschen und den Blick jener Punkte, die ihm als Augen dienten, starr auf Martial gerichtet.

»Ja, genau, Cercle Cardan. Gespenster- und Werwolfjäger … Gibt es in dieser Geschichte Gespenster, Monsieur de la Boissière? Poltergeister?«

»Wenn Sie erlauben – Sie sind schlecht informiert worden …«

»Wie es aussieht, haben Sie Beziehungen zu höchsten Kreisen, aber damit beeindrucken Sie mich nicht. Deswegen lehne ich Ihr Angebot, zusammenzuarbeiten, ab. Ich gestehe Ihnen die Kompetenz, die nötig ist, um polizeiliche Ermittlungen erfolgreich durchzuführen, nicht zu. Ich kann nicht verhindern, dass Ihnen Leute auf den Leim gehen und dass man Ihre Dienste in Anspruch nimmt, aber Sie sollen wissen, dass ich das bedaure.«

»Meine Herren, ich dagegen bedaure, dass Sie eine so schlechte Meinung von mir haben. Noch mehr bekümmert mich allerdings die Art und Weise, wie Sie in diesem Fall ermitteln. Aber machen Sie sich keine Sorgen, ich werde Ihnen nicht in die Quere kommen. Ich hoffe von ganzem Herzen, dass Sie den Mörder so schnell wie möglich überführen. Dennoch werde ich meine eigenen Ansichten weiterverfolgen. Sollten meine Schlussfolgerungen Sie interessieren, werde ich Sie Ihnen ohne Hintergedanken darlegen. Unser Zirkel kommt Ihnen lächerlich vor, aber er hat sich schon etliche Male bewährt. Zu Recht sind Sie auf seine einflussreichen Freunde aufmerksam gemacht worden. Manche sind sogar bei der Polizei, stellen Sie sich vor. Ich sage Ihnen, was in ein paar Tagen geschehen wird: Man wird schnelle Resultate von Ihnen verlangen, und Sie werden keine haben. Daraufhin wird man Sie nach Toulouse zurückrufen, weil die Kriminalpolizei sich mit diesen Geschichten auf dem Land nicht abgibt. Interessant ist nur, was in der Stadt passiert, weit weg von den Bauerntölpeln, die sich gegenseitig umbringen. In der Stadt, wo die kompetenten Inspektoren eingesetzt werden und sich als nützlich erweisen.«

Inspektor Cabanes sagte kein Wort, aber seine Blässe ließ kalte Wut erahnen. Abrupt stand er auf, griff nach seinem Hut und ging zur Tür, als fürchtete er zu explodieren. Inspektor Marsan folgte ihm auf dem Fuß, die Spitzen wirkten auf einmal weniger spitz.

»Wir sind auf Ihre Schlussfolgerungen nicht angewiesen, Monsieur de la Boissière! Bleiben Sie mir mit Ihren Weibergeschichten und dem überlegenen Getue vom Leib! Dass ich Sie nicht erwische, wie Sie unsere Arbeit behindern! Sonst …«

Er beendete den Satz nicht; den Finger auf Martial gerichtet und Schaum vor dem Mund hatte er sich noch einmal umgedreht. Dann verließ mit seinem Handlanger die Mühle und schlug die Tür hinter sich zu.

Édouard saß sprachlos da; er hatte den leisen Ärger, den er am Ende seines Verhörs verspürt hatte, fast vergessen. Martial war ruhig geblieben, seine Hände lagen flach auf dem Tisch. Er ähnelte ganz und gar dem Mann, den Charles beschrieben hatte, selbstsicher und kaltblütig.

»Sie hätten sie vielleicht nicht so provozieren sollen«, sagte er mutig.

»Ich mag ihre Art nicht. Sie machen ein Riesentamtam und verlieren nur Zeit. Es macht ihnen einen Heidenspaß, im Privatleben der Leute herumzustochern; sie versuchen, Skandale zu provozieren, über die sie dann abends reden und sich amüsieren oder mit denen sie die Witze würzen, die sie nach ihrer Rückkehr mit den Kollegen austauschen.«

»Hat Ihr Zirkel wirklich so viele Beziehungen?«

»Ein hoher Beamter der Pariser Staatsanwaltschaft hat mir einen Brief mitgegeben, in dem er die Oberstaatsanwälte und offiziellen Ermittler bittet, mir meine Arbeit vor Ort zu erleichtern. Wir haben wertvolle Dienste geleistet. Unsere einflussreichen Freundschaften sind sehr real … Jetzt, da die beiden weg sind, trinke ich gern noch etwas von Ihrem Kaffee. Ich spüre, dass ich ihn brauche.«

Etwas später erklärte Martial, er habe die Absicht, auf die Beerdigung des Sohns der Gresses zu gehen, um sich zu zeigen und einen ersten Kontakt zu der trauernden Familie herzustellen. Vorher aber müsse er mehr über die Familie erfahren. Daher bat er Édouard, ihm alles zu erzählen, was er wisse, und machte sich eifrig Notizen.

»Ich hatte nicht die Absicht hinzugehen«, entschuldigte sich Édouard. »Keiner von ihnen ist zu Charles' Beerdigung gekommen oder hatte auch nur ein tröstendes Wort für Camille.«

»Vielleicht ist es sowieso besser, wenn ich allein gehe. Wir sehen uns heute Abend zum Essen.«

»Wie immer bei Camille, ja? Einen zweiten Schlüssel für die Mühle habe ich unter dem braunen Stein rechts vom Eingang versteckt. Sie können kommen und gehen, wie Sie wollen. Wenn Sie das Gespann von Monsieur Guiraud brauchen, bin ich gern bereit, es zu holen …«

»Im Augenblick gehe ich lieber zu Fuß. Die Ärzte haben mir das ebenso empfohlen wie Ihnen, für meinen Rücken.«

Als Martial, wieder in seinem schönen Anzug und dem sorgfältig gebürsteten Wollmantel, die Mühle verließ, ging ihm durch den Kopf, dass er nun das erste Mal seit seiner Ankunft allein sein würde. Das war auch nötig. Er musste nachdenken, aber auch zur Ruhe kommen, versuchen, die Atmosphäre des Dorfs zu erspüren, die Leute leben, weinen, leiden sehen. Der Nebel hielt sich hartnäckig. Er erschien ihm wie ein Leichentuch, das sich auf eine trauernde und verängstigte Gemeinde gesenkt hatte. Und mittendrin ein Raubtier …

11

Die Beerdigung von Michel Gresse war für zehn Uhr angesetzt. Martial war eine halbe Stunde zu früh vor der Kirche, und es hatten sich schon eine Menge Leute eingefunden. Auch diesmal blieben ihm die scheelen Blicke und das Getuschel hinter seinem Rücken nicht verborgen. Er begnügte sich damit, kerzengerade dazustehen und auf die Ankunft des Leichenwagens zu warten. Ihm ging durch den Kopf, dass er ein paar Monate zuvor an dieser Stelle die Hand genommen hatte, die Camille ihm reichte, und an ihrer Seite Charles' Sarg in die Kirche gefolgt war. Das erschien ihm jetzt so weit weg …

Schließlich kam der Trauerzug, begleitet vom düsteren Echo des Totengeläuts, das von der Nebelwand abprallte und der Szene etwas Unwirkliches verlieh. Ein einfacher vierrädriger Wagen war schwarz-golden ausgeschlagen worden; gezogen wurde er von einem großen Pferd, das ebenfalls ein Trauergewand trug. Dahinter tauchte nach und nach der Trauerzug aus dem Nebel auf, angeführt von einem in die Jahre gekommenen Kabriolett, das ein etwa dreißigjähriger Mann lenkte. Neben ihm saß eine alte Frau ganz in Schwarz, die einen Wollschal um den Kopf geschlungen trug. Es folgten in Zweierreihe die Dorfbewohner. Die Pferde wurden vor der Kirche zum Stehen gebracht. Man half der alten Frau, von der hohen Bank zu steigen. Auf zwei dicke Stöcke gestützt, bewegte sie sich mühsam vorwärts. Das war also die alte Gresse, die allseits gefürchtete Matriarchin. Ihr Gesicht war natürlich von Kummer und Leid gezeichnet, doch ihre Augen, obschon gerötet, schleuderten finstere Blitze, wütende, hasserfüllte Blicke. Der Mann, der neben ihr gesessen und das Gespann gelenkt hatte, musste ihr jüngerer Sohn sein, Pierre. Er wirkte verstört und blickte sich panisch um; der Kragen seiner Jacke war unordentlich, und er setzte zu Bewegungen an, die er nicht zu Ende führte, nur seinen linken Arm, den er nur eingeschränkt gebrauchen zu können schien, presste er die ganze Zeit gegen den Bauch. Die anderen Frauen der Sippe, die eine Gruppe bildeten, während der lackierte Holzsarg abgeladen wurde, identifizierte Martial schnell. Die Jüngste wirkte aufgeregt. Sie trat von einem Bein aufs andere, reckte den Kopf, war ziemlich hübsch, was ihr durchaus bewusst zu sein schien. Sie hieß Amélie, war laut Édouard fünfzehn, wirkte aber viel älter. Ihr schwarzer Rock war für den Anlass ziemlich kurz und eng. Sie geizte nicht mit ihren Reizen, wie sich an den beiden oberen Knöpfen ihrer Bluse zeigte, die offen geblieben waren. Sie machte keinen niedergeschlagenen Eindruck, wirkte sogar eher gleichgültig oder war eine Meisterin darin, zu verbergen, was sie am Tag der Beerdigung ihres Vaters empfand. Von der Frau neben ihr konnte man das nicht sagen; sie war in Tränen aufgelöst, ihr Rücken gebeugt, und ihre Schultern wurden von unüberwindlichem Kummer geschüttelt. Ihre Trauerbekundungen wirkten irgendwie übertrieben. Martial dachte unweigerlich an eine schlechte Schauspielerin in der großen Abschiedsszene. Das musste Yvonne sein, die Witwe von Michel Gresse, diejenige, die laut Jean Guillard »rattenscharf« war, die aus Berechnung verheiratet worden war und im ganzen Dorf als Nutte galt. Etwas abseits stand eine andere, jüngere Frau, die offenbar nicht so recht wusste, was sie mit ihren

Händen tun sollte: die zweite Schwiegertochter der Familie Gresse, Mathilde, die Frau von Pierre. Sie war die Tochter des Köhlers, die Nichte von Pascal Béziat, dem schweigsamen Buttermacher. Martial hatte sich alle Informationen, die Édouard ihm geliefert hatte, eingeprägt, auch wenn er sich dafür in seinem Heft Notizen hatte machen müssen. Mathilde, die blond war, wirkte unauffällig; sie trug ihr Trauerkleid mit schlichter Würde, wobei es eine gewisse Anmut und echte Schönheit nicht zu verbergen vermochte. Während ihre Schwägerin watschelte und sich in ihren Stöckelschuhen auf dem Kies fast die Knöchel verrenkte, Hut und Schleier schief, ging sie aufrecht und leichten Schrittes, und die Falten ihres schlichten Kleides fielen untadelig.

Dies war Martials erste Begegnung mit der Familie Gresse. Er blieb am Rand des Spaliers, das sich gebildet hatte. Ein paar Gesichter erkannte er, Jean Guillard, Antoine Guiraud und seinen Sohn. Der Pfarrer des Dorfes, ein kleiner, rundlicher Mann mit rotem Gesicht, war auf den Vorplatz gekommen. Es herrschte tiefes Schweigen, während der Sarg in seine Kirche gebracht wurde, die sich als zu klein erwies, um alle aufzunehmen. Manche blieben hinten stehen, andere mussten draußen bleiben und die Zeremonie durch die Türen verfolgen, die wieder geschlossen worden waren, damit es in der Kirche nicht zog.

Martial hatte nicht vorgehabt hineinzugehen. Draußen zu bleiben war ihm sehr recht. Während er darauf wartete, dass der Gottesdienst zu Ende ging, öffnete er das Türchen zum Friedhof. Einige Meter entfernt sah er das Grabmal der Familie Gresse, ganz aus Granit, höher als die anderen, und die Platte, die es normalerweise verschloss, war zur Seite gekippt. Er ging zur Mittelallee, stellte sich an die Brüstung, konnte aber die andere Seite der Schluchten nicht sehen, da der Nebel über dem Ufer noch dichter war. So ging er an dem Mäuerchen entlang bis zum Grab von Charles. Mit verschränkten Armen, den Mantelkragen hochgeschlagen, blieb er eine Weile davor stehen. Er betete nicht. Seit man ihn nicht mehr dazu zwang, betete er überhaupt nicht mehr. Alles Religiöse war ihm fremd geworden. Es erinnerte ihn zu sehr an seine Familie, seine Mutter, seinen Stiefvater, den nicht enden wollenden Katechismusunterricht an den Donnerstagen, den Gottesdienst sonntags morgens, mit leerem Magen, weil ein Brotkanten oder ein Stück Zucker einen geradewegs in die Hölle verfrachten konnte, an die düsteren Vespern sonntags nachmittags, die Peitschenhiebe des Abts der École Notre-Dame, weil er gewagt hatte zu lachen, während sie vor der Statue der Jungfrau Maria niederknieten … Er betete nicht, dachte aber oft an seinen ehemaligen Mentor. Vielleicht war das das wahre Beten: die schönen Augenblicke noch einmal erleben, sich an ein Gesicht, den Klang einer Stimme, einen Geruch erinnern. Sich an all das erinnern, solange es möglich war, bevor das Gedächtnis sein Werk verrichtete und diese Dinge in einen verborgenen Winkel verbannte, um der jüngeren Vergangenheit Platz zu machen.

Charles und seine verschiedenen Leben, sein wacher Geist, seine Gelehrsamkeit, aber auch seine Krankheit, sein Martyrium als Lehrer, sein gebrochenes Herz … Was war von all dem geblieben? Ein Kreuz, eine Platte, eine Tafel. Ein paar Briefe und zwei Zahlen: 1858–1923. Ein Leben zwischen zwei Klammern. Und es blieb der letzte Brief, den Martial stets zusammengefaltet in der Brieftasche bei sich trug. Dieser Brief voller Sorge um Camille.

»Ich bin zurückgekommen, wie Sie sehen. Ich weiß nicht, ob ich gut auf sie aufpasse, aber ich tue mein Möglichstes. Was hätten Sie getan, wenn Sie noch bei uns wären? Ich bin überzeugt, dass Sie mir nichts gesagt hätten, Sie hätten mir diese ganze Geschichte verschwiegen. Mein Hang zur Kriminologie hat Ihnen nie gefallen. Dabei hatten Sie mir als Erster von dieser Wissenschaft erzählt, und sie hat mich bei der Wahl meines Studiums geleitet. Ich glaube, Sie waren ein wenig eifersüchtig. Es hat Ihnen auch nicht gefallen, dass ich ein Auge auf Ihre Tochter geworfen hatte, daraus haben Sie nie einen Hehl gemacht. Ich habe mich sogar gefragt, ob Sie nicht die Gelegenheit beim Schopfe gepackt haben, indem Sie ihr Édouard vorgestellt haben. Immerhin hatten Sie ihn zuerst kennengelernt. Aber dann habe ich daran gedacht, wie Sie Camille erzogen haben, dass Sie sie stets ermutigt haben, einen freien Willen zu haben, ihre eigenen Entscheidungen zu treffen ... Den Kuppler zu spielen wäre für Sie eine Demütigung gewesen, eine Niederlage, davon bin ich überzeugt. Also entschuldigen Sie, dass ich schlecht von Ihnen gedacht habe. Es geht nicht gegen Sie, ich möchte nur dem, was man Schicksal nennt, ein Gesicht geben. Sie haben diejenige, die sie liebten, verloren, also werden Sie verstehen, was ich empfinde, auch wenn Camille lebt. Sie glücklich zu wissen sollte mich mit Freude erfüllen, aber ich bin egoistisch, das wissen Sie ja. Egoistisch und stolz, Sie haben es mir oft genug vorgeworfen. Könnte ich sie wiederbekommen, wäre ich bereit, meinen Stolz einzumotten. Da sehen Sie, wie weit es mit mir gekommen ist! Verdammt! Wie gern würde ich die Zeit zurückdrehen können, zu jenen Jahren in Toulouse! Ich glaube, das sind meine letzten Erinnerungen an Freude und Glück. Ich bin allein. Allein und nutzlos. Sie waren stets streng mit mir, aber wenn ich zögerte, vermochten Sie mich aufzurütteln, mir den Weg zu zeigen. Ich wünschte, Sie hätten ihm mir bis ans Ende gezeigt.«

In Gedanken sprach er mit ihm, traute sich sogar, ihn beim Vornamen zu nennen, was er zu seinen Lebzeiten niemals getan hatte. Darüber vergaß er fast, wo er war, auf diesem winzigen Friedhof oberhalb der Felswand, umschlossen vom Nebel, wenige Schritte entfernt von dem Gottesdienst für einen Ermordeten.

Er fasste sich und warf dem Grab ein Lächeln zu, als könne es von dort erwidert werden; dann ging er zurück und setzte sich vor der Kirche auf eine Bank, von der die Farbe abblätterte. Seine Füße waren taub, seine Wangen brannten vor Kälte. Er bereute, dass er sich nicht wärmer angezogen und für die dicken Stiefel entschieden hatte. Auch den anderen Leuten, die draußen warteten, machte die feuchte Kälte zu schaffen. Man konnte nicht einmal bis zum Ende des Platzes sehen. Das Dorf litt unter mangelnder Sicht und Atemnot. Nur der Fluss unten schien über all das zu lachen, er rauschte zwischen den Felsen davon und war der Einzige, der die Grabesstille durchbrach.

Die Messe dauerte eineinhalb Stunden. Als die Türen aufgingen und erneut die Glocken geläutet wurden, stand Martial auf und näherte sich. Die Dinge vollzogen sich mit einer gewissen Langsamkeit, im hinkenden Rhythmus der Mutter des Verstorbenen. Der Sarg wurde auf den kleinen Friedhof getragen. Viele blieben hinter dem Mäuerchen und den Gittern, damit die Angehörigen sich, nicht ohne Mühe, einen Platz am offenen Grab suchen konnten. Antoine Guiraud nutzte die Gelegenheit, um auf Martial zuzukommen und ihm die Hand zu schütteln. Anschließend blieben sie, für alle sichtbar, nebeneinander stehen. Es war wie ein öffentlicher Ritterschlag.

Lucien Guiraud stand nicht weit von ihnen entfernt, aber

er kam nicht, um Martial zu begrüßen. Er war rasiert und gekämmt und trug einen sauberen Anzug. Offenbar fiel es ihm schwer, sich ruhig zu halten; er kratzte unaufhörlich mit der Spitze eines seiner Lackschuhe über den Boden. Dazu kam ein abwesender Gesichtsausdruck. Dennoch bemerkte er, dass Martial ihn ansah, und hob Kopf und Schultern, ohne allerdings Martials höfliches Lächeln zu erwidern. Er verzog keine Miene, nur seine Augen blickten böse und feige zugleich. Dann holte er, wohl um sich eine gewisse Selbstsicherheit zu geben, seine Pfeife aus der Tasche, reinigte sie und suchte nach einer Stelle, gegen die er sie schlagen konnte. Schließlich entschied er sich für die eigene Schuhsohle. Er stopfte die Pfeife über das vernünftige Maß hinaus und rauchte, als sei es ihm jahrelang verboten gewesen.

Martial rührte sich nicht, stumm und gerade stand er da. Fetzen des Segens, den der Pfarrer sprach, drangen an sein Ohr, übertönt vom Weinen der Witwe, das umso unechter klang, je hysterischer es wurde. Und dann war es Zeit für die Beileidsbezeigungen. Es bildete sich eine Reihe, die sich zwischen den Gräbern hindurchschlängelte. Martial stellte sich direkt hinter den ehemaligen Bürgermeister. Man kam nur langsam voran, eine Ewigkeit verging, bevor er in die Nähe des offenen Grabes gelangte.

Vor ihm wurde Antoine Guiraud, der nicht viele Worte machte, in seinem Mitgefühl aber sehr aufrichtig war, ein frostiger Empfang bereitet. Martial meinte sogar zu sehen, dass die alte Gresse, die sich nur mit Mühe aufrecht halten konnte, sodass jemand in die Kirche geeilt war, um einen Stuhl zu holen, Guirauds ausgestreckte Hand ignorierte. Nach langem Zögern geruhte sie schließlich, sie schlaff und nur mit den Fingerspitzen zu nehmen, als sei sie kontaminiert.

Die Reihe der Gresses begann mit Yvonne, die sich, verschanzt hinter einem groben und auf einer Seite zerrissenen Schleier, unablässig das Gesicht mit einem großen weißen Taschentuch abtupfte, das allerdings anhaltend trocken blieb.

»Mein Beileid«, sagte Martial mechanisch und drückte eine Hand, die sich rau anfühlte, selbst unter dem Handschuh, der in einem anderen Leben gehäkelt worden sein musste.

Neben Yvonne stand ihre Tochter, ohne Schleier und Hut, mit offenem schwarzem Haar und Augen, die blau und trocken waren wie ein mediterraner Himmel.

»Mein Beileid. Verlieren Sie nicht den Mut.«

Sie reichte ihm eine schmale Hand mit abgeknabberten Fingernägeln und antwortete mit einem Lächeln, das durch und durch sinnlich war.

»Sie sind der Detektiv, nicht wahr?«, fragte sie leise und beugte sich etwas zu ihm, wodurch ihr ohnehin freizügiger Ausschnitt noch größer wurde.

»Ich bin nicht wirklich Detektiv«, wollte Martial korrigieren, doch dann merkte er, dass Amélies Großmutter ihn mit einem Blick durchbohrte, der so finster war, wie er es selten erlebt hatte.

Also trat er einen Schritt zur Seite, ließ die Hand, die eben noch in seiner gelegen hatte, los und stand vor der Matriarchin.

»Mein Beileid, Madame.«

»Wer sind Sie?«, herrschte sie ihn an, ohne die Hand, die er ihr entgegenstreckte, zu nehmen.

»Ich heiße Martial de la Boissière.«

»Ich kenne Sie nicht.«

Antoine Guiraud machte sich bereit einzugreifen.

»Ich habe mich bereits mit einigen Kriminalfällen beschäftigt. Ich bin gekommen, um die Ermittler zu unterstützen, die den Tod Ihres Sohnes, aber auch den von Monsieur Bascoul untersuchen.«

Sie sagte nichts, blickte ihn aber unverändert drohend an. Schließlich schüttelte sie ihm mit knotigen, ledrig-harten Fingern die Hand und wartete ohne ein weiteres Wort auf den Nächsten.

Martial trat vor den Bruder des Opfers und wiederholte seine Beileidsbekundung, doch obwohl er eine Weile so stehen blieb, sah der andere ihn nicht einmal an. Zugleich registrierte er, dass Antoine Guiraud Mathilde Gresse weder die Hand geschüttelt noch etwas zu ihr gesagt und sie stattdessen nur mit einem harten und scharfen Blick bedacht hatte, bevor er zur Mittelallee gegangen war. Die junge Frau senkte sichtlich verlegen den Blick. Als Martial zu ihr kam, hatte sie es noch nicht geschafft, zu verbergen, wie verwirrt sie war. Vielmehr antwortete sie mechanisch auf seine Beileidbezeigung, während sie dem ehemaligen Bürgermeister aus dem Augenwinkel nachsah, als fürchte sie, er könnte zurückkommen.

Nachdem Martial die Reihe verlassen hatte, kam Jean Guillard zu ihm, um ihn zu begrüßen und zu fragen, wie er sich in der Mühle eingelebt habe, wobei er nicht in der Lage war, die Stimme diskret zu senken. Die anderen, die der Familie ihr Beileid ausgesprochen und anschließend kleine Trauben gebildet hatten, starrten ihn eindringlich an. Er hielt sich nicht lange mit dem Busfahrer auf und antwortete nur kurz auf dessen Fragen. Lieber schloss er sich Antoine Guiraud an, der sich, nachdem er allein vor einem Grab gestanden hatte, das das seiner Frau und seines Sohns gewesen sein musste, wieder zu ihm gesellte.

»Ich mag Friedhöfe nicht besonders«, gestand der alte Mann. »Ich komme nicht sehr oft hierher. Irgendwie fühle ich mich hier immer unwohl. Das liegt nicht am Tod an sich, es sind diese Kreuze, diese glatten Steine, diese Erde … Und darunter liegen unsere Lieben. Ich sehe das Gesicht meiner

Frau immer noch vor mir, und das meines Sohnes, manchmal kann ich mich sogar genau an ihre Stimmen erinnern. Aber wenn ich hierherkomme, vergesse ich alles. Hier ist mein Gedächtnis wie ausgelöscht, so sehr ich auch suche, ich finde diese kleinen Dinge, die für mich so wichtig sind, nicht mehr.«

Sie gingen langsam zum Ausgang.

»Ich muss mit Ihnen reden, Monsieur Guiraud. Wenn Sie Zeit haben, natürlich.«

»Für mittags ist etwas auf dem Hof der Gresses organisiert, aber ich habe nicht die Absicht hinzugehen, und bei Ihnen habe ich das Gefühl, dass Sie nicht eingeladen sind. Wenn Sie wollen, können wir zusammen essen. Samstags gibt es im ›Café du Progrès‹ ausgezeichnete Kutteln … Worüber wollen Sie mit mir reden?«

»Just über die Familie Gresse.«

»Ach ja? Über die können wir auf dem Weg reden; ich habe Angst, dass es mir den Appetit verschlägt, wenn wir uns das für das Gespräch bei Tisch aufheben.«

Sie mussten mehrmals stehen bleiben, bevor sie die Kirche hinter sich gelassen hatten. Der ehemalige Bürgermeister musste Leute begrüßen, die er vorher nicht hatte treffen können, für jeden ein Wort haben, sich ihre Beschwerden anhören, ein paar beruhigende Worte sagen. Bei allen nutzte er die Gelegenheit, Martial vorzustellen: »der angesehene Ermittler, der gekommen ist, um die Fäden dieser unglückseligen Geschichte zu entwirren«. Schließlich gelang es ihnen, sich diesen Grüppchen zu entziehen, und sie bahnten sich einen Weg durch den Nebel und überquerten den Platz.

»Der Vater hieß Émile«, begann Antoine Guiraud. »Er starb 1913. Er hat den Hof seiner Eltern vergrößert. Zuerst hat er, als das Dorf sich nach und nach leerte und der Preis für das Land fiel, gekauft, was er konnte. Schließlich hat er Michel mit der Tochter des Hofs Cousinié, Yvonne, verheiratet, damit auch die letzten Hürden fielen. Er war ein tüchtiger Arbeiter, aber auch die Art von Mann, die sich mit der ganzen Welt anlegt, wenn Sie verstehen, was ich meine. Seine Frau Henriette ist eine Fabre-Tochter. Auch das war eine arrangierte Ehe. Ich bin mit ihr in die Schule gegangen. Sie war nicht immer so böse wie heute, als junges Mädchen war sie sogar recht umgänglich. Aber durch die Heirat und mit zunehmendem Alter hat sie sich verändert, heute ist sie eifersüchtig auf alles und jeden, herrisch, zänkisch, geizig, verbittert … Sie hat alles in sich vereint. Und sie hat das Werk ihres Mannes fortgesetzt. Sie hat noch mehr Land gekauft und nach dem Krieg die Gebäude vergrößert, wobei sie sich großzügig aus der Rente ihres Jüngsten bedient hat. Als wir die Molkerei eröffneten und sie sah, dass das ziemlich einträglich war, hat sie zu allem anderen auch noch Kühe angeschafft. Sobald sie irgendwo Geld riecht, muss sie sich ihren Anteil sichern. Ihre Söhne hatten nichts anderes zu tun, als zu gehorchen. Von den Schwiegertöchtern will ich gar nicht reden! Jetzt sind ihre Knie im Eimer, daher bleibt sie den ganzen Tag auf dem Hof, sitzt am Fenster und überwacht ihre Leute, erteilt Befehle und überprüft jede Abrechnung genauestens.«

»Was ihre Liaison mit Louis Bascoul betrifft …«

»Es war für niemanden ein Geheimnis, dass sie miteinander schliefen. Nicht einmal für Émile.«

»Und die Söhne?«

»Sie haben kein leichtes Leben gehabt, so viel ist sicher. Außerdem war Michels Ehe eine Farce.«

»Dann ist an den Gerüchten über seine Frau also etwas dran?«

»Durchaus. Man erzählt, dass sie nicht anders kann, dass es wie eine Krankheit ist.«

»Man erzählt auch, dass ihr Mann Probleme hatte, seinen ehelichen Pflichten nachzukommen.«

»Das war ein Thema, das man in seiner Gegenwart besser nicht ansprach … Die Geburt von Amélie 1909 hat all denen, die hinter seinem Rücken redeten, das Maul gestopft. Er hat sie als seine Tochter anerkannt und seinen Freunden sogar einen ausgegeben, um das zu feiern. Aber niemand ist darauf reingefallen. Es war nicht ihr leiblicher Vater, den die Kleine vorhin auf den Friedhof begleitet hat. In körperlicher Hinsicht kann er gar nicht ihr Vater gewesen sein. Es handelt sich um eine angeborene Missbildung. Seine Freistellung 1914 war der letzte Beweis, wenn man bedenkt, dass in den ländlichen Gegenden kaum ein Mann freigestellt worden ist.«

»Amélie muss von diesen Geschichten Wind bekommen haben.«

»Das nehme ich stark an. Das Ärgerlichste ist, dass sie, was die Befriedigung einiger Herren im Dorf betrifft, in die Fußstapfen ihrer Mutter tritt.«

»Und der andere Sohn?«

»Pierre. Er ist das fünfte Rad am Wagen. Er ist drei Jahre nach Michel zur Welt gekommen, und da man sich in dieser Familie nur darauf versteht, Land hinzuzufügen und ja nicht zu teilen, war er gezwungen, im Schatten seines Bruders zu leben. Ich habe gehört, dass er überlegt hat fortzugehen, aber seine Mutter soll es ihm verboten und damit gedroht haben, ihn zu enterben. Er hat wie üblich gehorcht. Im Krieg ist er verwundet worden, 1916, wenn meine Erinnerung nicht trügt. Seitdem kann er seinen Arm nicht mehr richtig gebrauchen; eine ›gute Verwundung‹, wie man sagt, eine, die einen nach Hause bringt. Letzten Endes ein Glück für ihn.«

»Und dann hat er Mathilde Béziat geheiratet.«

Diesmal antwortete Antoine Guiraud nicht sofort. Sie waren nur noch ein paar Schritte vom Café entfernt, auf der anderen Seite der großen Straße.

»Das war 1919«, sagte er schließlich.

»Diese junge Frau sticht irgendwie aus der Familie heraus«, warf Martial ein, um einen Ansatzpunkt zu haben.

»Sie ist recht gebildet. Während des Kriegs hatte ich sie sogar als Sekretärin im Rathaus beschäftigt, und sie hat ihre Sache ebenso gut gemacht wie unser Lehrer. Ich hatte sogar überlegt, sie in die Sägemühle zu übernehmen. Aber sie hat geheiratet und ist Bäuerin geworden.«

»Es geht mich nichts an, aber ich hatte vorhin das Gefühl, dass es zwischen Ihnen Differenzen gibt.«

»Differenzen? Sie müssen mich nicht mit Samthandschuhen anfassen, mein Freund. Mathilde war mit meinem Sohn Charles verlobt, bevor er fortging. Sie waren wirklich ein schönes Paar, und er hat sie geliebt, wie man nur einmal im Leben liebt. Als er starb, haben wir gemeinsam um ihn getrauert. Aber die Zeit bleibt nicht stehen. Was mich ärgert, ist nicht, dass sie ihr Leben gelebt hat, sondern dass sie es mit den Gresses getan hat. Mir wäre es lieber gewesen, sie hätte das Dorf verlassen, anstatt Pierre zu heiraten, weil ein alleinstehendes Mädchen nicht gern gesehen war, vor allem wenn es so hübsch ist. Ihre Eltern haben Druck auf sie ausgeübt, und sie hat den Ersten, der ihr den Hof gemacht hat, genommen. Ich kann einfach nicht anders, als darin einen Verrat zu sehen, verstehen Sie?«

Der Gastraum des »Café du Progrès« war groß. Zwei breite Fenster gingen auf die Straße, während an der gegenüberliegenden Wand ein Tresen stand, der so lang war, dass das Haus um ihn herumgebaut zu sein schien. In einer Ecke lieferte ein Ofen willkommene Wärme. Kein Tisch war besetzt, woran die Umstände nicht unschuldig waren. Gaston Fabre, der Wirt, empfing Antoine Guiraud mit großer Herzlichkeit. Er gehörte zu dem, was die Gresses »das Lager von gegenüber« nannten, obwohl er ein Cousin der Mutter war. Dass er nicht auf der Beerdigung gewesen war, verstand sich von selbst, auch wenn er es für angebracht hielt, sich zu rechtfertigen. Als Martial ihm vorgestellt wurde, begnügte er sich mit einem Nicken und begrüßte ihn mit einem außergewöhnlich kräftigen Händedruck. Dann setzten sie sich an den Tisch, an dem Guiraud immer saß, am Fenster. Hier entzog er sich regelmäßig den von seiner Haushälterin zubereiteten Mittagessen. Und er wiederholte, die Kutteln lohnten den Umweg.

Gaston Fabre stellte zwei angeschlagene Teller, Besteck und zwei einfache Gläser auf den Tisch. Dann kam er mit einem Krug Wein aus Corbières, wobei er die Luft mit dem sanften Duft seiner Pfeife erfüllte. Währenddessen sprachen sie kein Wort. Durch die offen stehende Glastür drang aus der Küche Duft herein. Martial betrachtete die Einrichtung und hoffte, dass sein durch die Gerüche noch angeheiztes Magenknurren nicht auffiel. Guiraud schien sich wohler zu fühlen als während des Abendessens in seinem Haus. Er holte ein Messer aus der Tasche, klappte es auf und legte es neben seinen Teller. Dann löste er den Knoten seiner Krawatte und ließ die Klammern seines Hemdkragens abspringen. Schließlich füllte er die Gläser und stieß mit Martial an, bevor er einen kräftigen Schluck trank.

»Was wollen Sie sonst noch über die Gresses wissen?«, fragte er.

»Ich suche etwas, das nicht leicht aufzuspüren ist, ein Geheimnis.«

»Ein Geheimnis? Von welcher Art Geheimnis sprechen Sie?«

»Von einem Geheimnis, das die Verbindung zwischen den beiden Morden wäre«, erwiderte Martial und senkte die Stimme, obwohl der Raum leer war.

»Ich wüsste nicht, was sie zu verbergen hätten. Sie haben nie einen Hehl daraus gemacht, dass sie Geld haben, auch wenn Henriette es nur tröpfchenweise ausgibt. All ihre Geschäfte sind in Ordnung und vom Notar von Brassac geprüft. Demzufolge erschöpfen sich ihre Leben in der Arbeit. Je mehr sie vergrößert haben, desto mehr mussten sie sich abrackern.«

»Und die Rivalität mit dem Nachbarhof?«

»Der Métairie Neuve? Der Hof von Joseph Cassagne. Mit Sicherheit gibt es zwischen den beiden Rivalität. Es geht darum, wer die meisten Hektar hat, die beste Ausrüstung, die besten Tiere ... Als Cassagne seinen ersten Drehpflug gekauft hat, haben die Gresses keinen Monat gewartet, bis sie ebenfalls einen erstanden haben. Dabei waren sie auf der Messe die Ersten gewesen, die seine Vorführung kritisierten. Und anschließend haben sie sich gleich noch einen Bindemäher geleistet. Das war ein Ereignis! Es gibt nur zwei in der Gegend, und der zweite ist in Brassac. Sie verleihen ihn an alle, die bezahlen können, aber auf keinen Fall an Cassagne, der nicht die Mittel hat, sich einen zu kaufen. Daher hat er angefangen, im Sommer spanische Tagelöhner zu beschäftigen, die ihm die Arbeit für einen Hungerlohn und einen Strohsack in der Scheune machen. Die Rivalität ist so groß, dass die Zuchtwettbewerbe für den Jahrmarkt abgesagt worden sind, um solche Scherereien wie in der Vergangenheit zu vermeiden. Ganz ehrlich, auch wenn er sich oft wie ein Wilder aufführt und überall Verschwörungen wittert, kann ich mir nicht vorstellen, dass Joseph Cassagne Michel oder seinen Knecht getötet hat. Prügeleien, Drohungen, das ist alles schon vorgekommen. Sie haben nichts ausgelassen, womit man dem anderen den letzten Nerv rauben kann. Aber weiter ist das niemals gegangen.«

»Das einzige Motiv war also das Geld. Aber warum Bascoul töten, der in der Erbfolge keine Rolle spielt?«

»Der einzige Erbe ist jetzt Pierre, das ist sicher.«

»Und Amélie?«

»Ich kann mir nicht vorstellen, dass Henriette das Risiko eingeht, den Hof ihrer Enkelin zu überlassen. Sie ist nicht blind. Da ich sie gut kenne, würde es mich nicht wundern, wenn es irgendwo ein Papier gäbe, das die Vaterschaft von Michel unter Berufung auf medizinische Beweise bestreitet. Das würde zu ihr passen.«

Sie verstummten, als Gaston Fabre einen großen tiefen Teller mit gekochten Kartoffeln auf den Tisch stellte und ihnen Kutteln auftat, bis die Teller überliefen. Während sie aßen, ließen sie die Unterhaltung ruhen. Martial schlang mit einer Gier, die er schon seit Ewigkeiten nicht mehr erlebt hatte. Er nahm sich sogar ein zweites Mal. Antoine Guiraud, die karierte Serviette um den Hals gebunden, langte ebenfalls ordentlich zu. Auch als sie satt und Teller und Krug leer waren, gab es noch keinen weiteren Gast im Café.

»Um auf das zurückzukommen, worüber wir gesprochen haben: Sie müssen wissen, dass hier viele die Gresses nicht mögen. Ein bisschen, weil sie es herausgefordert haben, das ist wahr, aber auch, weil jene, die Erfolg haben, nicht beliebt sind, schon gar nicht, wenn sie aus dem gleichen Milieu stammen wie man selbst. Abgesehen von Cassagne kommen die anderen Höfe gerade mal so über die Runden. So mancher Sohn gibt lieber auf. Die Gresses sind immer noch da. Ihre Frauen mögen leichte Mädchen sein, aber sonst kann man ihnen nichts vorwerfen. Sie werden trotzdem eine Menge über sie zu hören bekommen, aber das ist alles Unsinn.«

»Da muss noch etwas anderes sein«, beharrte Martial. »Ich sage Ihnen, was ich denke, aber das muss unter uns bleiben: Jemand hat Louis Bascoul gefoltert, um ihn zum Reden zu bringen, was die Art seiner Verletzungen erklärt. Und das, was er gestanden hat, hat zur Ermordung seines Arbeitgebers geführt. Was mag er also gestanden haben?«

Antoine Guiraud seufzte, die Ellbogen auf den Tisch und das Kinn in die Hände gestützt.

»Ich weiß, was seit Tagen erzählt wird, aber an Ihrer Stelle würde ich dem keine Beachtung schenken.«

»Ich habe nicht die geringste Ahnung, was erzählt wird. Könnten Sie mich vielleicht aufklären?«

»Das ist eine alte Geschichte«, knurrte der alte Mann, klappte sein Messer zusammen und steckt es in die Tasche. »Und ich dachte, Sie schenken Gespenstergeschichten keinen Glauben.«

»Trotzdem interessiert mich, was diesbezüglich erzählt wird. Was für eine alte Geschichte meinen Sie?«

Sie hatten nicht bemerkt, dass Gaston Fabre zu ihnen gekommen war, um abzuräumen. Er hatte die letzten Sätze gehört und konnte es sich nicht verkneifen, seinen Senf dazuzugeben.

»Es geht um die Brüder Pujol. Das ist die Geschichte, die man über die Gresses erzählt.«

Martial warf dem ehemaligen Bürgermeister einen fragenden Blick zu, und der erzählte ihm schließlich widerstrebend die ganze Geschichte.

»Das waren zwei Jungs, die nach dem Tod ihrer Eltern von den Gresses aufgenommen worden sind. Sie kamen von der anderen Seite des Tals, aus einem Dorf der Montagne Noire. Die Gresses waren alles, was sie noch an Familie hatten. Ich glaube, ihr Vater war ein Cousin von Émile. Sie haben eine Weile hier gelebt, bevor sie sich mit ein paar Jahren Abstand aus dem Staub gemacht haben. Niemand hat sie je wieder gesehen.«

»Sie sind nicht ohne Grund abgehauen, das können Sie mir glauben!«, fügte der Inhaber des Cafés hinzu. »Sie haben sie aufgenommen, weil sie nicht anders konnten, und auch, weil sie in den beiden zusätzliche und kostenlose Arbeitskräfte gesehen haben. Die Jungs hatten kein leichtes Leben auf dem Hof. Sie mussten in der Scheune schlafen, hatten nicht einmal ein Bett und mussten von morgens bis abends schuften. Ganz zu schweigen von den Prügeln, die sie ständig bezogen. Ich habe mit eigenen Augen gesehen, wie der Größere sich nur mit Mühe zur Schule schleppen konnte, weil die Alte ihn so sehr verdroschen hatte.«

»Behauptet wird viel, und niemand weiß Bescheid!«, knurrte Antoine Guiraud. »Fest steht jedenfalls, dass sie, anstatt ins Waisenhaus zu müssen, Kost und Logis bekommen haben.«

»Wann war das?«, fragte Martial.

»Das ist schon eine ganze Weile her«, erwiderte Gaston Fabre. »Dass der Jüngere verschwunden ist, das war kurz vor Kriegsbeginn. Ich erinnere mich daran, weil mein Ältester sich an der Suche im Wald beteiligt hat. Der Größere war schon vier oder fünf Jahre vorher abgehauen.«

»Sie sprechen von ›Verschwinden‹ bei dem einen und von ›Flucht‹ bei dem anderen …«

»Da haben wir's!«, wetterte der ehemalige Bürgermeister. »Jetzt kommen wir zu einem anderen Gerücht, dem abscheulichsten!«

Immer noch die schmutzigen Teller in den Händen stand Gaston Fabre etwas betreten da und traute sich nicht fortzufahren. Schließlich erzählte der alte Mann selbst weiter.

»Es wird behauptet, der jüngere Pujol-Bruder sei damals durch Misshandlung getötet worden und die Gresses hätten den Leichnam verschwinden lassen.«

Antoine Guiraud wandte den Kopf in Richtung der nebligen Straße, als suchte er dort irgendeine Hilfe. Aber es kam nichts, und so musste er fortfahren.

»Meine Söhne haben sich auch beide an der Suche beteiligt. Das war Anfang Juni 1914. Der kleine Pujol war ein goldiger Junge und zudem ein ausgezeichneter Schüler. Der Lehrer hat alle alarmiert und seine ehemaligen Schüler zusammengetrommelt, um ihn zu suchen. Er glaubte nicht an eine Flucht wie zuvor beim großen Bruder. Am Ende hat sich die Gendarmerie eingeschaltet, aber er wurde nicht gefunden. Dann kam die allgemeine Mobilmachung, und niemand hat mehr davon gesprochen. Mein Charles ist während der Suche eines Abends nach Hause gekommen und hat wahre Schauergeschichten erzählt, etwa dass die Gresses den Kleinen getötet und seine sterblichen Überreste beseitigt hätten. Ich bin wütend geworden, aber er war nicht davon abzubringen und behauptete, er habe die Information aus sicherer Quelle. Das war das letzte Mal, dass ich auf ihn wütend war …«

»Mein Ältester hat die gleichen Geschichten erzählt«, fügte Gaston Fabre hinzu. »Auch er ist in diesem verdammten Krieg getötet worden, daher kann ich wiederholen, was er erzählt hat, er selbst kann es ja nicht mehr tun. Er hat gehört, die Gresses hätten auf den Jungen eingeschlagen, bis er sich nicht mehr rührte, und dann hätten sie den Leichnam den Schweinen zum Fraß vorgeworfen.«

»Wer hat den Jungen das alles erzählt?«

Antoine Guiraud hatte den Kopf gesenkt, eine Wolke war über dem Tisch aufgezogen.

»Yvonne hat damit geprahlt«, erklärte er mit weniger fester

Stimme. »Ich habe sie anschließend besucht, aber sie hat alles geleugnet. Sie hat erklärt, sie habe das gesagt, weil sie gewusst habe, dass es Gerüchte über ihre Familie gebe, und noch einen habe draufsetzen wollen, um diejenigen, die diese Gerüchte verbreiteten, zum Gespött zu machen.«

»Haben Sie ihr geglaubt?«

»Ja, ich habe ihr geglaubt. Sie hat den kleinen Pujol geliebt, sie hat immer gesagt, er sei wie ein Sohn für sie … Ihn den Schweinen zum Fraß vorwerfen! Man muss wirklich nicht alle beisammenhaben, um so etwas zu erzählen!«

»Wem hat sie das denn erzählt?«

»Unter anderem Lucien. Ich war gerade dahintergekommen, dass sie mit ihm schlief. Die Unterhaltung mit ihr hat mir auch erlaubt, die Dinge diesbezüglich zurechtzurücken.«

»Also die hab ich gefressen!«, schimpfte der Inhaber des Cafés und beschloss, in seine Küche zurückzukehren.

»An den älteren der beiden Brüder kann ich mich kaum erinnern«, fuhr der ehemalige Bürgermeister fort. »Er dürfte nicht älter als zehn gewesen sein, als er herkam. Er ist nicht sehr lange geblieben, aber er hat sich immer wieder bei seinem Bruder gemeldet, indem er Briefe an die Schule schickte. An den Kleinen erinnere ich mich besser. Es stimmt, dass Yvonne ihn unter ihre Fittiche genommen hat, er war fast noch ein Baby, als er herkam. Vielleicht hat sie sich nach der Geburt ihrer Tochter weniger um ihn gekümmert. Er sollte die Grundschule beenden, und sein Lehrer sah ihn schon im Gymnasium.«

»Dieser Lehrer, war das Monsieur Germain?«

»Nein. Monsieur Germain ist erst 1919 gekommen, zu Beginn des Schuljahrs. Vorher haben sich Monsieur Boutonnier und seine Frau um die Schule gekümmert. Er ist während des Kriegs in den Ruhestand gegangen, hat sich aber bereit erklärt, die Schule bis zum Ende des Krieges weiterzuführen. Deswegen hatte ich ihm ein bisschen Unterstützung im Sekretariat des Rathauses besorgt.«

»Wohnt er noch im Dorf?«

»Leider nicht. Er war eine großartige Persönlichkeit und, wie ich zugeben muss, ein Freund. Männer von seinem Schlag bräuchten wir in unserer Gemeinde. Er ist ins Département Aveyron gezogen, in die Gegend von Villefranche, wenn ich mich recht erinnere. Monsieur Germain muss seine Adresse haben.«

»Warum haben Sie vorhin von Gespenstergeschichten gesprochen?«

»Die erzählen die Leute sich seit Michels Tod. Sie sagen, die Pujol-Brüder seien aus der Hölle zurückgekehrt, um sich zu rächen.«

»Sind sie denn beide gestorben?«

»Der Ältere ist gefallen. Und was den Jüngeren betrifft – wir haben nie mehr etwas von ihm gehört. Und da Gerüchte sich hartnäckig halten …«

»Ich werde versuchen herauszufinden, wohin diese Fährte uns führen kann. An Wiedergänger glaube ich nach wie vor nicht, seien Sie unbesorgt, aber das Wort ›Rache‹ hat mir zu denken gegeben. Was man Michel Gresse angetan hat, erinnert sehr an Rache.«

»Sie sind der Detektiv … Ich werde Sie jetzt verlassen müssen, die Arbeit ruft. Es sei denn, Sie wollen ein Stück des Wegs mit mir kommen. Falls wir die gleiche Richtung haben.«

»Ich danke Ihnen, aber ich bleibe noch ein wenig hier. Ich genieße die Wärme.«

»Und Sie glauben in unserem Freund, dem Cafébesitzer, einen auskunftsfreudigen Gesprächspartner gefunden zu haben, nicht wahr?«

Antoine Guiraud erhob sich, zog seinen Mantel an, setzte seinen Hut auf und bat Gaston Fabre, das Essen anzuschreiben. Martial wollte protestieren.

»Sie laden mich ein, wenn Sie diesen Fall gelöst haben. Bis dahin lade ich Sie ein, das bin ich Ihnen schuldig.«

Damit ging der alte Mann, und Martial sah ihn im Nebel verschwinden. Er erhob sich ebenfalls, stellte sich an den Tresen, bestellte einen Kaffee und lud den Wirt zu einem Glas ein, woraufhin dieser sich ein Achtel Rotwein einschenkte, den gleichen, den sie zu ihrer Mahlzeit gehabt hatten.

»Wie wär's, wenn Sie mir ein bisschen mehr über diese beiden Brüder erzählen?«, schlug Martial vor. »Alles, woran Sie sich erinnern, selbst die kleinsten Einzelheiten.«

»Sie glauben auch daran, nicht wahr?«

»Um ehrlich zu sein, ich weiß überhaupt nichts. Aber alles, was die Familie Gresse betrifft, erscheint mir heute verdammt interessant.«

12

Étienne Germain ähnelte einem Steinmarder. Das war das erste Bild, das Martial in den Sinn kam, als der Lehrer ihm öffnete. Er hatte eine lange Nase, einen Schnurrbart, steif wie ein Brett, der wie zwei spitze Pfeile weit über seine hohlen Wangen hinausragte, und kleine runde Augen, die in Gelb zu schwimmen schienen. Er war weder groß noch dick, eher ein dürres Gestell mit lauter rechten Winkeln. Offenbar ärgerte es ihn, so direkt nach der Arbeit gestört zu werden, doch er bemühte sich, es nicht zu zeigen, indem er einen neutralen Ton wählte. Dabei war deutlich zu erkennen, dass er eine Rolle spielte, die des ausgeglichenen, beherrschten Mannes, der ganz in seiner Pflicht aufging und seinem Rang alle Ehre machte. Man spürte, dass es hinter dieser Fassade brodelte.

Martial hatte gewartet, bis alle Jungen die Schule verlassen hatten, und erst dann an die Glastür des Klassenzimmers geklopft. Er erläuterte die Dringlichkeit seines Anliegens, erklärte, er wolle mit dem ehemaligen Lehrer sprechen, und man habe ihm gesagt, dass er hier dessen neue Adresse erfahren könne.

»Ich nehme an, das hat mit dem Tod von Michel Gresse zu tun«, gab Étienne in seinem honigsüßen falschen Ton zurück.

»Sagen wir, dieser Herr verfügt vielleicht über Informationen, die wichtig sein könnten.«

Schließlich trat der Lehrer beiseite und bat ihn herein, dann verschloss er die Tür hinter ihnen.

»Monsieur Boutonnier hat seine neue Adresse hiergelassen, aber ich weiß nicht mehr, wo ich sie hingetan habe. Es ist schon eine ganze Weile her, dass er gegangen ist, und es kommt keine Post mehr, die ihm nachgeschickt werden muss.«

»Entschuldigen Sie, dass ich Ihnen solche Mühe mache, aber ich muss so schnell wie möglich mit ihm sprechen.«

Étienne Germain hob seine lange, schmale Nase zu ihm und starrte ihn an.

»Vielleicht habe ich sie in meinem Kalender«, sagte er schließlich. »In meiner Wohnung.«

»Es ist wirklich sehr wichtig«, beharrte Martial und setzte eine mitfühlende Miene auf.

»Ich muss sagen, Sie machen mich neugierig. Mein Kollege hat seinen Posten und damit auch das Dorf im Sommer 1919 verlassen. Ich hatte nicht die Ehre, ihn kennenzulernen. Wir haben nur ganz am Anfang ein, zwei Briefe ausgetauscht. Ich weiß nicht einmal, ob er noch lebt.«

»Sagen wir, er verfügt über Kenntnisse über die Bewohner dieses Dorfs, die nützlich sein könnten.«

»Ich verstehe. Geben Sie mir die Zeit aufzuräumen, und dann gehen wir zu mir hinauf und suchen die Adresse heraus.«

Mit steifen und ruckenden Schritten kehrte der Lehrer in sein Büro zurück, um ein wenig Ordnung zu schaffen. Dann vergewisserte er sich, dass der Ofen gut zog. Schließlich öffnete er die Tür neben der Wandtafel, forderte Martial auf, ihm in eine dunkle Diele zu folgen, schloss die Tür doppelt ab und überprüfte zweimal, ob sie gut verschlossen war. Am Ende drehte er den Schalter, um die breite Treppe mit den gewachsten Holzstufen zu erleuchten. Oben befanden sich ein dunkler und trister Treppenabsatz sowie die Dienstwohnung.

Dort lebte der Lehrer mit seiner Schwester, die ihm sehr ähnlich sah, nur dass sie größer und dürrer war und im Gegensatz zu ihm nicht versuchte, freundlich zu sein. Sie trug die Bürde ihres Lebens als alte Jungfer, ihrer asketischen und grauen Existenz im Schlepptau ihres gebildeteren jüngeren Bruders. Der Empfang, den sie Martial bereitete, war frostig. Dann verschwand sie in dem Raum, der die Küche sein musste, und gab keinen Mucks mehr von sich.

Étienne Germain hieß Martial an dem Tisch im Esszimmer Platz nehmen und öffnete eine der Schubladen der Anrichte mit ausladenden Zierleisten, die Szenen der Hirschjagd zeigten. Er förderte einen langen Pappkarton zutage, der mit einem Gummiband verschlossen war, setzte sich Martial gegenüber und begann, nachdem er den Deckel von seinem Karton abgenommen hatte, nacheinander mehrere Hefte mit schwarzem Moleskinumschlag herauszuholen, die nur mit den vier goldenen Ziffern der jeweiligen Jahreszahl geschmückt waren.

»Ich habe die Gewohnheit, einen Kalender zu führen«, erklärte der kleine Mann. »Jeden Tag notiere ich, wie das Wetter ist und wie mein Tag war und vermerke Informationen, die ich da und dort gesammelt habe. Ich glaube, ich habe die Adresse meines Vorgängers hier drin notiert.«

Dazu hob er das Heft mit der Jahreszahl 1919 hoch und klopfte mit dem Zeigefinger auf den Umschlag, als habe Martial nicht verstanden, worum es sich handelte. Dann blätterte er mit deprimierender Langsamkeit Seite um Seite um und stieß auf Bruchstücke seiner Vergangenheit, bei denen er verweilte.

»Ah! Unsere Ankunft im Dorf! Fünfzehnter September… Im strömenden Regen… Ich glaube, ich war in meinem ganzen Leben nicht so verzweifelt wie an dem Tag. Aber dann habe ich mich eingewöhnt und Éliane auch. Heute fühlen wir uns hier sehr wohl. Na ja, sagen wir, wir haben uns wohlgefühlt, bevor dieser schreckliche Mord geschehen ist… Ah, hier: Monsieur Louis Boutonnier, 14 rue du Sénéchal, in Villefranche-de-Rouergue. Er hatte mich gebeten, ihm seine Post dorthin nachzuschicken.«

Martial notierte die Adresse in sein eigenes Heft.

»Ich danke Ihnen, Monsieur Germain. Jetzt muss ich versuchen, mit ihm Kontakt aufzunehmen.«

»Wäre es indiskret, Sie zu fragen, was Sie suchen?«

»Nur Auskünfte über gewisse Dorfbewohner.«

»Andere Personen scheinen mir eher geeignet, Ihnen Auskünfte zu geben, als Monsieur Boutonnier…«

»Es handelt sich um ehemalige Bewohner, die La Vitarelle verlassen haben und die Ihr Vorgänger gut gekannt hat.«

»Sie müssen mich für sehr neugierig halten, aber ich weiß, dass Sie der Detektiv sind, den Monsieur Guiraud engagiert hat, der, von dem alle sprechen, auch die beiden Polizisten, die sich in einem der Büros im Rathaus eingerichtet haben.«

»Ich bin nicht von Monsieur Guiraud engagiert worden, ich bin unentgeltlich hier und will versuchen, zur Aufklärung dieser abscheulichen Geschichte beizutragen.«

»Dann muss ich das falsch verstanden haben.«

»Das ist nicht weiter schlimm… Sie haben es hier übrigens verdammt gut getroffen. Das ist eine schöne Wohnung, sehr hell. Und Sie haben einen schönen Blick auf den Platz, oder?«

»Ja, man kann sagen, dass wir hier viel besser wohnen als in der alten Schule. Dort war es dermaßen zugig und feucht, dass es nicht zu ertragen war. Meine Schwester war dort den ganzen ersten Winter krank. Mademoiselle Purseau ist wirklich nicht zu beneiden, dass sie da oben wohnen muss.«

»Ich glaube, ihr macht vor allem die Abgeschiedenheit zu schaffen, besonders nach den jüngsten Ereignissen.«

»Ich habe gehört, Sie sind seit der Kindheit befreundet?«

Martial registrierte, dass die Stirn des Mannes vor Schweiß glänzte und dass er die Hände nicht ruhig halten konnte, seit Camille in der Unterhaltung aufgetaucht war.

»Wir sind in der Tat alte Freunde«, erwiderte er.

»Sie ist eine bewundernswerte und sehr mutige junge Frau. Sich freiwillig für diesen Posten zu melden, wenn man noch ganz am Anfang ist … Und wie sie sich um ihren Papa gekümmert hat … wirklich bewundernswert! Sie wird hier sehr geschätzt.«

»Es überrascht mich, das zu hören. Ich hatte eher gedacht, dass Mademoiselle Purseau hinsichtlich ihrer Lebensweise und der Ausübung ihres Berufs eine Menge Dinge vorgeworfen werden.«

Étienne Germain schnellte hoch wie eine Feder und kniff die Lippen zusammen.

»Nehmen Sie zur Kenntnis, dass ich hocherfreut bin, Sie so gut von ihr sprechen zu hören«, fuhr Martial fort. »Das wird sie freuen. Im Augenblick kann sie diese Art von Unterstützung brauchen.«

»Wenn wir Meinungsverschiedenheiten hatten, Mademoiselle Purseau und ich, dann ging es in erster Linie um berufliche Dinge.«

Die Antwort des Lehrers fiel überraschend aus. Sein Unbehagen war mit Händen zu greifen, aber er hatte sich nicht gedrückt und Martials Ironie durchaus wahrgenommen.

»Wir sind bezüglich mancher Methoden uneins, und als Leiter der Schule muss ich der Schulbehörde Meldung machen. Ansonsten geht mich ihr Leben nichts an. Aber Sie müssen verstehen, dass unsere Stellung uns verpflichtet, ein Vorbild zu sein. Wir sind Bezugspersonen, die Verbindung zur Außenwelt. Die jungen Menschen, die man uns anvertraut, treten in unsere Fußstapfen, vergessen wir das nicht. Dass sie einen Verlobten hat, schockiert niemanden. Aber dass er unter ihrem Dach schläft, in einer Wohnung, die Eigentum der Gemeinde ist, das ist ein Problem. Bei mir sind Beschwerden eingegangen, und ich musste verhindern, dass einzelne Leute sich an den Inspektor wandten. Verstehen Sie, ich habe große Sympathie für meine junge Kollegin. Wenn sie das Gegenteil denkt, ist das ein Missverständnis.«

»Dessen bin ich sicher, cher Monsieur. Aber Sie müssen einsehen, dass die Anwesenheit von Monsieur Alexandre sie einfach beruhigt und in ihrem Alltag ein wenig aufheitert.«

»Ich urteile nicht über sie, Monsieur, ich sage nur, dass sie vorsichtig sein muss. Es gibt in diesem Dorf Leute, die nicht zögern, sich gegen uns Lehrer zu erheben. Sie haben eine schlechte Meinung von unserem Berufsstand; verbreitet wird sie vor allem von Abbé Goussier. Die geringste Abweichung unsererseits liefert diesen Leuten einen Ansatzpunkt, um die Grundlagen unserer Arbeit bei den Familien zu untergraben. Mademoiselle Purseau ist in ihrer Schusslinie. Wenn sie sie nicht in Misskredit bringen können, werden sie nicht zögern, sich höheren Orts über sie zu beschweren. Er wird erzählt, dass sie ein Gesuch an die Schulbehörde geschickt haben. All das wird auf mich zurückfallen, und ich riskiere, gleich mit von diesem Sturm fortgerissen zu werden. Ich verstehe ihre Situation, verstehe, dass sie in diesem großen Gebäude unter der Einsamkeit leidet, vor allem nach dem Trauerfall in diesem Herbst. Aber es ist meine Pflicht, sie zu warnen.«

»Da ich Mademoiselle Purseau kenne, nehme ich an, dass sie nicht um Argumente verlegen war und ihre Sache zu verteidigen wusste.«

»In der Tat. Sie ist eine temperamentvolle, geistsprühende Frau. Aber gegen die Bosheit und Blindheit gewisser Leute ist sie machtlos.«

»Und gegen die Eifersucht.«

»Vermutlich.«

»Oder das Begehren …«

Étienne Germain schwitzte jetzt stark. Er presste seine Hände so fest zusammen, dass die Fingergelenke sich weiß färbten.

»Es scheint mir offensichtlich, dass der Charme von Mademoiselle Purseau niemandem im Dorf verborgen geblieben ist«, sagte er, ohne sich aus der Fassung bringen zu lassen, was Martial noch mehr überraschte. »Er gibt hier Männer, die Mühe haben, jemanden zum Heiraten zu finden, und der Gedanke ist ihnen sicher durch den Kopf gegangen. Aber die Anwesenheit von Monsieur Alexandre hat ihre Leidenschaft sicher abgekühlt.«

Seit Camille ihm von dem Lehrer erzählt hatte, war Martial gegen ihn eingenommen gewesen, und die ersten Minuten in seiner Gesellschaft hatten dieses Gefühl noch verstärkt. Aber hier, in dieser toten Wohnung mit der schattenhaften Schwester, begann er Mitleid zu empfinden. Im Grunde waren sie in der gleichen Situation: Sie verzehrten sich nach derselben Person. Er machte sich Vorwürfe, dass er nicht viel freundlicher gewesen war. Camille war das Leben dieses Mannes, sein Licht, der Schlüssel zu seinem Gefängnis … Er fand ihn plötzlich viel sympathischer.

»Hatten Sie das Glück, ihren Vater kennenzulernen?«, fragte er, um ihm einen Gesichtsverlust zu ersparen.

»Zu der Zeit, als er das Haus noch verlassen konnte und ich ihm hin und wieder begegnet bin, wenn ich unterwegs war, um meine Felsproben zu sammeln, hatten wir zwei oder drei Gespräche. Auch ein bedeutender Geist, Camille war in einer guten Schule.«

»Wissen Sie, dass er seine Karriere als Lehrer beendet hat und dass ihn das sehr glücklich gemacht hat?«

»Das wusste ich nicht. Ich dachte, er sei Universitätsprofessor gewesen.«

»Gymnasiallehrer. Er hat es immer abgelehnt, an die Universität zu gehen. Als Student ist er so hoch geklettert wie nur möglich, wie ein Bergsteiger, und dann hat er seine Laufbahn damit verbracht, wieder zur Basis hinunterzugehen. Er hat die Berge geliebt, und ich glaube, diese Metapher hätte ihm gefallen. Wieder hinuntergehen, um zu erzählen, was man oben gesehen hat… Sie haben einen schönen Beruf, Monsieur Germain. Ich bin völlig einverstanden, wenn Sie sich mit einem Orientierungspunkt in dieser Gemeinde vergleichen. Und ich erlaube mir, Sie in dieser Eigenschaft um einen Gefallen zu bitten. Wissen Sie, Mademoiselle Purseau hat sich freiwillig hierhergemeldet, weil sie ganz einfach auf dem Weg weitergehen wollte, den ihr Vater beschritten hat: den Verstand zu bilden an Orten, an denen viele es für vergebliche Liebesmüh halten. Sie hat nicht wirklich gewählt, sie hat vor allem versucht, sich als seiner würdig zu erweisen. Sie sind in der Position, sie zu beschützen. Und dieses Gespräch zeigt mir, dass Sie auch das Format dazu haben. Tun Sie Ihr Möglichstes, um ihr Ärger zu ersparen. Das wäre ein schöner Beweis der Zuneigung zu ihr, und ich wäre Ihnen persönlich sehr dankbar dafür.«

Der Lehrer nickte, und zum ersten Mal lächelte er; die Contenance, die er seit dem Öffnen der Schultür bewahrt hatte, war wie weggeblasen. Dieses Lächeln war ein kleines Fenster zu dem, was er hinter der grauen Fassade eines ergebenen Beamten verbarg und vollständig seiner Mission geopfert hatte. Der immer noch falsche Ton, den Camille für Bosheit gehalten hatte, war in Wahrheit das Ergebnis eines gnadenlosen Kampfes zwischen dem, was er sein musste, und dem, was er gern gewesen wäre, ein ungleicher Kampf, der ihn ungeschickt, feige und ein wenig hässlich machte. In diesem leichten, schüchternen, fast schamhaften Lächeln verschwand das Gelbe seiner Augen, wenn auch nur für wenige Augenblicke.

Er begleitete Martial die Treppe hinunter und durch die Eingangstür nach draußen und ging ein paar Schritte mit ihm über den Platz, bis zum Postamt. Seine Haltung hatte jetzt nichts Falsches mehr, seine Bewegungen und Worte wirkten nicht mehr wohlüberlegt. Das machte ihn umso interessanter und zu einer angenehmen Gesellschaft. In vertraulichem Ton erzählte er Martial, die beiden Inspektoren hätten noch immer nichts gefunden, nicht einmal die Andeutung einer Spur. Er hatte sie mit Toulouse telefonieren gehört, um die Mittagszeit; die Wände des Rathauses seien nun einmal nicht sehr dick. Sie hatten von dem »Trottel von Detektiv mit seinem Zirkel von Phantasten« gesprochen. Es war davon die Rede gewesen, dass sie, sobald die Befragungen beendet seien, schnell wieder verschwinden wollten. Wenn er es richtig verstanden hatte, hatten sie gesagt, man müsse »diesen Bauerntölpeln Knochen hinwerfen«. Ihnen war wohl bewusst, dass die Dorfbewohner von einer Gespenstergeschichte zu sprechen begannen, von der Möglichkeit, dass es im Wald spuke und ein Fluch das Dorf getroffen habe.

»Davon habe ich heute Nachmittag auch gehört«, gestand Martial. »Im ›Café du Progrès‹. Deswegen will ich ja mit Monsieur Boutonnier sprechen. Eigentlich suche ich Informationen über zwei Brüder, die eine Weile in diesem Dorf gelebt haben. Er hatte beide als Schüler.«

»Wie hießen sie?«

»Pujol, Armand und Julien Pujol. Sie waren mit der Familie Gresse verwandt, und dort haben sie auch gelebt. Armand hat das Dorf 1909 verlassen. Er war damals vierzehn. Über Ihren Vorgänger hat er seinem Bruder Briefe zukommen lassen.

Und dieser Bruder ist ebenfalls verschwunden, kurz vor dem Krieg.«

»Diese Geschichte hat mir nie jemand erzählt, aber den Namen Julien Pujol habe ich schon gelesen, in einem Brief, der im Rathaus angekommen ist, das muss letztes Jahr gewesen sein. Ich müsste ihn finden können. Und wenn, wie Sie sagen, diese beiden Brüder hier im Dorf gelebt haben, müssen noch andere Dokumente vorhanden sein. Ich werde danach suchen, während Sie zur Post gehen. Es ist alles abgelegt, das dürfte nicht allzu lange dauern. Ich bin dann in meinem Sekretariat. Die Rathaustür lasse ich offen. Kommen Sie einfach zu mir, wenn Sie fertig sind.«

»Sind die Polizisten nicht da?«

»Nein, sie gehen immer noch von Haus zu Haus und suchen nach Zeugen. Bis die beiden zurückkommen, bleibt Ihnen genug Zeit.«

Martial brauchte zwanzig Minuten, um sein Telegramm zu diktieren und sich mit dem Postvorsteher über die Benutzung des Telefons zu verständigen. Dann trat er durch die Tür des Rathauses. Überall herrschte Dunkelheit, außer in einem Büro ganz hinten. Dort fand er Étienne Germain, der triumphierend auf ihn wartete.

»Ich habe Neuigkeiten für Sie. Sie sind 1905 ins Dorf gekommen, und Émile Gresse ist ihr gesetzlicher Vormund geworden. Armand Pujol, geboren am 15. September 1895 in Mas-Cabardès; Julien Pujol, geboren am 29. März 1903 in Mas-Cabardès. Sohn von Ferdinand Pujol, gestorben am 14. März 1905, und von Marie-Louise, geborene Peyre, gestorben am 4. Januar 1905. Wir haben eine Mitteilung über Armands Einberufung 1914. Bereits ein paar Monate vorher hat er sich in der Kaserne von Carcassonne zum Wehrdienst eingefunden.

Wir sind damals gebeten worden, zu bestätigen, dass er bei uns erfasst ist, denn er hatte seine Papiere nicht. Er wurde dem 53. Infanterieregiment zugeteilt. Im März 1917 ist er im Kampf gefallen.«

»Ich habe heute Nachtmittag lange vor Ihrem Kriegerdenkmal gestanden, aber den Namen Armand Pujol habe ich nicht gefunden.«

»Er steht nicht auf der Liste der Männer dieses Dorfs, die an der Front gefallen sind, ich habe das ebenfalls überprüft.«

»Aber er war doch bei Ihnen erfasst ... Wer hat denn diese Liste erstellt?«

»Die, die dem Steinmetz ausgehändigt worden ist? Normalerweise ist das die Aufgabe des Rathaussekretärs. Als sie angefertigt wurde, zu Beginn des Jahres 1919, hatte Monsieur Boutonnier diese Stelle inne.«

»Und haben Sie etwas über Julien gefunden?«

»Das einzige Dokument ist dieser Brief, den wir letztes Jahr erhalten haben. Die Armee hat uns benachrichtigt, dass er seiner Einberufung zum Wehrdienst im März nicht nachgekommen ist. Er wird wegen Fahnenflucht gesucht. Im Prinzip ist er immer noch bei uns erfasst, allerdings mit dem Vermerk: ›Verschwunden im Juni 1914‹.«

Dieser von Nebel und gedämpften Geräuschen geprägte Tag neigte sich seinem Ende zu, als Martial langsamen Schrittes wieder zu Camilles Schule hinaufging. In Gedanken versunken, die Hände in den Taschen, trug er immer noch dieselbe Kleidung wie am Morgen, denn er hatte nicht die Zeit gehabt, zur Mühle zurückzukehren. Er hoffte, dass Louis Boutonnier auf sein Telegramm antwortete. Jede Antwort, die ihm an diesem Tag zuteilgeworden war, hatte automatisch neue Fragen aufgeworfen. Warum war der Name Armand Pujol nicht in das Kriegerdenkmal gemeißelt worden? Was war wirklich mit dem jüngeren Bruder passiert? Warum hatte der Tod von Michel Gresse diese Geschichte wieder hochkommen lassen? Er war fest entschlossen, dieser Spur nachzugehen.

Als er die Mädchenschule erreichte, blieb er einen Augenblick stehen. Die massive, dunkle Gestalt des großen Gebäudes war selbst durch den Nebel zu erkennen. Über das Mäuerchen hinweg sah er die Lichter hinter den Fenstern im ersten Stock. Die Sicht reichte aus, um die Stelle, an der er sich befand, zu inspizieren. Wenn Camille sich nicht getäuscht hatte, wenn sie wirklich gesehen hatte, dass jemand sie mitten in der Nacht beobachtete, dann hatte diese Person sich nicht mit einem Mal zufriedengegeben. Und sie hatte vielleicht Spuren hinterlassen. Er wusste, was er suchte. Er wusste, welche Hinweise möglicherweise zurückgeblieben waren. Zunächst suchte er auf dem Boden, in einem Umkreis von zehn Metern ab der Stechpalmenhecke, doch er fand nichts. Dann trat er in eine Einbuchtung der Hecke, in der ein von allen Seiten umschlossener Strauch sich zu erheben versuchte. Obwohl er kaum Licht hatte, sah er die dunkle Spur auf dem Stamm etwas mehr als einen Meter über dem Boden. Er näherte sich mit der Nase. Das war Tabak, Tabakreste, vermutlich von einer Pfeife, die dort ausgeklopft worden war. Er hatte es seit dem Abendessen bei Antoine Guiraud geahnt; der Schatten unter Camilles Fenstern hatte Luciens Gesicht angenommen. Als er ihn am Morgen auf dem Friedhof mit seiner Pfeife beobachtete hatte, war ihm in den Sinn gekommen, dass Lucien, falls er derjenige gewesen war, diese Art von Spuren hinterlassen haben würde. Das musste er bei Tageslicht noch einmal überprüfen. Für den Augenblick beschloss er, nichts zu sagen, und öffnete das quietschende Tor.

Er hatte viel zu erzählen. Sie hatten sich alle drei in den kleinen Salon im ersten Stock zurückgezogen, weil es im Erdgeschoss zu kalt war. Da war zunächst seine Begegnung mit den Gresses gewesen.

»Amélie hätte es schaffen können«, bemerkte Camille. »Wenn sie sich ein bisschen Mühe gegeben hätte. Aber sie hat nur darauf gewartet, dass sie alt genug ist, die Schule hinzuschmeißen. Wie es scheint, hat sie eine andere Möglichkeit gefunden, um ihren Weg zu gehen.«

»Das meine ich auch bemerkt zu haben.«

»Marthe hat mir gestanden, dass ihr Sohn etwas mit ihr hatte. Sie hat ihm das Versprechen abgenommen, sie nicht mehr zu sehen, geht aber davon aus, dass er sie belügt. Es soll auch andere geben, die für Amélies Reize nicht unempfänglich sind, wird erzählt ... Die anderen Mitglieder der Familie kenne ich nur vom Sehen.«

Als Nächstes kam Martial auf Étienne Germain zu sprechen. Camille verzog das Gesicht.

»Du täuschst dich in ihm«, sagte Martial. »Ich glaube, er ist ein anständiger Kerl. Du bringst ihn aus der Fassung, und deswegen bekommst du jedes Mal einen falschen Eindruck von ihm.«

»Er war keineswegs aus der Fassung, als er meine Arbeit kritisiert hat. Er rächt sich, weil ich nicht auf seine Avancen eingehe.«

»Heute Nachmittag war er mir eine große Hilfe, und für mich war es glaubwürdig, als er sagte, er habe die Beschwerden über dich bei der Schulbehörde unterbunden.«

»Inwiefern eine Hilfe?«

Das Beste hatte Martial sich für den Schluss aufgehoben. Er erzählte ihnen also die Geschichte der Brüder Pujol.

»Gaston Fabre hat behauptet, sie hätten einander sehr nahegestanden, der Große hätte den Kleinen immer beschützt. Trotzdem ist er weggelaufen und hat ihn zurückgelassen. Er ist brieflich mit ihm in Kontakt geblieben und hat den damaligen Lehrer zum Komplizen gemacht, vermutlich, um sich der Überwachung durch die Gresses zu entziehen. Dennoch hat offenbar niemand, als Julien im Juni 1914 verschwand, gedacht, der große Bruder könnte zurückgekommen sein, um ihn mit sich zu nehmen. Alle schienen davon überzeugt zu sein, dass Julien nicht irgendwo hingegangen war, sondern tot sei. Viele sind durch den Lehrer auf diese beunruhigende Idee gebracht worden … Und es gab die sogenannten Geständnisse von Yvonne. Aber das ist nicht alles. Ein paar Wochen später hat Armand Pujol vorzeitig seinen Wehrdienst angetreten. Fünf Jahre lang hatte er versucht, sich etwas aufzubauen, aber er hat sich trotzdem in diesen Krieg gestürzt. Er ist nicht gekommen, um seinen Bruder zu suchen, denn hätte er das getan, hätte er so lange wie möglich damit gewartet, die Uniform anzuziehen. Ein zweites Mal hätte er ihn nicht alleingelassen. Armand ist 1917 an der Front gefallen, aber sein Platz auf dem Kriegerdenkmal ist ihm verweigert worden … Wenn jetzt von dem Mord an Michel Gresse die Rede ist, denken die Leute an die beiden; dann heißt es, sie seien von den Toten auferstanden, um sich zu rächen. Damit rechtfertigt man, dass es keine Spuren im Schnee gab. Deswegen seien die Verletzungen von Michel Gresse so furchtbar gewesen … Das habe ich heute Nachmittag im Café gehört, von Gaston Fabre und den Gästen, die er ermuntert hat zu reden.«

»Und wohin führt dich das alles?«, fragte Camille.

»Zu Louis Boutonnier, dem ehemaligen Lehrer. Er war einer der Ersten, die gedacht haben, dass Julien von den Gresses getötet worden ist. Die Briefe sind über ihn weitergeleitet worden, und offenbar hat er darin nichts gelesen, das ihn an eine andere Möglichkeit hätten denken lassen können. In der Hoffnung, ihn unter der letzten Adresse zu erreichen, die er hinterlassen hat, habe ich ihm ein Telegramm geschickt und ihn gebeten, mich abends zwischen siebzehn und achtzehn Uhr im Postamt anzurufen. Falls er will, könnte er das ab Montag tun.«

»Und wenn er nicht anruft?«

»Dann werde ich nach ihm suchen müssen, möglicherweise muss ich sogar nach Villefranche fahren.«

Édouard verzog keine Miene, während er zuhörte. Camille dagegen wurde immer unruhiger.

»Dann glaubst du also, dass jemand Michel Gresse getötet hat, um den Tod dieses kleinen Jungen zu rächen?«

»Auf jeden Fall gäbe es ein Geheimnis, das man Louis Bascoul, der zum Zeitpunkt von Juliens Verschwinden mehr oder weniger bei den Gresses gewohnt hat, hätte entreißen können. Und es gäbe etwas, womit man einen Racheakt erklären könnte.«

»Aber wenn beide Brüder tot sind …«

»Vielleicht gibt es jemanden, der will, dass die Verantwortlichen dafür bezahlen.«

Camille trank ihren Kräutertee. Sie blickte jetzt wieder finster drein. Martial hatte sie beunruhigt.

»Sie waren in dieser Schule! Die beiden Brüder, der Lehrer … Das hat sich hier abgespielt. Und du erzählst mir von einer Rache aus dem Jenseits! Mir, die ich das Gefühl habe, dass jemand nachts um das Haus herumschleicht … Ich bin nicht sicher, ob mich das beruhigt …«

13

Édouard hatte beschlossen, die Nacht bei Camille zu verbringen, so sehr schien die Vorstellung, allein zu bleiben, sie erneut in Panik zu versetzen. Martial war daher ziemlich früh zur Mühle zurückgekehrt.

Er ging nicht sofort hinauf, sondern blieb noch eine Weile in dem Raum unten sitzen, vor einem hell lodernden Feuer. Die Kälte war in ihn hineingekrochen, und er hatte Mühe, sich von ihr zu befreien. Zugleich war ihm schwer ums Herz. Camille und Édouard zusammen, das war immer noch ein abstraktes Bild gewesen. Bis zu diesem Abend. Als er sie in dieser Schule gesehen hatte, als Paar, das ihn zum Abendessen erwartete und am Ende zur Tür begleitete und ermahnte, auf dem Rückweg vorsichtig zu sein, zärtlich umschlungen, bevor sie das Bett teilen würden, eine Wärme, einen Schlaf – da hatte er sich in der Wirklichkeit wiedergefunden. Und er wusste bereits, dass ihm erneut eine unruhige Nacht bevorstand.

So klammerte er sich an seine Ermittlungen und an die Spur, auf die er gestoßen war. Das Erste, was er am nächsten Morgen tat, war, Antoine Guiraud aufzusuchen. Er ging auf dem Pfad, der am Fluss hinter der Mühle entlangführte, zum Sägewerk. Der Nebel hatte herrlichem Sonnenschein und einem wolkenlosen Himmel Platz gemacht, während die Kälte trockener war. Es war eine Freude, in diesem Licht zu laufen; die Gegend sah gleich ganz anders aus.

Antoine Guiraud war nicht zu Hause. Seine Haushälterin erklärte, er sei, wie jeden Sonntagvormittag, ins Dorf gegangen, um seine »Runde« zu machen. Was er seine »Runde« nannte, war in Wirklichkeit eine Art Truppenschau. Er besuchte die geöffneten Geschäfte, machte in den Cafés halt und wartete auf das Ende des Gottesdienstes, an dem er nicht mehr teilnahm. Im Zuge der Begegnungen, die er auf dem Spaziergang hatte, erkundete er die Stimmung in seinem Dorf. Für einen Vormittag wurde er wieder zum gewählten Vertreter der Gemeinde. Als er ihn endlich vor der Bäckerei fand, machte Martial eine nett gemeinte entsprechende Bemerkung.

»Ich wollte bei der letzten Wahl nicht noch einmal kandidieren«, erwiderte er. »Aber es gab Dinge, die mich veranlasst haben, es doch zu tun. Als die Angelegenheiten, die mir am Herzen lagen, auf den Weg gebracht waren, habe ich das Handtuch geworfen. Aber ein wenig hatte ich immer das Gefühl, diese Leute durch meinen Rücktritt verraten zu haben. Daher zeige ich ihnen von Zeit zu Zeit, dass ich noch da bin … Die nächsten Wahlen sind nächstes Jahr. Danach werde ich mich als von meiner Aufgabe befreit betrachten.«

»Wird der neue Bürgermeister Ihnen das nicht übel nehmen?«

»Er weiß, dass ich für ihn da bin, dass er auf meine Unterstützung zählen kann. Ich mache ihm keine Konkurrenz, ich erleichtere ihm die Dinge so weit wie möglich. Er ist jung und voller Ideen. Was er da gerade aus seinem Granitsteinbruch macht, ist absolut bemerkenswert. Sein Vater hat mehr oder weniger allein dort gearbeitet, er kam kaum über die Runden. Durch ihn ist aus dem Ganzen ein gut laufender Betrieb geworden, in dem regelmäßig Leute eingestellt werden. Aber das reicht noch nicht, um die Gemeinde zu führen. Die Leute hier sind nicht immer einfach, und dann gibt es diese Spaltung im Gemeinderat…«

»Die vom Gresse-Clan provoziert ist, nicht wahr? Ich habe gehört, dass Michel nächstes Jahr kandidieren wollte.«

»Er hat das Bürgermeisteramt seit Kriegsende angestrebt.«

»Ihre Wiederwahl hat ihm also den Weg versperrt.«

Ein Lächeln huschte über Antoine Guirauds Gesicht.

»Sie sind scharfsinnig… Ich konnte ihnen das Rathaus nicht überlassen. Michel wollte nur an die Macht, um sich für alles, was er hatte durchmachen müssen, zu rächen. Es hätte Vergeltungsakte gegeben. Unser Dorf hat keinen Bedarf an einem rachsüchtigen Menschen, es braucht einen Mann mit Führungsqualitäten und Unternehmungsgeist. Doch anstatt zu gestalten, wollten er und seine Freunde eher zerstören. Deswegen habe ich Christophe Maraval als meinen Nachfolger gewählt.«

»Und das andere Lager hat das ohne Murren akzeptiert?«

»Ich habe sie überzeugen können… Aber ich weiß, was über meinen Nachfolger gesagt wird: dass er zu blass ist, dass er kein Format hat. Deswegen mache ich meine Runde, um ihn zu verteidigen.«

»Eigentlich habe ich Sie gesucht, weil ich noch ein paar Fragen an Sie habe.«

Antoine Guiraud entfernte sich ein wenig von der Bäckerei und den Kunden, die kamen und gingen. Er bedeutete Martial, ihm zu der Ecke zu folgen, wo es auf einen kleinen Hof ging; dort waren sie vor indiskreten Ohren geschützt.

»Ich möchte wissen, warum der Name Armand Pujol nicht auf dem Kriegerdenkmal steht.«

Das Gesicht des alten Mannes verhärtete sich ein wenig mehr.

»Armand Pujol hatte unser Dorf einige Jahre zuvor verlassen. Das war sein Recht, aber er hat vergessen, sich anderswo registrieren zu lassen. Das ist die Schwachstelle, auf die die Familie Gresse sich gestürzt hat; damit haben sie mich überzeugt, ihn nicht auf die Liste zu setzen.«

»Die Gresses haben Sie darum gebeten?«

»Ja, und zwar sehr nachdrücklich. Heute würde ich sagen: Nichts hat mich gezwungen. Ich trage die alleinige Verantwortung für diese Entscheidung.«

»Warum wollten sie, dass er nicht unter Ihren Toten erscheint?«

»Es gab diese üblen Gerüchte über Juliens Verschwinden. Die Gresses waren davon überzeugt, dass Armand ihn heimlich entführt hatte, ohne sich darum zu scheren, was anschließend über sie erzählt würde. Jedenfalls haben sie behauptet, die Brüder Pujol hätten ihnen seit ihrer Ankunft nichts als Ärger gemacht. Das war eine Art, sich zu rächen, nehme ich an.«

»Wie konnte ein Mann wie Sie sich so erweichen lassen? Es ging doch schließlich nur um einen Namen! Heute ist es, als hätte er nie existiert.«

»Genau das wollten die Gresses ja. Und für sie ging es nicht um irgendeinen Namen.« Er senkte die Stimme. »Bevor er floh, hat Armand Pujol eine Spur im Dorf hinterlassen. Er ist der Vater der jungen Amélie ... Außer den Gresses kannten nur zwei das Geheimnis; der eine war ich, der zweite war Louis Boutonnier. Als die Kleine geboren wurde, ließ Michel sich Zeit, sie anzumelden. Daher bin ich zum Hof hinaufgegangen, um zu fragen, was los sei. Zuerst hat er sich geweigert, das Kind anzuerkennen. Und er hat mir die Sache mit Armand gesagt: ›Notieren Sie also den Namen dieses verdammten Kindes, damit die Leute weiterhin über mich spotten können.‹ Im

Laufe des Tages hat er dann seine Meinung geändert. Er ist ins Rathaus gekommen und hat Amélie als seine Tochter angemeldet. Ich hatte Louis davon erzählt, aber er hatte die Papiere noch nicht ausgefüllt. Anschließend hat Michel die Geburt mit seinen Freunden gefeiert. In der Geschichte mit dem Kriegerdenkmal habe ich zwar nachgegeben, aber ich habe auch einen Pakt mit ihnen geschlossen. Ich habe Armand geopfert, damit unser Dorf sich weiterentwickeln kann.«

»Damit Monsieur Maraval zum gegebenen Zeitpunkt Ihre Nachfolge antreten kann …«

»Wir mussten unsere Gemeinde wieder aufbauen. Während dieses verfluchten Kriegs habe ich persönlich neunundzwanzig Todesnachrichten überbracht. Neunundzwanzig! Für den dreißigsten musste ich niemandem gegenübertreten. Ich habe mehr als vier Jahre damit verbracht, der Überbringer von Todesnachrichten zu sein und Tränen, Nervenzusammenbrüche oder, was vielleicht noch schlimmer ist, die Abwesenheit von Tränen und Nervenzusammenbrüchen mit anzusehen. Auf diese Weise Leben zu zerstören geht nicht spurlos an einem vorbei, mein Freund. Allein schon, wenn sie mich sahen, ahnten die Leute, dass ich schlechte Nachrichten brachte. Ich kann Ihnen jedes Haus, jeden Hof zeigen und Ihnen das Todesdatum ihres Verstorbenen nennen. Ich kenne die Schäden, die der Krieg verursacht hat, auswendig. Sie verfolgen mich. Niemand hat sich um Armand Pujol geschert. Er war ein Name, einer, um den niemand getrauert hat. Ihn für immer auszulöschen hat uns erlaubt, den Gresse-Clan für ein paar Jahre mundtot zu machen. So hat er zumindest dazu beigetragen, unsere Gemeinschaft zu festigen, als sie es am meisten nötig hatte.«

»Ich glaube, ich muss ihn aus diesem Vergessen herausholen.«

»Das habe ich befürchtet. Gestern, am Ende unseres Mittagessens, habe ich begriffen, dass Sie die Angelegenheit nicht würden ruhen lassen.«

»Ist Julien Pujol wirklich tot, Monsieur Guiraud?«

»Ich weiß es nicht. Er ist verschwunden. Ganz ehrlich, mir wäre es lieber, er hätte sich die ganzen Jahre versteckt und würde sich endlich zeigen. Dann hätte ich eine Last weniger auf dem Gewissen.«

»Sie haben Ihren Söhnen geglaubt, als sie Ihnen erzählt haben, was Yvonne gesagt hatte, nicht wahr?«

»Es war eher Louis Boutonnier, der mich hat zweifeln lassen. Er war überzeugt davon, dass dem Kleinen ein Unglück zugestoßen war. Dazu brauchte er keine Gerüchte. Er wusste, wie Julien auf dem Hof behandelt wurde, vor allem seit Armands Flucht und der Geburt von Amélie, die ihn von Yvonne entfernt hatte. Hätte es einen Fluchtplan gegeben oder von Seiten Armands die Absicht, ihn zu holen, hätte er als Erster davon gewusst… Aber wie gesagt, ein paar Wochen später begann die allgemeine Mobilmachung, und niemand hat mehr darüber nachgedacht.«

»Gibt es Beweise dafür, dass er Misshandlungen ausgesetzt war?«

»Offiziell gebe ich Ihnen die gleiche Antwort wie gestern: Sein Bruder und er hatten ein Dach, eine Familie und Verpflegung. Inoffiziell, und das werde ich niemandem außer Ihnen sagen, muss das Leben für diesen Jungen ein Albtraum gewesen sein mit Michels Wutausbrüchen, Henriettes Bosheit und der Feigheit der anderen. Ich habe ein Vermögen angehäuft, damit er nach Castres ins Internat geschickt werden konnte. Ich habe dieses Geld, das ich mit Hilfe von Louis Boutonnier und unter Umgehung des Gesetzes zusammengekratzt habe, versteckt. Aber Julien ist verschwunden, bevor er den Schulabschluss machen konnte…«

Zum ersten Mal, seit sie einander kannten, wurde Martial Antoine Guirauds Verletzlichkeit bewusst. Das verlegene Schweigen, das diesen Geständnissen folgte, wog ebenso schwer wie der Mantel, unter dem diese Geschichte hatte begraben werden sollen.

»Ich habe versucht, mit Monsieur Boutonnier Kontakt aufzunehmen«, sagte Martial schließlich, »in der Hoffnung, dass er bereit ist, mit mir zu sprechen. Sie haben nichts von ihm gehört?«

»Ich habe erfahren, dass er allmählich sein Augenlicht verliert, der arme Mann. Auch er hat vor zehn Jahren letzten Endes geschwiegen. Niemand wird gern an seine Feigheit erinnert, mit Ausnahme derer, die nichts mehr zu verlieren haben, wie ich und vielleicht er. Ich glaube sogar, dass er nur darauf wartet, sich von dieser Bürde befreien zu können.«

Die Stunde des Gottesdienstes nahte. Der Platz war sehr viel belebter als an den Tagen zuvor. Es war ein fast normaler Sonntag, noch nicht Frühling, aber auch nicht mehr Winter. Trotzdem würde es in der Nacht schneien, behauptete der ehemalige Bürgermeister, man dürfe sich durch den Schein nicht täuschen lassen.

»Tun Sie Ihr Bestes, mein Junge«, fuhr er fort und gab Martial einen väterlichen Klaps auf die Schulter. »Finden Sie diese Mörder. Sie sind jetzt der Einzige, der an der Sache dran ist, die Polizisten werden das Dorf heute Abend verlassen, ohne die geringste Spur gefunden zu haben. Im Augenblick sind sie beim Bürgermeister. Ich verlasse Sie, ich muss meine kleine Runde fortsetzen. Zögern Sie nicht, zu mir kommen, wenn Sie irgendetwas brauchen.«

Und damit ging er; vielleicht hinkte er etwas stärker als sonst und ließ die Schultern noch mehr hängen, um die Rolle zu spielen, die man noch immer von ihm erwartete.

Martial zögerte einen kurzen Augenblick, dann beschloss er, zum Rathaus zu gehen. Der Zufall wollte, dass er den Vorplatz in dem Moment erreichte, als die beiden Kriminalpolizisten herauskamen. Sie tauschen eisige Blicke aus.

»Amüsieren Sie sich gut!«, spöttelte Inspektor Cabanes.

Anschließend gingen sie um das Gebäude herum zu ihrem bereits beladenen Wagen. Während die Gläubigen in der Kirche waren und die Ungläubigen sich im Café am Platz versammelten, brausten sie mit Vollgas davon und ließen eine Staubwolke zurück. Martial wartete, bis sie sich vollkommen aufgelöst hatte, dann drehte er sich um und sah den Mann, der hinter ihm in der Tür stand.

»Endlich verschwinden sie! Sie sagen, sie hätten alle notwendigen Elemente beisammen und müssten einen ersten Bericht schreiben. Sie wollen die Sache aus der Ferne weiterverfolgen. Mit anderen Worten, sie lassen uns fallen.«

Der Mann war sehr groß, vermutlich um die vierzig, und hatte kurzes braunes, an den Schläfen bereits weißes Haar. Er reichte Martial eine Hand mit langen Fingern, eine Pianistenhand, allerdings mit rauer Handfläche.

»Christophe Maraval. Wir sind uns noch nicht begegnet. Ich bin der Bürgermeister des Dorfs.«

Der Sonntagsanzug stand ihm perfekt. In gewisser Weise war er sogar eine stattliche Erscheinung.

»Ich hätte mich Ihnen schon viel früher vorstellen müssen, tut mir leid. Martial de la Boissière. Hätten Sie vielleicht ein wenig Zeit für mich?«

Der Bürgermeister bat Martial in sein Büro, einen großen hellen Raum, der zum Platz hin lag. Erst dort ließ er in seinen Bewegungen und dem, was er sagte, eine gewisse Unsicherheit erkennen. Hundertprozentig überspielen konnte er sie noch nicht.

»Monsieur Guiraud hat mir von den ersten Ideen erzählt, die Sie geäußert haben. Für Sie bestünde also die Möglichkeit, dass es einen weiteren Toten gibt?«

»Diese Hypothese kann in der Tat nicht ausgeschlossen werden, zumindest solange wir nicht mehr wissen.«

»Ich wäre Ihnen sehr dankbar, Monsieur de la Boissière, wenn Sie diese Theorie nicht allzu sehr verbreiten würden. Die Atmosphäre ist schon sehr angespannt, und damit würde man nur Öl ins Feuer gießen.«

»Machen Sie sich keine Sorgen, ich hatte nicht die Absicht, damit hausieren zu gehen. Dabei fällt mir ein, ich habe gehört, dass Sie Doktor Delcros am Dienstagmorgen zum Schauplatz des Mordes begleitet haben …«

»Das war der wahre Horror, glauben Sie mir.«

»Könnten Sie mir ganz genau schildern, wie sich das an dem Morgen abgespielt hat?«

»Gerade als ich meinen Kaffee trank, hat Serge Cals an meine Tür geklopft. Auf meiner Küchenuhr war es sechs Uhr fünfundzwanzig. Er hat gesagt, Michel Gresse sei tot, er blute wie ein Schwein, es sei ein einziges Blutbad. Ich habe alles stehen und liegen lassen. Ich habe meine Frau gebeten, hierherzulaufen und die Gendarmerie anzurufen, und bin Serge zu seinem Wagen gefolgt, der vor dem Haus des Doktors stand. Es lag Schnee auf der Straße, und nach der Brücke ging es nur sehr mühsam voran. Aber es war noch keine sieben, als wir ankamen. Der Doktor bat uns, darauf zu achten, dass wir nicht auf den Schnee treten. Wir sollten bezeugen, dass es keine Fußspuren gab außer denen, die Serge kurz zuvor hinterlassen hatte. Wir haben den Weg vermieden, indem wir den linken Graben benutzten, um zum Gespann der Gresses zu gelangen. Michel saß auf der anderen Seite ans Rad gelehnt. Seine Kleidung war so zerrissen, dass sie in Fetzen herunterhing.

Der Bauch war geöffnet wie ein Buch, ein Teil der Eingeweide quoll heraus … Was könnte ich Ihnen noch sagen? Dass ich dachte, ich würde solche Szenen nie mehr im Leben sehen, aber sie verfolgen mich bis hierher. Ich habe meinen Brechreiz unterdrückt und alles dem Doktor überlassen. Er hat den Körper nicht berührt, er hat nur nach dem Puls getastet, ohne ihn allerdings zu finden. Dann hat er gesagt, wir müssten auf die Gendarmen warten und die Leute daran hindern, sich zu nähern. Es war kurz nach zehn, als die Polizisten kamen.«

»Als Sie diese grauenhafte Szene sahen, was haben Sie da gedacht?«

»Sie hat mich an Dinge erinnert, die ich während des Kriegs gesehen hatte.«

»Aber davon mal abgesehen, was war der erste Gedanke, der Ihnen gekommen ist?«

Der Bürgermeister zögerte und holte tief Luft, bevor er antwortete.

»Ich habe an ein Tier gedacht. Das war es, was ich mir gesagt habe: dass er von einem Tier angegriffen worden war.«

»Haben Sie nicht gedacht, dass es jemand aus dem Dorf gewesen sein könnte?«

»Nicht eine Sekunde! Ich kenne niemanden, der zu einer so grausamen Tat fähig wäre. Ich bin hier geboren, ich bin hier aufgewachsen. Ich war nie weg, außer um meine Pflicht als Soldat zu tun. Ich kenne all diese Leute. Es sind einfache, fleißige Menschen, die sich mit aller Kraft an ihr Stück Land klammern. Unter ihnen gibt es keinen Mörder.«

»Man kann glauben, man kennt die Leute, und überrascht sein, was sie in sich verbergen. Das hat der Krieg uns gelehrt. Danach waren wir nicht mehr wirklich dieselben.«

»Zurückgelassen habe ich 1914 resignierte Leute, die sich krummlegten und die Schwierigkeiten akzeptierten. Wiedergefunden habe ich unzufriedene Leute, die es satt hatten, alles hinzunehmen. Das ist die einzige Veränderung, die ich hier gesehen habe. Dass der Krieg uns verändert hat, dass er uns einen Teil dessen, was an Gutem in uns steckte, genommen hat, leugne ich nicht. Aber ich glaube nicht, dass wir uns ganz und gar in ihm verloren haben. All das hatten wir doch in diesem langen Albtraum: was wir waren und die Menschen, die unser Leben davor ausgemacht haben. Diese Dinge kann man nicht verlieren. Man kann nicht jemand anders werden.«

Martial spürte, dass sein Geist abschweifte. Er brüskierte seinen Gesprächspartner ein wenig.

»Sie sagten, es gibt hier ein Telefon. Dürfte ich es benutzen?«

»Jetzt? An einem Sonntag?«

»Gerade an einem Sonntag! Ich muss einen meiner Freunde sprechen, und er ist an den anderen Tagen schwer zu erreichen.«

Christophe Maraval stand auf und begleitete Martial ins Nebenzimmer, ebenfalls ein Büro, kleiner, aber mit einem Telefon ausgestattet.

»Hier hatten wir die Inspektoren einquartiert … Ich warte nebenan.«

Als Martial allein war, holte er eine Liste mit Telefonnummern aus seiner Brieftasche. Es meldete sich ziemlich schnell eine Telefonistin am anderen Ende der Leitung. Dafür musste er anschließend ziemlich lange warten, mindestens fünf Minuten. Doch schließlich war er mit Paris verbunden. Es klingelte mehrmals, und dann hörte er eine vertraute, wenn auch ferne Stimme.

»Verdammt, Martial! Am Sonntag kann ich nichts tun. Du musst bis morgen Vormittag warten.«

»Du musst für mich über diesen Soldaten in Erfahrung bringen, so viel du kannst. Hast du notiert? 53. Infanterieregiment, Armand Pujol. Die kleinste Kleinigkeit ist wichtig.«

»Du sagst, dein Junge ist im März 1917 gestorben. Das scheint mir eine ziemlich radikale Kleinigkeit zu sein.«

»Eben, ich möchte sicher sein, dass er wirklich tot ist.«

»Du scheinst ja an etwas wirklich Ernstem dran zu sein. Brauchst du noch jemanden zur Unterstützung?«

»Vor allem brauche ich alle Informationen, die du über diesen Mann finden kannst.«

»Denkst du an Identitätsdiebstahl?«

»Ich möchte sicher sein.«

»Ich werde sehen, was ich herausfinden kann. Aber wenn dein Kerl es geschafft hat, für tot gehalten zu werden, wird es nicht leicht sein, ihn allein mit Hilfe von Militärarchiven zu finden. Wie kann ich dich erreichen, wenn ich Neues habe?«

»Hinterlass beim Postamt von La Vitarelle-du-Théron im Tarn eine Nummer, unter der ich dich erreichen kann. Ich werde jeden Tag nachfragen.«

»Ich wusste gar nicht, dass du deinen Dienst wieder aufgenommen hast. Es hieß, es geht dir nicht gut. Ich freue mich, dass du wieder in Form bist. Du passt auf dich auf, nicht wahr?«

»Wie immer. Ich warte auf Nachrichten von dir.«

»Ach, eine Neuigkeit habe ich. Der Niveleur hat gestern den Löffel abgegeben.«

»Wer?«

»Der alte Nivelle, dieser verdammte Scheingeneral. Er ist gestern gestorben … Morgen früh wird es in den Zeitungen stehen. Angesichts des vielen Bluts der Unseren, das an seinen Händen klebt, hoffe ich nur, dass man ihm nicht die militärischen Ehren erweist!«

Die Hände auf dem Rücken stand Christophe Maraval wartend in der Eingangshalle seines Rathauses vor der Glastür und betrachtete den Platz, der in der Sonne lag.

»Ich hoffe, dass es nicht einer von uns ist«, sagte er, während Martial sich näherte. »Ich hoffe aufrichtig, dass dieses Tier nicht einer von uns ist!«

14

Es war an einem Sonntag, spätnachmittags, am Fuß der Pyrenäen. Sie warteten auf den Zug nach Toulouse. Charles hatte eine Bank auf dem Bahnsteig gefunden und las. Hinter dem Bahnhof lag ein Feld. Ein ganz gewöhnliches rechteckiges Feld, begrenzt von einer kümmerlichen Hecke und ein paar durch zahlreiche Winter verkrümmten Bäumen. Der Tag war schön gewesen, wie es die ersten sonnigen Frühlingstage meistens sind. Langsam ging die Sonne unter und färbte den Himmel mit außergewöhnlichen blasslila und orangefarbenen Tönen. Eine Mischung aus Gerüchen von gemähtem Gras, noch feuchter Erde und Resten einer frühen Wärme lag in der Luft. In der Ferne stieg über einer Gruppe von Häusern Rauch aus den Schornsteinen empor. Bald würden die Leute die Fensterläden schließen und zum Abendessen rufen. Alle würden mit geröteten Wangen, wie neugeboren von der frischen Luft, nach Hause zurückkehren. Ein Hund bellte, und sofort antwortete ein anderer. Der Tag neigte sich … Martial stand auf dem Feld, neben sich Camille, die ihre kleine Hand in seine geschoben hatte. Alles war so schön, so friedlich! Er wusste jetzt, wonach er sich sehnte: leben in dem Gefühl, dass jeder Tag erfüllt war und jeder Abend die Hoffnung auf einen neuen Tag in sich trug, der weitere schöne Überraschungen bereithielt. Immer und immer wieder wollte er solche Augenblicke durchleben. Und vor allem diese heitere Gelassenheit genießen. Stattdessen befand er sich an einer Grenze: auf der einen Seite dieser schöne Sonntag, auf der anderen das, was ihn erwartete, wenn er ins Internat zurückkehrte, all die grauen Tage im Lycée. Es war schmerzlich, zu wissen, wo und wie man aufblühen konnte, und gezwungen zu sein, dem den Rücken zu kehren.

So war es seitdem immer gewesen. Selbst von zahlreichen Zwängen befreit erlebte Martial diese sonntäglichen Spätnachmittage mit dem Gefühl der Leere irgendwo im Bauch, mit dem Gefühl des Leidens. Und in diesen Augenblicken spürte er seine Einsamkeit am stärksten.

Nun, so viele Sonntage später, hatte Camille erneut ihre Hand in seiner. Sie gingen ins Dorf hinunter. Die Landschaft wirkte verlassen. In der Ferne stellte sich ein Streifen bedrohlicher Wolken dem Dunkelblau des Himmels entgegen, reflektierte das Sonnenlicht, das ihn herausforderte, und ließ ihm erst dann freie Bahn. Die Luft war kalt, aber nicht beißend. Martial spürte, wie sein Herz in der Brust hüpfte. Er hätte glücklich sein müssen, aber er dachte unweigerlich schon an den Augenblick, da all das zu Ende ging und sie nicht mehr zu zweit sein würden; da sie in die Nähe der Mühle kommen oder jemandem begegnen würden und sie ihre Hand zurückziehen würde. Und daran, dass der Sonntag so enden würde. Weitab von den Lebensträumen, die sich, irgendwann in den letzten Jahren seiner Jugend, hinter diesem Bahnhof abgezeichnet hatten.

Sie hatten mit Édouard in der Schule zu Mittag gegessen, doch kaum war die Mahlzeit beendet gewesen, war dieser aufgestanden und hatte ihnen mitgeteilt, dass er die Absicht habe, die Arbeiten in der Mühle fortzusetzen. Bei Tisch war er in besonders finsterer Stimmung gewesen und schweigsamer als gewöhnlich. Als er ging, hatte Martial sich ein wenig gedemütigt gefühlt. Édouard dachte, er müsse ihm ein paar Stunden mit Camille schenken. So sehr diese ihm auch, während sie den Abwasch machten, erklärte, wie groß Édouards Bedürfnis sei, sich zu bewegen, aktiv zu sein und sich nützlich zu fühlen, und wie lang ihm die Tage würden, seit er hierhergezogen sei, fand er doch, dass die Lüge falsch klang. Er hatte warten müssen, bis sie auf dem Weg waren, der zum Pas-du-Diable hinaufführte, und Camilles Begeisterung dafür, »die Gegend zu durchstreifen«, verflogen war; erst dann hatte sie ihm die wahren Gründe für die schlechte Laune ihres Verlobten enthüllt.

Sie hatte sich immer und immer wieder wegen Argentinien mit Édouard gestritten. Er fand sie zu passiv und sehr zögerlich. Er fürchtete, dass sie nicht mehr mit ihm gehen wollte.

»Er wollte, dass wir gemeinsam zum Sprung ansetzen, aber ich bleibe immer zurück, dessen bin ich mir sehr wohl bewusst. ›Immer zwei Schritte zurück‹, wie er sagt. Dieses neue Leben bedeutet ihm viel. Er hat von Anfang an viel für mich geopfert. Und ich habe Schuldgefühle, weil ich nicht mitziehe. Es ist, als würde er mich bitten, ins Leere zu springen, verstehst du. Und als hätte ich Angst, dass er mich nicht auffängt. Ich fühle mich feige, Martial! Ich fühle mich dermaßen feige! Ein Teil von mir hat das Bedürfnis, mit ihm neu anzufangen. Aber ein anderer Teil weigert sich. Es ist, als würde ich alles, was vorher war, auslöschen, als würde ich mich ein weiteres Mal verleugnen.«

Martial verstand, was in ihr vorging. Überrascht stellte er fest, dass er weniger schlecht war, als er geglaubt hatte, denn er freute sich nicht über Camilles Zweifel. Er verstand, das war alles. Und da er den wahren Grund nun kannte, genoss er die

Augenblicke, die ihm mit der jungen Frau geschenkt wurden, umso mehr.

Beim Mittagessen hatte er den beiden erzählt, was er am Vormittag gemacht hatte. Von seinen Gesprächen mit Antoine Guiraud und Christophe Maraval, von der Abfahrt der Polizisten und dem Anruf bei seinem Freund, ebenfalls Mitglied des Cercle Cardan, hoher Beamter von Beruf, der in mehreren Ministerien gearbeitet hatte. Er hatte erklärt, warum er die Details von Armands Militärakte brauchte, um sicher zu sein.

»Nehmen wir beispielsweise an, dass er nicht tot ist. Dann hätten wir einen potenziellen Verdächtigen.«

»Du meinst, er hätte ins Dorf zurückkehren können, ohne erkannt zu werden.«

»Er war vierzehn, als er weggegangen ist. Fünfzehn Jahre und ein Krieg sind seitdem ins Land gegangen. Und soweit ich verstanden habe, hat er nur verschwommene Erinnerungen hinterlassen … Es ist möglich, dass ihn niemand mehr erkennt, zumal er ja für tot gehalten wird.«

»Und wenn er wirklich tot ist?«

»Dann gibt es hier vielleicht jemanden, den diese Geschichte stärker erschüttert hat, als man meint.«

»Du hältst an der Rache als Motiv fest.«

»Das ist eine Fährte, die mir in jeder Hinsicht stichhaltig erscheint. Ich werde sie verfolgen, um zu sehen, wohin sie mich führt.«

»Und was hast du jetzt vor?«

»Ich möchte noch einmal zum Pas-du-Diable gehen. Was auch immer das Motiv der beiden Mörder sein mag, es gibt den Ort, an dem Louis Bascoul gefoltert worden ist. Dort will ich mich gründlicher umschauen.«

Für Camille eine willkommene Gelegenheit, an seinen Ermittlungen teilzunehmen, ohne dass er dagegen protestieren konnte; es hatte sie ganz offensichtlich gefreut, nicht mehr außen vor gelassen zu werden. Und so waren sie am frühen Nachmittag zum Pas-du-Diable aufgebrochen. Als sie auf den Pfad kamen, der dorthin führte, unmittelbar vor der alten Brücke, begannen sie unwillkürlich, leise zu sprechen, als näherten sie sich einem Ort der Andacht. Sie setzten sich oberhalb der Stelle, an der der Leichnam des Knechts gefunden worden war.

»Wonach müssen wir eigentlich suchen?«, fragte Camille.

»Wir suchen einen geschützten Ort, der groß genug ist, um mindestens zwei Männern Platz zu bieten, dem Knecht und seinem Folterer. Es muss ein gut versteckter Ort sein, denn der Mörder ist sicher nicht das Risiko eingegangen, entdeckt zu werden.«

Als Erstes wollte Martial den Wald in Halbkreisen durchkämmen, vom Granitfelsvorsprung aus in Richtung Kamm. Camille hatte keine Lust, an einem solchen Ort und unter solchen Umständen allein zu bleiben, daher gingen sie zusammen. Sonnenstrahlen drangen durch die dicken Zweige der Tannen und zeichneten Streifen, in denen Tausende von Staubkörnchen tanzten. Der ganze Wald raschelte, aufgeweckt von diesem Licht und einer leichten Brise. Die Felsen waren allgegenwärtig, in allen Größen. Dickes dunkelgrünes Moos überzog den Boden an freien Stellen und klammerte sich hier und da an die glatten Wände eines Granitblocks. Der Ort ähnelte dem, den Martial zwei Tage zuvor entdeckt hatte, kein bisschen. Er wirkte nicht mehr rau und beunruhigend, sondern heiter, lieblich, so als könne er sich je nach Stunde und Tag verwandeln. Das verstärkte seine Magie.

Sie bahnten sich ihren Weg zwischen den Felsen hindurch.

Martial ging voraus und bot Camille seine Hand oder seinen Arm, obwohl sie sich seit den Wanderungen in den Pyrenäen an der Seite ihres Vaters ihre Gelenkigkeit bewahrt hatte. Sie durchkämmten das gesamte Gelände zwischen der Schlucht und einer Terrasse, die sich auf der Spitze eines ersten Hangs im Wald verbarg, fanden jedoch nichts Auffälliges. Die Terrasse war von einem Kreis gewaltiger Felsen eingeschlossen und bildete eine Art Becken, in dem wilde Narzissen sprossen. Im Grunde war es nur eine Abflachung im Relief, bevor eine erneute Steigung steil zum Kamm hinaufführte. Zu steil, fand Martial, als dass ihr Mörder den toten oder übel zugerichteten Louis Bascoul dort hinauf hätte transportieren können. Also stiegen sie wieder hinab zum Rand der Schlucht, wobei Camille sich unablässig beim geringsten Geräusch umdrehte. Jetzt mussten sie wieder zum Berghang hinaufsteigen, dahin, wo der Pfad sich zwischen den zahllosen Felsen und schwarzen Sträuchern zu verlieren schien.

Sie kamen dennoch voran, wobei sie manchmal vom Pfad abwichen, auf Gelände, das vielleicht nicht ganz so unwegsam war. Die Schlucht, an der sie entlanggingen, war weniger tief und verengte sich Meter für Meter, bis sie nur noch ein tiefer Graben war. Der Wasserlauf wurde hier zu einem wütenden Bach. Die Bäume rückten immer näher an den Rand des Wasserlaufs heran, wodurch es noch dunkler wurde. Auch hier gab es zahlreiche Felsen, nur waren sie weniger chaotisch bewachsen; es sah aus, als versuchten sie, deutlich voneinander unterschiedene Trauben zu bilden. Und dann tauchten die ersten Löcher auf. Oft riss am Fuß einer solchen Felstraube der Boden kraterförmig auf, manchmal in unbedeutender, häufig aber in bemerkenswerter Tiefe, was sich auf dem Weg zum Kamm hinauf besonders bemerkbar machte, da man den Boden nicht erkennen konnte. Immer mehr Löcher taten sich in dem Gelände auf, bis man zu einer sechs oder sieben Meter hohen Felswand kam, von der sich ein tosender Wasserfall hinabstürzte. Bis hierher vermochte die Sonne nicht durchzudringen. Der Boden war von Wasser durchtränkt. Die Steilwand war schwarz, und das sich ergießende Wasser wirkte wie Stahl und Glas. An dieser Stelle endete der Pas-du-Diable, aber Martial hatte noch nicht gefunden, was er suchte. Er gab sich keine Mühe, seine Enttäuschung zu verbergen. Camille, die Hände auf den Hüften, mit geröteten Wangen und der wie immer losen blonden Locke, reagierte mit einem betrübten Gesichtsausdruck.

»Vielleicht am anderen Ufer …«

Martial stieg hinunter zum Bach. Nicht weit vom Wasserfall gab es eine natürliche Furt aus großen Steinen, doch er stellte fest, dass der Hang gegenüber noch steiler und völlig ohne Felsen war. Dort brauchte er also nicht zu suchen. So geduldig er sich auch sagte, dass der Wald noch bei Weitem nicht alle seine Geheimnisse preisgegeben habe – es änderte nichts an der Tatsache, dass er unfähig war, sie zu finden. Dennoch war er sicher, auf dem richtigen Weg zu sein. Er lief ein wenig am Fuß der Felswand umher, und Camille, die nichts mehr zu sagen wagte, beobachtete ihn. Der Boden war an zahlreichen Stellen zerfurcht. Man erahnte das Wasser und den Schlamm, die bei jedem Regenfall in den Graben hinunterflossen. Wasser, das sich in die Felsenschächte stürzte, um auf verborgenen Wegen in den Wasserlauf zu fließen.

Und da hatte Martial die Erleuchtung. Warum hatte er nicht früher daran gedacht? Die Hohlräume. Wenn der Boden vertikal durchbohrt worden war, konnte das auch horizontal geschehen sein. Das Wasser, das vor Tausenden von Jahren dort eingesickert war, hatte sich vermutlich seine eigenen Tunnel gebohrt, um einen Weg nach draußen zu finden; vielleicht hatte es sich sogar Höhlen gegraben. Orte, die vor Blicken und Ohren geschützt waren.

Allerdings musste der Ort, den er suchte, zugänglich sein. Ihr Mann hatte sich mit Louis Bascoul in seiner Gewalt keine riskanten akrobatischen Kunststücke erlauben können. Während sie den Weg zurückgingen, untersuchte er jeden Schacht, jede Senke. Die weniger tiefen ignorierte er. Wenn es bei den tiefen keinen vernünftigen Halt gab, um hinabzusteigen, ging er ebenfalls weiter. Da waren ja noch die anderen. Diejenigen, in die er über eine Art Treppe hinuntersteigen konnte, über die zahllosen Unebenheiten der Wand oder indem er Wurzeln von Buchen oder Eichen benutzte, die die Erosion freigelegt hatte. Jedes Mal wenn er sich dem Rand näherte, um sich hinunterzubeugen oder in ganzer Länge auszustrecken, protestierte Camille, weil sie es zu gefährlich fand. Als er begann, in zwei dieser Krater hinabzusteigen, schimpfte sie und zog es vor, sich abzuwenden, um nicht zuschauen zu müssen. Beide Male kam er ziemlich schnell wieder nach oben, denn er hatte keinen Halt gefunden, um tiefer hinabzusteigen.

Schließlich fand er das Loch, das er suchte. Zwanzig Kilometer vom Wasserfall entfernt bildeten die Felsen darum herum ein nach unten offenes Amphitheater. Der Eingang des Schachts war schräg, er folgte dem Hang. In früherer Zeit musste hier das Wasser entlanggeflossen sein, man konnte seinen Weg zwischen den Steinen hindurch bis zum Fluss fast erahnen. Wenn das Wasser hier austreten konnte, musste es an einer anderen Stelle hineinfließen.

Martial untersuchte die Höhle und stellte fest, dass die Wand zahlreiche Vorsprünge aufwies, auf die man die Füße stellen konnte. Er verschwand in der klaffenden Öffnung und konnte zweimal seine Körperlänge hinuntersteigen, bevor seine Füße ins Leere traten, eine Leere in der Wand selbst. Dort war eine Öffnung. Indem er den Halt nutzte, den die Wand gegenüber ihm bot, konnte er noch etwas weiter hinunterklettern, bis er auf der Höhe des Hohlraums war. Unter ihm eröffnete sich ein tiefes dunkles Loch. Camille, die sich am Ende doch dem Rand genähert hatte, sah, wie er für ein paar Sekunden verschwand und wieder auftauchte. Von unten konnte man den Weg hinauf besser erkennen, und binnen Sekunden war er wieder oben.

»Da ist so etwas wie eine kleine Höhle in der Wand«, sagte er triumphierend. »Die werde ich erforschen.«

»Das ist wahnsinnig riskant. Was, wenn alles zusammenstürzt?«

»Sie ist in den Fels gegraben, das ist stabil.«

»Dann komme ich mit.«

»Das wäre riskant. Wenn mir da drin etwas passiert, wirst du Hilfe holen und den Leuten die genaue Stelle zeigen müssen.«

»Und woher soll ich wissen, dass dir etwas passiert ist?«

»Gib mir eine halbe Stunde. Wenn ich bis dahin kein Lebenszeichen gegeben habe, darfst du in Panik geraten.«

Er holte seine Uhr aus der Tasche, um zu sehen, wie spät es war. Dazu nahm er aus der Umhängetasche, die er bei sich trug, die Sturmlaterne, die Édouard ihm geliehen hatte. Dann zwinkerte er Camille zu und stieg wieder in den Schacht hinunter. Ihr stand die Sorge ins Gesicht geschrieben.

»Bis gleich«, rief er.

Und ließ sich bis zum Eingang der kleinen Höhle hinuntergleiten.

Zunächst musste er etwas mehr als zwei Meter kriechen, denn die Öffnung war tatsächlich nur ein nicht sehr hoher horizontaler Spalt. Dann erreichte er das, was er zuvor erahnt hatte: eine Art runder Höhle, deren Decke sich abrupt erhob, was ihm erlaubte, aufrecht zu stehen. Er zündete den Docht seiner Lampe an. Die Höhle war nicht sehr breit. Von der Wand gegenüber tropfte Wasser in einen dünnen Bach, der aus einem Tunnel auf der rechten Seite kam und dann verschwand, als würde er vom Felsboden verschluckt. Dieser Tunnel war hoch, aber nicht sehr breit, kaum breit genug, dass ein Mann mit eingezogenen Schultern durchpasste. Bevor er sich um diese Passage kümmerte, inspizierte Martial die Höhle in der Hoffnung, Spuren der Folter zu finden, der der Knecht ausgesetzt gewesen war, und dabei entdeckte er im Licht der Lampe eine Inschrift. Sie war direkt neben dem Eingang zu dem Korridor in den Stein eingeritzt: »J P – 28. IV. 1912.« J P wie Julien Pujol … Sein Herz schlug schneller. Er suchte aufmerksam weiter, fand jedoch nichts als diese Inschrift, die geduldig, aber mit ungeschickter Hand eingeritzt worden war; mehrfach hatte diese Hand neu ansetzen müssen, damit die Zeichen von Dauer waren. Schließlich begab er sich in den Tunnel. Das dünne Rinnsal bildete eine Art gerader Linie auf dem Boden, einen im Schein der Sturmlaterne silbrigen Strich. Von draußen drang kein Geräusch mehr hierher. Selbst das Wasser, das ihm entgegenfloss, floss lautlos. Vor ihm herrschte absolute Dunkelheit. Er ging vorsichtig weiter und entdeckte mit jedem Schritt ein wenig mehr von dem geraden Gang. Dabei versuchte er, weder den Sinn für Entfernungen noch die Orientierung zu verlieren. Er bewegte sich jetzt parallel zum Fluss, aber während dieser in seiner Schlucht versank, blieb der Tunnel eben.

Die Erregung über seine Entdeckung vermochte eine gewisse Beklemmung nicht ganz zu vertreiben. Er konzentrierte sich, damit sie ihm nicht die Luft zum Atmen nahm, wie in seinen Albträumen, wenn er unter den Trümmern jener

Schule an der Somme beinahe erstickte. Plötzlich sah er ein paar Meter vor sich eine Mauer, die den Korridor aus Granit schloss. Er spürte, wie erneut Enttäuschung in ihm hochstieg, und vergaß darüber sogar das einsetzende Unwohlsein. Der Tunnel führte nirgendwohin, außer in eine Sackgasse, die so eng war, dass er sich fragte, wie er sich umdrehen sollte, um zurückgehen zu können. Erst als er mit der Nase sozusagen gegen die Mauer stieß, merkte er, dass der Gang in einem spitzen Winkel nach links abbog. Dort neigte sich der Boden deutlich. Über ihm befand sich der Hang, der sich von der Schlucht entfernte. Alle Sinne angespannt ging er weiter. Der Durchgang wurde etwas breiter, aber dafür erschwerten ihm ein paar Steinhaufen das Vorankommen. Er musste die freie Hand zu Hilfe nehmen, um sie zu überwinden. Es kam ihm so vor, als sei die Dunkelheit hier weniger undurchdringlich, und schon bald gelangte er in eine echte, sehr viel größere Höhle. Jetzt wusste er, dass er gefunden hatte, was er suchte.

Die Decke dieser Höhle wölbte sich über eine Breite von drei Metern. Die Wände bildeten einen Granitkreis mit einem Durchmesser von sechs großen Schritten. Überall ragten unterschiedlich geformte Felsen aus dem Boden auf, als wären sie in ihn eingelassen worden, als er noch flüssig gewesen war. In einem Winkel entsprang das Rinnsal, das ihm im Tunnel als Ariadnefaden gedient hatte. Die Luft war hier kühler, der Geruch nach Feuchtigkeit weniger ausgeprägt. Martial ging an den Wänden der Höhle entlang. Es dauerte nicht lange, und er stieß auf etwas, das er mühelos als Blutflecke identifizierte. Getrocknetes Blut, eine braune Kruste auf dem Boden. Eine ähnliche Kruste fand er auf der Oberfläche eines niedrigen Felsens. Auf diesem Felsen thronten auch mehrere unterschiedlich weit heruntergebrannte Kirchenkerzen, jede auf einem Sockel aus geschmolzenem Wachs. Und ein großer runder Stein lag auf diesem flachen Felsen, ein schwerer Stein, den man nur mit zwei Händen heben konnte. Martial stellte seine Laterne ab und hob ihn an. Damit waren dem Knecht die Fingerglieder zerquetscht worden, daran bestand für ihn kein Zweifel mehr. Hier war Louis Bascoul gefoltert worden.

Trotzdem musste es noch einen anderen Weg geben. Der Tunnel war nur passierbar, solange man allein war. Also ging er, die Laterne in der Hand, die Höhlenwände noch einmal ab. Schon bald spürte er einen kühlen Luftzug im Nacken. An der Stelle bildete die Anhäufung von Felsen eine Treppe, über die man mühelos nach oben in die Wölbung gelangte. Dort wiederum fand er eine nicht sehr breite und nicht sehr hohe Öffnung. Er musste erneut kriechen, und zwar zwischen trockener Erde und einem der riesigen Felsen des Waldes hindurch. Schließlich gelangte er ins Freie und kroch noch ein Stück weiter, um sich aus der Verschachtelung dreier Blöcke zu befreien. Er erkannte die Narzissen wieder und die beckenförmige Senke. Weiter unten war zwischen den Bäumen hindurch der Felsvorsprung zu sehen, von dem aus der vermutlich bereits tote Louis Bascoul in die Tiefe geworfen worden war.

Seiner Uhr zufolge war er vor mehr als fünfundzwanzig Minuten in den Schacht gestiegen. Also ging er bis zum Rand der Schlucht und ein Stück des Pfads hinauf und rief Camille. Ein-, zwei-, dreimal, bis ihre helle Stimme antwortete. Schon bald sah er sie zwischen Bäumen und Felsen näher kommen, überrascht, ihn an dieser Stelle zu sehen, aber auch erleichtert. Ihr Lächeln mischte sich mit den Tränen, die in die Winkel ihrer blauen Augen traten. Sie kam zu ihm und mit einer Grimasse, die vergebens versuchte, böse zu sein, schlug sie ihm mit der Faust gegen die Brust.

»Du Idiot! Ich dachte, du wärst lebendig begraben! Ich habe

deinen Namen in dieses verfluchte Loch geschrien, und es kam nur Todesgeruch herauf.«

Martial ließ sie gewähren, ließ sich von ihr ein wenig durchschütteln, ließ sie tüchtig schimpfen und musste sich beherrschen, um sie nicht zu küssen.

»Ich bin fündig geworden«, sagte er, als ihre reizende Wut schließlich verflogen war. »Ich habe den Ort gefunden, an dem Louis Bascoul vor seinem Tod gefangen gehalten wurde.«

Sie warf ihm einen überraschten Blick zu. Martial nahm ihre Hand und zog sie mit großen Schritten auf den Hang bis zu dem von Narzissen übersäten Kreis. Auf einmal schien sie etwas von ihrem Schwung, ihrer Beweglichkeit verloren zu haben. Als er ihr den Durchgang zwischen den Felsen zeigte, zog sie ihre Hand aus seiner und trat einen Schritt zurück.

»Der Ort ist ideal. Zwei Öffnungen, beide gut versteckt. Immer eine Fluchtmöglichkeit… Am Eingang des Tunnels habe ich auch eine Inschrift gefunden. Initialen und ein Datum. J und P, 28. April 1912…«

»Ich möchte hinunter und es mir ansehen«, sagte Camille plötzlich mit herausfordernder Miene und neuem Mut.

»Gehen wir! Folge mir!«

Er befreite sie von der Umhängtasche, die er ihr dagelassen hatte, und schlängelte sich zwischen den Felsen hindurch, bevor er sich flach auf den Boden legte, um sich in den Zwischenraum zu schieben, der sich im Dach der Höhle öffnete. Camille folgte ihm dichtauf. Gemeinsam stiegen sie die Felsentreppe hinunter, dann zeigte Martial ihr die Blutspuren und den schweren runden Stein. Er erklärte den Mechanismus, mit dem die Finger des alten Mannes zerquetscht worden waren. Camille hörte zu und stellte sich auf die Zehenspitzen, um zu schauen, doch dann wich sie mit einer Mischung aus Schauder und Abscheu ein wenig zurück. Das Licht der

Laterne war ihr nicht hell genug. Sie spürte, wie die Dunkelheit sie umschloss und die Kälte ihr unter die Kleider kroch und in Haut und Knochen drang.

»Ich möchte den Ort noch etwas gründlicher inspizieren«, sagte Martial, der erraten hatte, dass sie die Höhle am liebsten wieder verlassen würde. »Du kannst oben auf mich warten, wenn dir das lieber ist…«

Sie lehnte ab und wollte ihm helfen.

»Wenn die Inschrift kein Köder ist und wenn man davon ausgeht, dass sie wirklich von Julien Pujol stammt, dann bedeutet das, dass er diese Höhle kannte. Wenn man sich vor Augen hält, was wir über die Lebensbedingungen auf dem Hof der Gresses wissen, hat er sie möglicherweise als Zufluchtsort oder Versteck benutzt.«

»Und?«

»Was würdest du als Kind in einem solchen Versteck machen?«

»Sicher Dummheiten.«

»Du kannst hier auch Dinge verstecken, an denen du hängst. Eine Art Schatz. Das hätte ich jedenfalls gemacht.«

»Du hast Schätze versteckt, als du klein warst?«

»Ja, bei meinem Großvater. In einem der Keller.«

»Zusammen haben wir das nie gemacht. Schade. Ich glaube, das hätte mir gefallen. Ich frage mich, was wir wohl versteckt hätten…«

Sie suchten die Höhle gründlich ab, prüften die geringste Unebenheit, forschten auf dem Boden, aber auch in der Höhe. Wieder war Martial derjenige, der als Erster fündig wurde, nicht weit von der Stelle, an der das Wasser in einem dünnen Strahl an der Wand hinunterfloss, bevor es das Rinnsal auf dem Boden bildete. Dort befand sich ein großer Stein, den man entfernen konnte, sodass sich auf Höhe des Bodens eine kleine natürliche Vertiefung eröffnete. Um die hintere Wand dieser Nische zu ertasten, musste Martial seinen Arm bis zum Ellbogen hineinschieben. Allerdings fand er im Innern nichts als glatten und erstaunlich trockenen Felsen. Camille hatte sich neben ihn gehockt. Wie er sah sie, als er die Laterne näherte, das Versteck in seiner Gesamtheit. Wie er sah sie die Inschrift, die in den Felsen geritzt war: »A P + J P 1908.«

»Armand und Julien«, murmelte Camille.

»Hast du niemals von einer solchen Höhle gehört?«

»Nie. Daran würde ich mich erinnern. Man hat mir viel über den Pas-du-Diable erzählt, aber nichts über eine Höhle oder einen Tunnel unter dem Berg.«

»Wenn die Brüder Pujol diesen Ort kannten, haben sie das Geheimnis vielleicht mit anderen Kindern ihres Alters geteilt, ja vielleicht sogar mit ihrem Lehrer. Als nach Julien gesucht wurde, hat möglicherweise jemand hier herumgeschnüffelt.«

»Und wenn niemand sonst diese Höhle kannte?«

»Dann ist einer der beiden unser Mörder.«

Sie schoben den Stein wieder an seinen Platz und verließen die Höhle mit schmutziger Kleidung und einem muffigen Geruch in der Nase. Der Nachmittag war bereits weit fortgeschritten. Die dicken Wolken, die man in der Ferne, über der Montagne Noir, erahnte, kündigten den von Antoine Guiraud prophezeiten Schnee an. Sie verließen den Pas-du-Diable und kehrten zum Weg zurück. Dort stolperte Camille zweimal und wäre beinahe hingefallen. Er reichte ihr seine Hand. Sie nahm sie und ließ sie nicht mehr los.

Sie sprachen nicht viel auf dem Weg zurück zur Mühle. Martial hatte Mühe, sich auf etwas anderes zu konzentrieren als diese zarte Hand, die er an seiner Handfläche, seinen Fingern spürte, und den Herzschlag, der unter Camilles weißer Haut widerhallte. Als sie das Dach der Mühle erblickten, zog sie die Hand zurück und rückte etwas von ihm ab. Damit erinnerte sie ihn daran, welchen Platz sie bei ihm einnahm. Aber sie gab damit auch zu, dass die wenigen Minuten des Abstiegs am Fluss entlang etwas waren, das ihnen gehörte; eine Vertrautheit, die über den Rahmen der Freundschaft hinausging. Und Martial dachte wieder an die Sonntagabende seiner Jugend, an den Moment, wenn die anbrechende Nacht sich anschickte, einem wegzunehmen, was zu genießen man kaum Zeit gehabt hatte.

Als sie zur Mühle kamen, war Édouard gerade damit beschäftigt, seine Werkzeuge im Wasser der Quelle zu reinigen. Er sah besser aus als mittags, hatte aber nur Augen für Camille. Sie näherte sich ihm und schmiegte sich in die Arme, die er nach ihr ausstreckte. Dann beschrieb sie ihm alles: den Tunnel, die Höhle, die Blutspuren, die Inschriften im Stein … Édouard versuchte, ihre Begeisterung zu teilen, indem er ungeschickt nickte. Von Zeit zu Zeit warf er Martial einen bewundernden Blick zu.

»Werden Sie den Gendarmen davon erzählen?«, fragte er, als sie mit dem Erzählen fertig war.

»Als Erstes möchte ich wissen, ob diese Höhle bekannt ist.«

Édouard zuckte zusammen. Sein Gesicht verlor jede Farbe, während seine Aufmerksamkeit sich auf die Wegbiegung etwas weiter oben richtete.

»Da ist jemand, der uns belauscht.«

Genau in dem Augenblick, als sich am Rand der Hecke eine Gestalt abzeichnete, drehte Martial sich um. Er erkannte die Gestik sofort: ein nacktes Bein hinter dem anderen, die Hände auf dem Rücken, die Brust einladend vorgestreckt. Es war Amélie Gresse, die, bereits ziemlich nahe, auf sie zukam, während sie sie im Licht der untergehenden Sonne betrachteten.

»Bei mir«, sagte sie mit lauter Stimme. »Sie haben mich gebeten, Ihnen zu sagen, dass sie Sie sehen und mit Ihnen sprechen möchten. Heute Abend nach dem Melken.«

Martial nickte. Ohne ein weiteres Wort, nur mit einem verstohlenen Blick zu Camille und Édouard, drehte das junge Mädchen sich um und verschwand wieder hinter der Wegbiegung.

»Glaubst du, dass sie uns gefolgt ist?«, fragte Camille beunruhigt.

»Das ist gut möglich. Fragt sich nur, seit wann.«

15

Gegen zwanzig Uhr verließen Camille und Édouard die Mühle. Wieder versöhnt wollten die Liebenden erneut eine Nacht miteinander verbringen. Während sie den Weg entlanggingen, klammerte Camille sich mit beiden Händen an den Arm ihres Verlobten. Im Schein ihrer Laterne, die einen Lichthof um sie herum zeichnete, verschmolzen sie zu einer einzigen Gestalt. Martial blickte ihnen nach. Sie hatten vereinbart, dass er allein zu den Gresses gehen sollte, was Édouard sehr gelegen gekommen war, vor allem an diesem Abend.

Als er allein war, ging er in sein Zimmer hinauf und nahm ein in schwarzes Tuch gewickeltes Paket aus seinem Koffer. Er entrollte den Stoff, und zum Vorschein kamen ein Revolver und eine Schachtel mit Kugeln. Die Waffe war ihm von der Mannschaft geschenkt worden, mit der er auf dem Balkan gearbeitet hatte, eine Schmidt 1882 aus vergoldetem Stahl und mit dem Schweizer Kreuz auf dem Griff. Er hatte sie zu Hause in seinen Wäldern ausprobiert, aber nie benutzt. Jetzt lud er fünf Kugeln in die Trommel und ließ, wie er es gelehrt worden war, die Kammer neben dem Schlagbolzen leer, um Unfälle zu vermeiden. Anschließend steckte er die Waffe in die Manteltasche. Er hatte eine zweite Laterne vorbereitet, die er mit nach unten nahm. Sorgfältig verschloss er die Tür der Mühle und versteckte den Schlüssel unter dem braunen Stein am Eingang.

Er fürchtete die Nacht nicht, hatte sie niemals gefürchtet. Als Kind hatte er manchmal sein Zimmer verlassen, nur um in der Dunkelheit umherzulaufen, um das Haus herumzugehen oder sich in einer Ecke zu verstecken und zu lauschen. Die Nacht faszinierte ihn; wenn sie ruhig war, beunruhigte sie, ließ eine drohende Gefahr befürchten; war sie dagegen unruhig, erschreckte das kleinste Geräusch. Genau das war es, was ihm gefiel: Sie ließ einen die Orientierung verlieren, veränderte die Ordnung und das Aussehen der Dinge, ja veränderte sogar die Menschen. Allein im Dunkeln unterwegs zu sein beunruhigte ihn nicht im Geringsten. Doch es gab einen Mörder, der sich in der Gegend herumtrieb, und seit er die Höhle beim Pas-du-Diable entdeckt hatte, wurde er ein leises Gefühl der Bedrohung nicht mehr los. Daher der Revolver.

Er beschloss, bis zum Sägewerk am Fluss entlangzugehen und anschließend die große Straße zu nehmen, die wieder hinaufführte. Wie Camille es ihm erklärt hatte, fand er bald einen Weg, der sich zu seiner Linken auftat und zu drei Höfen führte; die Métairie Blanche und die Métairie Neuve teilten sich die wenigen Hektar am Rand der Schluchten, alles Übrige hatte der Hof der Gresses verschlungen. Eine Kreuzung markierte die Grenze zwischen diesen beiden Welten. Dunkel ragten die bröckelnden Ruinen des ehemaligen Fabre-Hofs auf. Henriettes Heirat mit Émile Gresse hatte das Schicksal des Hofs besiegelt. Er war wie ein Portal, ein Symbol, bevor man auf einem geraden Weg, dessen Böschungen von Bäumen befreit waren, zu den Gresses kam.

Die Gebäude des Hofs waren u-förmig um einen gepflasterten Hof angeordnet, an dessen Seiten massenhaft ausrangiertes Gerät lag und dessen Boden mit den Exkrementen von allem möglichen Geflügel bedeckt war. Der vom Weg aus gesehen linke Flügel war dem Stall vorbehalten, darüber befand sich eine Scheune. Eine breite zweiflügelige Giebeltür öffnete sich zu einer Reihe niedrigerer Häuser neueren Datums. Licht drang aus den Öffnungen, ein Zeichen, dass die Zeit des Melkens vielleicht noch nicht ganz vorbei war. Der rechte Flügel war mit dem Haus durch niedrige und ältere Gebäude verbunden, darunter der Holzschuppen, doch wenn man weiterging, wirkten die Anbauten neuer, vor allem der letzte, ganz aus Backstein. Dort, hinter dem hohen hölzernen Schiebetor, war das Grunzen der Schweine zu vernehmen, und Martial musste unweigerlich an das denken, was man ihm über Julien Pujol erzählt hatte. Das eigentliche Haus verband die beiden Flügel. Über der Eingangstür brannte eine Glühbirne und beleuchtete eine rissige Fassade, von der der Putz abblätterte. Ein einziges Fenster im Erdgeschoss, eine runde Luke im ersten Stock und keine weitere Öffnung zum Hof hin. Martial konnte ihn nicht betreten. Mit einer Leine an einem Kabel angebunden, das zwischen den beiden Flügeln gespannt war, bellte wütend eine schwarze Promenadenmischung, eine Reihe gelblicher Zähne entblößend, mit einem Blick voller Angst und Ingrimm angesichts des Unbekannten. Es dauerte einige Zeit, bis dieses Gebell jemanden herbeilockte. Endlich öffnete sich die Tür des Stalls. Pierre Gresse, das Gewehr in der Hand, machte ein paar Schritte auf ihn zu.

»Wer ist da?«, bellte er seinerseits.

»Martial de la Boissière. Ihre Nichte war heute Nachmittag bei mir, um mir zu sagen, dass Sie mich zu sehen wünschen. Ich fürchte, ich bin ein bisschen zu früh, aber ich kenne die Melkzeiten nicht …«

Der Gresse-Sohn machte einen weiteren Schritt, trat aber nicht aus dem Licht, das aus dem Stall drang, heraus. Der Doppellauf seines Gewehrs ruhte unverändert bedrohlich auf seinem linken Unterarm. Martial hob seine Laterne, um ihm sein Gesicht zu zeigen. Das schien den anderen zu beruhigen.

»Sie können näher kommen, er wird Ihnen nichts tun.«

Mit einer Bewegung des Kinns deutete er auf die Eingangstür, dann drehte er sich, ohne abzuwarten, um und ging zurück zu seinen Kühen.

Martial schob sich dicht an dem Hund vorbei, der für einen Augenblick aufhörte zu bellen, um ein unzufriedenes Knurren von sich zu geben. Als er an ihm vorbei war, ging das Gebell hinter ihm erneut los. Er klopfte an die Tür, und Amélie öffnete, immer noch in demselben kurzen Kleid, die beiden Kragenknöpfe offen, mit nackten, zerkratzten Beinen und ihrer Gestik, die lasziv wirken sollte.

»Kommen Sie rein, Sie werden erwartet.«

Sie trat kaum zur Seite, um ihn hereinzulassen, sodass er seine Schulter an ihrer reiben musste, um in den Raum zu gelangen, der sich linker Hand öffnete.

Es war ein niedriges und ziemlich dunkles Zimmer. Ein großer, abgewetzter Sessel thronte vor dem einzigen Fenster, die Wand gegenüber dem Eingang wurde nahezu vollständig durch einen großen Kamin eingenommen. Rechts von ihm gab eine Uhr im Rhythmus ihres Pendels laute Geräusche von sich, und in der Mitte stand ein langer rechteckiger Tisch. An seinem Ende saß Henriette Gresse auf einem Strohstuhl und durchbohrte Martial wortlos mit Blicken aus ihren kohlrabenschwarzen Augen. Man konnte eine Spülküche erahnen, in der die beiden anderen Frauen des Hauses beschäftigt waren. Hier befand sich die Tür zum Stall, die sich jetzt öffnete. Pierre Gresse trat zu ihnen ins Zimmer. Er öffnete sein Gewehr, lehnte es gegen die Uhr und schob die Rehposten in die Tasche seines Arbeitskittels. Dann setzte er sich auf die Bank neben seiner Mutter und forderte Martial auf, sich ebenfalls zu setzen, ihm gegenüber. Mathilde kam aus der Spülküche und trocknete sich mit einem karierten Geschirrtuch die Hände ab. Sie stellte sich ganz automatisch hinter ihren Mann. Ihre Augen waren müde, ihr Gesicht abgespannt. Aber es blieb unübersehbar, dass sie das einzige wirkliche Licht in dem Raum war. Ihre Schwägerin kam ebenfalls herein und setzte sich neben Pierre, ohne irgendetwas zu sagen. Die Hierarchie innerhalb der Familie war unmissverständlich klargestellt.

Amélie stand immer noch in der Tür. Die alte Gresse knurrte etwas in Mundart. Martial kannte zwar aus seinen Jahren in Toulouse ein paar Worte Okzitanisch, doch das war zu wenig, um zu verstehen, was sie ihrer Schwiegertochter mitteilte. Yvonne brauchte nichts zu sagen, damit Amélie geräuschvoll verschwand. Man hörte sie die Treppe hinaufgehen, dann knarrten die Stäbe des Parketts über ihnen ein paar Augenblicke lang.

»Nehmen Sie als Erstes zur Kenntnis, Monsieur, dass wir Ihnen nicht einen Sou geben werden.«

Henriette Gresse hatte mit einer Stimme gesprochen, die aus der Tiefe ihres Bauchs zu kommen schien. Und sie blickte ihn weiterhin böse an.

»Ich bin nicht gekommen, um Geld von Ihnen zu fordern, Madame.«

»Wir sind in Trauer, aber nicht wehrlos. Die Raben, die vom Geruch des Todes angelockt werden, können weiterziehen.«

»Darf ich das so verstehen, dass Sie mich zu sich bestellt haben, um mich zu beleidigen?«

Die alte Frau antwortete nicht.

»Ich weiß nicht genau, was man Ihnen über mich erzählt hat, aber ich fürchte, dass da ein Missverständnis vorliegt.«

Pierre Gresse rutschte auf seiner Bank hin und her. Er holte seinen Tabaksbeutel und einen Umschlag mit Zigarettenpapier hervor. Schließlich richtete er das Wort an Martial, ohne ihn anzusehen; dabei begann er, den wenig beweglichen linken Arm an den Körper gepresst, eine Zigarette zu drehen.

»Wie es scheint, stellen Sie Fragen über uns …«

»Ich glaube, dass der Tod von Louis Bascoul und Ihrem Bruder das Werk ein und derselben Person ist. Ich versuche nur, mich zu informieren.«

»Aber wer bezahlt Sie für diese Ermittlungen?«, knurrte die Mutter.

»Niemand bezahlt mich. Ich habe etwas Erfahrung, die es mir erlaubt, die Polizei bei manchen Fällen zu unterstützen.«

Draußen hörte der Hund nicht auf, sich heiser zu bellen. Pierre Gresse stand auf, um sich mit Hilfe eines Stücks Glut die Zigarette anzuzünden.

»Wir sind anständige Bauern, Monsieur!«, sagte seine Mutter. »Eine Familie, die ganz und gar in ihrer Arbeit aufgeht. Aber manche sind eifersüchtig, das ist das Problem. Wenn Sie den finden wollen, der meinen lieben Sohn abgeschlachtet hat, gehen Sie doch zu diesem Dreckskerl Cassagne. Das habe ich auch der Polizei gesagt. Ich weiß, wer unser Feind ist: er! Aber die Polizisten pfeifen drauf, die sind weggefahren, ohne etwas zu unternehmen. Wenn Michel noch bei uns wäre, ich schwöre Ihnen, es würde Joseph Cassagne leidtun, dass er geboren ist.«

Pierre, sich der Feigheit bewusst, die seine Mutter ihm gerade unterstellt hatte, senkte den Kopf.

»Ich bin kein Polizist, aber ich bin geblieben. Ich will genau wie Sie den finden, der das getan hat. Dafür brauche ich aber so viele Informationen wie nur möglich.«

»Sie wühlen in der Scheiße, das ist alles, was Sie tun! Sie haben diese Geschichte von den Großneffen meines armen Mannes wieder hervorgezerrt. Sie sind wie die anderen, die uns seit Jahren verleumden und seit letztem Dienstag voller Schadenfreude sind und kein gutes Haar an uns lassen.«

»Ich versuche zu verstehen, warum die Leute so eine Wut auf Sie haben, Madame, sonst nichts.«

»Dann suchen Sie bei Cassagne. Schauen Sie! Ich habe nur noch Pierre mit seinem verkrüppelten Arm; er macht, zusammen mit meinen beiden Schwiegertöchtern, den Hauptteil der Arbeit. Wir werden Leute einstellen müssen, anders werden wir es nicht mehr schaffen. Man treibt uns in den Ruin, um sich unser Land unter den Nagel reißen zu können. Aber sie werden nichts kriegen! Nichts!«

»Dass Ihr Erfolg Eifersucht schürt, das will ich gern glauben, aber deswegen zwei Menschen zu töten … Und warum als Ersten Ihren Knecht?«

»Der war ein Taugenichts«, schimpfte Pierre.

»Er ist trotzdem tot, und zwar nicht durch einen Unfall oder Selbstmord. Ich fürchte, die Gefahr liegt nicht dort, wo Sie sie vermuten.«

»Sie sind also auch nicht besser als diejenigen, die uns diese Gespenstergeschichten erzählen?«

»Nein, Madame. Ich glaube nicht an Gespenster. Derjenige, der Ihren Sohn getötet hat, war sehr real.«

Niemand reagierte. Yvonne rang ihre rissigen Hände. Ihr Schwager saugte unaufhörlich an seiner Kippe. Die Mutter ließ Martial nicht aus den Augen. Nur Mathilde wirkte ruhig und musterte Martial mit einem Blick ohne jede Feindseligkeit. Aber niemand schien sie zu beachten, so als sei sie gar nicht im Raum.

»Könnten Sie drei oder vier Fragen zu letztem Dienstag beantworten?«

»Wir haben schon Dutzende von Fragen beantwortet, mehrfach sogar!«

»Ihr Sohn sollte mit einem Wagen voll Futter zu der Schäferei hinauffahren, die Sie am Pass besitzen, richtig? Wissen Sie, wann er dieses Futter aufgeladen hat?«

»Am Abend davor«, erwiderte Pierre, ohne zu zögern. »Er hat immer am Abend davor aufgeladen, vor Einbruch der Nacht.«

»Und wo blieb der Wagen dann?«

»Es gibt eine offene Scheune hinter dem Stall.«

»Wer von Ihnen hat ihn wegfahren sehen, nachdem der Milchmann da gewesen war?«

»Bis auf meine Mutter und meine Nichte waren alle auf. Wir haben viel zu tun …«

»Ihnen ist nichts Besonderes aufgefallen?«

Pierre warf Yvonne einen fragenden Blick zu, aber nicht Mathilde.

»Nein, nichts Besonderes.«

»Als Sie das Gespann später am Vormittag nach Hause geholt haben – da ist Ihnen auch nichts Besonderes aufgefallen?«

»Seine Jacke und sein Gewehr haben gefehlt. Die Jacke meines Bruders hat man uns nicht zurückgegeben, und niemand hat sein Gewehr gesehen. Er hatte es immer bei sich, im Wagen unter der Bank.«

»Das haben wir alles schon der Polizei gesagt«, knurrte die Matriarchin erneut.

»Ich glaube zu wissen, wie Ihr Sohn angegriffen worden ist. Ich denke, sein Mörder hat sich im Stroh des Wagens versteckt und sich dann zu einem bestimmten Zeitpunkt auf ihn gestürzt. Ich denke, er ist hierhergekommen, unter Ihre Nase, bis in Ihre Scheune. Was Ihren Knecht betrifft, so bin ich überzeugt, dass er gefoltert wurde, bevor er getötet worden ist. Jemand hat versucht, ihn zum Sprechen zu bringen. Was dabei herausgekommen ist, hat vermutlich zum Tod Ihres Sohnes geführt. Denken Sie wirklich, dass Ihr Nachbar das alles hätte tun können, dass er so viele Risiken eingegangen wäre und am Ende so grausam gehandelt hätte? Alles für ein paar Dutzend Hektar und Grenzstreitigkeiten?«

Henriettes Wut spiegelte sich in ihrem bleichen Gesicht, das aussah, als könnte es unter dem Einfluss der Grimasse, die es verzerrte, jeden Augenblick auseinanderfallen.

»Was kann einen solchen Hass, eine solche Barbarei ausgelöst haben?«, fuhr Martial fort, ohne ihr die Zeit zum Explodieren zu lassen.

»Sie sind wie alle anderen, die denken, dass wir Julien getötet haben! Sie klagen uns an, ohne Bescheid zu wissen! Er ist gegangen, er ist geflohen, wie sein Taugenichts von Bruder! Das ist geschehen! Unsere Familie ist vom Unglück verfolgt, Monsieur, und diejenigen, die unseren Untergang wollen, profitieren davon und verbreiten noch mehr Lügen über uns. Sie haben keinerlei Mitleid, keinerlei Respekt! Und Sie sind auf der Seite dieser Leute!«

»Ich bin auf niemandes Seite, Madame. Jetzt, da ich mit Ihnen spreche, läuft ein Mörder frei herum. Die Frage, die ich mir stelle, ist, ob er fortfahren könnte, seine Wut an Ihrer Familie oder Ihren Angehörigen auszulassen.«

Pierre, der bereits seine zweite schlecht gedrehte Zigarette anzündete, verlor als Erster die Nerven.

»Dann soll er doch kommen, ich warte auf ihn!«

Und mit einer heftigen Bewegung holte er die beiden Patronen aus seiner Tasche und legte sie wütend auf den Tisch.

»Sie sollten tatsächlich auf der Hut sein, aber nicht so. Vielmehr müssen Sie sich an die Gendarmerie wenden und mein Gesuch unterstützen. Wenn ich allein bin, werden sie mir nicht glauben. Ich habe den Ort, an dem Louis Bascoul gefangen gehalten und gefoltert worden ist, gefunden. Wenn eingeräumt wird, dass es sich auch in dem Fall um Mord handelt, wird auch für Ihren Schutz gesorgt werden.«

»Wo ist das?«, fragte Pierre, immer noch wütend.

»Beim Pas-du-Diable, in einer Höhle.«

»Eine Höhle? Ich kenne dort keine Höhle.«

»Und doch gibt es eine. Hat hier niemand davon gewusst?«

Nun überraschte Yvonne ihre Leute, indem sie das erste Mal den Mund öffnete.

»Doch, ich habe davon gewusst. Aber ich habe sie nie gesehen und bin nie dort gewesen. Man hat mir davon erzählt, das ist alles.«

»Dann gibt es also Leute, die diese Höhle kennen?«

»Sie war bekannt ... Armand Pujol hat sie gefunden. Er ist oft zum Pas-du-Diable gegangen, und irgendwann hat er seinen Bruder mitgenommen. Julien hat von einer Höhle und einem Tunnel unter der Erde erzählt. Einem Ort, der ihm Angst machte.«

Michels Witwe sah älter aus, als sie war, ihre Haut war an zahlreichen Stellen faltig, und sie hatte Ringe unter den Augen. Dennoch strahlte sie eine gewisse Stärke aus. Die Stärke von jemandem, der es gewohnt ist, zu kämpfen, um einen Platz im Leben zu erobern und ihn zu behalten.

Henriette Gresse schleuderte ihr ein paar Worte in Mundart ins Gesicht. Martial verstand nur, dass sie sie anwies zu schweigen. Doch sie überhörte es geflissentlich.

»Er kann nicht zurückgekommen sein. Er ist tot!«, stöhnte Pierre.

»Von wem sprechen Sie?«

»Von Armand, verdammt! Wer sonst hätte das tun können? Es ist er, er ist zurückgekehrt. Vielleicht ist er ja gar nicht so tot.«

Seine Mutter schlug mit der flachen Hand auf den Tisch. Erneut in Mundart schleuderte sie ihm giftig klingende Worte ins Gesicht. Dann wandte sie sich an Martial.

»Sie versuchen uns Angst zu machen, Monsieur, aber das wird Ihnen nicht gelingen. Auf diese Weise werden Sie uns nicht beeinflussen!«

»Dann stelle ich meine Frage anders: Wen hätte Louis Bascoul abgesehen von Ihrem ältesten Sohn kompromittieren können?«

»Mathilde nicht«, rief Pierre. »Wir waren damals nicht verheiratet, sie hat nicht hier gelebt.«

Jedes Mal, wenn er den Mund öffnete, verriet er sich ein wenig mehr. Für ihn gab es nur die Möglichkeit, dass Armand Pujol lebte. Also war er sich des Todes von Julien sicher. Und er hatte gerade den Zeitpunkt genannt. Martial lief es kalt den Rücken hinunter: Sie hatten ihn tatsächlich getötet. Und auch sie hatten die Parallele zu den jüngsten Ereignissen gezogen. Deswegen hatten sie ihn zu sich gebeten: Sie hatten erheblich mehr Angst, als sie zeigen wollten.

Über ihnen begann der Boden zu knarren. Martial blickte sie einen nach dem anderen an. Yvonne und ihre Schwiegermutter senkten den Kopf, Pierre wirkte erschrocken, Mathilde war die Einzige, die seinen Blick erwiderte, während alle anderen ihm auswichen. Sie wusste Bescheid, er sah es in ihren hellen Augen. Sie wusste seit Langem Bescheid.

»Sie müssen beschützt werden«, wiederholte er schließlich.

»Wir können uns allein schützen«, erwiderte die alte Gresse. »Sie haben Ihre Aufgabe erfüllt, Monsieur. Sie haben uns gewarnt. Jetzt können Sie ruhig schlafen; wenn noch etwas passiert, haben Sie sich nichts vorzuwerfen.«

Damit war das Gespräch beendet. Sie forderte Martial auf zu gehen.

»Ich werde meine Ermittlungen fortsetzen«, sagte er, bevor er das Haus verließ. »Wenn Sie mich brauchen, wissen Sie, wo Sie mich finden. Und seien Sie weiterhin auf der Hut, wer auch immer es ist, er wird erneut zuschlagen, dessen bin ich sicher.«

Nachdem er den Hof verlassen hatte und weit genug weg war von dem Hund, der sich die Lunge aus dem Leib bellte, zündete Martial seine Laterne wieder an. Die ersten Schneeflocken fielen, vereinzelt und zart, verstreut von einem leichten Wind in einer Nacht, die im Schein der Laterne eine marineblaue Färbung annahm. Er ging wieder zu der Steinbrücke hinunter. Antoine Guirauds Haus oben auf seiner Anhöhe war in Dunkelheit getaucht. Er hätte abbiegen können auf den Pfad, der am Fluss entlangführte, doch er tat es nicht und ging stattdessen die Straße bis zum Dorf hinauf. Er hatte das Bedürfnis zu laufen, an der frischen Luft zu sein. Allein in der ehemaligen Mühle zu sitzen, danach stand ihm jetzt nicht der Sinn. Er begegnete niemandem auf seinem Weg, kein Lebenszeichen weit und breit. Selbst das »Café du Progrès« war geschlossen. Der Schnee fiel jetzt dichter, blieb aber nicht liegen.

Er beschloss, zu Camilles Schule hinaufzugehen. Er wollte sie in ihrer Zweisamkeit nicht stören, er wollte sich nur nähern, sie in der Nähe spüren. Und er wollte Lucien Guiraud überraschen. Als er ein Stück des Weges, der zu den Anhöhen des Dorfes führte, gegangen war, löschte er seine Laterne. Er fand die Nacht wieder, seine Nacht. Und so lief er durch die Dunkelheit und hörte die Flocken wirbeln, wenn sie seine Ohren streiften, oder spürte sie, wenn sie gegen sein Gesicht prallten. Auf diese Weise fand er zu etwas Ruhe und Gelassenheit zurück.

Bald erkannte er den massiven Schatten der Schule; ihre Umrisse waren in der Dunkelheit zu sehen, weil in dem kleinen Salon, dessen Fensterläden Camille noch immer nicht geschlossen hatte, Licht brannte. Er hielt den Atem an und ging auf leisen Sohlen weiter. Doch hinter dem Mäuerchen vor der Stechpalmenhecke war niemand. Er war der Einzige, der zu den erleuchteten Fenstern hinaufblickte, und er wurde sich der Lächerlichkeit der Situation bewusst. Und obwohl er fürchtete, dass sie ihn ertappte, war er zunächst nicht imstande, wieder zu gehen. Er wollte noch einen Augenblick bleiben.

Als er spürte, wie die Kälte in seine Füße kroch, beschloss er, zur Mühle zurückzukehren. Er hatte niemanden hinter den Scheiben im ersten Stock vorbeigehen sehen. Nicht einmal Camilles Gestalt war am Fenster erschienen. Also würde er mit der Erinnerung daran einschlafen, wie auf dem Weg zurück vom Pas-du-Diable ihre Hand in seiner gelegen hatte.

Plötzlich erschien ihm die Nacht weniger beruhigend. Als er außer Sichtweite war, zündete er seine Laterne wieder an. Und sofort sah er dreißig Meter vor sich einen Schatten weglaufen. Da war jemand zur Schule hinaufgegangen, wie er ohne Lampe, und war überrascht worden. Mit der Geschwindigkeit eines Tiers war der Schatten in die Hecke gesprungen. Martial hatte gespürt, wie das Blut in seinen Adern erstarrte. Sofort hatte er die Hand in die Tasche geschoben und den Griff seines Revolvers umklammert. Er hätte gleich hinterherlaufen sollen, aber er brauchte ein paar Sekunden, um wieder zu Verstand zu kommen. Am Ende rannte er zu spät los. Hinter der Hecke erstreckte sich ein Feld bis hinunter zu den ersten Häusern des Dorfs. Er sah nicht weit genug, um wen auch immer einzuholen, und trotzdem wusste er, wer es war. Er wusste, dass Lucien Guiraud ebenfalls gehörig erschrocken war und nicht so schnell wiederkommen würde, um Camille zu beobachten.

Martial kehrte zum Weg zurück und beeilte sich, zur Mühle

zu gelangen, die ganze Zeit begleitet von Schnee, der bei Tagesanbruch vermutlich spurlos verschwunden sein würde, denn er hatte große Mühe, liegen zu bleiben. Er stieg die wenigen Stufen der Außentreppe hinauf, holte den Schlüssel unter dem Stein hervor und schloss die Tür zweimal hinter sich ab. Der Raum war warm, der Ofen war nicht ausgegangen. Er machte mehr Licht und legte Holz nach. Und er blieb noch eine Weile unten, um zu vermeiden, dass seine Besorgnis sich in Angst verwandelte. Als er sich entschloss, hinaufzugehen und zu schlafen, war es erst kurz nach elf.

Er nahm die Munition aus seiner Waffe und wickelte sie wieder in den schwarzen Stoff, bevor er sie in die Schublade seines Nachttischs legte. Dann zog er seinen Pyjama an. Es war kühler im Schlafzimmer, aber er verzichtete auf den heißen Ziegelstein in den Decken. Er entfernte die Tagesdecke vom Bett, um sich schlafen legen zu können, obwohl er nicht müde war. Ein Detail ließ ihn innehalten, eine idiotische Sache, eine Junggesellensache, und trotzdem krampfte sich sein Bauch zusammen. Beim Bettenmachen am Morgen hatte er das große, pralle Kopfkissen als Letztes hingelegt, wie Denise es bei ihm zu Hause machte. Jetzt befand sich ein Teil des Kissens unter den Decken. Jemand war an diesem Bett gewesen. Vorsichtig klappte er die Decke beiseite und hob das Kissen hoch. Darunter war nichts, nur ein wie zu Internatszeiten tadellos glatt gezogenes weißes Laken. Er verfrachtete das Kopfkissen an seinen Platz und legte sich ins Bett. Aber der Zweifel ist grausam, vor allem, wenn er erlaubt ist. Obwohl er bereits begonnen hatte, die Beine unter die Decke zu schieben, zog er sie noch einmal zurück und stand wieder auf. Er entfernte die dicke Daunendecke und legte sie auf den Bettpfosten. Und dann entdeckte er, in der Mitte der Matratze, eine kleine Beule. Etwas Rundes. Er nahm Laken und Decke und zog, sehr langsam, beide gleichzeitig zu sich. Als er entdeckte, was da in seinem Bett war, spürte er, wie ihm der kalte Hauch der Panik in die Eingeweide fuhr. Auf dem weißen Laken lag zusammengerollt eine Viper und schlief. Er empfand einen heiligen Schrecken vor diesen Tieren, vor allen Schlangen, ganz egal welchen. Mehr als Schrecken sogar, eine panische Angst, es war fast eine Phobie. Seine Hand zitterte. Die Viper hatte die Schlitze, die ihr als Augen dienten, geöffnet. Es war noch zu kalt, als dass die Schlangen herausgekommen wären. Man musste wissen, wo man sie fand, und man musste wissen, dass die Aspisvipern im Frühling böse und aggressiv sind. Das hatte ihn jedenfalls sein Großvater gelehrt, der niemals begriffen hatte, wie man vor einem so kleinen und ängstlichen Tier Angst haben konnte. Ständig hatte er ihn deswegen ausgeschimpft.

Martial unterdrückte den Impuls, aus dem Zimmer zu laufen. Er versuchte, einen kühlen Kopf zu bewahren und sein Zittern zu unterdrücken. Der erste Gedanke, der ihm kam, war, seinen Revolver zu benutzen. Aber das hätte die Matratze nicht überstanden. Also zog er erneut an dem Laken, diesmal ohne die Decke, und deckte das Tier zu. Dann stürmte er die Treppe hinunter und holte den Schürhaken, der neben dem Kamin stand. Als er wieder oben war, befand sich die Beule immer noch unter dem Laken, aber sie begann sich zu bewegen. Das Herz kurz vor dem Explodieren, hob Martial den Schürhaken. Er zögerte lange. Seine Phobie ließ ihn das Schlimmste fürchten, sollte er nicht treffen. Doch da der Körper sich immer mehr streckte und nach einer Seite zu fliehen drohte, nahm er seine ganze Wut zusammen und schlug mit aller Kraft zu. Er zählte die Schläge nicht, hörte den Kopf aber mehrmals krachen. Dermaßen blindwütig schlug er zu, dass das Laken zerriss. Als er es mit der Spitze seines Werkzeugs hochhob, war die Viper längst tot und der Kopf auf ganzer Länge gespalten.

Mit den Feuerzangen beförderte er sie in den Ascheimer. Der Eimer landete unter dem Eingangsportal. Anschließend inspizierte er jeden Winkel seines Schlafzimmers und der anderen Räume, einschließlich Édouards Bett, und wechselte das Laken. Allerdings brauchte er eine Weile und mehrere kräftige Schlucke Schnaps, um, von der Kälte besiegt, endgültig unter die Decken schlüpfen zu können. Er löschte die Lampe, und als es ihm gelungen war, die Bilder von Schlangen, die an seinen Beinen emporkrochen, zu verjagen, kehrte er in die Realität zurück: Man begann, ihm nach dem Leben zu trachten. Ein schlechter Witz? Eine Drohung? Schlimmeres?

Er wusste nicht, wann der Schlaf ihn endlich überwältigt hatte und die Giftschlangen, die den Schweinen zum Fraß vorgeworfenen Kinder, die aufgeschlitzten Bauern und die in Folterkammern verwandelten Höhlen mit sich nahm. Aber einen Gutteil der Nacht hatte er mit offenen Augen dagelegen.

16

Am nächsten Morgen wurde Martial gnadenlos von einem regelrechten Getrommel gegen seine Haustür geweckt. Draußen war es noch nicht richtig hell, und er brauchte eine Weile, um zu sich zu kommen. Begleitet wurden die Schläge gegen die Tür von Édouards Rufen. Ihm fiel ein, dass er vergessen hatte, den Schlüssel aus dem Schloss zu ziehen; damit hatte er seinen Gastgeber ausgesperrt. Eilig lief er nach unten und traf auf einen besorgten Édouard, der die tote Viper unter seinem Eingangsportal gefunden hatte.

»Wir müssen die Gendarmerie informieren«, sagte er, nachdem er sich Martials Erklärungen angehört hatte. »Der Biss dieser Schlange kann tödlich sein.«

»So häufig ist er nicht tödlich … Da wollte mir jemand vor allem Angst einjagen. Es lohnt sich nicht, deswegen die Gendarmerie zu alarmieren. Aber wir sollten ein neues Versteck für den Schlüssel finden. Ich fürchte, dieser hier ist entdeckt worden.«

»Das bedeutet, dass der Mörder Sie fürchtet. Die Spur, die Sie verfolgen, muss die richtige sein.«

»Ich bin nicht sicher, ob der Mörder von Michel Gresse sich damit amüsieren würde, die Gegend abzugrasen, um eine schlafende Schlange zu finden und sie in meinem Bett zu verstecken. Ein Gespenst macht so etwas nicht.«

»Haben Sie eine andere Person in Verdacht?«

»Vermutlich ist es jemand, dem es nicht passt, dass ich mich in die Ermittlungen einmische oder dass ich überhaupt hier bin.«

Édouard blieb skeptisch. Dann kamen sie auf den Besuch auf dem Hof der Gresses zu sprechen. Martial erzählte, wie es gelaufen war.

»Ich glaube, dass sie den jungen Pujol tatsächlich getötet haben und dass sie den Leichnam haben verschwinden lassen. Und ich glaube, ihnen ist klar, dass ich das glaube. Pierre scheint panische Angst zu haben. Und er hat nur seine Frau aus dem Kreis der potenziell Verdächtigen ausgeschlossen.«

»Sie denken wirklich, Armand Pujol könnte in diesem Dorf leben, vor den Augen aller, ohne dass ihn jemand erkennt?«

»Was Armand Pujol betrifft, so werden wir nachher im Dorf ein kleines Experiment machen. Sie werden sehen, dass das durchaus sein könnte. Aber es kann sich auch um eine andere Person handeln, jemanden, dem der Tod dieses Jungen ebenfalls sehr nahegeht. Es könnte auch sein, dass die Geschichte der Brüder Pujol unserem Mörder sehr gelegen kommt, dass er sie für seine Zwecke benutzt. Als Ablenkungsmanöver, hinter dem er seine wahren Absichten verbergen kann … Wir müssen heute unbedingt einen Schritt weiterkommen. Wer immer der Mörder ist, er hat einen zu großen Vorsprung.«

Martial ging hinauf, um sich zu waschen und anzukleiden, dann frühstückte er in aller Eile. Wie er vorausgesehen hatte, gab es von dem nächtlichen Schnee so gut wie keine Spur mehr. Der Morgen erwies sich als grau und feucht, aber es war milder als an den vorangegangenen Tagen.

Sie begannen mit dem Einfachsten: dem Sägewerk. Dort gingen sie hinauf in das Büro des ehemaligen Bürgermeisters, das über der Hauptwerkstatt lag. Antoine Guiraud, der schon seit einer guten Weile bei der Arbeit war, saß über sein Auftragsbuch gebeugt. Durch die zahlreichen Fenster des Raums hatte er einen Überblick über seinen gesamten Betrieb, in dem überall geschäftiges Treiben herrschte. Doch er verschanzte sich nicht in seinem Ausguck, sondern ging regelmäßig zu seinen Arbeitern hinunter, und wenn ihm etwas nicht zusagte, zögerte er nicht, die Jacke auszuziehen und vorzumachen, was er wollte. Auch deswegen wurde er respektiert.

Er zeigte sich keineswegs überrascht oder gestört, als er Édouard und Martial auftauchen sah. Vielmehr forderte er sie auf, sich zu setzen, und nahm seine Halbmondbrille ab. Zunächst hörte er sich die Geschichte der Höhle an.

»Die einzige Höhle, die ich kenne, ist 1875 über Auguste Fabre, der dort seine Fallen versteckte, eingestürzt. Aber sie liegt nicht am Pas-du-Diable. Man kam über die Schlucht hin, die sich unterhalb des Friedhofs befindet. Von einer anderen Höhle habe ich nie gehört. Und es dürfte nicht viele geben, die sie kennen.«

»Diejenigen, die sie kennen, werden sich dessen jetzt wohl kaum rühmen. Sie würden sich ja automatisch verdächtig machen«, sagte Édouard.

Anschließend hörte Antoine Guiraud sich die anderen Anliegen an.

»Wenn Sie die neuen Bewohner finden wollen, da gibt es nicht so viele Orte, an denen Sie suchen müssen. Sie sind hier, im Sägewerk, oder bei Christophe im Steinbruch. Die der Molkerei kennen Sie ja schon. Bleiben noch unser Lehrer und die beiden Postangestellten. Wir reden von vielleicht fünfzehn Namen, wenn man die mitzählt, die eventuell mit ihnen hier heraufgekommen sind. Was Armand Pujol betrifft, ihn habe ihn kaum gekannt. Meiner Erinnerung nach hatte er braune, vielleicht schwarze Haare. Er war ziemlich groß und kräftig für sein Alter. Das ist alles, was ich Ihnen sagen kann.«

Er machte eine Pause und blickte Martial an.

»Verdammt! Ich hoffe, Sie wissen, was Sie tun, wenn Sie all das wieder aufrühren. Das Gerücht macht schon die Runde im Dorf, die Leute sprechen von nichts anderem als dieser Wiedergängergeschichte. Aber sie müssen beruhigt werden und nicht in ihrem Aberglauben bestärkt!«

»Zu gegebener Zeit wird es nötig sein, dass ich mit ihnen darüber sprechen kann.«

»Das wäre in der Tat gut. Und je früher, desto besser. Vielleicht heute Abend?«

Es wunderte Martial, dass ihm so wenig Spielraum gelassen wurde. Doch Antoine Guiraud beharrte darauf.

»Ich kann für zwanzig Uhr etwas organisieren, im Sitzungssaal des Rathauses. Sie müssen lediglich Ihre Sichtweise darlegen, das ist alles.«

Martial fühlte sich verpflichtet zuzusagen. Danach nahm sich der alte Mann ein paar Minuten Zeit, um ihm eine Liste der neuen Dorfbewohner zusammenzustellen. Dazu musste er nicht groß nachdenken, so gut kannte er seinen Bezirk.

Die Liste begann mit Jean Guillard, Chauffeur, zugezogen 1922, alleinlebend. Es folgten Étienne Germain und seine Schwester Éliane, zugezogen vor dem ersten Schuljahresanfang nach dem Krieg. Dann Fernand Palousi, Direktor der Molkerei, verheiratet mit Jeanne, einer zurückhaltenden Frau, und Vater zweier kleiner Kinder. Pascal Béziat, der Buttermacher, war nicht wirklich ein Neuankömmling, sondern 1921 »zurückgekommen«. Serge Cals war im selben Jahr gekommen. Beide waren unverheiratet. Dann war da Émile Clavière, Émile-der-Briefträger, im Krieg schwer verwundet, seit 1920 im Postamt angestellt. Maurice Daures, der Postvorsteher, war vor etwas mehr als einem Jahr ins Dorf gekommen, ein junger Ehemann aus Castres, der keinen anderen Ehrgeiz hatte, als möglichst schnell dorthin zurückzukehren. Er war der beste Freund von Palousi geworden. Im Sägewerk gab es Rémi Fieu, den Vorarbeiter, der 1920 eingestellt worden war. Er war allein gekommen, von der anderen Seite des Gebirges. Antoine Guiraud hatte vier weitere Arbeiter eingestellt, aber keiner von ihnen war geblieben. Jetzt beschäftigte er, unterstützt von Rémi Fieu, der sie ausbildete, nur noch Söhne des Dorfes. Im Steinbruch arbeitete ein halbes Dutzend Arbeiter für Christophe Maraval. Vier von ihnen waren nicht aus La Vitarelle. Alle waren nach dem Krieg eingestellt worden, als die Nachfrage nach Granit explodiert war. Da waren: Aimé Florensac, vierzig, verheiratet, der aus Noailhac kam und Erfahrung in seinem Beruf mitbrachte; Fernand Galinier, der ungefähr zur gleichen Zeit gekommen sein musste, im Herbst 1920; er kam aus den Bergen, aus Masnault, genau gesagt; er musste um die dreißig sein, vielleicht etwas jünger, und war fest mit einem Mädchen aus Brassac zusammen. François Bastide war später gekommen, 1922. Er lebte mit seiner Mutter zusammen, einer alten blinden, bigotten Frau, die ihn unter der Fuchtel hatte. Er war ohne Kenntnis der Arbeit im Steinbruch gekommen und hatte zunächst im Sägewerk sein Glück versucht. Antoine Guiraud hatte ihn dann wärmstens seinem jungen Kollegen empfohlen, als dieser Mühe hatte, zusätzliche Arbeitskräfte zu finden. Bastide war ein fleißiger Arbeiter und lernte schnell. Er musste inzwischen ungefähr fünfundzwanzig sein. Schließlich derjenige, der zuletzt gekommen war, Jean Fricard, ein kleiner kräftiger Kerl, der sich von Cahors auf den Weg gemacht hatte und mit nichts als seinem Steinmetzwerkzeug im Gepäck hier gelandet war. Ein schöner Mann, noch jung, der vor gut einem Jahr auf den Bällen und Festen ins

Zentrum der weiblichen Aufmerksamkeit gerückt war. Das waren alle, die Antoine Guiraud einfielen.

»Eine letzte Frage habe ich noch«, sagte Martial. »Gibt es im Dorf jemanden, der, wie soll ich sagen, mit Schlangen vertraut ist?«

»Vertraut? Meinen Sie, dass er welche zu Hause hat?«

»Ich dachte eher an jemanden, der sie fängt.«

»Ich muss schon sagen, Sie stellen komische Fragen … Da gibt es Aimé, Aimé Ramond. Er ist unser Hufschmied. Aber er hat eine Nebentätigkeit: Es heißt, er sei eine Art Hexer, wie sein Vater und sein Großvater vor ihm. Und er ist Knochenklempner. Er stellt eine Art Lotion auf Aspisvipernbasis her, die Schmerzen heilen soll. Daher ist er darin geübt, welche zu fangen. Manchmal beeindruckt er die Leute, indem er ein quicklebendiges Exemplar vorführt. Er hat sich sogar einmal auf einem Jahrmarkt fotografieren lassen und das Foto in seiner Werkstatt aufgehängt. Hat diese Schlangengeschichte etwas mit der Angelegenheit zu tun, die uns beschäftigt?«

»Ich bin mir nicht sicher. Aber ich danke Ihnen für all diese Informationen.«

Sie verabschiedeten sich und verließen sein Büro. Als sie über den Hof gingen, bemerkte Martial Lucien, der sie vom Eingang eines Schuppens, wo er stand und seine Pfeife rauchte, anstarrte. Sein Blick war so böse wie nur irgend möglich. Martial hielt diesem Blick stand, und Lucien machte auf dem Absatz kehrt. Als Édouard fragte, was da zwischen ihm und Lucien sei, zog Martial es vor, ihm zu verschweigen, was er entdeckt hatte, und wich der Frage aus, indem er auf die berühmte Liste zurückkam.

Anschließend begaben sie sich zum Steinbruch.

»Werden sie wegen irgendetwas verdächtigt?«, fragte Christophe Maraval beunruhigt, als sie ihn baten, die Informationen über seine vier Arbeiter zu bestätigen.

»Nicht im Geringsten«, erwiderte Martial. »Wir versuchen nur, die Bewohner dieses Dorfs und die Beziehungen zwischen ihnen besser kennenzulernen.«

»Es heißt, dass Sie sich auch für die Toten interessieren …«

»Es sieht so aus, als wäre ich da nicht der Einzige. Kannten Sie die Brüder Pujol?«

»Ich war mit Armand in der Schule. Ein großer Kerl, immer schweigsam, der sich nichts gefallen ließ, wenn man ihm dumm kam. Eigentlich war er gar nicht so kräftig, aber er war immer der Stärkere. Einmal hat er mir eine Tracht Prügel verpasst, weil ich gesagt hatte, sein Vater sei vom Gerüst gestürzt, weil er zu viel getrunken hatte.«

»Könnten Sie ihn etwas genauer beschreiben?«

»Ich glaube, er hatte helles Haar, aber dunkle Augen. Dunkel oder blau? Ich weiß es nicht mehr … Seinen Bruder, der dann verschwunden ist, habe ich dagegen nicht wirklich gekannt.«

»Haben Sie sich damals an der Suche beteiligt?«

»Ja, das habe ich. Zwei Tage, länger nicht, danach hat mein Alter mir verboten, weiter mitzumachen. Und dem widersetzte man sich besser nicht …«

»Und wissen Sie, ob am Pas-du-Diable gesucht worden ist?«

»Da haben wir sogar angefangen. Der Junge hatte einmal damit geprahlt, dass er oft heimlich dorthin ging. Wir dachten, dass das stimmen könnte und dass er vielleicht in eines der Löcher gefallen sei. Wir haben ein wenig gesucht, aber der Lehrer meinte, es würde sich nicht lohnen. Im Grunde hat das allen ganz gut in den Kram gepasst. Niemand hält sich dort gern auf. Und in die Abgründe hinuntersteigen … Über diesen Ort sind immer eine Menge Dinge erzählt worden. Vor ein paar Monaten habe ich für mein Geschäft die Hilfe eines Geologen gebraucht. Ich habe ihn um eine Untersuchung der Gegend gebeten, weil ich wissen wollte, ob ich mit weiteren Vorkommen rechnen kann. Ich habe ihn zum Pas-du-Diable begleitet. Er hat mir erklärt, dass da vermutlich überall Wasser gerieselt ist, dass die Betten der Quelle aber wohl schon seit Jahrhunderten umgeleitet werden. Seine Theorie war, dass sich Grundwasserschichten gebildet haben könnten, die die Erde von unten her ausgehöhlt haben. Da ist mir der kleine Pujol wieder eingefallen. Vielleicht war er dort unten, habe ich mir gedacht. Irgendwann wird man diese Höhlen erforschen müssen … Aber das sind gefährliche Orte.«

Als sie später ins Dorf zurückkehrten, merkte Édouard an, dass Armand Pujols Aussehen bereits von zwei Zeugen unterschiedlich beschrieben worden sei.

»Das hatte ich Ihnen ja gesagt. Das Gedächtnis ist launisch. Es vermag ein winziges Detail oder einen bestimmten Augenblick zu registrieren, ebenso kann es aber auch auslöschen, was man jahrelang vor Augen gehabt hat. Ich wette, wenn wir die Leute weiter befragen, haben wir bis Sonnenuntergang drei oder vier unterschiedliche Personenbeschreibungen von Armand.«

»Aber denken Sie, dass wir ihn auf dieser Liste finden, falls er den Krieg letztlich doch überlebt hat?«

»Warum nicht? Er ist derjenige mit dem besten Motiv, sich an den Gresses zu rächen.«

Gaston Fabre im »Café du Progrès« war nicht in der Lage, die Brüder Pujol zu beschreiben, ebenso wenig übrigens wie der Metzger, der gerade ein Glas Rotwein leerte; seiner schweren Zunge und der Röte seiner Wangen nach zu urteilen, war es nicht das erste an diesem Vormittag. Was die Höhle betraf, so kam man ihnen erneut mit der Geschichte von Onkel Gaston, einem berühmten Wilderer, der den Einsturz seines Verstecks zwar überlebt hatte, aber zwei Winter später an einer Rippenfellentzündung gestorben war.

Anschließend gingen sie die Straße hinunter zum Lebensmittelgeschäft. Dieser Laden war der eigentliche Mittelpunkt des Dorfes. Seine Regale bogen sich unter dem Gewicht von Waren aller Art. Vor dem großen Ladentisch standen riesige Jutesäcke voller Bohnen, Erbsen, Saubohnen und Linsen. Im Schaufenster thronte ein Zuckerhut. Die Gerüche ergaben eine Mischung, die das Abbild des Ladens zu sein schien. Er war ein unverzichtbarer Ort, der Ort, an den alle kamen. Ein kleiner rundlicher Mann mit sehr fortgeschrittener Glatze, einen Bleistift hinter dem Ohr und wie immer in seinem grauen Leinenkittel, bewegte sich im Rhythmus der Wünsche seiner Kunden, wobei er mit unvermuteter Wendigkeit Hindernissen auswich, in den Regalen suchte, eine von allen vergessene Schublade ausfindig machte, wog, zählte und anhäufte. Offenbar hatte er die Angewohnheit, alle »Vater dies«, »Sohn das« zu nennen. Er selbst wurde vom ganzen Dorf Vater Sabatié genannt. Und seine Frau, die ihren Schemel hinter der Registrierkasse nie verließ, war Mutter Sabatié, die Rundlichkeit in Person und unversiegliche Quelle von Klatsch und Tratsch.

Als Édouard und Martial den Laden betraten, war die einzige Kundin die Schwester von Étienne Germain, schwarz gekleidet und mit verschlossenem Gesicht. Sobald sie sie hereinkommen sah, beendete sie ihren Einlauf, bat, den Gesamtbetrag anzuschreiben, und verließ den Laden mit raschem, energischem Schritt, ohne ein Wort zu sagen.

»Monsieur Alexandre! Dann zu uns!«, rief Vater Sabatié und holte das Heft hervor, in das er seine Rechnungen schrieb.

»Ich brauche nur ein wenig Tabak«, log Édouard. »Und ich nutze die Gelegenheit, Ihnen Monsieur de la Boissière vorzustellen, einen Freund, der für einige Zeit zu uns gekommen ist.«

Das Händlerpaar grüßte mit aufgesetzter Höflichkeit. Dann ging Vater Sabatié um seinen Ladentisch herum zu dem Regal, wo sich der Tabak, das Zigarettenpapier, die Schreibwaren und, die einzigen Farbtupfer an einem ganz in Braun gehaltenen Ort, die unvermeidlichen mit bunten Bonbons gefüllten Gläser befanden. Er wog Édouards Tabak auf seiner Roberval-Waage, während Martial einen Schritt zur Seite riskierte, dahin, wo die Öl- und sogar ein paar Benzinkanister standen. Mutter Sabatié ließ ihn nicht aus den Augen.

»Sie sind der Detektiv, den Vater Guiraud engagiert hat, nicht wahr?«, fragte ihr Mann schließlich.

»Monsieur Guiraud hat mich in der Tat gebeten, etwas von meiner Zeit den jüngsten Ereignissen zu widmen, die Ihr Dorf in Trauer versetzt haben.«

»Sie sind das Hauptgesprächsthema im Dorf. Allein schon hier, Sie können sich gar nicht vorstellen, wie viele meiner Kunden über Sie gesprochen haben. Ich finde es sehr gut, dass jemand wie Sie sich ein wenig für das interessiert, was bei uns passiert. Die beiden anderen, die Inspektoren, haben diese Geschichte nicht ernst genommen. Sie dagegen haben nicht gezögert, den Finger dorthin zu legen, wo es nötig war, ohne sich über die Gespenstergeschichte lustig zu machen. Ich schäme mich nicht, das zu sagen: Ich glaube sie! Es gibt viele Dinge, die wir nicht erklären können, die hat es zu allen Zeiten gegeben. Die Brüder Pujol, die sind der Schlüssel. Solange ihre Seelen keine Ruhe gefunden haben, werden sie in unserem Dorf ihr Unwesen treiben.«

»Kannten Sie die beiden Brüder gut?«

»Nicht genauer. Man sah den Kleinen vorbeigehen, wenn er mit den anderen Jungen aus der Schule kam. An den Großen habe ich keine Erinnerung. Aber wenn Sie jemanden suchen, der sie gut gekannt hat, sollten Sie Mutter Cousinié besuchen, die mit der Braut von Monsieur Alexandre oben in der Schule arbeitet. Sie hat immer beim Mittagessen ausgeholfen, also können Sie sich vorstellen, dass sie die Jungs gut gekannt hat!«

Damit reichte er Édouard sein Päckchen Tabak, und dieser ging zur Kasse, um zu zahlen. Das Ehepaar Sabatié erwartete wahrscheinlich ein paar Enthüllungen über den Fortschritt der Ermittlungen. Seite an Seite standen die beiden hinter dem Ladentisch, mit unechtem Lächeln und gierigem Blick, der auf Martial gerichtet war. Doch der enttäuschte sie, indem er sich damit begnügte, sich zu verabschieden und, gefolgt von Édouard, den Laden zu verlassen.

Um zu dem kleinen Bauernhaus von Marthe Cousinié zu gelangen, musste man an Camilles Schule vorbeigehen. Danach war es das erste Haus am Wegesrand, zweihundert Meter weiter, vor einem Weiler, der aus weiteren vier Häusern bestand. Man betrat einen kleinen Hof, der zur Linken von einem kleinen Stall und zur Rechten von einem niedrigen Haus in relativ gutem Zustand gesäumt wurde. Hinten sprudelte Quellwasser in ein doppeltes Becken, das so kalt war, dass die Milchkanister hineingestellt wurden. In einer Ecke führten Steinstufen zu einer Wiese, auf der man einen Gemüsegarten und dahinter die Weide erahnte. Unterwegs hatte Édouard erzählt, was er über die Familie Cousinié wusste. Marthe war eine gute Seele, eine echte Stütze für Camille. Hinter dieser augenscheinlichen Bodenständigkeit verbarg sie eine Traurigkeit, die sie manchmal nur mit Mühe zu überspielen vermochte. Sie war unglücklich verheiratet. Ihr Mann François war der Straßenwärter des Dorfes. Er hatte bereits vor dem Krieg dazu geneigt, einen über den Durst zu trinken, doch nach seiner Rückkehr war es noch schlimmer geworden. Und häufig trank er minderwertigen Alkohol. Marthe ertrug sein Gejammer ebenso wie seine Gewalttätigkeit. Er ging nur selten in ein Café, um sich zu betrinken. Lieber gab er sich zu Hause mit billigem Rotwein die Kante, geschützt vor den Blicken anderer. Drei Kinder waren aus dieser unglücklichen Ehe hervorgegangen. Die beiden Töchter waren verheiratet und lebten im Tal. Der Sohn, Bernard, arbeitete im Sägewerk. Er ging auf die dreiundzwanzig zu, lebte immer noch unter dem Dach seiner Eltern und glich, so gut er konnte, die »Abwesenheiten« seines Vaters aus, indem er sich um die Tiere kümmerte: drei Kühe, ein paar Hühner, ein altes Pferd… Er hatte sich, wie andere, mit der jungen Amélie eingelassen, und seine Mutter hatte dummerweise davon erfahren. Wenn sie auch auf ihren Mann nicht den geringsten Einfluss hatte, so galt das nicht für ihren Sohn; sie hatte ihm befohlen, diese Art von Abenteuer, die nur Ärger einbringen könne und die sie persönlich in Verlegenheit brachte, da Henriette Gresse ihre Tante war, zu beenden.

Marthe Cousinié strahlte tatsächlich Stärke aus und stand mit beiden Beinen fest auf der Erde. Martial bemerkte die gelegentlich aufscheinende Melancholie in ihren Augen, allerdings nur sehr flüchtig. Sie empfing die beiden herzlich in ihrer Küche, wo in einem schwarzen Kessel eine Suppe zu köcheln begann. Nachdem sie ihnen einen Kaffee angeboten hatte, bestritt sie das Gespräch zunächst allein, glücklich, endlich Martial kennenzulernen, von dem Camille ihr so viel erzählt hatte. Sie freute sich, dass die junge Frau wieder etwas Farbe bekam, seit Édouard ins Dorf gezogen war. Und vor allem seit sie sich weniger darauf versteifte, die tragischen Ereignisse der vergangenen Monate ganz allein zu verstehen. Und so kam man auf die Ermittlungen zu sprechen, und Martial gelang es, die Namen der Brüder Pujol einzuflechten.

»Ich kannte vor allem den kleineren, Julien. Ein braver Junge, ausgesprochen lieb und außerdem höflich. Ein guter Schüler auch, der es weit hätte bringen können. Er war ungefähr so alt wie mein Sohn Bernard. Dieser Junge war immer traurig, er hatte immer den Kopf zwischen den Schultern. Er hat mir leidgetan. Alle wussten, wie er auf dem Hof lebte, was sie von ihm verlangten und was er durchzumachen hatte. Aber er hat sich nie beklagt. Monsieur und Madame Boutonnier, das damalige Lehrerpaar, hatten ihn ins Herz geschlossen. Sie haben ihm geholfen, so gut sie konnten. Ich habe es ebenfalls versucht. Manchmal hatte er mittags nicht viel zu essen, dann habe ich ihm, wenn niemand hinschaute, zwei, drei Kleinigkeiten extra in seinen Behälter getan. Und ich habe meinen Sohn gebeten, ihn nach der Schule hierher mitzunehmen, damit er nachmittags etwas zu essen bekam. Die Gresses haben ihn bis zum Umfallen schuften lassen. Solange er mit der Arbeit nicht fertig war, durfte er sich nicht zu Tisch setzen, und wenn die Essenszeit dann vorbei war, ist er mit leerem Magen schlafen gegangen. Sie hatten ihm einen Strohsack auf den Heuboden über ihrem kleinen Stall gelegt. Und außerdem bekam er Schläge. Mehrmals habe ich gesehen, wie er das Gesicht verzog, wenn er sich auf einem Stuhl anlehnte oder bücken musste, um etwas aufzuheben. An manchen Tagen konnte er nicht einmal mit den anderen Jungen spielen.«

»Haben Sie geglaubt, dass er einfach verschwunden ist?«

»Natürlich nicht! Monsieur Boutonnier übrigens auch nicht. Ein paar Tage nachdem der Kleine als vermisst gemeldet worden war, war ich allein mit ihm im Klassenzimmer. Der alte Mann war am Boden zerstört vor Kummer. ›Sie haben ihn getötet, Marthe …‹, hat er gesagt und geseufzt. ›Sie haben ihn getötet.‹ Ich höre es noch wie heute … Als ich einige Zeit später noch mal darauf zu sprechen kam, da war die Suche schon eingestellt worden, hat er aber mit mir geschimpft und gesagt, dass man diese Leute nicht ohne Beweise beschuldigen dürfe und dass er sich dazu habe hinreißen lassen, Dinge zu sagen, die über das, was er wirklich gedacht habe, weit hinausgegangen seien.«

»Und der ältere Bruder?«

»Armand? Der war scheuer, abweisender. Er hat sich immer abseits von allen gehalten. Laut Monsieur Boutonnier hatte er durchaus Möglichkeiten, aber die Schule war nicht wirklich seine Sache. Ich habe ihn nicht so gut gekannt. Dass er weggegangen ist, hat mich nicht besonders überrascht. Er kam mir immer so vor, als könnte er jeden Augenblick explodieren, als könnte er sich nur über die Wut ausdrücken. Was mich überrascht hat, war, dass er Julien alleingelassen hat. Die Art und Weise, wie er sich um ihn gekümmert hat, wie er ihn beschützt hat, war, wie soll ich sagen? Sie war vorbildlich. Er war für seinen jungen Bruder da. Hingebungsvoll. Er hätte alles auf sich genommen, um ihm das Schlimmste zu ersparen. Aber ich schätze, seine Widerstandskraft hatte ihre Grenzen …«

»Können Sie ihn beschreiben?«

»Ich erinnere mich an einen Jungen, der irgendwie rüde war, in jeder Beziehung. Nicht unbedingt sehr groß, aber ziemlich kräftig. Ich glaube, seine Stimme habe ich nie wirklich gehört. Im Grunde sehe ich ein finsteres Gesicht vor mir, sehr finster, sogar die Augen … Es fällt mir schwer, mich genau an ihn zu erinnern. Wenn ich an die Brüder Pujol denke, habe ich sofort Juliens Gesicht vor Augen. Der Große ist mehr im Schatten, im Hintergrund.«

Martial warf Édouard einen kurzen Blick zu. Er lauschte der Beschreibung Armands aufmerksam, sehr konzentriert, die Hände vor dem Kinn gefaltet. Da er sich in Marthes Gegenwart wohler fühlte als mit all ihren anderen Gesprächspartnern, fragte er ohne Umschweife: »Wenn er ins Dorf zurückgekommen wäre, hätten Sie ihn wiedererkannt?«

Marthe antwortete nicht sofort.

»Das kann ich nicht schwören. Vielleicht wenn ich ihm in die Augen blicke, wenn ich eine gewisse Zeit mit ihm verbringe … Aber ich bin mir nicht sicher. Außerdem weiß ich, dass er tot ist. Monsieur Boutonnier hat es mir gesagt, bevor er das Dorf verließ. Das war das einzige Mal seit dem Sommer 1914, dass er den Namen Pujol in meinem Beisein ausgesprochen hat. Als er mir mitgeteilt hat, dass Armand getötet worden war … Ich hoffe nur, dass er gestorben ist, bevor er das mit Julien erfahren musste. Wenn er begriffen hätte, was geschehen war, vielleicht wäre er dann verrückt geworden.«

»Verrückt genug, um zu töten?«

»Um zu töten oder um sich selbst zu töten.«

Marthe antwortete frei heraus, ihre gütigen Augen blickten unverwandt in die von Martial.

»Hätte er erfahren, was über das Verschwinden seines Bruders geredet wurde, wäre er imstande gewesen, sie alle umzubringen.«

»Wenn Sie sagen, ›alle‹, denken Sie dann an die Gresses?«

»Nicht nur. Ich denke an alle im Dorf, die wussten, dass der Kleine misshandelt wurde, und keinen Finger gerührt haben. An alle, die ebenso hingenommen haben, dass die Angelegenheit stillschweigend beerdigt wurde. Und das sage ich, obwohl ich weiß, dass ich selbst auf dieser Liste stehe.«

»Sie haben seinem Bruder geholfen«, wandte Martial ein. »Inzwischen kenne ich Sie ein wenig; ich weiß, wenn Sie jemandem Hilfe anbieten, sind das keine leeren Worte, sondern Sie meinen es ernst.«

»Wenn er mal wieder eine Tracht Prügel bekommen hatte, war ich genauso feige wie die anderen.«

Martial hatte die Hände gefaltet, als würde er beten. Er starrte jetzt ins Leere.

»Als ich von Michels Tod hörte, habe ich sofort an ihn gedacht. Er ist zurückgekommen, habe ich mir gesagt, um sich zu rächen … Manche meinten, was letzten Dienstag passiert ist, sei das Werk des Teufels. Der einzige Teufel, der sich mit solcher Wut auf uns stürzen könnte, ist Armand Pujol, zurückgekehrt von den Toten. Zumindest hilft das, nicht zu vergessen … Ich weiß nicht, was mir lieber wäre: dass Armand zurückgekehrt ist, damit ich mich mit ihm aussprechen kann, damit ich ihn um Verzeihung bitten und in ihm etwas von Julien wiedersehen kann, oder dass er seinen Frieden hat, dass sie beide im anderen Leben vereint sind …«

Irgendwo außerhalb der Küche schlug ein Glockenspiel elf Uhr. Marthe Cousinié zuckte zusammen. Sie musste in die Schule, um auf die aufzupassen, die nicht zum Mittagessen nach Hause gingen. Édouard und Martial erhoben sich gleichzeitig. Martial schüttelte ihr die Hand etwas länger, als die Höflichkeit es verlangt hätte. Diese Frau hatte ihn gerührt und verführt zugleich. Ihre Art von Offenheit und Herzlichkeit war etwas, das er seit seiner Ankunft im Dorf nur selten erlebt hatte, auch bei Antoine Guiraud nicht, der manches nicht sagte. Édouard wollte ihr ebenfalls die Hand schütteln, aber sie machte einen Schritt auf ihn zu und küsste ihn auf beide Wangen, wie eine Mutter ihren Sohn. Er war so überrascht, dass er einfach nur dastand und die Arme herabhängen ließ.

»Passen Sie immer schön auf unsere Camille auf, mein Junge. Sie haben da einen hübschen Schatz …«

»Eine tolle Frau!«, sagte Martial, nachdem sie das Bauernhaus verlassen hatten.

»Sie ist in der Tat eine hübsche Person«, räumte Édouard noch unter dem Eindruck ihrer Umarmung ein.

Aus dieser Versunkenheit wurde er rasch herausgerissen, als sie vor François standen, Marthes Mann. Eine schlecht gedrehte Zigarette im Mundwinkel, eine Baskenmütze auf dem Kopf, schwere strohfarbene Stiefel an den Füßen, sein altes Pferd am Zügel führend, war er auf dem Weg nach Hause.

»Ich habe gehört, dass Sie da waren«, begann er ohne Einleitung. »Erst wollte ich es gar nicht glauben. Was wollten Sie von meiner Frau?«

Weder Édouard noch Martial gab ihm eine Antwort. Er störte sich nicht daran.

»Man sucht Sie, stellen Sie sich vor. Pierre Gresse. Er ist wütend ins Dorf gekommen und hat nach Ihnen gefragt, nach dem Detektiv. Ich habe gesagt, wenn ich Sie sehe, richte ich es aus, und da hat Vater Sabatié mir erzählt, dass Sie mit Marthe zu reden hätten.«

»Ist Monsieur Gresse noch im Dorf?«

»Nein. Er konnte nicht warten, dafür hat er viel zu viel zu tun. Sie sollen zu ihm kommen, sobald Sie können. Sonst hat er nichts gesagt, aber er wirkte vollkommen aus dem Häuschen.«

Sie ließen François Cousinié stehen und bedauerten, dass sie Antoine Guirauds Angebot, ihnen sein Gespann zur Verfügung zu stellen, nicht angenommen hatten. Also begaben sie sich zu Fuß zum Hof der Gresses, beide diesmal, und gingen so schnell wie möglich.

Als sie endlich in den verdreckten Hof kamen, wurden sie erneut von dem Hund empfangen, der den ganzen vorherigen Abend wie verrückt gebellt hatte. Diesmal begnügte er sich damit, sie anzuknurren, und da er nicht mit seiner Wäscheleine angebunden war, konnten sie sein Gebiss und die wütenden Augen aus der Nähe bewundern. Yvonne Gresse kam aus dem Stall und rief die Promenadenmischung zu sich, und der Hund, eindeutig umgänglicher, wenn er sich frei fühlte, gehorchte.

»Guten Tag, Madame Gresse. Mir wurde mitgeteilt, dass Ihr Schwager mich gesucht hat.«

Michel Gresses Witwe bedachte Édouard mit einem unfreundlichen Blick.

»Monsieur Alexandre ist ein Freund, wie Sie vermutlich wissen. Er hilft mir bei meinen Ermittlungen«, erklärte Martial.

Das schien ihr zu genügen. Ohne ein Wort ging sie zurück in den Stall. Durch das Fenster sahen sie im Haus die Matriarchin, die sie aus ihrem Sessel anstarrte. Endlich erschien Pierre Gresse, gefolgt von seiner Schwägerin. Er starrte sie wutentbrannt an, machte sich aber trotzdem die Mühe, ihnen beiden die Hand zu schütteln, während er in Mundart Gott und die Heilige Jungfrau verfluchte.

»Wir haben heute Morgen im Schweinestall etwas gefunden …«

Damit ging er voraus zur Schiebetür des Schweinestalls, in dem sich, verteilt auf zwei Boxen links und rechts des Mittelgangs, wohl ein gutes Dutzend Schweine befand. In zwei weiteren Boxen hinten waren die Ferkel untergebracht. Kaum war die Holztür über die Laufschiene geglitten, war das Grunzen ohrenbetäubend, während der Jauchegestank in den Augen brannte.

»Es war da«, rief Pierre Gresse. »Im Trog.«

Er deutete über das Mäuerchen hinweg auf die erste Box rechts. Fünf riesige Tiere wateten dort in ihren Exkrementen. Er ging zu der Leiter, die hinten an der Wand lehnte, und kehrte mit dem Stoffstück zurück, das auf einer der Sprossen gelegen hatte. Als er näher kam, sahen sie, dass es sich um eine auf links gedrehte Schaffelljacke handelte, schmutzig und an mehreren Stellen zerrissen.

»Sie hatten angefangen, sie zu fressen«, sagte er und reichte sie Martial.

»Sie hat Michel gehört«, sagte Yvonne hinter ihnen. »Die hatte er an dem Morgen an, als er getötet wurde.«

»Wer hat sie gefunden?«

»Ich!«, antwortete Pierre. »Ich kümmere mich morgens um die Schweine. Die Frauen abends ...«

»Welche war gestern Abend hier?«

»Ich war gestern Abend hier, kurz bevor Sie gekommen sind«, sagte Yvonne. »Da war die Jacke nicht da, das weiß ich genau!«

Martial gab Pierre die Jacke zurück.

»Verdammt! Er war hier. Bei uns. Er provoziert uns. Er wird uns alle umbringen, das will er uns sagen, oder?«

Martial antwortete nicht. Wie Édouard ertrug er den Gestank im Schweinestall nicht und ging nach draußen an die frische Luft. Die alte Gresse und der Hund, der in einer Ecke des Hofs saß, ließen sie nicht aus den Augen. Der Hund knurrte nicht mehr, aber man hatte das Gefühl, dass die alte Frau hinter den schmutzigen Fensterscheiben seine Rolle übernommen hatte.

»Wann haben Sie die Jacke gefunden?«, fragte Martial.

»Kurz vor sechs.«

»Dann ist der, der sie hier hingelegt hat, in der Nacht gekommen. Das Tor quietscht kaum, wenn man es öffnet, er konnte also hineinschlüpfen, ohne dass Sie ihn gehört haben.«

»Das Tor hätten wir vielleicht nicht gehört, aber den Hund.

Er hat draußen geschlafen. Nachdem Sie gegangen waren, hat er nicht ein einziges Mal gebellt. Bis der Milchmann heute Morgen gekommen ist. Hätte jemand unseren Hof betreten, hätten wir das mitbekommen. Aber vielleicht hat der Hund nichts gesehen, weil es nichts zu hören und zu riechen gab ...«

Mathilde war aufgetaucht und stand, die Schürze umgebunden, in der Tür. Sie brauchte nichts zu sagen, sie verstanden auch so, dass die Mutter das Zeichen gegeben hatte, dass sie zum Essen kommen sollten.

»Finden Sie diese Sache schnell«, presste Pierre Gresse zwischen den Zähnen hervor. »Denn ich verspreche Ihnen, dass wir nicht tatenlos abwarten werden, bis er wiederkommt. Wir müssen jetzt zu Mittag essen.«

Damit ging er, seinen verkrüppelten Arm noch fester an den Körper gepresst als am Abend zuvor, zum Haus.

»Danke, dass Sie gekommen sind«, fügte Yvonne Gresse hinzu, bevor sie ihm folgte.

»Was halten Sie davon?«, fragte Édouard, als sie sich auf den Rückweg machten.

»Wer auch immer diese Jacke in den Schweinestall gelegt hat, er konnte es nur gestern Abend tun, während ich bei den Gresses war. Der Hund hat gebellt wie wahnsinnig. Niemand hat versucht, ihn zum Schweigen zu bringen. Vielleicht hatte er außer meiner Ankunft noch einen anderen Grund, dermaßen anzuschlagen. Es gibt aber noch eine zweite Möglichkeit.«

»Welche?«

»Dass es jemand war, bei dem der Hund nicht bellt.«

»Jemand von ihnen?«

»Warum nicht? Wie gesagt, die Geschichte der Brüder Pujol kann ein ganz bequemer Wandschirm sein, hinter dem sich das wahre Motiv verbergen lässt.«

»Oder jemand in der Familie ergötzt sich an ihrer Angst und hat noch einmal nachgelegt. Wie mit Ihrer Viper.«

»Aber dieser Jemand hat Michel Gresses Jacke letzten Dienstag an sich gebracht, bevor Doktor Delcros und der Bürgermeister eingetroffen sind. Und das, ohne Spuren im Schnee zu hinterlassen … Und er scheut sich nicht, Risiken einzugehen. Vielleicht ist er mir gestern Abend gefolgt, vielleicht war er da, irgendwo in der Dunkelheit, nicht weit entfernt. Im Grunde beunruhigt meine Anwesenheit ihn gar nicht so sehr … Wir werden noch einmal über all das sprechen und den ganzen Verlauf dieser Geschichte noch einmal von Anfang an durchgehen. Kommen Sie, ich lade Sie zu Gaston Fabre ein. Wir reden bei einem guten Essen weiter.«

»Ich fürchte, der Gestank im Schweinestall hat mir für eine Weile den Appetit verdorben.«

»Das wäre ein Jammer. Letzten Samstag wurden dort Kutteln serviert, die göttlich waren. Ich brauche nur daran zu denken, schon verlangt mein Magen danach. Und mit vollem Magen kann ich besser denken.«

17

Unter den neugierigen Blicken von zwei oder drei Stammgästen, die am Tresen standen, hatten Édouard und Martial sich im »Café du Progrès« an den Resten der sonntäglichen Daube gelabt. Während sie sich über das Ragout hermachten, hatten sie alles, was sie in den letzten Tagen erfahren hatten, noch einmal durchgesprochen und waren schließlich erneut bei der Möglichkeit gelandet, dass die wieder ausgegrabene Geschichte der Brüder Pujol nur ein Köder war.

»Einen Wiedergänger zu erfinden und zum Leben zu erwecken ist kein Kinderspiel«, bemerkte Édouard.

»Wenn das wirklich der Fall ist, wem nutzt der Mord an Michel Gresse? Diese Frage lässt mir keine Ruhe, weil ich viel zu viele Antworten darauf finde. Vorausgesetzt, ich akzeptiere die Tatsache, dass der Knecht nicht der Strategie einer Falle dient. Wenn der Tod von Louis Bascoul eine andere Bedeutung hat, reduziert sich das Feld der Möglichkeiten. Michel Gresse ist nicht geliebt worden, er war ein brutaler Kerl, macht- und geldgierig, der nach dem Bürgermeisteramt strebte, was manchen nicht gefiel. Er war unglücklich verheiratet, mit einer Frau, die ihn betrog und sich keine große Mühe gab, es zu verheimlichen, und er selbst muss sich in dieser Ehe ebenfalls sehr eingeengt gefühlt haben. Er hat eine Tochter großgezogen, die nicht seine ist, sondern vermutlich die desjenigen, den er in die Flucht geschlagen hat, und die daher vom selben Blut ist wie der Junge, bei dessen Tod er die Hand im Spiel hatte. Und er hatte einen Bruder, der in seinem Schatten lebte, auch der ein Gefangener seiner Familie und seines Hofs, was ihn verbittert, ja wütend machen muss. Ebenso wie seine Schwägerin, die alle für nichtsnutzig halten, die mir aber zu intelligent vorkommt, um nicht auf diese Situation zu reagieren. Und schließlich meinen manche, dass es beim Tod von Julien Pujol nicht mit rechten Dingen zugegangen ist, der ehemalige Lehrer beispielsweise und sicher auch andere. Wenn die Geschichte von diesen beiden Brüdern mich ablenken und bewirken sollte, dass ich Zeit verliere, dann ist das Ziel erreicht!«

»Es sei denn, Sie hätten von Anfang an ins Schwarze getroffen.«

»Die Geschichte mit der Jacke, die den Schweinen zum Fraß hingeworfen worden ist, bereitet mir Probleme. Das ist übertrieben, zu dick aufgetragen, als hätte man Angst, dass wir es noch nicht begriffen haben. Da sie so darauf herumreiten, könnte es gut sein, dass der oder die Verantwortlichen tatsächlich daran interessiert sind, dass wir in diese Richtung ermitteln, daher mein Misstrauen …«

»Was haben Sie jetzt vor?«

»Ich werde den Radius meiner Ermittlungen erweitern. Man hat uns immer wieder Joseph Cassagne unter die Nase gerieben, also werden wir ihn besuchen. Und es gibt noch eine zweite Person, die ich befragen möchte, Mathilde Gresse. Mein Gefühl sagt mir, dass diese junge Frau uns eine Menge zu erzählen hat.«

Sobald sie ihr Mittagessen beendet hatten, ging Édouard zu Antoine Guiraud. Das ständige Hin-und-her-Laufen kostete sie viel Zeit, deshalb wollte er das Gespann holen, das der ehemalige Bürgermeister ihnen angeboten hatte. Martial machte sich zu Fuß auf den Weg und ging zunächst noch einmal zur Mühle, bevor er bei Joseph Cassagne klopfte.

Eine kleine Frau mit schlechten Zähnen und hochroten Wangen öffnete ihm. Sie war unscheinbar und begnügte sich damit, sich die Bitte des Besuchers anzuhören und mit wenigen Worten zu beantworten, nur um nicht länger mit ihm allein bleiben zu müssen. Ihr Mann sei in seiner Werkstatt. Rasch wies sie ihm den Weg. Die Métairie Neuve, der Hof der Cassagnes, bestand aus weniger ausgedehnten Gebäuden als der der Gresses. Umrahmt wurde das kleine Haus auf der linken Seite von einem bescheidenen Stall und einer hohen Scheune, die neuer zu sein schien als der Rest, und auf der rechten von einer Reihe von Nebengebäuden, die alle zum Hof hin offen waren, als seien sie nach und nach hinzugefügt worden. Die dritte Tür war die zur Werkstatt. Martial klopfte und bekam von der anderen Seite ein Grunzen zur Antwort. Er stellte sich vor die Fensterscheiben, die von Spinnennetzen umschlossen waren, und klopfte erneut. Schließlich machte Joseph Cassagne ihm widerwillig auf, ein knapp fünfzigjähriger Mann mit grauem Haar und Bart und ebenso grauen Augenbrauen, die so dick waren, dass sie die oberen Lider bedeckten. Er war groß und breit und hatte schwere Gliedmaßen. Sein Blick war schwarz wie Ruß. Er wirkte sehr ungehalten darüber, dass er gestört wurde, während er sein Werkzeug mit dem Schleifstein schärfte.

»Was wollen Sie?«, brüllte er.

»Monsieur Cassagne? Ich freue mich, Sie kennenzulernen, ich heiße Martial de la Boissière und wohne seit ein paar Tagen in der ehemaligen Mühle bei einem Freund. Entschuldigen Sie, dass ich Sie bei der Arbeit störe, aber ich habe ein paar Fragen an Sie. Es geht um den Tod Ihres Nachbarn.«

»Sind Sie von der Polizei?«

»Nicht wirklich, nein.«

»Wer sind Sie dann, ein Scheißjournalist?«

»Nein, Monsieur. Ich ermittle privat, auf Bitte von Monsieur Guiraud.«

»Ich habe Ihnen nichts zu sagen! Die Polizei war schon hier. Anscheinend hat man mich als Mörder angeschwärzt. Diese Bastarde! Ich habe ihre Fragen beantwortet, und sie haben nichts gefunden.«

»Warum haben manche Leute Sie beschuldigt?«

»Weil ich mit den Gresses seit eh und je im Krieg bin. Weil ich mehr als einmal daran gedacht habe, diesen Dreckskerl Michel umzubringen, und zwar so laut, dass manch einer es gehört haben muss.«

»Aber Sie haben es nicht getan.«

»Verdammt noch mal! Ich sage doch, nein! Es tut mir nicht leid um ihn, wenn ich ehrlich sein soll; sein Tod ist mir sogar scheißegal! Aber ich wäre niemals in diese Falle gegangen, nur um auf dem Schafott zu enden! Dorthin wollen sie mich schicken, diese dreckigen Gresses und ihre Freunde ...«

»Und Sie haben letzten Dienstag nichts gesehen oder gehört?«

»Schauen Sie sich doch um! Von hier aus sieht man noch nicht mal die Straße.«

»Ihre Arbeit hätte Sie etwas näher heranbringen können.«

»Dienstagmorgen? Da lag überall Schnee. Was hätte ich da machen sollen? Wir sind hiergeblieben und haben uns um die Tiere gekümmert, Reparaturen gemacht. Was anderes konnten wir nicht tun.«

»Ich habe gehört, dass Sie Arbeiter beschäftigen.«

»Ja, Monsieur, das ist nicht verboten! Es gibt drei Spanier, die wir auf dem Dachboden untergebracht haben und die seit zwei Jahren für mich arbeiten.«

»Wo sind sie jetzt?«

»Sie sind auf den Feldern oben und bessern die Zäune aus. Gehen Sie hin zu ihnen, wenn Ihnen danach ist, aber sie sprechen nicht ein verdammtes Wort Französisch. Wir verständigen uns in Mundart mit ihnen. Und sie haben nichts mit der Sache zu tun. Die Burschen arbeiten hart, und die übrige Zeit verhalten sie sich ruhig. Seit letztem Jahr gehen sie nicht mal mehr ins Dorf, sie stören also niemanden.«

»Warum gehen sie nicht mehr ins Dorf?«

»Weil keiner sie will. In den Wirtschaften und Geschäften weigern sich die Leute, sie zu bedienen. Der Pfarrer hat sie sogar gebeten, sonntags nicht mit den anderen zum Gottesdienst zu kommen. Und dann gab es da die Schlägerei auf dem Fest. Dieser Dreckskerl Michel und seine Freunde wollten sie verprügeln. Mit Stöcken, mit Ketten und sogar mit Eisenstangen haben sie sie fast bis hierher verfolgt. Wenn ich nicht mit meinem Gewehr dazwischengegangen wäre, hätten sie sie noch in ihren Betten totgeschlagen.«

»Haben Sie auf sie geschossen?«

»Dazu haben sie mir nicht die Zeit gelassen. Sie sind abgehauen, bevor ich auch nur anlegen konnte. Und die erste Patrone war für diesen Hahnrei Gresse bestimmt.«

»Haben Sie das der Polizei erzählt?«

»Ich bin mit meinen Männern runter nach Brassac gegangen, um Anzeige zu erstatten, aber die haben nichts unternommen. Sie haben gesagt, dass ich eben keine Ausländer einstellen soll. Darüber habe ich neulich auch mit den beiden Polizisten gesprochen. Die haben gesagt, die Sache könnte auf meine Männer zurückfallen; man könnte vermuten, dass sie sich rächen wollten. Sie sind sogar auf den Dachboden gestiegen, um ihre Sachen zu durchsuchen, haben aber nichts gefunden. Und ich habe ihnen gesagt, dass die Männer hier waren.

Wenn sie rauswollen, müssen sie die Treppe nehmen, und die knarrt gewaltig. Ich habe einen leichten Schlaf, ich hätte das mitbekommen. Sie haben ihn nicht getötet. Und da ich es ebenfalls nicht war, habe ich Ihnen nichts weiter zu sagen. Hauen Sie ab!«

Damit schlug er Martial die Tür vor der Nase zu, genau in dem Augenblick, da Édouard in den Hof gefahren kam. Gezogen wurde das kleine schwarze Kabriolett von einem Pferd, das sich zu freuen schien, für eine Weile aus seinem Ruhestand geholt zu werden.

»Also es gibt wirklich eine Menge Dinge, die man vergessen hat, mir zu erzählen«, sagte Martial, während er sich neben ihn setzte. »Wussten Sie von einer Schlägerei mit den Spaniern auf dem Dorffest?«

»Nein. Davon habe ich nicht gehört.«

»Laut Joseph Cassagne sollen Michel Gresse und ein paar andere sich in den Kopf gesetzt haben, die Männer zu verprügeln.«

»Das wusste ich nicht. Meinen Sie, die wollten sich rächen?«

»Die Inspektoren der Kriminalpolizei sind darüber informiert worden. Hätten die den geringsten Zweifel gehabt, hätten sie es sich mit Sicherheit nicht nehmen lassen, gründlicher in diese Richtung zu ermitteln. Aber sie haben die Sache nach ein paar Überprüfungen fallen lassen. Das bedeutet, dass es wohl nichts gegeben hat, dem sie hätten nachgehen müssen. Und ich kann mir nicht vorstellen, dass diese Männer einen so ausgeklügelten Plan schmieden würden, nur um Rache zu nehmen.«

Martial blickte auf die Uhr. Er wollte auf keinen Fall seine Verabredung im Postamt versäumen.

»Versuchen wir unser Glück auf dem Hof der Gresses. Vielleicht treffen wir ja Mathilde allein an …«

Mit Fingerspitzengefühl lenkte Édouard das Gespann über den Weg, der durch das Land der Gresses führte. So fuhren sie an der allein stehenden Eiche vorbei, an der die Leiche des älteren Sohns gefunden worden war. Und kurz darauf lächelte ihnen das Glück. Sie erblickten Mathilde Gresse auf einem tiefer gelegenen Feld, wo sie ein paar Färsen von einer eingezäunten Weide zu einer anderen trieb; unterstützt wurde sie dabei von der Promenadenmischung, die fröhlich um sie herumzutollen schien. Édouard fuhr das Gespann an den Wegrand. Dann stiegen sie über die niedrige Hecke, überquerten eine erste Parzelle und kletterten über einen ersten Zaun. Danach gingen sie in der Mulde auf weitere Stacheldrahtzäune zu. Mathilde hatte sie kommen sehen. Sie hatte das Gatter hinter den Kühen geschlossen und stand nun, den Hund zu ihren Füßen, reglos da. Möglicherweise beunruhigt drehte sie den Kopf nach rechts und nach links. Beunruhigt, dass jemand sie mit den beiden Männern überraschen könnte, oder beunruhigt bei dem Gedanken, mit ihnen allein zu sein, und nach Unterstützung Ausschau haltend? Als Édouard und Martial sie endlich erreichten, begriffen sie, dass wohl eher Ersteres zutraf, denn Mathilde Gresse war nach Reden zumute.

»Mein Mann hat große Angst«, gestand sie. »Er versucht eine Rolle zu spielen, für die er nicht geschaffen ist, die des harten Kerls oder des Familienoberhaupts. Michels Jacke ist nicht die einzige ›Botschaft‹, die wir erhalten haben.«

»Das heißt?«, fragte Martial beunruhigt.

»Es war letzten Sonntag. Pierre hat ein kleines weißes Kreuz gefunden, das unten im Wäldchen steckte. Er hat Michel Bescheid gesagt. Mich hat er nicht gesehen, als er mit ihm gesprochen hat. Sie sind zusammen weggegangen, und ich wusste, dass sie das Kreuz zerbrechen, aber sie waren trotzdem völlig entgeistert. Und am Montag stand ein neues Kreuz an derselben Stelle, völlig intakt. Das haben sie nicht angerührt, aber als die Nacht hereinbrach, haben sie Lichter gesehen. Es waren mehrere Kerzen angezündet worden. Und wissen Sie, was am nächsten Tag passiert ist? Pierre hat mir alles erzählt. Eben weil er Angst hat und weil es wieder angefangen hat. Er hat das zweite Kreuz herausgerissen, aber es war schnell ein neues da.«

»Kennen Sie die Stelle?«

»Ja, ich kenne sie, aber ich bin nicht hingegangen. Nicht mal, um nachzuschauen.«

»Dort haben sie ihn begraben, nicht wahr?«

»Ich habe Pierre gefragt, warum ihn das so aufregt, und da hat er gesagt: ›Du verstehst es nicht! Das ist genau die Stelle, wo man ihn hingebracht hat. Sonst wusste niemand Bescheid!‹«

»Können Sie uns die Stelle zeigen?«

»Ich habe keine Lust hinzugehen. Aber ich kann Ihnen den Weg beschreiben. Sie müssen nur diesem Zaun folgen bis zu dem Gatter am Ende. Genau gegenüber führt ein Pfad in ein erstes Wäldchen. Dem folgen Sie, bis Sie über einen kleinen Bach springen müssen. Dann gehen Sie in den Buchenwald zu Ihrer Rechten. Es ist auf der ersten Lichtung.«

»Hat Ihr Mann Ihnen erzählt, was mit Julien Pujol passiert ist?«

»Nein, er wollte mir nichts sagen. Aber Julien ist tot, und er ist dort begraben. Für den Augenblick zumindest. Meine Schwiegermutter will, dass seine Überreste ausgegraben und woandershin gebracht werden. Sie denkt, dass das Kreuz Aufmerksamkeit erregen soll und dass irgendwann jemand die Stelle, die es markiert, absuchen wird.«

»Hat es seit letzter Woche weitere Kerzen gegeben?«

»Soviel ich weiß nicht.«

»Sie scheinen sich bei all dem nicht zu ängstigen.«

»Ich habe mir nichts vorzuwerfen!«, begehrte die junge

Frau auf, und das machte sie noch schöner. »Mit den Pujol-Brüdern habe ich nichts zu tun!«

»Aber Sie sind Teil dieser Familie. Man kann Sie als zu ihr gehörig betrachten.«

»Glauben Sie, dass es auch mich treffen könnte?«

»Sie sollten wie alle in Ihrer Familie auf der Hut sein. Haben Sie uns sonst noch etwas zu sagen, etwas, das Sie bemerkt oder gehört haben, irgendetwas Ungewöhnliches?«

»Da war dieser Brief«, erwiderte Mathilde nach kurzem Zögern, und jetzt errötete sie.

»Was für ein Brief?«

»Ich habe im vergangenen November einen Brief bekommen. Einen Brief, in dem von Charles die Rede war, von jemandem, der in den letzten Momenten, bevor er starb, bei ihm war.«

»Wer hat Ihnen das geschrieben?«

»Eben niemand. Der Brief war nicht unterschrieben. Ich konnte ihn vor allen verstecken. Als der Briefträger mir die Post gegeben hat und ich meinen Namen auf dem Umschlag sah, habe ich ihn verschwinden lassen, bevor meine Schwiegermutter verlangen konnte, alles genau durchzusehen. Ich habe noch nie jemandem davon erzählt. Ich bekomme nie Post, wissen Sie. Und dann noch das, was da drinstand …«

Erneut schien sie zu zögern. Ihr Blick wanderte von einem zum anderen. Dann entschloss sie sich, zu gestehen, was sie auf dem Herzen hatte.

»Ich weiß nicht, warum, aber ich habe sofort gedacht, dass er derjenige war, der mir geschrieben hat. Das kann ich durch nichts beweisen, aber es ist, als hätte ich es gespürt.«

»Er?«

»Armand. Armand Pujol.«

»Würden Sie uns diesen Brief lesen lassen?«

»Ich gebe ihn Ihnen, sobald ich kann. Aber Sie müssen mir versprechen, dass Sie ihn mir zurückgeben und mit niemandem darüber sprechen. Nicht einmal mit Antoine Guiraud!«

Martial versprach es in ihrer beider Namen.

Mathilde konnte nicht allzu lange mit ihnen reden. Es gebe so viel zu tun! Und so kehrte sie zum Hof zurück, und der Hund, glücklich und zum Spielen aufgelegt, sprang um sie herum. Er hatte nicht ein einziges Mal geknurrt, als die beiden Männer sich genähert hatten.

Diese gingen jetzt am Zaun entlang und weiter zum Wald der Gresses. Nach dem Bach machten sie sich zwischen den Buchen auf die Suche nach der berühmten Lichtung. Es dauerte nicht lange, bis sie sie gefunden hatten, bewachsen mit saftigem Gras und welkem Farn. Und da war das Kreuz. Ein kleines weiß gestrichenes Kreuz, das kerzengerade im Boden steckte. Es trug keinerlei Inschrift. Die Reste der vorherigen Kreuze und die Kerzenstümpfe waren entfernt worden. Außer diesem Kreuz am Rand der Lichtung fand sich nichts. Sie befanden sich auf dem Land der Gresses. Normalerweise kam niemand hierher. Das Kreuz diente also nicht dazu, den Dorfbewohnern die Stelle anzuzeigen, an der der Beweis für den Tod von Julien Pujol zu suchen wäre, sondern es sollte die Gresses warnen, ihnen eine Botschaft senden, wie Mathilde gesagt hatte, nämlich die, dass jemand wusste, was sie getan hatten, dass jemand wusste, wie er es beweisen konnte, aber Stillschweigen bewahrte. Er würde sich damit begnügen, sie zu töten!

»Auch hier wird sehr dick aufgetragen«, bemerkte Martial, der, ohne es zu merken, die Stimme gesenkt hatte. »Da will wirklich jemand, dass diese Geschichte wieder ans Licht kommt.«

Weder Édouard noch Martial wagte es, an einem solchen Ort ein Gespräch anzufangen. Und keiner von beiden verspürte den Wunsch, länger zu verweilen, denn sie fürchteten, das weiter oben am Weg abgestellte Kabriolett könnte Aufmerksamkeit erregen und ihre Anwesenheit verraten. Also gingen sie ein weiteres Mal querfeldein, um zu dem Gespann zu gelangen.

Martial hatte nicht mehr viel Zeit. Er musste zurück ins Dorf, um im Postamt zu sein für den Fall, dass Louis Boutonnier sich meldete.

»Meinen Sie nicht, dass wir den Gendarmen wegen des improvisierten Grabs Bescheid sagen sollten?«, fragte Édouard, während sie im ruhigen Schritttempo des Pferdes auf die große Straße zurückkehrten. »Wenn Mathilde die Wahrheit sagt, wird Pierre die Überreste ein weiteres Mal verschwinden lassen, und dann gibt es gar keinen Beweis mehr.«

Martial, etwas ratlos, antwortete nicht. Die Vernunft sagte ihm, dass es in der Tat besser wäre, die Gendarmen zu benachrichtigen. Aber das würde seine Ermittlungen kaum voranbringen. Schlimmer, sie konnten dadurch sogar beträchtlich ins Stocken geraten, und er war nach wie vor davon überzeugt, dass er einen Kampf gegen die Zeit führte.

»Wir sollten nichts überstürzen. Schließlich wissen wir nicht einmal, ob sich unter dem Kreuz wirklich das befindet, was wir alle glauben …«

Édouard wirkte nicht sehr überzeugt, sagte aber nichts weiter. Er setzte Martial ein paar Minuten später auf dem Dorfplatz ab und wollte weiter zur Mühle, um den ehemaligen Stall für das Tier vorzubereiten, das Antoine Guiraud ihnen geliehen hatte.

Während Martial Maurice Daures, dem er zwei Tage zuvor sein Telegramm diktiert hatte, bereits kannte, begegnete er jetzt zum ersten Mal Émile-dem-Briefträger, der seine Kriegsverletzung mitten im Gesicht trug: einen langen Schmiss, eine feuerrote Furche vom linken Ohr bis zum Ansatz des Kiefers, die einen Teil seines Mundes zu einem verzerrten Grinsen öffnete, aus dem ständig Spucke trat, was ihn zwang, sich unablässig mit einem weißen Taschentuch abzutupfen, das erstaunlich sauber blieb. Sein zu zwei Dritteln geschlossenes Auge war eine einzige Schwellung. Im Kontrast zu seinem verwüsteten Gesicht war der Briefträger ein eher fröhlicher Mensch. Er hatte ein Fahrrad, eins der wenigen im Dorf, mit dem er seine Runde machte. Die starken Steigungen, von denen es in der Gegend mehr als genug gab, störten ihn nicht, und er war immer voller Schwung, auch wenn es darum ging, bei Tisch kräftig zuzulangen und vor allem ein Glas zu leeren. Er beendete seine Arbeit just in dem Augenblick, als Martial sich erkundigte, ob es eine Nachricht für ihn gebe. Er grüßte ihn, blieb einen Augenblick hinter ihm stehen, um zu erfahren, wonach er fragte, und ging, als Martial das Postamt unverrichteter Dinge verließ, ins »Café du Théron« am Platz.

Martial wiederum setzte sich gegenüber der Post auf eine Bank. Die Kirchenglocke hatte soeben fünfmal geläutet. Der Nachmittag ging in dem eintönigen Grau zu Ende, in das der ganze Tag gehüllt gewesen war. Den Kragen hochgeschlagen, die Hände in den Taschen, spürte Martial die Kälte nicht allzu sehr, denn innerlich brannte er vor Ungeduld. Irgendwann merkte er, dass seine Beine sich in einem wilden Rhythmus bewegten. Als es halb sechs wurde, verließ ihn allmählich der Mut. Niemand rief an. Der Platz belebte sich. Neugierige Blicke richteten sich auf ihn. Am eifrigsten waren die Schüler von Étienne Germain, die es nicht eilig hatten, nach Hause zu kommen, und ihn verstohlen beobachteten. Etwas weiter entfernt stand der Bus bereit, um das dritte Mal an diesem Tag hinunter nach Brassac zu fahren. Jean Guillard hatte ein paar Pakete auf den Dachgepäckträger geladen und wartete auf eventuelle Fahrgäste, die nicht kamen, während er sich mit dem Bäcker unterhielt, der in der Tür seines Ladens stand. Eine Woche zuvor hatte einer dieser Dorfbewohner sich auf den Mord an Michel Gresse vorbereitet, war seinen Plan immer wieder durchgegangen aus Angst, ein Detail vergessen zu haben, aber fest entschlossen, keinen Rückzieher mehr zu machen. Wie die anderen hatte er einen ganz normalen Tag verbracht, hatte gearbeitet, sich unterhalten, gegessen. Tief in seinem Innern war die Wut so groß gewesen, dass sie ihm die Kraft gegeben hatte, sich nicht in die Karten sehen zu lassen. Konnte man so etwas wirklich verbergen? Es hatte bestimmt Kleinigkeiten gegeben, die ein Warnzeichen hätten sein können, eine gewisse Fiebrigkeit, Konzentrationsschwächen, eine größere Reizbarkeit als sonst… Wer erinnerte sich jetzt noch an diese Details?

Trotz all der Klänge, die sich um ihn her vermischten, und trotz seiner Gedankengänge glaubte Martial plötzlich aus dem Postamt ein gedämpftes Klingeln zu hören. Er beobachtete die Eingangstür. Sein Herz schlug schneller, als er Maurice Daures herauskommen und ihm ein Zeichen geben sah. Im nächsten Augenblick war er bei ihm

»Ihr Anruf aus Villefranche.«

Martial folgte ihm ins Innere. Das Telefon hing in einer Ecke der Schalterhalle an der Wand. Es gab keine Möglichkeit, allein zu sein. Martial nahm den Hörer.

»Hallo?«

»Hallo, sind Sie Monsieur de la Boissière?«

Es war eine Frauenstimme.

»Ja, Martial de la Boissière. Guten Abend, Madame.«

»Ich bin Simone Boutonnier. Mein Mann sitzt neben mir. Wir haben heute Ihr Telegramm erhalten.«

»Ich danke Ihnen für den Anruf, Madame. Monsieur Antoine Guiraud hat mich gebeten, den Mord an Michel Gresse zu untersuchen. Deswegen habe ich mir erlaubt, zu Ihnen Kontakt aufzunehmen.«

»Bis Ihre Nachricht eintraf, haben wir von dieser traurigen Geschichte nichts gewusst. Wir haben das Dorf schon vor langer Zeit verlassen, wissen Sie. Und wir haben mit niemandem mehr Kontakt.«

»Wie ich Ihnen geschrieben habe, bin ich auf der Suche nach Informationen über Armand und Julien Pujol.«

»Genau das hat uns sehr gewundert, meinen Mann und mich.«

»Ich verstehe, Madame. Ich habe erfahren, dass Armand im Krieg gefallen ist und dass sein junger Bruder seit 1914 als vermisst gilt. Und ich habe gehört, was über sein Verschwinden erzählt wird. Es ist möglich, dass wir es jetzt mit einem Vergeltungsakt zu tun haben, deswegen müssen wir dieser Fährte nachgehen.«

Madame Boutonnier wiederholte jedes Wort, das er sagte, für ihren Mann. Maurice Daures, der hinter seinem Schalter so tat, als würde er Papiere ordnen, ließ sich keine Silbe entgehen. Zum Glück war sonst niemand anwesend.

Es verging ein Augenblick, in dem der ehemalige Lehrer etwas zu seiner Frau sagte. Dann setzte diese das Gespräch fort.

»Wenn die Brüder Pujol beide tot sind, warum vermuten Sie dann, dass es sich um einen Vergeltungsakt handeln könnte?«

»Wir haben bereits zwei Elemente, die darauf hinweisen, dass ihre Geschichte im Mittelpunkt dieser Mordangelegenheit stehen soll. Es hat bereits zwei Tote gegeben, Louis Bascoul, der mit Sicherheit zunächst gefoltert und dann getötet wurde, und letzte Woche Michel Gresse, der auf grauenhafte Weise umgebracht worden ist.«

Die Frau am anderen Ende der Leitung wiederholte erneut, was er gesagt hatte.

»Was wollen Sie über diese Kinder wissen?«

»Eine Menge, fürchte ich … Ich habe so viele Fragen an Sie … Zum Beispiel: Wie sah Armand aus?«

Die Frage blieb ohne Antwort. Er hörte Bewegungen in Villefranche, im Hörer rauschte es, und er fürchtete schon, die Verbindung sei unterbrochen. Schließlich nahm eine Männerstimme das Gespräch wieder auf. Louis Boutonnier erklärte, dass er mittlerweile so gut wie nichts mehr sehe und für alle Tätigkeiten des täglichen Lebens seine Frau brauche, wie beispielsweise dazu, in das Postamt in ihrem Viertel zu gehen.

»Armand Pujol war ein guter Junge«, sagte er ruhig und überlegt. »Er war kein herausragender Schüler, hatte aber viele andere gute Eigenschaften. Mut in erster Linie. Viele waren der Meinung, seine Flucht sei ein Akt der Feigheit gegenüber seinem jüngeren Bruder gewesen. Ich glaube das nicht. Es hat verdammten Mut gebraucht, auf diese Weise fortzugehen und das Kostbarste, das er auf der Welt hatte, zurückzulassen. Sie hatten sehr früh ihre Eltern verloren, verstehen Sie, und er war für Julien da, indem er auch ihre Rolle übernahm. Kennen Sie den Ausspruch über die Kostbarkeit des Augapfels? Er war nie so gültig wie für diese beiden … Als ich Armand das letzte Mal gesehen habe, war er mittelgroß, sehr muskulös, hatte sehr kurz geschnittenes kastanienbraunes Haar und braune Augen. Sonst sind mir keine besonderen Merkmale aufgefallen. Er war wortkarg und nicht sehr kontaktfreudig. Die anderen Schüler haben ihn gefürchtet. Nicht dass er aggressiv gewesen wäre, aber er wusste sich besser zu verteidigen als jeder andere.«

»Meine Frage mag Ihnen brutal erscheinen, cher Monsieur, aber ich habe keine Zeit, lange drum herum zu reden: Warum ist sein Name nicht auf dem Kriegerdenkmal des Dorfs verewigt? Warum steht er nicht auf der von Ihnen erstellten Liste der an der Front gefallenen Dorfbewohner?«

Louis Boutonnier räusperte sich, zögerte aber nicht lange mit der Antwort.

»Ich musste mich gewissen Zwängen beugen. Mir waren in dieser Geschichte die Hände gebunden, und ich war feige, das gebe ich zu.«

»Inwiefern waren Ihnen die Hände gebunden?«

»Als Julien verschwand, habe ich eine Kampagne angezettelt mit dem Ziel, die Gresses des Mordes zu beschuldigen. Es gab keinen Beweis, nicht den geringsten Hinweis, der meine Behauptung bestätigt hätte. Und die Geschichte hat mir geschadet. Mein Schulrat ist über mein Verhalten in Kenntnis gesetzt worden. Man hat mir sehr schnell zu verstehen gegeben, dass ich viel riskierte. Und als ich die Benachrichtigung über Armands Tod bekam, habe ich mich nicht mehr übermäßig ins Zeug gelegt, um gegen die Gresses ins Feld zu ziehen. Vor allem als ich gesehen habe, dass Antoine Guiraud bereits eingeknickt war. Ich war kurz vor dem Ruhestand. Ich wollte keinen Ärger.«

»Was hat Sie auf den Gedanken gebracht, dass Julien getötet worden sein könnte?«

»Die beiden Brüder hatten bei ihren Cousins ein schweres Leben. Aber Julien war nicht Armand, er war nicht so stark, so widerstandskräftig. Er stand kurz vor dem Schulabschluss, als er verschwand, und er hatte gute Aussichten zu bestehen. Es waren Mittel vorhanden, ihn anschließend auf das Lycée in Castres zu schicken, ohne dass er sich um ein Stipendium hätte bemühen müssen. Dort wäre er in Sicherheit gewesen. Es gab keinen Grund, so kurz vor dem Ziel aufzugeben, und da ich als Mittelsmann für den Briefverkehr zwischen Julien und seinem Bruder diente, wusste ich, dass dieser nichts vorbereitete, um ihn zu entführen und zu sich zu holen, im Gegenteil, er war überglücklich, dass ihm die Schule ermöglicht und eine vielversprechende Zukunft geboten werden konnte. Julien hat mich bei seinen Antworten um Hilfe gebeten, und nach seinem Verschwinden habe ich, da ich ja zweifelte, alle Briefe gelesen, die er erhalten und in seinem Pult versteckt hatte. Da wurde mir klar, dass es sich weder um eine Flucht noch um eine Aktion von Armand gehandelt hat. Es blieb nur eine Möglichkeit, die, die ich schon seit Langem befürchtet hatte.«

»Haben Sie Armand über den Tod seines Bruders informiert?«

»Nein, dazu hat mir der Mut gefehlt. Ich hätte es nicht gekonnt. Ich hatte Juliens Briefe postlagernd nach Bédarieux geschickt, weitere Angaben hatte ich nicht. Er hat weiter an seinen Bruder geschrieben, und diese Briefe habe ich nie geöffnet. Über das Sekretariat des Rathauses habe ich erfahren, dass er sich vorzeitig zum Militärdienst gemeldet und in der Kaserne von Carcassonne eingefunden hatte. Ich habe noch ein paar Monate gewartet, und da er immer weiter Briefe schickte, habe ich schließlich meinen ganzen Mut zusammengenommen und ihm den einen geschrieben, in dem ich ihm das Furchtbare mitteilte. Der Brief kam als unzustellbar zurück. Ich habe darin einen Wink des Schicksals gesehen. Vielleicht war es besser gewesen zu warten? Irgendwann kamen dann keine Briefe mehr für Julien. Und einige Zeit später traf die Todesbenachrichtigung ein.«

»Hatten die beiden Jungen im Dorf Menschen, denen sie nahestanden?«

»Armand war ein Einzelgänger. Wenn ich ihn mit jemandem gesehen habe, dann immer mit seinem kleinen Bruder. Julien war beliebter, aber er hatte kaum Zeit, sich mit den Jungen seines Alters zu treffen. Ich glaube nicht, dass sie im Dorf Freunde hatten.«

Das Rauschen im Hörer wurde lauter. Martial wollte noch so vieles fragen, aber er hatte das Gefühl, dass die Verbindung jeden Augenblick unterbrochen werden konnte.

»Wenn Sie es wünschen – ich habe die Briefe alle aufbewahrt«, fuhr der ehemalige Lehrer fort. »Auch die, die danach gekommen sind. Erst habe ich sie aufbewahrt für den Tag, an dem Armand zurückkommen würde. Später konnte ich mich nicht entschließen, mich von ihnen zu trennen.«

»Könnten Sie sie mir zukommen lassen?«

»Ich habe sie nicht mehr bei mir. Ich habe sie in der Schule von La Vitarelle gelassen, in einem Kästchen aus Kirschholz, auf dem Speicher, zusammen mit ein paar anderen Sachen. Wenn da niemand dran gewesen ist, müssen sie noch da sein. Und es gibt noch etwas, eine Dose, die Julien versteckt hatte. Wenn Sie wissen wollen, wie Armand ausgesehen hat, sie enthält ein Foto von ihm, es ist ein paar Jahre nach seiner Flucht entstanden. Sie hatten ein geheimes Versteck, eine Höhle, die Armand beim Pas-du-Diable entdeckt hatte. Die haben sie in den Briefen erwähnt, die durch meine Hände gegangen sind, und Julien hatte mir ein paar Hinweise gegeben, wo sie zu finden ist. Als er verschwand, dachte ich erst, er hätte sich dort versteckt oder, schlimmer, sei durch einen Erdrutsch dort verschüttet worden. Ich habe die Höhle gefunden, und ich habe das Versteck gefunden, in dem er seine Dose aufbewahrte. Nur Julien war nicht da. Ich glaube nicht, dass außer mir jemand von dieser Höhle weiß. Ich habe an seiner Stelle etwas dagelassen und bin nie wieder hingegangen. Vor allem nicht bei der Vermutung, die ich anschließend hatte.«

»Ich habe diese Höhle gefunden. Monsieur. Aber da war keine Dose.«

»Sie war dort versteckt, wo das Wasser eindringt. Suchen Sie gründlich! Ich weiß nicht, ob es gut ist, dass Sie diese Geschichte wieder aufwirbeln, aber es erleichtert mich ein wenig, mit Ihnen darüber sprechen zu können. Es vergeht kein Tag, an dem Juliens Tod mich nicht verfolgt. Wenn Sie etwas für ihn tun können, zögern Sie nicht. Die Schuldigen müssen bezahlen. Wenn Sie sie vor Gericht bringen, sage ich als Zeuge aus, trotz meiner Behinderung, so werde ich einen Teil meiner Last los. Finden Sie mein Kästchen, Monsieur. Lesen Sie diese Briefe, und Sie werden die Geschichte der Brüder Pujol verstehen. Es ist spät geworden. Wir müssen nach Hause. Geben Sie mir Bescheid, wenn Sie etwas finden.«

Bevor Martial noch etwas sagen konnte, wurde die Verbindung unterbrochen. Louis Boutonnier hatte wohl aufgelegt. Er legte ebenfalls auf und ertappte Maurice Daures dabei, wie er ihn, die Hände untätig in seinen Papieren, beobachtete. Er dankte ihm für seine Hilfe und verließ das Postamt mit großen Schritten.

Er fand Étienne Germain an seinem Schreibtisch im Klassenzimmer, die Feder in der Hand und einen Stapel aufgeschlagener Schülerhefte vor sich. Als er gegen die Scheibe klopfte, hob der Lehrer langsam den Blick zum Fenster; er zuckte nicht zusammen und brauchte ein paar Sekunden, bis er sich an Martial erinnerte. Sobald er ihn erkannt hatte, verlor sein Gesichtsausdruck die Strenge. Er bedeutete ihm einzutreten. Martial fragte, ob er Sachen gefunden habe, die seinem Vorgänger gehört hätten, insbesondere ein Kästchen aus Kirschholz. Étienne Germain konnte sich nicht erinnern. Louis Boutonnier habe nie etwas davon gesagt, und er habe den Speicher nie wirklich durchsucht, bevor er mit seiner Schwester die neue Wohnung bezogen habe. Martial sagte nichts weiter, aber er schämte sich ein wenig. Er war ein schöner Starermittler! Er hatte sich in der Schule geirrt. Auf dem Speicher hier konnte es gar nichts geben.

Also entschuldigte er sich bei dem Lehrer, verabredete sich mit ihm für die Versammlung, die für den Abend geplant war, und eilte zu Camilles Schule hinauf. Unterwegs rief er sich in Erinnerung, was Charles ihm eines Tages gesagt hatte: dass er dazu neige, sich durch Ungeduld den Blick vernebeln zu lassen und, wenn es darauf ankomme, keinen klaren Kopf zu bewahren. Hätte er nicht rechtzeitig seine Klarsicht wiedererlangt, würde er jetzt unter den Dächern der neuen Rathausgebäude nach einem Kästchen suchen, das niemand dorthin geräumt haben konnte. Camilles Vater hatte das als einen Fehler betrachtet, den er nur schwer loswerden würde. Sie hatten anlässlich seines Scheiterns in dem kleinen Gasthof in den Alpen darüber gesprochen, als er seinem kroatischen Verbrecher auf der Spur gewesen war. Hätte er an dem Tag einen klaren Kopf bewahrt, anstatt mit seiner kleinen Truppe zum geschlossenen Pass hinaufzustürmen, wäre ihm der Mann, der am Bahnhof des letzten Dorfs, durch das sie gekommen waren, auf den Zug wartete, vermutlich aufgefallen. Er hätte Danko Dobelic in diesem Bahnhof geschnappt, weil ihm aufgefallen wäre, dass die Türen und Fenster verbarrikadiert waren, weil dort seit 1915 kein Zug mehr durchfuhr …

Camille, bezaubernd in einem blasslila Kleid und die Haare zum Knoten gesteckt, öffnete beinahe sofort. Sie küsste ihn auf beide Wangen und stellte sich auf die Zehnspitzen, um ihm die Arme um den Hals zu schlingen.

»Édouard hat mir von der Viper in deinem Bett erzählt … Es tut mir leid, dass du meinetwegen all diese Unannehmlichkeiten hast. Wenn dir etwas passieren würde, könnte ich mir das niemals verzeihen.«

»Ich bin mit einem gehörigen Schrecken davongekommen, das ist alles. Betrachten wir es als einen üblen Scherz, über den derjenige, der ihn ausgeheckt hat, jetzt vermutlich herzhaft lacht.«

Édouard war nach ihrem Unterricht kurz bei ihr gewesen und dann zur Mühle zurückgekehrt. Er hatte Stroh und Hafer für das Pferd gebraucht. Außerdem hatte er ihr von Michels Jacke erzählt, die im Schweinestall gefunden worden war, und von dem Kreuz auf der Lichtung. Martial ergänzte das alles um den Anruf von Louis Boutonnier. Und er erwähnte das auf dem Speicher versteckte Kästchen.

»Ich war lange nicht mehr oben«, sagte Camille. »Es ist nicht ganz einfach, dort hinaufzukommen.«

Aber sie ging ihm unverzüglich auf der Treppe voran. Auf dem Treppenabsatz im ersten Stock zeigte sie ihm eine schwere Holzleiter, die zwischen der Wand und einem massiven Schrank stand, zu schwer, als dass sie sie allein hätte bewegen können. Martial nahm die Sache in die Hand und stellte die Leiter unter die Falltür, die sich in der Decke öffnete. Camille holte ihre Laterne aus dem kleinen Salon, doch noch bevor sie sie anzünden konnte, war Martial bereits oben. Er hatte die Falltür ins Innere kippen lassen und stieg in den Dachboden hinein.

Man konnte nur an wenigen Stellen aufrecht stehen, denn das Gebälk war stark geneigt. Gemeinsam bahnten sie sich gebückt einen Weg zwischen Weidenkoffern, Resten von Funktionsmöbeln, die mit staubigen Laken bedeckt waren, und einem Durcheinander kaputter oder abgenutzter Gegenstände hindurch.

»In den Koffern sind Papas Sachen. Édouard hat sie hier raufgebracht. Der Rest gehört nicht uns. Stell dir nur vor: Sein ganzes Leben ist da drin! Vier große Koffer, das ist alles…«

Im zitternden Schein der Laterne wirkte alles grau und unförmig; nur Camille, die gerührt war, den Tränen nahe, stand lebendig inmitten einer schlafenden oder vergessenen Welt. Das war die Rolle, die sie in Martials Augen auch unten innehatte.

Sie inspizierten den gesamten Dachboden, die Dielen knarrten schaurig unter ihren Schritten. Mehrere alte Schülerpulte, vergilbte Karten, ein halbes Dutzend löchriger Strohstühle, zwei Holztruhen, gefüllt mit einem Wust von Papieren, die zwischen den Bändern hervorquollen, die sie zusammenhalten sollten, sofern sie nicht von den Mäusen oder Siebenschläfern in Konfetti verwandelt worden waren, ein Standspiegel, dessen gesprenkeltes Glas über die ganze Länge gesprungen war, ein Schaukelpferd mit zerbrochenen Beinen … Sie bewegten sich zwischen den Überresten einer Zeit, die noch gar nicht so lange her und doch Vergangenheit war.

Schließlich stießen sie hinter einer Kommode ohne Schubladen auf das, was sie suchten. Da stand eine breite und ziemlich hohe Truhe. Kein Quietschen, als sie den Deckel hochhoben. Ein Tuch war über den Inhalt gebreitet, um ihn zu schützen. Sie gingen gleichzeitig in die Hocke. Martial sah Camille an, und sie beantwortete seinen Blick mit einem Nicken. Daraufhin entfernte er das Tuch.

Da lagen mehrere identische Hefte, auf deren Seiten in sorgfältiger und gleichmäßiger Schrift Informationen über die Fauna und Flora der Hochebene, über ihr Klima, ihre Sitten und Gebräuche und ihre Schule notiert waren. Achtzehn Jahre Geschichte für eine ausführliche Monographie über La Vitarelle. Mehrere von Leinenpapier geschützte Fotos zeigten die Schule, das Dorf, den Hauptplatz am Tag des Jahrmarkts, die Schluchten, gesehen von der Brüstung des Friedhofs aus, doch auf keinem waren Schüler zu sehen. Darunter lag eine aschfarbene Schürze, die anscheinend niemals getragen worden war. Zwei Zeitungen, zwei Ausgaben des *L'Éveil du Tarn*: Die erste verkündete den Krieg, die zweite den Waffenstillstand, zwei Klammern, die unheilvolle Zeiten umschlossen. Ein funkelnagelneues Larousse-Wörterbuch; auf dem Vorsatzblatt war vermerkt, dass es sich um einen Preis für den Schüler handelte, der ganz oben auf der Ehrentafel des Schuljahres 1913–1914 stand: Julien Pujol. Ein Fächerordner, der nur zwei Dokumente enthielt: die Anmeldebestätigung für Juliens Schulabschlussprüfung und die Akte seiner Anmeldung am Lycée in Castres. Ein nahezu unversehrtes Exemplar des *Tableau de la France* von Jules Michelet. Vorn drin steckte ein gefalteter Zeitungsausschnitt, eine Viertelseite, Reklame für die Thermalkuren in Cauterets. Und schließlich, direkt darunter, das Kästchen aus Kirschholz.

Martial hob es hoch, als handelte es sich um einen höchst zerbrechlichen Gegenstand. Er öffnete den Deckel und erblickte zwei Bündel Umschläge, die mit einem Stoffstreifen zusammengebunden waren. Er schloss das Kästchen wieder und legte die anderen Dinge ordentlich in die Truhe zurück. Dann nahm er das Kästchen aus Kirschholz an sich, und sie stiegen wieder nach unten, dorthin, wo jeder Gegenstand noch eine Funktion hatte.

18

Der Sitzungssaal war ziemlich groß. Er befand sich neben dem Klassenzimmer der Jungenschule. Martial saß an einem langen Tisch auf einem Podium. Antoine Guiraud, der große Organisator des Abends, hatte neben ihm Platz genommen und neben ihm wiederum der Bürgermeister; links neben Martial saßen, in seiner Eigenschaft als Sekretär des Bürgermeisters, Étienne Germain und schließlich Doktor Delcros. Die anderen Stühle waren leer geblieben, anders als die im Saal, der überfüllt war.

Camille und Édouard saßen ganz hinten. Die Anwesenheit der jungen Lehrerin fiel auf, denn sie war neben der Frau des Arztes und Marthe Cousinié eine der wenigen Frauen, die überhaupt gekommen waren. Der Rest der Versammlung bestand aus Männern, darunter Gesichter, die Martial kannte, und andere, mit denen er sich vertraut zu machen suchte.

Antoine Guiraud vergaß die Zurückhaltung, die sein Rücktritt vom Bürgermeisteramt ihm gebot, und eröffnete die Versammlung mit zehn Minuten Verspätung. Das allgemeine Stimmengewirr erlosch sofort. Er hob ein Exemplar des *Éveil du Tarn* in die Höhe. Auf der ersten Seite stand fett gedruckt: »Grausamer Mord in La Vitarelle-du-Théron« und darunter, kleiner: »Das Opfer ist zerstückelt worden. Ein ganzes Dorf starr vor Schreck.«

»Das bekommt man in der heutigen Zeitung vorgesetzt. Ich weiß, dass viele von euch den Artikel und das Porträt, das da von unserer kleinen Gemeinde gezeichnet wird, gelesen haben. Wir sind, wie es scheint, kaum zivilisiert, wild und isoliert von der Welt, die uns umgibt. Man beschreibt uns als verängstigte und abergläubische Menschen, für die der Mord an Michel Gresse ein unerklärlicher Akt ist, etwas, das durch wer weiß welchen Zauber oder Fluch direkt aus der Hölle kommt … Ich bin dem Journalisten, der diesen Artikel geschrieben hat, nicht persönlich begegnet. So sehr ich auch herumgefragt habe, niemand hat ihn bei uns gesehen. Jean Guillard, hier anwesend, hat erfahren, dass am Freitag und Samstag zwei Journalisten in Brassac waren. Der zweite schreibt für *La Dépêche*. Sie waren nicht einmal hier oben bei uns, um ihre Arbeit zu machen, nein, sie haben sich aus der Ferne informiert. Was wir in diesem Artikel finden, ist die Meinung unserer Nachbarn. Offenbar verdienen wir also noch nicht einmal das bisschen Aufmerksamkeit, das man uns in diesen schwierigen Stunden schenkt.«

Er schleuderte die gefaltete Zeitung auf den Tisch, während sich aus der Versammlung Gemurmel erhob.

»Das Einzige, was man uns gewährt, sind üble Nachrede und Spott. Diesen Leuten zufolge sind wir Zurückgebliebene. Die noch nicht einmal in derselben Republik leben. Dabei hat diese Republik sich, als es darum ging, sie zu verteidigen, sehr wohl an uns erinnert. Zum Zeitpunkt der Einberufung haben wir zum Land gehört, unser vergossenes Blut war so gut wie das der anderen. Die beiden Polizisten, die sie uns aus Toulouse geschickt haben, bildeten da keine Ausnahme. Sie sind genauso schnell wieder verschwunden, wie sie gekommen sind. Anscheinend sollen sie in Kürze noch einmal herkommen, um die Ermittlungen zu Ende zu bringen und zu tun, was man von ihnen erwartet: die Akte schließen.«

Er schnitt eine Grimasse, die genügte, um deutlich zu machen, was er dachte.

»Wir haben viel durchgemacht: unsere dreißig tapferen Jungen, die im Krieg gefallen sind, unsere jungen Leute, die einer nach dem anderen gehen, unsere Häuser, die verschlossen, und unsere Felder, die verlassen werden … Und jetzt trifft uns eine weitere Prüfung. Aber anstatt uns die Hand zu reichen, anstatt uns zu helfen, gibt man uns zu verstehen, dass wir die Mühe nicht wert sind, dass wir Bürger zweiten Ranges sind, dass der Mord an Michel keine korrekt durchgeführte Untersuchung verdient!«

Die Faust auf den Tisch gestützt stand der alte Mann da. Seine Schultern zitterten etwas, vielleicht vor Wut, vielleicht vor Müdigkeit, der Müdigkeit eines Mannes, der erneut in einen Kampf zieht, obwohl er weiß, dass er weder die Kraft noch die Lust hat, ihn zu führen. Er hob die Hand, und es wurde wieder ruhig. Trotzdem behielt er die generalsmäßige Attitüde bei.

»Und das ist der Grund, warum ich die Initiative ergriffen und Monsieur de la Boissière gebeten habe herzukommen. Als ich euch neulich Abend darüber informiert habe, ist deutlich geworden, dass viele von euch diese Entscheidung missbilligten. Aber heute ist nur Monsieur de la Boissière hier, und ich sehe ihn jeden Tag, jede Stunde, seit er gekommen ist, für uns arbeiten, immer auf der Suche nach der Wahrheit. Monsieur de la Boissière war bereits mehrfach an Orten, an denen die Angst geherrscht hat, und jedes Mal hat er sie mit Hilfe der Tatsachen besiegt. Er hat eine gewisse Erfahrung mit Kriminalfällen. Daher habe ich ihn mit Zustimmung des Gemeinderats und des Herrn Bürgermeisters gebeten, heute Abend zu uns zu sprechen und euch Fakten mitzuteilen, nichts als Fakten!«

Noch während er sich setzte, wandte er sich zu Martial.

»Sie haben das Wort, Martial. Versuchen Sie nicht, uns zu schonen. Uns interessiert allein die Wahrheit.«

Martial sah all die Gesichter, die ihn anblickten. In ihnen war Erwartung zu erkennen, aber auch Distanz gegenüber dem Fremden, der er für sie war. Er würde sich auf einem schmalen Grat bewegen.

»Guten Abend, meine Damen und Herren«, begann er, nachdem er seinerseits aufgestanden war. »Mit einigen von Ihnen habe ich bereits gesprochen. Aber ich hatte noch nicht wirklich Zeit und Gelegenheit, mich Ihnen vorzustellen. Ich heiße Martial de la Boissière und wohne in einem kleinen Dorf in der Nähe von Limoges, wo ich Pferde züchte. Vor einigen Jahren habe ich Kriminologie studiert. Aber ich habe mich entschieden, sie nicht zu meinem Beruf zu machen. Dennoch habe ich einige Kontakte zu diesen Kreisen behalten, und so hat es sich ergeben, dass ich an mehreren Ermittlungen beteiligt war. Ich gehöre einer Gruppe von Privatermittlern an, die sich Cercle Cardan nennt. Cardan war ein italienischer Wissenschaftler, durch den es möglich geworden ist, Gleichungen dritten Grades zu lösen, das heißt Gleichungen mit drei Unbekannten. Eine polizeiliche Untersuchung hat damit eine gewisse Ähnlichkeit. Es gibt mehrere Unbekannte. Die erste und zugleich wichtigste ist, wer der Schuldige ist. Die zweite ist die Frage, warum jemand sich eines Verbrechens schuldig gemacht hat. Die zweite Unbekannte liefert häufig den Schlüssel für die erste. In den meisten Kriminalfällen ergibt sich die Lösung nach höchstens ein paar Tagen. Aber manchmal haben wir es mit einer dritten Unbekannten zu tun: Wie ist derjenige vorgegangen? Und wenn diese Frage unbeantwortet bleibt, dann kommt der Cercle Cardan ins Spiel. Von Zeit zu Zeit gibt es Geheimnisse, die so undurchdringlich scheinen, dass man darauf verzichtet, sie zu lösen. Wir haben beschlossen, einen Teil unserer Zeit diesen Rätseln zu widmen. Daher bin ich hier, ohne dafür bezahlt zu werden. Ich bin weder ein von einem Kunden engagierter Privatdetektiv noch ein von der Polizei bevollmächtigter Ermittler. Aber es stimmt, ich habe eine gewisse Erfahrung. Und ich will ganz ehrlich sein: Ich hätte niemals von Ihrem Dorf und den beiden Dramen, die es in Trauer versetzt haben, erfahren, wenn nicht eine meiner liebsten Freundinnen hier wohnen würde. Mademoiselle Purseau ist sozusagen alles, was mir an Familie geblieben ist. Deshalb bin ich bereit, alles nur Erdenkliche zu unternehmen, wenn ich damit zu ihrer Sicherheit und ihrem Wohlbefinden beitragen kann.«

Alle Blicke richteten sich auf Camille, die verlegen wirkte.

»Viele von Ihnen haben Angst. Angst um sich, um ihre Kinder, Angst, dass etwas wie das, was passiert ist, irgendwann wieder passieren könnte. Auch Angst, weil sie nicht verstehen, was passiert ist. Ich werde versuchen, Ihnen zu erklären, was meiner Meinung nach wirklich passiert ist. Wir haben zwei Morde. Der erste hat im letzten Dezember stattgefunden. Das Opfer, Louis Bascoul, war Knecht bei der Familie Gresse und hatte keinen roten Heller. Er verschwand an einem Samstagabend, nachdem er das ›Café du Progrès‹ verlassen hatte. Ein paar Tage später hat man ihn auf dem Grund der Schlucht des Pas-du-Diable gefunden. Er hat nicht Selbstmord begangen. Er ist nicht durch einen Unfall gestorben. Er ist eindeutig getötet worden. Ich glaube, dieser Mann ist auf dem Weg zu seinem Haus angesprochen und überredet oder gezwungen worden, demjenigen, der ihn angesprochen hat, zum Pas-du-Diable zu folgen, in den Unterschlupf. Dort ist ihm stundenlang das Leben zur Hölle gemacht worden, vermutlich bis zum Montagmorgen. Die Tatsache, dass weder seine Handgelenke noch die Knöchel Spuren von Fesseln aufwiesen, beweist, dass er nicht gefesselt worden ist. Aber der Mörder konnte ihn nicht frei herumlaufen lassen, denn der Ort, an den er ihn gebracht hatte, konnte nicht verschlossen werden. Also hat er ihm die Knöchel gebrochen, damit er nicht gehen konnte. Und dann hat er ihm, als sei sein Leiden noch nicht groß genug, die Finger zerquetscht, einen nach dem anderen. Der Schmerz muss unerträglich gewesen sein. Und trotzdem hat er ihm vier Finger zerquetschen müssen, bis der arme Louis Bascoul endlich zusammenbrach. Warum? Sein Folterer musste etwas herausfinden, und er hat ihn zum Reden gebracht. So ist Louis Bascoul lange Stunden gefoltert worden, bevor er getötet wurde. Es wurde nicht versucht, seinen Tod zu inszenieren, man hat sich damit begnügt, ihn in die Schlucht zu werfen, als er vermutlich schon tot war. Die falschen Interpretationen, die anschließend trotz des Berichts Ihres Doktors vorgenommen wurden, haben den Mantel des Schweigens über die Geschichte gebreitet. Die Zeit verging. Dann ist letzte Woche Michel Gresse ermordet worden, auf furchtbare, grausige Weise. Neben der Art und Weise wie er getötet wurde, hat vor allem die Tatsache, dass es keine Fußspuren im Schnee gab, die Gemüter beschäftigt und Gerüchte hervorgebracht: Von Gespenstern ist die Rede, von einem Fluch, von etwas, das jedenfalls nicht menschlich ist. Denen, die daran glauben, sage ich: Sie irren sich! Michel Gresse ist von menschlicher, sehr realer Hand getötet worden. Und dass Spuren im Schnee fehlen, ist ein nebensächliches Detail, vermutlich war das gar nicht geplant. Michel Gresses Mörder war wohl unter dem Stroh versteckt, auf seinem Wagen. Eine ganze Weile war er dort verborgen und hat abgewartet. Er hat sein Opfer mehr oder weniger betäubt, jedenfalls ist es ihm gelungen, es zu überraschen und zu Boden zu werfen. Dann hat er seine Kleider so weit zerrissen, dass er ihm die Arm- und Beinsehnen durchtrennen konnte. Dadurch war Michel Gresse zu keiner Bewegung mehr fähig. Der Mörder wollte, dass er seinen Tod miterlebte und dass er wusste, warum er sterben würde. Er hat sich daran ergötzt. Daher hat er gewartet, bis sein Opfer wieder Vertrauen gefasst hatte, und dann hat er es aufgeschlitzt und im Schnee sterben lassen. Anschließend hat er sich über die Böschung und den Rand des Feldes, auf dem beim Pflügen abgeworfene Steine eine Art Furt durch den Schnee bildeten, zur Straße begeben und sich versteckt. Michel Gresses Jacke und sein Jagdgewehr hat er mitgenommen. Dann ist Serge Cals von seiner Runde zurückgekommen und hat die brennende Laterne und Michels Wagen gesehen. Anders kann es nicht gewesen sein. Hätte der Mörder gewollt, dass der Milchmann vorbeikommt, ohne den Mord zu bemerken, hätte er die Laterne, die am Wagen hing, ausgepustet. Bei dieser Entfernung von der Straße wäre Monsieur Cals dann vorbeigefahren, ohne etwas zu sehen. Warum also hat der Mörder das gemacht? Wir haben zwei Möglichkeiten: Die erste ist, dass er von der Rückkehr des Milchmanns überrascht worden ist. Das erscheint mir wenig glaubhaft. Der Mörder ist nach langer Vorbereitung sehr methodisch vorgegangen. Er kannte die Zeiten des Milcheinsammelns, und diese hatten sich durch den Schnee sogar leicht verschoben. Die zweite Möglichkeit ist, dass er wollte, dass Serge Cals anhält. Es war Teil seines Plans. Während unser Freund sich dem Wagen von Michel Gresse näherte, ist der Mörder unter sein Gespann geschlüpft. So ist er zurückgebracht worden, vielleicht bis zum Dorf, es sei denn, er hat sich schon vorher fallen lassen. Ich habe es überprüft, als Monsieur Palousi uns neulich durch seine Molkerei geführt hat, es gibt am Boden des Wagens genügend Möglichkeiten, sich festzuhalten, ohne allzu sehr zu ermüden. Auf diese Weise konnte sich der Mörder anschließend im Dorf zeigen, die gewohnten Dinge tun und damit jeden Verdacht zerstreuen.«

Es wurde unruhig im Saal, erneut erhob sich Gemurmel.

»Ja, ich sage es ganz deutlich, ich glaube, derjenige, der Michel Gresse und Louis Bascoul getötet hat, ist hier im Dorf.«

Jetzt verwandelte sich das Gemurmel in Murren.

»Wenn ich mich nicht irre, so glaube ich, dass ich das ›Wie‹ herausgefunden habe«, fuhr Martial fort, wobei er gezwungen war, die Stimme zu erheben. »Bleiben noch die beiden anderen Fragen. Ich habe den Ort gefunden, an dem Louis Bascoul gefangen gehalten wurde. Ich kann ihn Ihnen nicht nennen, solange ich nicht mit der Polizei darüber gesprochen habe, aber es finden sich dort Spuren von dem Blut, das er in den Stunden seines Leidens vergossen hat. Heute Morgen ist die Jacke von Michel Gresse gefunden worden. Jemand hat sie in den Schweinestall auf dem Hof seiner Familie gelegt, als wollte er, dass die Schweine sie fressen. Wer auch immer das getan hat, er hat vor nichts Angst und scheint zu allem entschlossen. Und hier treffen wir uns. Sie sprechen von Gespenstern, ich sage Ihnen, dass es so nicht gewesen ist. Und trotzdem stecken Wiedergänger hinter all dem. Zwei Wiedergänger, nämlich die Brüder Pujol. Die den Schweinen zum Fraß vorgeworfene Jacke von Michel ist ein direkter Verweis auf die Gerüchte, die kurz vor dem Sommer 1914 kursierten, als nach dem Verschwinden von Julien Pujol erzählt wurde, sein Körper sei in ebendiesem Stall gefressen worden. Zusammen mit Monsieur Alexandre, der mich bei meinen Ermittlungen unterstützt, habe ich gerade eben – heute Nachmittag, um genau zu sein – einen weiteren Hinweis darauf gefunden, dass jemand diese Geschichte wieder hervorholen und mit den beiden Morden verknüpfen will. Daher Ihre durchaus berechtigte Angst, denn es ist allgemein bekannt, dass die Brüder tot sind. Falls es sich um Rache handelt, wer außer den beiden hätte Interesse daran, sich dadurch ins Gerede zu bringen? Deswegen sind sie aber nicht von den Toten wiedergekehrt. Tatsächlich gibt es drei Möglichkeiten. Die erste ist, dass wir uns in einem Punkt irren, nämlich dass einer der beiden Brüder nicht tot ist. Dass er zurückgekommen ist und sich rächt. Ist das der Fall, muss man nicht lange drum herumreden, dann handelt es sich um Armand.«

An dieser Stelle ertönten Rufe aus der Versammlung, das sei unmöglich, das hätte man mitbekommen, niemand könne ein ganzes Dorf so täuschen.

»Die zweite Möglichkeit…«

Martial wartete, bis es wieder still war, was ziemlich schnell der Fall war, nachdem die Leute begriffen hatten, dass er eine weitere Lösung anbot.

»Die zweite Möglichkeit ist, dass sich jemand im Namen der beiden rächt, vielleicht hatte er irgendwo anders noch Familie oder Freunde hier im Dorf.«

Erneutes Stimmengewirr. Wieder wartete Martial.

Laute Rufe ertönten, in Mundart, auf Französisch. Manche waren aufgestanden, aber es war nicht zu erkennen, wen all diese Leute anschrien. Es gab sogar welche, die einander mit der Faust drohten, und einen Augenblick lang glaubte Martial, die Versammlung würde in eine allgemeine Schlägerei ausarten. Christophe Maraval war aufgestanden und mahnte zur Ruhe. Niemand schien ihn zu hören. Antoine Guiraud rührte sich nicht, er saß mit hängenden Schultern da und blickte finster drein.

Ein großer Kerl mit Wampe in der zweiten Reihe schrie lauter als alle anderen. Er sorgte mit einer einfachen Bemerkung für Ruhe: »Unter den Neuen müssen Sie suchen!«

»Jetzt haben wir den Salat!«, flüsterte Antoine Guiraud Martial zu. »Sie spielen mit dem Feuer, mein Junge.«

Der große Kerl war Jules, der Besitzer des »Café du Théron«, Mitglied des Gresse-Clans. Martial unterbrach ihn, bevor er weitersprechen konnte.

»Sie vergessen die dritte Möglichkeit. Vielleicht sollen wir glauben, dass die Geschichte der Pujols im Mittelpunkt des Rätsels steht, obwohl es gar nicht so ist. Sie dient dazu, ein ganz anderes Motiv zu verbergen, das möglicherweise leichter aufzuspüren ist. Jedenfalls haben wir es mit jemandem zu tun, der geschickt ist, der Risiken eingeht, die Sache aber trotzdem bis ins Kleinste durchgeplant hat. Mit jemandem, der sich perfekt darauf versteht, sich nicht in die Karten schauen zu lassen. Eine Bemerkung, wie Sie sie gerade gemacht haben, Monsieur, hat er vermutlich vorausgesehen. Vielleicht will er gerade, dass Sie sich gegenseitig verdächtigen, während er sich ungesehen in aller Ruhe zurücklehnt. Jede Tat, die in diese Richtung geht, wird ihm mit Sicherheit nützen. Denn da ist etwas, das ich Ihnen noch nicht gesagt habe: Es könnte sein, dass der Mörder noch nicht fertig ist ...«

Jetzt ging das Geschrei erst richtig los. Da er wusste, dass das eine Weile dauern würde, setzte Martial sich. Fünf Minuten waren nötig, bis der Bürgermeister die Ruhe wiederhergestellt hatte. Und als es so weit war, wandte Abbé Goussier, immer noch mit gerötetem Gesicht, sich an Martial: »Ihre erste Möglichkeit deutet, glaube ich, an, dass Armand Pujol nicht im Kampf gefallen ist, nicht wahr? Aber das ließe sich ja überprüfen.«

»Darum habe ich mich gekümmert«, erwiderte Martial, erstaunlich ruhig. »Ein Freund von mir forscht gerade im Archiv des Kriegsministeriums nach; er versucht, alles über Armand Pujols militärische Laufbahn herauszufinden, bis hin zu dessen Tod, der nicht einmal auf Ihrem Kriegerdenkmal dokumentiert ist.«

»Da hatte er nichts zu suchen!«, brüllte Jules. »Er hat schon lange nicht mehr zu uns gehört!«

Martial fuhr fort, als habe er ihn nicht gehört.

»Manche von Ihnen wissen es, leider: 1917 hat man Soldaten, wenn die visuelle Identifizierung nicht ausreichte oder unmöglich war, mit Hilfe von am Handgelenk befestigten Namensschildern identifiziert. Laut den Berichten von 1919, die dem Parlament vorgelegt wurden, sind eine Million vierhunderttausend französische Soldaten in diesem Krieg gestorben, wobei an die zweihundertsechzigtausend nicht identifiziert werden konnten. Das ist für zahlreiche Familien ein Drama. War die Identifizierung möglich, hat man nicht weiter nachgeforscht. Zwei Armbänder auszutauschen erscheint mir nicht schwierig …«

»Aber dieser Mann wäre erkannt worden!«

»Eines ist sicher, derjenige, der für diese beiden Dramen verantwortlich ist, kennt das Dorf und das Leben seiner Bewohner sehr gut. Sogar zu gut, wie es scheint … Deswegen denke ich, dass er sich nicht wie ein Vagabund in den Wäldern versteckt, sondern dass er sich innerhalb Ihrer Gemeinde befindet. Armand Pujol ist 1909 von hier fortgegangen. Er war damals noch ein sehr junger Mann, und Männer verändern sich, Herr Pfarrer. Vor allem, wenn sie durch die Hölle gehen. Ich habe heute, zusammen mit meinem Freund Édouard, ein kleines Experiment gemacht: Wer könnte uns sagen, wie Armand aussähe, wenn er noch hier leben würde? Wir bekamen mindestens so viele unterschiedliche Beschreibungen, wie wir Gesprächspartner hatten. Seine Größe, seine Statur, die Farbe seiner Augen, seiner Haare … Niemand scheint sich genau zu erinnern, mit Ausnahme vielleicht von Monsieur Boutonnier, mit dem ich vorhin telefoniert habe.«

»Und wenn er doch tot wäre«, fragte erneut der Abbé, »gäbe

es dann nicht mehr als zwei Möglichkeiten? Wenn ich Sie recht verstehe, haben Ihre Ermittlungen doch das Ziel, die potenziellen Fährten zu eliminieren, bis nur noch eine übrig bleibt?«

»Liege ich richtig und es sind weitere Morde geplant, dann habe ich keine Zeit, auf diese Weise vorzugehen. Aber ich komme für einen Augenblick auf das zurück, was Sie eben gesagt haben: Armand ist vielleicht tot, aber warum ist man sich bei seinem Bruder ebenso sicher?«

Totenstille im Saal.

»Hat jemand von Ihnen ihn tot gesehen? Oder haben Sie Kenntnis von bestimmten Dingen?«

Immer noch ohrenbetäubende Stille.

»Wie auch immer, man hat es auf die Familie Gresse abgesehen«, fuhr Martial fort. »Ich habe diese Leute vor der Gefahr gewarnt. Sollte der Mörder noch einmal zuschlagen, wird er es dort tun. Oder ich wäre von Anfang an auf dem Holzweg gewesen.«

»Darüber müssen wir mit der Gendarmerie sprechen«, sagte Antoine Guiraud. »Wir müssen ihnen die Beweise zeigen.«

»Informieren Sie die Gendarmen, meine Herren. Ich werde mich morgen früh zu ihrer Verfügung halten.«

»Wenn ich Sie immer noch richtig verstehe, junger Mann, dann wollen Sie uns sagen, dass, aus welchem Grund auch immer, der Mörder von Michel und Bascoul sich hier in diesem Saal befinden kann?«

»Das wäre in der Tat möglich, Pater«, erwiderte Martial unbeirrt.

»Selbst wenn Ihre dritte Möglichkeit zutrifft«, knurrte Jules, »bedeutet das, dass jemand ein besonderes Interesse daran hätte, sich mit meinen Cousins anzulegen, nicht wahr? Jemand, der sich sehr darüber freuen würde, wenn sie sich vom Acker machen und ihre Felder freigeben würden …«

»Soll das eine Anspielung auf mich sein, du Hurensohn?«

Die durchdringende Stimme von Joseph Cassagne tönte von hinten aus der Dunkelheit. Martial hatte ihn nicht hereinkommen sehen. Der Bauer kam, die allgemeine Überraschung nutzend, nach vorn. Er hielt einen schweren Stock hoch erhoben.

»Wie viele hier denken, dass ich den Sohn der Gresses getötet habe? Wie viele? Sagt es mir ins Gesicht, und wir regeln das sofort!«

Es kam zu einem solchen Aufruhr, dass die Versammlung ein vorzeitiges Ende fand. Joseph Cassagne wollte sich mit Jules prügeln, und der ließ sich nicht lange bitten. Die beiden konnten zurückgehalten werden, doch um zu vermeiden, dass die Sache ausartete, musste man Jules zwingen, den Saal zu verlassen. Schließlich wurde die Versammlung aufgelöst. Als alle draußen waren, in der mondlosen Nacht, wurden die Diskussionen mit unwillkürlich gedämpfter Stimme fortgesetzt. In Gruppen kehrten die Dorfbewohner nach Hause zurück.

Antoine Guiraud dankte Martial für seinen Vortrag, aber es klang irgendwie halbherzig. Offenbar nahm er es ihm übel, dass er auf diese Weise die Lunte ans Pulverfass gelegt hatte. Er blieb vorn sitzen und beobachtete das Durcheinander im Saal, der sich nach und nach leerte. Martial vermochte die allgemeine Aufregung zu nutzen, um denen, die mit ihm sprechen wollten, auszuweichen, und ging so schnell wie möglich nach draußen. Der Zufall oder das Glück wollte es, dass er Lucien Guiraud vor sich hatte. Ohne sich zu verstecken, folgte er ihm über die Außentreppe der Schule ins Freie und näherte sich ihm immer mehr, bis der andere sich abrupt umdrehte.

Einen Augenblick lang wirkte Lucien wie ein kleines Tier, das in die Falle gegangen ist, verzweifelt nach einem Schlupfloch sucht und sich, da es keines findet, zusammenkauert, um

Kräfte für den Kampf zu sammeln. Nachdem dieser Augenblick der Panik vorbei war, wurde sein Blick wieder leer und abwesend.

»Ich weiß, Lucien, dass Sie derjenige sind, der sich vor der Schule von Mademoiselle Purseau herumtreibt, sobald es Nacht wird.«

Mit diesem frontalen Angriff ließ Martial ihm keine Möglichkeit auszuweichen. Lucien antwortete nicht, aber sein Mund verzerrte sich, und seine Schultern wurden von Zuckungen geschüttelt, die er nicht zu kontrollieren vermochte.

»Sie wollen ihr doch nichts Böses, nicht wahr?«

Lucien schüttelte den Kopf. Er wirkte jetzt wie ein ertapptes Kind.

»Ich möchte nicht, dass Sie eine Gefahr für meine Freundin darstellen, verstehen Sie? Für den Augenblick kann das unter uns bleiben. Sie wollen sie nur sehen, ist es so?«

Um sie herum gingen Männer, Laternen in der Hand, in kleinen Gruppen in die Nacht. Aber es waren immer noch Leute im Saal, aus dem nach wie vor Schreie drangen.

»Haben Sie die Viper gefangen, um mir Angst zu machen?«

Jetzt fiel das Kopfschütteln deutlicher aus und dauerte länger an.

»Ich habe nichts gemacht«, sagte er schließlich, und das Sprechen schien ihn solche Kraft zu kosten, dass sein Gesicht sich erneut verzerrte. »Ich habe nichts gemacht …«

»Mademoiselle Purseau ist sich nicht wirklich sicher, ob jemand nachts um ihr Haus schleicht. Wenn Sie erkannt werden, könnten Sie Ärger bekommen, vor allem nach den jüngsten Ereignissen.«

»Ich will ihr nichts Böses!«, jammerte Lucien.

»Was wollen Sie dann von ihr? Wollen Sie sie nur sehen? Oder sie überwachen? Sie beschützen?«

»Ich bin nicht der Einzige!«, verteidigte Lucien sich. »Er kommt auch. Ich habe ihn gesehen. Ich habe im Dunkeln seinen Schatten gesehen. Er ist ebenfalls hinter ihr her. Er will sie für sich!«

»Von wem sprechen Sie?«

»Vom Teufel! Vom Teufel, der diese Leute getötet hat, wie Sie gesagt haben!«

Martial spürte, wie es ihm eiskalt den Rücken hinunterlief. Inzwischen stand Lucien Guiraud Angst ins Gesicht geschrieben. Er wirkte vollkommen ungefährlich.

»Erzählen Sie mir, was Sie gesehen haben, Lucien.«

Doch der Ausdruck auf dem Gesicht des Sohns des ehemaligen Bürgermeisters veränderte sich erneut. Sein Blick wurde wieder böse, während die Angst sich in Entsetzen zu verwandeln schien. Seine Lippen blieben verschlossen, er sagte kein Wort. Plötzlich wandte er sich ab, ließ Martial einfach stehen und verschwand, ohne das geringste Licht bei sich zu haben, in die Nacht.

Endlich hatten auch Camille und Édouard den Saal verlassen und kamen zu Martial.

»Gibt es ein Problem mit Lucien Guiraud?«, fragte Camille.

»Nein, ich glaube nicht. Ich habe nur versucht, mit ihm ins Gespräch zu kommen. Vergebliche Liebesmüh, wie es scheint.«

Dennoch starrte Martial forschend in die Dunkelheit. Luciens letzte Worte hallten noch in seinem Kopf. Er spürte erneut, wie die Gefahr ihn, sie umschlich.

»Ich fand Sie sehr gut«, sagte Édouard. »Ein ausgezeichneter Vortrag.«

»Das ist nett von Ihnen. Ich glaube nicht, dass ich für diese Art von Inszenierung geschaffen bin, aber ich habe getan, was von mir erwartet wurde: Ich habe erklärt, wonach ich suche.«

»Aber du hast auch die Lunte ans Pulverfass gelegt. Diese ganze kleine Welt wird sich von nun an gegenseitig belauern.«

»Du brauchst es mir nicht zu glauben, aber in gewisser Weise wollte ich genau das erreichen. Wenn jeder jeden überwacht, vielleicht sieht unser Mörder sich dann gezwungen, noch mehr aufzupassen. Zum Beispiel weiß ich nicht, was ich tun soll, um die Gresses zu beschützen. Ich habe nur diese Lösung gesehen. Aber wie Édouard heute meinte: Vielleicht ist der Wurm bereits in der Frucht ...«

»Deine Lösung ist trotzdem riskant. Es könnte Entgleisungen geben. Ich glaube, dass du ihnen noch mehr Angst gemacht hast. Sie haben alle die Fährte des Unerklärlichen vorgezogen.«

»Ich weiß. Aber sie wollten die Wahrheit, und jetzt haben sie sie!«

»Dabei hast du nicht alles gesagt.«

»Von der Höhle darf niemand wissen, solange ich sie nicht den Gendarmen gezeigt habe. Und was Julien Pujols sogenanntes Grab betrifft ... ich glaube, da sollten wir ebenfalls noch warten.«

»Das ist ein Beweis!«

»Aber den Namen des Mörders wird er uns nicht liefern.«

»Und es gibt die Briefe, die der ehemalige Lehrer aufbewahrt hat.«

»Wir werden sehen, was wir daraus erfahren.«

»Außerdem gibt es etwas, das du mir nicht sagst«, fuhr die junge Frau beunruhigt fort. »Diesen Gesichtsausdruck kenne ich nur zu gut.«

»Nein, ich brenne nur darauf, dieses berühmte Kästchen zu öffnen. Diese Versammlung heute Abend kam mir sehr ungelegen.«

»Dann bringt mich zur Schule und wartet nicht länger.«

»Ich muss Sie allerdings um einen Gefallen bitten, Édouard. Also: Ich wäre gern allein, wenn ich sie lese. Ich weiß, das ist nicht sehr feinfühlig, und ich hoffe, Sie werden es mir verzeihen, aber es ist wichtig für mich, dass ich mich wirklich in ihre Geschichte hineinversetzen kann.«

Martial fürchtete, Camille könnte seine Lüge durchschauen und begreifen, dass er sie nicht allein wissen wollte, doch trotz ihres überraschten Blicks reagierte sie nicht und überließ es Édouard zu antworten.

»Ich verstehe, machen Sie sich keine Sorgen. Ich bin sogar eher erleichtert. Mir war beim Gedanken daran ohnehin etwas unwohl. Als würde ich die Privatsphäre der beiden verletzen … Ich bleibe einfach über Nacht bei Camille.«

Zu dritt fuhren sie mit dem Kabriolett von Antoine Guiraud zur Schule hinauf. Martial holte das Kirschholzkästchen und fuhr dann, im ruhigen Schritt des Pferdes, allein zurück zur Mühle. Ihm ging nicht aus dem Kopf, was Lucien Guiraud gesagt hatte, weil er wusste, dass er nicht gelogen hatte. Dass es wirklich noch einen anderen gab, einen, der sehr viel gefährlicher war als dieser arme Teufel, der behindert aus dem Krieg zurückgekehrt war. Während auf der Bank neben ihm die Geschichte der Brüder Pujol darauf wartete, exhumiert zu werden, verspürte er zum ersten Mal Angst. Echte Angst, wie sie einen packt, wenn man sich verwundbar fühlt, wenn man in seiner Festungsmauer einen Riss hat, eine Schwachstelle. Und diese Schwachstelle war, leicht zu erraten, Camille …

19

Den 20. Oktober 1909

Mein kleiner Julien,
ich wünsche mir von ganzem Herzen, dass es Dir gutgeht. Du ahnst nicht, welche Freude mir Dein Brief gemacht hat. Dein erster Brief! So lange habe ich darauf gewartet! Sag dem Lehrer, wie dankbar ich ihm bin, für alles, was er für uns getan hat. Sag es ihm.

An manchen Tagen ist es hier schwierig, aber ich gebe nicht auf. Ich weiß, was ich zu tun habe, und wenn mich der Mut verlässt, denke ich an Dich, dann denke ich an unsere Zukunft, und der Mut kehrt zurück. Die Arbeit ist hart, aber sie macht mir keine Angst, auch wenn meine Hände sehr darunter leiden. Ich werde aber weiter wegfahren. Von hier aus hört man den Petit Train vorbeifahren, und manchmal ist in den Gesprächen von Brassac die Rede. Daher weiß ich, dass ich ihnen zu nahe bin. Ich spüre ihre Gegenwart, ich rieche sie. Ich will nicht, dass sie mich finden. Ich weiß nicht einmal, ob sie mich suchen oder ob sie das Recht haben, die Gendarmen zu informieren. Falls ja, fahre ich weiter weg. Schreib mir also nicht mehr hierher. Wenn du diesen Brief erhältst, bin ich vermutlich schon nicht mehr hier. Ich werde mich bald wieder bei Dir melden, mach Dir keine zu großen Sorgen um mich. Ich werde einen besseren Platz finden, und ich werde mein Versprechen halten: So-

bald ich kann, hole ich Dich. Das Stück Band, das Du mir an jenem Abend am Wegrand gegeben hast, bewahre ich auf. Es ist für mich wie ein Schatz. Auch behalte ich für immer dieses Bild, wie Du mich angefleht hast, zu bleiben oder Dich mitzunehmen. Das war der schwierigste Augenblick in meinem kleinen Leben, viel schwieriger als alles Übrige. Unser beider Leiden ist ein Stachel, der mich wach hält, um dieses große Projekt, das ich für Dich und für mich realisieren will, zu einem guten Ende zu führen. Es gibt keine Sekunde, in der Du nicht in meinen Gedanken bist, selbst wenn ich schlafe. Halte durch, mein Julien! Arbeite in der Schule, so gut Du kannst, das ist wichtig. Eines Tages werde ich auf demselben Weg zurückkommen, auf dem ich gegangen bin, und ich werde kommen, um Dich in ein sehr viel besseres Leben mitzunehmen. Ich freue mich schon jetzt auf diesen Tag, der, daran zweifle ich nicht, der schönste Tag meines Lebens sein wird.

Ich umarme Dich, mein Julien. Pass auf Dich auf.
Dein großer Bruder

Martial saß an dem großen Tisch, vor sich das offene Kästchen aus Kirschholz, die Briefbündel aufgebunden. Er hatte ein schönes Feuer gemacht und gönnte sich ein Gläschen Schnaps, der im Magen brannte. Zwei Öllampen beschienen seine Lektüre, seine Reise in das abgebrochene Leben der Brüder Pujol.

Den 26. November 1909

Mein kleiner Julien,
ich bin glücklich, dass ich nach Bédarieux gezogen bin. Ein wenig habe ich mich vor der Stadt gefürchtet, aber jetzt fühle ich mich hier recht wohl. Es herrscht immer Bewegung, immer Lärm, jeder Tag bringt Neues. Ich denke, das könnte Dir gefallen. Wie

ich Dir im letzten Brief kurz geschrieben hatte, bin ich Konditorlehrling. Ich habe den Granit gegen Kuchen eingetauscht, einfach indem ich ein Gebirge überquert habe! Vor allem aber hatte ich Glück: Durch die herannahenden Feste gibt es viel Arbeit, und daher hat der Chef nicht lange gezögert, mich zu nehmen.

Ich hoffe, dass mit Dir alles in Ordnung ist. Deinen Brief habe ich letzten Dienstag erhalten, und das hat mich wie immer glücklich gemacht. Aber Du erzählst nicht viel über Dein Leben auf dem Hof. Ich habe Angst, dass Du mir Dinge verschweigst. Yvonne wird Dich jetzt nicht mehr beschützen, aber vielleicht hat es sie beruhigt, dass ich weggegangen bin, schließlich hat sich ihre Wut vor allem gegen mich gerichtet. Und ich kann Dich nicht zwingen zu erzählen. Vielleicht ist es ja besser so …

Ich muss Dir etwas sagen, lieber kleiner Bruder, Du bist der mutigste Mensch, den ich kenne. Du behauptest, Du seist ängstlich und schwach. Du bist weder das eine noch das andere. Ein Angsthase hätte mit allen Mitteln versucht, mich vom Weggehen abzuhalten, und meine Entschuldigungen nicht hören wollen. Ein Schwacher wäre mit diesem rabiaten Pack am Hals längst zusammengebrochen. Ich musste lächeln, als Du schriebst, Du wärst auf dem Herbstjahrmarkt auf den Rücken des Bären gestiegen. Ich weiß, was man erzählt: Auf den Rücken eines Bären steigen verleiht einem Jungen Mut. Ich weiß nicht, wie Du es angestellt hast, zum Jahrmarkt zu gehen und das Geld aufzutreiben, das die Bärenführer verlangen. Wie auch immer, ich wiederhole: Du brauchst das nicht, um mutig zu sein. Willst Du einen Beweis? Du hast so viel Mut in Dir, dass Du sogar mir welchen abgeben kannst. Du gibst mir den Mut weiterzumachen. Stell Dir das mal vor!

Hab Geduld, mein Großer. Die Jahre, die vor Dir liegen, werden schön, ich schwöre es Dir. Das ist mein Ziel im Leben: es Dir schön zu machen. Du weißt, dass ich bereits ein wenig Geld zur

Seite gelegt habe. Da ich schnell lerne, glaube ich, dass ich eines Tages ein eigenes Geschäft eröffnen könnte. Es könnte unseren Namen tragen, den unserer armen Eltern.

Schreib mir, sobald Du kannst. Deine Briefe sind Schätze. Sie ähneln Dir. In Erwartung, Dich zu lesen, umarme ich Dich ganz fest.

Dein großer Bruder

Armands Schrift wirkte zögerlich, aber es gab weder Fehler noch Streichungen. Vermutlich hatte er vorher einen Entwurf geschrieben. Martial folgte ihm Schritt für Schritt. Manche Briefe fesselten seine Aufmerksamkeit mehr, andere stellten eher Wiederholungen dar.

Den 8. Juni 1910

Mein lieber kleiner Julien,
was für ein Glück, Deine Briefe zu erhalten! Deine Schrift ist so elegant, so sicher, dass man glauben könnte, einen Erwachsenen zu lesen, einen wohlsituierten noch dazu. Aber mit noch mehr Freude erfüllt mich, was Du mir erzählst. Ich habe das Gefühl, auf diese Weise ein wenig an Deinem Leben teilzuhaben. Es hat mich sehr berührt, dass Du mir das Bild geschickt hast, das Du in der Schule gewonnen hast. Dieser Leuchtturm auf seinem Stück Land, drum herum das schöne Meer, das vielleicht einen Sturm ankündigt … Dieser Leuchtturm schickt sich vermutlich an, Leben zu retten in den stürmischen Stunden, die folgen werden … Ich habe das Bild in dem kleinen Zimmer, das mein Chef mir vermietet, über den Nachttisch gehängt. Während ich Dir schreibe, sehe ich es. Das war sehr nett von Dir, aber Du musst Deine Belohnungen behalten. Bewahre sie alle auf, wie einen Piratenschatz. Warum benutzt Du nicht unsere Blechdose, unseren Schatz? Er gehört jetzt Dir.

Mein schönstes Geschenk ist, dass Du in der Schule fleißig bist. Danke noch einmal dem Lehrer: Du lernst gut mit ihm, und dank seines Entgegenkommens können wir in Kontakt bleiben. Ich ahne, dass er Dir die Briefmarken bezahlt. Sag ihm, dass ich Geld schicken werde, damit Du es ihm zurückzahlen kannst. Und wenn er es nicht will, dann ist das Geld für Dich, aber die anderen dürfen nichts davon wissen.

Ich weiß, dass Du mir, wenn sie Dich immer noch schlagen, wenn sie Dir wehtun, nichts davon schreibst, um mich nicht zu beunruhigen. Dabei sollten sie mal beunruhigt sein. Ich erreiche bald das Mannesalter. Ich bin jetzt schon größer und stärker; das wird vielleicht noch mehr. Wenn ich zurückkomme, und sie tun dir weh, dann gnade ihnen Gott! Ich weiß, dass Du nachts auf dem kleinen Heuboden Angst hast, seit Du allein schläfst. Du brauchst Dich dessen nicht zu schämen. Ich habe mich damals auch nicht besonders wohlgefühlt. Sag Dir, dass Du dort wenigstens Deine Ruhe hast. Du brauchst nicht bei ihnen zu schlafen, im Gestank ihres Hauses. Die Kälte, die Ratten, die merkwürdigen Geräusche – all das ist nichts verglichen mit ihnen.

Hör nicht auf die Geschichten über das kleine Mädchen. Sie werden auf die eine oder andere Weise schlecht über mich reden und versuchen, Dich gegen mich aufzuwiegeln. Dass Michel Dir diese Dinge erzählt hat, wundert mich nicht. Ich habe nichts Böses getan, glaub mir. Es ist diese Frau, die in ihrem Innern böse ist. Und ihn zerfrisst das nach und nach, weil er weiß, dass sie sich anderweitig orientiert, und er schämt sich dafür, aber er kann nichts sagen, weil dann alle erfahren würden, dass er nichts in der Hose hat. Vielleicht ist es gar nicht so schlecht, dass sie dieses Baby bekommen hat, so hast Du Ruhe vor ihr. Wer weiß, was sie aus Dir zu machen versucht hätte …

Ich weiß, dass Dir die Zeit lang vorkommt, schon fast ein Jahr. Aber ich bin noch zu jung, um meine Rechte geltend zu machen, und ich habe noch nicht die Mittel, Dir das Leben zu bieten, das ich Dir versprochen habe. Da ist ein Bursche in der Konditorei, der mich auf eine Idee gebracht hat: kandierte Früchte. Ich weiß nicht, ob Du das kennst, bei Vater Sabatié habe ich sie nie gesehen. Aber sie sind köstlich. Ich sammle alle Informationen, die ich kriegen kann, und notiere alles in einem Heft. Darauf möchte ich mich spezialisieren. Ich muss nur dahin gehen, wo die Früchte massenhaft wachsen. Nicht zu weit weg, keine Angst. Jedenfalls nicht so weit weg, dass Du nicht bei mir sein kannst. Das nächste Mal erzähle ich Dir mehr darüber. Jetzt muss ich schlafen, weil ich früh anfange.

Ich umarme Dich, mein lieber Julien. Ich liebe Dich von ganzem Herzen.

Dein großer Bruder

War Amélie wirklich die Tochter von Armand Pujol? Oder sollte Michel das nur glauben? Schließlich war es recht praktisch, diesen jungen Mann, der sich aus dem Staub gemacht hatte, als Vater vorzuschieben, um die Schuld eines anderen Mannes aus dem Dorf zu kaschieren.

Den 21. März 1911

Mein lieber Julien,
ich hoffe, dass dieser Brief Dich rechtzeitig zu Deinem Geburtstag erreicht. Acht Jahre! Wie die Zeit vergeht und wie ich mich danach sehne, Dich zu sehen! Ich zwinge mich, nicht manchmal zum Pass hinaufzugehen, denn ich weiß ja, dass ich mich danach nur noch schlechter fühlen würde.

Ich beglückwünsche Dich zu dem Mut, den es erfordert hat, wieder durch den Tunnel in unsere Höhle zu gehen, und noch dazu ohne Licht! Ich weiß, wie sehr Dir das früher Angst gemacht hat, auch wenn ich Deine Hand gehalten habe. Und jetzt ganz allein und im Dunkeln, Hut ab, mein Großer! Es ist schön, dass Du unseren Schatz weiterhin mit dem füllst, was Deine Pluspunkte Dir einbringen. Deswegen schicke ich Dir zu Deinem Geburtstag zwei weitere. Das Foto ist vor der Konditorei aufgenommen worden. Ganz links, das ist mein Chef. Neben ihm steht seine Frau, die im Leben umgänglicher ist, als sie auf dem Foto wirkt. Und der Dritte von links bin ich! Hättest Du mich erkannt? Lach nicht zu sehr über den Schnurrbart, die Leute sagen, er würde mich älter machen, und wenn Du älter aussiehst, wirst Du eher ernst genommen. Du siehst, dass es mir gut geht und ich ganz gut aussehe mit meinem Kittel und der Schürze darüber. Das andere Foto habe ich aus einer Zeitschrift ausgeschnitten. Es zeigt Obstplantagen. Nichts als Kirsch- und Aprikosenbäume, so weit das Auge reicht. Das Gebirge im Hintergrund sind die Pyrenäen. Das Dorf heißt Céret. Bitte den Lehrer, Dir auf der Karte zu zeigen, wo es liegt. Dort will ich mein Geschäft aufmachen, und wenn Du einverstanden bist, werden wir dort leben. Ich habe mich erkundigt, es gibt dort eine gute Schule und sogar ein Lycée nicht weit weg. Die Noten, die Du bekommst, sollten Dir einen gewissen Ehrgeiz erlauben, aber mach Dir keine Sorgen, Du kommst nicht ins Internat. Ich will Dich so viel wie möglich bei mir haben. Deswegen habe ich mir in den Kopf gesetzt, fahren zu lernen. Ich werde für mein Geschäft einen Wagen haben und Dich jeden Tag hinbringen und abholen.

Endlich kommen die Dinge in Bewegung, mein Julien. Und sie bewegen sich in die richtige Richtung, glaub mir. Ich gratuliere Dir nochmals ganz herzlich zum Geburtstag. Der Schein ist für Dich. Du kannst ihn ausgeben, wenn Du willst. Mach Dir eine Freude damit. Und sei weiterhin stark, wie Du es zu sein imstande bist.

Dein großer Bruder

Die Inschrift am Ende des Tunnels bekam jetzt eine Bedeutung, denn sie verewigte die Leistung eines kleinen Jungen. Die Blechdose, »der Piratenschatz«, enthielt ein Foto von Armand Pujol, der damals sechzehneinhalb war. Auch sein Verschwinden bekam einen Sinn.

Die anderen Briefe schilderten, wie Armand darum kämpfte, sein Projekt zu verwirklichen. Enttäuschungen und Illusionen wechselten sich mit Zeiten der Hoffnung ab. Aber als er Julien 1914 schrieb, war er noch immer in Bédarieux.

Den 28. April 1914

Mein lieber Julien, mein großer Julien,
ich bin so stolz! Ich bin so stolz! Ich habe es allen gesagt, bei der Arbeit, in der Stadt, allen! Mein Bruder macht seine Schulabschlussprüfung mit elf, auf Empfehlung seines Lehrers. Und anschließend geht er aufs Lycée! Ich habe Tränen in den Augen, während ich dies schreibe. Ich bin so stolz auf Dich! Du warst so mutig, mein Bruder! Noch ein paar Wochen, und Du gehst zu ihnen. Etwas Besseres hätte ich mir nicht für Dich erträumen können, und falls Du mir böse bist, weil ich es nicht rechtzeitig zu unserem Wiedersehen schaffe, bedenke, dass ich Dir die Chance, die Du heute hast, niemals hätte bieten können.

Ich mache mir keine Sorgen. Ich weiß, dass Du es schaffen wirst. Seit Du auf die Welt gekommen bist, hast Du kein einziges Mal schlappgemacht. Niemals! Ich habe Dir nie erzählt, wie Du geboren wurdest. Es gab Komplikationen, und als Du auf der Welt warst, warst Du tot. Alle hielten Dich für tot. Du hast nicht geschrien, Du hast nicht geatmet, Du warst ganz blau. Und dann hast Du Dich ans Leben geklammert und bist zurückgekehrt. Da siehst Du, welche Kraft in Dir steckt.

Du wirst jetzt jemand werden, ein Herr! Ich hoffe, dass Du Dich meiner nicht zu sehr schämst, ich bin nie ein wirklich guter

Schüler gewesen. Aber Dein Erfolg macht mich glücklicher, als wenn es meiner wäre.

Jetzt ist es an mir, Erfolg zu haben. Ich werde kandierte Früchte herstellen, Früchte der Sonne, die in einem wahren Paradies wachsen. Ich muss noch etwas warten wegen des Geldes. Der Betrag, den ich Monsieur Boutonnier geschickt habe, ist mehr als gut angelegt. Man muss keine große Sache daraus machen! Ich habe ihn einmal verdient, ich kann ihn auch noch einmal verdienen, und zwar doppelt so schnell.

Gib Gas, Julien! Fahr unbeirrt geradeaus, die Straße steht Dir offen. Ich hole Dich an der nächsten Kreuzung ein.

Dein großer Bruder, der Dich liebt
und der so stolz auf Dich ist

Das war der letzte Brief des ersten Bündels. Der letzte vor Juliens Verschwinden. Armand hatte also sein Projekt geopfert, um seinen finanziellen Beitrag zu leisten, damit sein Bruder aufs Lycée gehen konnte. Noch etwas, das Louis Boutonnier und Antoine Guiraud vergessen hatten, ihm zu sagen.

Martial machte sich an die Briefe des zweiten Bündels, diejenigen, die Julien nicht mehr hatte lesen können. Unwillkürlich verspürte er, als er sie öffnete, eine gewisse Ergriffenheit.

Den 12. September 1914

Mein lieber Julien,
zunächst einmal, mir geht es gut. Mach Dir keine Sorgen um mich. Im Augenblick bleibt uns das Kämpfen noch weitgehend erspart. Ich habe noch nicht einmal einen Boche zu Gesicht bekommen. Mit den Jungs in meinem Regiment verstehe ich mich gut, und Kommandant Moriceau, der mein Bataillon befehligt, ist ein prima Kerl, einer, dem man ohne Furcht folgen kann. Wo wir sind, kann ich Dir nicht sagen, denn anscheinend werden

unsere Briefe geöffnet, und wenn sie zu präzise Informationen enthalten, werden sie nicht weitergeleitet. Und ich will auf jeden Fall, dass Du diesen bekommst.

Diesen Krieg habe ich nicht kommen sehen, und ich will Dich nicht belügen, ich bin nicht gerade frohen Herzens in ihn gezogen. Aber da er nun einmal da ist, muss man ihn führen und vor allem beenden. Nach unserem Sieg werden die Dinge sich verändert haben, und ich möchte an dieser Veränderung teilhaben. Deswegen habe ich mich vorzeitig gemeldet. Es gibt immer noch welche, die glauben, dass die Sache rasch beendet sein wird. Ich bin mir da nicht so sicher. Meiner Meinung nach wird es bis zum nächsten Sommer dauern, sie zu besiegen. Danach werde ich frei sein, von meinen militärischen Verpflichtungen entbunden, und die Pension, die ich dann erhalte, wird ausreichen, um abzudecken, was mir fehlt, um meine Fabrik zu finanzieren.

Ich habe lange nichts mehr von Dir gehört. Die Ergebnisse Deiner Prüfungen dürften bekannt sein, aber sicher, Deine Briefe haben es vermutlich nicht leicht, mich zu finden, denn wir sind dauernd unterwegs, und es herrscht ein rechtes Chaos. Wenn ich richtig gezählt habe, beginnst Du in drei Wochen am Lycée in Castres. Ich bin sicher, dass Du dort eine gute Figur machst. Über eines freue ich mich jedenfalls: dass Du zu jung bist, um Soldat zu werden. Nicht dass ich Dich nicht für tapfer genug halte, aber mir ist es lieber, Dich in Sicherheit zu wissen. Wenn Dir etwas zustieße, was bliebe mir dann?

Ich werde Dir weiter schreiben, immer über Monsieur Boutonnier, solange Du mir Deine neue Adresse nicht gegeben hast. Ich weiß, er wird eine Möglichkeit finden, Dir die Briefe zukommen zu lassen.

Nun mache ich Schluss und gehe wieder hinunter. Es wird nicht lange dauern, bis wir wieder vereint sind. Vertrau mir!

Dein großer Bruder

Armand hatte seinem Bruder weiterhin geschrieben, wenn auch nicht mehr so regelmäßig. Von seinem Leben als Soldat erzählte er wenig, mit der Zeit immer weniger Details. Nur am Rande erwähnte er, dass er im September 1915 verwundet worden war und einige Zeit im Krankenhaus in Creusot verbracht hatte; auch wurde nicht wirklich klar, wie schwer er verwundet gewesen war. Es war zu spüren, dass der Mann sich, angesichts des Grauens der Kämpfe und umgeben vom Tod, allmählich verhärtet hatte. Er wählte andere Worte, die Sätze wurden schroffer, ließen kaum Raum für Gefühle. Aber vielleicht hatte er sich auch nur gesorgt, weil er nichts von seinem Bruder hörte. »*Ich verstehe, dass Du mir nicht schreibst, Du wirst mit Arbeit überhäuft sein. Jedenfalls hoffe ich, dass es nicht daran liegt, dass Du mir böse bist …*«, schrieb er mehrfach. Dann wieder fürchtete er, dass seine Briefe nicht ankämen, dass der Lehrer gewechselt hätte und Julien wie er ohne Nachrichten sein könnte. Er hatte Angst, das Band zwischen ihnen könnte zerrissen sein.

Im Spätsommer 1916 schrieb er direkt an Louis Boutonnier. Und offenbar war er zu der Gewohnheit zurückgekehrt, Entwürfe zu machen, denn die Schrift war sorgfältiger.

Sehr geehrter Herr Lehrer,
es sind jetzt mehr als zwei Jahre, dass ich nichts von Julien höre. Ich habe mir tausend Fragen gestellt, und jetzt halte ich es nicht mehr aus. Urlaub, um persönlich herauszufinden, was los ist, bekomme ich einfach nicht. Können Sie mir daher sagen, wie es ihm geht, ob er auf dem Lycée zurechtkommt und auch, warum er mir nicht mehr schreibt? Sagen Sie mir die Wahrheit über den Grund dieses Schweigens. Und sagen Sie ihm, falls Sie mit ihm in Kontakt treten können, dass man mich, nachdem ich der Hölle von Verdun wohlbehalten entronnen war, zum Obergefreiten

ernannt hat, mit zwei Orden für Tapferkeit. Erklären Sie ihm – und ich weiß, er wird Ihnen zuhören –, dass das alles geschehen ist, weil ich keine Wahl hatte. Ich habe mein Versprechen nicht gehalten, und deshalb bitte ich ihn um Verzeihung.

Danke für Ihre Hilfe. Ich hoffe, dieser Brief trifft Sie und Ihre Frau bei guter Gesundheit an.

Armand Pujol
124. Infanteriedivision
53. Regiment, 10. Kompanie

Es folgten zwei weitere Briefe für Julien, sehr kurz. Dann ein letzter, erneut an den Lehrer adressiert. Er trug das Datum des 9. Dezembers 1916.

Sehr geehrter Herr Lehrer,
ich kann nicht beschreiben, was mir gerade widerfahren ist. Vor zwei Tagen sagte man mir, es gebe in der Ambulanz einen jungen Mann, der jeden Augenblick abkratzen könne und nach jemandem von zu Hause verlange. Sein Zuhause war La Vitarelle-du-Théron, dieses verfluchte Dorf. Ich bin zu ihm gegangen, denn da Sie mir nie geantwortet haben, dachte ich, ich könnte vielleicht etwas über meinen Bruder erfahren. Offen gesagt, seine Hand zu halten, während er verreckt, danach stand mir nicht der Sinn. Ich kannte diesen Typen. Wir waren der gleiche Jahrgang, glaube ich, und ich hatte nie etwas gegen ihn. Er war einer der Söhne des Bürgermeisters, der jüngere, aber seinen Vornamen habe ich vergessen. Er war übel zugerichtet. Zuerst hat er mich nicht erkannt. Als ich ihm sagte, wer ich bin, meinte er, ich hätte mich wahnsinnig verändert, aber das mache nichts, er freue sich, jemanden zu sehen, den er gekannt habe. Er wollte, dass ich seinem Vater und seiner Verlobten eine Nachricht überbringe, wenn ich ins Dorf zurückkehre. Die Botschaft war mir

egal, was mich interessierte, war Julien. Ich frage also nach ihm, und da erzählt der Bursche mir, dass mein Bruder seit Juni 1914 vermisst sei. Zweieinhalb Jahre, und ich weiß von nichts! Und dann packt er mich am Arm, und ich glaube, jetzt stirbt er, aber nein, er sagt, er wisse, dass Julien getötet worden sei. Diese Dreckskerle von Gresses hätten ihn in ihren Schweinestall gesperrt, und die Schweine hätten ihn gefressen, Stück für Stück. Er erzählt mir, sie hätten nach ihm gesucht, hätten Himmel und Erde in Bewegung gesetzt, damit die Wahrheit ans Licht kommt, aber gefunden hätten sie nichts. Er sei nicht sofort gestorben, sondern ohnmächtig geworden. Mir ging es nicht besser. Ich bin rausgegangen, und drei Stunden lang hat mich keiner gesehen. Ich weiß nicht einmal, was ich in der ganzen Zeit gemacht habe. Als ich wieder zu mir kam, befand ich mich vor dem Zelt der Ambulanz. Ich bin wieder hineingegangen, aber der junge Mann war tot.

Wenn Sie noch einen Rest Stolz im Leib haben, sagen Sie mir die Wahrheit, sagen Sie mir, ob das, was ich da zu hören bekommen habe, wahr ist! Ich sehe keinen Grund, warum dieser arme Junge mir hätte Lügen erzählen sollen, schließlich lag er im Sterben. Ich möchte, dass Sie den Mut finden, mir zu schreiben. Wenn Sie es nicht tun, werde ich es dennoch herausfinden, und wenn ich in dieses verdammte Scheißdorf zurückkehren muss. Ich weiß, dass Julien tot ist. Ich habe gespürt, wie ein Teil von mir erloschen ist. Nicht einmal mehr sein Gesicht vermag ich zu sehen, es verschwimmt in meinen Erinnerungen, sogar in meinen Träumen. Wenn sie das getan haben, werde ich sie umbringen, sie alle. Das können Sie jedem sagen. Sagen Sie allen, dass ich zurückkommen werde und dass das, was ich ihnen antun werde, schlimmer sein wird als alles andere, schlimmer noch als die Hölle, in der sie sowieso landen werden. Und es könnte gut sein, dass ich beschließe, das Dorf in ein Ruinenfeld zu verwan-

deln. Seit mehr als zwei Jahren bin ich hier, und glauben Sie mir, allmählich kenne ich mich in Sachen Zerstörung aus. Ich sehe hier mehr als nur Ruinen.

Armand Pujol

Drei Monate später war Armand Pujol gestorben.

»Vielleicht hatte er die Absicht, sich zu rächen, aber er hat nicht überlebt. Es sei denn, er hat es, wie Marthe meinte, vorgezogen, Schluss zu machen.«

Draußen wurde es hell. Édouard war aus Camilles Schule zurückgekehrt, Martial war, trotz seiner sehr kurzen Nacht, bereits aufgestanden. Sie sprachen natürlich über die Briefe, die Édouard nicht hatte lesen, ja nicht einmal hatte berühren wollen.

»Sie sind doch im Krieg verwundet worden. Man hat Sie hinter die Front gebracht, und wer war da, um Sie zu identifizieren? Abgesehen von Ihrem Namensschild, welchen Beweis gab es, dass Sie wirklich Sie waren?«

»Ich hatte Papiere bei mir. Und dann waren da die Kameraden meiner Kompanie, die mich hinuntergebracht haben und gekommen sind, um sich zu erkundigen, wie es mir geht.«

»Aber als Sie weiter weg geschickt worden sind, wer konnte Sie da identifizieren? Als ich im Krankenhaus war, haben die Zuständigen dort sich auf die Papiere verlassen, die ich bei mir hatte, und auf mein Namensschild. Wenn ich die Kraft gehabt hätte, sie vor dem Transport oder währenddessen auszutauschen, wer hätte das gemerkt?«

»Derjenige, mit dem Sie Ihre Identität getauscht hätten, hatte ebenfalls Kameraden.«

Martial verzog die Mundwinkel, eine Geste der Missbilligung, doch er verzichtete darauf, Édouard weiter zu widersprechen.

»Diese Briefe bestätigen, dass Armand ein Motiv hatte, ein eisenhartes Motiv. Dass er entschlossen war zu handeln, weil er nichts zu verlieren hatte. Es hat alles gepasst, von Anfang an …«

Édouard schienen die Argumente auszugehen. Er leerte seine Kaffeetasse in einem Zug.

»Wo sind Sie behandelt worden?«, fragte er dann mit ruhiger Stimme, die einen Kontrast zu Martials Aufgeregtheit bildete.

»Im Krankenhaus von Rennes … Bandscheibenverschleiß und Verengung des Spinalkanals durch Knochensporne … Und Sie?«

»Paris.«

»Was ist Ihnen passiert?«

»Eine Granate. Die ganze rechte Seite, vom Schienbein bis zur Hüfte. Wäre da nicht dieser eine Chirurg gewesen, sie hätten mir das Bein abgenommen. Aber er war davon überzeugt, mich wieder zusammenflicken zu können.«

»Das ist ihm bemerkenswert gut gelungen. Sie hinken ja nicht einmal.«

»Es hat Zeit gebraucht, viel Zeit. Und ich mogele ein bisschen. Mein rechtes Bein ist seitdem vier Zentimeter kürzer. Ich habe eine Einlegesohle im Schuh, um das auszugleichen, barfuß gehe ich wie Jean Guillard! Aber gut, man fühlt sich trotz allem lebendiger, oder nicht? Und als ich nach Luchon geschickt wurde, hat diese Verletzung sich für mich als Glücksfall erwiesen … Wissen Sie, ich fühle mich heute weniger wackelig als vor dem Krieg. Ich war nie so agil.«

»Ich verstehe, was Sie meinen.«

Plötzlich wirkte Édouard melancholisch, fast bewegt.

»Ich fürchte, Camille will das Leben in Argentinien nicht mehr«, gestand er schließlich und vergaß die Brüder Pujol für ein paar Minuten. »Sie hat den Plan einmal für eine glänzende Idee gehalten, aber jetzt, da er konkret wird, findet sie ihn eher unklar. Nachdem Sie gestern Abend gegangen waren, haben wir noch einmal darüber gesprochen. Aber es fällt ihr schwer, mit mir zu reden. Vielleicht hat sie sich Ihnen anvertraut?«

»Ich glaube, sie ist nur ein wenig verängstigt. Charles' Tod hat deutlichere Spuren hinterlassen, als sie zugeben will, und das Leben hier, in diesem Dorf, nagt an ihr. Sie fühlt sich ein wenig verloren. Aber wenn es so weit ist, wird sie Sie nicht enttäuschen. Haben Sie Geduld, lassen Sie ihr die Zeit, ihren Weg wiederzufinden, dann werden Sie sehen, dass Sie das Tempo anziehen müssen, um mit ihr Schritt halten zu können.«

»Ich schätze Ihre Aufrichtigkeit, Martial. Danke.«

»Ich bitte Sie. Ihre Hilfe ist ebenfalls wertvoll für mich. Auch heute werde ich Ihre Dienste noch einmal benötigen.«

»Ich höre.«

»Wir brauchen so schnell wie möglich den Brief, den Mathilde Gresse erhalten hat. Dann können wir die Schriften vergleichen. Und wir müssen herausfinden, in welcher Konditorei Armand Pujol vor dem Krieg gearbeitet hat. Wenn es einen Abzug des Fotos von ihm gegeben hat, muss es auch weitere Exemplare geben, die uns erlauben würden, ihn zu identifizieren, wenn er noch lebt. Nicht zu vergessen, dass ich verpflichtet bin, mich für die Gendarmerie zur Verfügung zu halten, damit ich ihnen zeigen kann, was ich entdeckt habe. Schön wäre es auch, wenn mein Freund mir mitteilte, was er im Militärarchiv gefunden hat, und ich habe noch ein, zwei Fragen an Antoine Guiraud. Die Zeit drängt, mein Freund, und wenn wir an allen Fronten präsent sein wollen, werden wir uns trennen müssen. Wir brauchen jetzt Gewissheiten. Das ist die einzige Möglichkeit, unseren Rückstand aufzuholen.«

»Sie haben gestern Abend von drei Möglichkeiten gesprochen, die diese Morde rechtfertigen können. Heißt das, Sie verfolgen nur noch eine?«

»Leider nicht! Deswegen drängt die Zeit ja so. Im Augenblick müssen wir in alle drei Richtungen ermitteln und, wie der dicke Pfarrer meinte, nach dem Ausschlussprinzip vorgehen. Es sei denn, der Mann, den wir verfolgen, macht einen Fehler, der ihn verrät.«

20

Martial war zunächst ins Postamt gegangen. Er richtete ein Konto ein für die Anrufe, die Édouard führen musste, um die Konditorei in Bédarieux zu finden und den Versuch zu unternehmen, sich einen Abzug des Fotos zuschicken zu lassen, das Anfang 1911 aufgenommen worden war. Er war angenehm überrascht, als Maurice Daures ihm mitteilte, es sei gleich morgens, nachdem er aufgemacht habe, eine Nachricht für ihn eingegangen. Ein Anruf aus Paris. Der Anrufer habe ihm eine für den Tag gültige Nummer diktiert.

»Ich habe deinen Kerl gefunden«, verkündete sein Pariser Freund fünf Minuten später. »Geboren am 15. September 1895, dem 53. Infanterieregiment zugeteilt, Personenkennziffer 13768, Jahrgang 1914, registriert in Carcassonne. Im Kampf verwundet am 25. September 1915 in der Schlacht in der Champagne, repatriiert ins Krankenhaus in Le Creusot. Anschließend zurückgegangen, dreimal empfohlen von seinem Feldwebel und schließlich im Mai 1916, in der Schlacht von Verdun, zum Obergefreiten ernannt. Am 26. Februar 1917 ein zweites Mal verwundet bei Les Éparges, gestorben an den Folgen seiner Verwundungen in der Ambulanz in Verdun am 3. März 1917. Der Tod ist vom Arzt bescheinigt worden. Die Benachrichtigung wurde nach La Vitarelle-du-Théron im Tarn geschickt. Beerdigt wurde er auf dem Militärfriedhof von Verdun. Dort liegt er noch immer. Ich habe in den Registern des Feldlazaretts in diesem Kaff nachgeschaut; alle zwischen dem 16. Februar und dem 3. März abtransportierten oder gestorbenen Soldaten sind identifiziert worden. Diesbezüglich gibt es nichts zu bemängeln. Sollte er den Arzt hintergangen haben, hat er verdammtes Schwein gehabt. Weiter kann ich schwerlich gehen.«

»Du wirst jetzt mit Sicherheit wütend, aber wenn ich dich um die Namen derer bitten würde, die mit ihm in dieser Ambulanz waren, glaubst du, du könntest etwas tun?«

»Weißt du, wie viele das waren? Es gab damals überall in der Gegend Verwundete, und alle Schwerverletzten sind nach Verdun gebracht worden!«

»Aber wäre es möglich?«

»Natürlich wäre es möglich – wenn du ein oder zwei Monate Zeit hast.«

»Mehr als zwei, drei Tage kann ich dir, glaube ich, nicht geben.«

»Versprechen kann ich dir nichts. Ich werde einen meiner Männer dransetzen, aber wenn du mir ein oder zwei Fährten geben könntest ...«

»Ich habe im Augenblick nur eine Namensliste. Fürs Erste könntest du überprüfen, wo diese Männer waren, als Armand Pujol im Sterben lag.«

Martial diktierte die Namen, die Antoine Guiraud ihm geliefert hatte, so leise wie möglich, denn der Postbeamte spitzte die Ohren und sein Name stand ebenfalls auf der Liste der neuen Dorfbewohner.

»Damit werde ich wohl schneller vorankommen. Wenn ich etwas finde, hinterlasse ich dir eine Nachricht, wenn du nichts hörst, gibt es nichts Verdächtiges.«

»Vor dem Wochenende rufe ich dich auf jeden Fall noch mal an. Dann werden wir sehen, wie weit wir sind.«

Anschließend begab Martial sich zum Sägewerk. Er ging hinauf ins Büro und fand Antoine Guiraud über seinen Papieren.

»Sie können sich rühmen, gestern ins Fettnäpfchen getreten zu sein. Jedenfalls hat der Bürgermeister die Gendarmerie in Brassac informiert, und sie werden uns im Laufe des Tages jemanden schicken.«

»Ich habe noch eine Frage, Monsieur Guiraud. Um Julien Pujols Eintritt ins Lycée zu finanzieren – wie viel hat Armand überwiesen?«

Der alte Mann seufzte. Er nahm seine Halbmondbrille ab und rieb sich mit Daumen und Zeigefinger die Augen.

»Ich habe dafür Geld unterschlagen und sogar aus meiner Tasche etwas dazugetan. Aber es hat nicht gereicht. Der Kleine hat seinen Bruder in einem Brief darüber informiert. Kurz darauf hat Louis siebenhundert Francs erhalten …«

»Und was ist aus dem Geld geworden?«

»Jeder hat seinen Anteil zurückbekommen. Ich habe die Bilanzen ein zweites Mal gefälscht, um zurückzuführen, was ich zur Seite geschafft hatte. Was Armands Geld betrifft, so wussten wir nicht, wie wir es ihm zurückgeben sollten, denn er hatte sich bei der allgemeinen Mobilmachung gemeldet. Louis hat es beiseitegelegt. Ich kann Ihnen versichern, dass niemand es angerührt hat.«

»Ich glaube Ihnen. Und ich habe noch eine zweite Frage. Es mag Ihnen merkwürdig vorkommen, aber ich schwöre, ich habe einen guten Grund dafür. Könnten Sie mir das genaue Todesdatum Ihres jüngeren Sohnes nennen?«

Charles Guiraud war am 2. Dezember 1916 gestorben. Auf die Frage, die zwangsläufig folgte, antwortete Martial ohne Umschweife: Armand Pujol war am Sterbebett von Charles Guiraud gewesen und hatte aus seinem Mund von den Gerüchten erfahren, die über das Verschwinden seines Bruders im Umlauf waren. Das Datum entsprach dem, was er in seinem Brief berichtet hatte.

Die Nachricht ging Antoine Guiraud nahe. Seine Augen wurden feucht, und er presste die Kiefer noch ein wenig fester zusammen als sonst.

»Diese Geschichte hat meinen Sohn wirklich bis zum Ende verfolgt«, sagte er schließlich etwas heiser. »Wie es scheint, verfolgt sie uns alle …«

Nachdem Martial das Büro des ehemaligen Bürgermeisters verlassen hatte, machte er die Runde durch die Werkstätten und suchte Lucien. Schließlich fand er ihn am Flussufer, wo er, die Hände in den Taschen und die Pfeife zwischen den Lippen, die Reparatur des Antriebssystems einer Sägemaschine überwachte. Hätte er eine Möglichkeit gesehen wegzulaufen, als er Martial erblickte, er hätte es getan, doch der Fluss versperrte ihm den Weg. Aufgeregt, ja von Panik gepackt, lief er hin und her und hörte nicht einmal auf die Frage, die ihm gestellt wurde: Wer war dieser Teufel, von dem er am Abend zuvor gesprochen hatte? Er weigerte sich zu antworten und sagte kein einziges Wort. Es fehlte nicht viel, und er hätte irgendeinen Blödsinn gemacht, kurz fürchtete Martial sogar, er könnte gewalttätig werden. Die beiden Männer, die die Maschine reparierten, hatten ihre Arbeit unterbrochen. Martial ließ es widerstrebend dabei bewenden.

Er setzte seine vormittägliche Tour fort, indem er zu Camilles Schule hinauffuhr. Das Gespann stellte er am Wegrand ab, dann ging er durch das Tor und öffnete die Eingangstür, ohne zu klopfen. Er hörte die Stimme der jungen Frau hinter der Tür zum Klassenzimmer. Zwei Minuten lang blieb er in der Diele stehen, ohne recht zu wissen, ob er den Unterricht unterbrechen oder geduldig warten sollte, bis sie seine Anwesenheit bemerkte. Schließlich entschied er sich für eine dritte Lösung. Er ging in den ersten Stock hinauf, holte die Laterne aus der Anrichte in dem kleinen Salon und klemmte erneut die schwere Leiter unter die Klappe zum Dachboden. Vermutlich machte er zu viel Lärm, denn plötzlich kam Camille zur Treppe gelaufen und fragte beunruhigt von unten, wer da sei. Martial beugte sich über das Geländer. Möglichst leise sagte er, sie solle sich nicht stören lassen, aber er müsse noch einmal auf den Dachboden hinauf. Mit einer Bewegung ihrer beiden Hände und weit aufgerissenen Augen sandte Camille ihm ein stummes »Warum?«.

»Ich erkläre es dir später«, erwiderte er.

Während sie zu ihrer Arbeit zurückkehrte und mit ein paar Schülern schimpfte, die die Unterbrechung genutzt hatten, um zu schwätzen, stieg Martial die Leiter hinauf und öffnete die Klappe. Rasch fand er die Truhe, die das Ehepaar Boutonnier dort gelassen hatte, wieder. Er leerte sie vollständig und verweilte bei jedem Gegenstand, jedem Detail. Schließlich entdeckte er, was er suchte, in dem Ordner mit den beiden Schulakten von Julien Pujol. In der, die seine Einschreibung in das Lycée in Castres betraf, lag zwischen zwei Seiten ein unversehrter brauner Umschlag. Martial öffnete die Klappe, fand aber nur ein in der Mitte gefaltetes Stück Papier: »Ich bestätige, dass dieses Geld Monsieur Armand Pujol gehört, Louis Boutonnier.« Nicht ein einziger Schein befand sich in dem Umschlag, keine Spur von den siebenhundert Francs. Er überprüfte alle Seiten sowohl des Wörterbuchs als auch des Geschichtsbuchs. Er fand nichts. Oder doch, er erlangte eine Gewissheit, nämlich die, dass bereits vor ihm jemand diese Truhe geöffnet hatte. Auf der sorgfältig ausgeschnittenen und gefalteten Werbung für Cauterets, die zwischen Umschlag und Vorsatzblatt des Buchs von Michelet lag, fand sich das Fragment eines Artikels. Darin war die Rede von einer Messe in Puylaurens: »Der Landwirtschaftswettbewerb findet am Samstag, den 7. April, statt. Schon jetzt haben sich zehn Teilnehmer mehr angemeldet als im vergangenen Jahr, und bereits da hat der Wettbewerb einen bleibenden Eindruck hinterlassen. Kein Zweifel, der Wettbewerb 1923 wird das noch übertreffen …«

Ein Artikel von 1923! Zu der Zeit hatte das Ehepaar Boutonnier längst nicht mehr im Dorf gelebt. Martial war fassungslos. Er räumte die Sachen wieder in die Truhe, aber das Buch von Michelet mit seinem behelfsmäßigen Lesezeichen behielt er. Warum hatte es in dieser Truhe gelegen? Nichts wies darauf hin, dass es Julien gehört hatte – anders als bei dem Wörterbuch.

Er stieg wieder hinunter und stellte die Leiter und die glühend heiße Laterne zurück. Dann verließ er die Schule, ohne Camille, die damit beschäftigt war, von Ludwig XIV. und dem Schloss Versailles zu erzählen, Bescheid zu sagen. Er wusste nicht, was er von all dem halten sollte. Alle möglichen Gedanken schwirrten ihm durch den Kopf, und er hatte das unangenehme Gefühl, bei dieser ganzen Untersuchung nur ein Zuschauer zu sein. Bevor er in die Mühle zurückkehrte, um zur Ruhe zu kommen und über diese neuen Elemente nachzudenken, nahm er sich die Zeit, zur Werkstatt des Hufschmieds zu gehen. Er brauchte nur an der Gabelung mit der Figur der Jungfrau Maria rechts abzubiegen und bis zum Ende des Weges zu gehen, wo der Bach auf seinem Weg hinunter zum unteren Teil des Dorfes und dann in die Schlucht schneller zu fließen begann. Zunächst wurde er von dem Arbeiter empfangen, der an einem großen Schmiedeofen beschäftigt war. Der rief seinen Chef. Aimé Ramond war ein großer, dicker Mann.

Ein dichter Bart bedeckte Teile seines Gesichts, aus dem zwei große helle Augen blickten. Er hatte eine hohe Stimme und weit ausholende und zugleich ruckartige Bewegungen; er war jemand, den man nicht übersehen konnte. Martial erinnerte sich, ihn auf dem Friedhof registriert zu haben, bei der Beerdigung von Michel Gresse. Auf der Versammlung am Abend zuvor war er dagegen nicht gewesen. Nachdem die Begrüßung überaus misstrauisch, ja feindselig ausgefallen war, änderte sich die Haltung des Hufschmieds, sobald Martial den Grund seines Besuchs erklärte. Aimé Ramond unterbrach ihn mit einer ausladenden Handbewegung und forderte ihn auf, ihm in den hinteren Bereich der Werkstatt zu folgen. Sie durchquerten einen grasbewachsenen Innenhof, wo eine angepflockte Ziege friedlich graste, und betraten einen dunkleren Raum, dessen einziges Fenster aufgrund seiner dreckigen Scheiben so gut wie undurchsichtig war. Ein Kamin verbreitete eine gewisse Wärme, doch für die Jahreszeit reichte sie kaum aus. Der Rest der Wände war von Regalen bedeckt, auf denen dicht an dicht Phiolen, Flaschen, und Töpfe standen … Ein Foto von Ramond im Sonntagsanzug mit einer lebenden Viper, die er lässig in der Hand hielt, hing über dem Herd.

»Hier bewahre ich meine Wundermittel auf«, erklärte der große Mann. »Das ist meine Aspisvipernarznei.«

Er nahm zwei Glasflaschen von einem der Regale. In einer lag in einer undefinierbaren Flüssigkeit eine vollständige Viper.

»Damit heilen Sie alles, was Sie wollen. Es genügt, es kräftig einzureiben oder Umschläge zu machen. Zum Trinken ist es nicht geeignet. Obwohl – ich kenne einen Kerl aus Brassac, der es schluckt, um das Feuer in seinen Eingeweiden zu lindern. Und es bekommt ihm ganz gut.«

»Fangen Sie die Vipern selbst?«

»Ja. Und zwar hole ich sie mir lebendig. Der beste Zeitpunkt ist, wenn sie die Eier ablegen, in der ersten Frühlingswärme. Falls Sie dann noch bei uns sind, kann ich Sie gerne mitnehmen.«

»Gibt es viele hier in der Gegend?«

»Ja, man findet welche. In den Ruinen der ehemaligen Höfe beispielsweise, seltener an den Rändern der Gräben.«

»Gibt es beim Pas-du-Diable welche?«

Der Hufschmied verhärtete sich einen Augenblick lang, doch nach ein paar Sekunden des Zögerns antwortete er. Über diesen Ort mit dem Mann zu sprechen, der den Tod von Louis Bascoul untersuchte, erschien ihm suspekt.

»Ja, in manchen Ecken gibt es welche. Die muss man kennen. Aber dort stöbere ich sie nicht auf.«

Schlangen, selbst tote, lösten bei Martial großes Unbehagen aus. Er ließ die Flaschen, die da vor ihn auf einen Tisch gestellt wurden, nicht aus den Augen, erst recht, da der Tisch dermaßen überladen war, dass man fürchten konnte, er würde unter dem Gewicht dessen, was er zu tragen hatte, zusammenbrechen. Martial lauerte auf eine mögliche Bewegung.

»Was interessiert Sie denn so an diesen Schlangen?«

»Eigentlich möchte ich wissen, ob es leicht ist, jetzt, zu dieser Zeit, welche zu finden.«

»Bei dem Wetter jetzt ist es ein bisschen früh. Da wachen sie kaum auf. Sie müssen wissen, dass man auf dem Dezembereis durchaus rote Aspisvipern finden kann, das habe ich schon erlebt. Aber diese Tiere mögen den Winter nicht. Und sie sind bösartig, wenn sie noch nicht richtig fit sind. Aber wenn Sie wollen, kann ich schauen, ob ich zwei oder drei für Sie finde. Ich erkenne die Nester am Geruch.«

»Ich habe vorgestern eine in meinem Bett gefunden.«

Aimé Roland machte seiner Überraschung lautstark Luft.

»In Ihrem Bett! Na, so was! Was hat sie denn dort gesucht?«

»Sie werden mir sicher zustimmen, dass sie nicht allein dort hineingekommen ist.«

»Und jetzt glauben Sie, ich hätte Ihnen diesen Streich gespielt, nicht wahr? Irgendwer hat Ihnen erzählt, dass Schlangen mein Ding sind, und da haben Sie sich gesagt, das war der alte Ramond, der hat mir das ins Bett gelegt!«

»Nein, an Sie habe ich nicht gedacht. Ich wollte nur wissen, ob jemand, wer auch immer, der sich ein bisschen mit ihnen auskennt und keine Angst vor ihnen hat, eine solche Schlange finden könnte.«

Der Hufschmied blieb bei seiner Lautstärke, welche die Wände erzittern ließ.

»Ja, man findet sie. Aber man muss gründlich suchen! Was haben Sie mit Ihrer gemacht?«

»Ich habe sie vor die Tür gesetzt.«

»Sie hätten sie mir geben sollen, ich hätte Ihnen für die Mühe eine Flasche geschenkt. Aber davon abgesehen, der Streich, den man Ihnen da gespielt hat, ist ziemlich mies. Sie hätte Sie beißen können.«

»Hätte sie.«

»Man darf nicht alles glauben, was die Leute reden. Es schwillt an und wird rot. Man kann Fieber bekommen, aber so schnell stirbt man nicht daran.«

»Auf dem Foto sehe ich, dass Sie die Bisse in der Tat nicht fürchten.«

»Mir tun sie nichts. Ich bin nie gebissen worden. Ich kenne das Schlangengebet, das sie lammfromm macht. Sie lassen einen gewähren. Wenn sie wüssten, was ich mit ihnen vorhabe!«

»Kennen Sie Zaubersprüche?«

»Ich kenne die Gebete gegen Verbrennungen, gegen das

Feuer der Sonne. Manche dieser Dinge habe ich von meinem Vater gelernt. Aber glauben Sie nur nicht, dass ich Flüche ausspreche. Eher werde ich gerufen, um einen Fluch aufzuheben.«

»Dann sind Sie der Bannlöser, der zu den Gresses gerufen worden ist?«

Wieder zögerte Aimé Ramond, länger diesmal, wobei er plötzlich weniger stolz wirkte.

»Ja, das war ich«, sagte er schließlich. »Ich bin der Einzige im Dorf, der das kann.«

»Haben Sie etwas gefunden?«

Wieder starrte der Hufschmied Martial an, als fragte er sich, ob dieser wirklich eine Antwort erwartete oder ihn gerade als potenziellen Verdächtigen verhörte.

»Mit einem Fluch werden Gegenstände belegt. Und wenn in einem Haus, in das ich gerufen werde, ein solcher Gegenstand versteckt ist, finde ich ihn. Ich kann ihn riechen, wie ein Schlangennest. Aber bei den Gresses habe ich nichts gefunden, dabei habe ich in allen Gebäuden gesucht.«

»Sie haben den Bann also nicht lösen können?«

»Ich habe getan, was getan werden musste, damit sie von nun an geschützt sind.«

»Und wogegen haben Sie sie geschützt?«

»Gegen die verlorenen Seelen, die zwischen der Welt der Toten und der der Lebenden herumirren. Ich habe, als ich bei ihnen war, eine solche Präsenz gespürt. Irgendetwas schlich dort herum. Manche wollen nichts Böses tun, andere haben den Teufel als Führer gewählt und haben es auf die Lebenden abgesehen. Eine von diesen ist hinter den Gresses her, eine bösartige Seele.«

»Und Sie haben sie verjagt?«

»Ich weiß, was nötig ist, damit sie ihren Weg findet und nicht verloren ist.«

»Die verlorene Seele, die Sie gespürt haben, wem hat sie gehört?«

»Das wissen Sie doch. Es ist, wie Sie gestern Abend gesagt haben, jedenfalls nach dem, was ich gehört habe. Es ist der ältere der Brüder Pujol.«

»Ich denke nicht, dass ich das angedeutet habe.«

»Er ist tot, aber er ist zurückgekehrt. Genau das haben Sie gesagt. Das ist das Gleiche.«

Martial versuchte nicht, ihm zu widersprechen. Stattdessen machte er Anstalten, sich zu verabschieden.

»Nehmen Sie doch eine Flasche von meiner Arznei mit, man kann nie wissen. Sie ist von radikaler Wirkung gegen Schlangenbisse: Gift tötet Gift. Für den Fall, dass Sie erneut Bewohner in Ihrem Bett finden.«

Martial kaufte eine Flasche, fasste sie aber mit den Fingerspitzen am Hals. Er ließ Aimé Ramond in seiner Werkstatt zurück und machte sich auf den Weg zur Mühle, wobei er die ganze Zeit mit einem Auge auf den in der Flüssigkeit schwimmenden Vipernkadaver schielte, bereit, die Flasche bei der geringsten verdächtigen Bewegung von sich zu schleudern.

21

Nachdem Édouard sein Glück bei den Gresses versucht hatte, hing er jetzt vermutlich am Telefon. Martial würde also etwas Zeit haben und versuchen, seine Gedanken zu ordnen, bevor Édouard in die Mühle zurückkam. Aber es warteten noch mehr Überraschungen auf ihn. Als er ankam, erblickte er Mathilde Gresse, die, in einem abgetragenen schwarzen Kleid und das Haar mit einem ebenfalls schwarzen Band zusammengebunden, unter dem Portal stand. Es schien sie zu beunruhigen, dass sie entdeckt worden war, doch als sie Martial erkannte, beruhigte sie sich schnell wieder.

»Ich habe Ihren Freund vorhin auf dem Hof gesehen, aber ich konnte nicht mit ihm sprechen. Danach habe ich mich freimachen können, aber ich war nicht sicher, ob ich Sie antreffen würde... Hier, ich habe Ihnen den Brief mitgebracht«, sagte sie und zeigte ihm den Umschlag.

Martial brachte das Gespann am Wegrand zum Stehen und forderte sie auf, ins Warme zu kommen. »Nicht lange!«, sagte sie, während sie eintrat; sie müsse nach Hause, das Mittagessen zubereiten.

»Pierre und Yvonne haben heute Nacht im Wäldchen Mont-Vert die Überreste ausgegraben.«

»Mitten in der Nacht sind sie dorthin gegangen? Verdammt! Wollen sie ins offene Messer laufen, oder was?«

»Die Alte hat ihnen befohlen, auszugraben, was dort lag, und es woanders hinzubringen. Sie meinte, es würde früher oder später Aufmerksamkeit erregen. Pierre musste graben, während Yvonne das Gewehr hielt. Das Schlimmste ist, dass sie nichts gefunden haben. Was sie dort mal begraben haben, war nicht mehr da. Als sie zurückkamen, sind sie ins Zimmer der Mutter gegangen, und da ich nebenan schlafe, habe ich alles gehört. Ihre Angst wird immer größer. Und ich bekomme allmählich auch Angst. Es muss etwas unternommen werden, Monsieur. Ich spüre, dass ein weiteres Unglück geschehen wird.«

»Ich treffe heute die Gendarmen. Die werde ich um Schutz für Sie bitten.«

»Pierre will weggehen. Er will den Hof und das Dorf verlassen. Er ist sogar bereit, auf seinen Anteil zu verzichten.«

»Damit wird die Sache keinesfalls erledigt sein.«

»Er hat mich gebeten, mit ihm zu gehen. Unsere Ehe ist nicht… wie soll ich sagen? Ich glaube nicht, dass unsere Ehe sehr glücklich ist, weder für mich noch für ihn. Er sagt, dass das ein Neuanfang wäre, fern von seiner Familie. Dass es nur besser werden kann. Aber ich liebe ihn nicht. Ich habe ihn nie geliebt. Ich habe ihn aus Verzweiflung geheiratet und unter dem Druck meiner Familie. Andererseits ertrage ich es nicht mehr, hier zu leben. Ich weiß nicht, was ich tun soll… Und außerdem hat dieser Brief vieles wieder aufgerührt. Versprechen Sie mir noch einmal, ihn mir zurückzugeben. Er bedeutet mir viel.«

»Das verspreche ich.«

»Ich muss gehen. Sie werden sich fragen, wo ich bin.«

Mit anmutigem Gang und anmutiger Kopfhaltung ging sie zur Tür. Sie atmete Schönheit.

»Sie werden tun, was Sie gesagt haben, nicht wahr? Sie werden sie beschützen?«

Martial nickte nur einmal kurz. Er wusste nicht mehr, woher die Gefahr kam. Wie sollte man jemanden unter diesen Umständen beschützen?

Der Brief war am 26. November 1923 in Castres aufgegeben worden, adressiert an Mathilde Gresse. Es handelte sich um ein ganz gewöhnliches Blatt Papier und ein paar mit blasslila Tinte geschriebene Zeilen.

Den 25. November 1923

Mathilde,
ich wollte Ihnen schon lange schreiben, aber es hat mir an Mut und Willensstärke gefehlt. Nun habe ich mich endlich entschlossen. Also: Ich war da an dem Tag, an dem Ihr Verlobter Charles Guiraud gestorben ist. Ein Granatsplitter hatte seine Brust getroffen, und der Arzt konnte die Blutung nicht stillen. Es war hoffnungslos. Man hat mich an sein Krankenbett gerufen, weil man wusste, dass wir beide aus derselben Gegend waren. Er hat mich an dem Tag gebeten, Ihnen eine Nachricht zukommen zu lassen. Hier ist sie, mit Verspätung. Er hat Sie geliebt, und Sie haben ihn in jenen Jahren glücklich gemacht. Es war ihm wichtig, dass Sie das wissen.

Bitte entschuldigen Sie, dass ich so lange gebraucht habe, um Ihnen seine letzten Worte zu überbringen, aber die Dinge waren in den letzten Jahren auch für mich schwierig.

Lassen Sie es sich trotzdem gutgehen.

Es gab keine Unterschrift.

Die Offensichtlichkeit sprang einem mit solcher Wucht ins Auge, dass sie einen blendete: Die Schrift war dieselbe wie in den Briefen, die der ehemalige Lehrer aufbewahrt hatte. Selbst wenn man sie aus nächster Nähe betrachtete.

Und das war die erste Bemerkung, die Édouard machte, als er zurückkam: »Sie hatten recht! Er ist tatsächlich am Leben!

»Oder man will uns glauben machen, dass er lebt.«

»Aber die Schrift ist eindeutig.«

»Jemand hat diese Briefe schon vor uns gefunden, ebenso wie das Geld, das Louis Boutonnier beiseitegelegt hatte. Jemand, der die Gelegenheit hatte, in aller Ruhe Armand Pujols Schrift nachzuahmen ... Was haben Sie in Bédarieux in Erfahrung gebracht?«

»Es ist mir gelungen, die Konditorei zu finden. Bei Monsieur und Madame Caminade. Sie hatten tatsächlich bis August 1914 einen Arbeiter, der sich Armand Pujol nennen ließ. Er hat sie verlassen, um sich freiwillig zu melden. Seitdem haben sie nichts mehr von ihm gehört. Ich habe sie nach dem Foto gefragt. Ihnen ist eingefallen, dass sie noch einen Abzug haben, den sie gerahmt und in ihrem Geschäft aufgehängt haben. Wenn wir ihn sehen wollen, müssen wir hinfahren.«

»Irgendetwas stimmt da nicht. Der Zeitungsausschnitt in dem Geschichtsbuch verrät uns, dass die Truhe geöffnet worden ist, lange nachdem das Ehepaar Boutonnier weggezogen war. Soll ich Ihnen etwas sagen? Ich glaube immer mehr, dass uns da jemand verschaukelt, uns Sand in die Augen streut. Die Gresses haben panische Angst, und das ist gewollt. Sie sollen glauben, dass Armand lebt. Laut Mathilde haben Pierre und Yvonne heute Nacht nach den Überresten des kleinen Pujol gegraben und nichts gefunden. Warum gibt sich der Mörder eine solche Mühe? Das braucht er doch alles gar nicht, um sein Motiv zu verbergen! Es gibt immer neue Botschaften, die auf Julien verweisen ... Und er macht einen Fehler, indem er den Brief an Mathilde adressiert.«

»Wie das?«

»Der Brief ist an Mathilde adressiert. Für Armand Pujol

existiert Mathilde Gresse nicht, sie heißt Mathilde Béziat... Damit haben wir den Beweis, schwach, das gebe ich zu, aber trotzdem einen Beweis, dass derjenige, der hinter all dem steckt, aus dem Dorf kommt.«

»Sie denken, dass noch etwas passiert, nicht wahr? Und zwar in naher Zukunft?«

»Ich fürchte. Ich spüre das Unwetter kommen, und ich bin nicht sicher, ob wir dafür gerüstet sind.«

Es war kurz nach dreizehn Uhr, als die Gendarmen an der Tür der Mühle klopften. Der Polizeihauptmeister hatte sich persönlich herbemüht, begleitet von zweien seiner Männer. Sie hatten ihr Fahrzeug im Dorf gelassen und folgten Martial zu Fuß zum Pas-du-Diable.

Er zeigte ihnen die Höhle, verwies kurz auf die in den Fels geritzten Inschriften und verweilte länger bei den Blutspuren. Sie dienten ihm als Ausgangspunkt für seine Theorie über den Mord an Louis Bascoul. Die Gendarmen hörten aufmerksam zu, stellten aber keine Fragen. Dann begaben sie sich zu dem Ort, an dem Michel Gresse ermordet worden war. Erneut trug Martial ihnen seine Theorie vor, erklärte das Fehlen von Spuren im Schnee und wie der Wagen des Milchmanns hatte benutzt werden können, um den Ort ungesehen zu verlassen. Schließlich kehrten sie zur Mühle zurück. Martial zeigte ihnen die Briefe, auch den, den Mathilde erhalten hatte. Er erzählte von der Jacke, die im Schweinestall gefunden worden war, ließ das weiße Kreuz im Wäldchen jedoch unerwähnt, weil das Mathilde sofort in den Augen ihrer Familie verraten hätte.

Die Gendarmen erwiesen sich als sorgfältige Beobachter und hörten Martial aufmerksam zu.

»Wohin führt uns all das, Monsieur de la Boissière«, fragte der Polizeihauptmeister, nachdem er alle Argumente zur Kenntnis genommen hatte.

»Immer wieder zur Familie Gresse!«

»Und was erwarten Sie von mir? Dass ich für den Schutz dieser Familie sorge?«

»Ihren Schutz, aber auch ihre Überwachung.«

»Dafür habe ich nicht genügend Leute, mein lieber Herr. Wir sind eine kleine Brigade. Wie soll ich rechtfertigen, dass ich mehrere meiner Männer für die Überwachung dieses Hofs abstelle? Indem ich mich auf alte Gerüchte berufe, die nie bewiesen worden sind? Indem ich erkläre, es könnte immer noch Gefahr bestehen, aber man weiß nicht, woher sie kommt, weil es sich vielleicht um einen Wiedergänger handelt? Und wie lange müsste diese Überwachung aufrechterhalten werden?«

»Wenigstens bis Samstag.«

»Warum Samstag?«

»Weil es in dem, was der Mörder tut, eine Logik gibt, und wenn es eine gibt, wenn er handeln muss, wird er es bis dahin tun. Samstag ist der 29. März, der Geburtstag von Julien Pujol. Da die Geschehnisse, warum auch immer, mit seiner Geschichte verknüpft werden sollen, muss diese Verbindung bis zum Schluss aufrechterhalten werden.«

Wenigstens hatte Martial seine These verteidigen können, doch die Gendarmen zu überzeugen vermochte er nicht. Immerhin war der Polizeihauptmeister bereit, all das in den Bericht aufzunehmen, den er den Inspektoren der Kriminalpolizei baldmöglichst zukommen lassen würde. Sollte ein neues unanfechtbares Element auftauchen, sagte er, wäre er dankbar, so schnell wie möglich informiert zu werden. Mehr könne er ohne handfeste Tatsachen nicht tun. Und noch bevor der Nachmittag zu Ende ging, waren seine beiden Männer und er wieder zurückgefahren, ohne bei den Gresses vorbeigeschaut und sie zur Vorsicht gemahnt zu haben …

Martial vertiefte sich erneut in die Briefe, stocherte in seinen Zweifeln und blätterte in dem Michelet-Buch, bis er auf eine mit Bleistift unterstrichene Passage stieß, eine Beschreibung der Bretagne, der Küste in der Nähe von Brest, um genau zu sein: »*Die Natur ist schauderhaft, der Mensch ist schauderhaft, und sie scheinen sich zu verstehen. Sobald das Meer ihnen ein armes Schiff hinwirft, laufen sie zur Küste, Männer, Frauen, Kinder, und stürzen sich auf die Beute. Und hoffen Sie nicht, diese Wölfe aufzuhalten, sie würden selbst unter dem Feuer der Gendarmerie noch seelenruhig plündern. Wenn sie wenigstens den Schiffbruch abwarten würden, doch es heißt, sie hätten ihn häufig überhaupt erst herbeigeführt. Nicht selten, sagt man, hat eine Kuh mit einer flackernden Signallaterne an den Hörnern die Schiffe auf die Klippen geführt.*«

»*Die Natur ist schauderhaft, der Mensch ist schauderhaft, und sie scheinen sich zu verstehen …*« Dieser Satz fasste für sich allein schon viele Dinge zusammen.

Als sich in der Dunkelheit des hereinbrechenden Abends die Tür öffnete, fuhr Martial hoch. Weder hatte er die Schritte von Camille und Édouard auf dem Weg und unter dem Portal gehört, noch hatte er bemerkt, wie spät es geworden war.

»Du hast einen neuen Reisebegleiter gefunden?«, sagte Camille amüsiert, als sie die Flasche mit der Schlange sah, die Martial vor der Eingangstür abgestellt hatte.

Der Inhalt des Kirschholzkästchens lag auf dem Tisch, außerdem das Buch von Jules Michelet mit seinem gefalteten Zeitungsausschnitt und der Brief, den Mathilde erhalten hatte. Camille begnügte sich damit, alles zu betrachten, ohne etwas zu berühren. Auch sie schien Vorbehalte zu haben, so als seien diese Gegenstände heilige Reliquien, die dem, der sie in die Hand nahm, nachdem sie aus ihren Schatullen geholt worden waren, nur Unglück bringen konnten. Aufmerksam lauschte sie Martial, der ihr von seinen jüngsten Entdeckungen und vor allem von seinen neuen Zweifeln erzählte.

»Jemand hat nicht nur vor uns Zugang zu Armands Briefen gehabt, er hat uns auch eine Botschaft hinterlassen, die das beweist. Was bedeutet, dass derjenige Anfang letzten Jahres mindestens einmal in deine Schule eingedrungen ist.«

Camille sagte nichts, ihre Miene hatte sich verfinstert.

»Vielleicht ging es ihm nur darum, Armand Pujols Schrift nachzuahmen oder gewisse kompromittierende Briefe verschwinden zu lassen. Vielleicht wollte er auch nur tun, was wir hier tun: die Geschichte der beiden Brüder rekonstruieren, sie besser kennenlernen und aus der Vergangenheit hervortreten lassen. So war es möglich, von der Existenz der Höhle am Pas-du-Diable und der dort versteckten Schatzdose zu erfahren. Einer Dose, die dann verschwunden ist, genau wie das Foto, anhand dessen Armand identifiziert werden kann ... All das soll uns glauben machen, dass dieser Mann lebt und sich ins Dorf geschlichen hat. Und derjenige, der das Gegenteil beweisen könnte, ist verschwunden.«

»Hast du eine Spur?«, fragte Camille und setzte sich endlich.

»Wenn man am Motiv der Rache festhält, das erklären würde, warum den Gresses unaufhörlich Botschaften zugespielt werden, die an das erinnern, was sie getan haben, und zugleich den Mord an Louis Bascoul rechtfertigen würden, und wenn man bedenkt, dass Armand Pujol wirklich tot ist, dann habe ich für den Augenblick nur drei mögliche Fährten.«

Martial machte eine Pause und blickte erst Camille und dann Édouard an.

»Die erste führt uns zum Ehepaar Boutonnier. Sicher, sie sind weit weg, aber sie verfügen über die Fähigkeiten, einen so verschrobenen Plan auszuhecken. Ich würde mehr zum Ehemann tendieren, vorausgesetzt, er hat einen verlängerten Arm im Dorf. Ähnlich verhält es sich mit der zweiten Fährte, die uns zu Mathilde Gresse führt. Die Ex-Verlobte von Charles Guiraud könnte Lust bekommen haben, den Kreuzzug ihres verstorbenen Geliebten fortzusetzen, und zwar mit doppeltem Interesse: als Gefangene in dieser Familie und in diesem Leben, das sie hasst. Sie wäre intelligent genug, um sich all das auszudenken, sie weiß viel über ihre angeheiratete Familie und antwortet sehr bereitwillig auf unsere Fragen, vielleicht zu bereitwillig. Aber sie hat einen Komplizen gebraucht. Warum nicht Lucien Guiraud? Er verbringt seine Nächte draußen, er kennt die Gegend gut, sein Geist ist vielleicht zu gestört, als dass er Mitleid empfinden könnte, und er ist möglicherweise mit Mathilde in Verbindung geblieben … Ich halte sie für stark genug, um ihn zu manipulieren, ihm vielleicht sogar Angst zu machen. Lucien hat zu mir gesagt, er habe den Mörder gesehen, und er hat ihn den Teufel genannt. Könnte dieser Teufel die ehemalige Verlobte seines Bruders sein? Die dritte Fährte ist stichhaltiger: Amélie Gresse. Vermutlich kennt sie die Geheimnisse, die ihre Geburt umgeben, und sie könnte im Namen ihres leiblichen Vaters den Wunsch gehabt haben, ihre Familie, die sie zu verachten scheint, bezahlen zu lassen. Auch sie braucht einen Komplizen. Sie ist bereits imstande, Köpfe zu verdrehen, warum sollte es ihr nicht gelingen, einen ihrer Verehrer so zu manipulieren, dass er bis zum Äußersten geht? Das sind nur Vermutungen, aber es bedeutet, dass wir nicht eine, sondern mehrere Personen suchen.«

»Und wenn das Motiv nicht Rache ist?«

»Das Drama der Brüder Pujol wird benutzt, um einen Nebelschleier zu erzeugen. Ich schließe die Möglichkeit, dass Mathilde Gresse da die Hand im Spiel hat, nicht aus. Der Brief, den sie uns heute Vormittag gebracht hat, kommt genau zum richtigen Zeitpunkt. Außerdem kann sie sich auf dem Hof und außerhalb des Hofs bewegen, ohne jemanden aufzuscheuchen, noch nicht einmal den Hund, der sie zu lieben scheint. Ihre Ehe ist eine Katastrophe, ihr Leben ist eine Katastrophe, sie wünscht sich nichts sehnlicher, als sich daraus zu befreien. Das Gleiche gilt für Pierre. Wenn seine Mutter stirbt, hat er das große Los gezogen und gewinnt ebenfalls seine Freiheit. Reich und frei sein wollen – zwei Gründe, die einen auch dazu treiben können zu töten … Aber er lässt sich nicht in die Karten schauen. Ich kann mir nicht vorstellen, dass er diesen Plan geschmiedet hat. Auch er hat sicher irgendwo einen Komplizen gebraucht. Warum nicht seine Frau? Und schließlich ist da noch Yvonne. Sie ist von einer Ehe befreit, die ebenfalls nicht eben rühmlich war. Und wenn sie mehr wäre als die Nutte, als die sie überall dargestellt wird? Wenn sie in einen ihrer Liebhaber wirklich verliebt wäre? Jetzt hindert nichts sie mehr daran, ein neues Leben anzufangen, vielleicht bekommt sie ja einen Teil des Erbes …«

»Ein klassischer Mord aus Leidenschaft! All das, um an diesen Punkt zu kommen! Das ist schon ein sehr verdrehter Plan.«

»Da gebe ich dir recht. Aber kann man diese Möglichkeit für den Augenblick ausschließen?«

Camille blieb nachdenklich, genau wie Édouard, der wie gewohnt nicht viel sagte.

»Das sind eine Menge Fährten«, räumte die junge Frau schließlich ein.

»Zu viele, in der Tat. Aber wir haben den Radius unserer Ermittlungen reduziert. Ich glaube tatsächlich, dass, um zu wiederholen, was der Polizeihauptmeister vorhin sagte, der Wolf im Schafstall ist, dass er von Anfang an darin ist. Bei den Gresses. Wenn wir ihn fangen wollen, müssen wir ebenfalls in diesen Schafstall eindringen. Und ich weiß nicht, wie ich das anstellen soll …«

Am Ende entschloss Martial sich, aufzuräumen und den Tisch frei zu machen. Er konnte nicht mehr klar denken. Eine kleine Pause würde ihm guttun. Sie aßen zu dritt zu Abend, einfach und ohne großen Appetit. Camille wirkte besorgt, Édouard abwesend. Martial glaubte, es sei immer noch ihre Reise nach Argentinien, was ihre Beziehung belastete, aber das war es nicht. Schließlich gestand Camille, was sie so quälte.

»Ich habe heute ein Telegramm bekommen. Von Monsieur Claverie, einem ehemaligen Freund von Papa. Er teilt mir mit, dass der Schulinspektor mir morgen einen Überraschungsbesuch abstatten wird. Im Grunde reagiert er endlich auf Beschwerden, die mich betreffen. Er will mir eine Falle stellen. Étienne Germain weiß offenbar nichts davon, die Inspektion betrifft also wohl auch ihn. Sein Name muss in den Briefen erwähnt worden sein, ihm wird vorgeworfen, er hätte nicht genug Durchsetzungsvermögen, um mich auf den rechten Weg zurückzuführen. Sie lassen mir also wirklich keine Ruhe!«

Sie schien zwischen Wut und Resignation zu schwanken. Und machte keinen Hehl daraus, dass sie die Inspektion fürchtete. Ebenso wie den Umstand, dass sie allein schlafen musste. Tatsächlich konnte Édouard sich auf gar keinen Fall dabei ertappen lassen, dass er auf vollkommen unrechtmäßige Weise unter ihrem Dach lebte. Und das kam alles äußerst ungelegen. Martial hatte noch immer nicht erzählt, was er von Lucien Guiraud erfahren hatte. Er musste für Camilles Schutz sorgen, ohne sie noch kopfloser zu machen.

Gegen halb zehn beschloss sie, mit trauriger Miene und leichenblass, nach Hause zu gehen. Daraufhin verschwand Martial nach oben in sein Zimmer und kam mit seinem Revolver zurück.

»Ich habe keine Ahnung, wie man so was benutzt«, protestierte die junge Frau.

»Wenn es ein Problem gibt, mach dein Fenster auf und schieß in die Luft. Damit jagst du eventuellen Herumtreibern Angst ein, und irgendwer wird den Knall sicher hören.«

Sie nahm die Waffe, die immer noch in Martials großes Taschentuch gewickelt war, und steckte sie in die Manteltasche.

»Ich weiß, dass Édouard nichts dagegen haben wird«, sagte sie, »deswegen hätte ich gern, dass du mich nach Hause bringst.«

Martial, ermutigt durch Édouards Nicken, war einverstanden.

»Vorausgesetzt, dass es für dich nicht gefährlich ist, allein zurückzukehren.«

»Sorg dich nicht um mich. Ich mache das Kabriolett fertig.«

»Wenn du einverstanden bist, würde ich lieber zu Fuß gehen …«

Ein paar Augenblicke später befanden sie sich allein auf dem Weg zur Schule. Die Nacht war besonders dunkel, daher blendete die Sturmlaterne umso mehr. Sie gingen zügig und schweigend. Camille hatte den Kopf gesenkt und die Arme gegen die Brust gepresst, um sich gegen die Kälte zu schützen.

In der Schule angelangt überprüfte Martial der Reihe nach alle Zimmer. Er inspizierte jeden Winkel, jedes Versteck, sogar das große Bett der jungen Frau. Und er stieg auch auf den staubigen Dachboden. Als er wieder herunterkam, ohne etwas gefunden zu haben, sah er Camille, noch im Mantel, an der Eingangstür lehnen. Sie wirkte verloren und zugleich erschöpft von einer unsichtbaren Bürde, die auf ihren Schultern lastete. Martial ging zu ihr und sagte, es sei niemand in der Schule, sie solle die Eingangstür zweimal abschließen, und es werde ihr nichts passieren. Sie schien ihm nicht zuzuhören. Als Antwort nahm sie nur seine Hand und drückte sie zwischen ihren. Dann blickte sie nach einem langen Moment starr zu ihm auf. Tränen quollen aus ihren Augen.

Martial spürte, wie sein Herz aufhörte zu schlagen. Wenn er sie nicht sofort küsste, würde er sterben. Er näherte sich noch mehr, sein Gesicht war dicht an ihrem. Weiter ging er nicht. Sie senkte erneut den Blick und küsste seine Hand.

»Camille …«

»Warum hast du so viel Zeit verstreichen lassen?«, unterbrach sie ihn. »Ich habe auf dich gewartet, und du bist nicht gekommen. Wärst du gekommen, anstatt was weiß ich wohin zu gehen, nach Serbien oder sonst wohin …«

»Ich bin gekommen.«

»Zu spät. Du bist zu spät gekommen. Mein Leben wäre heute ganz anders … Es hätte nie diese eiskalte Schule gegeben, nicht dieses verdammte Dorf und nicht diese ganze Geschichte. Wir wären irgendwo glücklich. Ich hätte nie mehr Angst … Und niemand müsste meinetwegen leiden.«

Sie zog seine Hand an ihre feuchte Wange.

»Dann hättest du mich nicht weglassen dürfen. Du hättest da sein müssen …«

Martial wusste nicht, was er sagen sollte, er war immer noch wie erstarrt und spürte sein Herz kaum schlagen.

»Ich sitze in der Falle. Gehe ich nicht mit Édouard weg, sitze ich hier fest – sofern ich nicht suspendiert werde. Gehe ich weg … Wenn ich weggehe, wird das Gefängnis, fürchte ich, noch schlimmer sein.«

Schließlich ließ sie Martials Hand los, doch er löste sie nicht von ihrer Wange.

»Es tut mir leid. Entschuldige. Geh jetzt, du musst nach Hause. Und pass auf dich auf.«

Sie hatte das Revers von Martials Mantel mit beiden Händen gepackt, sein Kopf ruhte jetzt auf ihrer Schulter.

»Ich kann mich nicht entschließen, dich heute Nacht allein zu lassen«, stieß er hervor.

»Ich muss allein sein. Ich bin nicht in Gefahr. Ich werde mir einen schönen Beruhigungstee machen und ins Bett gehen und schlafen, so gut ich kann. Ich muss einfach abschalten. Sei lieb, lass mich jetzt allein.«

Ohne ein weiteres Wort löste er sich von ihr und öffnete die Tür. Die kühle Luft ließ ihn erschauern.

»Schließ gut hinter dir zu. Wenn irgendetwas ist, beim geringsten Verdacht lauf zu Marthe.«

»Es wird nichts sein, mach dir keine Sorgen. Entschuldige nochmals. Du musst mich wieder mal für eine blöde Gans halten.«

»Nein, überhaupt nicht.«

»Also dann bis morgen.«

Er trat in die Nacht hinaus und stellte die Laterne heller.

»Martial?«, rief sie leise.

Er drehte sich um.

»Ich liebe dich immer noch.«

Sie sah ihn mit großen traurigen, geröteten Augen an. Ihr Haar war offen, ihr Gesicht noch immer bleich. Schließlich verschwand sie hinter der Tür, und es war nur noch das Klicken zu hören, mit dem der Schlüssel zweimal im Schloss herumgedreht wurde.

Die Beine wollten ihm den Dienst versagen. Er ging die Stufen hinunter und machte ein paar Schritte auf dem Weg. Dann zögerte er, dachte daran, umzukehren und noch einmal an die Tür zu klopfen. Am Ende verzichtete er darauf und blieb am Rand des Weges, an der Hecke, stehen. Er versuchte, sie hinter den Fenstern im ersten Stock auszumachen. Die letzten

Worte, die sie an ihn gerichtet hatte, waren die angenehmsten Begleiter. Als alle Lichter in dem großen Gebäude ausgegangen waren, beschloss er, nach Hause zu gehen.

Er war elf Uhr vorbei, als er zur Mühle kam. Er war stur geradeaus gegangen und niemandem begegnet. Édouard erwartete ihn in einem der beiden Sessel am Kamin. Er hatte sich ein Glas Schnaps eingeschenkt und für ihn auch eins bereitgestellt. So tranken sie in aller Ruhe ihren Schnaps und sahen den Flammen zu, die vor ihnen tanzten. Keiner von beiden hatte Lust zu reden. Schließlich, kurz bevor sie schlafen gingen, brach Édouard das Schweigen.

»Ich würde viel dafür geben, dass schon morgen wäre.«

Martial dachte genau das Gleiche. Die Nacht war zu ihrem Feind geworden. Als er in seinem großen kalten Bett lag, war er sicher, dass er jede einzelne Stunde würde vergehen sehen, ohne ein Auge zutun zu können. Daher war er, als ein Geräusch ihn aufschrecken ließ, überrascht, dass er doch eingeschlafen war. Er wollte sich gerade wieder dem Schlaf überlassen, als er erkannte, was ihn geweckt hatte. Unten wurde gegen die Tür geschlagen.

Diesmal sprang er aus dem Bett, tastete herum, um die Lampe anzumachen, und ließ es bleiben, als er Édouard aus seinem Zimmer kommen und die Treppe hinuntergehen hörte. Er folgte ihm. Es wurde heftig gegen die Tür getrommelt und auch gerufen. Martial erkannte die Stimme von Jean Guillard. Als Édouard die Tür öffnete, stand da tatsächlich der Busfahrer, der sich offensichtlich in aller Eile angekleidet hatte und völlig außer Atem war.

»Sie müssen schnell kommen! Sie ist tot! Sie ist tot.«

22

So muss der Untergang der Welt sein, dachte Martial, der das Gefühl hatte, in die Hölle zu stürzen. Nur ein Augenblick, und alles bleibt stehen, das Leben hat keinen Sinn, keinen Geschmack mehr. Es ist vorbei.

Édouard dagegen hatte einen erstaunlich klaren Kopf bewahrt.

»Von wem sprechen Sie, verdammt?«

»Von Yvonne. Yvonne Gresse. Sie ist getötet worden!«

Es war, als packten zwei starke Arme Martial am Kragen, um ihn aus dem Treibsand zu ziehen, in dem er zu versinken drohte. Nun war er wieder an der Luft, im Leben. Alles hatte plötzlich mehr Geschmack.

Das Erste, was er empfand, als er über den Tod von Yvonne Gresse informiert wurde, war Erleichterung.

Édouard bat Jean Guillard herein und forderte ihn auf, mehr Einzelheiten zu erzählen.

»Sie ist in der Hütte von Cassaïre gefunden worden, nicht weit weg von mir. Monsieur Guiraud und der Arzt sind vor Ort und haben mich geschickt, um Sie zu holen. Sie erwarten Sie.«

»Wer hat sie gefunden?«

»Amélie hat Alarm geschlagen. Die arme Kleine! Im Augenblick bringt der Bürgermeister sie nach Hause und teilt ihrer Familie die traurige Neuigkeit mit.«

»Sind die Gendarmen informiert?«, fragte Martial.

»Monsieur Guiraud hat sie angerufen.«

Édouard und Martial gingen hinauf, um sich anzuziehen. Auf der Treppe fiel Martial zum ersten Mal Édouards ausgeprägtes Hinken auf. Oben blieb dieser stehen und wandte sich zu seinem Gast um.

»Sie hatten recht. Es war noch nicht zu Ende.«

»Das bedaure ich sehr, das können Sie mir glauben.«

»Einen Augenblick dachte ich … Na ja, ich habe an Camille gedacht.«

»Ich hatte auch große Angst, das gebe ich zu.«

»Es ist furchtbar, das zu sagen, aber deswegen lässt mich der Tod dieser armen Frau ein bisschen kalt.«

»Ich empfinde auch so, aber ich glaube nicht, dass das anhält. Leider wird uns in ein paar Minuten die Wirklichkeit um die Ohren fliegen. Und sie wird uns nicht gleichgültig lassen.«

Die Hütte von Cassaïre hatte ihren Namen von ihrem ehemaligen Besitzer, der seit Langem tot war. Sie war die letzte Spur eines kleinen Hofs, den es nicht mehr gab. Einst eine Art Schuppen, errichtet am Rand der zum Hof gehörigen Felder, stand die Hütte immer noch, war aber umschlossen von Wald. Niemand hatte daran gedacht, sie abzureißen oder das alte Werkzeug, das in ihr lagerte, fortzuschaffen. Solide stand sie da, wie ein Denkmal, das an die Vergangenheit erinnerte, an die Zeit vor der Landflucht.

Édouard und Martial waren Jean Guillard gefolgt. Sie hatten den Weiler Les Buissonniers durchquert und den Pfad genommen, der am Waldrand hinaufführte. Nach ein paar Dutzend Metern hatten sie den Weg verlassen, um in eine junge Buchenpflanzung einzudringen, die sanft abfiel. Und dort befand sich die Hütte.

Schon aus der Ferne hatten sie das Licht der Laternen wahrgenommen, das die Schatten der dünnen, geraden Stämme in die Länge zog. Vor dem Doppeltor, das einen Spalt offen stand, trafen sie Doktor Delcros und Antoine Guiraud, die offenbar Wache standen, wobei das Gewicht der ganzen Welt auf ihren Schultern zu lasten schien. Als die beiden sie kommen sahen, wirkten sie erleichtert.

»Sie liegt da drin«, sagte der ehemalige Bürgermeister mit zusammengepressten Kiefern. »Sie haben eine gute halbe Stunde, bevor die Gendarmerie eintrifft. Wir waren uns einig, dass Sie die ersten Feststellungen treffen sollten. Niemand hat etwas angerührt.«

»Sie ist ausgeblutet«, fügte der Arzt hinzu. »Ich bin nur hineingegangen, um den Tod zu bescheinigen. Auf den ersten Blick würde ich sagen, der Tod ist vor zwei, drei Stunden eingetreten, vielleicht höchstens vier.«

»Ihre Tochter hat sie gefunden«, fuhr Antoine Guiraud fort. »Anschließend ist sie zu Jean gelaufen, und die beiden haben den Bürgermeister geweckt.«

»Was hat sie hier gemacht?«, fragte Martial.

»Angeblich ist sie hier ihrer Gewohnheit nachgegangen, wenn Sie verstehen«, sagte Jean Guillard, ohne ein Blatt vor den Mund zu nehmen. »Sie hat sich hier mit anderen Männern getroffen, selbst zu der Zeit, als ihr Mann noch gelebt hat.«

»Ich meinte Amélie …«

»Ich fürchte sehr, diese junge Person kennt die Gewohnheiten ihrer Mutter, denn sie hat die gleichen«, fuhr Doktor Delcros fort. »Als sie gemerkt hat, dass Yvonne nicht nach Hause gekommen war, wusste sie, wo sie suchen musste …«

»Wie spät war es, als sie bei Ihnen geklopft hat, Jean?«

»Ungefähr eine halbe Stunde nach Mitternacht. Etwas früher sogar.«

»Gut, also gehen wir hinein. Édouard, seien Sie so freundlich und begleiten mich. Und Sie werde ich auch brauchen, Doktor. Wegen Ihres Wissens, aber auch als Zeugen, damit die Gendarmerie uns anschließend nicht vorwerfen kann, wir hätten die wichtigsten Indizien manipuliert. Monsieur Guiraud und Monsieur Guillard bleiben draußen und sorgen dafür, dass niemand zu nahe herankommt. Sind Sie einverstanden?«

Alle vier stimmten zu.

Die Hütte hatte eine rechteckige Grundfläche, ungefähr sechs Meter lang und vier Meter breit. Die Wände bestanden aus dicken Tannenholzbrettern mit schmalen Zwischenräumen, der Boden aus gestampfter Erde. Verschiedene Gegenstände hingen an den Wänden oder waren zwischen Balken und Dach geklemmt: verrostete Sensenklingen und verrosteter Draht, zwei durchgerostete Rollen, ein auf ganzer Länge abgenutztes Seil, mehrere lange Stöcke aus Haselnussstrauchholz, ein Schaufelstiel, eine Feuerzange, die Reste einer Egge, deren Zinken sich abgelöst hatten. Ganz hinten links stand ein zweirädriger Karren, die Ladefläche zum hinteren Teil des Raums, die Arme, von denen einer zerbrochen war, genau gegenüber vom Eingang. Nicht weit davon brannte in einer Ecke eine Lampe, die auf einer groben Holzkiste stand. Martial sah den Leichnam nicht sofort. Er suchte im Licht seiner Laterne den Boden ab und sah mehrere Fußspuren, die er schnell als die des Doktors identifizieren konnte. Andere gab es nicht.

»Der Boden ist gefegt worden. Sehen Sie sich diese Spuren an und die kleinen Hügel aus Erde an den Seiten. Er hat erneut seine Spuren beseitigt.«

»Er will Gespenst spielen …«

»Sollte das der Fall sein, dann hat es nicht geklappt, Doktor. Indem er seine Fußspuren ausgelöscht hat, hat er, wie es scheint, auch die des Opfers ausgelöscht. Es fehlen auch die von Amélie …«

Langsam ging Martial weiter und schaute sich gründlich um. Schließlich sah er Yvonne Gresse, auf der Ladefläche des Karrens, der auf zwei Holzblöcken ruhte, damit er nicht zu stark geneigt war. Sie lag in einer Blutlache, die begonnen hatte zu gerinnen. Ihre Augen waren verdreht, der Mund in einem stummen, aber markerschütternden Schrei geöffnet, einem Schmerzens- und Todesschrei. Ihre blutige rechte Hand war noch in einen Zipfel ihres Kleides gekrallt, das bis zu den Oberschenkeln hochgeschoben war und eine urindurchtränkte Behaarung erkennen ließ. Der andere Arm lag da, als sei er leblos zurückgefallen, rechtwinklig zum Körper. Die Innenseite ihres rechten Oberschenkels wies ziemlich tiefe Schnitte auf und quer darüber einen einzelnen breiten und deutlichen Schnitt. Ein weiterer, tödlicher, Schnitt befand sich links an ihrem Hals. Dort war sie ausgeblutet.

»Wie lange hat es gedauert, bis sie tot war?«

»Vermutlich ist es ziemlich schnell gegangen. Die Halsschlagader ist durchtrennt worden. Ich würde sagen, höchstens fünf Minuten«, erwiderte der Arzt.

»Und was sagen Sie zu der Verletzung am Oberschenkel?«

»Die muss sehr schmerzhaft gewesen sein und hat sie bewegungsunfähig gemacht. Immer die gleiche Technik, wie es scheint.«

»Denken Sie an ein Messer?«

»Oder ein Rasiermesser. Jedenfalls eine sehr scharfe Klinge. Die Schnitte sind sauber und ohne Zögern ausgeführt.«

Édouard, die Laterne in der Hand, hielt sich etwas abseits. Er war sichtlich erschüttert. Sein Blick war starr auf das schmerz- und angstverzerrte Gesicht von Yvonne Gresse gerichtet.

»Ich werde versuchen festzustellen, was der Mörder uns hinterlassen hat«, sagte Martial.

»Hinterlassen?«, fragte Doktor Delcros überrascht.

»Man spricht vom Locard'schen Prinzip. Edmond Locard ist ein Kollege von Ihnen; er hat in Lyon ein Polizeilabor eingerichtet, in dem zu arbeiten ich ein paar Wochen vor dem Krieg das Glück hatte. Er war der Erste, der einen Beweis für die Theorie geliefert hat, der zufolge ein Mörder unwissentlich Spuren und Indizien hinterlässt und mitnimmt: Kopfhaare, Körperhaare, Blut, Staub … Ich bräuchte hier ein bisschen mehr Licht, Édouard …«

Während Camilles Verlobter widerstrebend näher kam, verrenkte sich Martial, um sich über den Leichnam zu beugen, ohne ihn zu berühren und seine Hand in das Blut zu tauchen.

»Ihr sind Haare ausgerissen worden, neben ihrem Kopf liegt eine gute Handvoll. Vermutlich hat er sie dort gepackt, um an ihren Hals heranzukommen. Er hat sie an den Haaren gehalten, und ihr mit der anderen Hand die linke Seite des Halses aufgeschlitzt. Wahrscheinlich ist er Rechtshänder. Die rechte Hand der armen Frau ist voller Blut; sie umklammert das Kleid und weist in Richtung der Verletzung am Oberschenkel. Sie hat ihn vermutlich mit der Linken gepackt … Die Nägel, ganz kurz geschnitten, sind kaputt. Ich sehe nichts, das sie unwissentlich herausgerissen haben könnte.«

Als Nächstes untersuchte er die Beine und die Holzschuhe, die beide auf dem Boden lagen.

»Wir haben die Gewissheit, dass es auf diesem Boden keine Fußspuren von der Frau gibt«, sagte er und zeigte das Muster der Sohle und die Größe, die einem Vergleich mit den Fußspuren des Doktors nicht standhielt. »Es muss überprüft werden, ob sexueller Verkehr stattgefunden hat. Sie hat sich hier mit jemandem getroffen. Wir müssen klären, ob der Mord vor oder nach dem Koitus stattgefunden hat.«

Stück für Stück wich er, weiterhin sehr langsam, zurück.

»Es gibt keine Kampfspuren. Ich glaube, die Person, die hereingekommen ist, hat diese Frau nicht im Geringsten erschreckt. Um sie so am Schenkel zu verletzen, muss er ihr sehr nahe gewesen sein … Er muss Blut an sich haben, nicht wahr?«

»Das ist sehr wahrscheinlich. An den Händen und an Teilen seiner Kleidung.«

»Meiner Meinung nach lag sie bereits auf der Ladefläche, als er sie verletzt hat. Anschließend hat er ihr den Hals aufgeschlitzt und ist zurückgetreten, um sie beim Sterben zu beobachten. Diesmal ist er schneller vorgegangen. Er hatte keine Zeit. Vielleicht hatte er Angst, überrascht zu werden. Doktor, ganz ehrlich, haben Sie eine Idee, mit wem Yvonne sich hier getroffen haben könnte?«

»Ich kenne die Gerüchte, Monsieur. Da kursieren mehrere Namen.«

»Nichts weist darauf hin, dass der Mann, den sie getroffen hat, der Mörder ist. Dieser kann vor oder nach dem Rendezvous gehandelt haben …«

»Vielleicht, nur finde ich das Spiel der Denunziation unerträglich. Aber machen Sie sich keine Sorgen, im Dorf werden Sie viele Spieler finden …«

Martial fragte nicht weiter nach. Er sah sich noch einmal gründlich in der Hütte um und untersuchte jedes Detail. Dann stellte er sich wieder vor den Leichnam.

»Ich gehe hinauf zu den Gresses«, sagte er, ohne den Blick von Yvonne zu wenden. »Wenn die Gendarmen mich suchen, finden sie mich dort.«

»Und ich komme so schnell wie möglich nach«, erwiderte

der Doktor. »Die Kleine hat einen ziemlichen Schock erlitten. Sie wird vermutlich Hilfe brauchen.«

»Kommen Sie, gehen wir hinaus.«

Sie kehrten zu Jean Guillard und Antoine Guiraud zurück.

»Und?«, fragte der alte Mann.

»Ich hatte recht mit meiner Ankündigung, dass es weitere Morde geben würde und dass es erneut die Familie Gresse treffen würde.«

Doch Martial ließ es nicht damit bewenden. Er nahm eine Laterne und begann, den Blick starr auf den Boden gerichtet, die Umgebung abzusuchen.

»Was suchen Sie denn?«

»Im Inneren sind die Fußspuren beseitigt worden. Als er wegging, konnte er das nicht mehr, und das, was er benutzt hat, um den Boden zu fegen, muss irgendwo sein … So etwas zum Beispiel.«

Hinter einem etwas kümmerlichen Strauch zwischen zwei Bäumen holte er den stark belaubten Ast einer Stechpalme hervor. Der Schnitt im Holz war weiß, also ziemlich frisch, und mehrere Blätter waren staubbedeckt. Er kehrte mit seiner Trophäe zu den vier Männern zurück.

»Das gebe ich Ihnen, Doktor. Ich weiß, dass Sie imstande sein werden, das alles den Gendarmen zu erklären.«

Dann stieg er mit Édouard den Hang hinauf, um zum oberen Weg zu gelangen. Auf dem Weg begegneten sie mehreren Dorfbewohnern, die sich dort zusammengefunden hatten. Gaston Fabre, Émile-der-Briefträger, Rémi Fieu, der hünenhafte Vorarbeiter, dessen Identität Édouard ihm erläuterte, und sogar der Fleischer, der noch nicht betrunken war. Martial wurde gefragt, ob die Nachricht, die sich im Dorf verbreitet hatte, wahr sei, doch allein schon seine Anwesenheit zu dieser nächtlichen Stunde lieferte die Antwort.

»Yvonne Gresse ist dort unten in der kleinen Hütte ermordet worden. Die Gendarmen werden in Kürze eintreffen, danke, dass Sie ihnen ihre Aufgabe erleichtern.«

Ohne ein weiteres Wort bahnte Martial sich einen Weg durch die kleine Gruppe und entfernte sich.

»Denken Sie, dass Camille davon Wind bekommen hat?«

»Vielleicht noch nicht«, erwiderte Édouard.

»Ich hätte vollstes Verständnis, wenn Sie zu ihr wollen, um sich zu vergewissern, dass es ihr gut geht. Schließlich sind das außergewöhnliche Umstände.«

»Ich begleite Sie zu den Gresses. Wenn sie es geschafft hat einzuschlafen, lassen wir sie besser ein paar Stunden in Ruhe. Es ist viel zu früh, um ihr das zu erzählen.«

Als sie wieder bei der Mühle waren, spannten sie gemeinsam das alte Pferd an. Dann machten sie sich auf den Weg zu dem von Trauer überschatteten Hof.

»Er hat nicht den geringsten Fehler gemacht«, sagte Martial, als dächte er laut. »Nicht das geringste Indiz hat er hinterlassen, nicht die kleinste Spur … Er geht methodisch vor und ist sehr scharfsichtig. Aber er scheint jetzt mehr in Eile zu sein. Yvonnes Tod folgt kurz auf den ihres Mannes. Er hat nicht einmal gewartet, bis die Aufmerksamkeit nach dem zweiten Mord nachlässt … Offenbar will er die Sache tatsächlich vor dem berühmten Geburtsdatum zu Ende bringen.«

»Oder er spürt, dass der Schraubstock sich um ihn schließt. Er weiß, dass, wenn er zu lange wartet, sein Vorsprung geringer wird.«

Im Hof der Gresses trafen sie neben seinem Wagen den Bürgermeister mit verschlossener Miene und müdem Blick.

»Und?«, fragte Christophe Maraval.

»Im Augenblick wissen wir nur, dass wir es mit einem

dritten Mord zu tun haben. Wie geht es den Leuten dort drin?«

»Pierre ist außer sich vor Wut. Glaubt man ihm, so will er die ganze Welt töten.«

»Und Amélie?«

»Sie hat sich hingelegt, Mathilde ist bei ihr.«

»Wo ist der Hund?«

»Im Stall. Er hat die ganze Zeit gebellt, es war unerträglich, Pierre wollte ihn schon erschießen.«

»Diese Familie muss unter Schutz gestellt werden, Herr Bürgermeister.«

»Denken Sie, es ist noch immer nicht vorbei?«

»Das ist denkbar. Sie müssen mir helfen, die Gendarmerie zu überzeugen, dass sie so schnell wie möglich Männer hier postiert.«

»Ich werde mein Bestes tun.«

Martial und Édouard gingen zur Tür.

»Bleiben Sie draußen?«

»Ja, ich brauche ein bisschen frische Luft.«

Ohne zu zögern und ohne zu klopfen, öffnete Martial die Tür. Pierre Gresse saß an dem großen Tisch, vor ihm lag das Gewehr. Aus dem Blick, mit dem er die beiden Ankömmlinge empfing, sprach tiefster Hass. Ohne mit der Wimper zu zucken, zog Martial die Bank heran und setzte sich ihm gegenüber.

»Die Gendarmerie wird in Kürze hier heraufkommen und Sie befragen. Aber wenn Sie einverstanden sind, würde ich Ihnen ebenfalls gern ein paar Fragen stellen.«

Der jüngste Sohn der Familie Gresse sagte kein Wort.

»Ich möchte nur verstehen, was heute Nacht passiert ist… Können Sie mir sagen, wann Ihre Schwägerin den Hof verlassen hat?«

Einen Augenblick lang glaubte Martial, Pierre Gresse würde ihm nicht antworten. Der starrte ihn nur feindselig an. Schließlich aber streckte er die Waffen.

»Ich weiß nicht genau, wann es war. Irgendwann nach dem Essen, als sie mit der Arbeit fertig war.«

»Haben Sie sie weggehen sehen?«

»Ja, ich habe sie gesehen.«

»Und wann haben Sie angefangen, sich wegen ihrer Abwesenheit Sorgen zu machen?«

»Ich habe mir keine Sorgen gemacht. Es war meine Nichte, die bemerkt hat, dass sie nicht nach Hause gekommen war. Sie hat uns geweckt.«

»Und wie spät war es da?«

»Kurz vor Mitternacht. Die Uhr hat zwölf geschlagen, kurz nachdem ich aufgestanden war.«

»Und dann?«

»Dann nichts. Amélie ist losgegangen, um sie zu suchen. Wir haben uns nicht von hier weggerührt. Und dann haben wir sie zurückkommen sehen, mit dem Bürgermeister, und sie haben uns gesagt, dass Yvonne tot in der Hütte von Cassaïre liegt.«

»Und Sie wollten nicht nachschauen gehen?«

»Nein, das wollte ich nicht. Alle wissen, warum sie in diese verdammte Hütte gegangen ist. Selbst der Tod meines armen Bruders hat sie nicht für lange zur Ruhe gebracht, wie es aussieht. Aber das bedeutet nicht, dass der Dreckskerl, der das getan hat, einfach so davonkommt. Ich mache ihn kalt, das schwöre ich bei Gott.«

»Wussten Sie, mit wem Yvonne sich treffen wollte?«

»Verdammt noch mal! Die Liste ist so lang wie mein Arm. Sie hat das immer schon gemacht, hat sich jederzeit und von jedem bespringen lassen. Soll ich Ihnen was sagen? Auch ich hatte was mit ihr. Das war vor meiner Heirat. Sie wusste, wie man einen Kerl heißmacht.«

»War sie jeden Abend auf diese Weise unterwegs?«

»Soviel ich weiß, war das seit Michels Tod das erste Mal. Deswegen hatte ich ja gedacht, das hätte das Feuer, das sie unterm Hintern hatte, gelöscht.«

»Erlauben Sie mir, mit Ihrer Nichte zu sprechen, Monsieur Gresse.«

»Tun Sie das. Sie ist oben, mit meiner Frau. Anscheinend hat der Doktor gesagt, wir dürften sie nicht allein lassen, bis er kommt.«

»Und wo ist Ihre Mutter?«

»In ihrem Bett. Sie kann sowieso nichts anderes tun als warten. Sie hat nach dem Pfarrer verlangt. Mein Cousin Jules wird ihn heraufbringen. Also lassen Sie sie gefälligst in Ruhe.«

»Eine letzte Sache: Es wird nötig sein, dass wir den Schutz Ihrer Familie organisieren.«

»Mein Schutz liegt da auf dem Tisch.«

»Wir wissen noch immer nicht, wer das getan hat. Sie sind nicht allein in diesem Haus. Denken Sie an Ihre Mutter und Ihre Nichte. Sie können nicht alles gleichzeitig überwachen.«

Pierre Gresses Antwort bestand darin, seinen Tabaksbeutel hervorzuholen.

»Ich muss an die Arbeit. Ich habe einen Hof am Laufen zu halten.«

»Seien Sie vorsichtig, Monsieur Gresse.«

Nachdem er sich in aller Eile eine Zigarette gedreht hatte, stand er auf und nahm sein Gewehr. Dann öffnete er die Tür zum Stall und verschwand.

»Soll ich unten warten?«, fragte Édouard, der im Hintergrund stehen geblieben war.

»Keineswegs. Ich möchte unbedingt, dass Sie an meiner

Seite sind, und wenn Sie eine Frage haben, zögern Sie nicht, sich einzumischen.«

Hintereinander gingen sie die steile und schmale Treppe hinauf. Die Stufen knarrten unter ihrem Gewicht. Schnell erreichten sie einen kleinen Treppenabsatz. Zwei Türen, zwei Zimmer, der Gang war dunkel. Hinter der Tür gegenüber der Treppe war ein Lichtstreifen zu erkennen. Die linke war zu einem quadratischen Zimmer hin geöffnet, dessen einziges Fenster nach hinten hinausging. Die Decke war niedrig, der alte Dielenboden verzogen. Zwei große, ziemlich hohe Betten standen einander gegenüber, und in einem dritten, kleineren Bett in der hinteren Ecke lag Amélie. Mathilde saß frisiert und angekleidet neben ihr. Vom nächststehenden Nachttisch her spendete eine kleine Öllampe schwaches Licht.

»Wie geht es ihr?«, fragte Martial leise, während er sich näherte.

»Sie schläft mit Unterbrechungen«, erwiderte die junge Frau, deren im Schatten liegendes Gesicht vor Müdigkeit eingefallen war. »Sie hat große Angst gehabt.«

»Hat sie etwas gesagt?«

»Seit sie hergebracht worden ist, kein Wort.«

Aus dem anderen Zimmer knurrte eine Stimme: »Was ist los, Mathilde?«

Mathilde stand auf, um nicht schreien zu müssen. Sie ging zur Tür.

»Das sind die beiden Herren, die die Untersuchung führen.«

Da keine Antwort zu kommen schien, setzte sich Mathilde wieder.

»Wir müssten ihr ein paar Fragen stellen.«

Mathilde hatte nicht die Absicht, sich dem zu widersetzen. Sie schien sich schon seit Jahren nichts mehr zu widersetzen.

»Fragen Sie, ich schlafe nicht.«

Amélie drehte sich zu ihnen um. Dann richtete sie sich ein wenig auf und kuschelte sich gegen ihr Kopfkissen.

»Was wollen Sie wissen?«

Martial zögerte ein paar Sekunden.

»Woran hast du gemerkt, dass deine Mutter nicht nach Hause gekommen war?«

»Als ich raufkam, habe ich gesehen, dass ihr Bett leer war.«

»Wie spät war es da?«

»Eine Viertelstunde vor Mitternacht.«

»Und wann war sie weggegangen?«

»Das weiß ich nicht. Ich bin vor ihr weggegangen.«

»Gegen halb zehn ist sie weggegangen«, erwiderte Mathilde an ihrer Stelle.

»Und, ohne zu indiskret sein zu wollen, wo warst du?«

»Ich war draußen. Ich hatte Dinge zu erledigen...«

»Was für Dinge?«

»Dinge wie ein Rendezvous...«

»Mit deinem Geliebten?«

»Nein, einfach mit einem Mann«, sagte sie unverblümt. »Auch ich habe meine kleine Hütte, die von den Calabrais, die letztes Jahr zum Holzfällen da waren. Sie steht in der Nähe vom Steinbruch.«

»Und wer war dieser Mann?«

»Bernard Cousinié.«

Sie antwortete ohne Zögern und ohne jede Verlegenheit.

»Dann hast du also, als du zurückkamst, Alarm geschlagen?«

»Ja, ich habe alle geweckt, sogar die alte Ziege nebenan.«

»Woher wusstest du, dass sie in der Hütte von Cassaïre war?«

»Dort geht sie meistens hin. Ich bin ihr ein paar Mal gefolgt...«

»Und was hast du gesehen, als du heute Abend zu dieser Hütte gekommen bist?«

»Es brannte Licht. Ich bin näher herangegangen und einmal leise drum herum, um durch eins von den Löchern zwischen den Brettern zu gucken. Da habe ich meine Mutter gesehen, wie sie dalag, und überall war Blut. Da bin ich querfeldein gelaufen, bis zum ersten Haus, auf das ich gestoßen bin. Es war das von dem, der hinkt.«

»Hattest du eine Lampe dabei?«

»Brauchte ich nicht. Ich kenne die Wege hier wie meine Westentasche, ich käme auch mit geschlossenen Augen überall hin.«

»Und du hast niemanden gesehen?«

»Nein.«

»Wusstest du, dass deine Mutter ein Rendezvous hatte?«

»Es war derselbe wie die letzten Male. Ich schätze, sie hatte sich in ihn vernarrt.«

»Das heißt?«

»Der große Typ aus dem Sägewerk, der, der wie ein Gladiator aussieht.«

»Rémi Fieu?«, fragte Édouard.

»Ja.«

»Woher weißt du das?«, frage Martial.

»Ich weiß es, weil ich ein-, zweimal dort war, um zu sehen, was sie machen.«

Ungeachtet all dessen, was sie in den letzten Stunden durchgemacht haben musste, wich sie keiner Frage aus.

»Wussten Sie Bescheid?«, wandte Martial sich an Mathilde.

»Ich wusste, dass sie sich mit jemandem traf, aber mit wem, wusste ich nicht.«

»Ihr Mann behauptet, Ihre Schwägerin sei seit einer Woche nicht weggegangen.«

»Das stimmt. Seit dem Sonntag vor Michels Tod.«

»Und wenn sie wegging, um welche Zeit kam sie dann zurück?«

»Nie sehr spät, elf Uhr vielleicht. Jedenfalls die Male, die ich mitbekommen habe, weil ich nicht schlief.«

»Und heute Abend haben Sie geschlafen?«

»Ja. Wir haben viel Arbeit, und ich konnte nicht mehr.«

»Und Ihr Mann hat auch nicht gemerkt, dass sie nicht da war? Hat er auch geschlafen?«

»Das weiß ich nicht. Mein Mann schläft nicht mehr in diesem Zimmer. Er hat sich unten im Stall eine kleine Ecke eingerichtet.«

Ohne sich etwas anmerken zu lassen, wandte Martial sich wieder Amélie zu.

»Hast du, angesichts all dessen, was in letzter Zeit passiert ist, keine Angst, nachts rauszugehen?«

»Warum sollte ich Angst haben? Sie wissen, warum sie Angst haben müssen, oder nicht? Ich war noch zu klein damals. Das gilt auch für Mathilde. Wir haben nichts getan. Bei Pierre ist es anders, oder bei der Alten, die seit einer Woche zweimal am Tag ihrem Pfarrer beichtet … Die haben, schon bevor Sie aufgetaucht sind und ihnen das alles erzählt haben, gewusst, dass sie Angst haben müssen. In dem Moment, als Michel mit aufgeschlitztem Bauch gefunden wurde, haben sie es gewusst. Sie haben gewusst, dass er zurückgekommen ist. Ganz ehrlich, warum sollte ich Angst vor meinem Vater haben?«

Diese Antwort überraschte Martial.

»Wenn deine Mutter Angst hatte, warum ist sie dann weggegangen?«

»Weil sie es brauchte. Ich wusste, dass sie heute Abend weggehen würde, weil ich gesehen habe, wie sie ihre Nachricht geschrieben hat.«

»Ihre Nachricht?«

»Ja, sie und dieser große Kerl haben eine Art Code, wenn sie sich treffen wollen. Sie legt ihm morgens eine Nachricht mit dem Zeitpunkt des Rendezvous unter einen der Steine von seinem Mäuerchen. Heute Morgen sah es so aus, als wollte sie das Grab ihres Mannes mit Blumen schmücken… Ich bin ihr mit Abstand gefolgt. Und ich habe gesehen, wie sie im Weiler Les Buissonniers haltgemacht hat.«

»Und heute Abend bist du ihr nicht gefolgt?«

»Ich wusste, dass sie mit ihm zusammen war. Da gab es nichts Neues zu sehen… Sie treffen sich seit Monaten. Davor war es der Fleischer, davor der Hufschmied. Sogar mit dem Direktor der Molkerei hatte sie letzten Sommer was. Außerdem hatte ich keine Zeit, ich wurde erwartet. Bernard muss spuren, wegen seiner Mutter, die nicht will, dass er sich mit mir trifft. Aber er ist ganz verrückt nach mir…«

»Ist er der Einzige, der verrückt nach dir ist?«

»Vielleicht nicht. Ich kann nichts dafür, dass ich die Herren verrückt mache…«

»Du solltest dich ausruhen, Amélie«, versuchte ihre Tante die Befragung zu beenden.

»Aber ich schäme mich nicht! Niemand zwingt mich, und es ist nett. Na ja, meistens. Ach, wissen Sie, woher ich weiß, dass sie Julien Pujol getötet haben? Sie haben es gebeichtet, meine Mutter und die alte Ziege. Und der dicke Pfarrer hat mir alles erzählt. Hätte ich das gewollt, hätte er mir alle Geheimnisse aller bigotten Leute im Dorf erzählt, so glücklich war er über das, was ich mit ihm gemacht habe.«

»Gut, Amélie, ich glaube, diese Herren haben die Antworten, die sie erwartet haben, bekommen. Vielleicht machen wir jetzt Schluss. Du solltest nicht so reden. Verdammt! Deine Mutter ist gerade getötet worden!«

»Du hast sie ja auch so geliebt! Sie hat dich behandelt wie einen Hund, genauso wie die anderen übrigens. Erzähl mir nicht, dass du ihr nachtrauerst!«

Mathilde blieb die Sprache weg.

»Deine Tante hat trotzdem recht, Amélie. Du musst dich ausruhen. Die Gendarmen werden auch dich befragen. Versuch ein bisschen zu schlafen.«

»Muss ich ihnen antworten, wie ich Ihnen geantwortet habe?«

»Hast du uns die Wahrheit gesagt?«

»Die ungeschminkte Wahrheit.«

»Dann antworte ihnen ganz genauso … Vielleicht lässt du die Sache mit Abbé Goussier weg …«

Martial erhob sich vom Bettrand, auf den er sich gesetzt hatte, doch da packte ihn das junge Mädchen am Arm und zwang ihn, sich zu ihr zu beugen.

»Von Ihnen und Mademoiselle Purseau werde ich auch nichts sagen, machen Sie sich keine Sorgen«, flüsterte sie ihm ins Ohr. »Von Ihrem romantischen Sonntagsspaziergang und auch nicht, was Sie heute Abend vor der Tür ihrer Schule zu ihr gesagt haben …«

Dann vergrub sie sich, ohne Martials Verlegenheit zu beachten, unter ihren Decken und drehte sich zur Wand.

Mathilde, die zu dem Schluss gelangt war, dass das junge Mädchen allein bleiben konnte, begleitete Martial und Édouard nach unten, wo sie ihnen einen Kaffee anbot. Unterwegs durfte sie sich das Gekeife ihrer Schwiegermutter anhören.

»Du gehörst an die Arbeit! Mein Sohn kann schließlich nicht alles allein machen!«

»Ich muss auf Amélie aufpassen, bis der Doktor hier ist«, sagte sie durch die Tür. »Gleich, wenn er fertig ist, bringe ich Ihnen Ihren Kaffee herauf.«

Als sie etwas später zu dritt am Tisch saßen, wollte sie sich dafür rechtfertigen, dass sie nicht allzu betroffen wirkte.

»Ich habe es noch nicht wirklich begriffen. Ich kann sie mir nicht tot vorstellen.«

»Sie haben sich nicht besonders gut verstanden?«

»Ich bin als Letzte in die Familie gekommen. Sagen wir, dass sie mir das regelmäßig aufs Butterbrot schmieren, Yvonne immer als Erste. Amélie hat recht: Man hat sich nicht besonders geliebt.«

»Ihre Nichte hat ein ganz schönes Temperament.«

»Sie hatte kein sehr gutes Beispiel vor Augen … Aber Sie dürfen auf ihre Großsprecherei nicht allzu viel geben. Sie ist kein so schlechtes Mädchen, als das sie gern dastehen möchte. Als Bastard der Familie hat sie immer kämpfen müssen. Und sie benutzt die einzigen Waffen, die ihr zur Verfügung stehen.«

Der Kaffee schmeckte nach nicht viel, aber seine Wärme tat ihm ungeheuer gut.

»Im Grunde hat die Aufhebung des Banns nicht richtig funktioniert«, sagte sie, mit beiden Händen die heiße Schale umfassend.

»Ist es die Angst, die Ihren Mann dazu treibt, im Stall zu schlafen?«, fragte Martial ganz direkt.

Die Frage überraschte Mathilde. Sie hob abrupt den Kopf, aber sie protestierte nicht, sondern entschloss sich zu antworten.

»Er hat sich an der Kleinen vergangen«, gestand sie, überaus verlegen. »Hinten in der Scheune, ich habe ihn dabei überrascht … Amélie hat sich gewehrt und konnte allein wegrennen, aber das Wesentliche habe ich gesehen. Es war im November. Er hatte sich mal wieder mit seinem Bruder angelegt, und er hatte mehr getrunken als sonst. Aber es war nicht zu entschuldigen ... Ich habe ihm gesagt, dass ich nicht mehr mit ihm schlafen und mir eine Matratze in die Küche legen würde. Aber dann hat Amélie alles erzählt. Das Einzige, was sie dazu gesagt haben, war, dass sie selbst schuld sei. Und sie fanden, es wäre besser, wenn Pierre eine gewisse Zeit woanders schlafen würde als im gemeinsamen Schlafzimmer. Also ist er in den Stall gezogen, und ich brauchte nicht in die Küche auszuweichen.«

Draußen waren Geräusche zu hören. Martial stand auf und ging zum Fenster. Er sah, wie der Milchmann die Kanister austauschte. Ein Jagdgewehr lehnte am Rad seines Wagens.

»Gestern Abend hatte sie das Melken übernommen«, sagte Mathilde hinter ihm. »Das ist ihre letzte Milch, die er da mitnimmt ...«

Gleichzeitig sahen sie, dass Antoine Guiraud sich auf die Außentreppe setzte, wohingegen der Bürgermeister und sein Gespann verschwunden waren.

Mathilde ging zur Anrichte und holte eine weitere Tasse heraus.

»Er ist eigentlich kein schlechter Kerl«, fuhr sie fort, als sei sie nicht unterbrochen worden. »Wenn da nicht seine Mutter gewesen wäre, wenn da nicht sein Bruder gewesen wäre und dieser Hof, den er hasst ...«

Sie ging noch einmal zum Fenster und öffnete es.

»Kommen Sie doch herein. Sie wollen sich doch da draußen nicht den Tod holen. Ich habe Kaffee gemacht.«

Ohne die Antwort abzuwarten, schloss sie das Fenster und setzte sich wieder.

Kurz darauf öffnete sich die Eingangstür und schleifte über den Boden, der durch die Feuchtigkeit aufgequollen war. Langsam, wie immer auf seinen Stock gestützt, kam Antoine Guiraud in die Küche.

»Immer noch ohne Zucker?«, fragte Mathilde und goss Kaffee in die saubere Tasse.

»Immer noch.«

Er setzte sich und legte seinen Hut auf den Tisch.

»Christophe musste zurück«, erklärte er mit einer Stimme, die an Volumen verloren zu haben schien. »Ich bin mit Serge hergekommen, um ihn zu benachrichtigen ... Konnten Sie mit der Kleinen sprechen?«

»Sie hat ein paar Fragen beantwortet. Wir müssen das noch überprüfen, aber möglicherweise wissen wir, mit wem Yvonne sich heute Abend getroffen hat.«

»Würden Sie mir seinen Namen nennen?«

»Es könnte sich um Ihren Vorarbeiter handeln.«

»Rémi? Bei Gott! Das hätte ich nicht gedacht!«

»Wir werden ihn bitten, uns das zu bestätigen.«

»Dadurch wird er zum Verdächtigen.«

»Das hängt davon ab, wie er auf unsere Fragen antwortet.«

»Mein Gott! Wie konnte es nur so weit kommen?«

»Vielleicht, weil so manches Schweigen am Ende zu schwer wog«, entgegnete Martial.

»Ich wiederhole es, mein Freund. Wir haben keinerlei Beweise. Lediglich Tratsch ...«

»Charles und Lucien hatten recht damit, nicht Ihrer Meinung zu sein«, mischte Mathilde sich ein. »Sie haben ihn getötet. Sie haben ihn in den Schweinestall gesperrt, weil er sich gesträubt hat, ihn allein zu reinigen, er hatte nämlich Angst vor den Schweinen. Sie wollten ihn kleinkriegen, indem sie ihn die Nacht über bei den Schweinen ließen, angeleint wie ein Hund. Alle fünf waren sie da: die Mutter, die beiden Söhne, Yvonne und Bascoul. Niemand hat sich gerührt, als er gefressen wurde. Und dann haben sie die Überreste im Wäldchen Mont-Vert beerdigt.«

»Wärst du bereit, das zu bezeugen?«

»Bezeugen? Sie werden alles leugnen. Die Gebeine liegen ja nicht einmal mehr dort. Warum sollten die Leute mir heute zuhören, wo sie vor zehn Jahren niemandem zuhören wollten?«

»Das war etwas anderes … Außerdem war damals Krieg. Wir hatten alle andere Sorgen.«

»Eine schöne Entschuldigung! Niemand hatte den Mumm, sich gegen die Gresses und ihren Clan zu erheben, das ist alles!«

Mathildes Wangen röteten sich immer mehr vor Wut.

»Seit wann weißt du das?«

»Immer schon. Seit Charles mir davon erzählt hatte. Und nach meiner Heirat ist es mir nach und nach gelungen, Pierre das eine oder andere zu entlocken, tröpfchenweise.«

»Warum bist du nicht zu mir gekommen, um mit mir darüber zu sprechen?«

»Mit Ihnen darüber zu sprechen? Sie hatten mich von einem Tag zum andern aus Ihrem Leben gestrichen!«

»Aber du warst verdammt noch mal verheiratet! Noch dazu mit dem Schlimmsten, den du hattest finden können!«

»Was glauben Sie? Dass ich die Wahl hatte? Dass meine Eltern mich noch lange zu Hause behalten hätten? Was wäre Ihnen lieber gewesen? Dass ich mit Lucien gehe? Daran haben Sie gedacht, geben Sie's zu …«

»Er war mein Sohn! Verstehst du das?«

»Und er war der Mann, den ich geliebt habe … Den ich immer noch liebe.«

Mathilde hatte einen harten Blick. Kein bisschen ähnelte sie mehr der unterwürfigen, in dieser Familie und auf diesem Hof verlorenen Frau. Vielmehr strahlte sie Stärke aus.

Neben ihr wirkte Antoine Guiraud kleiner als sonst, älter. Er schwieg.

Édouard und Martial brachten ihn in seinem Kabriolett nach Hause, und auch während der gesamten Fahrt schwieg er hartnäckig. Wie die Eiche im Sturm drohte er nicht mehr lange standhalten zu können.

23

Angezogen und frisch rasiert trank Rémi Fieu gerade seinen Kaffee, als Édouard und Martial bei ihm klopften. Da er sie vermutlich durchs Fenster gesehen hatte, öffnete er ihnen sofort. Er wohnte in einem ziemlich kleinen Haus, nicht viel mehr als ein Zimmer und ein Hängeboden, in dem er sein Schlafzimmer eingerichtet hatte. Obwohl er allein lebte, wirkte er recht gepflegt, was auch die große Sauberkeit des Hauses und die Ordnung, die darin herrschte, bezeugten. Ohne zu zögern, bat er die beiden Männer bereitwillig herein. Er hatte mit ihrem Besuch gerechnet, aber wohl nicht so schnell.

Rémi Fieu war groß und breit und hatte lange, dicke Hände. Das Gesicht passte zum übrigen Körper, grob geschnitten, mit rechtwinkligem Kinn und stahlblauen Augen.

»Hatten Sie gestern Abend ein Rendezvous mit Yvonne Gresse?«, fragte Martial ohne Umschweife.

»Nein. Gestern Abend nicht. Wir haben uns von Zeit zu Zeit getroffen, das leugne ich nicht, aber seit einer guten Woche habe ich sie nicht gesehen.«

»Sind Sie lange miteinander gegangen?«

»Drei oder vier Monate«, sagte er achselzuckend.

»War es etwas Ernstes?«

»Ernst? Sie wollen wissen, ob ich sie geliebt habe, stimmt's? Nein, es war nichts Ernstes. Was wir in dieser Hütte gemacht haben, war nur… Na ja, Sie verstehen schon, um gewisse Bedürfnisse zu befriedigen.«

»Waren Sie ihr einziges Verhältnis?«

»Sie ist tot, und ich will nichts Schlechtes über sie sagen, aber ich glaube, sie war keine, die sich mit einem einzigen Verhältnis zufriedengegeben hätte.«

»Sind die anderen auch in diese Hütte gekommen?«

»Das weiß ich nicht. Wir haben über die anderen nicht geredet. Im Grunde haben wir überhaupt nicht viel geredet.«

»Wie haben Sie Ihre Treffen ausgemacht?«

»Darum hat sie sich gekümmert. Sie hat mir eine Nachricht unter einen Stein des Mäuerchens vor dem Haus geschoben.«

»Und warum sind Sie gestern Abend nicht zum Rendezvous gegangen?«

»Ich bin nicht hingegangen, weil ich keine Nachricht bekommen hatte. Ich wusste nicht, dass sie in der Hütte war. Wenn sie mit jemandem ein Rendezvous hatte, dann nicht mit mir.«

»Ein Zeuge hat gesehen, wie sie gestern Morgen eine Nachricht in Ihr übliches Versteck gelegt hat. Das werden die Gendarmen schnell erfahren.«

»Denen gebe ich die gleiche Antwort wie Ihnen. Als ich von der Arbeit gekommen bin, war keine Nachricht da. Überprüfen Sie es, wenn Sie mir nicht glauben.«

»Können Sie uns sagen, wo Sie gestern Abend waren, zwischen halb zehn und Mitternacht?«

»Erst war ich im ›Café du Progrès‹. Ich habe bis nach zehn Karten gespielt. Danach bin ich nach Hause gegangen und habe geschlafen.«

»Könnte es sein, dass es ein Missverständnis gab und dass Yvonne Sie tatsächlich erwartet hat?«

»Ich sage es noch mal: Seit dem Tod ihres Mannes habe ich nichts von ihr gehört.«

»Sie war nicht hier und hat an Ihre Tür geklopft?«

»Das hätte sie nie gemacht. Und ich hätte es auch nicht geduldet. Sie konnte nicht zu mir kommen. Nicht so eine Frau.«

»Das heißt?«

»Sie war nicht die Art von Frau, in die man sich verlieben darf. Meiner Meinung nach. Ein paar schöne Stunden mit ihr verbringen, das schon, denn das hat sie geliebt, und anscheinend konnte sie nie genug bekommen. Aber nicht mehr.«

»Hat ihr Tod Sie traurig gemacht?«

»Ja, ich trauere um sie. Außerdem heißt es, dass er ihr das Leben schwer gemacht hat. Ich werde ab und zu an sie denken. Aber da ist nichts, was mich am Schlafen hindern wird.«

»Wenn sie in die Hütte kam, musste sie immer an Ihrem Haus vorbei ...«

»Überhaupt nicht. Sie ist durch den Wald gegangen, die Wege hat sie nie benutzt.«

»Seit wann leben Sie hier im Dorf, Monsieur Fieu?«

»Im Herbst 1920 bin ich hergekommen. Das werden bald vier Jahre.«

»Woher sind Sie gekommen?«

»Aus Saint-Gervais-sur-Mare. Einem Kaff, das ungefähr so verloren ist wie dies hier, auf der anderen Seite des Gebirges.«

»Haben Sie dort noch Familie?«

»Ich habe einen älteren Bruder, der wohl immer noch dort lebt, mit seiner Frau und seinen Kindern. Einen alten Onkel gibt es auch noch. Aber ich stehe nicht mehr wirklich in Verbindung mit ihnen.«

»Haben Sie immer mit Holz gearbeitet?«

»In meiner Familie war man Bergmann oder Maurer. Mit

Holz zu arbeiten, das habe ich hier bei Monsieur Guiraud gelernt.«

»Für jemanden, der nicht vom Fach war, hat er Sie ziemlich schnell zum Vorarbeiter gemacht…«

»Anscheinend war er zufrieden mit mir. Ich habe in Bédarieux gearbeitet, bevor ich hierherkam, in den Weinbergen. Schon vor dem Krieg habe ich eine Gruppe geleitet. Und dann sind die Preise in den Keller gegangen, die Zukunft war nicht mehr sicher. Ich wusste, dass hier Leute gesucht wurden…«

»Monsieur Guiraud verlässt sich sehr auf Sie, das hat er uns gesagt.«

»Er ist ein großer Mann. Ein wirklich guter Mensch. Seinetwegen bleibe ich, obwohl mir eine besser bezahlte Stelle im Sägewerk in Brassac angeboten worden ist.«

»Sie haben keine andere Beziehung im Dorf?«

»Eine Beziehung? Frauen gibt es schon mal nicht allzu viele. Die meisten sind zu alt oder bereits gebunden. Aber das ist sowieso nichts für mich. Ich bin lieber allein. Ich habe meine Arbeit, ich gehe angeln und auf die Jagd, ich habe ein paar Typen, mit denen ich Karten oder Billard spielen kann. Ich bin nicht unglücklich. Aber auch nicht für immer an dieses Dorf gebunden.«

»Wie alt sind Sie?«

»Fünfunddreißig. Sie sehen, das ist ein bisschen spät, um noch eine Familie zu gründen.«

Bevor er ihn zu seiner Arbeit gehen ließ, bat Martial ihn, ihm den berühmten Stein in dem Mäuerchen zu zeigen. Das Loch, das er öffnete, war ziemlich tief. Und es war leer.

»Was halten Sie von ihm?«, fragte Édouard, als sie im ersten Tageslicht auf dem Weg zu Camilles Schule waren.

»Mir kam er aufrichtig vor. Und Ihnen?«

»Er ist geradeheraus und offenherzig. Ich kann ihn mir nicht als Mörder vorstellen. Amélie hat sich geirrt, oder sie hat uns eingeseift.«

»Kein Zweifel, sie beherrscht die Kunst der Manipulation. Sie benimmt sich unmöglich, aber ich habe keine Ahnung, wie weit sie ihr Spiel zu treiben bereit ist. Im Augenblick scheint sie eine Sonderbehandlung zu genießen: Sie arbeitet nicht, sie kommt und geht, wie sie will. Dazu verhelfen ihr wohl ihr freches Mundwerk und die Angst vor dem Skandal, den sie jederzeit provozieren kann. Mathilde hat recht, wenn sie sagt, sie benutze die Waffen, die ihr zur Verfügung stehen.«

»Während wir bei Mathilde waren, ist mir eingefallen, was Sie gestern Abend gesagt haben. Auch sie kann ich mir nicht als Mörderin vorstellen.«

»Sie hat mehr Charakterstärke, als sie erkennen lässt, aber sie hat Angst vor den Gresses. Mir fällt es ebenfalls schwer, sie mir in dieser Rolle vorzustellen. Aber wir müssen auf der Hut sein: Die Hauptstärke unseres Mörders ist, dass er sich sehr gut hinter einer Maske verbirgt.«

Auf Befehl der Gendarmen war Yvonnes Leichnam fortgeschafft worden. Zu Doktor Delcros. Vor dessen Haus hatte sich um den Wagen der Gendarmen eine kleine Menschenansammlung gebildet. Édouard und Martial gingen vorbei, ohne stehen zu bleiben.

Camille hatte die Neuigkeit von Marthe erfahren, die noch bei ihr war, als die beiden Männer in die Schule kamen. Sie küsste Édouard artig auf die kratzige Wange und begnügte sich mit einem schüchternen und verlegenen Lächeln für Martial. Die beiden erzählten, was sie gesehen und gehört hatten, wobei sie die unschönen Details ausließen.

»Wir können nicht riskieren, dass noch ein Mord geschieht«, sagte Martial. »Wäre ich schneller gewesen, wäre diese arme Frau noch am Leben.«

»Du bist weitergekommen als jeder andere«, entgegnete Camille.

»Ja, aber vielleicht nicht in der richtigen Richtung. Je näher ich dem Mörder zu kommen glaubte, desto mehr habe ich ihm freie Hand gelassen. Ich hoffe, die Gendarmen finden etwas. Wenn nicht, werden wir uns weiterhin im Kreis drehen.«

Es war keine Zeit mehr für längere Gespräche. Gleich sollte der Unterricht beginnen, und Camille stand noch immer wegen des eventuellen Besuchs des Schulinspektors unter Druck.

Bevor sie gingen, um sie arbeiten zu lassen, schob Camille Martial unauffällig das in das weiße Taschentuch gewickelte Bündel in die Hand.

»Ich glaube, du kannst ihn wieder mitnehmen«, sagte sie leise, wich seinem Blick aber aus. »Ich habe keine Ruhe, wenn ich so etwas unter meinem Dach habe.«

Martial ließ den Revolver in seine Tasche gleiten.

Er ging ein Stück mit Édouard und Marthe. Die Sonne drang durch zarte Wolken. Der Wind schien noch nicht entschieden, ob er sich erheben sollte oder nicht.

»Heute wird es Regen geben, noch bevor es Abend wird«, bemerkte Marthe nach einem Blick zum Himmel. Dann fuhr sie übergangslos fort: »Ich kann mir nicht vorstellen, dass es noch einen gibt … Wie viele müssen es denn sein, damit das endlich aufhört?«

»Das weiß ich nicht, Madame. Aber solange wir nicht wissen, warum das alles geschieht, müssen wir alle auf der Hut sein.«

»Wenn Armand noch leben würde, wüssten wir es. Wir wüssten, warum er ihnen nach dem Leben trachtet. Ich halte mich nicht für töricht, aber ich frage mich, ob diese Geschichten über Wiedergänger nicht doch alles erklären könnten.«

»Ein Wiedergänger hätte es nicht nötig, den Boden zu fegen, um seine Fußspuren zu verwischen. Hinter diesen Taten steckt kein Gespenst.«

»Das bedeutet, dass alles noch viel schlimmer ist!«

Martial beschloss, die Frage zu stellen, die ihm schon seit einer Weile auf den Lippen lag: »Wissen Sie, wann Ihr Sohn gestern Abend nach Hause gekommen ist?«

Marthe blieb stehen.

»Was ist los, Monsieur Martial? Warum fragen Sie das?«

»Sein Name ist von einem Zeugen genannt worden. Tut mir leid …«

»Er hat gesagt, er hätte Karten gespielt. Bei Gaston Fabre. Gegen halb zwölf ist er nach Hause gekommen. Wer hat seinen Namen genannt? Und warum?«

»Sind Sie sicher, dass er im Café war?«

Marthe atmete tief ein, ließ aber plötzlich die Schultern hängen.

»Ich bin hinuntergegangen, um nachzuschauen. Er war nicht da.«

»Er war bei Amélie Gresse …«

»Das hat er mir am Ende auch gestanden, als er heimkam. Ich weiß nicht, was ich machen soll, damit er diese Kleine nicht mehr trifft. Sie ist erst fünfzehn, und alle wissen, dass sie mit jedem schläft! Er nimmt es mir übel, dass ich ihm deswegen Ärger mache, aber ich denke in erster Linie an ihn. Was will er? Als Gehörnter dastehen?«

»Amélie hat den Leichnam ihrer Mutter gefunden. Wir wüssten gern, warum sie gestern Abend so spät von zu Hause weggegangen ist und mit wem sie zusammen war. Bernard wird die Fragen der Gendarmen beantworten müssen. Sie sollten ihn ermutigen, die Wahrheit zu sagen. Jedenfalls war es keine gute Idee, gestern Abend draußen gewesen zu sein und in Bezug auf das, was er gemacht hat, gelogen zu haben.«

»Können Sie nicht mit ihm sprechen, mein Junge? Es wäre mir sehr viel lieber, wenn Sie ihm diese Fragen stellen würden. Er hat gelogen, um mir keinen Kummer zu machen.«

»Wir gehen gleich zu ihm. Aber ich werde die Gendarmen nicht daran hindern können, ihn zu befragen, und das wird bald geschehen. Seine Geschichte mit Amélie wird nicht lange geheim bleiben.«

»Leider glaube ich, dass schon seit einiger Zeit und an vielen Orten darüber geredet wird. Wie kann er nur so blind sein?«

Bernard Cousinié war nicht blind, sondern verliebt. Er suchte keine Ausflüchte, als Édouard und Martial zu ihm ins Sägewerk kamen, sondern gab unumwunden zu, dass er den Abend mit Amélie in der ehemaligen Holzfällerhütte verbracht hatte. Dann sei er nach Hause gegangen, weil sie nie wolle, dass er sie nach Hause begleite. Auch dass er angesichts all dessen, was in letzter Zeit geschehen sei, besorgt gewesen sei, habe daran nichts geändert. Außerdem bestätigte er die Uhrzeit, die seine Mutter ein paar Minuten zuvor angegeben hatte.

Er war ein etwas trauriger junger Mann, der älter wirkte, als er war.

»Haben Sie Amélie gesehen?«, fragte er besorgt.

»Sie hat einen Schock, aber sie hält sich tapfer.«

»Sie sagt, sie riskiert nichts, aber das hat ihre Mutter sicher auch gedacht. Sie darf nicht mehr weggehen, wie sie es dauernd macht. Ihrer Meinung nach steckt hinter all dem das Gespenst ihres Vaters, das den Tod von Julien rächen muss, um endlich Frieden zu finden. Und sie sagt, dass sie mit Juliens Tod nichts zu tun habe. Aber ich glaube nicht an Gespenster.

So, wie sie sich herumtreibt, wird sie irgendwann auf diesen Typen stoßen … Man muss sie beschützen. Ich kann Ihnen helfen, wenn Sie mich brauchen …«

»Für den Augenblick ist dafür die Gendarmerie zuständig. Kehren Sie an Ihre Arbeit zurück, Bernard, und quälen Sie sich nicht zu sehr.«

»Wir werden auf jeden Fall von hier weggehen. Und dann ist sie nicht mehr in Gefahr.«

»Solange die Ermittlungen nicht beendet sind, werden Sie das Dorf nicht verlassen können.«

»Und wenn diese Ermittlungen niemals enden?«

Die von Doktor Delcros durchgeführte Autopsie ergab, dass Yvonne Gresse innerhalb der vierundzwanzig Stunden vor ihrem Tod keinen Geschlechtsverkehr gehabt hatte. Es war der Polizeihauptmeister persönlich, der Martial und Édouard diese Mitteilung machte. Er war in Begleitung zweier seiner Männer gekommen, um sie zu befragen und um Informationen auszutauschen. Man hatte am Tatort nicht das geringste Indiz gefunden, ebenso wenig wie am Leichnam. Das Einzige, was der Mörder zurückgelassen hatte, war der Stechpalmenzweig, der vermutlich mit demselben Gegenstand abgeschnitten worden war, mit dem das Opfer verletzt worden war. Der Schutz der Familie Gresse war bis zu dem Zeitpunkt organisiert, da die Inspektoren der Kriminalpolizei zurückkehrten, doch es fehlte an Männern. Verstärkung war bei den Brigaden in Castres und Mazamet angefordert worden. Sie würde frühestens am nächsten Morgen eintreffen. Und schließlich war Rémi Fieu erneut befragt worden. Man hatte sein Haus durchsucht, aber nichts gefunden.

»Wir wissen, dass Madame Gresse zwischen zweiundzwanzig Uhr und Mitternacht getötet worden ist, das hat der

Doktor bestätigt. Einer der Nachbarn von Monsieur Fieu ist gegen zweiundzwanzig Uhr dreißig nach draußen gegangen, um natürliche Bedürfnisse zu befriedigen. Er behauptet, bei seinem Nachbarn Licht gesehen zu haben. Aber nichts sagt uns, dass er wirklich da war oder dass er nicht später gehandelt hat. Wir denken alle, dass das Opfer den Angreifer kannte und dass dessen Anwesenheit in der Hütte es weder überrascht noch erschreckt hat. Da wir wissen, dass sie seit mehreren Wochen ein Verhältnis mit Monsieur Fieu hatte, bleibt er unser Hauptverdächtiger. Trotzdem haben wir beschlossen, ihn in Freiheit zu lassen, mit der Auflage, sich nicht aus dem Dorf zu entfernen. Morgen werden die Inspektoren den Fall wieder übernehmen und beschließen, was mit diesem Mann geschieht.«

Der Polizeihauptmeister wirkte erleichtert, dass er den Fall abgeben konnte. Er fühlte sich dieser Art von Verbrechen nicht gewachsen. Und auf seinem ruhigen Posten in Brassac platzte er weder vor Ehrgeiz, noch brannte er darauf, den Helden zu spielen.

»Monsieur Fieu ist nicht der einzige Verdächtige«, fuhr er fort. »Mehrere Zeugen berichten, dass Madame Gresse noch weitere Verhältnisse gehabt haben soll. Wir sind dabei, die Liste zu ergänzen. Es könnte sein, dass einer von denen gestern Abend zu dem Rendezvous gekommen ist, vielleicht sogar, ohne eingeladen gewesen zu sein. Anschließend müssen wir die Tagesabläufe gründlich überprüfen. Die einzige Möglichkeit, allzu großes Aufsehen zu vermeiden, wäre, dass diese Herren von sich aus zu uns kommen und sich befragen lassen. Das wäre weit weniger auffällig. Wir haben die Aufforderung durch die Mitglieder des Gemeinderats verbreiten lassen …«

Der Polizeihauptmeister hatte die Fährten, die Martial verfolgte, in seinen Bericht aufgenommen, doch ohne Zeugen und ohne Indizien kam man nicht weiter. Da man den Schuldigen nicht zu nennen vermochte, konnte man vorläufig nur versuchen zu verhindern, dass er weitermachte.

»Heute Abend werden wir eine Ausgangssperre über das Dorf verhängen. Wir wollen, dass nach zwanzig Uhr niemand mehr draußen ist. Ich habe zwei Patrouillen abgestellt, die abwechselnd die ganze Nacht hindurch ihre Runden machen werden. Jeder, der gegen das Verbot verstößt, wird festgenommen und muss sich erklären. Was die Überwachung des Hofs betrifft, dafür bleiben mir nur zwei Männer. Ich fürchte, dass das nicht ausreicht, auch wenn ich bezweifle, dass der Mörder so schnell ein weiteres Mal zuschlägt …«

»Da bin ich mir nicht so sicher«, unterbrach ihn Martial. »Wenn Ihre Verstärkung erst hier ist, wird es schwieriger für ihn. Entweder wartet er geduldig ab, geht aber zwei Risiken ein: dass seine potenziellen Opfer das Dorf verlassen und dass er schließlich doch entdeckt wird. Oder er handelt schnell, bevor sich das Netz, das wir spannen, um ihn zugezogen hat. Im Augenblick ergibt nichts von dem, was er getan hat, Sinn; er ist noch nicht fertig. Was immer sein Motiv sein mag, die Ermordung dieser drei Menschen bringt ihm nichts, weder Geld noch Rache. Die nächste Nacht ist unser Schwachpunkt. Jetzt kann er uns noch überrumpeln. Wenn Sie einverstanden sind, melde ich mich freiwillig, um Ihre Männer bei der Überwachung des Hofs zu unterstützen.«

»Ich melde mich ebenfalls freiwillig«, fügte Édouard hinzu.

»Ich habe schon mit Ihnen gerechnet, das verhehle ich nicht. Aber ich fürchte, das wird nicht reichen.«

»Ihre beiden Männer müssen sich im Haus aufhalten«, sagte Martial. »Kein Mitglied der Familie Gresse darf das Haus verlassen, und kein anderer darf es betreten. Es gibt nichts, dessen wir sicher sein können. Édouard und ich werden draußen wachen.«

»Das scheint mir nicht sehr vernünftig.«

»Lassen Sie uns diese Überwachung an die große Glocke hängen und übertreiben, was die Anzahl der Männer betrifft. Damit unser Mörder, falls er vorgehabt haben sollte zu handeln, sich nicht traut, damit er unsere Schwachstelle nicht ausnutzen kann.«

Édouard und Martial waren im Laufe des Vormittags in die Mühle zurückgekehrt. Sie hatten noch etwas schlafen können, bevor die Gendarmen gekommen waren. Dann war Camille aufgetaucht. Sie hatte nur wenige Schüler gehabt und sie früher nach Hause geschickt. Der Schulinspektor hatte sich nicht blicken lassen. Sie war zu Étienne Germain gegangen, um sich zu erkundigen.

»Er ist immer noch wütend«, erzählte sie. »Er hat mir vorgeworfen, ihn in die Bredouille gebracht zu haben. Er hat panische Angst davor, verwarnt zu werden. Noch nie habe ich ihn so wütend gesehen. Ich wusste gar nicht, was ich sagen sollte … Aber, ganz ehrlich, ich kann nachts nicht mehr allein bleiben. Ich habe kein Auge zugetan.«

»Einmal wirst du noch allein sein müssen«, erwiderte Édouard. »Martial und ich werden heute Nacht den Hof der Gresses überwachen.«

»Tut mir leid, aber ich bleibe nicht mehr allein in der Schule. Da fühle ich mich nicht sicher. Ich höre ständig Geräusche. Heute Nacht war ich überzeugt, dass ich Schritte auf dem Dachboden höre … Ich werde noch verrückt.«

»Du könntest hier schlafen«, bot Édouard an.

»Da oben bleibe ich jedenfalls nicht!«

»Morgen ist Donnerstag. Du hast keinen Unterricht. Du

kannst hierbleiben. Hier ist es überschaubarer, und wenn wir es geschickt anstellen, bekommt niemand etwas mit.«

»Ob Donnerstag oder nicht, ich habe jedenfalls bis nächsten Montag keinen Unterricht mehr. Befehl des Bürgermeisters.«

»Dann hat der Schulinspektor ja keinen Grund mehr herzukommen.«

»Der Schulinspektor kann mir gestohlen bleiben. Soll er mit mir machen, was er will. Nichts kann so schlimm sein wie die Nacht, die ich hinter mir habe.«

Martial schwieg. Camilles Anwesenheit bereitete ihm plötzlich Unbehagen, ihm saß noch in den Knochen, was am Abend zuvor geschehen war. Die Müdigkeit und die Aufregung der letzten Stunden trugen dazu bei, dass er aufgewühlt war, überempfindlich. Dennoch hatte er nichts dagegen, dass sie in der Mühle schlief.

Die Informationen, die die Gendarmen durchsickern ließen, verbreiteten sich rasch. Der wichtigste Resonanzkörper war die von Abbé Goussier improvisierte Messe. Es ging darum, den Schutz Gottes und seines Sohnes gegen die im Dorf wirkenden bösen Mächte zu erflehen. Es ging auch darum, jeden Einzelnen zu ermuntern, möglichst bald seine Sünden zu beichten und für das Seelenheil von Yvonne Gresse und den Schutz aller Dorfbewohner zu beten. Und schließlich ging es darum, die versammelten Gläubigen zu segnen; sie waren so zahlreich erschienen, dass einige von ihnen im Mittelgang stehen mussten. Am Ende des Gottesdienstes, der nicht allzu lang war, damit alle früh nach Hause gehen konnten, zeigte der Pfarrer sich bereit, die Anweisungen der Gendarmen zu verkünden, vor allem jene, die die Ausgangssperre betrafen.

Während der Messe, an der er nicht teilnahm, war Martial ins Postamt gegangen, um sich zu erkundigen, ob es eine

Nachricht für ihn gebe, was nicht der Fall war. Auf dem Rückweg wurde er von Bernard Cousinié abgefangen. Der junge Mann war fest entschlossen, sich an Amélies Schutz zu beteiligen. Er hatte im Sägewerk gehört, dass Martial und Édouard sich für die Nachtwache verpflichtet hatten, und wollte sich ihnen unbedingt anschließen. Martial hatte die größte Mühe, ihn davon zu überzeugen, dass es besser wäre, wenn er zu Hause bei seinen Eltern bliebe. Und er wies ihn darauf hin, dass jeder, der die Ausgangssperre umgehen wolle, sich vom Polizeihauptmeister einen Passierschein ausstellen lassen müsse und dass er einen solchen Schein nicht habe.

Nach langem Palaver schien der Sohn von Marthe sich endlich damit abzufinden, und Martial konnte zur Mühle zurückkehren. Sie aßen alle drei früh zu Abend, und Camille betonte immer wieder, wie sehr es sie beunruhige, sie beide an vorderster Front zu wissen. Das sei die Aufgabe der Polizei, meinte sie, und sie müssten sich doch nicht der Gefahr aussetzen, einem Mörder gegenüberzustehen.

»Ihr habt hoffentlich etwas, womit ihr euch verteidigen könnt!«

»Keine Feuerwaffen, der Polizeihauptmeister hat sich ganz klar ausgedrückt, und ich gebe ihm recht. So werden unglückliche Unfälle verhindert … Mitten in der Nacht und unter der starken Anspannung – da ist es besser, nicht in Versuchung geführt zu werden … Dafür nehmen wir mit, was uns im Nahkampf nützlich sein kann.«

»Ich habe im Schuppen zwei Spitzhackenstiele gefunden«, fuhr Édouard fort. »Ein einziger Schlag mit so einem Ding kann einen Schädel spalten.«

»O Gott! Das würdet ihr doch niemals tun. Außerdem macht ihr beiden einen ziemlich selbstzufriedenen Eindruck.«

Weder Édouard noch Martial antwortete, denn Camille hatte recht. So deplatziert das unter diesen Umständen auch wirkte, sie verspürten beide die gleiche Erregung.

Nach dem Abendessen brachte Édouard Camille mit dem Kabriolett zur Schule. Ein paar Tropfen fielen, und die Stunde der Ausgangssperre nahte. Außer im kleinen Salon schloss die junge Frau alle Läden. Sie ließ die Nachttischlampe brennen, und das Licht war von draußen zu sehen. Dann schlich sie durch die Dunkelheit zum Gespann und ließ sich für die Fahrt zurück zur Mühle hinten in den Kofferraum sperren. Dort angelangt kletterte sie wieder heraus und kehrte, sich erneut so gut wie möglich im Dunkel verbergend, zu Martial zurück.

Sie hatte ihm gegen den Regen den Kapuzenmantel ihres Vaters mitgebracht. Édouard hatte selbst einen, und sie würden sie in dieser Nacht gut brauchen können. Martial holte seinen Revolver wieder hervor und erteilte ihr für den Fall, dass es Probleme gab, die gleichen Anweisungen wie am Abend zuvor. Es wurde Zeit, dass sie gingen. Édouard hatte den zweiten Schlüssel der Mühle an sich genommen. Er würde ihn in seiner Tasche aufbewahren. Camille solle zweimal abschließen und sich nicht blicken lassen. Das kleine Haus sollte leer wirken.

Noch bleicher, die Lippen so weiß, als seien sie blutleer, schlang sie Martial die Arme um den Hals und schmiegte sich für einen kurzen Augenblick an ihn. Ungeschickt und verlegen stand er da und wusste nicht, was er tun sollte. Als sie sich ohne ein Wort von ihm löste, ging er hinaus; er wollte sie mit ihrem Verlobten allein lassen. Inzwischen fiel ein feiner Regen, der im Nu alles durchnässte. Martial zog Charles' Regenmantel an, mit der Kapuze, die weit übers Gesicht ragte, und kletterte auf den Sitz des Kabrioletts. Édouard hatte zwei Sturmlaternen vorbereitet, die bis zum Rand mit Öl gefüllt waren. Sie standen unter der Bank, gleich bei den beiden Spitzhackenstielen. Kurz darauf kam er nach draußen, setzte sich neben Martial und nahm die Zügel. Im Schritt fuhren sie den Weg entlang. Die Hufe des Pferdes waren weithin zu hören. Nach der ersten Kurve verschwand die Mühle hinter ihnen. Nichts verriet, dass Camille sich dort eingeschlossen hatte, fiebrig erregt und ängstlich, aber dennoch mit einem sichereren Gefühl als in den albtraumhaften Nächten in ihrer Dienstwohnung. Überall hatten die Leute sich zu Hause verbarrikadiert. Vermutlich erzählten sie einander alles, was sie wussten, alles, was sie über den Mord an Yvonne Gresse ahnten oder annahmen. Sie mussten sich zur großen abendlichen Familienzusammenkunft versammeln, einer Zusammenkunft, die dunkel und zäh und sehr lang zu werden drohte wie diese Nacht.

24

Als sie bei den Gresses ankamen, bedeutete ihnen einer der noch anwesenden Gendarmen, sie sollten um den großen Stall herumfahren und ihr Gespann zum Schutz vor dem Regen unter dem Dach der Scheune abstellen, in der sich seit dem Spätsommer Heuballen türmten und wo bereits der Wagen der Gresses stand. Danach kam der Polizeihauptmeister zu ihnen.

»Ich lasse zwei meiner Männer im Haus, wie besprochen. Die drei Frauen schlafen im ersten Stock. Die beiden Fenster gehen nach hinten; durch ihre Höhe sind sie von außen nicht zu erreichen. Pierre Gresse wird im Stall schlafen, dessen großes Tor von innen schließt. Die Luke des Heubodens ist ebenfalls blockiert. Ich gebe Ihnen diese beiden Pfeifen. Wenn irgendetwas ist, warnen Sie sie, und meine Männer werden sich darum kümmern. Keine sinnlosen Risiken, sind wir uns da einig? Ich verletze gerade einen Großteil meiner Sonderrechte, bitte verhalten Sie sich so, dass ich es nicht bereuen muss. Vermeiden Sie beispielsweise, getötet zu werden.«

»Wir bleiben vor dem Hof«, erklärte Martial. »Einer von uns deckt diese Ecke, der andere wird dort sein, wo sich Ihr Mann befindet. Wir werden regelmäßig Runden um die Gebäude drehen, um sicherzugehen. Ist Ihnen das recht?«

»Absolut. Ich fürchte, es wird die ganze Nacht regnen.

Sicher gibt es irgendwann eine Möglichkeit, für ein paar Minuten hineinzugehen, sich aufzuwärmen und einen Kaffee zu trinken oder zwei. Ich lasse Sie jetzt allein, meine Herren. Ich danke Ihnen für Ihre Unterstützung, hoffen wir, dass wir alle eine ruhige Nacht haben. Morgen trifft die Verstärkung ein, dann haben wir mehr Handlungsspielraum. Ich kehre ins Dorf zurück. Ich habe mein Hauptquartier im Rathaus aufgeschlagen. Die Patrouillen müssen schon begonnen haben. Falls es möglich ist, kommen die Leute ein- oder zweimal hier herauf, um nach dem Rechten zu sehen. Ab jetzt befinden wir uns im Belagerungszustand. Viel Glück!«

Der Polizeihauptmeister schüttelte beiden die Hand; es war ein etwas übertriebener Händedruck. Auch er wirkte plötzlich aufgeregt. Er war aus seiner Reserve herausgekommen. Auf einmal war er nicht mehr der ruhige Offizier, der sich im Hintergrund hielt und zusah, wie die Tage reibungslos und ohne allzu große Probleme verstrichen. Eine Mordserie hatte ihn um Jahre verjüngt.

Kaum war er gegangen, nahmen Martial und Édouard sich die Freiheit, die zum Hof gehörigen Gebäude zu inspizieren. Sie begannen mit der Scheune. Weit offen, mit sehr hoher Decke, war sie der Lieblingsort einiger Katzen, deren Augen gelegentlich im Schein der Lampen über ihnen leuchteten, ganz oben auf dem Strohhaufen, kurz bevor die Tiere mit einem Sprung verschwanden. Im Hintergrund bildeten die Strohballen einen Gang, der an der Wand des Hühnerstalls entlangführte. Am Ende dieses Ganges gelangte man durch eine doppelte Holztür in einen kleineren Stall. Dies war die isolierte Höhle des Stiers, eines wuchtigen Tieres, das fest angebunden war, aber genügend Spielraum hatte, um den Kopf zu den Ankömmlingen hinzudrehen und ihnen einen wütenden Blick zuzuwerfen.

Gegenüber der Tür führte in einer Ecke eine Holzleiter zu einer Falltür. Martial war sofort klar, was sich da oben befand: die ehemalige Schlafkammer der Brüder Pujol. Er stieg hinauf und ließ die Falltür nach innen kippen, während Édouard unten blieb und aus dem Augenwinkel den Stier beobachtete, der ihm nicht das geringste Vertrauen einflößte. Der kleine Heuboden war leer, vollkommen leer, nicht einmal alter Plunder, Getreide oder Werkzeug. Nichts als Leere und Staub.

Martial stieg wieder hinunter. Anschließend schauten sie sich den Hühnerstall an, der groß und stabil war und an den sich ein weiterer, sehr kleiner Stall anschloss. In dem stand ein großes Pferd, dessen Fell seit Ewigkeiten nicht mehr gebürstet worden war. Schließlich kehrten sie in den Hof zurück und betraten die niedrigen neuen Nebengebäude gegenüber der Stalltür, in denen unter anderem die Milch gelagert wurde. Ein kleiner Taubenschlag bildete mit dem geraden Weg einen rechten Winkel. Auf der anderen Seite des Hofs gingen sie am Schweinestall entlang. Sie mussten wohl oder übel dort hinein, begleitet vom unerträglichen Gegrunze von Tieren, die nicht satt zu sein schienen und nicht aufhörten, ihrer Wut Ausdruck zu verleihen. Dann kam ein Werkzeugschuppen, an dessen Hinterwand zwei Fässer mit dem billigen Hauswein lagen. Der Holzschuppen schließlich, der ans Haus grenzte, war randvoll mit langen Eichen- und Weißbuchenscheiten.

Sie hatten alles durchsucht, alles inspiziert. Jetzt gingen sie ins Haus – nachdem sie geklopft hatten, um niemanden zu erschrecken. Die beiden Gendarmen saßen am Tisch, beide um die vierzig, mit Schnurrbart und entschlossenem Blick. Mathilde begrüßte sie kurz. Ihre Augen wirkten grau, und sie hatte Augenringe. Ihre abendlichen Pflichten waren noch nicht erledigt; sie musste noch nach den Schweinen sehen, das Geschirr fertig abspülen und daran denken, Amélie, die vom Doktor unter Beruhigungsmittel gesetzt worden war, ihre Medikamente zu geben. Der Hund lag in der Küche und fixierte sie mit seinen eigenartigen Augen, in denen jetzt keinerlei Aggressivität zu erkennen war. Er knurrte nicht einmal, als die beiden Männer eintraten.

»Wir haben ihn reingeholt, sonst hätte er Sie nicht im Hof geduldet. Und da mein Mann ihn nicht im Stall haben will, behalte ich ihn bei mir. Zumindest solange meine Schwiegermutter in ihrem Zimmer bleibt.«

Ihr Mann gab sich alle Mühe, mit dem Melken möglichst schnell fertig zu werden, um ein paar Stunden schlafen zu können. Sie gingen zu ihm in den Stall. Er hatte nach wie vor sein geladenes Gewehr neben sich. In seinem Blick lag die Demütigung, die es für ihn bedeuten musste, dass alle ihn für unfähig hielten, die Seinen zu beschützen, aber auch Angst, echte Angst.

»Wie es scheint, darf ich nicht allein rausgehen. Aber ich muss nachher die Kanister rausstellen. Ich gebe Ihnen dann ein Zeichen, damit Sie meine Hand halten.«

Es war deutlich zu erkennen und zu riechen, dass er gewaltig einen über den Durst getrunken hatte.

»Außerdem muss ich nach meinem Stier sehen. Ich hatte noch keine Zeit, ihn zu füttern.«

»Wir werden Ihnen helfen, so gut wir können«, erwiderte Martial. »Ihnen und Ihrer Frau.«

»Ja, genau. Sie brauchen uns nur zu helfen …«

Ohne ein weiteres Wort wandte er sich wieder der Kuh zu.

Sie gingen erneut durch den Hauptraum, um wieder nach draußen zu gelangen. In den ersten Stock hinaufzugehen war sinnlos. Amélie und ihre Großmutter lagen im Bett. Das junge Mädchen schlief seit dem Morgen tief und fest. Sie war nur für eine knappe Stunde auf gewesen, um etwas zu essen. Nachdem sie ein paar Worte mit den beiden Gendarmen gewechselt hatten, die die Anweisungen ihres Vorgesetzten wiederholten, standen sie wieder im Hof, auf dem nassen Pflaster, im Regen, der unverändert fein, aber regelmäßig fiel.

»Beziehen wir Posten«, schlug Martial vor. »Wir sollten die Laternen so sparsam wie möglich einsetzen. Wenn irgendetwas nicht stimmt, heben wir die Laterne zweimal, so, einverstanden? Um sicherzugehen, dass wir nicht schlafen, senden wir uns jede Viertelstunde ein Zeichen.«

»Ich werde mich vor der Scheune postieren«, schlug Édouard vor. »Ich will die Dächer dort unten im Blick haben, denn ich denke, wenn er kommen will, bleibt ihm nur diese Möglichkeit. Rufen Sie mich, wenn Mathilde nach draußen will, oder Pierre.«

»Ich muss die ganze Zeit an eine Geschichte denken, die mich zu Lycée-Zeiten sehr beeindruckt hat, in einem Buch von Edgar Poe. Es ging um Leute, die panische Angst vor der Pest hatten und sich in ihren Häusern einschlossen, sich gegen die Außenwelt abschotteten, um der Krankheit zu entgehen. Doch sie hatten sie, ohne es zu wissen, mit sich eingeschlossen …«

»Die Gendarmen sind auf ihren Posten. Niemand kann im Haus auch nur den kleinen Finger rühren, ohne dass sie es mitbekommen.«

»Ich hoffe nur, dass wir uns auch wirklich auf sie verlassen können.«

Kurz darauf mussten sie Mathilde in den Schweinestall begleiten. Martial opferte sich, während Édouard, seinen Spitzhackenstiel fest in der Hand, eine zentralere Position wählte. Es gab in diesem Gebäude keinen Strom, man musste im Licht der Laterne arbeiten. Martial fühlte sich unbehaglich. Während sich nur wenige Schweine gierig auf die Schalen und

Essensreste stürzten, die ihnen zugeteilt wurden, meinte er die Schreie des jungen Pujol zu hören, der lebendig von den Schweinen gefressen wurde. Er war erleichtert, als er das Tor wieder zuschieben konnte.

»Ich weiß nicht, ob ich schlafen kann«, gestand Mathilde, bevor sie ins Haus zurückging. »Ich werde nachher noch einmal Kaffee machen. Vielleicht würden Sie gern etwas essen?«

Sie wirkte so abgehetzt, dass Martial hätte schwören können, dass sie den Tränen nahe war, Tränen der Erschöpfung. Er hatte sie unter die möglichen Anstifter dieses Plans eingereiht, doch jetzt sah er nur eine Frau, die alles satthatte und deren Schönheit verblasste.

Nach elf mussten sie sich um die Milchkanister kümmern. Pierre öffnete das Stalltor weit. Zu dritt bildeten sie eine kleine Kette, sodass es dem Gresse-Sohn erspart blieb, nach draußen zu gehen, während Édouard als Kräftigster am Ende die Milchkanister in dem kleinen niedrigen Nebengebäude in eine Reihe stellte.

»Es bleibt mir nichts anderes übrig, zum Stier muss ich selbst gehen«, sagte Pierre. »Das können Sie nicht an meiner Stelle tun, er würde Sie töten.«

Er lachte, ein eher gezwungenes Lachen, wenn er nicht einfach nur dumm war.

»Oh, verdammt! Stellen Sie sich vor! Sie sollen uns beschützen und werden von dem Stier zugerichtet!«

Er lachte, bis ihm die Tränen kamen, und brauchte eine Weile, bis er sich, unter dem verdrossenen Blick der beiden anderen, wieder beruhigt hatte. Édouard begleitete ihn zu dem anderen Gebäude und leuchtete ihm mit seiner Laterne. Pierre ging mit krummem Rücken und unsicherem Schritt. Er hatte eine alte Schirmmütze auf dem Kopf und hielt sein Gewehr in der Mitte gefasst. Martial blieb, wo er war, gegenüber der Doppeltür des großen Stalls, die offen stand. Von dort aus überblickte er den Hof zu seiner Rechten und die Scheune zu seiner Linken. Der Regen tropfte auf seine Kapuze. Nass wurden nur der Saum seiner Hosenbeine und seine Schuhe.

Nach einer Weile sah er das Licht weit hinter der Scheune, am Ende der Wiese, in dem Wäldchen, das Mathilde Mont-Vert genannt hatte. Zuerst glaubte er, die Phantasie spiele ihm einen Streich, im Verein mit der Müdigkeit, die ihm nach mehreren schlimmen Nächten zu schaffen machte. Doch als er sich konzentrierte, war er sich sicher. Da war ein Licht. Es bewegte sich in dem Wäldchen, in dem beerdigt worden war, was von Julien Pujol übrig geblieben war. Eine Laterne vermutlich. Ihm gefror das Blut in den Adern. Um ein Haar hätte er seine Pfeife zum Mund geführt, doch er besann sich. Erst musste er Pierre in Sicherheit bringen.

Er näherte sich der Scheune. Édouard wartete in dem Tunnel aus Stroh. Die Tür des kleinen Stalls hinter ihm war geschlossen, durch den Türspalt drang Licht. Martial hob die Laterne zweimal, um auf sich aufmerksam zu machen. Édouard kam zu ihm.

»Da hinten ist etwas, ein Licht. Sehen Sie! Ich glaube, da ist jemand am Grab.«

Édouard ging an der Scheune vorbei, um selbst zu schauen. Er zog sich sogar die Kapuze vom Kopf, als hindere sie ihn daran, die Dunkelheit abzusuchen.

»Sollten wir nicht den Gendarmen Bescheid sagen?«

»Und wenn es nur ein Ablenkungsmanöver ist, das sie dazu bringen soll, ihren Posten zu verlassen? Wir beide allein können nicht überall sein … Pierre muss sich einschließen. Dann sehen wir weiter. Ist er da drin bald fertig?«

»Ich gehe nachsehen.«

Édouard lief in den Tunnel und öffnete die Tür. Zwei Sekunden verstrichen, bevor er Martial rief. Martial ging hinüber.

Pierre Gresse lag lang gestreckt flach auf dem Boden, den Kopf halb im Stroh versteckt. Édouard kniete neben ihm.

»Keine Panik«, sagte er sofort. »Er hat nichts. Dieser Idiot ist stockbesoffen.«

Mit einer Handbewegung deutete er auf eine ziemlich weit geleerte Schnapsflasche, die ebenfalls im Stroh lag.

»Er muss sie hier versteckt haben. Wahrscheinlich hat er den Druck nicht ausgehalten. Ich trage ihn in den Stall. Sie sollten nicht zu lange hierbleiben, die Stalltür ist nicht geschlossen …«

Martial rannte nach draußen und griff sich unterwegs das Jagdgewehr, das an der Wand lehnte. Er kehrte zum großen Stall zurück, öffnete einen Flügel der Doppeltür und blickte sich rasch in dem Raum, der nur von einer Öllampe erhellt wurde, um. Jetzt bedauerte er, dass er Bernards Hilfe abgelehnt hatte.

Er trat wieder ins Freie, um noch einmal einen Blick in Richtung Wäldchen zu werfen. Das Licht schien sich nicht mehr zu bewegen. Aber es war noch zu sehen. Schließlich kam Édouard zu ihm, Pierre Gresse über der Schulter wie einen Sack Kartoffeln. Die Laterne hatte er nicht mitnehmen können, sie war neben dem Stier geblieben.

»Ich lege ihn schlafen, drehe eine Runde und komme wieder her. Behalten Sie das Gewehr?«

»Angesichts seines Zustands ist mir das lieber. Außerdem werden wir in dem Wäldchen nachschauen gehen …«

»Soll ich mit den Gendarmen reden?«

»Noch nicht.«

Sobald er den großen Stall betreten hatte, schloss Édouard die Tür mit dem Fuß. Ein paar Augenblicke später hörte Martial, wie der Riegel vorgezogen wurde. Alle Sinne angespannt wartete er. Schließlich kam Édouard zurück. Um ganz sicherzugehen, bat er Martial zu überprüfen, ob die Doppeltür auch wirklich geschlossen war, was sie war.

»Ich bin nicht sicher, ob es klug ist, dorthin zu gehen. Dafür müssen wir unseren Posten verlassen …«

»Es geht nur einer von uns. Sie bleiben hier.«

»Ich gehe gern, Martial.«

»Machen Sie sich um mich keine Sorgen. Ich schaue einfach nach, was da los ist. Ich habe das Gewehr, ich habe meine Pfeife. Sowie Sie hören, dass ich eins von beidem benutze, schlagen Sie Alarm.«

»Aber das Licht dort hinten muss uns doch gar nicht interessieren. Inwiefern stört es Sie?«

»Ich will wissen, was es ist.«

»Wahrscheinlich haben Sie recht, wenn Sie von einem Ablenkungsmanöver sprechen …«

»Also passen Sie gut auf, Édouard. Seien Sie sehr wachsam.«

Das Gewehr von Pierre Gresse in der einen Hand, die Sturmlaterne in der anderen, ging Martial schnurstracks in Richtung des Lichts, das erneut begann, sich nach rechts und nach links zu bewegen. Er musste an einem großen Tümpel vorbei und dann ein aus mehreren Brettern grob zusammengezimmertes Gatter öffnen, um das große Feld zu überqueren, das an das Wäldchen grenzte. Der Boden war völlig durchnässt, sodass seine Schuhe hier und da im Schlamm versanken. Das Licht vor ihm schien unverändert, während der Regen stärker wurde. Er versuchte, einigermaßen schnell zu gehen. Die Kapuze verlieh seinem Atem, der ihm in den Ohren hallte, ein besonderes Echo. Schließlich kam er ans Ende des Zauns, wo es kein Gatter gab. Mit dem Doppellauf des Gewehrs schob er die beiden Stränge Stacheldraht auseinander und schlüpfte zwischen ihnen hindurch, wobei er darauf achtete, nicht mit der Kapuze hängen zu bleiben. Bevor er in das Wäldchen hineinging, drehte er sich noch einmal zum Hof um. An der Ecke der großen Scheune, deren Schatten sich deutlich abzeichnete, dunkler als die Nacht, erkannte er die Gestalt von Édouard im Schein seiner Laterne.

Er war nur noch fünfzig Meter entfernt von der kleinen Lichtung, auf der sich jemand einen Spaß daraus machte, weiße Kreuze aufzustellen, und von der Stelle, wo die Lampe sich zwischen den Bäumen hin und her bewegte. Kurzatmig und mit klopfendem Herzen drang er in das Waldstück ein. Als er die Hälfte der Strecke zurückgelegt hatte, wobei unter seinen Füßen tote Äste knackten und sein Kommen schon von Weitem ankündigten, rief er: »Wer da?«

Er versuchte, sicher und streng zu klingen.

»Wer da?«, wiederholte er, erhielt jedoch, abgesehen von dem tanzenden Licht, nicht die geringste Antwort.

Daher ging er weiter, den Finger immer nah am Abzug. Noch ein paar Schritte, das Licht bewegte sich nach wie vor. Die runde Lichtung, ein Teppich von saftigem Gras, Regen, der im Lichtschein senkrecht fiel… Jetzt sah er das Kreuz, das in der Erde steckte. Mit einer gut zwei Meter langen Leine daran festgebunden versuchte ein Maulesel sich zu befreien, indem er im Kreis lief. An seinem Geschirr hing auf seiner linken Flanke eine Sturmlaterne und schaukelte im Rhythmus der Runden.

Martial näherte sich vorsichtig. Der Maulesel ließ sich bereitwillig streicheln. Martial löste die Laterne von dem Geschirr und blies sie aus. Dann band er das Tier los, das einfach stehen blieb, sein raues Fell war tropfnass. Martial hielt sich nicht länger auf. Er lief los, zurück zu dem Lichtpunkt, den er zwischen den dünnen Stämmen der Buchen hindurch ausmachte. Er rannte so schnell, dass er auf dem glitschigen Boden mehrmals hinzufallen drohte. Durch den Stacheldraht zu schlüpfen erwies sich diesmal als schwieriger, er blieb hängen und zerriss bei dem Versuch, sich zu befreien, den Regenmantel. Er hatte nur ein Bild im Kopf, das von den Strandräubern, die verirrte Schiffe mit ihren falschen Lichtern so lenkten, dass sie auf Grund liefen, wie es in dem Buch von Michelet beschrieben war.

Die Kapuze auf dem Kopf und unter dem Vordach Schutz suchend lehnte Édouard an der Mauer des Milchschuppens. Er hatte sich so postiert, dass er sowohl den Hof als auch die Umgebung der Scheune im Blick behalten konnte. Martial lief er erst entgegen, als dieser, völlig außer Atem, durch das Gatter kam. Im Hof und in den Nebengebäuden hatte sich nichts gerührt. Édouard hatte seine Laterne voll aufgedreht, um sich dessen zu vergewissern.

»Wir müssen erneut eine Runde machen«, schlug er vor, nachdem Martial ihm das inszenierte Ablenkungsmanöver geschildert hatte. »Wenn er wollte, dass wir unseren Posten verlassen, bedeutet das, dass er einen Unterschlupf gefunden hat … Darum kann ich mich kümmern, während Sie die Gendarmen informieren und sich im Haus umschauen.«

Martial stimmte zu. Er beeilte sich, an der Eingangstür zu klopfen, während Édouard, der das geladene Gewehr genommen hatte, seinen Rundgang durch alle Gebäude bei der Scheune begann. Der Ältere der beiden Gendarmen öffnete.

»Sie hätten Alarm schlagen müssen«, sagte er, nachdem er die Geschichte mit dem Maulesel erfahren hatte. »Darum hatten wir Sie doch gebeten.«

»Genau das hat derjenige, der diese Inszenierung vorbereitet hat, vermutlich erwartet. Bis jetzt ist nichts weiter passiert.

Aber wir müssen unsere Wachsamkeit verstärken. Könnten Sie in den Zimmern nachsehen?«

Der zweite Gendarm stand, seine Pfeife rauchend, an der Ecke des Kamins. Mathilde saß trotz der Müdigkeit, die ihr, ihren Augen nach zu urteilen, immer mehr zu schaffen machte, auf einer der Bänke und stopfte Socken. Sie hatte alles gehört.

»Wir haben eine Mauleselin«, sagte sie. »In dem Gehege hinter dem Wald Mont-Vert. Mit einem Trockenstein-Unterstand, noch aus der Zeit meines Schwiegervaters …«

»François, geh und schau im Stall nach. Ich geh nach oben!«, rief der ältere Gendarm.

Martial blieb in der Diele stehen. Sein Regenmantel tropfte den Boden voll. Der Gendarm mit der Pfeife zündete eine der Laternen an, die auf dem Kaminsims standen, und öffnete die Stalltür, wodurch der Mistgeruch noch deutlicher hereindrang. Noch bevor er den Stall betreten konnte, hörte man seinen Kollegen im ersten Stock einen Schrei ausstoßen. Martial stürmte die Treppe hinauf.

Der Gendarm lag schräg über dem massiven, hohen Bett und erdrückte mit seinem Gewicht eine bewusstlose Henriette Gresse, deren aufgeschlitzte Handgelenke heftig bluteten. Er versuchte, die Wunden mit dem Laken abzubinden, das er halb vom Bett gerissen hatte. Das Blut schien überall zu sein.

»Verdammt, sie blutet wie ein Schwein! Jemand hat ihr die Pulsadern geöffnet!«, tobte der dicke Mann.

Martial lief zum Bett, um mit zwei Fingern auf der Halsschlagader festzustellen, ob das Herz noch schlug. Dabei registrierte er einen starken Chloroformgeruch, den er leider nur allzu gut kannte.

Jetzt kam der zweite Gendarm ins Zimmer, gefolgt von Mathilde, während die junge Amélie, von all dem Geschrei geweckt, ebenfalls in der Tür auftauchte.

»Wir müssen Alarm geben!«, befahl der Ältere. »Und so schnell wie möglich den alten Doktor kommen lassen.«

Mathilde schien jeden Augenblick ohnmächtig zu werden. Sie hatte beide Hände vors Gesicht geschlagen, ihre Augen waren vor Entsetzen geweitet.

Dann zerriss ein schriller Pfiff die Nacht. Gleich darauf ertönte ein Schuss und dann ein zweiter.

»Verdammt! Édouard!«

Hals über Kopf stürmte Martial die Treppe hinunter. Er war noch nicht an der Tür, als er Pferdehufe und die Eisenräder eines Gespanns auf dem nassen Pflaster des Hofs hörte. Als er die Tür aufriss, sah er den Schatten von Antoine Guirauds Kabriolett auf dem langen Weg verschwinden. Er lief los und rief Édouard, erhielt jedoch keine Antwort. Sobald er um die Ecke des Stalls bog, sah er die Sturmlaterne umgekippt auf dem Boden; mit ihrem verzerrten Lichtschein beleuchtete sie eine dunkle Masse, eine auf der Seite liegende Gestalt in einem zu großen Regenmantel mit Kapuze. Martial hielt sie für tot. Er lief hin, zu Édouard, dessen Gesicht blutig war. Camilles Verlobter bewegte sich, als Martial sich über ihn beugte. Er kam sehr schnell wieder zu sich. Der rechte Brauenbogen war verletzt.

»Ich habe ihn verpasst«, entschuldigte er sich. »Verdammt! Ich habe ihn verpasst!«

»Haben Sie gesehen, wer es war?«

»Nein. Mir war, als sähe ich an der Mauer des Stalls einen Schatten, der versuchte, zur Scheune zu schleichen. Er war zu schnell, der Schein der Laterne konnte ihn nicht mehr erfassen. Anschließend ging alles ganz schnell. Ich wollte Alarm schlagen, aber ich habe den Teufel auf mich zustürzen sehen. Ich habe blind drauflos geschossen, und er hat mich angegriffen. War jemand im Haus?«

»Er wollte die Mutter töten. Aber sie lebt noch.«

Martial half Édouard aufzustehen. Dieser zog ein Taschentuch aus der Hosentasche und drückte es auf die Wunde, die immer noch blutete.

»Man muss ihn verfolgen«, sagte er und schwankte ein wenig, während Martial ihn stützte.

»Er hat unser Gespann gestohlen, wir sind jetzt zu Fuß.«

»Ins Dorf hinunter kann er nicht. Ihm bleibt nur der Pass. Man könnte das Pferd vor den Karren spannen.«

»Ich kümmere mich um das Pferd. Sind Sie sicher, dass es gehen wird?«

Édouard war zäh. Er richtete sich auf.

»Beeilen wir uns. Noch haben wir eine Chance, seine Spur zu finden.«

Es dauerte gut zehn Minuten, bis Martial das Pferd aus dem Stall geholt, ihm das Geschirr angelegt und es vor den schweren Wagen gespannt hatte, der in einer Ecke der Scheune stand. Édouard kam dazu. Er hatte sich das Gesicht gesäubert und das blutgetränkte Taschentuch mit einer behelfsmäßigen Binde, die aus einem Küchentuch bestand, auf seinem Augenbrauenbogen fixiert.

»Der jüngere Gendarm ist ins Dorf gegangen«, sagte er. »Die Verstärkung wird bald da sein. Ich habe gesagt, dass wir zum Pass fahren und nach dem schwarzen Kabriolett suchen.«

Er hob Pierres Gewehr auf, das auf dem Boden liegen geblieben war. Da sie beide keine Munition hatten, um es wieder zu laden, lehnte er es gegen einen Heuballen. Sie würden sich mit ihren Spitzhackenstielen begnügen müssen.

Ihre beiden Laternen beleuchteten die Straße vor ihnen nur spärlich. Trotzdem ließen sie das Pferd im Trab gehen. Der Regen peitschte ihnen ins Gesicht, denn die Geschwindigkeit hatte ihnen die Kapuze vom Kopf gerissen. So fuhren sie ein

Stück zum Pass hinauf, doch plötzlich hielt Martial den Wagen mitten auf der Straße an.

»Sicher hat er nicht die Absicht, von der anderen Seite des Passes hinunterzustürzen. Er kann nur versuchen, das Kabriolett möglichst nahe beim Dorf abzustellen und zu Fuß weiterzugehen.«

»Dann wird er die Waldwege nehmen.«

»Wir müssen den Ort finden, an dem er das Gespann abstellt. Sein Vorsprung ist zu groß, als dass wir hoffen könnten, ihn einzuholen; da müssten wir schon großes Glück haben. Aber vielleicht hinterlässt er Spuren am Kabriolett. Und bei diesem Regen werden die Spuren seiner Fahrt auf den Feldwegen zwangsläufig zu sehen sein.«

Martial lenkte den Wagen ein Stück weiter die Straße entlang, dann bog er auf den Weg zum Dorf ab, ebenjenen, der an der ehemaligen Mühle vorbeiführte und weiter durch den Weiler Les Buissonniers, von dem die meisten anderen Wege abzweigten wie Äste von einem Baumstamm. Der erste dieser Äste erwies sich als der richtige. Der Pfad, der an den Feldern von Cassagne vorbei zum Pas-du-Diable hinaufführte, ging direkt vor der ersten Brücke nach links ab. Hier reichte das Licht ihrer Laternen, um die beiden frisch in den Schlamm gegrabenen Linien von den Rädern und die Hufabdrücke des Pferdes zu erkennen.

»Hier ist er langgefahren! Wir können ihn noch einholen, Martial!«

Martial folgte den Spuren, doch Ihr Pferd hatte immer größere Mühe, den schweren Wagen, der in den Schlamm einsank, zu ziehen. Zumal der Pfad immer steiler anstieg. Zu ihrer Rechten hörten sie den Fluss, der tosend dahinfloss, angeschwollen von dem Regen, der nicht aufhören wollte. Noch immer machten sie im Schein ihrer Laternen die Spuren des

Kabrioletts aus. Es musste inzwischen einen relativ großen Vorsprung haben.

Doch als sie zu der Holzbrücke am Fuß des Pas-du-Diable kamen, erblickten sie es beide gleichzeitig. Der, den sie verfolgten, hatte die Brücke überqueren und anschließend den Pfad nehmen wollen, der schnurgerade wieder zum Weiler Les Buissonniers hinunterführte. Der Hang hinter der Brücke war sehr abschüssig, voller hervorspringender Steine und Wurzeln über der Erde. Doch nicht das hatte das Gespann aufgehalten, sondern die Brücke selbst. Sie hatte dem Gewicht nicht standgehalten; ein Brett war zerbrochen und hatte eines der Räder in dem klaffenden Loch über dem tosenden Fluss eingeklemmt.

Édouard und Martial stiegen von ihrem Wagen. Brav stand das alte Pferd des ehemaligen Bürgermeisters im strömenden Regen und wartete. Die normalerweise am Pfosten der Bank befestigte Laterne war entfernt worden. Sie gingen um das Gespann herum. Dann machte Martial ein paar Schritte auf dem Hang, bis zu der Stelle, von der aus man Zugang zum Pas-du-Diable hatte.

»Ist er dort drin?«, frage Édouard.

»Oder er läuft gerade ins Dorf hinunter, und wir können nur noch hoffen, dass er gesehen und erkannt wird. Wir bleiben hier, um die erste Möglichkeit zu überprüfen. Es könnte sein, dass er die Gelegenheit nutzt, um uns zu entwischen. Vielleicht versteckt er sich irgendwo und wartet ab, und wenn wir da hineingehen, versucht er, den Wagen wieder flottzumachen.«

»Sie haben recht. Ich werde dem Pfad folgen. Sie folgen dem Fluss in der Schlucht, ohne sich zu weit von der Brücke zu entfernen. Und wenn er zurückwill, versperren Sie ihm den Weg.«

Édouard deutete auf den Spitzhackenstiel.

»Mich wird er sicher nicht ein zweites Mal überrumpeln, das verspreche ich Ihnen.«

»Ich habe meine Pfeife noch. Wenn ich sie benutze, bedeutet das, dass er auf uns zukommt. Verpassen Sie ihn nicht! Wird es gehen?«

Instinktiv führte Édouard die Hand zur Stirn.

»Ich glaube, ich blute nicht mehr«, sagte er und entfernte die Binde und das blutrote Taschentuch. »Passen Sie auf sich auf, Martial. Er wird sich nicht fangen lassen, ohne Widerstand zu leisten.«

Martial nickte. Dann nahm er seine Laterne und den Spitzhackenstiel und folgte dem Pfad, der zum Pas-du-Diable hinaufführte.

25

So schnell und so unauffällig wie möglich schlängelte Martial sich zwischen den pitschnassen Steinen hindurch. Schon bald erreichte er den großen Felsen, der die Schlucht überragte und von dem aus Louis Bascouls Leichnam vermutlich hinuntergeworfen worden war. Weiter unten sah er das Licht von Édouards Laterne langsam dem Flusslauf folgen. So sehr er sich auch bemühte, die Dunkelheit flussaufwärts zu durchdringen, er sah kein weiteres Licht. Daraufhin nahm er den Weg durch den Wald, um zu der mit Narzissen bepflanzten Lichtung zu gelangen und damit zu der Öffnung zur Höhle der Brüder Pujol. Er wollte nur nachsehen, um sicherzugehen.

Auf der Lichtung angelangt legte er sich auf die Erde und kroch unter den ersten Felsen. Kurz vor der Öffnung im Boden drehte er seine Laterne herunter und kroch weiter, bis er Kopf und Schultern hindurchstecken konnte. Erneut durchlief ihn ein eiskalter Schauer. In der Höhle brannte Licht.

Der Felshaufen versperrte ihm die Sicht auf den unteren Teil der Höhle, aber er spürte ihn ganz in seiner Nähe, nur ein paar Meter entfernt. So leise wie möglich ließ er sich zum ersten Absatz der Granittreppe gleiten. Leider nicht leise genug. Plötzlich hörte er unten hektische Bewegungen, panische Aufregung, Schritte hin und her laufen und den metallischen Laternengriff; das Licht begann, an den Wänden zu tanzen, und dann verschwand es. Er richtete sich auf, sprang zum zweiten Treppenabsatz und sah, wie sich das Licht durch den Tunnel entfernte.

Sofort drehte er seine Laterne wieder voll auf und stieg schnell hinunter. Von überallher schien Wasser herabzutropfen, und der Fels war glitschig. Schließlich rutschte er aus und stürzte die restlichen Meter hinunter. Glücklicherweise verletzte er sich nicht und konnte zum Eingang des Tunnels laufen. Ohne zu zögern, ging er hinein.

Alle Geräusche schienen gedämpft. Der Lichtkegel seiner Laterne prallte gegen die Wände, die ein blendendes weißes Licht zurückwarfen. Er ging mit großen Schritten, den Körper leicht seitlich gedreht, um nicht durch die Enge des Gangs behindert zu werden. Bald hatte er die rechtwinklige Biegung erreicht, von der an der Tunnel parallel zum Fluss verlief. In diesem Augenblick hörte er den Knall und spürte, wie Steinsplitter seine Beine und Hände peitschten und gegen den dicken Stoff des Regenmantels prallten. Die Laterne sprang ihm aus der Hand und zerschellte auf dem Stein. Es folgte eine zweite Detonation zu seiner Rechten, aber er war bereits einen Schritt zurückgetreten. Er hörte Schrot gegen den Granit prallen.

Vorsichtig kroch er über den Boden, um zu sehen, was am anderen Ende des Tunnels vor sich ging. Dort sah er gerade noch das Licht der Laterne in dem kleinen Hohlraum verschwinden, der den zweiten Eingang bildete. Der Flüchtige war im Begriff, durch den Schacht ins Freie zu klettern. Die Hände nach vorn gestreckt lief Martial durch den geraden Tunnel. Er ging so schnell wie möglich, immer hoffend, dass kein Hindernis ihn zu Fall bringen möge. Kurz vor dem Hohlraum am Eingang stolperte er über etwas, das auf dem Boden liegen gelassen worden war, und wäre beinahe gestürzt. Er konnte sich gerade noch fangen. Und er ertastete ein Gewehr, nahm es an sich und suchte den Ausgang.

Zum Glück konnte er sich genau an den Ort erinnern, und so hatte er die Öffnung auf Bodenhöhe bald gefunden und glitt bis zum Schacht. Gleich darauf spürte er den Regen wieder auf dem Kopf, und obwohl tiefe Nacht herrschte, war es doch heller als in dem Tunnel, durch den er gerade gekommen war. Als er aus dem Loch kroch, konnte er die Formen der Bäume und Felsen erkennen und sogar die Linie des Bodens vor sich.

Bevor er aufstand, nahm er, in Schlamm und welkem Laub kniend, das Licht der Laterne wahr, das zwischen den Felsen nach oben lief. Er führte seine Pfeife zum Mund und blies, so laut er konnte. Auf der anderen Seite des Flusses erkannte er den Schein der Laterne von Édouard, der zur Brücke zurückging, und segnete ihn dafür, dass er so prompt reagierte.

Martial stand auf und ging ein Stück. Jetzt erkannte er die Gestalt seines Freundes mit der Kapuze auf dem Kopf deutlicher; er kam ihm entgegengelaufen, wobei die Sturmlaterne in seiner Hand wild schwankte, und würde den Flüchtigen daran hindern, den Pas-du-Diable zu verlassen. Er musste nun seinerseits loslaufen, geführt vom Licht des Mannes, den er verfolgte. Er wusste, dass das Gelände löchrig war, er kannte die tödlichen Fallen, die bei jedem Schritt auf ihn warteten und in die er nicht tappen durfte. Denn er musste den Flüchtenden dazu bringen, ins offene Messer zu laufen.

Soweit das möglich war, setzte er die Verfolgung fort, indem er von Fels zu Fels sprang und sich Mühe gab, nicht noch einmal auszurutschen. Nur so konnte er vermeiden, dass er erneut in einen Abgrund fiel. Das Licht vor ihm tauchte mal auf, mal verschwand es wieder. Flüchtig nahm er die Silhouette desjenigen wahr, der da im Zickzack zwischen den Granitblöcken hindurchlief, eine hochgewachsene, schlanke Gestalt mit irgendetwas auf dem Kopf, einer Schirmkappe vielleicht oder einer Mütze. Seltsamerweise hatte der Mann gar nicht so viel Vorsprung und schaffte es, obwohl Martial nur langsam vorwärtskam, auch nicht, den Abstand zu vergrößern.

Das Licht war inzwischen hinter einem Felshaufen verschwunden. Es wurde von den Stämmen der krummen Eichen und Tannen am Waldrand reflektiert. Dann tauchte die schwarze Gestalt mit der Laterne in der Hand oben auf einem Felsen wieder auf. Von seinem Standort aus sah Martial, wie sie nach rechts auf einen Felsen sprang und dann auf einen weiteren, der vor ihr lag. Er sah sie ausgleiten, den Halt verlieren. Die Laterne wurde in alle Richtungen geschwenkt. Die Arme bewegten sich heftig, dann löste sich die Laterne und fiel nach vorn. Gerade richtig, um den Sturz der Gestalt zu beleuchten; es war, als würde sie von dem, was sich in der Mitte dieser drei Felsen befand, geschluckt. Martial hörte nicht den leisesten Schrei, aber das Echo eines Aufpralls, dann das eines zweiten, dritten, vierten gegen eine Wand. Schließlich drang ein letztes dumpfes Geräusch aus der Tiefe der Erde. Dann herrschte Stille, nur das Prasseln des feinen Regens war zu hören.

Vorsichtig schlängelte Martial sich näher heran. Die Laterne brannte trotz ihres Sturzes weiter und gab ihm einen Anhaltspunkt. Er bewegte sich nach links, bis nahe an die Bäume heran. In seiner Erinnerung gab es dort keinen Schacht. Schließlich erreichte er die Stelle, an der er den Mann, hinter dem er her war, hatte fallen sehen.

Es sah aus, als fielen die drei großen runden Felsen zur Öffnung eines gut zwei Meter breiten Kraters hin ab, wie eine Art Trichter. Die Laterne des Kabrioletts hatte sich beim Fallen in einer Spalte verkeilt, wo sie sich in einem labilen Gleichgewicht hielt. All die tropfnassen Flächen ringsum reflektierten ihr Licht. Martial lehnte das Gewehr an einen Stamm, stieg auf den ersten Felsen und versuchte, sich über das Loch zu beugen, konnte aber nichts sehen. Daraufhin nahm er Anlauf und sprang auf den Felsblock zur Rechten. Beinahe wäre er auf der anderen Seite ausgerutscht, doch dank seines Spitzhackenstiels konnte er sich im Gleichgewicht halten. Dann drehte er sich der Leere zu. Das Loch war schwarz. Es schien sehr tief zu sein.

Er hockte sich hin und schrie: »Oooh!«

Seine Stimme verlor sich in der Spalte. Er wiederholte seinen Ruf, bekam jedoch keinerlei Echo. Er brauchte Licht, mehr Licht. Er brauchte die Laterne.

Also holte er erneut Schwung, um auf den dritten Felsen zu springen. Als sein Standbein den Impuls geben wollte, rutschte er aus. In der Luft begriff Martial, dass der Sprung zu kurz sein würde, dass er auf der falschen Seite seines Ziels auftreffen würde. Tatsächlich erreichten seine Füße nur die zum Schacht hin abfallende Schräge des Felsens. Einen kurzen Augenblick lang glaubte er an ein Wunder, glaubte, dass er nicht abrutschen würde. Doch er spürte schnell, dass seine Sohlen die Haftung verloren und sein Körper in die Tiefe gezogen wurde. Er ließ den Spitzhackenstiel los, der in das Loch fiel, und warf sich nach vorn gegen den Felsen. In dem Moment rutschten seine Füße beide gleichzeitig ab. Sein ganzer Körper glitt abwärts, seine Füße hatten bald nur noch Leere unter sich. Mit gekrümmten Fingern versuchte er, sich am Felsen festzukrallen, vergebens. Er würde fallen. Er würde den Mörder, den er seit fast einer Woche zu fassen versuchte, auf dem Grund dieses Lochs treffen. Wie viele Meter waren unter ihm? Zehn? Vielleicht mehr!

Als seine Beine vollständig im Nichts waren, fand er unter seiner rechten Hand eine Unebenheit. Sein langsamer Fall stoppte. Mit der linken Hand fand er einen Spalt, eine Verlängerung desjenigen, in dem sich die Laterne verkeilt hatte. Mit aller Kraft krallte er sich fest. Leider hing er bereits zu tief in der klaffenden Öffnung, als dass er hätte hoffen können, es würde ihm gelingen, wieder nach oben zu klettern. Seine Beine strampelten in der Leere und fanden keinen Halt. Seine Rettung hing allein von der Kraft seiner Arme und seinen Rufen nach Édouard ab. Der musste bereits an der Brücke sein, die jedoch immer noch weit weg war, vielleicht zu weit, als dass er dort gehört werden konnte.

Wie lange hielt er so durch? Er bekam die Antwort ziemlich schnell. Seine Lendenregion sandte sie aus. Er begann das Stechen im Spinalkanal zu spüren, das ihm leider nur allzu vertraut war. Bald würde der Schmerz sich ausbreiten und schließlich unerträglich werden. Ihm würde nichts anderes übrig bleiben, als loszulassen. Es ging nur noch um Sekunden. Er fragte sich, ob der Fall schmerzhaft sein würde, ob er kurz vorm Aufprall spüren würde, wie der Boden auf ihn zukam. Sollte er das überleben, würde er zwangsläufig Folgeschäden zurückbehalten. Er dachte an seine Beine, an seine Wirbelsäule. Er sah sich wieder in dieser zum Hauptquartier umgemünzten Schule, in dem Moment, als das Pfeifen der Granate näher gekommen war und er begriffen hatte, dass sie bei ihnen einschlagen würde. Er hatte zur Decke emporgeblickt, als könnte dort zwischen den Balken die Bombe auftauchen. Für den Bruchteil einer Sekunde hatte er sich gefragt, was er im Augenblick der Explosion empfinden würde. Danach war das Chaos ausgebrochen. Das Haus war über ihm eingestürzt, und die Wände waren in einem Stück zusammengesackt, während er reglos stehen geblieben war, auf einem Boden, der von endlosen Erschütterungen bewegt wurde. Und dann dieses enorme Gewicht auf den Schultern, das ihn niedergedrückt hatte. Und die Dunkelheit und der Staub, der durch den Mund

und die Nasenlöcher eingedrungen war und ihn zu ersticken gedroht hatte. Im ersten Moment hatte der Schmerz im Rücken sich angefühlt wie ein Dolchstoß, ein Stoß mit einem langen Dolch mit spitz zulaufender Klinge, die bis in sein Rückenmark vorgedrungen war. Dann hatte er sich ein Gefühl des Erdrücktwerdens verwandelt, des Erdrücktwerdens durch diesen Balken, der quer heruntergefallen war und einen kleinen labilen Hohlraum zwischen den Trümmern gebildet hatte. In diesem Hohlraum hatte er noch gelebt. Der Einzige, der noch gelebt hatte. Zwanzig Stunden lang hatte er mit diesem Schmerz dagelegen. Solange der Schmerz anhielt, hatte er gewusst, dass er noch lebte. Hätte er ihn nicht mehr gespürt, hätte er sich ernsthaft Sorgen gemacht.

Diesmal wollte das Schicksal, dass er durch diesen Schmerz vermutlich sterben würde. Der so schmale Dolch zwischen seinen Lenden tötete nach und nach sämtliche Kraft in seinen Armen. Camille schlief in Édouards Zimmer im ersten Stock der ehemaligen Mühle. Man würde sie nachher wecken, um ihr zu sagen … Als er spürte, dass seine rechte Hand losließ, dass seine tauben Finger nicht mehr reagierten, konnte er nicht anders, er brüllte ihren Vornamen in die Nacht: »Camille!«

Im Licht der Laterne sah er, wie auch seine linke Hand losließ, und er spürte, wie sein Oberkörper über die feuchte und kalte Wand glitt.

»Camille!«

Ein zweites Mal, das letzte. Aus dem Augenwinkel meinte er etwas wahrzunehmen, das zu seiner Rechten herabkam. Er hörte eine Masse schnell auf sich zugleiten. Und plötzlich wurde er am Arm gepackt. Von einer festen, starken Hand. Er hob den Kopf. Édouard verzog das Gesicht vor Anstrengung; mit einer Hand hielt er ihn, seine andere Hand klammerte sich am Felsen fest.

»Halten Sie sich fest, Martial! Verdammt, halten Sie sich fest!«

Der Dolch, der in ihm steckte, vermochte weniger als sein Lebenswille. Es gelang ihm, den Schmerz zu ignorieren und mit seiner Linken Édouards Arm zu packen. Einer seiner Füße erreichte die Wand. Mit der Schuhspitze fand er schließlich einen Halt. Und dann mit dem anderen Fuß einen weiteren. Sein Oberkörper berührte den Felsen, dann folgten seine Ellbogen und Unterarme.

Édouard half ihm, sich aus dem Schacht zu ziehen. Gemeinsam kippten sie auf die andere Seite des Felsens und blieben einen Augenblick atemlos liegen.

»Danke«, sagte Martial schließlich. »Ich dachte, ich …«

Édouard hielt sich nicht weiter mit Förmlichkeiten auf.

»Wo ist er?«

»Da drin. Er ist in dieses Loch gefallen.«

Der Schmerz in Martials Rücken verging rasch. Er hörte sich immer noch nach Camille rufen, während ihr Verlobter unter Einsatz seines Lebens alles tat, um ihn zu retten. Sein Blick ging zu Édouard, der immer noch schwer atmend neben ihm lag und sich mit einem Nicken begnügte.

»Wenn er da drin ist, wird er wohl nicht mehr herauskommen. Sie haben ihn erwischt, Martial!«

»Ich habe niemanden erwischt. Er war im Begriff, mir zu entwischen. Vielleicht lebt er noch, und wenn es dort unten ein Netz von Gängen gibt …«

»Dann müssen wir die Gendarmen holen. Gehen Sie. Ich bleibe hier und halte Wache. Sie werden schneller reagieren, wenn Sie mit ihnen reden.«

Martial stand auf. Er spürte einen gewissen Druck im Kreuz. Wenn er in den nächsten Tagen nicht aufpasste, würde er erneut ans Bett gefesselt sein. Er gab seinen Regenmantel

Édouard, der seinen im Wagen gelassen hatte. Dort würde Martial auch seinen Spitzhackenstiel und seine Laterne finden.

»Ich habe Sie schreien hören, deswegen habe ich mich beeilt. Ich habe alles dagelassen, vor allem diesen verdammten Kapuzenmantel, in dem ich das Gefühl hatte, nichts zu sehen und nichts zu hören.«

»Da hinten gibt es ein Gewehr«, sagte Martial. »Es ist nicht mehr geladen, aber es kann auf andere Weise nützlich sein. Ich komme so schnell wie möglich zurück. Bitte seien Sie vorsichtig. Und vor allem lassen Sie niemanden näher kommen.«

»Oder von hier weggehen«, sagte Édouard und lächelte.

Es gelang Martial nicht, sich von dem Gefühl zu befreien, wie sein Körper über der Tiefe hing und jeden Augenblick hinunterstürzen konnte, und von Camilles Bild, so wie er sie gesehen hatte, als er dachte, alles sei zu Ende. Er spürte, wie die Kräfte ihn verließen. Es summte in seinen Ohren. Immer schwerer fiel es ihm, die Zügel zu halten, und die Erschütterungen des Wagens wurden zur Qual. Als er ans Ende des Weges kam, hatte er keine Wahl mehr; er musste zur Mühle fahren und Camille um Hilfe bitten.

Er stellte den Wagen, so gut er eben konnte, neben dem schlafenden Haus ab, stieg mühsam von der Bank und musste vor Anstrengung schreien. Gekrümmt wie ein kleiner Alter, trommelte er gegen die Eingangstür und rief Camille. Aber diesmal war sie da und würde ihn hören. Vom Regenmantel tropfte es auf den Steinboden am Eingang. Seine Beine zitterten immer noch. Er klopfte heftiger, rief lauter, immer besorgter: »Camille! Ich bin's. Mach auf!«

Ein Stein fiel ihm vom Herzen, als er die Treppenstufen knarren hörte und dann Camilles Stimme hinter der Tür.

»Martial?«

»Ja, ich bin's. Du kannst aufmachen.«

»Mein Gott, ist Édouard etwas passiert?«

»Nein, Édouard geht es gut.«

Er hörte den Schlüssel im Schloss, und die Tür öffnete sich. Da stand Camille, in eine Wolldecke gehüllt, sehr blass, die Haare zusammengebunden, die Augen ebenso groß wie blau, die kleinen Füße vor Kälte gekrümmt. Ganz besorgt schaute sie drein …

»Du scheinst verletzt zu sein. Was ist los? Und wo ist Édouard?«

»Édouard ist am Pas-du-Diable. Er wartet darauf, dass ich ihm die Gendarmen schicke. Ich muss zum Hof der Gresses, aber ich schaffe es nicht mehr, diesen verdammten Wagen zu lenken.«

»Was macht er am Pas-du-Diable?«

»Er überwacht das Loch, in das unser Mörder gefallen ist. Ich brauche deine Hilfe. Beeil dich!«

»Mein Gott! Ist dir klar, in welchem Zustand du bist?«

»Das ist nur mein Rücken. Ich habe keine Zeit, Camille.«

»Gib mir nur zwei Minuten!«

Ohne noch einen Ton von sich zu geben, eilte sie die Treppe hinauf. Martial, der spürte, wie die Feuchtigkeit ihm in die Glieder drang, näherte sich dem noch warmen Ofen. Der Raum war in Dunkelheit getaucht. Oben hörte er Camille herumwirtschaften, als wollte sie das Haus umräumen. Ihm war ein wenig schwindlig. Er konnte sich nicht erinnern, wann er das letzte Mal richtig geschlafen hatte. Er fühlte sich benommen, so als hätten ihn sämtliche Kräfte verlassen.

Zum Glück hielt Camille Wort und war rasch fertig. Sobald sie an seiner Seite war, kehrte ein wenig von seinem Elan zurück. Da er sowieso schon nass war, gab er ihr Édouards Kapuzenmantel. Ein paar Minuten später fuhren sie in den Hof der Gresses.

Eine beispiellose Aufregung empfing sie. Das Fahrzeug der Gendarmen stand mitten auf dem Hof und direkt daneben das Kabriolett von Doktor Delcros. Überall schienen Gendarmen zu sein. Alle wandten sich ihrem Wagen zu.

»Wo waren Sie denn?«, brüllte der Polizeihauptmeister von der Eingangstür her.

»Wir haben den Mann erwischt.«

Der Polizeihauptmeister beruhigte sich sofort.

»Sie haben ihn erwischt? Wo ist er?«

»Er ist in einen der Schächte des Pas-du-Diable gefallen. Monsieur Alexandre ist dortgeblieben, um ihn zu bewachen. Wir müssen hinfahren, mit der nötigen Ausrüstung, um in den Abgrund hinunterzusteigen. Wie ist die Situation hier?«

»Die alte Frau ist außer Gefahr. Der Doktor ist bei ihr. Er konnte die Blutung stillen. Was das Übrige betrifft, sollten Sie hineingehen … Entschuldigen Sie die Frage, aber wer ist diese junge Frau?«

»Mademoiselle Purseau, die Verlobte von Monsieur Alexandre. Ich habe mich während der Verfolgung am Rücken verletzt und brauchte ihre Hilfe, um herzukommen.«

Camille und Martial folgten dem Polizeihauptmeister ins Haus. Sie fanden Mathilde vornübergesunken am Tisch sitzen, den Kopf zwischen den angewinkelten Armen, die Schultern von Schluchzern geschüttelt. Die Stalltür stand offen. Der Gendarm ging ihnen wortlos voraus. Man hatte die Laterne neben Pierre Gresses Matratze brennen lassen. Dieser lag immer noch zusammengerollt unter seinen Decken.

»Das ist nicht wahr!«, stöhnte Martial. »Ist er tot?«

»Schlimmer«, erwiderte der Polizeihauptmeister und näherte sich. Er hob die Decken hoch und enthüllte eine Mischung aus alten Lumpen und Stroh.

»Er ist nicht mehr da! Die Stalltür ist entriegelt worden. In dem Heuboden darüber gibt es eine Falltür, durch die man in den Flur mit den Schlafzimmern gelangt. Und die Luke, durch die man aufs Dach gelangt, haben wir auch offen gefunden.«

Martial wollte selbst nachschauen. Unter tausend Vorsichtsmaßnahmen kletterte er die Leiter zum Heuboden hinauf. Es gab dort viel Stroh, überall Stroh, das durch die viereckigen Löcher, die in regelmäßigen Abständen die Wände säumten, hinuntergeworfen wurde. Er fand die Luke im Dach, die jetzt wieder geschlossen war. Der Boden direkt darunter war nass. Er sah die Falltür, die sich in der Mauer hinten auf Bodenhöhe befand; umrandet wurde sie von einem schmalen Streifen Licht, das aus dem dahintergelegenen Flur hereinfiel. Er machte kehrt und stieg wieder zu den Kühen hinunter.

Der Polizeihauptmeister gab seine Befehle. Dann stieg er, begleitet von vier Männern, in den kleinen Lastwagen. Camille und Martial fuhren auf dem Wagen der Gresses voraus. Vorsichtig rollten sie über den Feldweg und versuchten, die Achsen des Fahrzeugs, das hinter dem Gespann vor Ungeduld knatterte, zu schonen. Bald sahen sie die baufällige Brücke vor sich, das Kabriolett von Antoine Guiraud, das dort feststeckte, und das alte Pferd, das immer noch im Regen stand. Sie hielten, stiegen alle aus und gingen zu Fuß weiter, im Gänsemarsch durch das Felsenchaos des Pas-du-Diable. Jetzt gab es so viele Laternen, dass der Wald taghell wirkte. Sogar die Schlucht zu ihrer Linken war bis in eine ziemliche Tiefe zu erkennen. Martial ging sehr schwerfällig, er benutzte seinen Spitzhackenstiel als Stock, und auf der anderen Seite stützte ihn Camille.

Schließlich fanden sie Édouard, der brav in der Nähe des

Trichters saß. Er stand auf, als er sie bemerkte, und dann konnte er nicht anders, als ihnen entgegenzukommen und Camille in die Arme zu schließen.

Martial erklärte, was passiert war, von der Höhle bis zu dem Sturz, der ihn fast das Leben gekostet hatte. Édouard gab das Gewehr, das er im Tunnel gefunden hatte und mit dem auf Martial geschossen worden war, zurück. Dem Polizeihauptmeister zufolge konnte es sich um das Robust handeln, das Michel Gresse gehört hatte und das in der Woche zuvor verschwunden war.

»Gut, jetzt müssen wir da hinuntersteigen!«

Ohne weitere Umstände organisierte er mit seinen Männern den Abstieg. Sie hatten zwei lange Seile mitgenommen. Der Jüngste der Gendarmen wurde dazu ausersehen, sich abzuseilen. Man band ihm eines der Seile fest um die Hüften, das andere Ende wurde um einen Baum geschlungen. Er überprüfte seine Waffe, und man hängte ihm eine Laterne um den Hals. Zwei seiner Kollegen gaben ihm Seil, während er rückwärts in den Abgrund hinunterstieg. Lange, sehr lange mussten sie ihm immer mehr Seil geben, bis es schließlich an Spannung verlor und schlaff wurde über den Felsen. Aus der Tiefe des Lochs ertönte ein Pfiff.

»Er ist unten angekommen«, kommentierte sein Vorgesetzter.

Sie warteten. Fast eine Ewigkeit. Dann ertönte ein Schrei.

»Es ist gut, wir holen ihn wieder rauf.«

Mit vereinten Kräften zogen die beiden Gendarmen am Seil. Schließlich kam ihr junger Kollege wieder ans Tageslicht. Sie führten ihn von dem Loch weg, bevor sie ihm Fragen stellten.

»Da unten liegt ein Kerl«, sagte er nüchtern. »Mausetot. Er konnte nicht mehr hinaus, das sind fast fünfzehn Meter, mit

Felsspitzen auf der ganzen Länge. Sein Schädel muss schon zertrümmert gewesen sein, bevor er unten ankam.«

Da der junge Mann keinen der Dorfbewohner kannte, konnte er nicht sagen, um wen es sich handelte.

Während der Leichnam nach oben geholt wurde, hatte Martial sich etwas abseits hingesetzt. Der Schmerz in seinem Rücken wurde langsam erträglicher. Er hatte nicht einmal gemerkt, dass es aufgehört hatte zu regnen. Camille und Édouard gesellten sich zu ihm. Keiner von ihnen sagte etwas; schweigend starrten sie auf den Felsenkreis, der von einem halben Dutzend Laternen beleuchtet wurde, und die Seile, die sich, in den Krater hinuntergelassen, bewegten. Es war nach vier. Jetzt stand auch der Bürgermeister bei den Gendarmen. Ein paar Dorfbewohner waren ihm gefolgt, aber man befahl ihnen, auf Distanz zu bleiben; sie mussten auf Höhe der Brücke warten. Christophe Maraval bewies bei dieser Gelegenheit, als es darum ging, alle auf Abstand zu halten, eine gehörige Portion Autorität. Nur Doktor Delcros durfte passieren.

»Geschafft, er kommt hoch!«, rief der Polizeihauptmeister Martial zu.

Die beiden Gendarmen zogen zugleich an den beiden Seilen und stöhnten unter dem toten Gewicht, das sie hochziehen mussten. Mehrmals blieb der Leichnam an einer Felsspitze hängen, sodass die beiden anderen Gendarmen, die hinuntergestiegen waren, ihn wieder losmachen mussten. Aber bald ließ er sich leichter hochziehen.

»Ich sehe ihn«, sagte der Polizeihauptmeister, der sich vorsichtig über den Trichter gebeugt hatte.

Und gleich darauf sah man im Licht der kreisförmig angeordneten Laternen den blutigen und offenen Schädel von Pierre Gresse auftauchen.

Er wurde auf die erste flache Stelle gelegt, die sich fand. Anschließend wurden zwei Laternen gebracht, und man half den beiden Gendarmen, aus dem Schacht zu steigen. Doktor Delcros bedeutete Martial, er solle ihn begleiten.

»Würden Sie mir bitte assistieren? Ich fürchte, angesichts des Lochs könnte mein Blick getrübt sein.«

Der Schädel war auf der Seite gebrochen. Eine tiefe und ohne jeden Zweifel tödliche Verletzung. Die Wirbel schienen intakt, anders als der rechte Arm, der an zwei Stellen gebrochen war. Seine Kleidung roch nach dem Chloroform, das er vorher benutzt hatte.

»Er ist noch warm«, sagte der erschöpfte alte Mann düster.

Er zog ihm die Leinenjacke und die Wollweste aus, wobei ein Militärdolch zum Vorschein kam, der in seiner Scheide im Gürtel steckte. Doktor Delcros zog ihn heraus, und sichtbar wurde eine immer noch blutverschmierte Klinge. Als er den Toten weiter entkleidete, sahen sie, dass eine gebrochene Rippe seine Seite durchbohrt hatte.

»Sonst haben Sie unten nichts gefunden?«, fragte der Doktor die beiden schlammbedeckten Gendarmen, die gerade aus dem Loch gestiegen waren.

»Da war diese Schirmmütze«, sagte der Jüngere und zog sie aus der Tasche.

Martial erkannte Pierres völlig durchnässte Kopfbedeckung.

Dann trat er beiseite, damit die Gendarmen ihre Ausrüstung aufräumen konnten. Doktor Delcros kam zu ihm.

»Eine genauere Autopsie mache ich in meiner Praxis, aber jetzt muss ich erst einmal ein bisschen schlafen. Allerdings glaube ich, meine Schlussfolgerungen sind eindeutig.«

»Wie geht es der alten Gresse?«

»Sie ist außer Lebensgefahr. Diesmal hat er es vermasselt. Er hat sie mit Chloroform betäubt, da bin ich sicher. Vielleicht hat er es sogar aus meiner Tasche gestohlen. Er wollte sie ebenfalls ausbluten lassen. Mir ist unbegreiflich, was ihn zu so abscheulichen Taten getrieben hat.«

»Ich denke, die Inspektoren aus Toulouse werden es bald herausfinden.«

Martial konnte den Blick nicht von dem Toten wenden. Irgendwie fühlte er sich schuldig. Camille hatte es wohl bemerkt, jedenfalls kam sie zu ihm und schob ihren Arm unter seinen.

»Es ist vielleicht Zeit, nach Hause zu fahren, meinst du nicht?«

Er nickte. Langsam machte er seinen Arm frei.

»Ja, du hast recht. Fahren wir nach Hause.«

Sie gingen an den Dorfbewohnern, die sich an der Brücke drängten, vorbei. Irgendwer hatte es geschafft, das Kabriolett zu befreien. Martial hieß Camille und Édouard einsteigen.

»Fahrt voraus, ich komme später nach. Ich bringe noch den Wagen zu den Gresses zurück.«

»Édouard kann bei dir bleiben, wenn du willst.«

»Nein, fahrt ihr beide zurück, keine Sorge. Geht ruhig schlafen. Ich brauche nicht lange.«

Sie protestierten nicht. Auf dem Wagen sitzend folgte Martial ihnen bis ans Ende des Weges und ließ sie nach links fahren, während er nach rechts abbog.

Auf dem Hof der Gresses ging es jetzt ruhiger zu als früher in dieser Nacht. Die beiden Gendarmen waren im Haus geblieben. Der Ältere kam nach draußen, als er den Wagen hörte. Sowie er Martial erkannte, winkte er freundschaftlich und ging wieder hinein.

Martial spannte das Pferd aus und brachte es in seinen kleinen Stall. Dann ging er ebenfalls ins Haus. Mathilde saß immer noch an derselben Stelle, über den Tisch gebeugt wie zuvor. Er näherte sich und legte ihr eine Hand auf die zarte Schulter.

»Es tut mir leid«, sagte er leise.

Sie hob den Kopf und schaute ihn an. Gerötete Augen mit schwarzen Ringen. Ein schüchternes Lächeln erschien auf ihrem Gesicht, und sie legte ihre Hand auf seine, bevor sie wieder ins Leere starrte und den Kopf erneut zwischen ihren Armen verbarg.

Martial nahm eine der Laternen, um in den Stall zu gehen. Einen Augenblick lang betrachtete er die Matratze und die primitive Attrappe, die den Platz von Pierre Gresse unter der mottenzerfressenen Decke hatte einnehmen sollen. Dann ging er zu der dicken Doppeltür, durch die Pierre Gresse geflohen war. Die beiden Riegel ließen sich nur schwer bewegen, aber immerhin quietschten sie nicht. Öffnete man einen der Türflügel einen Spaltbreit, konnte man problemlos hindurchschlüpfen. Ohne eine Laterne, die er auf diese Giebeltür hätte richten können, hatte Édouard keine Chance gehabt, ihn hier herauskommen zu sehen. Als Nächstes stieg Martial auf den Heuboden. Unterwegs löste er die eiserne Befestigungsklemme, die die Luke schloss, und öffnete diese. Er schob den Kopf durch die ziemlich enge Öffnung und sah nichts als nasse Dachziegel. Schließlich öffnete er die Falltür, die ins Haus führte. Den Schmerz in seinem Rücken vergessend kroch er in den Flur. Im ersten Zimmer saß Amélie auf ihrem Bett. Sie war leichenblass und presste das Kopfkissen gegen ihre Brust wie ein verängstigtes kleines Mädchen. Im Zimmer ihrer Großmutter saß beim Schein einer Öllampe ein Gendarm in der Ecke und hielt Wache. Die alte Frau schlief, ihre Handgelenke waren dick verbunden.

Martial ging über die Treppe wieder nach unten. Er stellte

die Laterne ab und sagte Bescheid, dass er gehen werde. Mathilde reagierte nicht. Draußen stellte er fest, dass der Milchmann nicht gekommen war, um die vollen Kanister zu holen. Die Schweine hinter dem Schiebetor grunzten. Er fragte sich, wer von nun an all die Arbeit tun und die vielen Tiere versorgen würde.

Inzwischen fror er in seinen nassen Kleidern. Noch einmal ließ er den Blick über die Gebäude des Hofs der Gresses schweifen, dann beschloss er, nach Hause zu fahren.

26

Als Martial zur Mühle zurückkehrte, nahm er an, dass Camille und Édouard schliefen. Er ging hinauf, um sich etwas frisch zu machen und trockene Sachen anzuziehen. Dann fachte er das Feuer wieder an und kochte sich Kaffee. Er hatte ein Schlafdefizit, doch er wusste, dass er nicht würde schlafen können. Unaufhörlich sah er die Gestalt von Pierre Gresse vor sich, der durch seine Schuld in dieses Loch gestürzt war. Unaufhörlich spürte er den Hauch des Todes im Nacken, dem er über genau demselben Loch ebenfalls so nahe gekommen war. Als er sich aufgewärmt hatte, ging er wieder hinaus, wobei er sich bemühte, so wenig Lärm wie möglich zu machen.

Der anbrechende Tag schien weniger grau zu werden. Die Wolken standen hoch am Himmel, und man konnte ahnen, dass sie sich im Lauf der Zeit zerstreuen und der Sonne erlauben würden, wieder durchzubrechen. Es blieb ihm noch ein wenig Zeit, bis die Inspektoren im Dorf eintrafen. Er musste unbedingt noch einmal zum Pas-du-Diable hinauf. Édouard hatte das Pferd ausgespannt, und Martial fühlte sich nicht imstande, es wieder anzuspannen. Er würde zu Fuß gehen.

Nach kurzem Überlegen beschloss er, am Fluss entlangzugehen, was es ihm ersparte, den Weiler Les Buissonniers zu durchqueren. Unterwegs ging er die Ereignisse der Nacht noch einmal durch. Er verstand Pierres Plan nicht. Warum war er geflohen, wo es doch gereicht hätte, sich nach dem Angriff auf seine Mutter wieder schlafen zu legen? Und wieso hatte er ihr, obwohl sie ihm ausgeliefert gewesen war, eine Chance lassen wollen, mit dem Leben davonzukommen? War es denkbar, dass der Gresse-Sohn sich so wenig in die Karten schauen ließ, dass man sich ihn nicht als Drahtzieher der ganzen schaurigen Geschichte vorstellen konnte?

Als er die Holzbrücke mit ihrem zerbrochenen Brett erreichte, traf er auf einen Gendarmen, der bis auf Weiteres als Wache dort zurückgelassen worden war. Er war einer von denen, die in der vergangenen Nacht die Seile gezogen hatten. Er erkannte Martial und grüßte ihn, als sei er ein Offizier.

»Mehrere von uns denken, dass Sie heute Nacht eine großartige Leistung vollbracht haben. Sie haben ein weiteres Drama verhindert.«

Martial antwortete mit einem trägen Lächeln. Für ihn war die Nacht dramatisch gewesen.

»Ich möchte mich noch mal umsehen und meine Laterne holen, glauben Sie, das ist möglich?«

»Natürlich, wenn Sie mir versprechen, sonst nichts anzurühren. Denn dann bekomme ich Ärger.«

Martial versprach es.

Er ging den Pfad weiter und kletterte erneut zwischen den großen hervorspringenden Felsen hinauf, bis er wieder am Rand der Schlucht stand. Dem folgte er bis zu dem Schlund, in dem so viele Dinge geschehen waren. Die Gendarmen hatten zwei Laternen zurückgelassen und die beiden Seile, die zusammengerollt auf einem Felsen lagen. Martial nahm eine der Laternen und ging weiter bis zu dem Schacht, über den man in den Tunnel gelangte. Langsam erwachte die Natur. Nach dem Chaos der letzten Stunden herrschte eine willkommene Stille, und der Ort wirkte friedlich und unschuldig.

Als er sich in der ersten Höhle befand, entzündete er den Docht der Laterne. Vor sich auf dem Boden sah er die beiden leeren Patronen, die Pierre Gresse abgeschossen hatte. Er begnügte sich damit, sie zu betrachten, ohne sie zu berühren. Dann ging er den Tunnel entlang, bis er die zerbrochene Sturmlaterne fand. Er ließ sie liegen, ging weiter und gelangte schließlich in die große Höhle.

Warum hatte Pierre sich hierhergeflüchtet? Es musste einen Grund geben. Während er die Höhle durchsuchte, begriff Martial es endlich. In einer Ecke fand er ein Gewirr starker Seile. Mehrere Enden waren zu Schlingen geknüpft, die jedoch nicht zugezogen waren. Die Phiole mit dem Chloroform und das damit getränkte Taschentuch lagen auf einem der Felsen, die aus dem Boden ragten. Ringsumher waren Knochen auf dem Boden verstreut, einige noch mit Erde bedeckt. Martial machte einen Satz zurück, als er die Überreste von Julien Pujol erblickte, entsetzt angesichts dieser Inszenierung.

Nachdem er beschlossen hatte, durch den Tunnel zurückzugehen, um wieder an die frische Luft zu gelangen, stellte er die Laterne an den Granittrichter, die klaffende Öffnung, die ihn immer noch erschauern ließ. Aber er musste diesen Eindruck loswerden, das Gefühl, eine Marionette aus Lumpen zu sein, die ein paar Fingerbreit über der schwarzen Leere hing. Um sich von dieser furchtbaren Episode zu befreien, musste er nachschauen gehen, nachschauen, was in dieser Leere war.

Er band eines der Seile fest um den Baumstamm, der am nächsten war, zündete die Laterne wieder an und befestigte sie am Gürtel seiner Leinenhose. Sein Rücken war angegriffen, er spürte ihn, doch die Besessenheit war stärker, also ließ er sich in das Loch gleiten.

Vorsichtig stieg er hinunter und stützte sich, so gut er konnte, mit den Füßen an der Wand ab. Es gab zahlreiche Vertiefungen und Vorsprünge. An Möglichkeiten, sich festzuhalten, fehlte es nicht, aber sie waren nass und daher rutschig. Immer deutlicher drang ein Geruch von Feuchtigkeit aus diesen Eingeweiden herauf. Ein dünner Wasserstrahl war zu vernehmen, ein kaltes und glattes Klingeln. Der junge Gendarm hatte nicht übertrieben: Bis zum Grund waren es gut fünfzehn Meter. Der Schacht war nicht sehr breit, vielleicht zwei Schritte im Durchmesser. Ein abgebrochenes Stück Baumstamm war fast gerade herabgefallen und sah aus, als wäre es dort unten eingepflanzt. Als er den Kopf hob, sah er über sich nur einen bleichen Lichtkreis. Der Boden bestand aus hartem und zugleich klebrigem Fels. Das Rinnsal, das über den Boden lief, kam und verschwand jeweils durch eine winzige Spalte. Als er die Laterne näher dranhielt, entdeckte er Blutspuren an der Wand, auf dem Boden und sogar unten an dem weitgehend verfaulten Stamm. Wenige Spuren, nicht sehr dick und weit verstreut. Nun hatte er die Leere, die ihn hatte schlucken wollen, mit einem Bild verknüpft. Er wusste, dass er den Sturz nicht überlebt hätte.

Beim Hinaufsteigen erwachte der Schmerz in seinem Rücken von Neuem, und er musste doppelt vorsichtig und geduldig sein. Dennoch kam er ohne Probleme wieder nach oben. Er legte die Laterne und das Seil zurück und beschloss, den Pas-du-Diable, der seinem Namen nie größere Ehre gemacht hatte, zu verlassen.

Der Wagen der Inspektoren Cabanes und Marsan rollte genau in dem Augenblick ins Dorf, in dem Martial in den Schlund hinabstieg. Die beiden übernahmen sofort die Zügel der Untersuchung und wohnten zunächst der von Doktor Delcros durchgeführten Autopsie bei. Anschließend begaben sie sich in Begleitung der Gendarmen zum Hof der Gresses, wo sie sämtliche Schlüsselorte untersuchten. Als sie die alte Gresse befragen konnten, weigerte diese sich zunächst, den Mund aufzumachen. Vollkommen erschöpft lag sie in ihrem Bett ausgestreckt, mit einem hasserfüllten Ausdruck, der für immer in ihr Gesicht gegraben war. Schließlich knurrte sie unwillig, sie erinnere sich an nichts, vielleicht vage an ein Gefühl des Erstickens, aber sie sei sich nicht sicher. Mathilde hatte nichts gehört, ebenso wenig wie die mit der Überwachung des Hauses beauftragten Gendarmen. Amélie hatte unter dem Einfluss der Beruhigungsmittel zum Zeitpunkt der Ereignisse tief und fest geschlafen und konnte nichts weiter beitragen.

Anschließend begaben sie sich zum Pas-du-Diable hinauf. Der Polizeihauptmeister führte sie zu der Höhle, die Martial entdeckt hatte. Sie nahmen das Seil mit dem Doppelknoten, das Chloroform und die Knochen zur Kenntnis. Aus dem Tunnel bargen sie anschließend die kaputte Laterne und die beiden Patronen. Das Gewehr, das benutzt worden war, hatte Michel Gresse gehört. Erst am frühen Nachmittag kehrten sie ins Dorf zurück.

Ihre Haltung hatte sich verändert, sie gaben sich viel nüchterner und professioneller, weniger arrogant. Ohne den geringsten Groll hörten sie sich an, was Martial und Édouard ihnen berichteten. Sie fragten Martial sogar, wie er die Dinge sehe und welche weiteren Indizien er gesammelt habe. Und sie bezogen die beiden ein, als sie ihre Schlüsse zogen.

Endlich effizient konnten sie diese am späten Nachmittag darlegen. Martial wurde eingeladen, sich der kleinen Versammlung, die ins Rathaus einberufen wurde, anzuschließen. Der mit der von Aimé Ramond erstandenen Arznei getränkte Umschlag, den Camille ihm angelegt hatte, erwies sich nicht als das versprochene Wundermittel, aber die Wärme, die er ausstrahlte, linderte die Reste des Schmerzes vom Vortag. Das Sitzen fiel ihm daher nicht allzu schwer. Pierre Gresse sei dreier Morde überführt, und ein versuchter vierter sei fehlgeschlagen. Das Motiv sei leicht zu finden gewesen, in der Kanzlei des einzigen Notars in Brassac: Er hätte der Alleinerbe des ganzen Hofes, vor allem aber eines mehr als ansehnlichen Sümmchens werden können, das bei der Crédit Agricole deponiert sei. Er habe das Dorf verlassen und noch einmal sein Glück mit dieser wunderschönen Frau versuchen wollen, die ihn nur mangels eines Besseren geheiratet habe. Es sei um Geld gegangen, schlicht und ergreifend um Geld und Freiheit. Die Geschichte von einer Rache aus dem Jenseits habe er nur erfunden, um sein wahres Motiv zu verbergen. Der Tod von Louis Bascoul sei Teil dieser Inszenierung gewesen. Alle seien davon ausgegangen, dass der Knecht am Abend seines Verschwindens nie zu Hause angekommen sei. Aber vielleicht sei das gar nicht der Fall gewesen, vermutlich sogar, denn die Gresse-Brüder seien an jenem Abend bis spät beim Spielen gesehen worden. Pierre habe ihn mitten in der Nacht aus dem Bett geholt und ihm befohlen, ihm zum Pas-du-Diable zu folgen. Man wisse nicht, welche Argumente er vorgebracht haben mochte, aber der alte Bascoul habe ihm gehorcht. Oben in der Höhle habe er ihm eine schlimme Viertelstunde bereitet und ihn schließlich getötet, genau wie Martial erraten habe. Dann habe der jüngere der Gresse-Brüder einen günstigen Moment abgewartet und den Tod des Knechts auf die anderen in seiner Familie wirken lassen. Um an das Geld zu kommen, habe er sich seinen Bruder und seine Mutter vom Hals schaffen müssen. Dass seine Nichte enterbt worden war, habe er bereits gewusst, denn Henriette Gresse hätte dem Notar den Beweis vorgelegt, dass sie nicht ihre Enkelin sein könne. Daher habe er mit Michel weitergemacht. Vielleicht habe er sich gar nicht in dem Stroh, das an dem Morgen auf dem Karren transportiert worden sei, verstecken müssen. Er habe nur seinen Bruder bitten müssen, ihn ein Stück zu begleiten, beispielsweise um mit Hilfe des Gespanns zu den oberen Feldern zu gelangen. Ansonsten habe der Plan dem entsprochen, was Martial gesagt habe. Nur habe er sich, anstatt versteckt unter dem Wagen des Milchmanns ins Dorf zurückzukehren, unmittelbar vor der großen Kurve, die zur Brücke beim Sägewerk hinunterführe, fallen lassen. Aufgrund des Schnees habe Serge Cals genau dort, wo der Weg zum Hof der Gresses beginne, langsamer fahren müssen. Der Mord an Yvonne sei ebenfalls Teil seiner Inszenierung gewesen, er habe allein diesem Zweck gedient. Sie sei an dem Abend da gewesen, an dem der junge Pujol in den Schweinestall gesperrt worden sei, auch sie habe dieser Rache zum Opfer fallen müssen. Mit der Bewegungsfreiheit, über die er verfügt habe, seit er allein schlief, sei er ihr bis zur Hütte von Cassaïre gefolgt. Am Vormittag habe er die Nachricht gestohlen, die sie ihrem Geliebten hinterlassen habe, sodass dieser nicht zu dem Rendezvous habe kommen können. Als sie ihn die berühmte Hütte habe betreten sehen, sei Yvonne nicht erschrocken gewesen, sondern habe wohl angenommen, dass er gekommen sei, um ihr zu sagen, was er von ihrem Benehmen so kurz nach dem Tod ihres Mannes halte. Aber sie habe ihn zu besänftigen gewusst, auf die Weise, wie sie es mit allen Männern gemacht habe. Sie habe ihn in ihr improvisiertes Bett eingeladen, um ihm ein wenig von dem zu schenken, was ihm gefehlt habe. So habe sie sich ihm angeboten, und er habe sie getötet. Er habe sich bemüht, keine Spuren zu hinterlassen, und sogar die Fußspuren auf der gestampften Erde beseitigt. Anschließend sei er nach Hause zurückgekehrt, damit sein Verschwinden nicht auffiel.

Und dann sei die verhängnisvolle Nacht gekommen, die seinen Plan zum Abschluss habe bringen sollen. Da er gewusst habe, dass die Überwachung seiner Familie verstärkt werden würde, habe er nicht länger warten können und ihn vollenden müssen. Er habe vorgetäuscht, so betrunken zu sein, dass er davon schließlich in Morpheus' Arme gesunken sei. Dann habe er sich über den Heuboden und die Falltür in das Zimmer seiner schlafenden Mutter begeben. Er habe sie mit Chloroform betäubt und ihr mit seinem Soldatenmesser die Pulsadern aufgeschnitten. Anschließend sei er auf demselben Weg zurückgekehrt und habe unterwegs die Dachluke geöffnet. Vielleicht habe er gedacht, die Geschichte mit dem Maulesel werde reichen, um Alarm auszulösen, und in der Panik werde die Wachsamkeit nachlassen. Aber das habe nicht so funktioniert, wie er es sich gewünscht habe. Er habe sich erst aus dem Stall schleichen können, als es zu der Aufregung nach der Entdeckung seiner verletzten Mutter gekommen sei. Der Rest seines Plans sei vom gleichen Kaliber gewesen. Er habe sich entlasten müssen, daher habe er sich in aller Eile zum Pas-du-Diable hinaufbegeben, wobei er das Kabriolett gut sichtbar zurückgelassen habe, damit seine Spur schnell gefunden würde. In der Höhle der Brüder Pujol habe er vorher bereits die Knochen des kleinen Julien verstreut, die er selbst ausgegraben habe. Die vorbereiteten Schlingen hätten ihm erlaubt, sich an Armen und Beinen zu fesseln, als sei er ein Gefangener. Vermutlich habe er vorgehabt, sich mit dem Messer, das er am Gürtel trug, zu verletzen. Man hätte ihn also inmitten der Überreste des jungen Pujol verletzt vorgefunden. Das Chloroform und das Messer: zurückgelassen vom Mörder. Er hätte von einer Entführung erzählt, von jemandem, der über das Dach des Stalls in diesen eingedrungen sei, versucht habe, seine Mutter zu ermorden und ihn danach, ohnmächtig, wie er durch den übermäßigen Alkoholkonsum gewesen sei, entführt und die Rache in der Höhle vollendet, in der alles begonnen habe. Wäre Monsieur de la Boissière etwas später gekommen, hätte er diese Inszenierung vorgefunden. Pierre Gresse habe seine Geschichte so verbrämt, wie es nötig gewesen sei, um sie glaubhaft zu machen. Die auf dem Dachboden der Schule gefundenen Briefe hätten ihm das Material geliefert, um einen weiteren an seine eigene Frau zu schreiben, in dem er sich als der am Leben gebliebene Armand Pujol ausgegeben habe. Die weißen Kreuze im Wäldchen, die den Schweinen vorgeworfene Jacke seines Bruders … All das habe dazu beigetragen, die Leute glauben zu machen, dass der berühmte große Bruder mit dem Leben davongekommen und zurückgekehrt sei, um sie alle büßen zu lassen. Hätte man ihn daraufhin wegen Juliens Tod belangen können? Es wäre kein Zeuge jenes verdammten Abends mehr übrig gewesen. Er hätte sagen können, dass er nicht dabei gewesen sei. Nur Mathilde hätte ihm widersprechen können, denn ihr hatte er die Wahrheit gestanden. Aber reich und von diesem Hof befreit – was hätte sie da noch für ein Interesse haben sollen, ihm zu widersprechen?

Damit schloss Inspektor Cabanes seinen Bericht. Vor den im Sitzungssaal Anwesenden gab er zu, wie wichtig Martials Hilfe gewesen sei. Er dankte ihm sogar, indem er ihm kräftig die Hand schüttelte. Dann gingen sie auseinander, doch die Befriedigung, zu wissen, dass dieser Albtraum beendet war, hatte nur wenig Raum in den Köpfen derer, die noch zu sehr erfüllt waren vom Grauen der Situation. Nur die beiden Inspektoren genossen die Berühmtheit, zu der die Zeitungen ihnen verhelfen würden, schon im Voraus. Sie machten kaum einen Hehl aus ihrer Zufriedenheit.

Nachdem Martial sich diesen Bericht angehört hatte, bat er Doktor Delcros, ihn nach Hause begleiten zu dürfen. Er wollte den Leichnam von Pierre Gresse, der in dem fensterlosen Raum neben dem Sprechzimmer lag, noch einmal sehen. Wie er da auf dem Tisch lag, konnte Martial in ihm nicht den Mörder erkennen. Er sah nur einen Mann mit wächsernem Gesicht und blutverschmierten Haaren. Er versuchte, sich vorzustellen, wie Michel in dem, der ihm eben die Sehnen durchgeschnitten hatte und sich nun anschickte, ihm den Bauch aufzuschlitzen, seinen Bruder erkannte. Ebenso versuchte er sich vorzustellen, wie Yvonne sich ihrem Schwager hingab und plötzlich spürte, wie die Klinge in ihren Schenkel schnitt. Es gelang ihm nicht. Er sah nur einen armen Teufel, erdrückt von einer tyrannischen Mutter, gehasst von der, die er hatte heiraten können und die ihm ihr Bett verweigerte, verachtet von allen und zuallererst von seinem Bruder. Er sah die schlecht gedrehten Zigaretten in seinem Mundwinkel, die vom Alkohol gelblichen Augen und die unterdrückte Wut; das Gewehr, das er auf den Tisch gelegt hatte, um sich vor der Gefahr zu schützen, die ihn in panische Angst versetzte, obwohl die Gefahr er selbst war.

Anschließend kehrte Martial, mit einer Mischung aus Schuldbewusstsein und dem Gefühl, in der Patsche zu sitzen, zur Mühle zurück. Er war an diesem Abend kein guter Tischgenosse und ging frühzeitig schlafen, so sehr wurde er von der Müdigkeit niedergedrückt. Er wusste, was das Ende der Untersuchung bedeutete. Er wusste, dass er nach Hause zurückkehren musste. Wahrscheinlich würde er Camille nie mehr wiedersehen. Der Geschmack in seinem Mund war ein sehr bitterer …

Dennoch schlief er wie ein Stein in diesem Bett, das ihn aufnahm wie ein Hafen nach dem Sturm. Die Gespenster, die seinen Schlaf stören wollten, zerschellten an dessen Mauern, die ebenso dick waren wie die Summe all der zu früh beendeten Nächte.

Als er erwachte, war bereits Tag. Sein kleines Zimmer war in ein angenehmes weißes Licht getaucht. Er hatte das Gefühl, mehrere Tage durchgeschlafen zu haben, so tief und erquickend war seine Nachtruhe gewesen. Unten traf er auf Édouard, mit dem er ausgiebig frühstückte. Camille, noch halb im Schlaf, kam kurz darauf ebenfalls herunter.

»Ich wüsste nicht, wann ich das letzte Mal so gut geschlafen habe«, sagte sie und setzte sich.

»Das Gleiche habe ich auch gedacht«, fügte Martial hinzu.

Sie sprachen sehr wenig über die Untersuchung und überhaupt nicht über die Abreise von Martial. Dieser war wenig gesprächig und sehr nachdenklich. Sein Rücken schien sich ruhig zu verhalten, auch wenn er noch ein leichtes Stechen im Kreuz verspürte. Er musste so viel wie möglich laufen, um die Gefahr einer Blockade zu bannen.

»Wenn das so ist, könnten wir Monsieur Guiraud sein Gespann zurückgeben«, sagte Édouard. »Ich werde es reinigen und ihm bringen.«

Martial nickte. Er würde die zwei, drei Dinge, die noch nicht zu Ende gebracht waren, zu Fuß erledigen. Und allein.

So kehrte er zum Hof der Gresses zurück und war nicht im Mindesten überrascht, den Wagen der Polizisten im Hof vorzufinden. Er klopfte, und Mathilde öffnete ihm. Sie sah noch abgespannter aus als am Abend zuvor.

Von da, wo er stand, hörte er die alte Gresse knurren: »Schmeiß ihn raus! Hörst du, Mathilde, jag ihn weg, diesen Mörder!«

Mathilde antwortete nicht. Sie begnügte sich damit, aus

dem Haus zu treten und die Tür hinter sich zu schließen. Dann ging sie ein paar Schritte mit Martial.

»Die Inspektoren befragen gerade Amélie. Mich haben sie direkt davor befragt. Sie waren nicht sehr feinfühlig.«

»Was haben Sie ihnen gesagt?«

»Alles, was ich wusste, auch über den Tod von Julien Pujol.«

Sie wirkte ein wenig verloren. Verletzlich. Aber in ihrem Blick war auch eine Spur von Härte zu erkennen.

»Im Lauf des Vormittags geben sie uns den Leichnam von Yvonne zurück«, fuhr sie fort, als hätte das, was sie zuvor gesagt hatte, keine Bedeutung. »Die Beerdigung findet am späten Nachmittag statt, in aller Eile. Der Pfarrer ist nicht bereit, die Dinge so zu machen, wie es sich gehört. Mehr haben wir nicht erreicht.«

»Das alles tut mir aufrichtig leid. Ich konnte nichts tun, als er in dieses Loch gestürzt ist.«

»Nicht Sie haben ihn getötet, sondern sie.«

Mit einer Kopfbewegung deutete sie auf das Fenster im Erdgeschoss.

»Ihretwegen und wegen ihres Geizes hat er das alles gemacht.«

»Sonst haben die Polizisten Ihnen nichts gesagt?«

»Nein, für den Augenblick nicht. Sie wollen einige Punkte überprüfen. Ich werde nicht irgendwas erfinden, um ihnen Freude zu machen … Ich weiß nicht, wo Pierre war, als Michel und Yvonne getötet wurden. Morgens arbeitet jeder für sich. Wir treffen uns erst um sieben zum Frühstück. Ich weiß nicht wirklich, wo mein Mann war, als Michel mit dem Wagen losfuhr. Und neulich Abend, als Yvonne getötet wurde, dachte ich, er schläft. Jetzt wird mir vorgehalten, dass ich auf getrennten Schlafzimmern bestanden habe. Sie sagen, dass habe es ihm leichter gemacht. Sie sagen auch, er habe das Geld für mich gewollt, um mit mir von hier fortzugehen. Aber ich habe ihn nie um etwas gebeten. Hier oder anderswo, das macht keinen Unterschied, ich konnte ihn einfach nicht lieben. Selbst jetzt, wo er tot ist, empfinde ich nur Mitleid für ihn.«

Mathilde machte eine Pause. Sie presste die Arme gegen die Brust, denn die alte Strickjacke reichte nicht aus, um sie gegen die Kälte zu schützen.

»Es gab in dieser Geschichte einen Moment, da habe ich Sie verdächtigt«, gestand Martial.

Sie sah ihn verblüfft an.

»Mich?«

»Ihrem Mann habe ich nicht zugetraut, dass er sich einen solchen Plan ausdenkt. Zumindest nicht allein.«

»Wir hatten Gütertrennung vereinbart. Ich hätte keinen Centime bekommen, dafür hat die alte Ziege am Tag unserer Hochzeit gesorgt.«

»Es ist normal, dass die Inspektoren einige Dinge überprüfen. Nehmen Sie es ihnen nicht übel. Ich habe ein schlechtes Gewissen, weil ich Sie in einer so finsteren Rolle gesehen habe. Und zugleich freue ich mich, dass da nichts dran ist.«

»Ich möchte vor allem weit weg von hier, sonst gar nichts. Je früher, desto besser!«

Zumindest waren ihr noch genug Kraft und Stolz geblieben, um wütend zu werden.

»Und was wird aus dem Hof?«

»Woher soll ich das wissen? Ihr wird nichts anderes übrig bleiben, als die Tiere abzustoßen, es sei denn, sie stellt Leute ein, aber wer will schon hierherkommen? Das Land und die Gebäude wird sie behalten. Sie lässt lieber alles verfallen, als zu verkaufen.«

»Und Amélie?«

»Die wird es machen wie ich und das Weite suchen. Dieser Ort ist verflucht. Die alte Hexe soll allein hier vermodern.«

»Sie wird auf ihre Art bestraft.«

»Wie bitte?«

»Nun, mir scheint, dass Julien Pujol auf diese Weise gerächt wird.«

In diesem Augenblick traten die beiden Inspektoren aus dem Haus. Als sie Martial sahen, kamen sie auf ihn zu. Mathilde zog es vor, sich zu verabschieden. Sie ging durch den Stall zurück, um ihnen nicht begegnen zu müssen.

»Ich glaube, wir haben alles, was wir brauchen. Wir haben allerhand erfahren, das junge Mädchen hat ein ziemlich loses Mundwerk.«

Martial schien ihm nicht zuzuhören, was Inspektor Cabanes gar nicht gefiel.

»Werden Sie den Hof weiterhin überwachen lassen?«, fragte er schließlich.

»Es gibt eigentlich keinen Grund, die Überwachung fortzusetzen. Nachher findet die Beerdigung statt, schnell und heimlich. Danach brechen wir hier die Zelte ab. Wenn ich mir so Ihr Gesicht anschaue, denke ich, dass Sie gleich einen Einwand vorbringen werden! Welcher Inkompetenz wollen Sie uns jetzt beschuldigen?«

»Ich habe mich nur gefragt, ob Pierre Gresse geplant hatte, Armand Pujol ein Gesicht zu geben, ob er vorhatte, jemandem den schwarzen Peter zuzuschieben. Wenn es uns beispielsweise gelungen wäre zu beweisen, dass er nicht die ganze Zeit in den Wäldern hätte versteckt bleiben und sich dann in Luft auflösen können. Wer hätte als Mörder durchgehen können?«

»Vielleicht dieser berühmte verhasste Nachbar, dieser halb verwilderte Typ.«

»Joseph Cassagne«, ergänzte Inspektor Marsan mit ausdrucksloser Stimme, nach wie vor in seiner starren Haltung und den Blick unbeirrt auf sein Notizheft gerichtet.

»Ja, genau, Joseph Cassagne. Oder einer von seinen spanischen Arbeitern. Warum nicht dieser Typ, der mit seiner Schwägerin geschlafen hat? Oder der Schwachsinnige, der allen Angst macht, der Sohn von Ihrem Freund ...«

»Lucien Guiraud.

»Ja, genau, Lucien Guiraud ... Das wäre sogar ein noch genialerer Plan. Der Mörder, von Gewissensbissen geplagt und davon überzeugt, dass Pierre Gresse ihn identifizieren könnte, begeht Selbstmord und hinterlässt vielleicht sogar einen Brief, der sein Geständnis enthält! Diabolisch!«

»Diabolisch, in der Tat«, räumte Martial ein. »Das scheint das angemessene Wort zu sein.«

27

Irgendetwas störte Martial. In dem Plan, den der Gresse-Sohn ersonnen hatte, fehlten Teile. Er, der bei den ersten Morden so sorgfältig vorgegangen war, hatte bei seiner Mutter mehr als nachlässig gehandelt: eine Verletzung am Hals, wie bei Yvonne, hätte ausgereicht, um sie zu töten. Doch er hatte es vorgezogen, ihr die Pulsadern aufzuschneiden, so als wollte er ihr eine Chance geben, mit dem Leben davonzukommen. Und warum war er dann, als er vorhatte, zum Pas-du-Diable zu fliehen, das Risiko eingegangen, nicht seinen eigenen Wagen zu benutzen? Er hatte doch nicht wissen können, dass Édouard und er mit dem Kabriolett zum Hof heraufkommen würden und dass dieses so leicht zugänglich sein würde. Wären sie in die Falle gegangen und hätten beim Anblick des Lichts, das sich in dem Wäldchen bewegte, Alarm geschlagen, hätte einer von ihnen das von Antoine Guiraud geliehene Gespann nehmen und ins Dorf fahren können, um Bescheid zu sagen. Und der berühmte, an dem Kreuz festgebundene Maulesel – warum war das Licht der Laterne, die er um den Hals trug, nicht schon früher bemerkt worden?

All diese Fragen schwirrten ihm durch den Kopf, während er zurück zur Mühle ging. Camille und Édouard waren nicht da. Er stellte fest, dass der ehemalige Stall leer war, das Kabriolett stand nicht mehr da. Noch immer schwitzte der

Boden den Regen der Nacht neulich aus, in einer Schlammschicht, die langsam fest wurde. Seine Schritte prägten sich deutlich ein, wie in frischem Schnee. Dieses Bild unterbrach den Strom seiner Gedanken. Er ging zur Quelle. Dort, neben dem frischen Wasser, das unaufhörlich, fast fröhlich sprudelte, blieb er stehen. Nach einer Weile tauchte er schließlich die Hände hinein, und sie wurden bei der Berührung mit dem Wasser eiskalt. Er ließ sie im Wasser, bis seine Finger vor Kälte zu schmerzen begannen. Erst dann stand er auf, fügte die Hände vor dem Mund zusammen und blies in die Höhlung, die sie bildeten. Zuerst nur langsam, dann wohlig kehrte die Wärme zurück. Der Schmerz in den Fingergliedern verschwand. Daraufhin ging er weiter. Er hatte auf eine große Anzahl von Fragen, die ihn gequält hatten, eine Antwort gefunden.

Martial ging hinunter zum Sägewerk. Édouard hatte das Kabriolett und das alte Pferd tatsächlich zurückgebracht. Beide befanden sich an ihrem gewohnten Platz in den hinteren alten Gebäuden. Der Wagen war gründlich gereinigt worden. Von der Rolle, die er bei der Verfolgung und dem Tod von Pierre Gresse gespielt hatte, war keine Spur mehr zu sehen.

Antoine Guiraud war ein paar Schritte mit ihm gegangen. Sie standen hinter der Hauptwerkstatt am Ufer des Flusses. Der alte Mann hörte nicht auf, sich Vorwürfe zu machen; er trage einen Teil der Verantwortung für alles, was geschehen sei und, wie er wiederholte, seinem Dorf vermutlich endgültig den Garaus gemacht habe.

»Wir hätten früher reagieren sollen. Selbst letzte Woche, als Sie die Vermutung äußerten, die Morde würden weitergehen, habe ich nicht auf Sie gehört. Und dann ist alles so schnell gegangen …«

»Damit der Plan funktioniert, musste er gegen die Zeit spielen. Meine Anwesenheit hier hat die Dinge beschleunigt, weil er Angst hatte, die Wahrheit könnte zu schnell ans Licht kommen. Wenn es einen Schuldigen gibt, dann bin ich es, nicht Sie.«

»Sie haben keinen Fehler gemacht. Ganz im Gegenteil. Ohne Sie hätte er möglicherweise weitergemacht.«

Martial antwortete nicht.

»Sie schulden mir ein Mittagessen, junger Mann.«

»Das habe ich nicht vergessen. Aber vorher muss ich Sie noch um zwei Gefallen bitten.«

Der ehemalige Bürgermeister warf ihm einen fragenden Blick zu, und nachdem er gehört hatte, um was Martial ihn bat, wurde seine Miene geradezu besorgt.

»Es fehlen uns noch ein paar Erklärungen«, erklärte Martial. »Gewähren Sie mir noch ein, zwei Tage, und ich werde mich glücklich schätzen, Sie zum Essen bei Gaston Fabre einzuladen.«

»Sie denken, er war es nicht allein, stimmt's?«

»Ich weiß jetzt, wo ich suchen muss.« Mehr sagte Martial nicht.

Noch bevor es Mittag wurde, ging er zum Postamt und bat Maurice Daures ein weiteres Mal, seine Nummer in Paris zu wählen. Zum Glück nahm ziemlich schnell jemand ab.

»Ich habe damit gerechnet, dass du anrufst«, sagte sein Freund. »Aber die Nachforschungen, um die du mich gebeten hast, haben nichts ergeben. Keiner der Namen, die du mir genannt hast, war zum Zeitpunkt seines Todes mit Armand Pujol in der Ambulanz in Verdun. Was den Rest betrifft, so ist es, als suche man eine Nadel im Heuhaufen …«

»Die Dinge haben sich ein wenig weiterentwickelt. Jetzt

gebe ich dir die Nadel, und du brauchst nur noch den Heuhaufen zu finden.«

Möglichst leise, damit Maurice Daures ihn nicht hörte, erklärte Martial die neue Richtung, in welche die Nachforschungen gehen sollten.

»Und bis wann brauchst du das?«

»Vor morgen früh.«

»Du weißt doch, dass der Freitag mein freier Tag ist.«

»Das weiß ich nur zu gut. Deswegen war ich ja sicher, dass ich dich zu Hause erreiche. Es ist sehr wichtig.«

»Ich lasse dir die Antwort auf dem gleichen Weg zukommen?«

»Nein. Ich gebe dir eine neue Nummer. Die eines Freundes. Ab neunzehn Uhr kannst du bei ihm anrufen. Sollte ich nicht bei ihm sein, kannst du die Nachricht ihm anvertrauen. Er heißt Antoine Guiraud. Und du kannst auch spätabends noch anrufen.«

»Was beunruhigt dich so?«, fragte Camille besorgt, als sie zu dritt beim Mittagessen saßen.

»Ich glaube, dass Pierre Gresse einen Komplizen hatte«, sagte Martial unvermittelt.

»Einen Komplizen? Denkst du an seine Frau?«

»Nein. Ich denke an seine Mutter. Ich habe den Polizisten gegenüber darauf bestanden, dass sie jemanden auf dem Hof lassen, zumindest solange Amélie und Mathilde dort sind.«

»Was bringt dich zu der Annahme, dass die alte Frau etwas mit der Geschichte zu tun hat?«

»Sie lebt. Sie ist diejenige, die mit Sicherheit am leichtesten zu beseitigen gewesen wäre, und trotzdem ist sie noch da. Er hat sie keinen Augenblick lang töten wollen. Sie sollte nicht sterben.«

»Aber welches Interesse hatte er daran, ihren Sohn und ihre Schwiegertochter zu töten?«

»Das ist die Antwort, die mir fehlt, die ich aber bald bekommen werde.«

Martial blickte starr geradeaus und kaute mechanisch ein Stück Brot. Sein Ausdruck hatte sich verhärtet. Er saß da wie erstarrt.

»Ich habe vor, am Montagmorgen abzureisen, mit dem ersten Bus«, erklärte er schließlich.

Er hätte schwören können, dass Camille blass wurde.

»Es wird Zeit, dass ich nach Hause fahre und euch ein bisschen Privatsphäre lasse.«

»Sie können so lange bleiben, wie Sie wollen, Sie stören uns in keiner Weise.«

»Das ist nett von Ihnen, Édouard. Aber ich habe auch einen Betrieb, um den ich mich kümmern muss.«

Camille hüllte sich nach wie vor in Schweigen.

»Ich habe vorhin Monsieur Guiraud gesehen. Er würde sich freuen, wenn wir heute Abend zum Essen zu ihm kämen. Ich habe mir die Freiheit genommen zuzusagen.«

»Für mich kein Problem«, sagte Édouard, während Camille, den Blick auf Martial gerichtet, nur nickte.

Martial hatte die Absicht, zur Beerdigung von Yvonne Gresse zu gehen, aber er musste auch ein wenig allein sein, um einen Schlusspunkt hinter die Untersuchung setzen zu können. Daher verließ er die Mühle kurz nach dem Essen, verzichtete für den Rest des Tages auf Édouards Gesellschaft und überließ Camille ihrer düsteren Stimmung.

Eine ganze Weile wanderte er auf den Wegen umher, die das Dorf umgaben. Er brauchte Ruhe, damit in seinem Kopf alles wieder an seinen Platz rückte. Alles, seit es begonnen hatte.

Als er vom Laufen genug hatte, setzte er sich auf dem großen Platz auf eine einsame Bank in der Nähe der Kirche. Ein Bild ging ihm nicht aus dem Kopf, das von jener Nacht, als er, pitschnass und verletzt, zum Eingang der Mühle zurückgekehrt war, als er an diese Tür geklopft und Camille gerufen hatte, als seine Beine ihn kaum noch zu tragen vermocht hatten und ihm schwindlig geworden war. Als es von dem Regenmantel, den er trug, auf den Boden getropft hatte, rund um seine durchnässten und schlammbedeckten Schuhe. Er vergegenwärtigte es sich immer wieder. Und er sah alles wieder. Sah sich schwach, erschöpft, fast bemitleidenswert. Camille, die auf sich hatte warten lassen, bevor sie ihm öffnete; die Angst, die sich seiner bemächtigt hatte und in seinen Eingeweiden tobte. Und all das, was um ihn herum zusammenbrach, ohne dass er es kontrollieren konnte.

Es waren nicht viele Dorfbewohner zu Yvonnes Beerdigung gekommen. Die Kirche war dreiviertel leer, als der Pfarrer mit einem Widerwillen, den er nicht einmal zu verbergen suchte, die Trauerfeier begann. Die Inspektoren setzten sich in die hinteren Reihen, nicht weit von Martial entfernt. Die alte Gresse war nicht gekommen. Sie war, bewacht von den Gendarmen, auf dem Hof geblieben. Nur Mathilde und Amélie saßen nebeneinander in der ersten Reihe. Auf dem Friedhof gab es keine Bekundungen. Kaum war der Segen gesprochen, ging die kleine Versammlung auseinander.

»Es heißt, wir verdanken Ihnen unser Leben, Mathilde und ich«, sagte Amélie zu Martial, der etwas länger geblieben war.

»Das sehe ich nicht so. Sagen wir, es hat aufgrund meiner Säumigkeit zwei Tote weniger gegeben.«

»Ich weiß nicht, was ›Säumigkeit‹ bedeutet.«

»Das bedeutet, dass ich blind gewesen bin, junge Dame. Dass ich nicht wusste, welcher Fährte ich folgen sollte.«

»Ich danke Ihnen trotzdem. Sie haben mich nie im Stich gelassen, im Gegensatz zu allen anderen. Wo sind sie denn heute? Sogar meine Tante ist zu einer Aussätzigen geworden. Man hat ihr geraten, sich nicht zu zeigen, damit es keine Unannehmlichkeiten gibt. Und dieser verdammte Pfarrer, der sein Mäntelchen nach dem Wind hängt ...«

»Ein paar gibt es aber, die zu Ihnen halten. Bernard Cousinié war da, wie übrigens auch seine Mutter.«

»Bernard ist nett. Zu nett für mich. Er ist verliebt, wie es heißt. Der Arme! Er sagt, er will mich in die Stadt mitnehmen. Davon träume ich. Das weiß er, und daher glaubt er, wenn er das sagt, hat er mich am Haken.«

»Du bist hart zu ihm.«

»Sie, der Sie so begabt im Rätsellösen sind, werden bemerkt haben, dass ich alles andere als ein Engel bin.«

»Das habe ich in der Tat bemerkt. Aber die Dinge können sich ändern, Amélie. Du bist jung, und du hast noch viel Zeit vor dir; da besteht doch Hoffnung, dass dein Zorn verraucht ...«

»Ich fühle keinen Zorn. Ich bin einfach so, das ist alles.«

Mit einem untröstlichen Lächeln kehrte sie zum Wagen zurück.

Nun stand Mathilde allein an der Familiengruft, die noch geöffnet war. Martial näherte sich ihr.

»Sie werden ihn da hineinlegen«, sagte sie. »Später. Ohne eine Platte und ohne die geringste Zeremonie ... Ich hätte mich niemals einverstanden erklären dürfen, ihn zu heiraten. Er hätte eine andere gefunden und wäre sicher glücklicher geworden.«

Sie trug ihr gewöhnliches schwarzes Kleid, das, wenn sie es

trug, nichts Gewöhnliches mehr hatte. Schließlich wandte sie sich vom Grab ab und ging neben Martial her zum Wagen.

»Meine Eltern haben eingewilligt, dass ich ein, zwei Tage bei ihnen wohne, bis ich etwas anderes gefunden habe. Sie sagen, mein Platz sei auf dem Hof, das sei meine Familie ... Wie auch immer, ich bleibe nicht eine Nacht länger an diesem verfluchten Ort. Nur dem Hund werde ich nachtrauern.«

Sie blieb vor dem Wagen stehen.

»Danke, dass Sie gekommen sind, dazu waren Sie nicht verpflichtet.«

Ein Lächeln huschte über Martials Gesicht. Sie kletterte auf die Bank und nahm die Zügel, während Amélie völlig abwesend wirkte, ganz in ihre Gedanken versunken. Nicht einmal Bernard Cousinié bemerkte sie, der wie ein ständiger Begleiter ein paar Meter abseits stand. Der Wagen fuhr an ihm vorbei und ließ ihn zutiefst verletzt zurück.

Während der Trauerfeier war das »Café du Théron« geschlossen gewesen; als Martial es zum ersten Mal betrat, hatte es gerade wieder geöffnet. Jules Peyre trug noch Lackschuhe und Krawatte, als er die Bestellung aufnahm. Martial saß an einem der kleinen Tische am Fenster und trank in kleinen Schlucken seinen Cognac. An diesem Spätnachmittag war er der einzige Gast. Er hatte wieder begonnen, seine Erinnerungen durchzugehen und die Dinge an ihren Platz zu rücken, so wie man nach einer Periode der Unordnung gründlich aufräumt.

Schließlich tauchten doch noch ein paar Stammgäste auf, aber sie waren mit ihren Gedanken woanders. Die Gespräche kamen nicht so recht in Gang und erstarben ziemlich schnell wieder. Alle schienen das Schweigen vorzuziehen, zumindest für den Augenblick. Darüber vergaßen sie fast, von Martials Anwesenheit im Café überrascht zu sein. Der Billardtisch blieb verwaist, und niemand holte Karten heraus. Nur Fernand Palousi und Maurice Daures teilten die allgemeine Niedergeschlagenheit nicht. Wie jeden Abend trafen sie sich nach der Arbeit zu ihrer traditionellen Schachpartie. Sie hatten ihren eigenen Tisch, den direkt hinter Martial. Das Schachbrett blieb immer darauf liegen, und der Erste, der kam, stellte die Figuren auf. Man servierte ihnen zwei Glas Bier, die sie während der Partie tranken. Selbst in diesen dunklen Zeiten der Trauer hatten sie nicht die Absicht, auf dieses Ritual zu verzichten.

Sie begannen ihre Partie kurz nach um sieben. Und plötzlich schienen auch die Gespräche ringsum wieder lauter, lebhafter und feuchtfröhlicher zu werden. Martial drehte sich um. So hatte er freie Sicht auf das Schachbrett, auf dem bereits vier oder fünf Züge gespielt worden waren. In Gedanken ließ er die Schwarzen mit sechs weiteren Zügen gewinnen und dann die Weißen in neun. Und all das, bevor Maurice Daures auch nur seinen Springer bewegt hatte. Er stand auf, zog seinen Mantel an und verfolgte die Partie der beiden hochkonzentrierten, aber glücklichen Spieler ein paar Sekunden lang. Er beneidete sie. Er hatte Schach immer als einen Wettstreit begriffen, als eine Prüfung, die bestanden werden musste. Er hatte es nie wirklich gespielt.

Bevor er ging, grüßte er in die Runde. Draußen war es bereits dunkel. Er überquerte den kaum erleuchteten Platz und kam erneut an der kleinen Kirche vorbei. Der Friedhof lag im Dunkeln. Über den Kiesweg und dann an dem hinteren Mäuerchen entlang gelangte Martial zum Grab von Charles. Er konnte nur die Form des Granitkreuzes erkennen. Und doch versuchten seine Augen, die Dunkelheit zu durchdringen, die Erde aufzugraben und durch den Sargdeckel zu dringen. Mehr als je zuvor wünschte er sich an diesem Abend, seinen ehemaligen Lehrer zu sehen.

Das Viertel Saint-Cyprien in Toulouse schien aus drei Welten zu bestehen. Die erste, unmittelbar nachdem man die Garonne auf dem Pont Saint-Pierre überquert hatte, war die der Kranken und des Krankenhauses. Das war seit dem Mittelalter die Berufung dieses Teils der Stadt. Dann gab es, etwas weiter, bei den ehemaligen Befestigungsmauern, die Welt der Schlachthöfe und Metzger. Dort lebte man frühmorgens in den Gerüchen von Fleisch und Blut. Männer mit einem schweren Ochsengerippe über den Schultern kamen vorbei, mit schmutziger Schürze und lauter Stimme, und die Kneipen leerten sich den ganzen Vormittag nicht. Die dritte Welt befand sich unmittelbar hinter der Place Saint-Cyprien, links von den Markthallen. Es war ein schönes einstöckiges Haus, dessen Fassade traditionsgerecht aus rosa Ziegelsteinen bestand, aber kunstvoll gearbeitete Zierleisten aufwies, die mit dem Barock liebäugelten. Es handelte sich um ein Bordell. Das war die Welt der Lust und des Verbotenen.

Auf seinem Weg zu Charles und Camille oder von ihnen zurück hatte Martial immer diese drei Welten durchquert. Die Versuchung, mit seinem üppigen Taschengeld durch die Türen der dritten Welt zu gehen, war zu groß gewesen, als dass er die Kraft gehabt hätte, ihr zu widerstehen. Charles hatte es erfahren. Vermutlich lange vor dem Zeitpunkt, zu dem er mit ihm darüber gesprochen hatte. Es war eine schreckliche Erinnerung, eine von der Art, die einen verfolgte und einem das Blut in den Adern gefrieren ließ. Die Moralpredigt des alten Lehrers, der strenge Blick, und er, Martial, wie er beschämt, gedemütigt, mit gesenktem Kopf und rot bis in die Haarwurzeln in dem kleinen Esszimmer stand ... Seine ganze Verachtung hatte Charles zum Ausdruck gebracht, seine ganze Enttäuschung. Martial hatte ihm das übel genommen. Er wäre lieber tot gewesen, als einer solchen Prüfung ausgesetzt zu sein. Er hatte gewusst, dass sie ihn bis zum Schluss verfolgen würde, dass sie für immer zwischen seinem Mentor und ihm stehen und unversehens wieder auftauchen würde, um ihn noch mehr zu verletzen. Seine Verlegenheit war nicht zu ertragen gewesen. Eine Zeit lang hatte er mit diesem Schuldgefühl, dieser Bürde gelebt. Als er gewusst hatte, dass er Camille liebte, war er sicher gewesen, dass Charles nicht zögern würde, die Geschichte wieder hervorzuholen, sie seiner Tochter zu erzählen und den jungen Mann, der er inzwischen war, erneut zu demütigen. Warum hatte er das gedacht? Warum hatte er Charles in einem so erschreckenden und schlechten Licht gesehen? Von dem Bordell in Saint-Cyprien war jedenfalls nie mehr die Rede gewesen.

Charles' neues Haus in Bagnères-de-Luchon am Rand des Gebirges hatte einen Garten gehabt, ein paar Blumenbeete und zwei Bäume mit bereits recht dichtem Laub. Die Sonne schien dort nie sehr lange, selbst im Sommer nicht. Aber es war ein schöner Ort und das Licht phantastisch. Bei angenehmer Augustwärme hatten Charles und er mit kühler Limonade im hinteren Teil des Gartens gesessen. Und da hatte Martial über seine Enttäuschung wegen Danko Dobelic gesprochen. Charles hatte ihm zunächst zugehört.

»Du hast dich immer für sehr selbstsicher gehalten, mein Junge, aber in Wirklichkeit bist du es nicht. Du siehst nie das, was du vor Augen hast, sondern suchst nach dem, was mehr glänzt, was im Hintergrund strahlt. Und wenn du merkst, dass du auf dem Holzweg warst, ist es zu spät, dann ist deine Zeit vorbei. Dieser Mann ist dir entkommen, die Enttäuschung darüber sollte ausreichen. Aber nein, was du im Gedächtnis behältst, ist die Demütigung, die du empfunden hast, weil er dich in die Falle gelockt hat. Im Grunde hast du dich nicht geändert. In dir ist immer noch dieser Wunsch, über den anderen zu stehen. Mit Camille ist es das Gleiche. Was hat dich gestern mehr geschockt? Dass sie dich zurückweist oder dass sie einen anderen vorgezogen hat? Dabei hatte ich geglaubt, die eine oder andere meiner Lektionen sei auf fruchtbaren Boden gefallen. Aber nein, du scheinst dir nicht allzu viel gemerkt zu haben.«

Im Nachhinein war Martial ihm dankbar gewesen, dass er so offen mit ihm gesprochen hatte, denn es hatte ihn aufgerüttelt und vorangetrieben. Doch damals war er furchtbar verletzt gewesen, da hatte er den hasserfüllten Blick des Lehrers auf seinem Podest wieder gesehen, an dem Tag, als er ihn beleidigt hatte. Warum fiel ihm dieses finstere Gesicht wieder ein? Warum wurden diese Erinnerungen mit der Zeit immer prägender?

Diese Fragen hätte Martial gern gestellt. Doch die einzige Antwort waren die Dunkelheit und die morbide Stille des Friedhofs. Es war niemand da, der ihm zuhörte und antwortete. Es war niemand da, der ihn zurechtwies und ihn aufrüttelte. Niemand konnte ihm mehr vorwerfen, auf das Licht zugestürzt zu sein, das heller strahlte als die anderen, und darüber seinen eigentlichen Weg vergessen zu haben.

Er traf mit Verspätung bei Antoine Guiraud ein. Camille und Édouard waren bereits da, der Tisch war gedeckt, und die Haushälterin wartete darauf, die Suppe servieren zu können. Er entschuldigte sich mehrmals, doch der alte Mann gab ihm zu verstehen, dass er sich keine Sorgen machen solle. Kurz darauf gingen sie ohne Lucien zu Tisch.

»Mein Sohn musste nach Castres hinunter«, erklärte der Gastgeber. »Er kauft Material. Ich muss mich endlich entschließen, ihm etwas mehr Verantwortung zu übertragen.«

Das Abendessen war überaus köstlich, allerdings rührte

Martial kaum etwas an. Es hatte ihm den Appetit verschlagen, doch niemand schien es zu bemerken. Man sprach über alles außer über die Morde, die Gresses und das Dorf. Martial musste von seinem Leben in Beaunac erzählen, von seinen Pferden und seiner Begegnung mit Raoul. Und er sah, wie Camilles Stimmung sich erneut verdüsterte und ihre Augen feucht wurden. Nach einer Weile entschuldigte sie sich und verließ den Tisch.

Édouard wusste nicht recht, was er tun sollte. Er entschuldigte sich für seine Verlobte, aber man spürte, dass es in seinem Innern ebenfalls rumorte. Sie entzog sich ihm, das spürte er. Und er kannte das Gesicht desjenigen, der sie ihm wegnahm, er saß ihm gegenüber, und er selbst hatte ihm das Leben gerettet, obwohl er seinen Verrat in die Nacht geschrien hatte …

Camille kam bald zurück. Sie entschuldigte sich noch einmal und setzte sich wieder. Antoine Guiraud bedachte sie mit einem mitfühlenden Blick. Das Gespräch nahm mit einem ganz anderen Thema wieder Fahrt auf.

Kurz darauf klingelte das Telefon. Der ehemalige Bürgermeister erhob sich mühsam und ging zum Apparat. Martial atmete tief ein.

»Ja, er ist da. Ich gebe ihn Ihnen.«

Mit klopfendem Herzen stand er auf. Nahm den Hörer, der ihm hingehalten wurde, und führte ihn ans Ohr.

28

Am nächsten Morgen stand Martial auf, sobald er Édouards Schritte auf der Treppe hörte. Camille war in ihre Wohnung zurückgekehrt, da sie den Wunsch hatte, allein zu sein, ohne Furcht.

Sie tranken gemeinsam Kaffee und gingen Wasser holen. An der Quelle sprach Martial ihn an. Er müsse für einen Teil des Tages nach Brassac hinunter. Nichts Schlimmes, er habe etwas auf der Gendarmerie zu erledigen.

»Henriette Gresse wird vermutlich heute Abend, spätestens morgen festgenommen. Deswegen musste ich gestern Abend nach dem Essen noch zu den Gendarmen. Diese verrückte Alte war zu allem bereit, nur um ihren Besitz nicht zwischen ihren Söhnen aufteilen zu müssen, damit ihr Lebenswerk beisammenbleibt.«

»Aber warum hat sie sich für Pierre entschieden und nicht für Michel? Sie hat ihren Ältesten doch immer vorgezogen.«

»Pierre war leichter zu beeinflussen. Aber ich bin sicher, dass sie ihn im Zweifel ebenfalls geopfert hätte. Übrigens hat sie es oft genug gesagt: Sie wollte ihren Hof und ihr Geld niemandem hinterlassen.«

»Warum werden Sie in Brassac gebraucht?«

»Ich muss mich vergewissern, dass diesmal nichts vergessen wird und dass unter allen Umständen eine Untersuchung über das Verschwinden von Julien Pujol eingeleitet wird. Ich fürchte, ich werde den größten Teil des Tages weg sein. Deswegen muss ich Sie, wenn Sie einverstanden sind, noch ein letztes Mal um einen Gefallen bitten. Die alte Gresse ist heute ganz allein. Ich möchte, dass Sie von Zeit zu Zeit vorbeischauen, um sicherzugehen, dass man sie zu Hause vorfindet, wenn sie abgeholt wird.«

»Aber sie ist gebrechlich.«

»Ihre Beine kann sie sehr wohl noch benutzen, vor allem wenn sie spürt, dass die Stunde der Abrechnung geschlagen hat. Sie hat viel zu erzählen. Schon heute Abend, hoffe ich. Monsieur Guiraud habe ich gebeten, heute in aller Frühe zu ihr hinaufzufahren, bevor die beiden Gendarmen abziehen. Ich hoffe, es macht Ihnen nicht allzu viel aus.«

»Ganz und gar nicht. Fahren Sie mit den Polizisten nach Brassac hinunter?«

»Nein, ich bekomme eine Sonderfahrt, für mich …«

Édouard sah ihn mit zusammengekniffenen Augen an. Martial verbarg nichts.

»Sie kommen nicht noch einmal herauf, nicht wahr? Deswegen habe ich Sie vorhin in Ihrem Zimmer herumlaufen hören. Sie haben Ihre Koffer gepackt … Das wird Camille Ihnen niemals verzeihen!«

»Sie wird es verstehen. Ich gehe zu ihr, bevor ich abreise.«

»Ich will nicht, dass sie nur aus Pflichtgefühl bei mir bleibt«, sagte Édouard plötzlich.

»Sie hat sich bereits vor langer Zeit für Sie entschieden. Bis heute ist sie Ihnen gefolgt, und sie wird es weiter tun, vertrauen Sie ihr. Passen Sie bis zum Nachmittag gut auf die alte Gresse auf, danach haben Sie alle Zeit der Welt, um noch einmal mit Camille über Ihre Pläne zu reden. Und versuchen Sie, mich bei ihr in ein halbwegs gutes Licht zu rücken …«

Édouard begleitete Martial zum großen Platz. Die »Postkutsche« war gerade aus Brassac zurückgekommen, und Jean Guillard wartete. Martial stellte seine Koffer in den Bus und stieg wieder aus, um den Fahrer um einen zusätzlichen Gefallen zu bitten.

»Oh, machen Sie sich keine Sorgen. Ich habe es nicht eilig. Gehen Sie nur!«

»Ich werde nicht lange brauchen.«

Jean Guillard nutzte die Gelegenheit, um sich, wie immer mit einer Hand, eine weitere Zigarette zu drehen, und tat ein paar Schritte, um sich mit dem Bäcker zu unterhalten. Martial wandte sich an Édouard.

»Es macht Ihnen nichts aus, wenn ich allein zu ihr gehe?«

»Natürlich nicht. Ich warte hier. Aber ich sage es noch einmal, Martial: Das dürfen Sie nicht.«

Ohne darauf zu antworten, machte Martial sich zügigen Schritts auf den Weg zu Camilles Schule.

Die junge Frau saß im leeren Klassenzimmer an ihrem Schreibtisch. Der Unterricht sollte am Montag wieder beginnen, und früher oder später stand ihr noch diese Inspektion bevor.

»Warum musst du hinunterfahren?«, fragte sie, sichtlich unzufrieden. »Wir haben so wenig Zeit miteinander verbracht.«

»Es gibt noch Dinge, die ich beenden muss, Camille. Ein elfjähriger Junge ist von Schweinen gefressen worden; er hat es verdient, dass man ihm Gerechtigkeit widerfahren lässt. Dann war diese Geschichte wenigstens dazu gut. Das ist ein Trost.«

»Wird die alte Gresse ins Gefängnis wandern?«

»Sie wird sich für ihre Taten verantworten müssen. Aber es wird nicht einfach sein, sie so weit zu bringen, dass sie alles gesteht.«

»Wann kommst du zurück?«

»Sehr schnell, keine Angst. Ich muss dir nur eine Frage stellen, etwas, das mich seit gestern quält: Hat dein Vater mich geliebt?«

»Was redest du da? Natürlich hat er dich geliebt!«

»Hat er das gesagt?«

»Papa hat so etwas nie gesagt, das weißt du doch.«

»Ich habe miterlebt, wie er dich geliebt hat. Er hat es dir gesagt und gezeigt. Mir hat er es nie gezeigt.«

»Er hat dich jahrelang unter seine Fittiche genommen. Ist das nicht Beweis genug?«

»Aber du warst es, die mich erwählt hat, Camille. Du mit deiner roten Erkältungsnase hast mich in eurer kleinen Wohnung an der Hand genommen. Er ist dir nur gefolgt.«

»Was willst du damit sagen?«

»Nichts. Ich wollte nur sicher sein, das ist alles … Er war manchmal dermaßen streng zu mir. Und er war so wichtig für mich! Manchmal habe ich gedacht, dass ich mir hinsichtlich seiner Gefühle für mich Illusionen gemacht habe … Na ja, ich muss gehen. Ich wollte dir vorher nur noch das hier geben.«

Damit zog er einen Umschlag aus der Tasche und drückte ihn ihr in die Hand.

»Heb ihn für mich auf, aber öffne ihn nicht. Versprich mir, dass du ihn erst liest, wenn die Zeit gekommen ist.«

»Martial …«

»Versprich es mir. Du wirst wissen, wann die Zeit gekommen ist.«

Sie versprach es und legte den Umschlag in ihre Schreibtischschublade.

Martial ging. Ihr Blick folgte ihm bis zur Schwelle.

»Also bis dann.«

Er drehte sich um und lächelte ihr zu. Er sah sie an. Er hätte alles dafür gegeben, sie tage-, jahrelang so ansehen zu können.

»Ja. Bis dann.«

Als er die Schule verließ, nahm er sich vor, sich die Niedergeschlagenheit möglichst wenig anmerken zu lassen.

Édouard saß auf dem Platz auf einer Bank. Als er Martial kommen sah, hob er Schultern und Kopf und gab sich ein weniger niedergedrücktes Aussehen. Es war, als rechnete er damit, dass Camille mitkam, reisefertig und entsprechend gekleidet. Dem war nicht so. Er stand auf.

»Ich danke Ihnen für Ihre Gastfreundschaft und Ihre Hilfe.«

»Ich bitte Sie. Gleich nach Ihrer Abfahrt gehe ich zum Hof hinauf, das verspreche ich. Wir werden Ihnen schreiben. Na ja, eher glaube ich, dass Camille Ihnen schreiben wird.«

»Das hoffe ich sehr. Passen Sie gut auf sie auf, Édouard. Ich wünsche Ihnen beiden viel Glück.«

Martial reichte ihm die Hand. Édouard schüttelte sie kräftig und lange. Die beiden Männer blickten einander in die Augen. Der Griff lockerte sich, die Hände fielen zurück neben die Hose oder in die Manteltasche. Ohne ein weiteres Wort machte Martial auf dem Absatz kehrt und stieg in den Bus. Jean Guillard, der das alles aus der Ferne verfolgt hatte, näherte sich hinkend. Er setzte sich ans Steuer und startete den Motor. Das Getriebe knirschte, als er den ersten Gang einlegte. Hüstelnd setzte sich das Fahrzeug in Bewegung. Martial hinter dem Fenster winkte Édouard zu, und der erwiderte den Gruß. Dann fuhr der Bus um die Ecke und verschwand hinter den Häusern der Gasse. Eine kurze Weile noch hörte man den heulenden Motor auf der Straße nach Brassac. Dann nichts mehr.

29

Henriette Gresse betrachtete die Welt hinter ihren schmutzigen Fensterscheiben, und die Welt, die sie sah, war eine Welt in Trümmern. Alles, was sie einmal gehabt hatte, war verloren. Sie würde gezwungen sein, ihre Tiere wegzugeben, aber sonst würde sie nichts verkaufen, schon gar nicht an Joseph Cassagne. Lieber legte sie Feuer oder überließ alles dem Zahn der Zeit. Es würden nur Ruinen bleiben, aber ihren Hof würde niemand bekommen.

Mathilde, dieses Miststück, hatte ihre Siebensachen gepackt, nachdem sie am Abend zuvor vom Friedhof zurückgekommen war. Bei Tagesanbruch hatten die Gendarmen ihre Zelte abgebrochen und waren im Wagen der Polizisten weggefahren. Amélie war weiß Gott wohin verschwunden, vermutlich um weiterhin rumzuvögeln. Sie hoffte, dass sie nie mehr zurückkam, die kleine Schlampe, diese Bastardin, die ihr Leben damit zubrachte, ihrer Familie Schande zu machen. Jules Peyre und sein Sohn waren gekommen, um sich um die Tiere zu kümmern. Aber es war niemand mehr da, der sich um sie kümmerte. Früh am Morgen war Antoine Guiraud da gewesen und hatte gesagt, er werde ihr jemanden besorgen, der für sie kochen, ihr beim Aufstehen helfen, sie ins Bett bringen und waschen würde. Das hatte sie abgelehnt. Zum Teufel hatte sie ihn geschickt. Danach hatte er im Hof gewartet. Auch er war alt geworden, krumm, sein Stock schaffte es kaum, ihn zu stützen. Und wenn er sich für noch so mächtig hielt, er war doch auch nur wie alle anderen, alt und kaputt.

Kurz nach neun war der große unscheinbare Kerl aufgetaucht, der immer den Detektiv begleitet hatte. Sie hatte ihn mit dem Alten reden gesehen. Dann war Antoine Guiraud gegangen. Der andere schien sich nicht zu genieren: Er hatte in den Milchschuppen und den Stall einen Blick geworfen und sich sogar dem Fenster genähert, um sie zu betrachten wie ein Jahrmarktstier. Sie hatte es aufgemacht und ihn angeschrien.

»Verschwinden Sie von meinem Hof!«

Er war ein wenig zurückgewichen und schien nicht so recht gewusst zu haben, was er machen sollte.

»Ich komme später noch mal vorbei«, hatte er schließlich gesagt. »Wenn Sie etwas brauchen, geben Sie mir einfach ein Zeichen.«

Dann war er gegangen.

Sie war allein zurückgeblieben. Jules hatte Holz nachgelegt. Mit ihren Stöcken konnte sie sich noch fortbewegen, aber die Treppe kam sie nicht mehr hinauf. Sie hatte das Gefühl, dass alle Tiere gleichzeitig schrien. Der Hund war verschwunden. Er war Mathilde gefolgt, da war sie sicher. Auch er hatte sie verraten, alle hatten sie verraten, auch der Pfarrer. Wenn sie die Hilfe, die sie ihr anboten, ablehnte, waren sie imstande, sie ins Pflegeheim zu stecken oder vielleicht sogar zu den Verrückten. Am besten setzte sie wirklich das Haus in Brand, und sie mitten drin. Aber dann würden sie sich so richtig freuen. Vor allem Yvonnes Tochter, die Hure, die hinter ihrem Geld her war. Auch sie würde nichts bekommen. Sie war keine Blutsverwandte. Niemand würde etwas bekommen. So viel Kraft hatte sie noch, dass sie das sicherstellen konnte.

Besessen von ihrem Hass sah sie die Gestalt, die mit zügigem Schritt über den Hof kam, nicht. Sie bemerkte sie tatsächlich erst, als sie nur noch ein paar Schritte von der Eingangstür entfernt war. Sie hörte, wie diese sich öffnete und über den Boden schleifte. Und sie sah den Mann eintreten. Direkt vor ihr blieb er stehen.

»Verlassen Sie mein Haus! Ich bin vielleicht alt, aber nehmen Sie sich in Acht, wenn Sie nicht von hier verschwinden!«

»Du hast dich nicht geändert, du dreckiges Stück Scheiße. Immer noch genauso böse. Was willst du mir schon tun? Mir hinterherlaufen mit deinen Stöcken? Du bist es, die Angst haben sollte. Ich bin gekommen, um dich zu holen. Und rat mal, wo ich dich hinbringe.«

»Warum duzen Sie mich?«

»Erkennst du mich nicht? Schau genau hin, ich komme noch ein bisschen näher …«

Sie versuchte, nach einem ihrer Stöcke zu greifen, doch er war schneller und packte ihn zuerst.

»Sieh mich an, du Miststück! Sieh mir in die Augen, und sag mir, dass du mich erkennst! Michel hat mich erkannt, obwohl ich ihn schon übel zugerichtet hatte. Er hat geweint vor Schiss. Am Ende haben sie mich alle erkannt, bevor sie krepierten. Du wirst mich nicht enttäuschen. Also, was ist?«

Die alte Frau verzog das faltige Gesicht vor Schreck.

»Aber das ist nicht möglich! Du bist tot!«

»Ja, ich bin tot. Ich bin ein Gespenst, das zurückkehrt, um dich bezahlen zu lassen! Sie mussten alle dran glauben: dein Sohn, deine Schwiegertochter, dieser Lump Bascoul! Nur du fehlst noch.«

»Aber du bist tot!«, wiederholte Henriette Gresse, vollkommen starr vor Angst.

»Ich bin sogar zweimal gestorben, verstehst du? Das zweite Mal war im Krieg, wie man es dir erzählt hat. Aber das erste

Mal war hier, als ihr Julien getötet habt. Kannst du dir vorstellen, welche Qual es für mich war, euch alle in diesem verfluchten Dorf zu sehen, euch vorbeigehen, plaudern, arbeiten, euer Leben leben zu sehen? Die ganze Zeit, die ich warten musste, bis ich endlich dafür sorgen konnte, dass ihr bezahlt … Und kannst du dir die Freude vorstellen, die ich jetzt empfinde? Die ich empfunden habe, als ich die anderen getötet habe?«

Henriette Gresse brachte kein Wort mehr heraus.

»Wir werden einen kleinen Spaziergang machen, deine letzte Reise, genieße sie. Als ich am Schweinestall vorbeikam, habe ich sie vor Hunger grunzen hören. Seit wann haben sie sich nicht mehr satt gefressen? Und weißt du, welcher Tag heute ist? Der 29. März. Der Geburtstag meines Bruders. Weißt du, was geschehen wird? Du wirst dich zum Schweinestall schleppen und dich von den Tieren fressen lassen, und zwar, um den Fragen der Polizei zu entgehen und dem Ende, das dich erwartet. Das jedenfalls werden alle glauben, so wie alle mich für tot halten. Wenn Édouard Alexandre nachher heraufkommt, wird er nur noch deine Überreste finden.«

Mit seinen kräftigen Armen packte der Mann die alte Frau, die nicht einmal mehr die Kraft hatte, sich zu wehren, und trug sie auf den Hof hinaus. Mit dem Fuß schob er das Tor des Schweinestalls auf. Die Schweine grunzten jetzt noch lauter, als wären sie wütend.

»Hast du noch etwas zu sagen, du Miststück?«

Es gelang ihr, ihm ein paar Worte ins Gesicht zu schleudern, auch wenn sie in dem Lärm kaum zu hören waren: »Deinetwegen ist er gestorben!«

Daraufhin brüllte Armand Pujol vor Schmerz und Wut. Er hob sie über das Mäuerchen und hielt sie in der Luft. Die Schweine waren direkt unter ihr. Sie stiegen aufeinander, um an das alte Gerippe, das ihnen da angeboten wurde, heranzukommen. Schließlich ließ er sie los. Sie fiel zuerst auf die Köpfe der Schweine, die mit einem Satz zurückwichen und sie in der Gülle landen ließen. Noch bevor sie begonnen hatten, schrie sie los. Sie flehte, konnte sich aber nicht mehr bewegen.

Die Schweine drängten sich um die alte Frau, fürs Erste beeindruckt von ihren Schreien. Aber es brauchte nur eines etwas mutiger zu sein, dann würden die anderen mittun. Den Rest würde der Hunger besorgen.

Armand Pujol war entschlossen, sich alles bis zum Schluss anzusehen, doch als ein erstes Schwein sich weiter vorwagte, hörte er in seinem Rücken ein Klicken. Er erkannte den Hahn eines Revolvers, der gespannt wurde.

»Nur noch ein bisschen«, bat er, ohne sich umzudrehen. »Damit sie weiß, wie sich das anfühlt.«

Martial näherte sich.

»Sie ist bereits tot. Indem Sie ihre Familie getötet haben, haben Sie auch sie getötet. Holen Sie sie da raus, ich bitte Sie. Zeigen Sie ein bisschen Mitgefühl.«

Die Schweine hatten sich über das schmutzige Nachthemd der alten Frau hergemacht. Ihre Schreie wurden unerträglich.

»Édouard, die alte Frau wird nicht in diesem Schweinestall sterben. Zwingen Sie mich nicht, die Tiere zu erschießen. Oder die Gendarmen herzubitten.«

»Wie viel Zeit haben sie Ihnen gegeben?«

»Sie warten nur auf mein Zeichen. Unten am Ende des Wegs.«

»Wissen Sie, ich dachte, wenn ich sie töte, würde das den Schmerz, der mich seit all diesen Jahren peinigt, lindern. Aber ich empfinde keine Erleichterung. Der Schmerz ist immer noch da, genau wie der Hass und die Wut. Nichts ist verschwunden.«

Édouard öffnete die Tür und ging zu den wütenden Schweinen hinein. In der Mitte des Stalls bückte er sich, als sähe er sie nicht. Er ließ sich blutig beißen und heftig anrempeln, doch es gelang ihm, Henriette Gresse da herauszuholen. Sie war bedeckt mit Gülle, ihren eigenen Exkrementen und Blut, das aus mehreren Wunden quoll.

»Ich habe nie wirklich geglaubt, dass ich davonkommen würde. Vielleicht habe ich irgendwie sogar gehofft, dass jemand mich erkennt. Ein Teil von mir ist tot, und ich glaube, es war der beste …«

Die alte Frau war ohnmächtig, als sie sie ins Haus zurückbrachten. Kurz darauf erschienen die Gendarmen im Hof. Martial und Édouard kamen Seite an Seite heraus und gingen ihnen entgegen.

»Die Frau braucht ärztliche Hilfe. Man müsste möglichst rasch den Doktor kommen lassen.«

Der Polizeihauptmeister gab seine Befehle.

»Wohin gehen wir, Édouard?«

»Wohin Sie wollen, aber nicht hier.«

Unter den verblüfften Blicken der anderen, die den Teufel vorbeigehen sahen, aber nicht zu erkennen schienen, folgte er Martial.

»Sie haben mich geschickt an der Nase herumgeführt«, sagte er anerkennend, nachdem man sie zur Mühle gebracht hatte. »Ich dachte wirklich, Sie würden abreisen.«

Édouard erschien beinahe ruhig. Er lächelte. Seine Augen leuchteten wieder ein wenig. Er wirkte unbeschwerter, weniger wortkarg, anders. Die Bürde, die er sich selbst auferlegt hatte, war von ihm abgefallen.

»Bestimmt tausendmal habe ich mir vorgestellt, wie ich mich erkläre oder rechtfertige, ich weiß nicht, welches Wort angemessener ist. Ich freue mich, dass ich es vor Ihnen tue, denn ich glaube, dass ich Sie, wenn ich davongekommen wäre, auf irgendeine Weise auf dem Laufenden gehalten hätte. Nicht, um mich über Sie lustig zu machen, sondern aus Respekt. Ich habe sogar angefangen, Ihnen einen Brief zu schreiben. Der erste Satz lautete: ›Ich bin ein Mörder, ich bin ein mitleidloses Ungeheuer, das Sie verfolgen.‹ Aber ich habe ihn nicht fertig bekommen und am Ende ins Feuer geworfen. Ich fürchte, dass ich mich schriftlich nicht besonders gut ausdrücken kann. Nicht dass ich gern spräche, aber damit komme ich immer noch besser zurecht. Und ich habe Ihnen so viel zu erzählen …«

Sie saßen jeder an seiner Seite des Tisches und machten sich nicht die Mühe, eine Lampe anzuzünden. Durch das vordere Fenster konnte man die beiden Gendarmen erkennen, die neben ihrem Wagen warteten.

»Zum ersten Mal habe ich im Krieg getötet«, begann Édouard. »Ich habe mich in diesen Krieg gestürzt, weil ich dachte, er sei mein Sprungbrett, eine Brücke zu meinem neuen Leben, das aufzubauen mir solche Mühe machte. Meine Überzeugung war, dass ich da durchmusste, als Strafe dafür, dass ich Julien zurückgelassen hatte, und um Kraft fürs Vorankommen zu finden. Für mich war das wie ein Gottesurteil: Er sollte entscheiden, ob ich es verdiente durchzukommen … Es war Anfang Dezember, wir sollten einen Wald erkunden, der den Namen Soupir trug. Es gab da einen alten Stall aus Naturstein, den die Männer von der Pioniertruppe in unser Verteidigungssystem integrieren wollten. Unser Obergefreiter hat die Boches als Erster gesehen. Wir hatten noch die Zeit, uns flach auf den Boden zu legen, ich weiß bis heute, wie dieser gefrorene Boden gerochen hat. Mir war bewusst, dass dies mein erster Kampf als Soldat sein würde, aber statt Angst empfand ich nur Ungeduld. Ich lag auf dem Bauch, umklammerte das Gewehr mit beiden Händen und hörte unseren Feind in dem hart gefrorenen Gestrüpp näher kommen. Irgendwann stand der Obergefreite auf und stieß einen furchtbaren Schrei aus. Wir haben es ihm nachgemacht. Die Boches bekamen Panik. Ich hatte noch keinen Schuss abgegeben, da waren zwei von ihnen schon tot. Die anderen haben versucht zu fliehen, wobei sie blindlings um sich schossen und aufs Geratewohl Granaten warfen. Wir haben sie verfolgt. Man hat Schreie gehört und Gewehrschüsse, ich weiß nicht, ob es ihre waren oder unsere. Dann war ich plötzlich allein, aber ich habe einen von ihnen aufgestöbert. Es blieb nicht die Zeit anzulegen, denn er hatte sein Gewehr schon auf mich gerichtet. Ich habe mich gefragt, ob es wehtun würde, ob ich wissen würde, wann genau es mit mir vorbei ist. Er schoss, und ich habe nichts gespürt. Zwei weitere Schüsse, immer noch nichts. Er war so sehr in Panik, dass er nicht imstande war zu treffen. Daraufhin habe ich meinerseits gezielt, ganz ruhig. Ich kam mir dermaßen ruhig vor! Einmal habe ich geschossen, und ich habe sein Gesicht zerschmettert. Danach habe ich meinen Weg fortgesetzt, als wäre nichts geschehen. Und ich habe an mir ein Talent entdeckt, fürs Töten. So habe ich den Krieg erlebt, in der Haut eines Zerstörers. Ich habe sogar einen Spitznamen bekommen: der Schnitter. Mich haben sie losgeschickt, beim Säubern der feindlichen Schützengräben zu helfen. Irgendwann habe ich Gefallen daran gefunden, mich anzuschleichen und auf den günstigsten Augenblick zu warten, um sie mit dem Gewehr, dem Bajonett oder dem Messer zu töten. Ich kann nicht sagen, wie viele ich getötet habe. Es war, als wären diese Männer in meinem Kopf nicht real, verstehen Sie? Da ich mich gemeldet hatte, um mit meinem Schicksal ins Reine zu kommen, hatte ich keine Angst zu sterben. Zum ersten Mal bin ich im September 1915 verwundet worden, in der Schlacht in der Champagne. Ein wahres Gemetzel! Ich war der einzige Überlebende meines Trupps. Ein echtes Wunder, wenn man denen glaubt, die mich aufgesammelt haben. Danach habe ich wirklich geglaubt, dass ich unzerstörbar bin. Dass selbst der Teufel mich nicht haben will, trotz all meiner Sünden, die täglich mehr wurden. Ich dachte, ich hätte endlich das Recht erlangt zu leben. Und da fing es an, dass ich Angst hatte, weil ich nun hoffte, ein Danach kennenzulernen … Bis zu dem Tag im November 1916, als sie mich holten, damit ich Charles Guiraud, der im Sterben lag, die Hand hielt. Ich bin nicht seinetwegen hingegangen, sondern meinetwegen, um etwas über meinen Bruder zu erfahren. Er hat mich nicht erkannt, auch nicht, nachdem ich ihm meinen Namen gesagt hatte. Dabei hatte ich früher mit ihm und seinem Bruder im Schulhof Murmeln gespielt. ›Wie hast du dich verändert!‹, hat er gesagt, als es mir endlich gelungen war, ihn davon zu überzeugen, dass ich es war. Dann fing er an zu weinen. Er hat von seinem Vater gesprochen, von seinem älteren Bruder und vor allem von seiner Verlobten, der Tochter des Köhlers, Mathilde. Er hat mich angefleht, sie aufzusuchen und ihnen zu sagen, dass er sie liebt, dass es ihm leidtut, sein Versprechen nicht halten und nicht zurückkommen zu können … Ich habe ihn eine Weile jammern lassen, und dann habe ich ihm die einzige Frage gestellt, die mich interessierte. Als ich seine Antwort hörte, bin ich fast verrückt geworden. Julien sei Ende Juni 1914 verschwunden, hat er gesagt, und alle glaubten, er sei tot. Yvonne Gresse habe Lucien sogar anvertraut, dass er von ihren Schweinen gefressen worden sei und dass sie die Überreste eigenhändig begraben hätten. Dafür, dass er mir das erzählte, hätte ich Charles Guiraud töten können, aber er war bereits halb tot. Und ich wusste, dass er die Wahrheit sagte. Plötzlich war mir klar, warum ich keine Briefe mehr bekam, nicht die kleinste Nachricht. Ohne Julien gab es für mich keine Zukunft mehr. Ich hatte ihn zurückgelassen mit dem Versprechen – für uns beide –, dass ich ihn holen würde, gut gestellt, mit Geld in den Taschen, einem Haus für uns … Ich habe den Hof abends verlassen, unmittelbar vor Einbruch der Dunkelheit. Er hat mich bis zum Ende des Wegs begleitet. Er war so klein! Er hat so sehr geweint! Er hat mich angefleht zu bleiben, hat sogar das wenige, das die Mistbande uns zu essen gegeben hatte, erbrochen. Ich konnte ihn nicht mitnehmen, er war zu jung, zu schwach, sie hätten uns sofort geschnappt. Die einzige Chance, die er hatte, war, bei ihnen auf mich zu warten … Yvonne hat ihn ein wenig beschützt, er hatte ein Dach über dem Kopf, etwas zu essen, eine Schule. Die Schläge hatte immer ich bekommen. Ich hatte gedacht, ich könnte durchhalten, bis ich die Kraft hätte, gegen sie aufzubegehren. Aber es war ihnen gelungen, mich zu brechen. Vor allem Yvonne, als sie begriff, dass ich alt genug war, um ihr das zu geben, was ihr Mann ihr nicht geben konnte. Ich habe mich ihr gefügt, aber sie ist schwanger geworden. Diese Schlampe hat gesagt, dass sie von mir schwanger ist. Michel und Pierre haben dermaßen auf mich eingeprügelt, dass ich dachte, sie bringen mich um. Ich habe es überlebt, aber ich wusste, beim nächsten Mal bin ich dran. Also habe ich beschlossen zu fliehen. Wissen Sie, in Wahrheit ist es so, dass ich keine Kinder haben kann. Das haben sie mir gesagt, als ich im Krankenhaus war. Ich bin nicht Amélies Vater. Aber das hätte an dem, was später passiert ist, nichts geändert. All diese Jahre hat mich nur ein Gedanke getragen: dass ich Julien das Leben bieten wollte, das er verdiente. Wir waren neun Jahre auseinander. Als unsere Eltern starben, dachte ich, ich wäre alt genug, um ihren Part für ihn zu übernehmen. Er war alles für mich. Als wir das Nachtlager über dem kleinen Stall hatten, war ich so glücklich, wenn er an mich geschmiegt schlief und ich ihn leise atmen hörte. Wenn er Albträume hatte, habe ich ihn beruhigt, ich habe ihm Geschichten erzählt, für ihn gebastelt … Er hat über alles gestaunt. Wie viele Menschen geben einem im Leben das beständige Gefühl, dass man in ihren Augen einzigartig ist, außergewöhnlich? Er war einer dieser Menschen. Ich werde Ihnen etwas zeigen.«

Édouard stand auf und ging in den ersten Stock, und Martial unternahm nicht das Geringste, um ihn daran zu hindern. Kurz darauf kam Édouard auch schon wieder herunter, in der Hand eine alte Keksdose. Er stellte sie auf den Tisch und öffnete sie.

»Hier drin haben wir kleine Dinge gesammelt, die ich in der Küche gestohlen hatte. Das war unser Brüder-Schatz, unser Bund fürs Leben. Ich habe ihm die Höhle gezeigt, die ich bei meinen Streifzügen durch den Wald entdeckt hatte, dem einzigen Ort, wo ich ein bisschen Kraft schöpfen konnte. Der Arme hatte eine derartige Angst vor dem stockdunklen Tunnel und der Einsturzgefahr … Wir haben unseren Schatz dort versteckt, und damit war es, als gehörte dieser Ort uns.«

Eins nach dem anderen holte er die Objekte aus der Dose. Kleine, von der Feuchtigkeit zerfressene Karten ließen noch Fotos von Landschaften erkennen, mehrere Tonmurmeln, ein Bleisoldat ohne Beine, ein Stück Band, ein kleines Klappmesser mit abgewetzter Klinge …

»Das ist das berühmte Foto aus der Konditorei in Bédarieux.«

Obwohl es beschädigt war, erkannte Martial Édouard, den jungen Gehilfen, sofort.

»Ich musste nur diese Gegenstände betrachten, damit die Wut wieder hochkochte. Das und die Knochen, die ich ausgegraben habe, nachdem Bascoul mir gesagt hatte, wo sie sie versteckt hatten. Das ist alles, was von meinem Bruder übrig ist.

Sie können sich nicht vorstellen, wie es war, ihnen in diesem Dorf über den Weg zu laufen, sie leben und grölen zu sehen, als wäre nichts geschehen. Ich habe es ausgehalten, weil ich wusste, dass ich sie alle drankriegen würde, alle bis zum Letzten. Würden Sie mich jetzt gewähren lassen, ich würde hinaufgehen zu diesem Hof und die Alte töten, ohne mit der Wimper zu zucken, und dabei würde ich sie noch möglichst lange leiden lassen. Im Krieg habe ich gelernt, das Mitleid beiseitezuschieben, wie die anderen auch. Aber hier war es noch mehr. Als ich sie kaltgemacht habe, hat meine Hand kein bisschen gezittert, keine Sekunde habe ich erwogen, ihnen auch nur die geringste Chance zu lassen, selbst als mir klar wurde, dass ich nicht geheilt werden kann. Das Gespenst von Julien verfolgt mich jeden Tag. Seine verzweifelten Hilfeschreie gellen in meinen Ohren. Als ich erfuhr, dass er tot war, gab es nichts mehr. Da war nur noch Leere, selbst in meinem tiefsten Innern. Ich habe die Wochen danach wie ein Gespenst gelebt. Ich könnte nicht sagen, was in diesen Wochen los war, außer dass ich den Tod erwartet habe. Ich hätte mich selbst töten können, aber das fand ich zu gnädig für mich. Ein paar Bruchstücke aus dieser Zeit habe ich noch, und es ist immer die gleiche Szene: Ich stürze mich ohne jede Vorsicht, ohne Deckung in den Kampf, aber der Tod nimmt alle um mich herum, nur mich nicht. Es war bei Les Éparges, im Februar 1917, dass er beschlossen hat, sich für mich zu interessieren. Die Sanitäter, die mich weggebracht haben, dachten, ich sei tot. Ich war halb bewusstlos. Und ich habe versucht, mich gehen zu lassen, habe meine letzten Kräfte aufgewendet, um zu sterben. In dem Bett neben mir lag ein junger Bursche, den ich vom Sehen kannte. Er war ebenfalls übel zugerichtet. Drei Tage haben wir da gelegen, bevor sie uns weiter weg hinter die Front transportiert haben. Dieser Junge hat angefangen, mir sein Leben zu erzählen, und ich hatte nichts Besseres zu tun, als ihm zuzuhören. Er hat mir von dem Waisenhaus in La Rochelle erzählt, von der Marine, von dem Schiffbruch, der ihn fast das Leben gekostet hätte, von seinem neuen Beruf als Makler, von seinen Plänen in Argentinien … Ich habe ihm alles genommen: seinen Namen, seine Vergangenheit und seine Zukunft. In der dritten Nacht, ein paar Stunden bevor sie uns in den Zug brachten, ist er gestorben. Ich habe unsere Namensschilder ausgetauscht. Die neuen, die wir im Januar bekommen hatten. Ich habe auch unsere paar Sachen ausgetauscht und das Bett gewechselt. Und dann habe ich gewartet. Im Krankenhaus in Paris war ich Édouard Alexandre geworden. Armand Pujol war in Verdun gestorben, in diesem Krankenhaus, das aus allen Mauern Blut schwitzte. Das Schicksal hat mich mit diesem armen Teufel zusammengebracht, es hat mir eine Möglichkeit geboten, vor den Augen aller zu sterben und doch am Leben zu bleiben. Alles bekam plötzlich einen Sinn: Ich hatte die Möglichkeit, mich zu rächen. Seit jenem Tag hat mich der Gedanke an diese Rache nicht mehr verlassen. Ich fand zurück zu der Gehässigkeit, die ich im Kampf gespürt hatte, und ich wollte geheilt werden, um meinen zweiten Krieg führen zu können, den, der heute endet. Camille hat mehrmals versucht, mich von diesem Weg abzubringen, und fast wäre es ihr auch gelungen. Aber es hat jedes Mal nur den Bruchteil einer Sekunde gebraucht, bis alles wieder hochkam und der Hass erneut aufflammte. Der Gedanke, dass die Gresses leben könnten, ohne dass ihnen etwas zustieß, war mir unerträglich. Er war zu tief in mir verankert, unentrinnbar, selbst auf die Gefahr hin, alles andere zu opfern. Camille war der erste Mensch, dem ich die Wahrheit gesagt habe. Das Schicksal hat sich wieder eingemischt, als sie die Möglichkeit fand, sich dank der Beziehungen ihres Vaters in dieses Dorf versetzen zu lassen. Damit hatte ich eine Tarnung; sie hat mir geholfen, ins Territorium des Feindes einzudringen. Niemand hat mich erkannt, nicht einmal Marthe, obwohl ich manchmal Zweifel hatte. Ich konnte mich frei bewegen, ich konnte in aller Ruhe beobachten, die Orte, die Gewohnheiten studieren. Zunächst musste ich herausfinden, was genau geschehen war. Ich habe mich also an Louis Bascoul herangemacht. Sie haben erraten, wie. Er hat sich als sturer erwiesen, als ich gedacht hatte, aber schließlich hat er mir alles erzählt. Sie hatten Julien in den Schweinestall gesperrt, um ihm eine Lektion zu erteilen, weil er Angst vor den Schweinen hatte. Sie haben ihn angebunden, damit er nicht über das Mäuerchen springt und ihnen entkommt. Als die Schweine begannen, ihn zu fressen, haben sie sich nicht gerührt. Die Mutter, die beiden Söhne, Yvonne, Bascoul, keiner hat auch nur den kleinen Finger gerührt. Am nächsten Morgen hat Michel die Überreste eingesammelt und auf der kleinen Lichtung des Wäldchens Mont-Vert begraben. Sie haben seine Sachen verbrannt und es so aussehen lassen, als sei er weggelaufen … Als Bascoul mir nichts anderes mehr zu sagen hatte, als mich anzuflehen, habe ich ihm mit einem einzigen Schlag den Schädel zerschmettert. Dann habe ich ihn in die Schlucht geworfen. Ich habe mir Zeit genommen, um meinen Plan zu schmieden. Und als es so weit war, bin ich zum Angriff übergegangen. Ich musste sie alle vier ziemlich schnell drankriegen. Bei Michel hatte ich mich auf dem Karren versteckt, bevor ich mich auf ihn stürzte. Ihn da im Schnee sitzen zu sehen, in panischer Angst, nachdem er mich erkannt hatte, hat mich mit der größten Freude erfüllt, die ich je im Leben empfunden habe. Er konnte sich nicht mehr rühren, er war lächerlich und hat sich vollgekackt. Und er ist langsam gestorben, unter Schmerzen. Ohne jedes Mitleid, ohne Gewissensbisse habe ich zugesehen, wie seine Eingeweide herausquollen. Wie es dann weiterging, haben Sie auch erraten. Serge Cals hat mich ins Dorf zurückgebracht, ohne es zu wissen, und ich konnte zur Schule zurückkehren, bevor die Nachricht sich verbreitete und die Leute aus dem Haus gingen. Dann habe ich mich gezeigt wie jeden Tag. Yvonne beim Sterben zuzusehen, hatte ich weniger Zeit. Ihr Kommen und Gehen in der Schule hat mir nur eine gute halbe Stunde Zeit gelassen. Ich hatte die Botschaft abgefangen, die sie am Morgen Rémi Fieu dagelassen hatte. Nachdem Sie die Mühle verlassen hatten, habe ich mich umgezogen und bin quer durch den Wald zur Hütte von Cassaïre gegangen. Auf diese Gelegenheit hatte ich seit Tagen gewartet; ich wusste, dass sie sich nicht würde zurückhalten können. Als sie mich kommen sah, hat sie sich fast gefreut. Sie ist liegen geblieben und hat ihr Kleid hochgehoben. Sie dachte, ich hätte Lust auf sie. Es hat eine Weile gedauert, bis sie mich erkannt hatte. Dann hat auch sie mich angefleht. Ich habe ihr gesagt, dass ich nicht der Vater ihrer Tochter sein kann, dass es damals einen anderen gegeben haben muss. Sie meinte, wenn ich es nicht gewesen sei, dann könne es nur der ältere Sohn von Guiraud gewesen sein. Unmittelbar danach habe ich ihr die Kehle durchgeschnitten. Blieben nur noch Pierre und seine Mutter übrig. Ich wusste, dass es nach den drei Morden schwierig sein würde, sich ihnen zu nähern. Vor allem nachdem ich ihnen mit den Kreuzen im Wäldchen und Michels Jacke im Schweinetrog diese panische Angst eingejagt hatte. Pierre hat felsenfest daran geglaubt, dass ein Gespenst sein Unwesen treibt. Das Einzige, was ich bedaure, ist, dass er nicht erfahren hat, dass ich es war, der ihn in diesem kleinen Stall getötet hat, und dass ich vorhatte, ihm den schwarzen Peter zuzuschieben. Nachdem die Untersuchung beendet war, hatte ich Zeit, mich mit der Alten zu beschäftigen. Ich wusste von Anfang an, wie ich mit ihr verfahren würde, wenn sie erst einmal alles verloren hatte. Tja, das ist das, was ich Ihnen sagen kann. Ich versuche nicht, mich zu rechtfertigen. Es hat mir großes Vergnügen bereitet, diese Leute zu töten, und wenn ich es noch einmal tun müsste, würde ich es, ohne zu zögern, wieder tun, auch wenn ich weiß, dass jeder Tag mich etwas tiefer in meinen Albtraum verstrickt hat, anstatt mich von ihm zu befreien.«

Martial hatte wortlos zugehört. Jetzt war es an der Zeit, dass er das Wort ergriff.

»Es gibt Leerstellen in ihrem Geständnis.«

»Es ist das einzige, das es von mir geben wird, bis sie mir den Kopf abschneiden.«

»Wenn Sie einverstanden sind, sage ich Ihnen, was seit Ihrem Krankenhausaufenthalt in Luchon geschehen ist. Ich hoffe, Sie sind bereit, die wenigen Lücken, die noch bleiben, zu füllen.«

»Ich bin bereit, Martial. Aber ich wiederhole: Sobald dieses Gespräch beendet ist, werde ich alles, was von meiner Version der Ereignisse abweicht, leugnen.«

»Sie sind also in diesem Krankenhaus in Luchon und begegnen dort Charles, der die Verwundeten besucht. Sie unterhalten sich, aber er durchschaut Ihr Spiel rasch, nicht wahr? Wie lange konnten Sie Ihre Lüge aufrechterhalten?«

»Gerade einmal zwei Tage.«

»Er hat an Ihnen, der Sie versuchen, vor Ihrer Vergangenheit zu fliehen, Gefallen gefunden, obwohl er noch nicht weiß, worum es geht. Er verpflichtet sich, Ihnen einen Teil der Bildung zu vermitteln, die Ihnen fehlt, damit Ihre falsche Identität an Glaubwürdigkeit gewinnt. Und es gelingt ihm nur allzu gut. Und dann lernen Sie Camille kennen. Sie verlieben sich ineinander. Da Charles von Ihrem Betrug weiß, sieht er das natürlich nicht gern. Aber er kann nicht verhindern, was sich da entwickelt. Eines Tages erzählen Sie Camille schließlich alles. Auch wenn sie nicht die gleiche Wut empfindet wie Sie, ist sie empört über das, was mit Ihrem jüngeren Bruder geschehen ist. Auch sie will, dass die Schuldigen bestraft werden, wenn auch nicht unbedingt so, wie Sie sich das vorstellen. Trotzdem weiß sie, dass Ihr Wunsch nach Rache stärker ist als alles andere. Daher beschließt sie aus Liebe, Ihnen zu helfen. Und sie findet eine Möglichkeit, damit Sie in diesem Dorf leben können: Sie weiß, dass eine Lehrerinnenstelle besetzt werden muss, und sie bittet ihren Vater, seine Beziehungen spielen zu lassen, damit sie sie bekommt, was tatsächlich klappt. Aber Charles muss Verdacht geschöpft haben. Irgendwann hat auch er erfahren, was Sie vorhatten. Er hat versucht, Camille zur Vernunft zu bringen, aber sie hat ihm ein weiteres Mal Paroli geboten. Da er sah, dass Sie bereit waren, aktiv zu werden und damit seine einzige Tochter mit in Ihren Untergang zu reißen, blieb ihm nichts anderes übrig, als einen Plan für Sie auszuarbeiten, der Sie davor bewahren würde, verhaftet zu werden. In der Zeit, die ihm bleibt, bereitet er Sie vor. Sie dürfen nicht den geringsten Fehler machen, Sie müssen an alles denken, sich den Elementen anpassen, gegebenenfalls improvisieren. Das Ziel ist einfach: Der schwächere der Gresse-Brüder muss als von Habgier getriebener Mörder hingestellt werden. Er muss den Verdacht, der auf ihm lasten könnte, ablenken, indem er die Rache von Armand Pujol inszeniert. Das ist das Ergebnis, zu dem die Ermittlungen führen müssen. Die Inszenierung muss allerdings eher primitiv sein: die Kreuze im Wäldchen, Michels Jacke im Schweinestall, der Brief an Mathilde, das Geld, das aus der Truhe verschwunden ist, die der ehemalige Lehrer auf dem Dachboden der Schule zurückgelassen hat, der dummerweise dort vergessene Zeitungsausschnitt mit dem Datum … Lauter ungeschickte Elemente, die beweisen, dass derjenige, der Armand Pujol wiederauferstehen lassen wollte, gar nicht so schlau ist. Hat Charles Ihnen auch bei der Vorbereitung der Morde geholfen?«

»Nein. Von ihm habe ich nur gelernt, was er bereit war, mir für das Entwickeln meiner Taktik beizubringen.«

»Der Knecht war das am leichtesten zu erreichende Ziel, und er konnte Ihnen, wie Sie zugegeben haben, die Informationen, die Ihnen noch fehlten, liefern. An dem Samstag seines Todes sind Sie am Wegrand aus dem Nebel aufgetaucht und haben ihn angesprochen. Sie haben ihn überredet, Ihnen zum Pas-du-Diable zu folgen, aber mir ist schleierhaft, wie.«

»Ich habe ihm erzählt, meine Verlobte hätte einen Unfall gehabt, sie stecke mit einem gebrochenen Bein dort fest und ich bräuchte Hilfe, um sie ins Dorf hinunterzubringen. Erst wollte er nicht mitkommen, aber ich habe ihm ein hübsches Sümmchen Geld gegeben und ihm die gleiche Summe noch einmal versprochen, sobald wir sie dort weggebracht hätten.«

»Er ist also mitgegangen, und Sie haben ihn in Ihre Höhle gelockt. Er war betrunken und nicht sehr kräftig, daher war es für Sie ein Kinderspiel, ihn zu überwältigen und ihm die Knöchel zu brechen, damit er nicht entwischen konnte. Mit dem Zerquetschen seiner Finger haben Sie schließlich seine Zunge gelöst, und danach haben Sie ihn getötet und sind, wie fast jede Woche, mit dem Bus ins Tal gefahren. Anschließend haben Sie abgewartet, bis alles, was Sie brauchten, bereit war. Nachdem Sie einmal angefangen hatten, mussten Sie Ihre Rache schnell zu Ende bringen; die Schnelligkeit war ihre beste Verbündete, denn sie ließ den Ermittlern keine Zeit zum Durchatmen und Überprüfen aller Fährten. Das ist ebenfalls Charles' Einfluss, nicht wahr?«

Édouard bestätigte es mit einer Kopfbewegung.

»Charles wusste, dass die Geschichte der Pujols ziemlich

bald wieder ans Licht kommen würde und dass die Fährte eines Armand, der wohlbehalten aus dem Krieg zurückgekommen war, von einem gewissenhaften Ermittler rasch aufgenommen werden würde. Und dass Sie, wenn Sie ihn zu gründlich in diese Richtung ermitteln ließen, rasch entdeckt und überführt werden würden. Es konnte Fotos von Ihnen geben, Spuren, die Sie nicht auszulöschen vermochten, wie etwa, dass Ihr Name zur selben Zeit ins Register der Ambulanz in Verdun eingetragen war wie der von Armand Pujol … Hier kommt Charles' Falle ins Spiel, und sie muss funktionieren: Es muss so aussehen, als sei Ihre Rache nur ein Trick, der den wahren Mörder und seine wahren Absichten schützen soll. Allerdings gibt es da einen problematischen Punkt: Sie können nicht wissen, welche Ermittler sich um den Fall kümmern werden. Wenn Sie an jemanden geraten, der sich nicht allzu viele Fragen stellt, wird die List nicht funktionieren und Sie sind dran. Also am besten den Ermittler, den man manipulieren will, gleich selbst dazuholen, das heißt mich. Ich muss ins Dorf gelockt werden, nicht zu früh, aber auch nicht zu spät. Und dann muss ich, im richtigen Augenblick, auf den Leim gehen, indem ich die Fehler desjenigen entdecke, der sich für Sie ausgeben wollte. Es macht nichts, dass ich nicht blindwütig in die Falle renne, es genügt, Zweifel aufkommen zu lassen, wenigstens für ein paar Tage, damit Sie Ihre Rache vollenden können, bevor ich klarer sehe. Und genau das ist geschehen. Meine Anwesenheit hatte viele Vorteile. Charles kannte mich in- und auswendig, er wusste alles über meine Schwächen, meine schlechten Gewohnheiten, aber auch meine Ermittlungsmethoden. Er wusste, wie man mich manipulieren kann. Der andere Vorteil war, dass ich Ihnen vermutlich erlauben würde, sich dem Hof der Gresses zu nähern, und das auch, nachdem die Überwachung organisiert wäre. Sie haben keine Arbeit, Sie kennen die

Gegend gut, ich wohne bei Ihnen – alles, was nötig ist, damit ich Sie bitte, mir zu assistieren. Also beginnt Camille die Komödie um den Tod des Knechts zu spielen, der nicht aufgeklärt worden ist und ihr keine Ruhe lässt. Sie will den Brief, der bereits geschrieben ist, um mir geschickt zu werden, rechtfertigen.«

»Sie hat nicht die ganze Zeit Theater gespielt. Sie hatte nachts wirklich Angst.«

»Ja. Ich hatte die Geschichte mit der Gestalt unter den Fenstern der Schule vergessen. Es war tatsächlich jemand da in jener Nacht, wie übrigens auch in den anderen. Camille hat sich beobachtet gefühlt und hatte Angst, weil sie nicht wusste, von wem. Und dass Ihr Spielchen entdeckt worden sein könnte. Was es auch war. Lucien Guiraud hat es entdeckt. Er war da, und er hat Sie sogar bei einem Ihrer nächtlichen Ausflüge überrascht. Deswegen war er so unruhig, wenn Sie in der Nähe waren. Aus dem Grund habe ich seinen Vater gestern gebeten, ihn abends woanders hinzuschicken, weil ich fürchtete, er könnte durch seine Nervosität die Falle verraten, die ich Ihnen meinerseits stellen wollte. Aber kommen wir auf Camilles Brief zurück. Sie müssen sicher sein, dass ich den Köder schlucke. Sobald das geschehen ist, können Sie anfangen. Sie töten den Gefährlichsten des Gresse-Clans, Michel, denn Sie wissen, wenn er tot ist, haben Sie seine Familie enthauptet. Ich habe sehr schnell begriffen, wie Sie vorgegangen sind, aber es gab zwei Dinge, die mir keine Ruhe ließen. Das erste war die Sorgfalt, mit der Sie vermieden haben, Fußspuren im Schnee zu hinterlassen. Ich bin sicher, dass es Ihnen nicht darum ging, den Glauben an ein Gespenst zu schüren. Darauf komme ich noch zurück. Das zweite, was mich irritiert hat, war, dass Sie, um sich mitten in der Nacht auf dem Karren der Gresses verstecken zu können, jemanden brauchten, der relativ mobil war, der frei kommen und gehen konnte, ohne Aufmerksamkeit zu erregen. Jemanden, dessen nächtliche Abwesenheit nicht auffallen würde. Aber es gab zu dem Zeitpunkt so viel zu tun, dass ich diese beiden Dinge zurückgestellt habe und dann nicht rechtzeitig die Zeit fand, mich noch einmal damit zu befassen. Sie haben mich seelenruhig machen und in die von Charles gestellte Falle tappen lassen. Und dann ist Yvonne an der Reihe. Hätte sie sich nicht mit Rémi Fieu verabredet, hätten Sie sie vermutlich selbst in diese Hütte gelockt. Aber zum Glück hält sie es nicht mehr aus. Sie legt die Nachricht unter den Stein im Weiler Les Buissonniers, Sie finden sie, entwenden sie und töten Yvonne, wiederum mit Camilles Komplizenschaft, noch am selben Abend.«

»Camille hat niemanden getötet! So dürfen Sie nicht von ihr sprechen!«

»Ist es der Begriff der Komplizenschaft, der Sie stört? Sie erfinden die Geschichte mit der überraschend angekündigten Inspektion, die rechtfertigt, dass Camille gerade dann allein schläft, wenn sie am meisten Angst haben müsste, vorausgesetzt, sie reagiert wie alle anderen Dorfbewohner. Dann lockt sie mich mit der Bitte, sie dorthin zu fahren, in die Schule. Sie hält mich sogar möglichst lange dort fest. Und sie weiß, wie man das macht, nicht wahr?«

»Sie irren sich, mein Freund. Sie wollte Ihnen alles sagen. An dem Abend hätte sie Ihnen beinahe alles gestanden, das hat sie mir am nächsten Tag erzählt. Sie haben nur nicht verstanden, was sie versucht hat, Ihnen zu sagen, weiter nichts.«

Martial gab ihm durch eine Grimasse zu verstehen, dass diese Erklärung ihn nicht recht überzeugte. Wenn er sich an diesen Abend erinnerte, verspürte er noch immer eine gewisse Wut. Aber er ließ es dabei bewenden und kehrte zum Gang der Ereignisse zurück.

»Sie töten also Yvonne Gresse, nehmen die Abkürzung durch den Wald und haben genug Zeit, hierher zurückzukehren, sich zu waschen und sich ein weiteres Mal umzuziehen. Dann komme ich und finde Sie seelenruhig vor dem Kamin sitzen. Später holt man uns, um uns den Tod dieser Frau mitzuteilen. Es ist das erste Mal, dass ich das Opfer eines Ihrer Morde mit eigenen Augen sehe. Charles hatte Sie eindringlich gewarnt: keine Spuren hinterlassen. Das berühmte Locard'sche Prinzip, das ich Ihnen erklärt hatte! Sie überprüfen sorgfältig, dass nichts Sie verraten kann, und beseitigen sogar die Spuren auf dem Boden. Sämtliche Spuren! Und dieser übertriebene Eifer lässt Sie einen Fehler machen, der Ihnen letztlich zum Verhängnis wird, denn wir sprechen immer noch von Fußspuren. Zu diesem Zeitpunkt wissen Sie, dass der Schutz der Familie Gresse ernst genommen wird. Sie passen Ihren Plan den neuen Gegebenheiten an, und das Glück ist Ihnen hold, denn ohne es zu wollen, komme ich Ihnen zu Hilfe – wie Charles es vorausgesehen hat. Ich nehme Sie mit, um den Hof der Gresses zu überwachen. In unmittelbare Nähe Ihrer Feinde. An dem Abend ist Camille nicht lange in der Mühle geblieben. Sie hat lediglich Männerkleidung angezogen und ist zum Wäldchen Mont-Vert gegangen, um den Maulesel vorzubereiten. Auf Ihr Signal hin – und Sie waren dafür hervorragend platziert, denn Sie hatten Ihren Überwachungsposten neben der Scheune selbst gewählt –, zündet sie die Laterne an und kommt in aller Eile durch den Wald zu Ihnen gelaufen. Sie versteckt sich auf dem kleinen Heuboden über dem Stall des Stiers, dort, wo Ihr Bruder untergebracht war. Schließlich kommt Pierre Gresse in diesen Stall. Sie stürzen sich auf ihn, sobald er drin ist, und chloroformieren ihn. Als ich dann dazukomme, sehe ich nur einen Trunkenbold, der komplett besoffen und gar nicht mehr bei sich ist. Sie lassen mich nicht zu ihm, und ich argwöhne nichts. Dann muss ich auf meinen Posten zurückkehren. Camille schlüpft in aller Eile in Pierres Hose, Jacke und Schuhe und setzt seine Schirmmütze auf. Anschließend tragen Sie sie auf Ihrem Rücken und legen sie auf Pierres Matratze. Als Sie herauskommen, treiben Sie Ihre Vorsicht so weit, dass Sie mich bitten zu überprüfen, ob die Doppeltür des Stalls auch gut verriegelt ist. Sie bleibt es nicht lange, weil Camille die beiden Riegel zur Seite zieht und sich hinausschleicht, sobald ich mich auf den Weg zum Wäldchen mache. Sie greift sich Ihren Regenmantel und Ihre Laterne und nimmt Ihren Platz ein. Aus der Ferne merke ich das natürlich nicht. In der Zwischenzeit laden Sie Pierre Gresse in den Kofferraum des Kabrioletts und kehren durch die Tür des Stalls in den Hof zurück. Sie steigen auf den Heuboden hinauf und öffnen die Luke, wie der Gresse-Sohn es getan hätte, um es so aussehen zu lassen, als sei ein Eindringling über die Dächer gekommen. Es folgen die Falltür, der Flur und das Zimmer der alten Gresse. Ein weiteres Mal Chloroform, und Sie schneiden ihr die Pulsadern auf. Anschließend gehen Sie denselben Weg zurück und lösen draußen Camille ab. Camille legt Pierres Kleidung zu ihm in den Kofferraum des Kabrioletts, nur die Schirmmütze behält sie. Als entdeckt wird, was mit der alten Gresse los ist, wird Alarm geschlagen. Sie täuschen einen Angriff vor, und Camille fährt mit dem Kabriolett los. Sie fährt zum Pas-du-Diable hinauf, wo Sie alles vorbereitet haben: das zerbrochene Brückenbrett, das Seil in der Höhle und sogar die Knochen Ihres armen Bruders. Camille legt das Chloroform und das damit getränkte Taschentuch dazu. Und sie wartet, bis ich komme. Sie wissen, dass ich früher oder später in die Höhle eindringen und das Licht bemerken werde. Sie schießt auf mich, aber nicht um mich zu treffen, sondern nur, um mich aufzuhalten. Dann steigt sie aus dem Schacht, wo Sie

sie erwarten. Ein weiteres Mal tauschen Sie die Rollen: Sie setzen die Schirmmütze auf, sie zieht den Regenmantel an. Und sie beeilt sich, ans andere Ufer zu kommen, damit ich denke, dass Sie dort sind und brav meine Anweisungen befolgen. Sie müssen jetzt die Rolle des Flüchtigen spielen. Als ich meinerseits aus dem Schacht steige, sehe ich Sie und wundere mich ein wenig, dass Sie nicht mehr Vorsprung haben. Ich soll glauben, dass Sie in einen der Abgründe gestürzt sind. Sie haben über diesen Abgrund ein Stück Baumstamm geklemmt, an dem Sie sich, wenn Sie den Sturz simulieren, festhalten können. Sobald Sie für mich außer Sichtweite sind, stoßen Sie diesen Stamm in den Abgrund, und es hört sich an, als würde ein Körper mehrfach gegen die Wände prallen und schließlich auf dem Boden zerschmettert. Jetzt müssen Sie nur noch zur Brücke zurück. Camille hat den Regenmantel und die Laterne dagelassen. Sie muss schleunigst zur Mühle zurück. Und dann zwingt meine Ungeschicklichkeit Sie, umzukehren und mir das Leben zu retten.«

»Ich wollte nicht, dass Ihnen etwas passiert.«

»Vielen Dank. Aber trotzdem haben Sie mir eine Viper ins Bett gelegt.«

»Ich hatte von Ihrer Angst vor Schlangen gehört und dachte, das würde Sie bei Ihren Schlussfolgerungen in die Irre führen. Der Biss dieser Schlange ist selten tödlich.«

»Das hat man mir gesagt. Aber Sie können sich rühmen, mir eine Scheißangst eingejagt zu haben. Zugleich war auch das ein Fehler, wie jedes Mal, wenn Sie von Charles' Anweisungen abgewichen sind. Warum eine Schlange, vor allem in dieser Jahreszeit? Er hat von meiner Phobie gewusst …«

»Als ich Sie am Sonntagmittag so vertraut mit Camille sah, habe ich einfach rot gesehen.«

»Aber als ich über dem Abgrund hing, haben Sie mir das

Leben gerettet. Und danach konnten Sie fortfahren mit Ihrem Plan. Sie erklären, Sie hätten Ihre Sachen, den Mantel und den Spitzhackenstiel, beim Wagen gelassen. Ich hole die Gendarmen. Währenddessen holen Sie Pierre Gresse, der immer noch schläft, aus dem Kofferraum, ziehen ihm seine Sachen an, bringen ihn an den Rand des Abgrunds und spalten ihm dort, wie Sie es mit dem Knecht gemacht haben, den Schädel. Dann werfen Sie den Stein, mit dem Sie ihn getötet haben, in das Loch und anschließend ihn und zuletzt seine Schirmmütze.«

»Ich konnte sie gerade noch hinter meinen Gürtel stopfen, bevor ich Ihnen zu Hilfe kam.«

»Ich bin nicht direkt zum Hof gegangen, sondern habe einen Umweg über die Mühle gemacht. Und dieser Umweg wäre Ihnen beinahe zum Verhängnis geworden. Camille hatte nach ihrer Rückkehr kaum Zeit gehabt, sich auszuziehen und ihre Haare halbwegs zu trocknen. Deshalb war auch, als ich eintrat, um auf sie zu warten, der Ofen warm. Und deshalb hat sie nicht sofort auf mein Klopfen reagiert. Sie musste erst ihr Haar hochbinden, um zu verbergen, wie feucht es war. Aber es gab noch eine andere Gelegenheit, bei der ich Sie beinahe entdeckt hätte. Nämlich an dem Abend, als Sie mir bis zum Hof der Gresses gefolgt sind, um die Jacke in den Schweinestall zu werfen. Das Bellen des Hundes wurde auf mich bezogen, so wie es in der Nacht, in der Sie sich in Michels Karren versteckt hatten, auf den Milchmann bezogen worden war. Es war gut gespielt, aber Sie hatten nicht damit gerechnet, dass ich nicht zur Mühle zurückkehre, sondern zur Schule hinaufgehe. Sie waren es, den ich fast überrascht hätte, als ich plötzlich meine Laterne angezündet habe; Sie sind in dieses Feld gesprungen und nicht Lucien. Wenn ich, anstatt meinen Weg fortzusetzen, an Camilles Tür geklopft hätte, um sie zu warnen, wie hätte sie Ihre Abwesenheit rechtfertigen sollen?«

»Sie hätte nichts gerechtfertigt. Sie hätte gesagt, Sie sollen alles abbrechen.«

»Aber das musste sie nicht … Die Dinge haben sich folgendermaßen abgespielt: Man hat Pierre Gresse als Mörder aus diesem Loch geholt. Ihr Plan hatte perfekt funktioniert. Sogar besser, als Sie erwartet hatten, indem die Vermutung aufkam, seine Mutter könnte seine Komplizin gewesen sein.«

»Und das ist die Falle, in die ich getappt bin … Sie haben mir die Zeit geschenkt, sie zu töten. Sie brauchten nur abzuwarten, dass ich zur Tat schreite … Wann haben Sie es gewusst?«

»Gestern habe ich alles begriffen. Aber ich habe den ganzen Tag gebraucht, um die Stücke zusammenzufügen.«

»Und Sie haben gestern mit mir zu Abend gegessen, als sei nichts geschehen; wir haben unter demselben Dach geschlafen, heute Morgen gemeinsam Kaffee getrunken … Wir haben einander vor Ihrer vorgetäuschten Abreise die Hand geschüttelt … Wie haben Sie es geschafft, sich dermaßen zu beherrschen?«

»Ich habe es gemacht wie Sie. Es kam mir darauf an, das Ziel zu erreichen. Das war eine ausreichende Motivation, um standhaft zu bleiben. Und dann ist da noch die Tatsache, dass Sie mir keine Angst machen. Auch wenn ich weiß, wer Sie sind und was Sie getan haben, für mich bleiben Sie Édouard. In meinen Augen sind Sie nicht das Ungeheuer, das wir gemeinsam gejagt haben.«

Édouard lächelte.

»Wenn Sie doch nur recht hätten! Sie können sich nicht vorstellen, was ich dafür geben würde, Édouard Alexandre zu sein! Aber Sie haben mir noch immer nicht gesagt, was Sie auf meine Spur gebracht hat.«

»Sie meinen wohl eher, auf Ihrer beider Spur oder sogar die

von Ihnen dreien, wenn ich Charles mitrechne… Es gab zu viele Dinge, die in der offiziellen Version, die aus Pierre einen Mörder mit einem machiavellistischen Plan machte, nicht zusammengepasst haben. Es fiel mir schwer, sie zu glauben. Aber ich musste mich erst an der Nase herumführen lassen, bevor ich begriff, was hinter all dem steckte. Die Erleuchtung kam mir gestern Morgen angesichts der Fußspuren. Mir fiel die Geschichte mit den nicht vorhandenen Fußspuren im Schnee und in der Hütte wieder ein. Der Grund dafür war ein ganz einfacher: Der Mörder hatte sie beseitigen müssen, weil sie ihn verraten hätten. Darauf kam ich, als ich bei der Mühle über den feuchten Boden ging. Sie müssen einen speziellen Schuh tragen, um Ihr verkürztes Bein auszugleichen, und das macht Ihre Spuren unverwechselbar: Der Absatz dieses Schuhs prägt sich deutlich tiefer ein als der des anderen. Das wussten Sie, und deswegen mussten Sie, wenn Sie über einen Boden gingen, in dem Ihre Schritte sichtbar blieben, alle Abdrücke beseitigen, zum Beispiel auch in der Hütte. Was Sie dabei nicht bedacht haben, war, dass Sie mich dadurch erst auf Ihre Spur bringen würden. Und da war die Kleidung von Pierre Gresse. Als der Arzt mich bat, bei der ersten Untersuchung dabei zu sein, ist mir aufgefallen, dass seine Schirmmütze vom Regen durchnässt war, seine Schuhe, die Hose und die Jacke aber viel weniger. Das passte nicht für jemanden, der so lange durch den Regen gelaufen war. Dem Regen verdanke ich auch den dritten Hinweis, genauer: den Wassertropfen unter dem Portal.«

»Wassertropfen?«

»Ja. Unter dem Portal. Als ich vom Pas-du-Diable kam und Camilles Hilfe brauchte, weil mein Rücken mich schier umbrachte, hat es am Portal von meinem Regenmantel auf den Boden getropft.«

»Und inwiefern war das ein Hinweis?«

»Ich habe dieses Bild in Erinnerung behalten. Das Bild von dem Portal im Licht der am Wagen befestigten Laterne … Und später habe ich wieder gesehen, was ich im ersten Augenblick nicht wahrgenommen hatte: Da waren bereits Wassertropfen, bevor ich an die Tür geklopft habe. Tropfen von Camilles durchnässter Kleidung; sie hatte sie bei ihrer Rückkehr dort hinterlassen. Nachdem ihr Part erledigt war. Das waren zwei Elemente, wenn auch sehr unbedeutende, das muss ich zugeben, aber doch ausreichend, um mich zweifeln zu lassen. Und so habe ich alles noch einmal rekonstruiert, indem ich mir jedes Detail von Beginn an erneut vergegenwärtigte. Sie in Castres auf dem Bahnsteig. Sie waren gekommen, um meine Sympathie zu gewinnen und das Recht, mir zu assistieren. Dieser Zirkus, dass alle mitbekommen haben, wie Sie sich nachts zu Camille schlichen, obwohl Sie die Gegend dank Ihrer zahlreichen Spaziergänge gut genug kannten, um versteckte Wege zu finden, auf denen Sie sich der Überwachung durch die Dorfbewohner hätten entziehen können. Es schien für Sie geradezu eine Frage der Ehre zu sein, dass alle wussten, wo Sie Ihre Nächte verbrachten. Und es war tatsächlich wichtig. Denn dadurch konnten Sie sich nachts, wenn alle Welt Sie in Camilles Bett glaubte, frei bewegen. Die Zeugen, die das bestätigen können, würden leicht dieses Zimmer füllen. Ich habe vorhin von dem Schreck gesprochen, den Sie Lucien nach der Versammlung neulich Abend eingejagt haben. Und dann diese überraschend angekündigte Inspektion, die genau zum richtigen Zeitpunkt kam, mehr als gelegen sogar. Dann war da der Augenblick, als Jean Guillard mitten in der Nacht an diese Tür klopfte, um uns von Yvonnes Tod zu unterrichten. ›Sie ist tot‹, hat er gesagt, und Sie haben keinerlei Gefühlsregung gezeigt, während ich sofort an Camille gedacht habe.

Anschließend haben Sie versucht, das wiedergutmachen, aber es war zu spät. Und dann habe ich mich an die Verfolgungsjagd am Pas-du-Diable erinnert. Der Mann, dem ich zwischen den Löchern und Felsen hinterhergelaufen bin, hielt seine Laterne in der linken Hand, der Hand, die Pierre Gresse praktisch nicht mehr benutzen konnte. Natürlich, er hätte seine Behinderung simulieren können. Aber Ihre Laterne? Warum hatten Sie sie beim Wagen gelassen, als Sie heraufkamen, um mich zu retten? Sicher, ich hatte Sie gebeten, sie auszumachen, damit wir den Mörder überraschen und in die Enge treiben können, aber als Sie mir zu Hilfe kommen mussten, warum dann ohne Licht, selbst auf die Gefahr hin, dass Sie dadurch wesentlich langsamer vorankommen würden? Verstehen Sie, viele Details von dieser Art haben sich schließlich sehr gut zusammengefügt. Wie war beispielsweise zu erklären, dass Camille so lange gebraucht hat, um mir zu öffnen, als ich wie ein Verrückter an ihrer Tür geklopft habe; das Geräusch des Wagens hätte ihr doch aufgefallen sein müssen? Hatte sie wirklich so tief geschlafen, obwohl sie über die jüngsten Ereignisse im Bilde war und wusste, was wir gerade taten? Ich habe dann meinen Pariser Freund angerufen und ihm Ihren Namen genannt. Den einen auf der Liste der neuen Dorfbewohner, den ich vergessen hatte; der Liste derjenigen, die sich widerrechtlich eine Identität hätten angeeignet haben können. Er hat Sie rasch gefunden, am selben Ort und zum selben Zeitpunkt wie Armand. Das war der Anruf, den ich gestern Abend erhalten habe, als wir zum Essen bei Antoine Guiraud waren. Das war die Bestätigung, die mir noch gefehlt hatte.«

Édouard nickte.

»Kurz habe ich geglaubt, Sie würden sich täuschen lassen. Aber wie gesagt, früher oder später hätte ich Ihnen die Wahrheit gesagt.«

»Es gibt noch eine letzte Sache. Ich habe eine Weile gebraucht, um zu begreifen, welche Rolle Charles in dieser ganzen Geschichte gespielt hat. Als mir bewusst wurde, dass er beschlossen hatte, mich zu manipulieren, habe ich versucht zu verstehen, warum er mir so sehr zürnte. Und bin zu dem Schluss gekommen, dass er mich gehasst hat.«

»Nein, er hat Sie nicht gehasst, auch wenn er Ihnen übel nahm, dass Sie einmal das Gedenken an seine Frau verunglimpft haben. Wenn er daran dachte, hat er Sie gehasst, aber sonst hat er Sie, glaube ich, geliebt.«

»Aber nichts kam an die Liebe heran, die er seiner Tochter entgegenbrachte. Er hat mich geopfert, um sie zu retten, das habe ich nach langem Nachdenken begriffen. Wissen Sie, letztendlich hat er Sie verraten. Das Buch, das er in die Truhe gelegt hat, das Buch von Michelet, war seins. Er hat die Passage über die Strandräuber unterstrichen. Um mich an meine schlechten Gewohnheiten zu erinnern für den Fall, dass ich sie vergessen haben sollte. Aber auch der Vergleich mit den Schiffen galt mir, Schiffen, die auf dem aufgewühlten Meer mächtig sein mochten und trotzdem abhängig waren von dem Licht, das andere ihnen vom Land her sandten. Auf diese Weise hat er mich vor der Falle gewarnt, die er mir gestellt hatte: indem er mich mit einer anderen Fährte, einem anderen Leuchtturm, gelockt und dadurch gezwungen hatte, mich für eine Weile abzuwenden von der Wahrheit, die ich gleichwohl kannte … Und schließlich war da noch sein Brief, der letzte, den er an mich gerichtet hat. Darin hat er mich gebeten, Camille zu beschützen, sie aus der Situation, in die Sie sie gebracht hatten, herauszuholen.«

»Bis zuletzt hat sie alles versucht, um mich davon abzubringen, meinen Plan in die Tat umzusetzen. Dafür hat sie sogar ihre Gesundheit aufs Spiel gesetzt.«

»Und trotzdem hat sie ihre Rolle mit einem gewissen Talent gespielt.«

»Sie war loyal. Indem ich ihr davon erzählte, habe ich sie zur Gefangenen dieser Geschichte gemacht. Aber ich musste mit jemandem darüber sprechen, verstehen Sie?«

»Und sie hat Sie genügend geliebt, um Ihnen in diesen Wahnsinn zu folgen.«

»Sie hat mich geliebt, ja. Heute ist sie nur noch loyal. Ihr Vater hat mehr als einmal gesagt, dass man das, was einmal zerbrochen ist, nicht reparieren kann. Er hat nicht an meine Zukunft geglaubt, nicht einmal mit seinem Plan. Ob ich verhaftet werden würde oder nicht, hat für ihn keinen Unterschied gemacht. Er wusste, dass diese Geschichte mich mein Leben lang verfolgen würde und dass ich darüber die Liebe seiner Tochter verlieren würde. Camille hat schließlich erkannt, wer ich wirklich bin und dass alles, was ich in mir habe, schlecht ist. Meine Wut ist gefräßig, sie verschlingt alles. Sie hat mich sogar dazu getrieben, diese junge Frau zu verderben und zu der Einsicht zu bringen, dass all die Liebe, die sie mir zu schenken fähig war, dagegen nichts vermochte.«

»Charles hat seinen Zug gut vorbereitet. Er hat mich ein weiteres Mal mattgesetzt. Wenn ich die ganze Geschichte aufdecke, setze ich nicht nur Sie, sondern auch Camille einer Verurteilung aus. Kein Richter wird sich von ihrer Version der Ereignisse täuschen lassen. Auch deswegen sollte ich die Untersuchung übernehmen. Er wusste, dass ich nicht imstande sein würde, ihr wehzutun. Gehen Sie, Édouard, und nehmen Sie Camille mit. Tun Sie alles, damit Sie eine Zukunft haben, das sind Sie ihr schuldig. Einer Frau, die einen so sehr liebt, sollte man alles zu opfern bereit sein. Ich werde mich darum kümmern, dass Ihr Bruder ein anständiges Begräbnis erhält und dass die Umstände, unter denen er gestorben ist, ans Licht kommen. Und Armand Pujol wird einer der vielen jungen Soldaten bleiben, die auf dem Feld der Ehre gestorben sind.«

»Wie wollen Sie erklären, was heute Morgen geschehen ist?«

»Genau so, wie Sie es geplant haben. Ein versuchter Selbstmord! Sie haben heute Morgen diese Frau daran gehindert, sich umzubringen und sich dadurch der Justiz zu entziehen.«

Martial stand auf und ging zur Tür.

»Gehen Sie schnell, bevor ich meine Meinung ändere. Leben Sie wohl, Édouard.«

Das sagte er über die Schulter, ohne sich noch einmal umzudrehen. Er schloss die Tür hinter sich und verließ die Mühle ohne einen Blick zurück.

Epilog

Den Rest des Tages verbrachte Martial bei Antoine Guiraud. Erst nach Einbruch der Dunkelheit entschloss er sich hinauszugehen, nachdem er sich zuvor sogar geweigert hatte, seinen Gastgeber auf seinem Spaziergang zu begleiten. Doch als es Abend wurde, konnte er der Versuchung, zu Camilles Schule hinaufzugehen, nicht länger widerstehen. Sein Herz krampfte sich zusammen, als er hinter den Fenstern des Klassenzimmers Licht sah. Er öffnete das Tor und näherte sich. Er sah sie an ihrem Schreibtisch sitzen. Sie drückte ein zerknittertes Blatt Papier an ihre Brust. Es war Charles' Brief, der, den er ihr am Morgen gegeben hatte. Er kannte ihn inzwischen auswendig, und er hallte mit einer ganz anderen Bedeutung in seinem Kopf wider:

»*… Daher bitte ich Dich heute um einen letzten Gefallen: Beschütze Camille. Sei ihre Kraft, wenn es ihr an eigener fehlt. Sei ihre Vernunft, wenn sie sich von ihrem Wesen, das Du so gut kennst, hinreißen lässt. Sei das Echo ihres Lachens an Tagen der Freude. Sei die Hände, in denen sie ihr Gesicht begräbt an Tagen des Kummers. Sei Du und ich zugleich. Ich habe solche Angst um sie… Urteile nicht zu streng über Édouard. Das Leben hat ihm nichts geschenkt, und er verdient es, dafür entschädigt zu werden. Er ist ein guter Junge, und ich wünsche mir, dass Du das* *selbst bemerkst… Ich weiß, dass ich mich auf Dich verlassen kann. Also leb wohl…«*

Er blieb einen Augenblick an dem Fenster stehen und betrachtete sie, sie und ihre Verzweiflung. Schließlich bemerkte sie ihn und fuhr zusammen. Sie rührte sich nicht von ihrem Stuhl, ihr Gesicht war abgespannt. Martial hatte sich all die Momente vergegenwärtigt, in denen sie ihre Angst gezeigt hatte, ihre Verwirrung, ihre Orientierungslosigkeit, ihr Zögern, Édouard zu folgen. All die Momente, in denen sie vielleicht versucht gewesen war, ihm zu gestehen, was da lief, oder in denen sie ihm auf ihre Weise Hinweise gegeben hatte. Er dachte an ihre Hand in seiner, während sie vom Pas-du-Diable zurückkamen. Er dachte an den Abend, an dem er sie fast geküsst hätte, während nicht weit entfernt Yvonne Gresse verblutete. Er hörte, wie sie ihm vorwarf, nicht rechtzeitig zurückgekommen zu sein, und auch das klang jetzt anders. Aber er vermochte nicht abzuschätzen, wie viel Aufrichtigkeit in all dem gesteckt hatte.

Eine Weile sahen sie einander, getrennt durch das hohe Fenster, wie erstarrt an. Dann fand er die Kraft, sie allein weinen zu lassen. Er wandte sich ab und verschwand in der Dunkelheit.

Wie versprochen lud er Antoine Guiraud am nächsten Tag zum Mittagessen ein. Doch er brachte kaum einen Bissen von dem, was Gaston Fabre ihnen servierte, hinunter. Er hatte dem alten Mann alles erzählt, ihm jedoch das Versprechen abgenommen, Stillschweigen zu bewahren.

»Édouard oder vielmehr Armand hat gestern Abend den letzten Bus genommen.«

»Ich weiß.«

»Ich verstehe, was Sie getan haben, dass Sie ihn frei haben gehen lassen.«

»Er ist nicht frei. Das Gefängnis, in das er sich selbst gesperrt hat, ist weitaus schlimmer als die, die seit Jahren gebaut werden.«

»Wir sind von einem Ungeheuer in Angst und Schrecken versetzt worden, aber jetzt, da Sie ihm ein Gesicht gegeben haben, geht es mir wie Ihnen, ich sehe nichts Abscheuliches in ihm. Das ist schrecklich, nicht wahr?«

»Heute trägt das Ungeheuer für jeden den Namen Pierre Gresse. Und ich bin der Komplize dieser Ungerechtigkeit.«

»Wenn es Ungerechtigkeit gibt, mein junger Freund, dann sind wir alle in diesem Dorf dafür verantwortlich. Sie haben sich sehr anständig benommen, was immer Sie auch denken mögen. Nehmen Sie diese Bürde nicht mit sich, überlassen Sie sie uns. Wir müssen sie alle gemeinsam tragen.«

Martial antwortete nicht. Er stocherte mit der Gabel auf seinem noch vollen Teller herum.

»Mademoiselle Purseau hat dem Bürgermeister heute Morgen ihre Kündigung mitgeteilt«, fuhr Antoine Guiraud fort. »Ab morgen übernimmt die Schwester von Étienne Germain ihre Klasse. Bis die Mädchenschule geschlossen wird …«

»Das tut mir sehr leid für Sie, Monsieur Guiraud.«

»Wir werden weiter darum kämpfen, nicht zu sterben. Wir sind hart im Nehmen. Noch gibt es Leben auf diesem Plateau. Und ich sehe neue Projekte.«

»Wollen Sie für das Rathaus kandidieren?«

»Um nichts in der Welt. Ich habe einen Betrieb zu führen und eine Enkelin zu zähmen. Sie hat eingewilligt, ab heute Abend bei uns zu wohnen. Ich habe Charles' Zimmer für sie hergerichtet. Ich glaube, da erwartet mich die größte Herausforderung meines Lebens.«

»Und ihre Großmutter?«

»Sie hat das Bewusstsein noch nicht wiedererlangt. Der Doktor sagt, irgendetwas in ihrem Gehirn sei zerbrochen, und diese Art von Krankheit könne er nicht behandeln. Er will sie ins Krankenhaus von Castres aufnehmen lassen, aber es besteht wenig Aussicht, dass sie irgendwann wieder zu sich kommt. Joseph Cassagne hat sich bereit erklärt, die Tiere zu nehmen, damit sie nicht sterben. Wenn es nicht gelingt, den Hof im jetzigen Zustand zu verkaufen, wird es zumindest für den Grund und Boden und die Maschinen nicht an Käufern fehlen.«

Sie beendeten ihre Mahlzeit mit einem kochend heißen Kaffee. Martials Bus nach Brassac würde bald abfahren.

»Sie können noch eine Nacht bei mir schlafen, Sie sind willkommen und werden es immer sein.«

»Ich danke Ihnen, aber es wird Zeit, dass ich abreise. Eines werde ich jedenfalls ganz gewiss nicht bedauern: dass ich Sie kennengelernt habe. Sie erinnern mich an meinen Großvater. Nehmen Sie das als Kompliment, er war ebenfalls ein großer Mann.«

Bevor er in den Bus stieg, ging Martial noch einmal zum Friedhof. Er legte das Buch von Jules Michelet auf Charles' Grab. Und neben das Buch stellte er eine Laterne, deren Docht er anzündete.

»Damit ein Licht Sie in der Nacht leiten möge, Charles. Ein freundschaftliches Licht diesmal, das Sie sicher in den Hafen führt …«

Es gelang ihm nicht, auch nur den geringsten Groll auf seinen ehemaligen Lehrer zu empfinden. Er erinnerte sich nur an einen liebenden Vater, der bereit gewesen war, für seine Tochter alles zu opfern, einschließlich der Rechtschaffenheit seiner Seele. Für das Einzige auf der Welt, das für ihn zählte.

Er war nicht der Einzige in dem Bus, den Jean Guillard schweigend lenkte. Mathilde Gresse, begleitet von dem Hund mit den gelblichen Zähnen, der ihr wie ein Schatten folgte, setzte sich neben ihn und hielt ihre schmale Reisetasche auf den Knien. Sie wollte ihr Glück in der Stadt versuchen, wo sie nicht für alle die Frau eines Mörders sein würde, wo sie diesen Namen, den er ihr gegeben hatte, würde ablegen können. In den Spinnereien würden überall Arbeitskräfte gesucht, und sie habe eine Freundin in Castres, die sie aufnehmen könne, während sie sich umschaue.

»Wenn das Glück Ihnen nicht hold sein sollte, gibt es ein Gut in der Nähe von Limoges, wo Sie sehr gut aufgehoben wären. Ich kenne jemanden, der einen ebenso guten Kontakt zu Tieren hat wie Sie und der sicher überglücklich wäre, sein Pferdewissen an Sie weitergeben zu können.«

Martial holte sein schwarzes Heft aus der Manteltasche. Alle Seiten, auf denen er die Elemente seiner Untersuchung notiert hatte, hatte er herausgerissen. Jetzt löste er eine weitere heraus, um seine Adresse aufzuschreiben.

»Ich würde mich freuen, wenn Sie zusagen würden.«

»Ich werde darüber nachdenken.«

Unter seinem eindringlichen Blick musste sie lächeln.

»Ich verspreche, dass ich ernsthaft darüber nachdenken werde.«

Martial verbrachte die Nacht in demselben Zimmer derselben Herberge, in der er übernachtet hatte, als er zu Charles' Beerdigung gefahren war. Er hatte erfahren, dass Édouard den Zug nach Castres genommen hatte. Was danach kommen würde, wusste er: Saint-Nazaire und die Überfahrt nach Argentinien.

Zeitig am Montagmorgen war er etwas zu früh auf dem Bahnsteig des kleinen Bahnhofs. In der Ferne erkannte er den heiseren Motor des Busses, der wieder in die Welt zurückkehrte. Er zeigte sich nicht. Doch bald darauf sah er Camille den Bahnsteig betreten, gefolgt von Jean Guillard, der ihr mit den Koffern half. Er blieb auf seiner Holzkiste sitzen, ohne ein Wort zu sagen. Als die junge Frau allein war, ging er zu ihr. Am Ende der geraden Linie der Gleise tauchte der Petit Train auf, er kam geradewegs aus Murat.

»Wo sind deine anderen Sachen?«, fragte er.

»Ich habe es vorgezogen, sie dazulassen.«

»Wann legt das Schiff ab?«

Sie schüttelte den Kopf. Mit einem schrillen Kreischen hielt der Zug vor ihnen.

»Diesmal folgst du ihm nicht?«

»Er weiß seit Langem, dass ich ihm nicht folgen werde.«

Sie sah ihn an. Er wusste nicht, was er in ihren Augen lesen sollte, aber dass die Wut in seinen längst erloschen war, das wusste er. Ein anderes Feuer verzehrte ihn noch immer. Nichts vermochte es zu löschen. Egal ob sie aufrichtig war oder nicht, allein schon ihre Gegenwart genügte ihm.

Er nahm einen ihrer Koffer.

»Gehen wir. Wir haben eine lange Reise vor uns …«

Sie stiegen in den letzten Wagen. Martial stand auf der hinteren Plattform und sah den Bahnhof und dann das Dorf Brassac hinter den waldigen Hängen verschwinden. Der Himmel war dunkel. Dicke Wolken drohten, sich die prall mit Wasser gefüllten Bäuche an den Bergkämmen aufzureißen. La Vitarelle-du-Théron war nur noch ein Name, über die Berge geschleudert, hinter einem dichten Wald, der sich immer mehr ausbreitete. Ein Ende der Welt, das gegen das Vergessen kämpfte. Und in dem er ein Stück seiner Seele und seiner Würde verloren hatte.

Er fragte sich, ob auf dem kleinen, über dem Nichts hängenden Friedhof die Laterne auf Charles' Grab noch brannte.

Als die ersten Regentropfen fielen, ging er hinein und setzte sich neben Camille.

Christian Carayon

Dunkler See der Angst

Kriminalroman

576 Seiten, btb 75759
Aus dem Französischen von Carina von Enzenberg

Wenn die Last der Geheimnisse zu schwer wird …

Angst verfolgt Marc-Édouard seit seiner Jugend. Seit jenem Sonntagmorgen vor dreißig Jahren, als die Welt des scheuen Geschichtsprofessors aus Toulouse jäh aus den Fugen geriet. Damals wurden die Leichen von drei Jugendlichen an einem See gefunden. Marc-Édouard kannte die Opfer, hatte mit ihnen dieselbe Privatschule besucht. Nun kehrt er zurück an den Ort seiner Kindheit, in die verträumte Kleinstadt im Südwesten Frankreichs. Er will verstehen, was in jener Nacht wirklich geschehen ist, um sich endlich von den Geistern der Vergangenheit zu befreien.

»Spannend, atmosphärisch dicht und meisterhaft geschrieben.«
Paris Match

btb

Pierre Lemaitre

Drei Tage und ein Leben

Roman

272 Seiten, btb 71549
Aus dem Französischen von Tobias Scheffel

»Schuld und Sühne in der französischen Provinz.«
Kölnische Rundschau

Ende Dezember 1999 verschwindet im nordfranzösischen Ort Beauval ein sechsjähriger Junge. Eine groß angelegte Suchaktion wird gestartet, Nachbarn und Freunde durchkämmen den angrenzenden Wald nach Spuren des vermissten Rémi. Doch am dritten Tag fegt ein Jahrhundertsturm über das kleine Dorf hinweg und zwingt die Einwohner zurück in ihre Häuser. Während dieser drei Tage bangt der zwölfjährige Antoine darum, entdeckt zu werden. Denn nur er weiß, was an jenem Tag wirklich geschah.

»Ein meisterhafter Roman.«
Literatur-Spiegel